绽放的梅兰

——中美孪生姐妹的成功足迹

〔美〕莱丽克·梅花·彼得森
〔美〕达丽雅·兰花·彼得森 著 张玉洲 苏珊 译

人民出版社

责任编辑：孙兴民

装帧设计：肖　辉　石笑梦

责任校对：张　彦

图书在版编目（CIP）数据

绽放的梅兰——中美孪生姐妹的成功足迹 ／（美）彼得森（Peterson, L. M.）

（美）彼得森（Peterson, D. L.）著；张玉洲，苏珊译.

－北京：人民出版社，2013.6

ISBN 978-7-01-012234-2

I. ①绽…　II. ①彼…　②彼…　③张…　④苏…　III. ①纪实文学

－作品集－现代　IV. ① I712.55

中国版本图书馆 CIP 数据核字（2013）第 123657 号

绽放的梅兰

ZHANFANG DE MEI LAN

——中美孪生姐妹的成功足迹

［美］莱丽克·梅花·彼得森　［美］达丽雅·兰花·彼得森　著

张玉洲　苏珊　译

人 民 出 版 社 出版发行

（100706　北京市东城区隆福寺街 99 号）

保定市北方胶印有限公司印刷　新华书店经销

2013 年 6 月第 1 版　2013 年 6 月北京第 1 次印刷

开本：710 毫米 × 1000 毫米 1/16　印张：26.75　插页：36

字数：436 千字　印数：00,001－10,000 册

ISBN 978－7－01－012234－2　定价：48.00 元

邮购地址 100706　北京市东城区隆福寺街 99 号

人民东方图书销售中心　电话：（010）65250042　65289539

欢迎光临
Welcome

```
  ┌─③
① │
  └─④
②
```

① 我们真的为郎朗感到非常的骄傲（2006）

② 郎朗在夸奖梅花获得肖邦的钢琴比赛第一名（2008）

③ 兰花告诉郎朗，你看我也在弹和你一样的曲子呢（2008）

④ 我们和郎朗的爸爸还有 Mark Yu 一起合影留念（2006）

6 岁开始上台弹钢琴表演

去看李云迪的钢琴独奏会（2007）

中国驻洛杉矶邱绍芳总领事颁中国历史常识比赛第一名大奖给梅花，并获全程免费去云南国际夏令营（2011）

由西班牙驻洛杉矶总领事（中）颁奖给兰花，兰花荣获加州西班牙语写作比赛大奖并获全程免费去西班牙 15 天的夏令营（2012）

American Chinese Business Association

美 國 華 人 商 會

ACBA

美国华人商会 **形象大使**

梅花与兰花

AMERICAN CHINESE BUSINESS ASSOCIATION
美国华人商会

聘 書

LETTER OF APPOINTMENT

总裁 President
Jack Chen

AMERICAN CHINESE BUSINESS ASSOCIATION
美国华人商会

聘 書

LETTER OF APPOINTMENT

总裁 President
Jack Chen

Email: acbausa@126.com   官方网站：www.acbausa.org
联系电话：15101160320（中国） 001-626-594-4566（美国）

受聘为美国华人商会的形象大使 (2013)

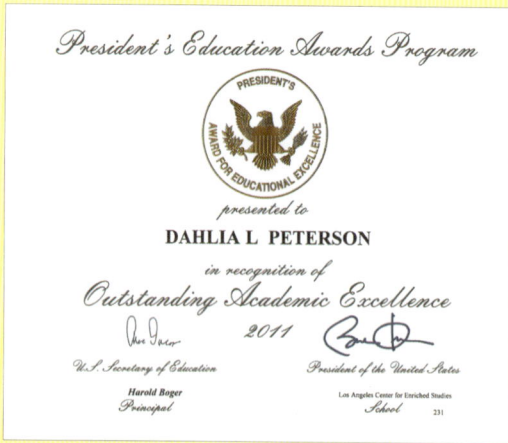

President's Education Awards Program

PRESIDENT'S AWARD FOR EDUCATIONAL EXCELLENCE

presented to

DAHLIA L PETERSON

in recognition of

Outstanding Academic Excellence

2011

U.S. Secretary of Education

Harold Boger
Principal

President of the United States

Los Angeles Center for Enriched Studies
School   231

President's Education Awards Program

PRESIDENT'S AWARD FOR EDUCATIONAL EXCELLENCE

presented to

LILAC M PETERSON

in recognition of

Outstanding Academic Excellence

2011

U.S. Secretary of Education

Harold Boger
Principal

President of the United States

Los Angeles Center for Enriched Studies
School   128

兰花荣获奥巴马总统奖状 (2011)

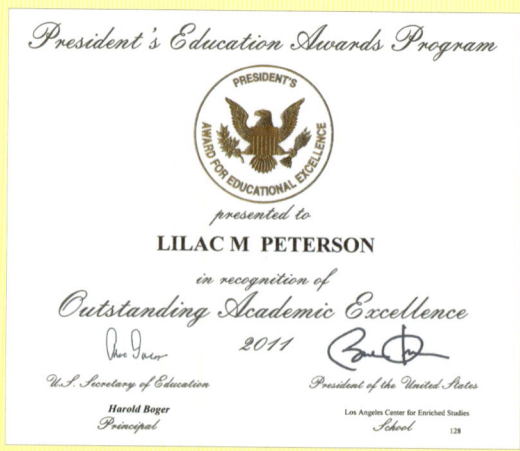

梅花荣获奥巴马总统奖状 (2011)

INTERNATIONAL
PIANO COMPOSITION CONTEST

Sponsored by the

AMERICAN COLLEGE OF MUSICIANS
United States of America

Certificate of Award

THIS CERTIFIES THAT *Dahlia · Lilac Peterson*

entered the _2013_ International Piano Composition Contest sponsored by the American College of Musicians, the National Guild of Piano Teachers, and the National Fraternity of Student Musicians, and was declared worthy by the Judge to receive this Certificate Award with a Rating of _Superior +_

Irl Allison A.M., Mus. D.
Founder

Yin Yin Huang
Instructor

David A. Kay.
Judge

Etchings by Constance Joan Naar from FAMOUS AMERICAN COMPOSERS by Grace Overmeyer (Thomas Y. Crowell, Publisher) reprinted by permission of Artist, Author and Publisher.

梅花、兰花获得 2013 国际钢琴音乐创作的超级荣誉奖　　Intl. Piano Composition Contest 2013.

荣誉证书

达丽雅·兰花·彼得森 同学的《 爬山中的乐趣 》一文，荣获第十三届世界华人学生作文大赛二等奖。

世界华人学生作文大赛评委会
二〇一二年五月

主办单位
中华全国归国华侨联合会
人民日报海外版
中国电台
中央电视台
《快乐作文》杂志社

荣誉证书

莱丽克·梅花·彼得森 同学的《 记住我的钢琴老师 》一文，荣获第十三届世界华人学生作文大赛二等奖。

世界华人学生作文大赛评委会
二〇一二年五月

主办单位
中华全国归国华侨联合会
人民日报海外版
中国电台
中央电视台
《快乐作文》杂志社

荣誉证书

达丽雅·兰花·彼得森 同学的《 做她的双胞胎可真不容易 》一文，荣获第十四届世界华人学生作文大赛特等奖。

世界华人学生作文大赛评委会
二〇一三年五月

主办单位
中华全国归国华侨联合会
人民日报海外版
中国电台
中央电视台
《钢琴作文》杂志

荣誉证书

莱丽克·梅花·彼得森 同学的《 悉尼的印象 》一文，荣获第十四届世界华人学生作文大赛一等奖。

世界华人学生作文大赛评委会
二〇一三年五月

主办单位
中华全国归国华侨联合会
人民日报海外版
中国电台
中央电视台
《钢琴作文》杂志

PETERSON TWINS

我们在 2011 年西南加州双人钢琴比赛中荣获第二名

在亚美音乐演艺基金会举办的第十届大赛中，梅花、兰花荣获了钢琴创作新曲的特别大奖，并由做过六任总统顾问的吴黎耀华博士为她们颁奖（2012）

我们连续五年在美国艺术写作比赛中获得 3 金 5 银 2 个三等奖，图为我们与写作协会主席合影

　　兰花在 2013 年南加州中文学校举办的有 42 所中文学校参加的中文方面的比赛，兰花荣获中文演讲最高级别组中的冠军，并获奖金

　　我们连续六次被缅甸社团邀请与他们一起同庆泼水节和其他活动，这次缅甸的牙医协会举办年度晚宴和颁奖大会又一次邀请我们来表演中国民族舞蹈。之后也颁奖给我们表示感谢 (2013)

我们的传记由百花文艺出版社出版中英双语的《十年花语》

在第一届美国华人商会举办的中国历史知识比赛现场与美国华人商会会长陈金阶合影（2011）

再次在美国看到了何镇邦教授，他的知识非常渊博（2011）

与我们通信4年多的笔友、中国著名作家薛涛叔叔逛街（2012）

① 与台湾驻洛杉矶办事处龚中诚处长（左一）合影（2009）

② 与 Pasadena 市长（右二）合影（2011）

③ 加州州议员 Chris Holden 邀请我们在他的私人募款会上演出，并与他合影留念（2011）

我们在缅甸的 2012 年泼水节上与国会议员赵美心博士合影

参加北美作家协会庆祝龙年聚会，我们是该会的最小成员（2012）

接待广州市天河区教师游学团到我们学校参观（2013）

参加北美作家协会欢迎中国作家代表团访美合影（2013）

　　我校在 2013 年全美高校董事会举办的模范学校比赛中获奖，共有 25000 所学校参加，只录取前 3 名，我校是其中之一，并获得 25000 美元的大奖。在颁奖大会结束前，还演出了由梅花、兰花作词、作曲的校歌《母校在飞翔》，梅花为爵士乐队指挥，兰花为乐队伴奏并有合唱队员在伴唱

　　在 2013 全美高校董事会颁奖大会上演出了我们作词、作曲的校歌《母校在飞翔》之后，校长和副校长与我们合影

与缅甸姑娘们一起合影（2011）

十年后我们又回到沈阳二经二幼儿园来看望老师，这里是我们学会说中文的摇篮，我们用自己出第一本书挣到的钱买书送给了幼儿园（2012）

与北京海淀外国语实验学校的学生一起交流（2012）

我们已经为沈阳晚报做海外小记者 4 年多了，2012 年回大本营看看时与谢学芳编辑合影

在新民农村教英语（2012）

2012 年去新民农村教英语并捐书给他们，同学们在挑选自己喜欢的书

我们在新民农村教学生们英语，并用自己出第一本书挣到的钱买书给每一个学生，在我们临走时大家一起合影留念

"中国心·中国情"快乐成长座谈会

与沈阳第 27 中学的学生一起进行文化交流（2012）

连续四年在感恩节、圣诞节和元旦都去老人院为他们弹钢琴和跳舞，为老人们带去节日的娱乐

我们去参加布朗加州州长助选活动 (2010)

我们连续四年去 Pasadena 市花车大游行做花车的地方做义工和帮忙粘花

在鹰龙媒体集团等待着采访（2011）

我们接受天下卫视电视台的采访

参加《中国日报》和《台湾时报》的选美活动，我们双双荣获了人气王冠军并获得 1000 美金的大奖后，在接受媒体采访 (2011)

我们在接受中央电视台的采访，之后在《华人世界》的节目中共有两集的节目被播出：绽放的梅花兰花 (2012)

接受洛杉矶 AM1370 广播电台著名主持人安刚的采访（2012）

在接受环球东方卫视、洛城电台和城市杂志的同时访问（2013）

美国世界周刊第 1462 期的封面故事刊登的是梅花、兰花的文章《我的中国妈、美国爸》(2012)

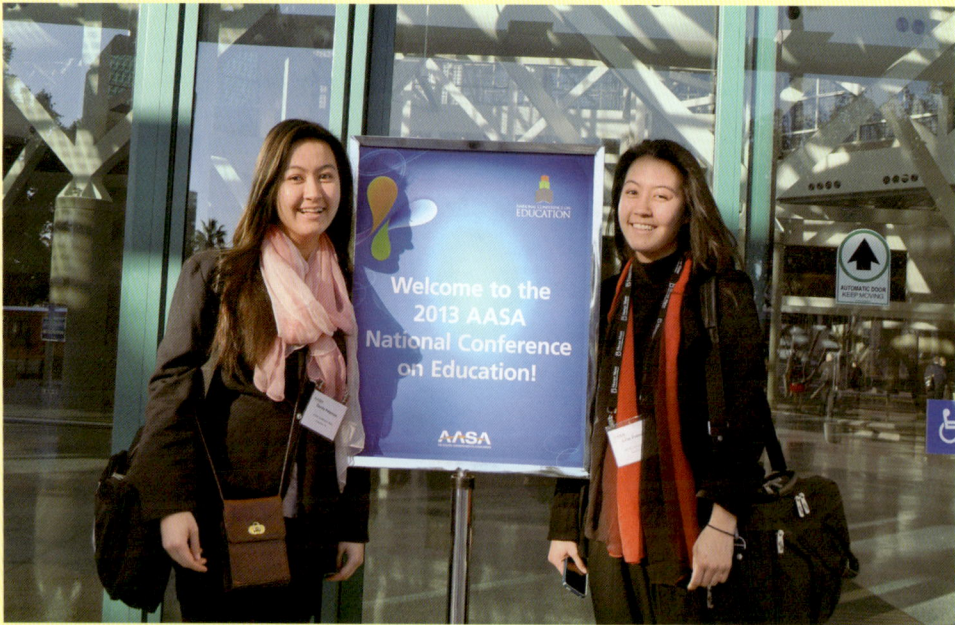

　　在 2013 年全美教育最高领导人的高峰年会上，共选有 7 名学生做大会的实况记者，其中四名大学生和三名高中生，我们有幸双双被选中

目　录

第一部分　自传

第二部分　十国游记

前　言

何镇邦

　　梅花和兰花是一对人见人爱、看过不容易忘记的中美混血的孪生姐妹花，继 2011 年出版的《十年花语》之后，这本书是俩姐妹又一次奉献给广大读者的一部新作。我在病中浏览了她们的新书文稿后，发现它比《十年花语》视野更开阔了，文笔更流畅了，内容更丰富多彩了。书稿描述了"双胞胎"（这是家里人对孪生姐妹的称谓）很多有趣的经历：家世的追述；在中美文化的熏陶下早期教育的过程；初高中阶段的起伏不定；面临高中的全面挑战；跟随父母到世界各地游历的见闻；热衷参加各种社会活动的经历以及愿做中美文化交流使者的宏愿，等等。

　　我认为，这部作品对海内外广大华人青少年以及他们的父母来说，不仅具有励志的意义，还具有开阔眼界、丰富知识的作用，当然，书中优美的抒写具有不可或缺的审美意义。

　　梅花和兰花，今年才 16 岁，就洋洋洒洒地写出了第二本书，并还有第三本在继续。她们两不仅写作好，同时，外语也非常棒。她们能流利地掌握中、英、西班牙三种语言。她们还多才多艺，在跳舞、弹钢琴、打网球等方面都是佼佼者。她们无论在什么样的社交场合或活动中都可以应对自如，真可谓是出类拔萃矣！

　　小姐妹取得的成绩，同她们的高智商有关，但更重要的是她们接受了父母的中西方文化结合的精髓，以及她们自己刻苦努力的结果。梅花和兰花，不仅智商高，情商也高。在 2012 年的暑假应中央电视台的邀请并接受了采访。在采访过程中是对答如流，谈笑风生，非常机敏。之后，她们被采访的节目在

与中国著名文学评论家何镇邦教授留念（2008）

央视的国际频道《华人世界》播出了上下两集，反响非常好。她们应北京海淀外国语实验中学的邀请与学生们一起进行中美文化的交流，自由畅谈；她们还在 2012 年参加了辽宁文学院和辽宁青年杂志联合举办的中美学生文化交流会并与获文学写作大奖的学生们一起畅谈在写作上的心得和体会；之后，还被沈阳市沈河区委工会邀请与沈阳 27 中学的学生们一起开了一次中美文化之间的交流会。姐妹俩还用自己出版第一本书所挣到的钱买了大量的图书，在2012年暑假去新民农村教当地学生们学习英语时，把书捐给那里的每一个学生。她们用力所能及的行动关爱着社会上所需要关心的人。在美国，她也多年坚持用自己学会的本领回馈社会。她们连续4年在节假日期间去老年院弹钢琴、跳舞，娱乐老人们。她们获得了德、智、体全面的发展。

　　自2008年初，我偕夫人再次访美认识她们姐妹和她们全家之后的这五年多以来，我们之间一直保持着密切的往来。每次看到她们发来的电子邮件或接听她们打来的电话，当获知她们所取得的每一项成绩时，我们都会感到十分欣慰。她们每年都会给我们拜年，尤其是癸巳蛇年正月初一下午5时许，其时已是洛杉矶凌晨1时多，接到她们拜年的越洋电话，更是觉得她们非常可爱又很懂事，还有着一颗火热的中国心。

　　我刚获知她们还双双被受聘为2013年全美国高级教育主管年会的实况记者，负责会议的采访报道。该年会在洛杉矶市会议中心举行三天，教育大会新闻处在全美国招聘7名学生记者，其中4名大学生，3名高中生。经过一系列严格的考核面试后，结果她们竟是3名中的两名高中生。在会议的第二天，梅花的文章就在头版头条出现了，兰花的文章在头版二条也出现了。她们各自独立去采访大会发言人，每天要写两篇报道，每篇报道限两小时交稿，姐妹俩每次都会提前一个小时就交稿。大会新闻处的负责人在她们最后离开时，对她们俩说："我真为公立学校能有你们这样的优秀学生而感到骄傲，你们不是百里挑一，而是千里挑一啊！"

　　我真为她们而感到骄傲和自豪，她们俩不愧是一对值得向大家推荐的好姑娘，她们的书会说话，一本好书将会传遍千万家。

2013年2月25日于北京亚运村

作者的话

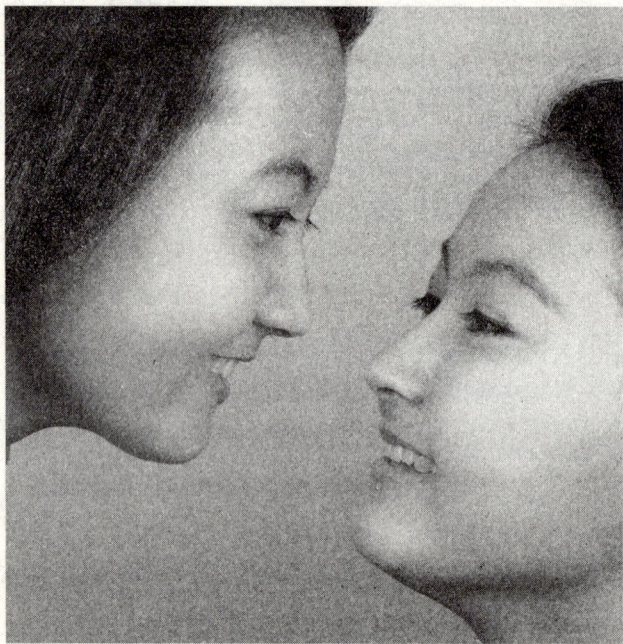
两人世界的梦想

亲爱的朋友您好！感谢您此时此刻正在看我们的书，因为有您在读这本书才会使我们写下的这些文字变得更有意义。同时，我们也期盼着能与您互动和交流。

此时，如果我们是面对面的话，那么，我们已经握住了彼此的手，并互道着您好！同时，我们也会向您做一个自我介绍：我们是梅花和兰花，在洛杉矶实验中学上 11 年级（高三），我们是一对中美混血儿的双胞胎。

在我们家里，英语、汉语都是"国际通用语"。妈妈生长在中国，汉语是她的母语，我们的姥爷是历史学教授，妈妈从小就受到了很好的汉语教育，所以她成为我们姐妹俩首任的中文老师，也可能是因为我们的身上流淌着一半中国人的血液，我们俩特别喜欢学习汉语，越学越感到汉语的博大精深，越是多读就觉得那汉语内涵的文化魅力无限。所以，让在美国长大的我们能说一口流利的汉语实属不是一件容易坚持的事情。如果您想检验我们说汉语的能力，请您上网看中央电视台《华人世界》的两集节目——绽放的梅花、兰花。

我爸爸会说一点点汉语，也很喜欢唱歌，但是他更喜欢中国五千多年的古老文化。最近，我们去参加一个晚宴，欢迎远道而来的中国作家代表团到达洛杉矶。在欢迎晚会上，我爸爸还一边弹着钢琴一边用标准的汉语唱了一首《义勇军进行曲》，就是中华人民共和国的国歌！博得了在场所有的中国作家和美国华文作家全体起立跟着他合唱，让到场的来宾发出一片的惊叹声，让我们的"老美"爸爸也露了一把脸！

其实，人生就好像是一本书，每天看似平凡的生活，其实都有它的不凡之处。每个人在生活和学习中的不同阶段都可以写出不同的一章或一节，就是这些章章节节会记下很多美好的记忆；人生又好像是一首歌，有不同的旋律、有快慢的节奏，起起伏伏、高低错落，于是才有了那么多不同的美妙乐章……

事实上，每一个学生的成长也都会有自己的故事，我们很荣幸能在这里有机会把自己的故事写出来与大家一起分享，也期盼着你们能从我们的故事中了解到在美国的孩子是怎样接受良好教育的成长过程。我们将会在书中向您慢慢地道来，同时也诚挚地邀请您一起浏览。但愿在我们生命中迸发出的点点火花，也能给您带来一丝欣慰和惊喜……

我们出生在三代的媒体世家和中美文化相交融的家庭里。通过父母双方不同文化背景结合的教育，让我们意识到，在自己成长的过程中充分地体现出这两种文化有机结合的美好写照。在平日里，父母在教育我们的观念上也会有分歧。爸爸讲究的是民主，他认为如果你做一件事，不喜欢做了，就可以不做；妈妈则认为，只要是经过自己尝试后，也认准了，剩下的就是要努力地去做，而且是一定要坚持到底。妈妈总会说，努力向上的人是不会因为自己不成功而去寻找借口，所以，最后就一定会成功。我们认为做人一定要有自信，做事一定要认真。自信加认真就是成功的秘诀。

常常会有人问我们认可父母哪一方的教育？我们都会毫不犹豫地说，大部分是认可妈妈的教育方法。如果没有妈妈说的坚持，我们俩也不会有今天的许多成绩。现在，我们不论做多难的事情，总是会用愚公移山的精神来鞭策自己，我们就会坚持把困难的事情做好，做到底。很多人都说我们俩是好姑娘，那我们就要告诉你，我们是得到了中国教育的真传。同时，我们也在中美文化的融会贯通中汲取了精华。

书中详细地记叙了我们的成长过程，平日里我们无忧无虑地生活，也有很多的爱好。我们喜欢爬山；喜欢躺在草地上望着蓝蓝的天在幻想；喜欢在海边踩水；喜欢在小路上溜旱冰；喜欢狂听各类的音乐；喜欢去博物馆；喜欢看电影；喜欢大自然。很多人都说，我们非常阳光。那就请您看一看，我们这两个普通的美国小姑娘是怎样成长的。其实，在我们从小到大的过程中也是有苦有甜，绝不是一帆风顺的。我们也有过很痛苦的时刻，我们也有过很糟糕的一段时间。因为那时我们还小，还不能真正明白人生的意义；再加上青春期还有荷尔蒙在作怪。但是，现在我们长大了，也懂事了，我们开始非常努力地向上了。

书中还详细地记叙了我们旅游的趣事。我们经常跟着喜欢旅行的父母去周游世界，书中即包括了我们写的十国游记。周游"列国"让我们获益良多，也用我们的经历印证了古人所说的"行万里路，胜似读万卷书"的道理。

由于我们有一半中国人的血统，在我们小时候去中国时，就从来没有认为自己是来观光的客人，而认为中国也是我们的家，在中国我们感觉很舒服。回到美国后，我们还会非常想念那个家。我们很喜欢中国的文化和悠久的历史。

在此，我们诚挚地邀请您一起分享我们的故事。很多人说，我们是一对让人看了之后很难忘记的双胞胎。我们也很坚信地告诉您，当您读完这本书后，也一定会使您津津乐道的回味无穷……

梅花、兰花 2013 年初春于洛杉矶

郎朗的推荐信

亲爱的读者你们好：

在这里，我很荣幸的介绍这对杰出又可爱的来自美国洛杉矶的中美混血儿双胞胎，梅花和兰花姐妹给你们。

光阴似箭，一晃我认识这对姊妹花已经有十年多了。那还是在她们 5 岁的时候，我第一次到洛杉矶 Dorothy Chandler Pavilion 音乐大厅演奏时见到了姐妹俩。首先是她们俩那一口流利的沈阳家乡话引起了我的兴趣和好奇。之后的每一年只要是我到洛杉矶演出，就一定会看见她们俩。而且，每次她们都会带给我一些两人进步的好消息。

先是她们的文章分别被刊登在《洛杉矶时报》上；之后，在钢琴方面不断的获奖；接着又是在写作上荣获全美国颁发的金奖；还有，中文写作和翻译也获大奖；在舞蹈方面芭蕾舞和中国民族舞也连连获金奖；还有她们在十岁写的自传已被正式出版；还有她们俩又获得了奥巴马的总统奖；她们还参加了《中国日报》和《台湾时报》举办的选美活动，并双双获得冠军并获得 1000 美金的大奖；还有她们都闯进了高中网球校队并成为了种子选手；之后，又在音乐创作上再获大奖等等。总之，每次我见到她们俩时，都会让我惊喜连连，而且她们也从一对小娃娃变成了婷婷玉立的一对美少女。真是弹指一挥间。

在 2012 年 3 月美国《世界周刊》作为封面故事刊登了姊妹花写的文章，反响极大。之后，又连续四期刊登出相关的评论双胞胎的文章。在 2012 年暑假，她们应中国中央电视台的邀请接受了采访。之后，她们的故事在中央四台的国际频道《华人世界》的节目里连续播出两集，向全世界的华人展示了她们的优秀，让看过的人都很感动，小小的年纪竟然如此的出色。

不仅如此，她们生长在美国，不仅热爱美国的文化，她们也热爱中国的文化。她们在 2011 年参加了美国华人商会举办的第一届中国文化历史常识比赛，在有上千名中国学生报名参加的活动中，经过三轮淘汰双双挤进了最后闪亮的 20 名参加决赛。最后的结局是梅花获得了这次比赛的冠军，并由中国驻洛杉矶的总领事为梅花颁奖。姐妹俩立志将来要做中美文化交流的使者。而且，她们已经开始不断地穿梭在中美文化之间了。

最近，她们还创作了钢琴四手连弹的演奏曲《异样的春天》并参加了亚美音乐演艺基金会举办的第十届音乐节大赛，双双荣获了音乐创作特别大奖并在颁奖典礼上表演自己创作的作品。之后，她们还创作了所在的洛杉矶实验中学的校歌，自己作词作曲并为学校的爵士乐队创作了 23 页的乐队合奏曲《母校在飞翔》，同时，双双还获得了梅花为爵士乐队的总指挥；兰花为爵士乐队钢琴伴奏的殊荣。我真的为这对姊妹花感到骄傲和志豪。

所以，在她们的第二本新书问世之际，我诚挚的邀请您一起去探索这对美丽姐妹花的传奇，看看在她们自己写的新书中，是如何接受了中美文化相结合的最佳式教育以及她们的早期教育的成长过程。再加上她们扎实的写作功底，当您读过了这本书之后，一定会让您回味不尽。

诚挚的，

郎朗

在郎朗 19 岁时，第一次意外地见到了一对小老乡（2002）

郎朗伸出了那双带有魔力的大手，看看吧，就是这双弹钢琴的大手（2009）

郎朗第二次再见到我们时，我们就变成了好朋友了（2003）

克林顿总统的回信

WILLIAM JEFFERSON CLINTON

2007 年 2 月 21 日

达丽娅·彼德森
莱丽克·彼德森

洛杉矶市，加利福尼亚州

亲爱的达丽娅、莱丽克：

　　非常感谢你们寄给我你们的自传，给我印象极为深刻的是，你们努力向上的精神和令我感动不已的充满着活力的思索。

　　年轻人是国家的未来。我鼓励你们充分地发挥你们的聪明才智，为将来能成为国家的栋梁之材而作好一切准备。

　　同时也献上我最美好的祝愿，祝你们在未来成长的每一个阶段都取得辉煌的成绩。

诚挚的，

比尔·克林顿

克林顿总统的回信英文稿

WILLIAM JEFFERSON CLINTON

February 21, 2007

Dahlia Peterson
Lilac Peterson

Los Angeles, California 90027

Dear Dahlia and Lilac:

Thank you for sending me your autobiographies. I am very impressed by your hard work and touched by your thoughtfulness.

Young people are the future of our country, and I encourage you to use your talents to help you prepare for the time when your generation leads our nation.

Best wishes for every future success.

Sincerely,

Bill Clinton

我所认识的梅花和兰花

"寻常一样窗前月，才有梅花便不同"，"花中真君子，风姿寄高雅"，这是中国古人赞梅和咏兰的诗句。梅花的高洁，兰花的高雅。这也正是我所认识的本书作者梅花和兰花，一对盛开在太平洋两岸的中美混血的孪生姐妹花——梅花和兰花。

话还要从头说起，在 2008 年暑假姐妹俩在洛杉矶的中国城图书馆借到了我写的一本《白鸟》的小说。她们读后，就写信给我，讲有几个问题要询问。我们就这样结下了笔友的缘分。不觉间四年多过去了，我们的通信已达三百多封，也让我有幸对这对可爱的姐妹花有了更多的了解。在此期间，她们还两次来到中国，我们彼此相见甚欢。我们一起去参观中国的历史古迹；一起品尝家乡的美味佳肴；一起去海边看渔民的生活；我还跟她们一起与当地的学生开座谈会；当她们在辽宁大剧院演出时，我还特意从外地跑去沈阳观看……

我们的通信给彼此之间打开了一扇崭新的天窗，她们向我介绍了很多在中国和美国的媒体从不会出现的事情。例如：中学生是怎么对待毕业典礼，高中生会怎么告别他们的母校；在美国还有些印第安人仍然过着像是原始人的没有水、没有电的生活等，我们也一起分享彼此的进步和所获得的成绩等。

我们之间的美妙通信真的是可以写出一本好书了。

我感觉到了她们的身上既有妈妈的东方文化的优雅和智慧，"梅"与"兰"的不同凡俗，又融入了爸爸彼德森先生的西方血统的热情和开朗。资质与执著这对翅膀让她们很小年纪就在文学、音乐、舞蹈、美术、体育等方面展露出惊人的才华，取得不菲的成绩。她们也是早期教育结出的丰硕成果。

自从她们 2 岁会说话起，就开始学识字，3 岁时开始大量的阅读。到 7 岁时，图书馆儿童区的图书几乎都读遍了。又开始读世界各国有趣的少儿名著。

又看见了薛叔叔（2012）

5岁时开始写日记，进步惊人，字里行间的细节中以及整个的成长过程是令人感动的，至今已有八大本（到2006年截止）。内容包罗万象，妙趣横生，还写下了大量的旅游记（包括：中国、丹麦、英国、俄国、瑞典、澳大利亚、挪威、芬兰、加拿大、波兰、墨西哥和麻亚文化城、阿拉斯加、夏威夷、加勒彼海等等）。

5岁开始去中文学校学习中文直到今天从未间断过。在2009年3月两人曾在美国南加州的初中组的中文作文比赛中荣获第二名和第三名。在2009年11月由美国南加州的圣裕华协会举办的32所中文学校参加的中文比赛中兰花获得了翻译高级组的第三名。5岁时她们也开始了学习游泳、滑冰。

6岁开始学钢琴和芭蕾舞。梅花曾在SYMF南加州青少年音乐节的钢琴大赛中，荣获肖邦钢琴比赛的第一名。在同样的比赛中，梅花又得了贝多芬的钢琴协奏曲大赛的第二名。同时，两人还参加了双人四手连弹的比赛并多次荣获了第二名和第三名。兰花在莫扎特的钢琴比赛项目中荣获了第三名和第四名。两人曾在美国舞蹈冠军赛（Showstopper）中三次获得双人舞的金杯奖。

7岁时，在伟博儿童绘画大赛中，双双荣获了佳作金奖。作品被刊登在《中国日报》和《台湾时报》上。7岁经由所在学校推荐，经专业的心理医生测试，两人均被认定为高智商儿童。

8岁进入了高智商的美好乐园小学就读三年级。两人写的雅典奥运会的文章登载在《洛杉矶时报》上。她们在学校写的诗歌曾连续两年被洛杉矶儿童诗歌出版社收录并出版。

9岁开始打网球，目标要闯进高中的网球校队。结果，到了高中时，她们真的闯进了校队。

10岁两人分别写下了十年自传，寄给了前总统克林顿，得到了总统回信和高度的赞扬。

写作一直是她们的强项。她们的许多文章在中国、欧洲和美国40多家的报纸、杂志所刊载过，如北京的《中国校园文学》、《中国少年报》、《中国中学生报》、吉林的《今天人物》杂志、《妙笔》杂志、辽宁的《文学少年》杂志、《人生十六七》杂志等。2009年初，她们被《沈阳晚报》正式吸收为该报的国外小记者，之后已有10多篇的文章被刊登在该报。美国的《洛杉矶时报》、《世界日报》、《中国日报》、《台湾时报》、《华人杂志》、《世界周刊》、《洛城作家》杂志以及美国主流的英文网站《太平洋中国通》等多家媒体也已经发表了她们的文章。2009年，她们与14万中学生一起角逐全美"国家艺术文学金钥匙奖"，双双荣获"金钥匙奖"。之后，连续4年她们又多次或金奖和银奖。

她们还喜欢听流行音乐；喜欢和朋友一起去看电影；她们善感、幽默，天真、无邪；她们也很愿意跟中国的学生们交朋友。经过她们的努力已经与北京第21中学和自己所在的洛杉矶实验中学建立成为了姊妹学校，并有很多的学生加入了互相通电子邮件的笔友活动。

她们就是我所知道的绽放在大洋两岸的梅花和兰花，在这里愿意介绍给广大的读者。

薛涛（中国作家协会会员、辽宁文学院专业作家）

听花儿说悄悄话

薛卫民

　　梅花、兰花：我听到的不是你们姐妹花说的悄悄话，我听到的是你们之外那些花儿说的悄悄话。她们在中国，在美国，在亚洲，在美洲，在欧洲……悄悄地谈论着你们俩——

　　牵牛花，没有牵着一头牛，
　　牵牛花牵来的是一缕西海岸的风——

　　请大家欢迎风！风刚从洛杉矶来，
　　风知道很多梅花和兰花的事情。

　　不用劳驾风、不用劳驾风。
　　想听梅花兰花的故事，
　　不是有我吗？问我就行。

　　你怎么总是喜欢装老呀？
　　就因为你的名字叫白头翁？
　　你看人家梅花就从来不装大，
　　从不在兰花面前耍姐姐的威风。

　　也许梅花也装过大呢，

只是后来才学得聪明——
她想装大实在底气不足，
她只比妹妹早出生一分钟。

兰花妹妹也真是性急，
她为什么不能多等一等？

干吗要让兰花多等？
兰花也有理由急着出生，
也许她在母亲的子宫里，
就听到了美国爸爸的怦怦心跳，
共频地连着中国妈妈的心跳怦怦。

那对中美合璧的双亲，
就从那一时刻起开始了他们

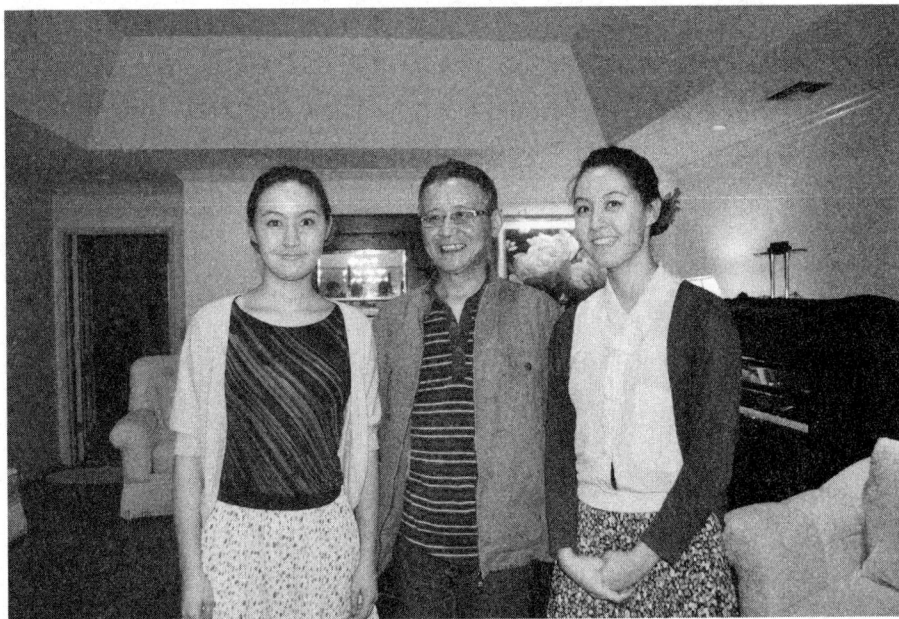

与中国著名作家和诗人薛卫民叔叔的合影留念 ，2013 于洛杉矶

更辛苦也更快乐、幸福的旅程——

从春到夏，从夏到秋
从秋到冬，再从冬天的白雪
到春天的万紫千红……

牡丹说：
梅花吐蕾，
兰花展茎，
蓬蓬勃勃，
郁郁葱葱……

芙蓉说：
天赐恩泽雨露，
地予沃土春风，
父母呕心沥血，
梅兰勤勉用功……

栀子说：
幼儿敏慧，
少小聪颖，
迎着惊叹，
引领掌声……

凌霄说：
仿佛驾着云朵，
梅兰走向彩虹，
分明一对少女，
又像两个精灵……

她们的作品走进静谧的民宅，
也走进繁忙的白宫。
阅读她们的有普通百姓，
也有美国的总统。

她们又是那样的纯朴，
总是带着温婉的笑容，
她们追求激动人心的荣誉，
更追求人类共爱的文明。

未来总是能听到她们的心跳，
远方总是更吸引她们的眼睛。

道路延伸着她们的前行，
山水美丽着她们的身影。

她们一路欣赏着风景，
并且不断地成为风景。

（作者系中国作家协会全委会委员、中国作家协会儿童文学委员
会委员、吉林省作家协会驻会专业作家、文学创作一级职称）

送给外星人的惊喜

生命有无限的可能性，宇宙当然也蕴含开拓不尽的惊奇，
想象中，这个宇宙里很可能是有外星人的，
有时候不免傻傻好玩地寻思，要是外星人真的来了，
我们要怎么样招呼他们，为他们献上我们地球人最美的荣耀，
才能使得他们非常喜欢我们，
以达到美好成功的"宇宙外交"呢？……
当我看到梅花和兰花，啊，我的眼睛一亮，我的心中一喜，
这可找到了任何外星人在别处再也找不到的惊喜……哈哈哈，
她们的甜蜜曼妙、亲切可人，是地球人最美的外交使者，
真是令我非常兴奋又安慰！

兰花、梅花是一对姣好的孪生姐妹花，她们聪慧、漂亮、独特、才情无限，
还不只是"漂亮"那么简单，
她们的笑容里，有着独特的性格特色，
让人对于她们心里在想些什么，产生一种"引人入胜"的兴致，
她们的思想、眼神，跟她们的美貌一样耐人寻味！

我读了她们的第一本书，感觉真是太惊喜了，
她们拥有一个多么美好的家庭、多么美妙的一家人，
让人觉得分享她们的故事，是多么令人感动的一种享受！

首先，对于书中的诸多照片，我不能自已地要致上惊叹！

太美了！！！她们幸福美满的种种生活内容，

为我带来很多的快乐。

苏珊，真是一位了不起的好妈妈，

孩子们还有一位好爸爸，

他们对于孩子的栽培、照顾，真是太好、太精致用心了！

读万卷书、行万里路、广结人缘、思想启迪、勤写不坠……

不仅使得孩子们身心健康、快乐大方，而且能充分发挥她们无穷的潜力、

彰显她们个人的本能特质、双生的美妙特色，培养她们的才华、

引发她们内心深处由衷的表达，使得她们在外形、写作、音乐、舞蹈、

学识的各项领域、艺术的各类表达等等方方面面，

兼美、全美，让人感觉她们是达到了人类美好的极致……

梅花、兰花的美，从幼年时天真烂漫的笑容、穿着打扮的甜蜜可人，

到少年思想启蒙的亮点，再到青少年时期的活泼曼妙、毅力过人，

她们可以"静如处子"、又能够"动如脱兔"，

才情横溢、活泼丰盛、流转自如，

在穿着中国旗袍、气质优雅文静，

到打网球、跳芭蕾和弹钢琴……之间，

有说不完的完美和乐趣。

她们对于作为中美孪生儿身兼两边的文化和亲切与优势，

因而对两边社会均能做出贡献，有她们两种文化的深刻体会；

对于中美文化的差异和如何让两国民间有

更友善而更有效率的沟通也有一些比较深入的看法。

听她们"畅所欲言"，经由写作和其他的表演、非表演艺术形式，

尽量挥洒思想才情、尽量舒展她们内在、外在的林林总总，

真是让我看到无限光耀的两颗明亮的星星，看到人类美好的愿景。

有机会从地平线上开始追寻两颗璀璨的新星，饱览今日之盛美、憧憬明

日之恒星，

亲眼目睹她们不断地向上飞 、琳琅满目地表现，

真是人活在世间的一种莫大的乐趣，

由于需要采访她们，曾有机会多次沟通

有此佳缘，三生有幸，

祝福令人激赏的梅花兰花、祝福她们出色的父母，

永远幸福快乐，并且

为人间创造出我们现在无可想象的美丽新境界！

兰花梅花要出她们年轻岁月里的第二本新书了，

仅此为她们、为她们的父母、为大家、为您我，致上恭贺，

我们都是相亲相爱的，梅花兰花，就是宇宙生灵最美的彩虹桥。

洛杉矶 AM1300 中文广播电台"快乐联合国"的节目主持人丁珊致上

洛杉矶 AM1300 中文广播电台著名节目主持人丁珊在采访梅花和兰花

灵动的思想和细腻的情感

　　由于职业关系，我认识许多令人啧啧称奇的学生，梅花和兰花是最引人瞩目的一对。她们聪慧美丽，小小年纪来到中国，面对上百名北京中学生做文化交流，言谈举止亦落落大方。

　　读她们的书，我常常有热血沸腾之感：这生活简直太精彩了！而最打动我的，是跃然于文字间，那些灵动的思想和细腻的情感。看她们写中国妈美国爸的不同教育方式、写如何打败躁动的青春期、写双胞胎姐妹独有的默契，以及

在 2012 年暑假，兰花、宋莹莹和梅花在北京海淀外国语实验中学

许许多多令人受益匪浅的经历，我相信，你会像我一样喜欢她们，也会像她们一样热爱每一天的生活。

姐妹俩说，未来她们愿做促进中美文化交流的使者，我真想告诉她们，现在你们就是最可爱的使者！

——《中国中学生报·大视点》执行主编 宋莹莹

评梅兰何以绽放

2012 年 10 月 29 日和 30 日，在中央电视台国际频道的华人世界节目里播出了上下两集《绽放的梅花兰花》的华人故事。引起了国内外的很大反响，梅兰两人小小年纪就在文学、艺术和社会活动等多方面取得了如此骄人的成绩，在 2011 年两人均获得奥巴马总统颁发的总统奖状。

究竟是哪些原因使她们这般出类拔萃？我有幸先睹了她们的书稿，阅后心得如下：

一、早期教育结硕果

由于她们的父母有着超前教育的意识。在梅花、兰花 2 岁刚刚开始会说话时，她们的中国妈妈就用识字卡开始教她们识字。儿童的大脑是常人无法估量的神奇奥妙，据哈佛大学教授研究发现，一个人的脑细胞有很多是由于开发较晚而自然失去了，尤其是儿童大脑的潜能，不早开发就会递减。姐妹俩 3 岁便开始读带图画和文字的儿童读物。不到 6 岁就开始写日记。7 岁时把常去的图书馆内儿童区域的图书几乎都读完了，并开始阅读初级的世界名著。

上五年级时，英文老师要求每个学生写一篇十年的自传，所有的同学都写了 3 页或 8 页不等。而她们俩一写就是七八十页，老师看后，也十分震惊。之后，她们的自传和中国的十日游记由中国百花文艺出版社出版，即中英双语的《十年花语》，并在全国和美国上市。

姐妹俩还能说一口流利的汉语，既会中、英翻译又会写作，还在四年前被中国《沈阳晚报》聘为海外小记者，并发表了十余篇文章；她们也是洛杉矶实验中学校报的总编和编辑；她们的文章已被美国、中国和欧洲等四十多家媒体刊出。

不仅如此，梅花和兰花还多才多艺。在绘画、钢琴、舞蹈、演讲、翻译、网球、写作等方面均获得过大奖，她们还可以讲流利的西班牙语。究其因，是她们成功地接受了中美文化熏陶和早期教育的结果。

二、行万里路，胜似读万卷书

梅花、兰花年龄虽小却游历和阅历颇深。多年来，她们跟随父母去过很多国家，并将美国的东西南北也走了个遍。也曾多次到中国各地进行寻根之旅。同时，也多次有机会与中国学生们一起畅谈不同文化背景的成长和彼此交流思想的活动。这使她们不仅增长了见识并加深了阅历的底蕴，也磨炼了她们的意志、增长了智慧。

每次她们出外旅行都会写出大量的游记。她们不仅观光优美的风景，而且还了解各国不同的民俗风情；不仅参观了许多国家的名胜古迹，也学到了他们的历史和文化。她们寻古观今，受益匪浅。正如古人所云"行万里路，胜似读万卷书"。

三、诸多高人的指点

梅花兰花不仅多才多艺，还频频获取各项大奖，其中重要的原因就是她们接受了很多高人的指点和细心的培养。

音乐：从小就拜洛杉矶的钢琴名师——刘敦南教授、王立教授和黄茵茵教授为师，他们都是首屈一指的一流钢琴巨匠。她们也获得了名师的真传，初中就拿到了加州的钢琴十级证书。还多次参加郎朗的钢琴演奏会，并也得到郎朗的指导和鼓励。在2008年至2013年梅花和兰花曾多次参加不同类别的钢琴比赛，并多次荣获大奖，梅花还在2011年的国际音乐节的钢琴比赛中荣获第一名的大奖。郎朗也曾多次给予表扬和祝贺。

舞蹈：她们从 5 岁开始跟着由上海芭蕾舞蹈学校的张力老师和李小筠教授学习了 8 年的芭蕾舞。之后，又迷上了中国民族舞。她们跟着中国民族舞蹈学院的王馨悦教授学习最正宗的中国民族舞。在芭蕾舞和民族舞的比赛中曾荣获过三次双人舞的金杯奖。

中文：众所周知，在海外的华人都苦于自己的子女不愿意学习中文，甚至完全不懂中文。可是，梅花和兰花从 6 岁开始学习中文，一学就是十年从未间断。最初，她们在由北京师范学院的谭建华教授创办的金桥中文学校，学到的是标准的中文和简体字。毕业后，她们又继续就读于圣裕华协中文学校，跟着台湾师范大学毕业的李秀芬教授学习中文的繁体字和写作。毕业后，又继续去大学学习汉语并受到了吴小舟教授和吴琦幸教授的关注和指导，获益良多。在 2010 年参加全美国大学的统一 AP 汉语考试，并取得了满分的优异成绩。

写作创作：梅花和兰花是出生在三代媒体世家里，从小就受到了爸爸的细心培养，从开始写日记时，就由爸爸修改指导。之后，在上七年级时，就开始去大学修高级英文课，目的是要拿到大学的创作写作课程。八年级就利用业余时间在大学修完了创作写作课程并获高分。由于她们喜欢并坚持创作写作，到

去姥姥家串门和姥爷合影（2011）

2013 年她们连续 5 年参加了美国艺术写作大赛，共获得了 3 金 5 银和 2 个三等奖。在中文写作上，也是受到了中国著名的儿童作家薛涛先生的指点，多年的通信交流，使她们俩在中文写作上突飞猛进。

梅花和兰花由于多年的坚持不懈的努力学习，功夫不负有心人，她们自然也取得了许多荣誉，到 2013 年，她们共获得了 50 多块各种奖项的奖牌及证书等。从而也证明了"严师出高徒、名师出状元"这一说法是确实有道理的。

四、本人的刻苦努力

在经过父母的一系列的超前教育之后，梅花和兰花养成了良好的心态和学习习惯，两人都有着积极努力向上的进取精神。她们从小对时间管理很重视，由于接受教育起步早，也应验了中国式教育的一个基本理念：要赢在起跑点上。这主要体现在姐妹俩从幼儿时起就开始抓紧时间，自觉努力，并且从未停止。在刚上初中时，经学校考试验证后，她们的数学连跳两级，到高中二年级时已经学完了大学的微积分课程。接着，她们在高中三年级就已学完了大学的 8 门课程，并以高分获得全美统考。

很多人说她们是天才，其实不然。事实是她们凭着坚强的毅力并从不间断地刻苦努力学习的结果。也正像是鲁迅先生所说的，"哪里有天才，我只不过是把别人喝咖啡的时间都用在工作上了。"

以上是梅花和兰花获得殊荣的主要原因。在此，我也预祝美丽的两朵花在未来的学业上取得更优异的成绩！多为中美文化和两国人民之间做铺路架桥的工作，也祝愿你们能早日成为受中美两国人民所欢迎的中美文化交流的光荣使者。

辽宁省历史教研会前副秘书长　王振文

加州魅力小姐妹

王红雨

梅花、兰花寄语读者朋友：

在我们的书稿就要下厂印刷的前夕，我们的邮箱里又跳进了一封来自北京红雨阿姨的信。看完之后，让我们非常的感动，信中有一种无形的力量和鞭策，同时也让我们意识到了，我们做的还远远的不够，因为红雨阿姨把我们放在了她心目中那么高的位置上，其实，我们还差得很远很远，真要达到那么高时，我们还要再加倍的努力才行。我们认为这封信不仅唤醒了我们，还可以让更多的青少年以及他们的父母得到借鉴。所以，我们愿意将这封信也放进书中与您一起分享：

中国在 60 年代的"草原英雄小姐妹"，可谓家喻户晓，姐妹俩为了保护集体的羊群，顶风冒雪，不惜牺牲自己的生命，成为一个时代的楷模。

这次去美国，参观考察加州的一所学校时有幸认识了一对中美混血双胞胎小姐妹——梅花和兰花。她们的父亲是美国人，母亲是中国人。两姐妹不仅长得漂亮可爱，而且聪慧可人、多才多艺。虽说只有一面之缘，虽说相隔万里，虽说年龄差距超过 30 岁，我却被她们深深地吸引和震撼，就像 30 年前被龙梅和玉荣的故事震撼，所以便称她们为"加州魅力小姐妹"。

认识她们源于一次普通的参观考察，姐妹俩一直陪伴我们全程，包括引领、听课、座谈，甚至为我们还耽误了午餐和物理考试前的复习课。在加州我们总共参观考察了 15 所学校，大部分学校都会安排学生做我们的"小翻译"或者"小向导"，美国学校把接待来访活动看作是一次教育机会，尤其是给懂汉语的同学搭建学习锻炼和展示自我的舞台。"魅力小姐妹"于是脱颖而出。接触了这么多学生，只有她们俩与众不同，首先，她们的语言能力是最好的，这并不奇怪，家庭环境有优势，得天独厚吗。其次，她们是最用心的，一般孩子接待工作完毕就回去了，她们不一样，上午课后又返回找到我们讨要名片；牺牲中午饭陪我们"聊天"。最让我难忘的是在离开她们的学校之后，她们用中文连续给我写了九封信，

我惊异，两个美国长大的孩子每篇文字不仅文字通顺、没有错别字，还简洁生动、富于真情实感，丝毫没有美国孩子写中国信的感觉，用老百姓的俗话叫"透着会说话"，读起来让人舒服，可心，可见她们驾驭文字的能力不一般。

现摘录几个片段：

2012—11—30（星期五）

亲爱的王主任您好：

我是梅花，本来想关掉电脑立刻上床睡觉了，明天还有物理期末考试呢。可是看到了您这封热情洋溢的回信时，使我不得不写上几句。先谢谢您对我们俩的夸奖！

今天是我们俩在这个学期最高兴的一天，我非常惊喜地看到了这么多从中国首都来的贵宾，很荣幸的是校长又派我们俩来接待你们。虽说，我们耽误了期末就要考试的最后一堂物理复习课，我们还是认为很值得。我们见到了这么多的中国老师从心里觉得很亲切，就是时间太短了，好像还有很多的话要说都没有机会。还好，现在世界已经都变成了地球村，网络也方便。就让我们常常保持联系吧！如果您方便请给我们其他老师的邮箱好吗？谢谢您！希望再相见！

等我们再长大时，都想去中国念硕士或者博士，我们希望能做一个中国通！

2012 年 12 月 06 日（星期四）

亲爱的王主任您好：

我们是梅花和兰花，我们猜到了您会送给我们报告，所以，在睡觉前又打开信箱时，真的您的信和小报告已经躺在我们的邮箱里等着我们呢，非常感谢您！

我们会在周末给您回答那两个问题。您的小报告写的挺好的，会对我们

有很多的帮助。谢谢您！如果您还有什么关于美国学生的问题，请问我们好了。我们非常愿意帮助您，回答您提出的问题，好吗？

2012 年 12 月 09 日（星期日）

亲爱的王阿姨您好：

请允许我们这样称呼您好吗？我们知道中国人比较亲近时，就会自然的称呼阿姨了。

我们花了几乎一天的时间研究回答您小报告中的问题，出现了很多的生词。还要谢谢 Google（谷歌）帮我们翻译了很多不会的句子。我们的头已经昏了。但是，我们认为很值得。

谢谢您信任和鼓励我们！如果您还有不清楚的地方，就再问我们好了。

P.S. 如果可能的话，请告诉我们，在您和您的团队这次来美国所看到的场面、镜头、事件或故事中，哪些是让您觉得很惊讶的，或是跌破了眼镜的事情？好的和坏的方面都可以。

Lots of Love，

梅花和兰花

就这样，一封接着一封……

小小的年纪好执著

我感动，特别是在第七封信后，由于我回国后工作缠身，再加上家里的事情多，忙得不可开交，一直没有再给两个孩子回信，在我"失礼"的情况下，她们依旧在今年大年初一又送来了第九封信——新春的祝福。

据我所知，在我们的团队中，她们不止与我一个人通信，而且，由于我回信慢，所以，九封信的数量也不是最多的，换言之，这两个宝贝真不辞辛苦，是在用真诚、真情、真心做沟通，认真把每件事做好、做明白、做扎实，还有股子打破沙锅问到底的决心。我从心底里喜欢她们，为她们竖起大拇指，真棒！不仅佩服两个孩子，还佩服教育她们的中国母亲和美国父亲。正是他们的用心培养和细心教育才开出这么美丽的"姐妹花"。正像小姐妹俩提到的，父亲对她们的教育是依据自身兴趣"自由选择"，而母亲则要求她们中国式的"坚持"。父亲给他们自由驰骋的"空间"，而母亲给了她们"执著"的品质。

小小年纪真自信

问起两姐妹未来的志向是什么？原以为她们一定会回答，做记者或做编辑。因为她们的父辈祖辈都从事的是新闻业，两个孩子只需"子承父业"便可有所发展。然而她们坦然并自信的回答让我大吃一惊，她们要当"中美大使"！真敢想啊，地球人都知道，即使在美国能当上大使也是一件"超级难事"，且不说能力基础、资历积累，就说与总统的关系，也要"非一般"才行啊，一样需要"背景"。这两个16岁的孩子竟然瞄向了这一"宏伟"目标，不得不令人惊叹。扪心自问，这要换了我，一定会坚决反对，还要批评孩子"不切实际"、"自以为是"、"不知天高地厚"……孩子的想象力被框住了，孩子的路先被家长堵住了。因为，做父母的从来不敢这样想，自然禁锢了孩子，更缺少为孩子提供了解社会、选择理想的机会。

不仅家庭鼓励孩子，再看看美国学校对学生的培养目标，李希贵校长在《36天，我的美国教育之旅》一书中对美国一所学校指导目标的部分分目标是这样阐述的：

目标一：学生将达到与年龄和能力相适应的智力发展，包括审美情感、创造性、批判性思维和求知欲。

目标四：学生将学会有效地与别人交往。

目标五：学生将通过激励、坚韧和对成就的自豪，形成积极的自我印象和对人格魅力的感觉。

从很小的时候开始，美国人就开始让自己的孩子在丰富多彩的活动中获得各种人生体验，在丰富的体验中认识自己，寻找自己喜欢的职业方向，明确自己的未来人生。更是为自己一生的幸福做准备。

这就是美国，这就是美式教育培养出的孩子，富于独立的意识、富于自我挑战的精神、富于创造的能力，难怪那么多的诺贝尔奖获得者诞生在这片土地上。

在"魅力小姐妹"身上我看到教育未来的希望

从梅花、兰花这一对"加州魅力小姐妹"身上看到的则是信心的力量、勇气的力量、创造的力量、全球化的力量。她们也是这个时代应有的力量。

印度著名哲学家克里希纳穆提在《我们需要怎样的教育》一书中说到:"一个社会,只有当每一个人都在做着他喜欢的事情时,社会才能和谐","教育应该帮助你了解你真正爱做的事是什么,然后在你的一生中,你会努力去做你认为值得又富有意义的事。否则你的人生可能会过得很悲惨!"。

"当你年轻时,找到你人生真正'爱'做的事是很重要的,这是创造新社会的唯一途径"。

想当年,龙梅和玉荣是全中国六七十年代孩子们的楷模,她们的身体虽然受冻伤残,但却以高尚的行为被誉为"草原上最美丽的花朵"。在"草原英雄小姐妹"身上看到的是榜样的力量、责任的力量、信仰的力量。

我从这对中美孪生姐妹的身上看到的是不同时代、不同国度、不同文化背景下的"当下的力量",一样美丽,一样震撼,一样值得我们尊敬。

无论"魅力小姐妹"是否能够成为多年以后的"中美大使",他们已经是我心中的"中美大使"。相信经过她们的不懈努力,一定会有一个灿烂光明的未来!

祝愿加州"魅力小姐妹"心想事成!

第一部分

自

传

第一章　当当当！是在敲幸运之门吗？

收到了克林顿夫妇的出生贺卡（1996）

在 1996 年的夏天，我们出生在蒙特利公园市的佳慧尔医院。

在妈妈怀我们最初的超声波检查时，医生对我们的父母说：恭喜你们要为人父母了。接着，这位大夫又说：但是，我认为子宫里还有一个小小的纤维瘤，因为，我看到了两个离得很远的小点在里面。当时，妈妈听后非常的紧张；爸爸当然也紧张，可那个什么"纤维瘤"并没有阻挡住一种从未有过的兴奋之情在他的心中涌起，因为他要做爸爸了！他居然一开始就乐观地想那个"纤维瘤"的问题，他在自己的日记中写道"是否会是双胞胎呢?!"哇，真是了不起，后来医生证实了，那两个点的确是两个不同卵子的双胞胎！在妈妈怀我们 3 个月后再去做超声波检查时，医生清楚地告诉我们的父母，你们将会有一对双胞胎的女儿。这时，爸爸立刻在医生的桌子上轻轻地敲了几下，嘴里还在说，"当当当"！

这"当当当"，指的是西方神话传说留下的一个古老习俗，人们为了心中祈盼的某件事向神灵许过愿后，当你的许愿得到了自己祈盼的结果时，说不定会有恶魔前来破坏，不让你的好事成真。这时，你要敲打木头，用这种声音吓走恶魔。之后，你才真的能够好事成真了。原来，爸爸自从和妈妈结婚的那天起，就悄悄地在心里向上帝祷告过，让他的生命中能有两个女儿该有多好啊。所以，当医生一宣布妈妈怀的是双胞胎女儿时，他就赶紧用手敲击医生的桌子，可能是想加强敲击木头桌子的声音效果，他嘴里也不停地在说"当当当"！之后，父母还看到了我们在子宫里好像是互相打拳似的一起玩耍着。即使我们还没有来到人世间，就已经结伴成为好朋友了。

在妈妈怀我们八个月大的时候，她去医院进行例行的月检查。医生刚刚开始用双手放在妈妈的肚子上，只感觉到一个孩子在动，他立刻用听诊器听妈妈的肚子时，发现找不到了另外一个孩子的心跳了。医生立刻宣布要紧急手术，经剖宫产手术，先出生的是梅花，体重是 6.7 磅。一分钟后，兰花也出生了，她的全身都覆盖着黏糊糊的白色糊状物，这是因为，妈妈肚子里的空间已经不够了，兰花在里面已经完全不能动弹了，她没有足够的空间可以活动和呼吸了。医生说，当时真的是非常危险。兰花的体重是 7.5 磅。我们俩是住在两个不同的胎衣里，再加上两个胎衣里的羊水，真的很难为妈妈，不知道她是用什么样的毅力支撑下来的呢？她真的是很了不起啊！

后来，我们看到了自己刚刚出生后的一张照片，当时梅花用着微弱的"OK"手势向摄影师和爸爸、妈妈以及这个世界显示出稚嫩的神情，还有一头像是小山的黑发站立在头的中央。那一双天真无邪的大眼睛直盯盯地看着镜头，出神地凝视着这个陌生而又奇妙的新世界。可兰花却是非常的贪睡，摄影

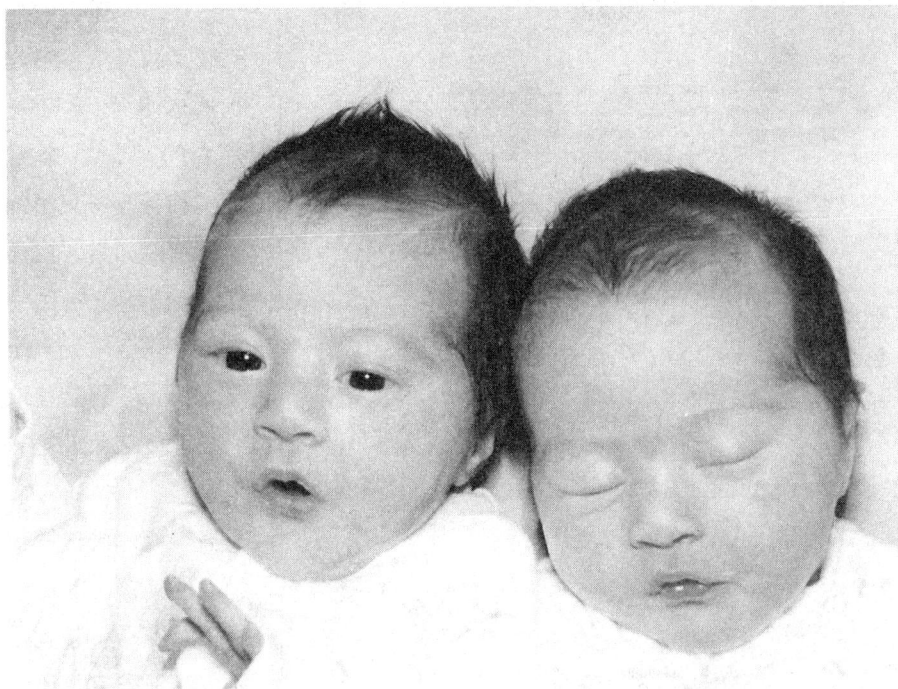

出生后的第二天，梅花用 OK 的手势向世人展示了她的可爱

师整整地逗了她20多分钟，可她还是紧紧地闭着眼睛睡得很香，她完全不理不睬这个大千世界。

回到家里时，从中国远道而来的姥姥和姥爷已经在等待着我们的到来。在我们回家最初的几周内，我们会经常躺在楼下客厅的地毯上与我们的家人一起观看奥运会。尽管妈妈和爸爸已经买了要去亚特兰大看奥运会的门票，可是由于我们的意外到来使他们改变了主意。

我们的邻居听到了我们的啼闹声时，便对我们的父母说："这回你们的家可真是充满了活力和生机勃勃啊！"

不久，我们家收到了克林顿总统和夫人希拉里寄来的签名贺卡。上面写道："欢迎你们来到这个新世界！你们的到来让那些爱你们的人得以庆祝。我们祝福你们健康快乐地成长！也祝你们拥有光明、美好的未来！"可那时，我们完全不明白谁是总统。

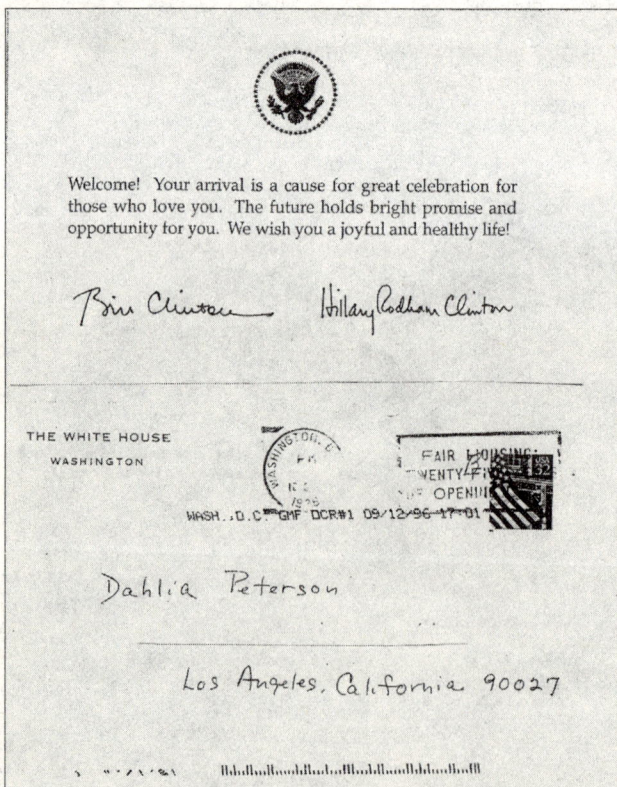

Welcome! Your arrival is a cause for great celebration for those who love you. The future holds bright promise and opportunity for you. We wish you a joyful and healthy life!

Bill Clinton   Hillary Rodham Clinton

THE WHITE HOUSE
WASHINGTON

WASH.,D.C. GMF DCR#1 09/12-96-17-01

Dahlia Peterson

Los Angeles, California 90027

克林顿夫妇寄来的出生贺卡

在我们小时候，爸爸为了更好地哄我们睡觉，他还为我们俩编了两首歌，每当他抱着我们晃来晃去的时候，就会唱道："梅花是一只小绵羊，白白如雪，白茫茫；无论爸爸走到哪儿，那只小羊就会跟上……"还给兰花编了一首歌："兰花是个洋娃娃，她会长高，也会长大；她长得很甜也很美，美的真像是一朵花……"就是现在，爸爸有时还会不知不觉地唱起这两首早年为我们两所编的摇篮曲。

　　我们的姥姥和姥爷对我们的照顾是无微不至的，也是无价的。如果我们哭了，无论何时他们就会马上起床，跑来帮我们换尿布、喂奶，还经常带我们出去晒太阳，在家的附近遛弯儿。

　　爸爸后来对我们说，你们真的很幸运。在他小的时候，直到5岁才看见自己的爷爷、奶奶。他双方的祖父母都住在千里之外的华盛顿州。数以百万计的美国爷爷、奶奶想看到自己的孙子时，大都是一年只有几次也就是几天而已。我们的姥姥和姥爷每天不分黑天还是白

送姥姥回中国时留影

天，只要我们有需要时，他们都会立刻过来照顾我们，慢慢的我们就深深地爱上了他们。我们知道，自己跟姥姥和姥爷的感情比妈妈和爸爸还亲近。

　　在我们18个月大的时候，姥姥和姥爷的签证到期了，他们不得不返回中国去。他们走后的第二天，我们想看看姥姥姥爷可怎么也找不到他们了。兰花在姥姥的房间里发现了一双姥姥平时穿的拖鞋，举着鞋问妈妈，"慕！慕！"妈妈知道她的意思是问姥姥哪儿去了？妈妈说，他们都走了，回中国了，不在了……我们俩再也找不到他们了，我们能做的就是每天都在大哭，我们真的非常伤心，想要看见姥姥和姥爷，可就是找不到。那时候也不懂得太多，想姥姥想得很伤心，我们足足地哭了一个星期。我们的喉咙嘶哑了，我们的眼睛也都哭肿了。

　　但最终他们的面孔也渐渐地在我们的记忆中消失了。幼年的时光好像是秋天的落叶，一片又一片地淹没在记忆的泥土中，去滋养新的小苗、新的根茎、新的枝叶和新的花朵了。

我们的第一个月亮（1998）

朦胧中的童年岁月总是那么的美好，记得我们每天都会在爸爸的书房里玩，隔窗远眺那辽阔而又陌生的大千世界；数着天上那一架又一架的大飞机从太平洋上空掠过……真是悠闲自得，乐趣多多。

在我们 17 个月大的某个夜晚。那个夜晚并没有预兆什么，也没有什么特别之处，但一件很有意义的事发生了。我们趴在窗台上向外望，望夜空，看到了夜空上高悬的又大又圆、晶莹剔透的月亮，她好像在向我们微笑呢！我们俩几乎同时指着大月亮说出了"moon"！月亮就成为了我们姐妹俩会说的第一个单词。爸爸、妈妈听我们用稚气的语调发出了那个清晰的声音都非常兴奋。之后，我们慢慢地开始会说妈妈和爸爸，还有，"推"和"猫""狗"等。

在我们快两岁时，妈妈就开始教我们学识字了，起初学的都是非常简单的只有三个字母的英文单词。如：大（big）、猪（pig）、太阳（sun）、红（red）等常用的词，当然也少不了月亮（moon）了。妈妈常常把自己做的识字卡举在我们的面前，先教两遍然后就反复地测试我们，直到记住了为止。接着这些词就会很奇妙的无论在哪里出现，我们都可以把那些词准确地认出来。然后妈妈再一点点地增加速度和难度。妈妈为了让我们学得更有兴趣，又特意买来了五颜六色的、上面还有图画的识字卡。我们就更喜欢学了，同时也变得更容易学了。然后，妈妈就给我们买小小的书，上面都是画，每一页也会有十几个词在上面。有一天，妈妈让我们读一本小小的图画书，第一页有 10 个英文单词，我们可以读会 8 个。妈妈就很高兴地表扬我们。在周末，我们全家一起出去玩时，我们就很喜欢看街上或商店上的牌匾，很爱认那上面的词。有时，通过车窗会看到外面挂的广告牌，我们也会在那上面找到已经学过的词。

没过多久，我们就记住了 500 多个单词了。妈妈说，"你们俩真的了不起！妈妈也要向你们学习了。"妈妈的赞美让我们非常得意，学习的兴致更高了。于是，我们学新单词，就像滚雪球一样，越滚越大，单词量也越来越多，不到三岁就能够读小书了。我们总是坐在自己的房间或客厅里，捧着小书兴趣十足地读个不停。我们家里到处都堆着各种各样的小本书、大本书，大部分都是带画的书。我们也经常跟着妈妈去书店和图书馆去玩，去借书，每次都会借 30

1 岁多的兰花在看书

本书（用三张借书卡，每张卡每次最多可以借十本书），那些书都是由我们自己挑选的，三个星期到了我们就会把书还回去。很快我们就变得像个如饥似渴的蛀书虫了。我们在那无形的知识海洋里畅游着。在图书馆，我们总是会很耐心地和妈妈一起围坐在一起，一待就是小半天。我们读书时都很认真，到了休息的时候，妈妈就会说："请把刚才看的书，你认为有趣的并值得给妈妈讲的，讲给妈妈听一听，好吗?"我们俩都争着抢着要给妈妈讲。有时，妈妈还会问我们很多关于书中的细节问题，我们也都能一一的回答出来。有时，妈妈还启发我们思考更深一点的问题，我们就会很认真地给妈妈解释。

　　长大以后我们才知道，在美国几乎没有哪个妈妈对两岁大的孩子就开始教认字的。妈妈实行的这种"早期教育"是不会被大多数的美国人所认可的。就是在我们这里，上了幼儿园之后老师也不会用记忆卡教儿童们学识字的。老实说，刚开始爸爸也认为妈妈这样做是行不通的。爸爸还说，大多数的美国人还会非常反对这种做法，因为他们不习惯孩子在 5 岁前开始学习识字和阅读。还有些家长认为，即使在幼儿园开始学习字母，也认为还是太早了，说小孩子太小是难以承担的。可妈妈这个人是认准了就不会放弃的人。老实说，我们很感激妈妈的坚持，没有她的坚持我们也不会养成从小就会识字和爱阅读的好习惯了。

等我们在长大一点儿的时候，总是会有人问我们：你们从小就喜欢写作是受谁的影响？

我们非常喜欢写作，从五岁多就开始写日记了。然后，写文章，写故事，还写过小小说等。究竟受谁的影响？故事还得从头说起。记得我们快要到6岁的某一天，妈妈在跟在中国的姥爷通长途电话，姥爷说："双胞胎已经认识那么多的字了，让她们俩写日记吧。"妈妈就说："好，等过完6岁生日就开始写。"姥爷又说："等什么呢？想到了就开始嘛！"妈妈说："好吧。"拿着电话就下楼来问我们俩说："姥爷建议你们写日记，你们要写吗？"我们一起站起来喊："耶耶！！！我们要写！"妈妈就上楼找了两本已经用过了几页的大笔记本给了我们俩。兰花还记得，当时自己坐在地上，把那个大笔记本像模像样地放在腿上，把被用过的几页翻过去，然后在新的一页上很认真地写道："今天我很高兴。可是，我很想要一块糖。"

从那以后，我们就天天写日记了。当然，也有不爱写的时候。不爱写时，我们就拿过大笔记本，在上面瞎画。你猜看到这种情景妈妈会怎样？她不急，也不恼，更不批评我们，而是说：不爱写可以，那就请你们写上理由吧。结果，我们写上了不爱写的理由，这也成了一则日记！她用让我们写理由的办法，使我们写了当天的日记。反正妈妈总是有办法让我们坚持写下去。现在想想，我们俩都特别佩服妈妈那股坚持的韧劲儿。我们写日记进步得很快，三个多月写的都是几句话而已，再以后，就变成了半页。再后来，就开始加标题，每一篇都会围绕着标题写。很快，我们写出了乐趣，一写就停不下来了……

爸爸很爱看我们写的日记，他还会在上面把他认为好的句子用红笔划下来，还说我们有的句子用得非常好，有些形容句子很恰当，还有的句子像是名人名言，他总会在我们的日记本上表扬我们。我们就越写越爱写，越写越用心，多用好词语，多写出好的句子，想方设法地想描写好，也很希望多多地得到爸爸的夸奖，也可以多多地看到在我们写过的本子上有多多的红线。其实，写作就是要不停地多写、多练，熟能生巧嘛。

后来妈妈也会帮着我们找一些对儿童的心灵成长有帮助的好书。还有简易版的带有插图的名人传记等。由于我们经常去家附近的图书馆，那里的图书管理员们都变成我们的老朋友了。他们也不断地推荐最新和最好的有趣的书给我们看。在 7 岁的时候，图书馆儿童区的图书几乎都被我们读遍了。在那个区域再也找不到什么我们喜欢的新鲜书了。我们就开始转移到了少年图书部去找书了。我们开始读比较短篇的世界著名人物的自传，如亚伯拉罕·林肯、居里夫人和爱因斯坦等等名人的自传和传记，还有科幻小小说和世界著名的故事，例如：《一千零一夜》等。我们总是有着一

两岁在好莱坞预演广告

种非常好奇的心情，在图书馆和书店里寻找着自己很喜欢的书，越读就越爱读了。遇到有些我们喜欢的好书就会再多看一遍，每次读完都会有新的感受，并且学到了新的知识。从四年级开始，我们还读了很多的世界名著，如《愤怒的葡萄》、《罪与罚》，还有狄更斯系列小说等。

在 8 岁时，我们就开始写读书笔记了，还把书的封面图案也画在自己的读书笔记本上，按照非常正式的读书笔记的格式写出每一篇自己最喜欢的书。我们写了大量的读书笔记，这对我们现在的读书和写读书报告以及写文章起到了非常重要的作用。在学校里，老师说我们俩是所有学生中写文章最快、最好的学生。

直到今天，我们还会很清楚地记得：在我们儿时那段生活里，读书对我们而言是最有趣的事情了。我们俩常常会并排地坐在客厅的沙发上，有很多的书籍堆在那里，像个小山似的。有时候，一个下午过去了，天都有些黑了，我们还在那里看书呢，灯也没开。这时，妈妈看到了就会唠叨个没完地说，这样会得近视眼的，这样会得近视眼的。她还认为，我们的近视眼就是因为我们读书的距离太近和光线不足所造成的。我们则认为更可能是我们继承了爸爸的遗传基因。可医生对我们说，近视眼完全取决于自己身体内部的条件所形成的。妈

妈对我们有了近视眼总是会埋怨；可爸爸却对我们说："嘿！欢迎你们俩加入了我的行列！"

回想起来，妈妈对我们的早期教育，是从我们第一次说出月亮（moon）开始的。后来读书多了，才知道无论是在西方，还是古老东方的中国，都有一个美丽的传说。说有一种植物和月亮有关，它的名字叫"月桂树"。在中国的神话传说中，月桂树是生长在月亮上的一棵高达五百丈的神树，吴刚怎么砍也砍不倒，因为月亮上的月桂树随砍随合，永远枝繁叶茂、郁郁葱葱，每到中国农历的八月十五，便有馨香的桂花飘落人间……在古希腊神话中，月桂树是由仙女达芙妮变成的，她是太阳神阿波罗钟爱的对象，当她变成月桂树后，阿波罗便成了月桂树的守护者，后来阿波罗用月桂树的枝叶编成美丽的"桂冠"，把它戴在竞技比赛的优胜者头上，后来的"折桂"、"桂冠"就是这么来的。当我们后来一次次站到领奖台时，还会想起我们最初的第一个月亮……

山顶幼儿园的趣事（1999）

姥姥和姥爷离开我们之后，姑姑又来照顾我们。到了我们3岁的时候，照顾我们的亲戚都回中国了，我们的父母面临着大多数美国家庭所面临的困境：谁来照顾我们。而爸爸妈妈都在工作，他们都不希望有陌生人到我们家里来照顾我们，所以他们决定寻找一所适合我们的幼儿园。他们费了很多的周折，最后找到了一家"山顶幼儿园"。这是一所有点嬉皮式的幼儿园，经营方式是幼儿园的院长和家长会集体合办。每一年都会由家长们协助举办一次募款大会，直到今天我们还是会收到去参加他们每年一次募款大会的邀请信呢。这里的孩子都是来自不同的社会经济背景，有经济条件差一点的也有很富有的家庭。我们幼儿园还有很多要求，不允许小朋友穿超人服装在万圣节里；决不允许小朋友把玩具枪带到幼儿园里；不允许孩子以卖糖果的方式来募捐；绝对反对暴力倾向的任何活动。我们父母认为这些要求都是合理的。所以，他们喜欢这所幼儿园。

山顶幼儿园坐落在一片绿油油的山坡顶上，是在一个公共的大公园里。有一座温暖的小红房子藏在一片金色的枫树后面，并由翠绿的垂柳掩盖着。大操场上玩意儿很多，有高高的秋千，长长的大滑梯，松软的沙池，还有各种高低杠等。

我们第一天来到山顶幼儿园时感到很陌生，想家也很想妈妈。我们看见在这里全都是和我们一样大的小孩子，但一个也不认识，老师也不认识。于是我们就大哭了起来，这是我们有生以来自从姥姥回中国之后的第二次难过。一个叫艾米的老师，她非常的善良和蔼，主动地过来照顾我们。她非常耐心，总是哄着我们玩。一个星期后，我们慢慢习惯了这里并开始爱上了这个地方。

每天早上我们都拉着长长的一列队伍像是游行一样晃晃荡荡地倾巢出动，从小红房子向公园的大操场挺进。有些孩子骑着三轮车，车上装满了玩具和小工具，桶、塑料铲、盘、碗、碟等等。我们骑着小三轮车，绕着大沙堆池一圈又一圈地骑着。有一次梅花被一个叫丽昂娜的小朋友撞倒了，重重地摔在了地上。眼泪在眼眶里打着转，可还是强忍着没有哭出来。自己从地上爬起来，拍了拍身上的沙土就又继续骑着三轮车向沙堆方向前进。沙堆旁有长长的大滑梯可以顺势滑进沙堆池中，还有一些用大橡胶轮胎做的秋千，每次

山顶幼儿园的生活片段

我们上去都会悠得高高的，小朋友们之间也会比看谁悠得高。

在幼儿园的小红房子的后面，有个小斜坡，那里的土是黑油油的，长满了各式各样的花。小山的左面是个绿茵覆盖的斜坡，上面长满了露珠晶莹的小草。还有另一处山坡，我们会常常在那跑来跑去。我们在草丛中寻找玩具或复活节留下来的鸡蛋。右面是挺拔的枫树，伫立在阳光下，红色的枫叶金光闪闪。有时树上还会有树油子冒出来，弄到手上黏乎乎的，怎么擦洗都不容易掉。还有许多开放着的蓝色、紫色和黄色的喇叭花，顺藤蔓爬，长成了高高的花篱笆。山坡旁有个大菜园子，种有西红柿、草莓、黄瓜和豆角。春夏之际，浓郁的花香弥漫在空气中。

记得在那段时期我们还不太懂事，有一次我们俩在幼儿园的院子里玩那些餐桌上的用具。我们在茶壶里装几羹匙的土，再倒进去几杯水，用羹匙在里面搅拌了很久，就像妈妈沏茶和爸爸做咖啡一样。结果，我们想没有人会相信的事发生了：我们俩一人一杯就把泥汤水当茶一样都喝了。老师知道后都吓坏了，她们怕我们会喝下大肠杆菌，会拉肚子。还好，很幸运！之后什么意外都没有发生。

起初，老师们都不相信我们俩会识字读书。老师递给我们几本书，我们就立刻流畅地读完了。她们很震惊，有个叫琳达的老师说，我还是不相信，有可能这几本书她们俩在家已经读过了可以背下来了。于是，她当场随手写了一首诗歌让我们读。我们俩又一次流畅准确地都读了出来。琳达老师的手好像被火烫到了似的，把那张纸一扔，大喊："哇！她们真的会读呀，是真的！我可从来没见过这么点儿的小孩子就会读书呀！"

在幼儿园里，我们每天都会学唱歌，再跟老师学绘画，可最枯燥的事情还需要每天都学习 26 个字母，这样我们会觉得非常无聊，因为这些字母我们早已经背得滚瓜烂熟了。我们总是渴望去校图书馆里去读书，可是，老师没有让我们去读。我们俩就经常在每天午睡时，带几本书藏起来，等老师走了，大家都睡了时，我们就开始读起来。两年过去了，老师都没有发现过。我们就是不喜欢睡午觉，好处是我们把那里所有的书都读完了。

到了周末，爸爸总会带我们去巴斯洞公园放风筝，玩球。有时我们全家还去格瑞斯国家公园爬山，常常会爬到天文台顶上；有时还会爬到更高处的"且梯峰"顶上；我们每个月还会有一次爬到好莱坞的大标牌的地方。那里是一片荒山野草，没有地方可以玩，我们就会在每一个大字母上都摸一摸。之后，就立刻打道回府了，大概要花两个多小时的时间。在爬山的过程中我们比爸爸和妈妈都爬得快，我们常常会将爸爸、妈妈落在后面很远。他们一路上就很担心，总是气喘吁吁地在追赶着我们。等追上了我们的时候，爸爸就会竖起大拇指对我们说："你们俩真是登山的好手。"我们对爬山的确是情有独钟。小时候，我们称巴斯洞公园是我们家的前院，格瑞斯国家公园是我们的后院。只要是有闲时间我们就一定会去那里玩。

家好、景好、邻居更好

我们家住在离好莱坞大道很近的山坡上，是一座白色的大房子，在我们小时候看它就好像是一座城堡，矗立在一片繁花丛中。

从我们家的窗户可以眺望俯瞰整个洛杉矶，从任何一个窗口望出去，都会看到几里以外的美丽风景。站在我们的阳台上，面对的是洛杉矶市中心的摩天大楼群。北面尽是高高的山脉，在冬天可以看到白白的雪山顶，南面可以看到在太平洋上的咔塔林娜小岛以及好莱坞大道上那一排排高大的棕榈树。从东面的窗口，我们每天早上都可以看到有不同的日出美景，看到那神奇的强光是

从我们家阳台望去，远处是洛杉矶市中心的缩影

怎样地开始吞噬着这个世界。有时，那初升的太阳将会在像火一样红的地平线上冉冉地升起来；如果今天的天气非常好，也不太热，那太阳会在一片七彩的霞光中缓缓升起；那美丽的日出是千变万化的，从来都没有过重样的。如果这天会很热，那太阳就会在通红通红的像是火一般的颜色中升起。从爸爸的书房可以看到270度的风景，在夏天，道奇棒球场在比赛季节时，每天晚上都会放出五彩缤纷的绚烂礼花，到了每年的国庆节时，我们可以看到很多城市的礼花在整个的星空绽放。从我们房间的窗口望出去，如果是傍晚就可以看到绚丽多彩的夕阳西下。落日其实也很壮观，那缓缓下降的金色太阳的余晖有时会将整座的洛杉矶市中心的玻璃楼群映照得金碧辉煌；有时，还会看到火烧云将整个西边的天空都染成了无数种颜色混在一起的美丽壮观的景象。这每天的日出和日落都会变幻莫测，那种大自然的神奇魅力以及它的奥妙无穷真是难以用语言来形容。到了夜晚，我们的家就会淹没在洛杉矶的一片灯海里。虽说这对小时候的我们来说没感到什么不同。可是，这美丽变幻的一切对日后发展我们的空间想象思维起到了很重要的作用。我们住在这里总是会觉得心旷神怡，非常舒服安逸。我们感谢父母让我们有一个非常温馨的家。

我们周围的邻居也都很好，在我们的童年阶段留下了非常美好的回忆。

我们住的隔壁是克瑞斯一家。我们常常会先爬到树上，再跳墙，然后再跳过他们家的后院大门，去跟他们家的小孩查理和艾丽莎一起荡秋千，玩双杠，跳蹦蹦床，藏猫猫等。有时我们还会在他们家吃饭，饭后就一起看电视，我们一起看过了很多的电影。有时，我们还会一起去公园。有时他们俩也会爬树再跳墙来我们家玩，我们会一起下棋、画画，有时候他们俩还爱听我们俩弹钢琴。他们俩最爱吃我妈妈做的中国饭菜。查理的妈妈是在好莱坞做编剧和导演的，她写过很多非常流行的剧本，如《朋友》、《威尔和格蕾丝》，还有《杂草》等很多著名的剧本。

查理家的对面就是著名的大歌星扎克的家，他是"愤怒反对机器"摇滚乐队的主唱歌手，他人非常好，很随和。有时，我们一家四口就去他家串门，他们家只有他一个人，但是有很多房间。我们还会去他的工作室看他那些稀奇古怪的录音设备。他经常戴着一顶无檐的帽子，罩在一头蓬松的头发上。他很幽默也很喜欢开玩笑，他形容自己的生活像是一只小鸟在这里做窝落户。我们经常会在自己家的阳台上看到他坐在家中的前廊里满怀深情地弹着心爱的吉他，

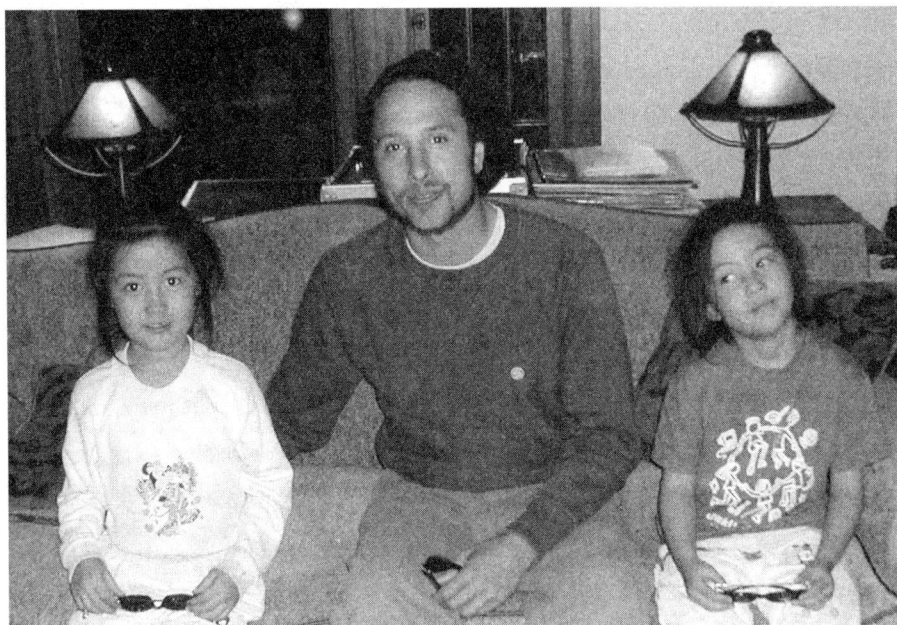

去 Ragi Against Machine 乐队的主唱 Zack 家串门

唱着西班牙的歌曲。

　　有一次，我妈妈正好要出门来接我们，可汽车出了问题不能开走。那天就是扎克开车来学校接我们回家的。有时，他还会来我们家吃饭，他最爱吃的就是妈妈做的虾仁汤面和中国的炒菜等。有时他还会和我们的父母一起谈论音乐，有时还会谈到毛泽东。

　　扎克的隔壁是莫妮卡，她是一位金发碧眼的妙龄女郎，她人非常善良，还很喜欢去欧洲旅游。平时，她很爱动物和宠物，有时，她还会去宠物店做义工。每当我们出国旅行时，她一定会来我们家细心地照顾我们家的宠物。莫妮卡自己还买了一匹马，每个星期她都会去格瑞斯公园的山上骑马。这匹马就住在那山里，她会请那里的工人帮她照顾这匹马。

　　有一天，我们看到莫妮卡家又多了一条新的、非常可爱的小狗，脖子上还挂着一个像是大喇叭筒的玩意儿。莫妮卡告诉我们，这小狗叫塔卢拉，是她不久前在加油站刚领养来的。那天正好下着大雨，一个年轻的男子怀里抱着这条小狗站在加油站里，见到每一位来加油的人就问：请问谁可以行行好，这小狗刚生下来不久，可是发现了它有心脏病。我是真的没有办法支付它的医疗费用，但是，它不赶紧去医院可能就会没命了。请问谁有能力可以帮帮忙吧……

莫妮卡就走了过去说，我可以照顾它。说完就从那个男人的手里接过了小狗。莫妮卡冒着雨开车直接就带着小狗去了兽医院。经过检查后，医生说，这小狗有先天性的心脏病，需要立刻动手术。小狗在医院里住了三天，一共花了莫妮卡近四千美金。当邻居们知道这件事情后，都夸奖她，是她救了这小狗一命，也都为莫妮卡感到很骄傲。现在这条狗在莫妮卡的精心护理下早已活蹦乱跳地满院子跑了。

莫妮卡的隔壁是辛蒂，也是我们最好的老朋友，我们很尊敬她。她已经80多岁了，但非常的健康，她每天都去老人活动中心，在那里教老年人怎样练武术。辛蒂是从德国来的，她经常会在头上戴着一个弓形的红色发夹，她穿着非常干净整齐。每个圣诞节她都会给我们一些稀奇古怪的小礼品，有圣诞蜡烛和玩具等。辛蒂只有一个儿子，是哈佛大学毕业的。在我们10岁的时候，辛蒂把自己儿子曾经用过的一套精装的百科全书共20大厚本统统都送给了我们，让我们觉得很感动。她还对我们说，"我相信你们俩也一定会成功的，我诚挚地祝福你们俩！"我们对辛蒂总是有着无限的感激之情！

辛蒂的隔壁是谢泼德费尔雷，一个从街头艺术起家的在美国和欧洲都享有很高名望的艺术家。在美国有一副叫"服从"的画就是他制作的。我们经常可以看见他在自己车库的工作室里创作新的作品。他曾多次邀请我们去他在好莱坞的画廊看他的作品展览。在2008年谢泼德费尔雷还为奥巴马总统设计了一幅"希望"的竞选海报，在全美国到处都张贴着。这幅海报肖像已经放进华盛顿国家博物馆的肖像画廊里了。当他听说我们要出书时，也送给了我们一幅以我们俩为背景的，也像是"希望"海报的类似作品，这是他特有的风格。当我们收到这份珍贵的作品时，非常的感动，感觉只说谢谢是已经不够了。我们也把这幅海报放进我们的这本新书里。

说到邻居，值得一提的还有土狼、臭鼬和浣熊等。它们大部分都会在夜晚光临我们的家或在我们街道附近闲逛。有一天半夜，我们从卧室的窗户向外看，看到有5只浣熊在我们家的后院，那5双像是绿宝石的眼睛在直瞪瞪地注视着我们的家。他们会在我们的后院里进行破坏和捣乱，还会发出很多的噪音。到了天亮时，我们发现姥姥和姥爷种的苹果树和梨树都被浣熊给搞断了。我们猜它们也会去打扰其他的邻居。不知道是谁报告了政府的管制动物中心的人。一天下午，我们看到了一辆动物管理的车来了，里面有好多只的浣熊被带走了。有时在晚上，我们还会听到有土狼和其他动物在厮打、挣扎的恐怖声音。除了那些浣熊和土狼，我们周围的邻居都非常的好并在我们的童年中留下了非常美好的记忆。

参加爷爷的海葬（2000）

在我们4岁的感恩节之后的一天，我们的爷爷劳伦·彼得森去世了，那年他是80岁。我们问爸爸为什么他走了呢？爸爸告诉我们说，老年是一种无法治愈的疾病。

老实说，当时我们对爷爷的去世并不知道伤心。由于我们年纪还小，爷爷又常年住在护士之家，我们和爷爷之间没有很多的亲密感情。在他去世时，我们也不太懂死亡的概念。并没有认识到，从此以后，在这个世界上我们就再也见不到爷爷了。

爷爷去世后的第三天，我们去参加爷爷的葬礼，有我们全家和爷爷生前的一些亲密的朋友和亲戚一起去了瑞当都海滨。在那里我们上了一艘快艇，并驰向很远很远的大海中。

首先，由主持人介绍爷爷生前的事迹。之后，在船上的每个人都会讲出

爷爷
劳伦·彼得森
奶奶
乔伊斯·彼得森

一段曾经跟爷爷在一起共事的时候，所发生的有趣故事和有意义的事情或印象最深的记忆等。最后，由爸爸将爷爷的骨灰和大量的鲜花一起一次又一次地洒进了太平洋里。这是爷爷生前嘱咐爸爸要这样做，也是爷爷在他的遗嘱里这样写的。

直到今天，我们还记得在感恩节的那天我们全家去护士之家看望他，他的大脑袋瓜很沉重地躺在枕头上。兰花还喂了他一片南瓜饼，当他吃下去之后，过了一会儿就又吐了出来，吐的东西是橙色的黏糊糊的东西。这是我们第一次看到他吐了。我们并没有意识到这已经是一个迹象。我爸爸每天都会去看望爷爷，还给他送去当天的报纸。到了周末，我们全家还会一起去探望他，在他的房间里坐一会儿，爸爸会跟爷爷说这一个星期我们家里和他自己在工作上发生的一些小事情。爷爷只是听，几乎从来也不说话。每当我们离开的时候，爸爸都会在爷爷那光秃秃的头顶上亲几下，然后再帮他调好他喜欢看的电视节目，我们就离开了。

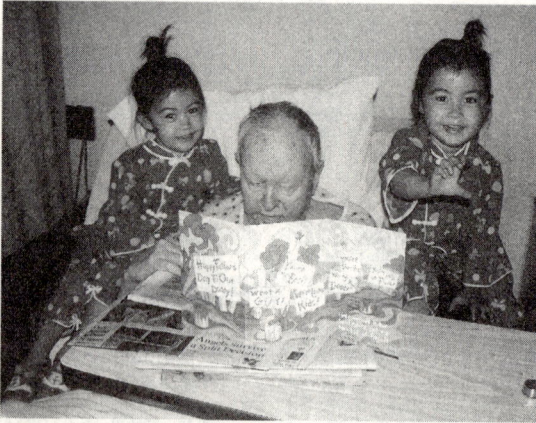

去护士之家看爷爷

现在船上所有的人脸上都挂着一层厚厚的哀思，哀伤笼罩着整艘快艇。我们也意识到，这是一个非常庄重而又严肃的特殊时刻。我们坐在船上时，爸爸还有我们的亲戚开始一起讲起了彼得森的家族史。他们告诉我们，坐在船上的亲人最早都是来自北欧。爷爷的妈妈那边是来自英国，早在17世纪30年代移民美国的。他们的家族是StuckleyWescott。

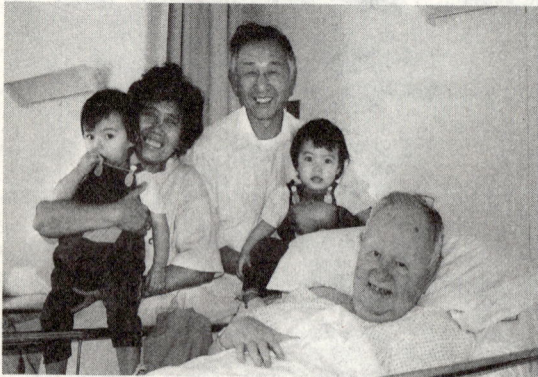

姥姥和姥爷带我们去看爷爷

在 1636 年到达美国后，Stuckley 是最早从英国来到美国的移民中的那一小组人，并且是建立了美国最早的 13 个殖民地的成员之一。

还有，在 19 世纪 60 年代，我们的老曾祖父 Ira Westcott，为了去参加美国当时的内战，当时他还未满 18 岁，但是他谎报了自己的年龄也挤了进去，在军中成了吹号角的小男孩。

爷爷的爸爸这边是 18 世纪从挪威移民到美国的，他们落户在明尼苏达州区域，家庭的记录中显示我们的曾祖父是彼德·韦斯科特·彼得森。当时他是一位骨科医生，但是，他喜欢做媒体和办报事业，最终，他真的开了一家报社。我们的爷爷洛林·韦斯科特·彼得森在华盛顿大学的新闻系读书。当时，他还成为那所大学报社年龄最小的编辑。毕业后，他先开始在广播局和报社工作，并赢得了当时非常有名的金迈克大奖。

爸爸还告诉我们在他小的时候，他常常会在爷爷的书房里，手里拿着麦克风一本正经地学着爷爷装出播音员的口气在假装地做节目。

可没想到在我们写书的这个时段里，我们已经上了 4 次在洛杉矶最有名的中文广播电台 AM1300 和 AM1370 接受了 1 小时或 2 小时的实况采访。我们可不像爸爸只是假装地自己在给自己做节目。而我们是真的在空中做过了广播节目。爸爸还常对我们说，"你们小小的年纪就已经做了真的节目，我真的为你们而感到骄傲。"

爸爸还告诉我们当年我们的奶奶乔伊斯在洛杉矶是一个具有开创型的女记者。在 20 世纪 50 年代初，几乎没有任何的新闻行业会雇佣女性。可她在 1967 年底进了《洛杉矶时报》。而且，她是第一位报界女编辑。

再说说我们可怜的爷爷，他得了中风不能再下床走路。他也曾经做过广播电台的编辑和报社的记者及编辑。他将整个生命都献给了媒体业。他还写过几部小说。我们的奶奶也是一位杰出的记者和编辑，我们的曾祖父还在 100 多年前建立了一家报社。但是，在我们的心目中，爸爸才是我们心目中的写作偶像，他也曾经做过 20 多年的记者和专栏作家。我们也已经准备好了要成为第四代彼得森家族的小作家。我们还期望着自己要更努力并且争取比他们还要更有成就。

家谱讲完了，我们的船也开回到了岸边。当船上的人都上岸之后，我们又一次的集体面向大海默哀一分钟，向爷爷最后告别。之后，我们俩又一次对着大海给了爷爷一个飞吻。大人们都互相握手拥抱后，就都互相告别了。

依依不舍可一定要告别（2001）

在山顶幼儿园还有四个月才毕业时，妈妈决定带我们去中国看望姥姥和姥爷。这使我们有点不情愿离开这个好玩的幼儿园。但妈妈决定的事情我们是没有办法反抗的。要去看姥姥和姥爷，老实说，我们已经不记得我们很小时候的事情了，也记不住姥姥和姥爷的面孔了，也记不得他们在小时候照顾我们刚出生后的事情了。可是，妈妈说要去中国看望他们时，我们还是感到很兴奋。在生活中总是会发生这样的矛盾心理。

在2011年春暖花开的季节，老师听说我们要提前离开幼儿园时，还为我们俩开了一个告别联欢会。小朋友有唱歌、有跳舞、有好吃的。爸爸和妈妈还买了一些小纪念品发给了每一个小朋友和老师。在我们离开的最后一天，当爸爸和妈妈一起来接我们的时候，我们看见他们来了，就撒腿往后院跑，跑到头了，也没处躲了就再往大树上爬，并且坚持不下来。这就是我们在山顶幼儿园的童年反叛时的最后一例了。儿童时代的记忆好像是一颗颗闪烁着耀眼光芒的钻石，镶进了我们记忆的宝库里。

我们将跨进另一个不同的阶段，明天将又是崭新的一天。(Tomorrow is another day.)

（本章中收集到的一些早期的事件是在看家庭录影带和照片以及采访我们的父母时所获知的。）

第二章　世界上又多了两个好学生

早起的鸟儿

中国有句俗话，早起的鸟儿有虫吃。我们从学会说话开始，便接受了妈妈悉心的学前教育，这使我们姐妹俩都成了"早起的鸟儿"，在识字、阅读、写作和语言表达等很多方面，远远地走到了同龄孩子们的前面，但也提早结束了幼儿园的生活。

离开了山顶幼儿园之后，我们第一次坐上了大飞机飞去中国看望我们的姥姥和姥爷。后来，我们才知道，这次去中国除了要看姥姥和姥爷之外，妈妈她还有另外的一个目的。去中国之前，尽管她很努力地在教我们学习中文，但效果却不好，我们从不开口说中文。这让妈妈觉得很无奈，于是，当我们刚到姥姥家的第三天，妈妈就宣布要把我们送进当地的幼儿园里。

让我们刚到这个"新世界"不久就受到了这么难以接受的震撼。沈河区幼儿园从此就又多了两个从美国来的小学生。其实这才是妈妈带我们来中国的真正目的。妈妈她下决心，让我们在上小学之前的空当里，在中国学习中文，撬开我们的嘴巴。当我们第一天来到学校时，让我们得到的是意外的惊喜。我们完全没有想到，这学校又大又漂亮，这幼儿园里是非常好玩儿的，比我们的小山顶幼儿园要大出不知道有多少倍。这里至少有 800 个孩子，有一座高大的三层楼房，旁边有一个大大的操场，有滑梯、吊环、隧道、摇马，还有中国式样的跳格……一切井然有序。

每天早上，大喇叭会播放音乐，然后我们就开始在温暖的阳光下，伴随着一丝丝的小凉风做早操，之后在中国国歌声中升起五星红旗。

在幼儿园里和我们的老师合影留念（2001）

然后回到楼里，吃丰盛可口的早餐。早餐通常有小菜、大米粥、煎饺子……这些都是由食堂的四个厨师做出来的。

早餐过后，我们开始上课，要上很久的课才能吃午饭。中文对我们来说真的是太难了，中国话要有不同的四声发音，可英语从来没有。上课时每个小朋友一定要坐直，两手背在后面。老师说这是为了让大家集中精力注意听讲，这可害苦了我们。到了中午的时候，坐得我们是精疲力竭。这里的老师都很好，可却非常严厉。老师每天要指导我们写很多个汉字，这些字有许多笔画，横啊竖啊的看了就让我们头疼。这完全不像英文，按照发音，顺理成章的就能写出来了。我们经常被那些难写的汉字弄得头昏而迷糊。终于盼到了吃午饭的时间，那些香喷喷的大米饭再加上鸡、鱼、肉、菜等好吃的，让我们每顿吃完都带着非常满意的感觉离开饭桌。午饭过后要去另外的房间睡午觉。每一个小朋友都有自己的床，每张床都有雪白的枕头、床单，还有毯子。这和我们原来那个山顶幼儿园可就完全不同了。

用过饱饱的一顿美餐后，再睡上一觉，可真舒服。一上午的劳累也就都不见了。两个星期后，兰花说出了自己第一句中文，"老师，我要尿尿"，这是因为兰花实在是憋不住了。从那之后，我们口中的中文就像瓶子里的水被开了盖似的，汩汩地往外流淌，慢慢地我们就可以讲中文了！

到了 7 月，我们的生日也就到了。我们还要去上学，姥姥买了两个大大的蛋糕，足够 40 个小朋友来分的，我们的教室里，到处都挂着鲜艳的彩色小旗和气球，到处都摆放着糖果和饼干。老师们还送我们生日礼物，我俩每人都得到一串项链，上面还有一个带有幸运和祝福的小牌。还得到两个鲜红颜色真丝面料的肚兜兜，上面绣有长命树和穿着长袍的仕女。还有两个非常可爱的玩具熊和两个粉色的小书包。

大家一起为我们唱中文版的生日快乐歌。他们都非常开心，吃啊、笑啊、打啊、闹啊，开心得不得了，每个小朋友的脸上都乐开了花。有些小朋友没有跟我们玩，可欢乐的气氛也感染了他们，对我们来说这可真是个有特别意义的生日，我们觉得自己好像变成了中国的小皇后一样，美得不得了。

回到美国后，我们就要进入小学了。我们的小学在哪里呢？

嗨！富兰克林小学

为了找一所既适合我们又教学质量好的小学，我们的父母花了很多心血。如果上纯粹的公立小学，从 1 年级到 12 年级，便可以不用交一分钱的学费。但是，公立学校的教育质量大都不会让我们的父母所满意。唯一的希望就是能挤进那些由政府额外支助磁铁计划，或称为实验计划（Magnet School）小学或者是高智商的小学。最早这种学校大都是白人父母送自己的孩子到这样的公立学校。后来逐渐的亚裔、非洲裔和拉美裔学生也越来越多地开始加入了。那时，我们的父母非常希望我们能进入到仙境小学（也就是下面我们会提到的美好乐园小学），洛杉矶的磁铁学校犹如灯塔，是大家都想挤进去的目标。我们的父母也给我们报了名，但我们的名字是排在 500 名之后的等待名单中。

那时，爸爸最卖力气了。除了每天上班外，还要请假去两个实验小学做义工，还有捐款给他们，为的是希望日后这个学校能录取自己的双胞胎女儿。真的是可怜天下父母心哪！无论他做了多少个小时的义工，我们在排队等待的名单上仍然是 500 名以后。爸爸觉得非常灰心，他认为在美国想进一所办得非常好的这类公立学校真是可望而不可即的。

2011 年 9 月，我们最终去了距离我们家很近的富兰克林小学，这并不是爸爸心目中的第一选择。但是，我们觉得这所学校非常的好，它是一座老式的二层楼的建筑，看上去很古朴文明。第一天去上学我们觉得非常的兴奋，到了学校一看，我们俩是第一个来到学校的新学生。

第一天去上学也是第一个到了学校

嗨！富兰克林小学，你好！我们来报到了！开始与以往不太一样的生活，总会让我们生出好奇和兴奋。不过，好奇兴奋之后，我们还多少有点紧张，因为这里的一切都是那么陌生。我们的校长是一位非洲裔的多却富博士。她给我们作了一个很简短的欢迎致词。她已经在这个学校做校长30多年了。蓝色的西服套裙很合身地穿在她那纤细的身上，她带着一副银丝边的眼镜，眼镜后面是一双深邃的眼睛，藏着她久经风霜的阅历。

学校负责教学的老师建议我们这对双胞胎不要在同一间教室，认为这样会影响互相之间的发展，也会让彼此变得没有独立性等等，所以，我们俩就被分开在不同的班级里。

我们第一年上的是学前班，梅花的老师是凯丽女士，她在这个学校教书也30多年了。她非常严厉，但她会带给我们很多好玩有趣的课程。凯丽老师的脸上挂着一些岁月留下来的皱纹，留着红褐色的短发，有一双棕色柔和的大眼睛。她看上去既活泼又很善良。在我们心目中，她比校长还受欢迎。她教我们很多不同的课程，还教我们怎样喂养刚出生的小鸡崽。老师把它们放在保温箱里，过一段时间再把它们放在有鸡饲料的笼子里，很快它们就长得像黄绒绒的一个毛球球了。又过一阵子黄毛又变成了白毛，虽然看上去还是一样大，但已经长出了小红鸡冠子。记得我们还去参观过学校附近的消防大队。消防队员们为我们表演了发生紧急情况救火时的一系列动作，他们是怎样从紧急的通道口顺一根铁柱子，从楼上顺着柱子滑下来，跑上救护车，各就各位……还听他们讲解每天的工作日程，紧急事情发生要怎样做。看着消防队员一遍又一遍地滑下紧急出口，跑上消防车，那呼啸奔腾的消防车响着震耳的警铃声离开了大队。那一切都让我们觉得当消防队员真的好酷！当时，我们也好想长大以后要做一名消防队员。可那只是一瞬间而已，日后这种想法就再也没有出现过。

在快要放假之前，学校还带我们去了绿草原的大牧场，那一望无际的大草原在轻风的吹拂下，绿草在微波荡漾。在那儿我们还亲手去给母牛挤牛奶；绕着大草原骑马；我们还亲手去喂山羊；坐在装有草垛的拖拉机上去看猪群；还看到了大片大片的南瓜地……天哪！别提有多好玩了！到了中午，我们在那里吃的所有的食物都是由这个农场种出来的，无论是牛油、蛋还是肉类都是。我们还跟着那里的厨师们一起做饭，我们帮她们打鸡蛋，和面，之后用机器做出新鲜的面条来。做好后我们和那里的农民一起吃，那顿饭吃得喷香。从此以后，再也没有吃过那么香的饭菜了。老实说，有时候我们真的好想再回到那段最美好快乐的童年。

第一年的学前班很快就过去了，但我们觉得没有学到什么真的书本上的知识，记忆中都是在玩了。日后我们才感受到，那玩儿是有意义也有价值的，它让刚刚进入小学的我们不会感到紧张或有压力，所以对去上学不但没有恐惧和反感，相反，学校好像是一块巨大的吸铁石，紧紧地把我们的兴趣都吸引到那里去了。有时候，就是周末我们也很想去上学。

"911" 的噩梦

记得在 2001 年 9 月 11 日星期二的早晨，我们俩起床后，按照妈妈的一贯要求，一起床我们就先打开中文的收音机。之后，才开始穿衣服。妈妈认为这样可以提供一个良好的学习中文的环境能帮助我们学习汉语。当我们听到今天的播音员的声音很奇怪有些颤抖的时候，引起了我们的注意。原来是纽约世界贸易中心的双塔楼被飞机给撞上了。在广播中，我们头一次听到过的字就是"恐怖分子"，我们也不明白这是什么。我们俩赶快跑去告诉爸爸和妈妈，然后我们一起跑到楼下的客厅打开电视。这时，我们都目瞪口呆了，电视里出现的画面是黑色的滚滚浓烟和黑红的熊熊烈火正吞噬着双塔大楼，不时还有人从高楼上面往下掉。解说员在解释着，他们不跳下来也是会被烈火活活地烧死。当第一架飞机撞大楼时，还不敢确定究竟是什么原因飞机撞上了大楼。但是，当第二架飞机再一次很快地撞上了另外一座大楼时，才毫无疑问地确定了是恐怖分子所为。再看地面上，那些电视台的记者和消防队员还有周边的人都好像是黑色的幽灵一样在那里跑来跑去的。整个的场面看上去是非常的可怕。

这时，我们看到爸爸的脸上淌下了泪水，他握紧拳头对着电视大喊："你这该死的本·拉登！这次你死定了！"在那天之后，大约有一个多星期的时间我们都没有再看到爸爸的笑容。

在"911"之后的一段时间，到了晚上，我们所看到的洛杉矶市中心的高楼大厦不再是灯火辉煌了。大楼内不用的灯都关上了。天上有飞机飞过时，我们的父母都会紧张地向天空望一望。爸爸在收到完全不认识的邮件时，也会戴上手套才把信打开，恐怕是什么白色粉状的炭疽热病毒等。

那种可怕的偏执直到今天也没有最终消退，"911"的事件还在继续影响着我们的正常生活。爸爸非常反对伊拉克战争，他还抱怨一些所谓的"爱国者法案"，他也不赞成允许政府在图书馆使用电脑时一定要注册登记等。

有一次我们在飞机场，只是因为我们要上飞机的包包里带上了已经用了一半的牙膏，也会被命令必须扔掉；又被翻出了一瓶搽脸的雪花膏也会强迫你必须扔掉。还有张贴的布告上显示：如有任何人大声的抱怨时，有可能会被拘留或逮捕等，真的很不舒服。

最近，在机场配备了最新扫描仪的机器，可以看到你身体的全部。这件事情激怒了我们的父亲，其程度远远超过了我们的母亲。妈妈认为这没有什么了不起的，看到的身体部位也都是模糊的。可爸爸却说，这是侵犯了人们的隐私权和人身自由。每次爸爸要照这种 X 光射线时就会说："恐怖分子赢了"。

在发生"911"悲剧之后，当我们再回到学校时，老师一再嘱咐我们有陌生人来到学校一定要报告；不要跟任何你不认识的人走等。我们还演练了如果发生意外时，一定要听从老师的指挥等。再之后的几天一切也都恢复正常了。

噩梦醒来是早晨。正义的力量是任何人和任何势力都无法阻挡的。太阳永远把光和热撒向全世界的每个角落，月亮则会给人类带来温馨和吉祥。违背真善美的邪恶势力永远会被历史所抛弃。

去黄石公园，也看"狼"姑姑（2001）

小学一年级开学后不久，我们利用一个长周末，飞到了我们的姑姑家，她住在蒙特纳州的波斯门城市。现在加州有太多的美国人都不喜欢迷恋在大城市的生活方式而纷纷搬到了小城和小镇去居住。姑姑住的波斯门现在已经变得越来越时髦了，并吸引了越来越多的富人和名人搬到那里去居住。

到了姑姑家后，让我们很难理解的是一个小家庭只有三口人却居住在 40 英亩的两座超大的房子里，周围是金色的大草原，一眼望不到边，那草原会一直延伸到远处的高山和地平线

我们的姑姑珍妮

上。离她家最近的邻居也会有几英里之遥，之间也没有公路，小路也是在草地中踩出来的。更让我们吃惊的是姑姑家还养了九条狼，姑姑和姑夫都很喜欢狼和狗。

到了夜晚，那群狼就开始发出嗷嗷的嚎叫声，当姑姑扔给它们一些大块的速冻鹿肉和三文鱼时，我们可以看到狼群的眼睛里所发出的绿色闪亮，九条狼立刻扑上去，即刻就将那许多大块的冻肉撕扯开来，一起抢着吃起来，不一会儿的工夫就吃得精光了。

我们的姑姑珍妮家还有一条很凶的大狼狗。有一次，真的吓死我们了。我们去外边玩，可能它以为我们俩闯进了它的地盘还是怎样。它开始低下头发出可怕的呼噜呼噜声，同时一步一步地逼近我们。那一刻我们吓蒙了，不敢动，也不敢跑，只能一步一步慢慢地向后退着，我们被逼到了墙角。接着，它就张开大嘴要向我们扑来。多亏姑姑闻声赶到并叫停了那条狼狗，姑姑立刻警告我们，再不要接近它了，这样会很危险。

姑姑家有九条狼

　　姑姑还利用自己的房子提供到他们家附近的黄石公园来旅游的客人住宿，还可以供应早餐。所以，这种旅馆被称作"住宿和早餐"（Bed & Breakfast）。他们用狼来吸引很多爱狼的游客住在这里。

　　我们全家也去了黄石公园，这是美国的国家公园，也是世界占地面积第一大的公园。据说有台湾的四分之一大。我们刚进公园就看到了公牛群，大约有100多头。它们晃晃悠悠地穿过马路，所有游客的车都停了下来，排成长长的一列在等着它们过马路，其中也包括我们的车。那里有几头非常年长的老公牛，它们那大大的眼睛里脏乎乎地还流着水，好像已经看不清楚的样子。长长的大胡须像嬉皮士的头发都卷在了一起，郎郎当当地挂在嘴边。还有一大群的强壮的公牛将几只小婴儿般的小公牛围在圈里面，这些宝贝公牛好像刚开始会走路，跟跟跄跄地跟着那些大公牛。看上去它们相依相偎和睦融融好像是一个大家庭，也不知道它们这是几代同堂了。

　　我们还看到许多梅花鹿，它们睁着像是玻璃球似的亮晶晶的大眼睛，站在那里一动不动地好奇地看着我们。我们还看到一群肥硕的麋鹿，每只鹿头都长着巨大的鹿角，它们看上去很安静，也很沉默。

　　随后，我们到了黄石公园中心的大瀑布，就像一副巨大的从天而降的大窗帘，从高高的山顶直冲下来，让我们感觉这大瀑布好像是从九天上飞下来的一样。那川流不息的瀑布飞流直下，打在山下的岩石上，溅起了巨大的水花，非常的壮观。我们站在那里一会儿的工夫，身上的衣服就都湿透了。当我们站在那气势宏大的瀑布面前时，突然觉得自己太渺小了。大自然永远有着一种无形的征服力，令我们觉得非常的震撼。

还有值得一提的是到黄石公园必看的老忠实（Old Faithful）间歇喷泉，它也是世界上最著名的热气喷泉了。它是一个从地下往上喷开水和热气的大自然奇观。由于公园内有很多的温泉，再加上这里地下的特殊构造，地下的水温会定时地突然升高，高到了一定程度后就会突然表现出爆炸的形式冲出地面，经过地下的喷泉口喷出，就形成了我们所看到的奇美壮观的大喷泉了。

它喷出的开水平均要有摄氏 100 度左右，同时还喷出大量的热气，平均温度是摄氏 150 度左右，高达 40 米。每隔两小时之内就会喷出一次，大概会喷一两分钟左右，喷出的流水量大约是 4000 加仑。由于它的喷射时间可以预测，所以被人们称为"老忠实喷泉"。

我们看喷泉的时候会按照公园指定的位子坐在那里看，因为距离太近会很危险容易被烫伤。喷发时喷泉口水柱和热气嗤嗤地向空中垂直喷射，越射越高，超强的水柱和沸腾的热气形成了水雾同时在空中开花，白茫茫的一片，再加上风吹过后，那白花花的水气会出现各种各样的奇观象形物，真的很美。喷到最后时，喷泉的水柱就慢慢地减弱，这时只能听到的是花花的水流落地的声音，逐渐缩小的一小股热气也渐渐地消失了。狂野的喷泉刹那间平息不见了。这难得一见的奇观给我们留下了很深的印象。这让我们体会到了大自然的奥妙无穷，同时也让我们想起了一句名言："衡量一个人的生命，不是计算你曾呼吸过多少次；而是在于你呼吸之后，将会有多少次的赞叹。"

（Life is not measured by the number of breaths you take, but by the moments that take your breath away.）

这里就是我们呼吸后的赞叹之一。

从多种才艺中找到了真爱（2001—2002）

在现在的美国社会生活中，大部分的父母一定会想方设法让自己的孩子从小就开始参加一些有趣的课外才艺活动。我们的父母也不例外。在参与才艺活动的过程中，小孩子可以得到身体、心智、情感、审美等多方面非常有益的锻炼和熏陶，也会有利于孩子健全人格的形成，培养孩子具备更好的气质和修养。

别人的父母是怎样做这件事的,我们不知道,我们的父母可是在这方面花费了很多的心思、时间和精力,现在回想起来,真是特别地感谢我们的父母。

一开始,我们姐妹俩谁也说不出究竟喜欢哪方面的才艺活动。于是,爸爸妈妈便带着我们一件一件、一样一样地去尝试。鱼儿喜欢江河大海,鸟儿喜欢展翅飞翔,我们在多种才艺活动中发现了自己更多的潜能和天赋,在付出辛苦和汗水后品尝到了成功的喜悦和甘甜,并且一次又一次地与我们的所爱拥抱在一起。

在我们5岁的时候,就进了YMCA的游泳学习班,一周三次。我们学了两年后把所有的游泳技巧都学完了。但是,我们只是喜欢游泳,喜欢玩在水里。可所有的游泳技巧都学完了之后,所面临的只剩下了参加游泳队的选择,并且每年都有机会出去参加比赛。这时,父母问我们要不要参加?我们想了又想之后回答:不要!因为游泳队每次训练一定要游20圈,我们觉得会真的吃不消。于是,我们就想跟游泳说再见了!可日后我们在父母的鼓励下还是学会了游泳,而且这一技术还真的派上了很多用场。我们常常会有好朋友和同学的生日派对,很多次都是变成了游泳派对。那时候,我们就会玩得非常尽兴,在水里我们俩还有学过游泳的同学们就会开始比蛙泳、蝶泳、仰泳、自由泳、跳水等,只要是有游泳的派对我们就会很兴奋,直到今天仍然如此。我们认为学会游泳,是可以让我们一生都收益的一项非常有用的活动。

接着,我们又去了奥运体操中心学习体操。奥运体操中心在圣费尔南多峡谷,这里培养出很多全国排名很高的奥林匹克运动会的选

酷爱游泳

手。我们跟莎曼达老师学习，大约学了三个月后，莎曼达老师离开了体操馆，我们失去了最喜欢和熟悉的老师。同时，我们也觉得体操这门运动真的是太难了，站在平衡木上时，腿发抖、心发颤。我们俩对体操也觉得没有什么兴趣，索性我们也就不想学了。

　　之后，妈妈又带我们去了距离家很近的巴斯洞公园参加了画画的艺术班。我们非常喜欢在那里跟豪尔老师学画画，每次上完他的课都不想离开。所以，我们除了在学习班上画画以外，在家也总是到处乱画，在白纸上画，在报纸上画，在地上画，有时候还在墙上画。看见什么喜欢的图就照着画，那时候，我们对画画非常情有独钟。我们一直坚持画画，在7岁时，我们还参加了美国韦博文化集团举办的儿童绘画比赛，我们俩的作品还获得了佳作金奖，并且还将我们绘画作品刊登在了《中国日报》和《台湾时报》上了，还被张贴展览出来。我们觉得非常高兴也很荣幸。那两幅作品至今还挂在我们的房间里。

7岁画画荣获佳作金奖

6 岁开始上台弹钢琴表演

同时，我们还在那个地方参加了艺术表演学习班，老师是个俄国人，名叫伊娃，她的年纪比较大，她的教课让我们觉得也没有兴趣，好像是在教大人的课。我们学了一阵子后，妈妈问我们喜欢吗？我们告诉妈妈说：这里，并不像我们想象的那样好玩，我们对表演也没有兴趣。所以，过了 3 个月我们就放弃了。但是，直到今天来看，其实小时候学的任何技巧都是有用的，只是在那段时间里我们感觉不到而已。日后，我们在 10 岁的时候，还有机会参加了好莱坞拍摄的电影叫《您好！洛杉矶》，讲的是中国移民的故事。

可幸运的是，还有一些项目我们一直没有放弃。我们开始学习钢琴了，老师是个中国人，是刘老师，他毕业于芝加哥大学，是音乐博士。妈妈在夏天的时候，就带着我们俩去见过刘老师了，他很喜欢我们俩。可当时，他认为我们俩还小恐怕坐不住，手也太软了。告诉我们过几个月再来看看吧。

2002 年 9 月末，我们都 6 岁多了。又来看刘老师，他说，好吧，你们俩可以开始跟我学钢琴了。之后的一段时间，我们都觉得学钢琴很有趣，也喜欢弹钢琴。可是每天必须练 30 分钟到 1 个小时的琴。我们有些讨厌这一点，坐在钢琴凳子上时间久了就会觉得屁股疼。但幸运的是我们没有放弃。我们慢慢地从学习钢琴中，学会了如何循序渐进地把琴弹得更好，一定要按部就班，要有耐心和毅力。我们不仅没有放弃，现在我们还真的爱上了弹钢琴。

2002 年的冬季，我们又参加了张利芭蕾舞蹈社。我们很喜欢芭蕾舞的老师，她们教我们非常的细心和耐心，还总是表扬我们。所以，我们进步得也很快。芭蕾舞是我们所学众多科目中的最爱之一。当我们来上芭蕾舞课时，那种感觉是非常轻松愉快的，随着悠扬悦耳的音乐，从大镜子里看着大家一起翩翩起舞的美丽舞姿，心里会很舒服，感觉美滋滋的很得意。学芭蕾舞的另一方面是课后总会让你大汗淋漓，可以说这是一项非常好的健身运动，每一个从这里出去的孩子都是挺胸抬头的，让人觉得很有气质。

　　我们觉得跟刘老师学钢琴进步得非常快。但刘老师是一位非常严厉较真儿的老师。真是应了中国的那句老话："严师出高徒"，这话一点也不假。我们跟刘老师学了一年的琴，基本功打得很棒，可刘老师还是不满意我们的进度。他认为，我们这种美国家庭长大的孩子，存在着管教不够严格，练琴也不够刻苦等缺点。于是，他就提出要解雇我们俩了。当父母知道后，都觉得很惋惜，爸爸还写信求他："请再给这两个小双胞胎一次机会吧，孩子年龄还太小了，还不真正懂事……"最后，刘老师对妈妈说："我教她们俩上课时，如果她俩不认真不刻苦，我有时就会生气，血压就会高。"妈妈听到这里时，只好说，那就算了，不能因为让您教我的孩子害得您身体不适。当妈妈和爸爸决定要带我们走了，以后再也不来这里上课的时候，我们俩高兴得躺在了他家的沙发上四脚朝天地双手和双脚上上下下地舞动着，嘴里还喊道："耶！我们自由了！"刘老师看到这里时，不停地摇着头说："你们看看，这已经说明了我们彼此的不适合了，对吗？"结果让我们的父母变得很难堪。

爱上了跳芭蕾舞

我们现在才看明白，那时候的我们真的是太不懂事，只知道玩、玩，还是玩，已经伤到了刘老师的心自己还不知道呢。我们已经想好了，等我们再有机会见到刘老师的时候，一定会补给他我们的歉意。

在那之后，我们换了新的钢琴老师，她是加州钢琴教师协会的主席比希斯台娣女士，她非常和蔼可亲，但是她教钢琴的速度非常的慢。妈妈说，她好像是带着我们在玩一样。很快我们就又换了一个新的钢琴老师芬丽女士，她是一位非常有经验的俄国钢琴老师，她非常注重古典音乐。她也非常的严格而且很凶。我们跟她在一起学钢琴有些不适应，不只是压力很大，学钢琴也变得没有兴趣了。所以，那段时间把妈妈弄得很紧张，她不希望是老师的原因扼杀了我们继续学习钢琴的道路。

迷上了郎朗的钢琴演奏（2002—2012）

说到郎朗还要从我们 6 岁时说起。在 2002 年 12 月 7 日，父母带我们去看郎朗在洛杉矶的第一场钢琴演奏。那也是我们第一次看到了大名鼎鼎的郎朗，那年他才 19 岁，就已经成为全世界公认的最年轻而且最有名望的钢琴王子了。

从那之后的十年里，我们每年都会看郎朗的钢琴演奏至少一到两次。郎朗的爸爸也很喜欢我们。有一次，还给我们讲了一个郎朗小时候的故事，让我们很难忘记。郎朗 2 岁就开始弹摸钢琴了，在长大点开始学钢琴以后，他每天都是早 5 点钟起床练钢琴，练过一小时之后再去上学。隔壁的邻居就拿郎朗当闹钟了。有一天，郎朗生病了，没起床练琴。结果上早班的邻居却迟到了。这个故事让我们知道，想成功并不是一件容易的事。郎朗每次都会告诉我们："要把弹钢琴当做是好玩的才行。"我们也试着这样做了，慢慢地我们真的开始对弹钢琴更有兴趣了。我们总是在想郎朗他怎么弹得那么好？我们要追……

在那段时间里，我们开始对学钢琴很着迷，也很喜欢去看郎朗的钢琴演奏会。

我们还清楚地记得，在 2004 年底的一个星期天的晚上 7：30，在洛杉矶的沃尔特迪士尼音乐大厅，看郎朗的个人钢琴演奏会。

在这 21 世纪最现代的，可以与澳大利亚的水上大戏院相媲美的沃尔特迪

又看到了老乡郎朗（2007）

士尼音乐大厅里，场内座无虚席。当世界顶尖的钢琴王子郎朗刚刚从侧门步入舞台时，全场立即响起了雷鸣般的掌声，并经久不息。年轻帅气的郎朗非常有礼貌地、不停地向四面八方的观众席上彬彬地招手，并鞠躬表示谢意。之后，就从容地坐在了钢琴前面，此时的剧场内却是鸦雀无声。

郎朗坐在钢琴前，屏住呼吸片刻后，将双手慢慢地抬了起来，突然，他的手指刚一碰到琴键时，就好像是有一股强烈的电流通过了他的手指，手指在键盘上流畅地舒展开来。他那矫健的身躯随着音乐的起伏而摇摆着。音乐到了激昂的时候，他的头也在不停地摆着、甩着，有时又好像全身都在舞动着，他的眼睛有时会被那音乐里的故事感动得闭了起来，有好久好久不睁开，好像他掉进了18世纪莫扎特和贝多芬的古典乐派的时代里，充分地享受着那美妙的乐章，陷入完全痴迷的境界；有时他的眼睛又突然地睁得大大的，直视着前方好像是随着乐章在寻找着什么。

我们非常喜欢看他的钢琴演奏。这次他演奏了舒曼的阿贝格变奏曲。接着，他又以气势磅礴的疯狂演奏了海顿的第60号奏鸣曲。当他演奏肖邦的曲目时，那种完美和具有深刻意境的钢琴声震撼着我们的心灵，让我们非常感动。在中场要休息之前，郎朗的琴声在咆哮中戛然停止了。使在场的观众仍然沉浸在音乐的高潮中，人们完全迷醉在他那美轮美奂的钢琴曲中而久久不能醒来。

之后，全场的观众起立，那掌声持续两三分钟也不息，郎朗频频地出来谢幕，他面带灿烂笑容将双手向上张开好像是要拥抱全体的观众，然后又是90度的鞠躬。就是这样观众还是都站在那里不走并继续地点着头拍着手，仿佛还在品味着郎朗那无与伦比的钢琴魔力，他那特有的演奏风格给观众们带来的是美感和喜悦。

当他弹奏下半场肖邦的曲目时，有时他的身体竟然会跳跃起来，让我们觉得非常兴奋和震惊，给我们的感觉好像是他要从自己的座椅上弹了出去。

更令我们惊奇的是最后一个曲目的演出，郎朗的爸爸也出场和郎朗一起演出。他爸爸在拉二胡，郎朗为爸爸钢琴伴奏《赛马曲》，哇！优美的二胡声满场地飞扬，那种感觉好像是有万马在奔腾，脑际显示出清脆的马蹄声驰骋在广阔的大草原上的浩瀚场面。在场的所有观众当时都看傻了眼，人人都在惊叹着，有的人还在说，只有两根琴弦怎么能拉出这么美妙复杂的曲子呢？真是不可思议啊！郎朗不时地点着头好像在示意爸爸他拉得太动人了，不时又甩着头好像是在跟着千军万马在奔腾。

父子演完之后，整场想起了雷鸣般的掌声，久久不能停息。所有的观众都站在那里不走，5分钟过去了也没有一个人走开，就是站在那里鼓掌。我们的手都拍疼了，可还是不停地在拍。最后没办法了，郎朗又出来演奏了一曲低调慢拍的钢琴曲，这样才把观众的汹涌澎湃的激情舒缓下去。

太美妙了！整场的演出是那么多完美无瑕，让每个到场的观众都称赞不已。

当我们走出剧场时，有一对美国老夫妇和我们并肩走着，还与妈妈聊着天，最后要分手时，他们问妈妈，你是中国人吗？妈妈说，是。他们很高兴地说，祝贺你们中国人有郎朗这么伟大的世界一流的最年轻的钢琴家！我们也为你们感到骄傲！妈妈高兴地连声说，谢谢！我们俩心里还在想，你们还不知道呢？更让我们觉得骄傲的是：郎朗他还是我们的小老乡呢！

我们看完郎朗的钢琴演奏会之后，对学习钢琴和练钢琴就更感兴趣也更有动力了。我们的练琴时间从 60 分钟自动地增加到 90 分钟。每次不想再往下练琴时，就会想到郎朗告诉我们的，"把练琴当做是好玩的才行。"我们渐渐地理解了郎朗对我们说的这句话的深意和内涵：无论做什么，要想做好，首要的是要爱上它，有了爱，才会迷，迷上后，才会苦也好累也好，都乐在其中了。父母也看到了我们在看郎朗钢琴演奏后得到了启发。爸爸心里有数了，他从第一次看完郎朗的音乐会之后的连续十年都一直带着我们去看郎朗的钢琴演奏会。只要是郎朗到洛杉矶，我们是必看无疑，无论他是在哪个音乐厅演奏，无论开车有多远，我们一定都会到场。在他演奏结束后，我们都一定会过去看望他，每当他从老远处看到我们俩时，都会用沈阳口音对我们大声地说："哎呀我的妈呀！你们俩又来了！"之后，我们总会跟他聊天，告诉他我们这一年又取得了哪些新成绩等并一起合影留念。

谈到钢琴，也让我们想起中美文化的不同。我们在小学的时候，我们的同学中大部分的家长都会让孩子学一种乐器，钢琴、小提琴、黑管等。可是，学了一阵子之后，到了一定的难度时，孩子就不愿意学了。大部分的美国父母就会依着孩子，不喜欢就不学了，完全没有关系。可中国大部分的家长

与郎朗的爸爸合影（2008）

是让孩子必须要学而且要学到底的。在我们周围，很多我们同学的美国妈妈都会说，哇！真不知道这双胞胎用的是什么精神？怎么会这么有毅力？真的很佩服她们俩得到了中国教育的真传。

在看郎朗演奏会的同时，有机会我们也看其他中国优秀钢琴家来洛杉矶的演出。记得在2007年3月8日，我们去加州大学洛杉矶分校的劳斯莱斯音乐大厅，看了李云迪的钢琴演奏会。他看上去很年轻也很清秀，他的钢琴演奏与郎朗的有点不同。那天，我们看的是他演奏的肖邦钢琴曲的专场，他在演奏的过程中气质很高雅，琴声也很优美。可是，他没能如期地演奏结尾。因为，那天正好他生病，他是在发高烧的状况下坚持演奏的。他并没有让到场的观众失望，当大家知道他是在生病还演奏得那么完美的时候，每个观众都向他投去赞许的目光，并且全场起立为他鼓掌。

我们更有幸在他演出结束后，又看到了他。他看上去很秀气、文质彬彬的，是一个很安静的人。

破茧而出翩翩飞的启示（2002—2004）

我们上一年级时的老师是爱斯蒂小姐，她像前一个老师凯丽女士一样，在教我们某些知识时，不只是光讲书本上的。她还经常用一些直观的教具和实物来激发我们的学习兴趣并让我们加深思考。例如，有一次她拿来很多椭圆形的"茧"，在课堂上分发给我们大家看。她告诉我们，这是一种蝴蝶的茧，现在这个茧里，还是一个小小的蛹，蛹羽化后会破茧而出，然后才会变成美丽的蝴蝶。噢！这让我们恍然大悟，原来蝴蝶并不是一生下来就是蝴蝶的呀！

在爱斯蒂老师的指导下，我们把茧放进大玻璃瓶子中，每天观察茧的变化。我们看到：茧在动，茧老是在动。老师告诉我们，那是里面的蛹在破茧呢！我们问：它破起来这么吃力，我们帮它一把不好吗？帮它把茧剪开不就行了吗？老师连声说不不不，她告诉我们：自己破茧，是蛹变成蝴蝶必须经历的成长过程，这样的成长过程任何外力都不能代劳，否则，蛹不但成不了蝴蝶，还会受伤甚至还会死掉。哦，原来忙也不能乱帮的啊！

茧动啊动，动呀动，终于在一个时刻，它的顶部破开了，蝴蝶从里面向外钻、钻、钻，最后完全从茧的包裹中挣脱出来，翅膀慢慢张开，扇动，突然一下子飞起来，变成了一只非常美丽色彩斑斓的彩色蝴蝶！我们养的这种蝴蝶是蝴蝶中的王后，最美，最大，所以又称"帝王蝶"；同学们都发出惊喜的叫声，因为很多的帝王蝶，就在我们的教室里飞来飞去！

我们最喜欢的老师爱斯蒂

坐在教室里就能欣赏到帝王蝶在翩翩飞舞，这的确是难得的好玩。可是，我们心里慢慢地隐隐约约地开始感到有些难过，因为教室的空间太小了，在教室里蝴蝶没有自由，它们不能在绿树间穿梭，不能在花丛中舞蹈。我们把自己的这种感觉告诉了老师，老师毅然决然地同意把它们放回到大自然中去。一说真的要放走它们时，我们的心里真的是很矛盾，很舍不得放它们飞走。可是，只有把它们放回到大自然中，它们才会存活，才会有自由快乐的属于它们自己的生活。最后，我们还是高高兴兴地来到操场上，每个同学都有一个扎了洞的小盒子捧在手里。当老师说，好！可以打开盒子了，我们都打开盒子并双手高高地举过头顶一抖，一只只美丽的蝴蝶真的就远走高飞了，连头都不回一下，很快就飞出了我们的视野……

梅花的二年级老师库克先生是位一个头有些矮的年轻人，他戴着一副金丝边的眼镜，总是喜欢穿鲜艳色彩的带领带袖的 T 恤衫。

在刚开学的那段时间里，梅花算是个经常惹麻烦的学生，总是受到库克先生的批评。老实说，梅花自己也说不清楚到底哪里做错了，好像是他就黑上她了。有一次还把妈妈找到学校来谈话，他说道，梅花对老师没有礼貌。在一次上课时，梅花举手问他问题，可他不理会，梅花就开始问，可他也没听见。他还批评梅花为什么讲话。梅花就回答说：你怎么没听见我问你的问题呢？难

我们的校长多却富博士

道你没有长耳朵吗？自从妈妈来过学校之后，梅花也不知道自己是怎么改的，又变成了好学生，上课时她也不说话了，也不玩了，学期结束时，梅花还得了一张最好学生的奖状。

2004年初，我们俩由学校推荐同时参加了由专业的心理医生为我们进行的IQ（智商）测试。我们还记得，在考试的那天，我们有三个学生坐在教室里，心理医生好像是来晚了，进到教室后，还戴着墨镜。兰花就对她说："老师，您一定是觉得我们坐在这里的三个学生太刺眼了吧？您是怕我们晃到了您的眼睛对吗？"老师笑着立刻摘下了眼镜说："你可真幽默！"

测试结果出来后，我们俩都可以去高智商的学校了。我们当然知道，进到高智商小学时一定会比现在的学校学的会更难。但是，我们觉得那才是我们的真正需要。

有800多名合格的学生申请高智商的美好乐园小学，可只有40名被录取了。我们的爸爸妈妈非常的高兴，就像是中了乐透奖一样。当天，我们全家还出去吃了一顿高级的大餐。父母高兴地又奖励我们去积木乐园玩了两天。让我们无法相信的是，乐园里几乎每一样东西都是用塑料积木建成的，我们在那玩得可开心了。坐了很多不同的飞车，我们自己还可以开一辆小汽车（也是用塑料积木制成的），结束后我们还得到了积木乐园发给我们的驾驶执照，上面还有我们的照片。我们还在水上开船……直到玩昏了头才结束。

这那段时间我们很喜欢去不同的图书馆，我们好像是养成了习惯，除了玩以外，没什么事了妈妈就会带我们去图书馆。我们觉得在图书馆里好像是休息，那里很安静，我们会不知不觉地就掉进了书的海洋里，在那里寻找自己喜欢的各种科目的书籍来读，越是读得多时，就越会觉得自己的知识太少了。我们读了大量的世界精选的各国传统故事，还有天文方面的科学类书籍。

爬山伴随着我们的快乐童年

从3岁记事起，我们一到周末就会跟着爸爸、妈妈去家附近的格瑞斯国家公园去爬山，我们家距离那里开车只有3分钟，走可能是10分钟。格瑞斯公园是美国最大的城市公园，占地面积有四千多英亩。每个周六、周日的早晨，我们都会迎着朝阳，伴着清风开始上山。一路上总是有很多很奇妙的事情让我们痴迷，至今还都记忆犹新。

我们觉得那山上的花草树木、奇峰怪石、松鼠野兔、飞禽走兽等等，就好像一颗颗美丽的无形的珠宝，可以串成一条精美绝伦的项链，戴在了大自然的颈项上。那里保存着很多生命的密码，珍藏着无数神奇的奥秘和美丽的故事……

每当来到了山脚下时，我们就开始兴奋了。一边走一边跑，蹦蹦跳跳地朝着天文台所在地的山顶上挺进。到了半山腰，我们常常看到靠着路的右边有

很多的小圆洞，洞口的一边还堆着很多的新鲜的积土。从洞口中，有时还会看到露出土拨鼠（GROUNDHOG）的小头。它们那贼溜溜的小眼睛，有着大大的黑眼仁，看上去很机灵。当我们再走近它们时，它们便早已经逃之夭夭了。有时我们很坏，会

土拨鼠刚好钻了出来

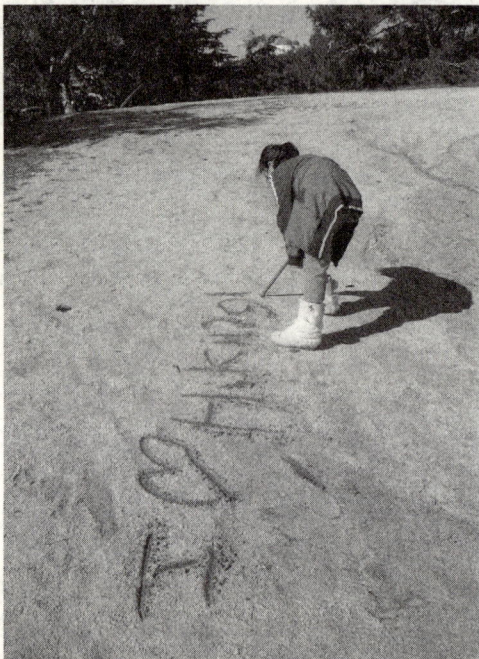

兰花在上山途中写道：我爱爬山

把那些洞外的积土统统地再推进洞里。然后，用脚在上面踩了又踩，把洞口埋得结结实实地想不让它们再出来。后来才发现我们做的是无用之功，它们并不在乎我们堵住了它们的几个洞口，它们还有很多其他的洞口可以使用。真像是中国的一句老话"狡兔三窟"啊。

有一次，我们看到了路边有一连串的二十多个洞口排成了整齐的一列，每隔两三英尺就有一个洞口。很奇妙的是，我们看见了几乎每一个洞里都探出一个土拨鼠的小脑袋瓜来，摇来晃去、探头探脑地向外张望着。好像它们并不怕我们，当我们走到了它们的洞口时，它们就将头缩了回去；当我们一离开时，它们就又把头探了出来，好像是在跟我们捉迷藏一样。好可爱呀！

说到土拨鼠还有个挺有趣的话题。在西方社会，人们说土拨鼠还可以预报节气。在每年的 2 月 2 日是美国传统的土拨鼠日。就是在这一天，冬眠的土拨鼠会醒过来。有些电视台会直播这一盛况，当土拨鼠从洞里爬出来的这一刻，如果是阳光灿烂的好天气，土拨鼠就能看到自己的影子，按照传统的说法，冬天还将延续。如果这一天天气不好，那么土拨鼠就看不到自己的影子，表明春天已经到了。老实说，我们也搞不懂这到底是为什么？大自然永远是奥妙无穷的。

有时我们俩还会在爬山的路上，看到成群的大大小小的蜗牛群在过马路。有些不小心的人还会踩到它们。我们俩就会把弱小的和受伤的蜗牛们用两个手指头轻轻地捏住它们的贝壳两边，将它们移到路边的那片青草地上，嫩嫩的绿草上面挂满了晶莹透亮的露水，在太阳光的反射下，一粒粒的有点像是闪着金光的珍珠。蜗牛们在这里休息了一会儿后，就会把头慢慢地从贝壳里伸了出来，头上还长着两个长长的耳朵，有点像是雷达探测器。每当头碰到了什么东西时，那耳朵就会立刻弯曲，慢慢地缩成为了一个点。然后，身体也会很快地收回到躯壳里面。再过一阵子，那软软的身体就再一次地伸了出来，头伸向了那草叶上的水珠，开始大口大口地吸着那甘甜的露水。喝饱了以后，又将身体的全部从贝壳里伸了出来，好像很舒服的样子。看着它们已经安全了，我们也很满足了地站了起来，拍拍手上的尘土，再继续爬山赶路。

在路边的树丛中，我们常常会看到那些小小的像是和土地一样颜色的野兔子，可每一个小野兔都有一个白白的小屁股，我们怀疑它们是否都是一个祖先的后代。它们在树丛中，钻出来又跳进去的可忙了。我们还经常看到那些肥肥胖胖的小松鼠们在松树林间爬上爬下，飞速地追来追去，有时还会看到它们在高高的大树顶上的树梢之间打着秋千，还会从一棵大树一悠就又飞蹿到了另外的一棵大树上去了。

有时我们还会很好奇地爬到比较容易上的大树顶上，在那里总是会找到几个鸟窝。我们常常会很好奇地在想那些鸟怎么会这么的聪明。它们好像懂得力学和建筑学，专找那些有三角的树枝底部开始建窝，每一个窝都建造得圆咕隆咚的很可爱。有的窝里还探出刚生出来的小鸟，张着红红的小嘴，可能是在等着妈妈捉虫子给它吃呢。

有时，我们还会被一阵阵咚咚的从大树上传来的声音所吸引住，我们就会停下来，在那附近的树林中找啊找，最后发现是些小小的啄木鸟。它们和普通的鸟几乎一样，只是嘴巴比较长，一瞧就知道是很坚硬的。它们悠闲自在地飞在树林之间。哦！原来它们喜欢在干枯的树干上咚咚、咚咚地啄着，用坚硬的嘴敲打着树干，在腐木中找虫子吃。那响声像是咚咚咚的敲门声，很令我们惊喜。

我们还常常看到一些叫蜂鸟的小小鸟，它们长得好像是我们的小手拇指那样大。它们总是飞在低空中，或是在人们头顶的上方，通常它们都会定一个地方不动，但翅膀却是不停地以每秒钟 80 次的速度抖动着，最快时翅膀还可以达到每秒钟抖动 200 次的速度。这样，才能使它们定在空中时不至于掉下来。它们长着尖尖的细小的嘴，常在花蕊中吸花蜜喝露水。

在冬天有时周末会是阴天，我们还是照常去爬山，有时会带上雨伞。有时爬山爬到一半时，会下起大雨来。有的爬山人还带着他们心爱的宠物——

5岁去登山到好莱坞的大标志牌

狗，有的狗还穿着雨衣，主人自己打着雨伞，看着穿了雨衣的狗在雨中走着真的是好可爱啊。我们打着雨伞继续地爬山，雨点滴滴答答地落在雨伞上面，我们细细地听着，感觉好像是大自然中的一种特殊细腻的交响乐，时慢时快，不知是谁在指挥着。滴答滴答，滴滴答答……

由于雨季，有些低洼地变成了池塘。我们看到了池塘里有十几只的癞蛤蟆挤在一起，我们会很淘气地用树枝去捅它们，想让它们都分开。可是它们偏偏不分开。

我们俩一路上总是说着笑着，跑着跳着，不知不觉地就来到了天文台的山顶上。我们会绕着天文台逛上一圈，当我们面向洛杉矶城中心的远景时，头顶上是瓦蓝瓦蓝的清澈蓝天。我们总会站在那里呆上好一会儿，欣赏着大自然的美丽风光。一座座高低起伏的山丘上长满了参天的大树，有松树，有大大小小的棕榈树，还有很多叫不出名字的野生的树。不同的季节里山上总是开着不同的各式各样的野花，有白，有黄，有红，有紫；半山腰处藏着一幢幢的豪宅，在花草丛中隐约地可以看到院子里有蓝汪汪的大游泳池、网球场、花园；那翠绿的山间中夹着一条条平滑的黄土色的盘山道，穿梭在崇山峻岭之中；路上有几位登山的人穿着红、黄、白、兰等不同的鲜艳的运动服走在山道上。看到这些觉得很美，就像是一幅色彩斑斓的鲜活画卷。在这里还常常看到好莱坞的摄影大队，拉营驻扎在这里拍摄外景。

当我们再爬到天文台的最顶上时，极目远眺着遥远的太平洋，情不自禁地就会想到大洋彼岸的姥姥家。

还有，每次我们全家出去郊游，凡是遇到爬山时，无论山有多高，我们一家人都要爬到山顶上。虽然很累，但是我们认为很值得，只有山顶上才会有最美的风光。每次到了顶峰时，我们就会从四面八方细细地观赏着美景。之后，我们一家四口就会坐在山顶上，边吃边喝边聊天。同时，我们家还有一条不成文的规定，而且都已经变成习惯了。我们会有一个小比赛，每个人都要形容一番眼前自己所看到的美景，看谁说的最美、最贴切、最独特、最精炼等。谁想好了，谁就先说。通常是我们俩会先说，我们对着眼前的美景，挖空心思地描述着。然后，是爸爸和妈妈接着说。我们还事先规定好了每个人所用的词汇是不能重复，最后由爸爸做评比。这是我们出外爬山和旅行时常常要做的一环。这样做不仅锻炼了我们两个的观察能力，也精炼了我们的语言表达能力，因为，我们两个都想赢每一次的比赛。

　　休息一会儿，喝水、吃零食后，我们还会继续向更高更远的丹尼斯顶峰攀登，有时还会爬到全世界都闻名的那几个大字"好莱坞"（Hollywood）的大标志牌的地方，到了那里没有任何好玩的只有周围的荒草和那几个孤零零的大字并排地站在那里，头顶着烈日，身沐着风雨。我们会在那儿转来转去再摸一摸那几个大字，玩一会儿后，就掉头往回走了……

　　直到今天，爬山是我们最爱的户外活动，爬山伴随着我们度过了小时候的快乐时光。

从一颗松子到参天大树（2004）

　　我们认为早期开始写日记这件事，是我们生命中最重要、最有价值的一件大事。我们也非常感谢姥爷，是他启迪了我们的初衷。也感谢爸爸、妈妈很有智慧地让我们早早地开始写日记，并督促我们不断地坚持。当我们在 10 岁时，我们俩各自都拥有了八大本日记。想起来翻开再读时，发现那里写的点点滴滴

到了 10 岁时，我们每人都写了八大本日记

都是那么的珍贵、那么的生动有趣，同时也帮助我们回忆起很多早已忘记了的往事。

松鼠每到秋天到来的时候，就会格外地忙碌，储存过冬的食粮。它们把一颗颗饱满的松子，塞进很多大树的裂缝中，埋进各处的土壤里。冬天大雪封山，那时它们就可以找出秋天储存下的松子，慰劳自己的肚子了。不知是它们储存的太多了，还是这些小家伙记性不太好，反正总有一些埋进土里的松子，冬天小松鼠忘了挖出来。结果，到了第二年春天，便有很多小松苗从土里长出来……

松鼠埋下松子长出了小松树，是无意的。

而我们人，埋下的每颗"松子"，都是有意的。

比如在我们很小的时候，妈妈鼓动、鼓励我们写日记。

前面已经说过，我们也有不愿意写的时候，妈妈就让我们把不愿意写的理由写出来，结果，还是让我们不经意地写了当天的日记。渐渐地，我们养成了写日记的好习惯。在日记里记每天好玩的事、有趣的经历，在日记里写心里话，还可以在日记表达我们的意见，甚至发牢骚……可喜的是，无论我们写什么，爸爸妈妈都不批评。今天回想起来，他们真是有先见之明：写什么不重要，重要的是每天坚持写。即使是表达不愿意写、发牢骚，同样也锻炼了我们的写作能力。

数学差，往往让好老师给补补课，很快就赶上来了。而表达能力差、写作能力不佳，却不是一朝一夕就能补上来的。表达能力、写作能力，要靠日积月累，包括多读书、勤练笔。而写日记，毫无疑问，是勤练笔的最好方式之一。

直到今天，我们还记得爸爸每天认真阅读和欣赏我们俩写的日记

出外旅行时两人还在商量今天的日记要写什么

那种享受的样子。爸爸曾经对我们说："哇！你们的这种写日记的毅力真是了不起的举动。记载了你们小时候的成长细节。以后，你们的记忆再也不能让你们回忆到这么的初衷和原始了，日后，你们一定会为此而感到震惊的……"爸爸喜欢欣赏我们的日记也是我们坚持写日记的一大动力。我们总是会变着法地写出每天不同

当天《洛杉矶时报》刊出我们的文章

的内容来，好不让爸爸看得无趣，我们俩每天都是在争着看谁今天写得很特别。所以，也锻炼出我们每天都要细致地观察周围发生的事情，还要学会用多种不同的写作手法。我们还经常创作出一些幻想故事；还写了很多的读书心得；还写电影观后感等。

为了写得好，我们更喜欢读书。越是多读书，就越能写出好的日记和文章。我们的写作能力好像是与日俱增，像是涓涓细流汇成小溪，条条小溪汇成江河一样的汹涌澎湃起来了。

那时，我们也喜欢看报纸，多数在看与文艺有关的版面。在2008年的6月，《洛杉矶时报》公开登报征文，命题为"你能想象自己是在奥林匹克运动会上吗？"不超过150字（英文）的文章。是在《洛杉矶时报》的娱乐日刊上。我们俩看到后觉得很有意义。因为在四年后，奥运会就会在北京举行。我们知道那是对中国人民的一件特大的喜讯。我们俩就开始分别写了。题材是：写出一篇"你能想象自己是在奥林匹克运动会上吗？"的畅想文。

当我们投稿时，还是7岁。等到刊登的时候我们已经变成了8岁。我们俩的投稿成为当时所有投稿学生中年龄最小的，也是排行最前面的两名。下面就是我们各自发表的征文：

《在雅典奥林匹克运动会上的我》

兰花，8岁 / 洛杉矶富兰克林小学

我是代表中国体操队的运动员，因为我妈妈是中国人。我是第一次来到雅典参加奥林匹克运动会。

当叫到我出场时，我觉得很紧张，几乎失声地叫了出来。跳上了平衡木后，我的心在怦怦地乱跳，好像是要从喉咙里跳了出来。我做了一个后空翻后，却没有喝彩声。紧接着我又连转了3圈。突然，体操馆中心想起了雷鸣般的掌声，可却不是为我，而是为一名年轻的美国运动员在喝彩。她轻松地反转着，动作轻松利落很有美感。

我心里盘算着，嘿！自己的动作还不够完美。我使出最大的努力做出了一个高难动作，很快地我就进入了最佳的状态。整个体操馆回响着对我的叫好声。我非常的高兴，那汗水顺着我的脸流淌着。最后令我吃惊的是我得到了一块银牌。是美国选手夺走了金牌。

但我的梦想是金牌，我心里想：等着吧，2008年中国见！

《难忘的2004奥运会》

梅花，8岁 / 洛杉矶富兰克林小学

当我到了雅典后，令我惊奇的是雅典的色彩正像是希腊的国旗一样蓝白相间。那里到处是清一色的洁白的建筑上面镶嵌着蓝色的门窗，再加上瓦蓝的天空和碧蓝的海洋，看上去有着一种特别的美感。我是代表美国奥运游泳队第一次来到雅典。

当我站在跳水台上时，感到异常的兴奋和充满了自信。我从两岁开始学游泳，我有最好的教练。当我听到了："各就各位，预备，跳！"时，我收心回到了游泳，猛地扎进水中。我用自由式以离弦之箭的速度向前冲去。我瞥了一下左右无人，我是第一个到达了终点。

又经过几番回合的比赛后，我赢得了金牌。当美国的国旗在美国国歌的

乘游轮去旅行

伴奏下冉冉升起时，我热泪盈眶了。

当我们的文章刊登在《洛杉矶时报》后，那时正好是在放暑假，我们的老师还打来电话祝贺我们，父母也很高兴。所以，我们就更爱写日记、写文章、写自己编的小故事了。我们初步尝到了写作的甜头。虽说那时候我们才 8 岁，但是，我们已经觉得自己也变成了彼得森家族的第四代写作传人了。

第三章　胸怀比蓝天更广阔 (2004)

多读书，读好书，真的会让人受益无穷。谁真的读了谁就会知道。古往今来的名人都是以其深刻的思想和卓越的才华，创造出数不清的无价的精神财富，使人类的文明程度节节高升，让人们的心灵世界更美，使更多的后人受用无穷。我们至今还记着法国大作家雨果说过的一段名言。他说：比陆地更广阔的是大海，比大海更广阔的是蓝天，比蓝天更广阔的是人的胸怀……

夏游阿拉斯加

在 2004 年的暑假，我们做了一次回归大自然的暑假探险之旅，这也是我们有生以来第一次乘坐海上巨轮到了那个遥远神秘的在世界上是独一无二的——美国阿拉斯加州。

我们先飞到了加拿大的温哥华，在那儿玩了两天。真正的度假是从登上了"珊瑚王妃号"的游轮开始的。在船上那七天丰富多彩的生活真是妙趣横生，远远地超出了我们所能想象的。那袖珍的高尔夫球场犹如世外桃源，如同茫茫沙漠之中的一块小小绿洲，它就藏在这大船里。

巨大游轮"珊瑚王妃号"才刚刚一岁，她一共有 17 层楼那么高，我们从船头望不到船尾。不要以为她是苍茫大海中的一叶扁舟，其实她是一座完整的城市，正安坐在大海中迎接着我们游客的到来。大船里有银行、赌场、购物中心、珠宝首饰店、四个电影院、三个豪华的大饭店、舞厅、健身房……还有1000 多个客房。船上有 1400 多个员工，平均一个员工服务两名乘客，哇！是不是有点奢侈啊！

我们最喜欢的是在游轮上的四个游泳池里嬉水，其中最喜欢的还是那个莲花泳池，这里有一座全身镀金的女菩萨，她端坐在镶了金的莲花上闭目静思。我们从莲花台上跳入蔚蓝的水中，爬上来又跳下去，玩得发了疯，有时潜水，有时又在水中用蝶泳和自由式互相追逐着，那种快乐是无限的。直到累得我们俩筋疲力尽时，才肯跳出水面。跑到泳池旁的烤肉台狼吞虎咽地吃着香喷喷的烤牛排直到吃饱为止。当游泳池里没有人时，我们就开始玩跳水，之后，我们就在三温暖水池中跳进跳出，弄得水花四溅。我们的顽皮惹烦了救生员，他走过来要赶我们出池了，我们就绕着圈地与他周旋着，有时还会像是一条美人鱼一样潜入到水底，直到他把我们跟丢了为止。

没有什么能比大船上的 24 小时免费自助餐更令人惬意了。在名为"地平线餐厅"里每一扇窗户都能看到美丽的海上风景和波纹涟漪的浩瀚大海。每天早晨，我们离开客房去餐厅吃饭时，"地平线餐厅"的灯光就会自动变到太阳初升时的樱桃红色。可在吃晚饭的时候，太阳在海中渐渐地消失时，饭厅的灯

巨轮航行在太平洋上，我们去阿拉斯加度假

光就会变得像是黄昏的落日出现的淡紫色。还有令我们印象深刻的是船上的美食，无论你什么时候去餐厅总是有牛排、各种意大利面条、汤类、沙拉、饺子等一应俱全；还有新鲜的海鲜，阿拉斯加的大肉蟹、超级大虾和大龙虾、海蛎子等各种海鲜。还有意大利、法国、中国、俄国等国的各种美味佳肴，十多种素菜、二十多种美味甜食，都是免费让你随便吃。吃美食是我们家出去旅行时很重视的项目之一，我们都很喜欢品尝世界各地不同风味的美食。可糟糕的是当每位乘客最后要离开大船时，才发现自己的体重都增加了几磅。但是我们俩却不在其中，因为我们是整天地忙着在 17 层的高楼之间上上下下地奔波和玩耍着，从不停止，那大量的运动是没有办法让我们俩长肥的。可是对那些苗条的女人来说，明显的肚子会变胖了，可是后悔也来不及了。

在渡轮期间，我们的生日到了。首先我们去吃了一顿非常丰盛又很讲究的生日晚宴。当我们刚刚吃完晚餐时，一位意大利男招待手托着两盘巧克力水果蛋糕来到了我们的桌前表示庆贺，蛋糕上有色彩鲜艳的水果片和黑白相间的巧克力拼成的花朵，看上去十分可爱而又非常的诱人。他点燃了蛋糕上的蜡烛，我们俩都闭上了眼睛，各自心中许下了一个美好的愿望之后，吹灭了蜡烛。这时，有五位男招待在我们的周围唱起了祝福我们生日快乐的歌。在那一刻，我们觉得自己是这个世界上最幸福、最幸运的孩子了。同时，我们也非常感谢我们的父母所给予我们的一切。我们俩还将切下的第一块生日蛋糕先送进了爸爸、妈妈的嘴里。

当我们回到客房时，发现服务员在我们的枕头底下又多留给每人两块巧克力糖。待我们在爬上自己的上铺时，又发现了还有非常可爱的黑乎乎毛茸茸的小玩具熊和雪白的阿拉斯加拉雪橇的哈斯基猎犬，我们每人都各自拥有一个。当我们在打开淋浴门时，却让我们俩都惊呆了，那一大群的红、白、蓝气球争先恐后地拥了出来。这三色的气球也正是象征着美国的国旗。我们的生日和美国的生日只隔两天，几乎是同庆。

同时，在船上也举行了美国国庆的盛大香槟舞会。舞台上，男招待用 797个水晶般的香槟酒杯搭起了一个巨大的金字塔，塔的顶尖只有一个杯子。这时游客们会排成队，上到台的顶端，将一瓶瓶香槟酒倒入那层层排排的 797 个酒杯中。每个酒杯里还装有一颗紫色的橄榄果，那酒香四溢，直到杯杯都盛满了香槟之后，再由男招待们彬彬有礼地将酒杯送给每个喜欢喝香槟酒的客人，大厅中充满了喜气洋洋的干杯的声音。这时，祝你生日快乐的乐曲响起了，人们高声地唱起了祝美国生日快乐的生日歌，场内场外飘满了五彩缤纷的气球和彩带，那些闪着光的彩色纸片像雪花般地在空中飞舞着，金光闪闪的彩带挂满了整个大厅。这时，乐队奏起了"星条旗永不落"，大家都站了起来并开始翩翩起舞了，气氛达到了高潮。那种热闹的场景至今还让我们记忆犹新，就好像是发生在昨天一样，并时常会在我们的脑海中浮现。

中途，我们的游轮在玖娜市停下了，我们在那里看到了门登霍尔大冰川，那蓝白晶莹剔透的冰川，坐落在两山的峡谷之间，那万年的冰川展示着时光的永恒，那冰川好像是尖锐嶙峋的冰凌森林，一直绵延到 200 海里以外的远方。可冰川的边缘一直都在融化着，那潺潺流水是永无止息的。

大船在航行期间，我们见证了难过的一幕，巨大的冰块从高高的冰川上面断裂开来，冲进蔚蓝大海，冰块触水的瞬间掀起了 20 多码高的白色巨浪，并伴随着震耳欲聋的巨响，回荡在数里之遥。冰川下面也有很多的深洞口，分分秒秒不停地向外流淌着融化的冰川水，这种融化正是暖室效应的恶果，如此下去，北极巨大的冰川将渐渐消融。这些融化了的冰川将海平面的水位提高之后，将渐渐地淹没那些靠海的城市。谁能想象得到，像上海、纽约、旧金山、威尼斯等名城，也终将会被淹没。迟早有一天，那一幕将会发生。哇！那将是多么的凄惨啊！在这里我们看到了全球变暖的严重性，这和我们的前副总统高尔所拍摄的那部电影《不争的事实》中的镜头是一模一样的。我们终于明白了，这也就是为什么爸爸安排这次旅行的良苦用心了，他想让我们在冰川融化之前，还可以再看到那古老的万年冰川到底长得是什么样子的。

我们不但看到了世纪冰川，当我们每天站在巨大的游轮上，面对着广阔无边的太平洋，仰望着广阔无边的蓝天时，我们真的觉得自己的胸怀可以融进天，也能融进大海……

凄美的鲑鱼故事

我们的游轮停在了克赤坎这座城市观光，这里也是鲑鱼（大马哈鱼）的故乡，游完这座城市之后，给我们留下最深的记忆是一个凄美的鲑鱼还乡的故事。

在每年的春天，是鲑鱼产卵的季节，它们在淡水中产卵之后，还会在这里生活上一年，稍微再长大一点儿，它们就会立刻离开了这里，游向大海。到了秋天，鲑鱼已经变成了成年的鱼，它们将从远隔几千里之外的海洋中，开始向家乡返回。它们一路面临很多的艰难险阻，当它们离开大海向河流转向时，还会有很多饥饿的野兽来河边捕捉它们。上有饥饿的老鹰，下有贪婪的捕鱼船。为数不多能幸运存活下来的鲑鱼在进入淡水水域时，必须要战胜急流险滩和逆流而上，有时会被浅滩上像是尖刀般的岩石穿透身体而丧失生命，有时还会搁浅窒息而死，有时还会被那些饥饿的大狗熊抓去成为它们的美食佳肴。不仅如此，更有甚者是那些贪婪的捕鱼人撒下渔网等待鲑鱼的到来，渔民们还用鲑鱼的卵子做成最高级的食物——鱼子酱。经过这些无数次的艰难险阻，九死一生的鲑鱼们最终还是会到达自己的出生地。

我们总是好奇地想，鲑鱼是怎样在那浩瀚无际的海洋中千里迢迢地能识别方向游回到这无名的小溪流中呢？虽说鲑鱼的生命很短暂，但它们始终坚定不移地无论经过了多少的磨难还是终于回到了故乡。这种奥妙神奇的大自然总是让你揣摩不透和难以想象，甚至科学家也没有办法做出合理的解释。这样也就只好自圆其说是伟大造物主的无穷魅力所在吧？

母鲑鱼开始用尾巴在浅滩上挖坑产下卵子，公鲑鱼在卵子上撒下精子之后，公、母鲑鱼就一起用尾巴推沙子把坑都填平。最后由于它们用力过猛已经是筋疲力尽了，然后，它们会慢慢地、安安静静地、一条接一条地躺在了河床上，就这样无声无息地与这个世界告辞了。

到了春天，受精卵都变成了一个个小小的鲑鱼苗，它们在这里生活了一年后，就又离开了家乡奔赴大海，开始了另一轮的循环。

这是一个多么凄美感人的故事，我们俩也常常在想这个故事的内涵，也意识到这鲑鱼和人类的关系。作为我们的父母，他们所做的每一件事不也都是为了我们吗？他们像是那燃烧着的蜡烛，燃尽了自己，照亮了孩子。但有一点人类与鲑鱼不同的就是人有感情并会思考。人和鲑鱼都是奉献了自己，养育了下一代，真是殊途同归。

到了下船的时候，我们依依不舍并有些难过。最后，还是向渡轮挥了挥手说"再见"！之后，我们全家便自己开车前往迪纳利国家公园。这里是我们

玩在阿拉斯加的埃尔森国家公园（2004）

到阿拉斯加度假胜地的最后一站。路上我们还经过了安确瑞极大雪山。

　　我们的住处是藏在大森林中的一座小木屋，我们在那住了 4 天。当我们一进到小木屋时，一股非常浓郁的柏木香味扑鼻而来。这里非常湿润，气候很宜人。很快我们就意识到在这里睡眠的时间减少了许多，由于这里距离北极只有 3 小时车程，黑天在半夜 1—2 点钟，可是天亮就在早晨 3 点钟，在阿拉斯加的夏天，白昼永远都是这么短。

　　在这 4 天旅行中，最让我们兴奋和难忘的是乘坐 8 小时的越野车游览了爱尔森国家公园。那是野生动物的大家园，我们去那里做客观光。车开在那无边无际的崇山峻岭之中，大家都在寻找着不同的动物，那一片片的大草地之间开放着勿忘草和金菊花等等不知名的花草。我们首先看到了一个熊妈妈带着它的 3 个小熊在山谷里玩耍着；还看到了许许多多的北美洲的驯鹿，在弯弯曲曲的小山坡上懒懒洋洋地从我们车前列队穿过；还有许多不同种类的麋鹿，走在那远处的山岭之间；一群群古铜色的小兔子带着白白的短尾巴，蹦蹦跳跳地穿过马路，跳进了一堆堆的密草丛中；放眼远望，我们看到了一大群的羚羊，站在那高高的悬崖峭壁上，它们那巨大的圈状羚羊角，看上去很威风。我们猜它们是在为保卫着自己的家园而在巡逻和站岗放哨呢。

在我们最后一幕所看到的是一只猞猁，它嘴里叼着一只在苦苦挣扎着的小兔子，瞬间穿过了我们面前而逃之夭夭了。这一幕在我们回到森林的小木屋时，还萦绕在我们的眼前。

在 1867 年时，俄罗斯人以每英亩地两美分的价钱把美丽神奇的阿拉斯加这块宝地就卖给了美国，这样便宜的价格真让我们感到不可思议。我们看到，虽然历经 130 多年，这里仍然是一片还未完全开垦的原始大自然，这里有终年的雪山、茂密的森林、美丽的湖泊、高山瀑布、火山温泉、世纪冰川、万年冻土。这里真的是地大物博，还有丰富的自然资源，出产黄金、煤炭、石油、天然气、木材、鱼类、海鲜等等。

我们的导游最后对我们说，无论用什么"最后未开垦的处女地"和"神秘蓝色的冰川诱惑"等都无法来形容阿拉斯加的美丽壮观。

这次的阿拉斯加游，对我们来说只是轻轻地撩开了它那神秘的面纱，偷窥了一下而已。我们非常渴望长大以后，自己能挣钱时，再回到这里做一次深度探寻。

如此迷恋阿拉斯加的，不只是我们姐妹俩，还有许许多多来自世界各地不同国家的人，他们属于不同的种族，有着不同的信仰，但在这一点上却和我们有着完全的共同语言，和我们一样地迷恋阿拉斯加的原汁原味，迷恋阿拉斯加未被染指的大自然！这是为什么？原因很简单：人类本来就是由这样的原汁原味的大自然孕育出来的，于是，每个人的天性中，都珍藏着"回归"的天性和渴望，就像鲑鱼历尽艰辛也要游回自己的故乡……

到"美好乐园"去！（2004/9）

没多久，我们的暑假结束了，炎热的夏天也渐渐远去，我们要开始上三年级了。在富兰克林小学时，由学校推荐，经过心理学博士给我们考试测验后，新开学时我们被转进了由政府特殊支助经费的美好乐园小学。这里的学校设备更好，学的知识比富兰克林小学的难度要大，涉及的知识面也更广。美好

美好乐园小学的老祖母级老师道格拉斯女士

乐园小学坐落在山谷的绿茵丛中，不是像我们想象的有着很大的校园。这里一共有 400 名学生。我们的新校长是格林博士，她身材矮小，在满是皱纹的脸上，长着一双大大的杏仁眼，她很少笑，所以，你很难从她的脸上看出喜怒哀乐的表情。

开学后，我们开始每天早上乘校车去上学。车先是行驶在好莱坞的大道上，开到头之后，就拐到了那弯弯曲曲的狭窄山路上。路的两旁都是参天大树，绿树成荫，我们常常会看到梅花鹿在路边悠闲自在地走来走去，不时还会停下来在山坡上吃着青草，它们非常优哉自得，完全是旁若无人。有时，我们还会看到一些小松鼠在树上飞快地窜来窜去的跳跃嬉戏着；有时，它们还会从一棵大树稍上像是打秋千一样飞到了另一棵大树上。

这里有很多的房子都隐藏在小山的绿树丛中，房前都有各种各样的鲜花在争奇斗艳地开放着，这里的风景有它独特的美。

我们每天坐在校车上听着 MP3，这 MP3 是在中国时，舅舅送给我们俩的，每人一个。我们还从头到尾地听完了中国的故事《济公传》、《红岩》等，这是

兰花和数学老师侯先生

中国著名的评书大师袁阔成播讲的。我们每天坐校车上学来回一共可以听两个小时的评书。有时候，到了该下车的时候，我们也不想下去。我们听这些中国的故事真是着了迷，我们甚至还总是盼望着早点放学，好可以再接着听那些早晨还没听够的迷人故事。我们从这些故事中学到了中国的历史和文化，也了解到勇敢的中国人民是如何不怕坐牢，不怕流血牺牲，为了自己的国家和解放事业而奋斗。每次听完了这些故事都让我们很感动。

我们非常顺利并愉快地与三年级的老师们相处着，我们每上完一堂课就会调换不同的教室，好像是在上高中或在上大学一样。我们班的老师是俄罗先生，他长得非常年轻英俊，像是英国的绅士，他既是语言艺术大师也是一位电脑专家。他教我们英文课，并介绍我们进入了一个叫"思索"的电脑网站，在这里可以和全世界的高智商的学生们在网上通信或聊天。俄罗先生还教我们写各种不同的文章题材，其中也包括了写自传。他还教我们写各种不同类型的诗歌技巧，例如五行打油诗、俳句、藏头诗，等我们上完了诗歌课之后，老师就让我们每个学生都写五首不同的诗歌。他还挑选了我们俩写的诗歌去参加诗歌比赛，结果我们俩的诗都被收进诗集并出版发表了。

我们的算术老师是侯先生，他戴着一副眼镜，长得又瘦又高。他用初等代数和平面几何、图形、应用题等，不断地挖掘着我们大脑的深处潜能。侯老师上课的方法和以前富兰克林小学的老师讲课的方法不一样，侯老师留的作业总是用他自己设计的数学题，很多都是要用排列组合的方法才能做出来，每一道题都不简单，这对我们大脑是个挑战。一旦解出难题时，就会让我们觉得格外的兴奋，心里也会觉得甜滋滋的。

每个星期侯老师都会准备一个小玻璃罐，在里面装满了各式各样好吃的糖果。之后，让学生们来猜，里面到底能有多少块糖？谁猜的数字最接近罐里应有的糖块数时，谁就会赢得那小罐子里所有的糖果。每个星期只有一次，这也是让我们觉得最有期盼和最兴奋的时刻。

道哥拉斯女士教我们社会学。她长得有些矮小，但非常的甜美。在我们美好乐园小学里人人都知道她是我们学校的老祖母级的人物。她有一双很明亮的眼睛，看上去非常的健康。那满是皱纹的脸看上去让你觉得她很有智慧。她已经在这个学校教了30多年的书。她最擅长的是给我们打好最基本的写作和社会学的基础。她常常出题考我们，让我们写各种各样的文章，编写杂志等，还教我们很多超前的社会学和历史方面的知识，她还教我们洛杉矶和加州的历史，有时还教我们跳老式的方块舞。每隔一两个月，她就会带给我们她自己在家烤的胡萝卜蛋糕给我们吃。让我们觉得她是在学校里最受欢迎和最被尊敬的好老师。

在学校还有另外的一件事情很酷，每一科的老师都会奖励给我们学校印的钱。你可以说它是假的钱，但是我们可以用这些钱在学校的小卖部买东西。一共有五种钱：1元、5元、10元、50元和100元的。钱面上印有不同老师的头像，还盖有学校的校章。每天我们来上学就可以得到一张1元钱。如果我们表现得好，上课爱发言，回答问题正确时，我们就可以得到额外的5元或10元。当我们的钱积攒得多了，我们就去老师那里换一张大的钞票50元或100元的。每个星期五中午的时候，我们就站成一排等在小卖部那里，准备买自己喜欢的好玩意儿。我们非常兴奋地期盼着星期五的到来。这里的物品都是从老师和家长们那里捐献来的，有很多稀奇古怪的好东西，有各式各样的毛毛熊、小机器人玩

8岁在读哈利波特第五集

具；还有可以放出音乐、一打开盒盖里面还有小人在跳舞的音乐盒；还有小洋娃娃和拼图玩具等很多稀奇古怪的好玩意儿。就是这些好玩的方式让我们觉得来学校上课很有趣，学校变得对我们非常有吸引力，也鼓励我们更有动力地要好好学习，学得好就会有更多的钱，就会买到更多自己喜爱的好玩意儿。让我们觉得在学校里过的每一天都很开心快乐。

不久，我们俩都加入了学校的乐队，可是只停留了两个多月。兰花学吹美式的笛子，梅花学吹黑管。每天，我们都要练习很久，吹得很卖力气，吹得我们的脸颊和头都在痛。我们已经花了很多的时间在练习钢琴上，自从吹笛子和黑管后，我们练习钢琴的时间明显地不够了。所以，我们就想辞去乐队的活动。可是，乐队的老师却不让我们走，拖了很久，最终我们还是离开了美好乐园小学的乐队。

过了一段时间，我们觉得离开还是对的。不要说天赋，就是人的精力真的是很有限的。真的是不能什么都想要、什么都想会、什么都想得。中国有句老话说得非常好，那就是"贪多嚼不烂"。

在3月中旬，学校里正忙着要迎接每年的加州统一标准考试，我们的教室里充满了浓浓的学习氛围，大家都跟着老师复习所学过的重点，牢记数学的各种公式，进一步地练习英语写作的技巧，复习社会科学知识等。学校好像是一块磁铁将我们的注意力紧紧地吸在了那里。每天谁学得好，老师就会给很多的奖励。老实说，到了周末的时候，我们还会期盼着星期一能快点到来，我们很想再回到学校。

更有趣的是在三年级时，我们还与伦敦的高智商的学生们比赛设计演出一场幽默的喜剧。首先，要在伦敦选择一个地点，有一个电影摄制组来到了我们的学校，在俄罗老师的教室里拍摄。我们这个团体编排的故事大概是：有一群朋友要去特拉法加广场玩，可是，有一只乌鸦却悄悄地把我们的车钥匙偷走了，乌鸦把钥匙放进了它自己的小窝里，那窝搭在广场最高一座塔的顶端上。我们想尽了种种办法要把钥匙找回来，可都行不通。最后，求助于消防大队才把钥匙取了下来。

我们这一组在编排过程中很努力，演出也非常的成功。我们完成了拍片之后，英国和美国的学生都会在国际互联网上看到彼此的电影，然后投票选出优胜者。结果出来后，我们的学校得到了第一名。

在美好乐园小学上三年级的这一年里，让我们觉得这段时间过得很快。我们非常喜欢三年级所有的老师和同学，三年级念完了，可留下的都是那些丰富多彩的美好记忆。

好玩的万圣节不见了（2004/11/30）

我们一直在童年的梦幻中漂浮，并寻找着鬼节的那天是否真的在为鬼神们庆祝？感恩节是否也应该感谢上帝？在平安夜里，是否有穿着红色长袍、留着长长白胡子的圣诞老人在那布满星星的夜空中，乘坐着从芬兰北极圈出发的雪橇，赶着驯鹿为世界各地的孩子们送去圣诞的礼物？

秋风扫荡着酷暑，徐徐送爽并神奇地将树叶变成了深红、黄色、橙色等，吹得落叶飘向天空，落在了屋顶和道路旁，出现了秋天所特有的美丽景象。

一年一度的万圣节（也叫：鬼节）随着秋天的到来，也到了。对我们来说，这是一年当中我们最喜欢的日子之一，无论发生了什么都不能阻挡我们要庆祝这个节日。鬼节的象征颜色是橘色和黑色，标志物是南瓜和稻草人，还有骷髅头和拿着扫帚的女巫，还有黑黑的大蝙蝠和白白的蜘蛛网等。当然也少不了各式各样好吃的糖果和穿着稀奇古怪的鬼节服装了。

万圣节的早晨，我们俩穿上鬼节的传统服装去上学。兰花穿了深樱桃红和深紫色天鹅绒阿拉伯公主装，上面还配上了闪闪发光的亮片。柔软的天鹅绒的长裙垂落到脚面，再配上一双闪亮光的金鞋。头上还戴着一件精致

在鬼节日爸爸带着我们去要糖果

的皇冠，看上去显得非常可爱，有点像是一个充满异国情调的美少女。梅花穿的是具有古典美的灰姑娘服装，头上戴着闪闪发光的银色头饰，上面镶着白色和蓝色的宝石，穿的是天蓝色丝绸面料的长袍，还佩戴着一副天蓝色的一直裹到了胳膊肘的长手套，在长手套和长裙的边缘和领口处都镶有毛茸茸的雪白滚边，看上去很像是一个骄傲的小公主。

在去上学的路上，我们看到一辆小轿车的后车厢里耷拉着一只白皮肤女人的断臂，那手臂看上去很柔软并且还在滴着鲜血。看了之后，让我们觉得毛骨悚然，汗毛直往起竖。我们猜想到司机一定是刚刚杀了人，在慌乱中不小心将死者的手臂露在后车厢的外面了，真的是好恐怖啊！

通常很安静的学校，今天变成了熙熙攘攘的闹市。我们的老师也都和学生们混在了一起，穿着鬼节的传统服饰。有的装扮成巫婆，有的扮成西部的牛仔，有的同学装扮成故事中的小红帽，还有的像是仙女，有的还扮成了电影明星，还有的装扮成了克林顿和布什总统……

还有很多同学把自己装扮成戴着尖尖的大牙齿、嘴里还滴着鲜血的吸血鬼；有的学生肩膀还背着吉他，把自己扮成了流行乐的歌星；有的扮演着海盗和魔鬼；还有的把自己打扮成了带着银光闪闪的大翅膀、穿着像是羽毛的衣服，头上还戴着毛茸茸圆圈的小天使。学生们穿着各式各样鬼节中的传统服饰，还有很多吓人的装扮和奇怪的服饰……

平常是自助餐厅的地方今天却变成了潮湿阴冷的神秘地狱。我们钻进了烟雾缭绕、阴风嗖嗖的鬼洞里，就像是在深夜误入了荒凉的墓地，令人毛骨悚然，很想离同学们近一点却看不见他们都在哪里。有些棺材还会突然地打开来，骷髅头和尸骨到处都是。有些魔鬼还挥舞着镰刀，有时不知从哪儿还会冒出另外一个口里喷着鲜血的恶鬼，有时你还会被小鬼在身上偷抓一把，我们被吓得尖叫不止。当我们觉得非常害怕地拐到大厅的角落时，突然听到一声让人毛发耸立的嘶吼声，吓得我们心都提到了嗓子眼儿。我们走完了好像是在生死两茫茫的这段路，终于又见到了生机勃勃的灿烂阳光。

午餐的时候，全校的学生都来到了操场，准备开始万圣节的大游行。这里到处都是欢天喜地热热闹闹的欢笑声，我们开始绕着操场一圈接一圈地走着，学生和老师们有的手拉手，有的还打打闹闹地在互相追赶着，几乎每个人的嘴里都吃着糖。每个人也都很兴奋，也可能是因为吃了太多的糖果吧。

这就是我们邻居家鬼节的装饰

　　最后，放学的铃声响了，大家像是一窝蜂一样吵吵嚷嚷地冲出了学校。我们回家做完了作业之后，就有些等不及了，期盼着天赶快地黑下来，我们好出去要糖果。

　　夜幕终于降临了，我们又一次地兴奋了起来，抓起了像南瓜形状的装糖果的罐子就冲到了大街上。在拉斯费利斯城市内的大街小巷里已经挤满了要糖果的孩子，排着队站在每一家的大门口，每个人都大声地喊着"不给糖果就捣乱！"所有的孩子都会收到一大把的糖果并带着满意的笑容离开。

　　我们路过了露出尸骨的墓地，有些墓地上的墓碑散落在草坪上。墓碑上写着"安息吧"，下面写着死因，甚至是惨死的简述。我们在大马路上来回地穿梭着，有些道路弥漫着自己制造出的薄雾和青烟，再加上到处都布满了白色的蜘蛛网，我们就好像是走在了阴间的世界一样……

　　当我们路过一栋房子时，窗口里伸出了一只血淋淋的大手，并紧紧地抓住我们俩的手，不让我们走。我们被吓得尖叫着，还拼命地打那只大手，手的主人便开怀大笑着松开了他的手。之后，当他又一次再伸出那沾满了鲜血的大手的时候，却是一大把的糖果送到了我们的面前。

这就是那个邻居家拿着电锯的鬼在吓我们

在一个特别黑的房前，我们停下来站在那里按了很长时间的门铃，急切地盼望着会得到些好吃的糖果。但除了可怕的寂静以外，什么声音都没有。我们又更用力地大声敲着门，突然，门开了。一个伤痕累累的魔鬼正死盯盯地瞪着我们。他两眼鼓鼓的，肚皮是裂开的，五腹六脏都露在了外面，他手里拿着正在转动的是真的电锯啊。他龇牙咧嘴狰狞地笑着并疯狂地向我们扑过来，我们立即转身就跑，撞着了别人我们也不管，只管拼命地逃着。这时，隆隆作响的电锯停了下来。我们安慰自已，不要怕，他就是我们的邻居。然后转回身从他那里要到了巧克力，果然得到了比我们想得到的还要更多的糖果。我们走完了整个邻区，满怀收获地回家了。

到家之后，我们把装得满满糖果的篮子哗啦啦地都倒在了地上。哇！这么多的糖果足足够我们吃上半年了。平时妈妈是不让我们吃糖的。所以，这些糖果就变成了我们要好好地珍藏起来的宝贝。

突然，几声"砰""砰""砰"的奇怪声音吓了我们一大跳，我们站起来看到的是几只鸡蛋打在了我们家客厅的玻璃窗上。之后，又听到了狂笑声和女孩子的高音的尖笑声。我们很生气地看着窗外那一伙青少年扔完鸡蛋就逃之夭夭了。这时，我们意识到了那句俗话说的就是"不给糖果就捣乱！"如果你家外面大门是锁上的，但房间里的灯却是亮着的，要糖的人就以为主人是故意不想给他们糖果。所以，他们就会给这家主人找麻烦。

顿时，我们在鬼节中所特有的那种喜悦的心情也随着要出去洗窗户和擦玻璃的劳动而被取代了。同时，我们也意识到了，所谓的鬼节，不过就是在一年当中为了小孩子们能有一个既心惊肉跳、又快乐好玩的一天而已。

学会感恩才会更快乐（2004）

伴随着秋天的到来，感恩节也快到了，浓郁的节日气氛与日俱增。我们家感恩节的传统装饰是由红蜡烛、橘色的大南瓜、金色和红色的大树叶等组成的感恩节摆设。

一年一度的感恩节，就是为了纪念早年英国人来到美国后，在他们快要饿死时，是当地的印第安人救了他们。在春天的时候，还送给了他们很多种子，并教他们怎样耕种等。直到秋收的时候，正好赶上了一个大丰收年。当时在美国的这些英国移民就和当地的印第安人一起欢庆大丰收，并感谢印第安人。所以，他们为了感恩就把每年的 11 月份的第四个星期四定为永久的感恩节纪念日。

我们觉得感恩节好像是中国人过的中秋节，只是吃的东西和时间有所不同。在美国的感恩节习俗是每家人都一定要全家大团圆，在晚上一起吃火鸡大套餐的节日。

在我们家感恩节的晚餐总是由爸爸来展现他的厨艺，一年只有这一天而已。通常妈妈还会邀请几位没有亲人在身边的好朋友，来我们家一起共进感恩节的晚餐，为了朋友不会寂寞和想家，也让他们能有机会感觉到热闹和温馨的节日气氛。爸爸、妈妈在平时的生活中，总是会让我们知道朋友在一生中是非常重要的。有好朋友，就可以一起分享自己的喜怒哀乐。其实，能学会感恩是我们成长过程中学到的很重要的一课。如果不知道感恩，没有一颗感恩的心，在生活中就总会觉得谁为我们做的事情都是应该的，如果做的有一点不如自己意时，还会生气、发火、埋怨等。如果你真正地懂得了感恩之后，无论谁对你做过的事情你都会从心底里很感激对方。即使是发生了不如自己意的时候，也会变得可以理解了，剩下的还是感激。懂得感恩就不会经常找借口跟父母或周围的人生气或抱怨了，懂得感恩时，每天的生活就会变得很快乐。

我们的老师总是告诉我们，一个人无论是大人还是孩子都要懂得感激他人，最重要的是要有一颗感恩的心。我们俩不会期盼从别人那里得到什么好处，但是，当我们得到时，我们就一定会表达出自己的谢意，或者送一封感谢的信，或寄一个感谢的卡片等，表示我们发自内心的感动和感恩。

在这个感恩节里，我们还一起写下了我们要感恩的人和事：

感谢我们慈爱的父母，使我们拥有一个非常幸福美好的家和非常舒适的生活，为了让我们学习很多课外的知识，弹钢琴、跳舞、打网球和学习中文还有旅游等，花了父母很多的钱，可是父母平时都舍不得为自己乱花一分钱。

还感谢我们的父母给了我们俩非常健康的身体，并培养我们有着很阳光、也很向上的性格，使我们每一天的生活都过得很充实和快乐。

感谢我们美好乐园小学的老师！是他们让我们感觉在学校比任何地方都有趣，让我们觉得每一位老师都可以非常的信赖。

感谢我们的邻居善良的比尔叔叔。他允许我们俩在每天的早上可以与他的儿子一起乘坐他家的车去上学。这样就可以让我们在早晨比坐校车多睡了至少 30 分钟的大懒觉，使我们每一天都会觉得精神很好。

平时，我们的父母总会告诉我们，生活在这个世界上最重要的是要学会懂得感恩，学会知足，学会要关心别人和弱者。只有这样的人活着才会觉得有更有意义和价值，在平日的生活中才会感觉到周围的一切都是多姿多彩并充满了快乐。

感恩节的晚餐会在我们家专门用餐的饭厅的大餐桌上吃。摆放餐具是我们俩的任务，与平时相比要看上去美观，大桌子上摆好了整套的银器餐具和水晶高脚酒杯。之后，爸爸会端上他刚刚烤好的香气四溢、金红香脆的大火鸡。他将一片一片的火鸡切好后，分到每个人的盘子里，再倒入调好了的肉汁。其他美食还有：草莓果酱、土豆泥、蜜汁火腿、烤地瓜、干煸四季豆，还有美味的蒜香面包块所制成的配料和火鸡配在一起吃时，才会很香。还有不含酒精的香槟酒。甜食有南瓜饼和樱桃馅饼等。美食一入口就像是吃了一口喷香的牛油即刻便融化在口中，这么多的丰富美食会让我们胃口大开。

我们还记得在感恩节的餐桌上，一边吃一边聊天的情景。妈妈问我们：什么会让你们觉得很满足和很幸福？我，兰花，立刻说："我觉得父母给我们所有的细心照顾都让我感到的是很满足。"爸爸说，那就请你举一个例子说来听听吧。兰花想了想说，"比如说，在前几天的晚餐时间，外面很黑很冷又刮着狂风下着大雨。可我们一家四口人坐在餐厅里，桌上摆着热腾腾的饭菜，我们一边吃，一边聊天，有说有笑的，我的心里就觉得很温暖也很舒服。因为，我知道有太多的孩子在这段时间里不能跟父母一起吃晚饭，甚至一年只能跟全家一起吃上几次的晚餐而已。有些是父母离婚了，还有的是父母要在吃晚饭的时段里工作等原因。可我们每一天都能跟爸爸妈妈一起吃晚饭，还可以一起谈论任何我们想谈的话题，她这件事我真的觉得很满足，也感觉很幸福。"

轮到梅花了，她想了想说，"一定要让我举例子的话。我会说，每当我们全家出去旅游时，每一次我就会觉得非常的幸福和满足。我记得在阿拉斯加旅游时，我们住在森林里的小木屋，到了夜晚时，我不想睡觉，就坐在窗前，外面的一切都是静悄悄的，好像这个世界上只有我们一家四口人。我望着天空，跟满天的星星说话，我告诉星星：我是这个世界上最幸福的人，我有最爱我们的爸爸妈妈。全家出去旅行真的让我觉得很满足，那种满足是非常幸福的。"

爸爸听完后说："哇！你们说的例子让我很感动啊！你们知道吗？我也要非常的感谢你们才对，在我的生命中，正是因为有了你们三位非常完美的女人陪伴在我的身边，才让我的生命变得五颜六色、多彩多姿啊！"

事实也真的是如此，我们一家四口人都很喜欢简单，没有任何的奢侈，也没有什么挑剔。从小父母就教育我们，作为一个人就一定要懂得感恩才会有一个家庭里的和睦关系，懂得感恩才会有更好的朋友关系。学会了感恩，我们会觉得周围的一切都很和顺，也很快乐。

当我们忘记感恩时，就会觉得周围的人好像是都欠自己的一样，稍微不满意就会很失望，就会不满，就会埋怨父母，就会变得不愉快，自己不愉快，害得自己周围的人也不愉快。

所以，父母总是提醒我们要感恩，要真正地懂得怎样感恩，所以，我们对父母为我们做的很多事情都会让我们觉得很感动，也会让我们觉得自己拥有的一切都应该值得很珍惜才对。

如果大家都学会了感恩、习惯了感恩，就会让这个世界变得更和谐，也会让自己变得更快乐。

圣诞夜原来是个美丽的传说（2004/12/23）

虽说感恩节很温馨，但圣诞节才是一年中最隆重并让我们俩觉得很快乐也很丰富的节日，因为，我们会从圣诞老人那里获得很多梦想中的礼物。

按照我们家的传统惯例，我们俩要安装好一颗大大的人造圣诞树，树上要装有许多美轮美奂的装饰品和装饰灯。我们家从来不买真的圣诞树，我们认为那是在浪费金钱和自然资源，真树干燥后还很容易着火。

我们在安装圣诞树的同时一定要听着那些美妙的传统圣诞歌。这时，我们心中就很自然地充满了圣诞的喜悦。心里美滋滋地在安装圣诞树，树安装好了以后，我们就把那些亮晶晶地闪着各式各样颜色的玻璃球和不同的小装饰统统都均匀地挂满了整棵的圣诞树。接着，还会挂上小小的圣诞老人玩具和小鼓，还有亮闪闪的雪花型的装饰和鲜艳的圣诞红花统统地都要挂在圣诞树上。之后，我们再把一卷卷像是镶着松针的彩色小灯一圈又一圈地从上到下围在圣诞树上。最后，爸爸登着梯子把最明亮的一颗大金星插在高高的圣诞树的顶端。

在平安夜时，我们每年都会在圣诞树和壁炉旁的小桌上放好一盘饼干和一杯牛奶，再写上一个小条：

亲爱的圣诞老人您好：

谢谢您在半夜还给我们俩送来圣诞的礼物。谢谢您的辛苦！您每一次送来的圣诞礼物都是我们梦想中的礼物，当我们收到时，总是会非常的感动。谢谢您圣诞老人！请您吃点饼干再喝杯牛奶之后，再去赶路吧。谢谢！

爱您的梅花和兰花

不知道为什么，在这个平安夜里，我们俩都睡不着觉。我们一起悄悄地走到窗前，看着那不知疲倦的月亮和雾蒙蒙的夜色，望着星空，希望能看见背着装满了圣诞礼物大包裹的圣诞老人坐在一串驯鹿的飞车上从远处的天边瞬息而降。

第二天早上，太阳还在沉睡着，我们俩人就又早早地爬了起来，整个的房子里都是一片寂静。我们俩商量着现在要做什么？是不是应该下楼去看一看圣诞老人来过了没有？礼物是不是也送来了？我们很希望能先知道一下，便轻手轻脚地往楼下走去，内心充满了激动，恨不得一下子就飞到楼下。

突然，听到了楼下有什么响声，还吓了我们一大跳。我们俩立刻手拉着手，猫着腰往前走。哎呀，在圣诞树前蹲着一个黑影，好像手里还拿着圣诞礼包。是谁啊？我们想，可能是圣诞老人吧！不对！他没有穿圣诞老人的大红袍

快乐的圣诞小姑娘

子啊？也没带圣诞老人的红帽子啊？我们吓得头发都竖起来了，是谁啊？是小偷吗？还是那位爱偷圣诞礼物的"圣诞怪杰"啊？再仔细看时，无法相信的是，那人站了起来，走到壁炉旁，就狼吞虎咽地把摆在那里的饼干和牛奶几口就吃光喝光了。太可怕了，我们尖叫起来，黑影也被我们突如其来的惊叫吓得跳了起来。我们扑向黑影，正想打他，但让我们无法相信的是，转过身来的黑影正是我们的爸爸。我们很困惑，这是不是在做梦啊？我们禁不住问爸爸，您真的是圣诞老人吗？爸爸也无奈地耸了耸肩。

　　我们虽说不再害怕了，可因为没有看到圣诞老人而坐在地上觉得很失望。我们终于明白了所谓圣诞礼物都是从商店里和 R 的玩具店里买来的，完全不是什么圣诞老人从北极圈那里用驯鹿和雪橇带过来的，更不是克劳斯太太做的和小精灵们送给我们的。这时妈妈走过来，她笑个不停地说，这整个圣诞老人的故事都是美国的传统习俗。我们俩就大声地接着妈妈的话说，哦！那只是为小孩子们所编织出来的一个神话幻想故事，对吗？父母同时都点了点头，接着我们全家都哈哈哈地大笑起来。

在圣诞节得到的心爱的礼物

那好吧，礼物终归还是礼物吗。我们见到礼物就又高兴了起来，怀着很好奇的心情打开那一盒又一盒父母为我们准备好的圣诞礼物。这回再打开礼物时我们就会用新的思维去面对了，再不会认为这些都是圣诞老人亲自帮我们选的礼物了。我们将一层又一层的华丽的包装纸撕掉，露出来的是毛茸茸的动物玩具、漂亮的外衣和我们一直渴望的几种好玩意儿，还有我们最喜欢的小说、世界诗歌500首精选集、著名的历史事件、名人名言录等，这一切都是我们平时想要的。那红色的大圣诞袜子里装着薄荷糖和各种糖果，还有小球还有毛茸茸的袜子和在中国城买的小玩具等。

最后，我们给多年来辛苦扮演圣诞老人的爸爸一个大大的拥抱，并谢谢老爸多年来的用心良苦。

相互遥望的思念（2005）

2005年的暑假，我们决定去寻访另一个在世界上历史最悠久的文明古国——我们的第二故乡中国。这次我们先到了北京，然后，又飞去了桂林。（这十天的游记都已经在第一本书里非常详细地介绍过了。）

最后，我们飞到了沈阳。我们惊奇地发现沈阳又有了很大的改变，而且是向高档和豪华又迈出了一大步，很多的街道两旁又冒出了许多非常漂亮的高楼大厦，姥姥家附近看起来也比我们四年前来的时候，干净得多了；绿色的植物也增多了；新开的饭店也增多了；还有更多的汽车跑在大街上。我们很高兴看到了这一切的新变化。

当我们住在沈阳的时候，每天还是会练习钢琴，我们在弹中国传统的钢琴曲，还有肖邦、巴赫、莫扎特的钢琴曲，每周都有一位林老师来给我们上钢琴课；有时还讲音乐理论课，但中国式的音乐乐理课听起来让我们很糊涂，也让我们觉得很失望。每隔几天就有一位专业绘画的老师来教我们画画，老师用三立体的技巧教我们画肖像和各种立体图形等。

有时，我们也去沈阳的儿童之家学习表演、说歌谣和诗歌朗诵等活动，直到今天我们还记得那段王小三的歌谣："我们家有个王小三，在门口摆了个杂货摊，卖的是鸡蛋火柴和烟卷儿，油盐酱醋、红糖、白糖、花椒、大料瓣儿，冰糖葫芦一串又一串，鸡子、挂面还有那酸杏干儿。"除了背诵诗歌，我们还花了很多时间在临近的游泳池跟舅舅一起去游泳，舅舅的游泳技巧可高了，他教我们怎样能游得更快，还有怎样潜水会时间更长等，我们真的很羡慕他。

我们有时间就在姥姥家看电视连续剧《三毛流浪记》、《还珠格格》，我们非常喜欢《还珠格格》里面的女主角小燕子。还有看电视连续剧《银鼠》和《三国演义》等。最令我们感伤和同情的是小三毛那可怜悲惨的一生经历，想起来我们还会很难过。在美国的家里我们也很少有机会看到这些中国的电视节目，所以每天都看得很过瘾。

有天早晨，我们刚一打开卧室的门要出来时，差一点被什么东西绊倒了，再仔细一看才发现是毛茸茸的大玩具熊猫和一个几乎与我们俩一样高的长颈鹿。原来是老姨送给我们的生日礼物。这礼物好可爱啊！我们一人抱了一个就冲到了楼下给老姨一个大大的拥抱，并说："谢谢

和亲爱的姥姥姥爷在一起时，总是很快乐（2005）

071

老姨。"老姨亲切地回答着:"不必客气,老姨的大宝贝儿。"

等我们要飞回美国时,妈妈用最大的旅行箱将长颈鹿和大熊猫都带回了洛杉矶。至今,那熊猫和长颈鹿还住在我们的房间里并陪伴着我们的每一天。有时我们看到这个大熊猫和长颈鹿时,就会想念我们的老姨和那边的亲戚,非常希望等我们长大了能去中国工作,这样就能总跟他们在一起了。

在沈阳期间,我们还参加了沈阳青年公园里的一个溜旱冰的训练班,每天晚上学两个小时,训练场是在青年公园垂柳弯弯的湖畔。我们俩是刚入班的新学生,糟糕的是中国旱冰鞋与美国的溜冰鞋不一样。中国的旱冰鞋轮子很大,又是一排的滑轮,里面装满了轴承,所以旋转速度非常的快。刚学时,真是个挑战,站起来就会立刻摔倒,行走和滑动就更艰难了,真的是很难控制自如。可我们很羡慕滑得好的学员,下决心要追上他们。我们俩经常摔跟头,由于是新鞋很硌脚,脚上也起了好几个大血泡,有时泡破了,血把袜子都染红了。不过这些我们都不怕,每天照样来上课,照样跟那些学生一样地训练。半个多月过去了,我们越滑越好,越滑越快。在不到两个月的时间,梅花超过了

在阳朔划竹筏

很多的学员，并挤进了前十名。当我们要离开时，教练给梅花带上一枚奖牌，说："你是名副其实应该得到这块奖牌的，可惜的是你们不能参加下个月的比赛了，老师认为你应该得到这块奖牌。"

在中国的这两个多月与亲人相聚的日子里总是觉得很快乐。但到最后，我们也开始想念远在洛杉矶的爸爸了。我们飞回洛杉矶后，见到了爸爸就给他一个大大的拥抱并且亲了又亲。可才过了两天，思念就又倒过来了，我们又开始想念万里之外在中国的亲人了，非常想念姥姥、姥爷、老姨、二姨还有舅舅。每当我们吃饭时，就会想在姥姥家吃的那些好吃的中国饭菜；当我们睡觉时，总是会梦见他们。我们就打电话给姥姥家，可没有人接电话，我们就给他家的电话留言，我们哭着说，"我们真的很想姥姥和姥爷"。等姥爷再打回来电话时，他也因为想念我们哭了，我们在电话里一起哭了。因为，我们从刚生下来就是姥姥和姥爷把我们带大的。每去一次中国，都会让我们加深一层对中国的好感，我们觉得中国人民都很勤劳，也很努力，也很亲切。如果每一年都能来中国过暑假那该有多好啊！

我们觉得自己很幸福：美国有一个家，中国也有一个家。我们也觉得很矛盾：在美国的家思念中国，在中国的家还想爸爸。

从古至今，各个民族都有人怀着一个梦想：全世界所有的人们都热爱和平，都互相善待，都互相友爱，没有战争，没有国境，人们在广阔的天地间自由来往，远行到任何一个地方，都像走在故乡的土地上，走进任何一所房子，里面都有家的包容和温馨……也许在遥远的未来，真会有那样的家。

第四章　做地球村的好公民 (2005)

生活就好像是在写一本书，每天都由自己写上了崭新的一页；生活又好像是一部电影，自己就是电影中的总导演兼主角，到底演得好坏、还是精彩不精彩全都靠自己了；生活又好像是农民在耕种，一分耕耘，一分收获。如果我们能非常认真地对待每一天，做好了戏中的主角，努力辛勤地耕种着，那日后迎接你的一定会是梦想成真的大丰收……

鼻子中间有条线

四年级刚开学不久，我们就意识到了这可与三年级是完全不一样了，感觉到很艰难。四年级的老师对每个学生的期望值都很高。所以，我们面临着极大的挑战。每个学生都要将自己的潜力充分地挖掘和发挥出来。

其中最难是英文课，我们的英文老师史密斯小姐给我们留了许多很特别也很另类的读书报告作业。史密斯老师留着齐耳的厚厚的金发，一对水汪汪的大蓝眼睛，看上去很精明。她总是会让我们写各种各样的读书报告，有电影海报、聚会的请帖、地图的指南，制作一份报纸或写一份度假后的游记。从表面看好像是挺简单的作业，其实可不然。这需要我们用大量的时间去查找资料，她的要求是一定要制作出一个有特殊创意的策划。

提起数学课，就更是让我们头疼了。几乎每一天我们都要面对非常难的应用数学题。我们的数学老师是一位上了年纪的男子，学生称呼他威尔森先生。他戴着一副厚厚的大眼镜并挺着一个肥胖的大肚子。每天他都会给我们留很多很难的算术作业，有些题需要用 15 到 20 个步骤才能解出来。有时我们会

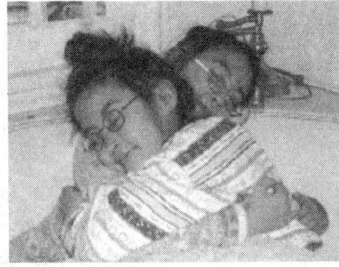

在美好乐园小学

做上几个小时也没有得到任何结果。偶尔，他留的作业就连我们的爸爸妈妈也不会，就连父母们的博士朋友也解不出来。

有一次，我（兰花）在算术考试之后得到了很低的分数。威尔森先生当着全班同学的面批评了我，让我觉得沮丧极了。回到家之后，我把自己藏在了衣橱里，用衣服和毛毯把自己埋了起来在里面忍不住地哭泣。妈妈到处找我，可都找不到，后来妈妈才发现我躲在衣橱里哭呢。于是，妈妈就很耐心地陪着我并用各种方法告诉我在面对困难时，要如何对待困难。妈妈在我们出了问题时，常说的一句话就是面对它、解决它（Face to and Fix it.）。妈妈说完就领着我走到了阳台上，并很用心地开导我，耐心地教我一些解决问题和看待事物的方法。

我还记得，当时妈妈说："现在你的周围就好像是有着一种无形的圈子把你套在了里面，你很愤怒也很悲伤。如果你继续留在圆圈里你就会觉得更沮丧。这时，你一定要找一个出口把悲伤释放出来。目前你被一个消极的圈子套在了里面，但只要你向外迈一步，一切都会变得不一样了。现在，你所需要做的就是迈出去一步，离开这个圈子。"

妈妈还用另一种方法对我解释说："假设在你的鼻子中间有一条无形的线，当任何一件事发生在你身上时，总是会有两种以上的方式来思考。如果你把那条线向左边挪动时，你可能会得到的是负面的，你就会变得很沮丧。就像今天你在数学课上的难堪一样，越想越生气。如果你将那条线向右挪动时，你要换一个角度思考，那就是：老师在大家的面前批评我，是为了我好，给我敲响了警钟，提醒了我要在算术方面更加强才对。如果你能这样想就不会觉得那么悲伤了。而且还会把悲伤化作动力了，会变得更积极进取了。目前你需要做的是用不同的角度来看这件事。虽然你这次考试失败了，但是，会引起你的重视，以后你就应该集中精力找出错在哪里了，一定要把做错的题再重新做一遍，明白怎样才能最有效地去解决它。你应该找到一个更新和更有效的方法来学习。这样一来，你就可以在下一次的考试中取得好成绩并且把前后的知识都做了一个完整的复习。你要记住，当一个问题出现时，你必须要知道如何积极面对，并彻底解决它。坏事可以变好事的；有时，好事也可转变为坏事。光是在这儿生气是没有用的。"

妈妈最后说："你一定要试试或从圈子里跳出来或者将那条线向积极的方

向移动，如果你想不开那就很难走出困境，还会越陷越深，痛苦就总是会缠着你。聪明的孩子在发生问题时，是要面对并且要知道怎样去解决的……"

妈妈说完就走了，留下我一个人站在阳台上，我凝视着眼前那万里无云的蔚蓝天空，光芒四射的金色阳光照在我的脸上，听着前院里花丛中那叽叽喳喳的小小蜂鸟在玩耍着。所有的这一切都是那么的美好，我觉得鼻子上的那条线在向右边挪动着。我领会了妈妈说的意思，也逐渐意识到妈妈说的话是对的。于是我不再伤心了，转身离开了阳台，心情也好多了。我立刻走到楼下去做算术作业了。

从那以后，我就开始学会了如何控制自己的情绪，这样一来我就比较容易地学会了怎样面对困境，并在困境的时候要迅速地走出来。

兰花的这次经历，让梅花也跟着受益了。我们俩渐渐地认识到：在平日的学习生活里，难免会有很多关卡要跨过，有一些错误要改正。千万不要在遇到障碍和挫折时就泄气，人需要从挫折中得到一些宝贵的经验，其实那是很值得的事情。

向汉语致敬（2001—2013）

自从 2001 年开始学习中文，我们已经在金桥中文学校上满了整五年的中文课了。每个星期六的早上我们都会坐车 30 分钟去中文学校。每次我们都会坐在车上用舅舅给我们买的 MP3 听 120 集的《三国演义》、《红楼梦》和《西游记》等等的故事。虽说路途很长，但是，我们都沉迷于那些迷人的好听的故事里了。

至今，我们还清楚地记得，有一次，在课堂上魏老师问全班的同学："请问，谁来这里上学不是妈妈逼来的？谁是真的自己就喜欢学习中文，请举手！"大家都互相看来看去的，只有我们俩把手举得高高的。是真的！我们真的喜欢学习汉语。我们真的认为学习中文在我们的生活中可以打开另外的一扇天窗。

另外，从我们很小的时候，我妈妈总会不厌其烦地告诉我们，一定要学好中文。第一，姥姥和姥爷从你们刚刚出生把你们带到了一岁半，你们不会说中文，那将来怎么跟他们讲话啊？如果你们不会说中文，姥姥和姥爷一定会很伤心的。第二，你们是有一半中国人的血统，等你们长大了不会说写中文那将是你们一生中的遗憾和耻辱啊。第三，如果你们把中文学好了，将来在这瞬息万变和激烈竞争的大千世界里，你们就会有很多人都不具备的条件，有千里挑一的优越性。所以，为什么不学呢？从小开始零敲碎打地就会把这门知识真正地学到手。不学好中文无论从哪个角度讲都是说不过去的。

我们还清楚地记得，我们开始学中文时的一段小插曲，在我们第一次去中国时，妈妈故意地把我们从一句中文都不会说就丢进了中国沈阳的沈河区幼儿园3个月。刚开始的那段时间可把我们憋坏了，是进了幼儿园之后的第三个星期，有一次兰花在上课的时候，突然举手喊道："老师，我要尿尿。"才打破了我们开口说中文的困境。

在回到洛杉矶之后，妈妈就开始每个周六带我们去中文学校。第一年上完课后的暑假，爸爸对妈妈说："苏珊，你也会中文，为什么周六还要开车那么远，孩子又要起大早去上中文学校呢？你就在家里教她们俩多好啊！"说完，就回头问我们是不是同意。当然我们蹦着高地欢乐地说，同意！同意！！！爸爸接着又说："少数服从多数，以后你们三人就在家里学习中文吧。"妈妈当时有点傻眼了，没什么办法就勉强地说："好吧。"妈妈把书也自己买了，每天还为我们备课，给我们留作业。可是，我们总是有很多的事情要做，弹钢琴、去跳芭蕾舞、写作业、读小说、爬山、玩等等，就是没空学习中文，妈妈也教我们，我们好像也学了，作业好像也没时间写。总之，一年一晃就过去了，妈妈要考我们的时候，我们只学会了几十个字。这时，妈妈火大了，她再也不管民主不民主的了。到了星期六的早上就必须起来去上中文学校了。老实说，我们也不反感，就是爸爸心疼我们，他总是觉得我们年纪太小了，是应该多玩一玩的时候。美国人就是希望小孩子要多玩，中国人就是从小就一定要开始学。老实说，我们正好是一半一半，我们很爱学习中文，但是，我们也很爱玩。我们还开玩笑地告诉爸爸这些想法。爸爸也就不啰唆了。

还有，汉语本身也真的很有魅力。汉字是世界上少有的源远流长的象形字，每个汉字向前推，推到遥远的古代，它都是一个图、一幅画，而且看上去很像特别现代的毕加索式的抽象画；还有的汉字就像在讲道理一样，两个字一讲道理，就讲出了一个新的字，比如：不好就"孬"，不正就"歪"，日头出来光闪闪，就"晃"眼睛……哇！你看多有意思！

我们总是想，中国很伟大，已经拥有五千多年的历史，是世界最古老的国家之一。中国那古老的传统文化真的很神秘。我们在中文课本里就迷上了那些中国的成语故事。可我们最熟悉的故事就是"愚公移山"。每当我们做事很累了没有劲再继续做下去了，但是想想这些事情却是我们必须要做完的。于是，在我们心里很烦恼的时候，我们就会提醒自己看看那位老愚公先生吧。我们一点儿也不觉得故事里的那个老先生愚、那个老先生蠢，相反，他体现出来的正是人类一种宝贵的精神。

同时，妈妈也总会提醒我们说："眼睛是懒蛋，手才是好汉。只要肯动手做，一定都会做完。看看愚公挖山时，他挖走一筐的土，就会少了一筐。但是，山是不会再增高的。一样的道理在你们的学习上，作业就这么多，做完一点少一点，迟早会做完的嘛。人只要是有坚强的毅力，不放弃也不停止，总有一天，你们会非常成功的。"我们听完之后，总是觉得妈妈说得对。我们就是用愚公移山这种挖山不止的精神突破了我们一个又一个学习上的难关和弹钢琴上的难关。还需要有的就是坚持到底，半路停了就一定是前功尽弃！我们从小就坚信这个道理和理念。其实，我们意识到了学什么都是一样的，学到了一定的程度时，都会有一个坎儿，会出现一定的难度，冲过去之后，就会进步一大块，感觉也会更好一点儿，再做也就没有那么难了。再往前继续学时，会出现一样的规律，当你关关都能过去时，前面等待你的就是胜利了。

那段时间，我们还学了很多这类的故事，有"守株待兔""叶公好龙""拔苗助长""郑人买履"等，每一个故事里都隐藏着很深的含义，那些很有哲理的中国成语故事，总是会使我们有深入的思考，也会让我们变得更有智慧，并在我们的日常生活中不断教育和鼓励着我们。这样一来，我们认为中国的文化要比西方的文化更有趣、更有内涵和教育意义了。我们不知不觉地就爱上了学中文。也希望能在长大后用我们的中国文化和汉语知识，为中国和美国之间做点什么。

在平日里，妈妈总是告诉我们孔子说过的话，"三人行，必有吾师。"这个"师"是指，如果你和其他人在一起时，别人总是会有某些方面值得你学习的地方。孔子还说过，"骄之败，虚之胜"。妈妈解释说："虚心的人总是会在进步，骄傲的人就容易落后。"所以，我们获得好成绩时，获得大奖时，我们都不会跟学校的老师和同学们去讲或者是炫耀。

还有，说到了爱上学中文，不得不让我们想到另外一件事。

我们家住的附近没有一个中国人，不知道是因为妈妈思念家乡还是她不肯全部接受美国的文化，她好像是要把所有的 KAZNAM1300 的中文广播电台的主持人都请到我们的家里。因为，她不做任何的选择，什么节目都照听。楼上、楼下、客厅、厨房、洗澡间等到处她都放上了一个精巧的小收音机，无论我们人在哪里，那里就立刻会响起讲中文的节目。

还有，每当我们坐上妈妈的小轿车时，固定地就是一样的中文广播电台会响起。不知不觉中我们两就变成了这家电台的忠实小听众了。那些主持人的名字和他们所做的节目无形地已经在我们的脑海深处扎下了十多年的根。

可想不到的是等我们长大的时候，还被这家广播电台三次邀请采访并和我们最喜爱的节目主持人面对面地坐在一起与空中的万万千千的中国听众们见面聊天。

可通过这几次的采访之后，我们才恍然大悟地发现，原来妈妈是为了让我们学好中文，她利用中文广播电台做背景让我们更好地能听懂中文。妈妈她真的是用心良苦啊！功夫不负有心人，在不知不觉中我们已经可以讲一口流利

接受 AM1300 著名主持人乌兰采访（2011 年）

的中文了。除了要感谢妈妈以外，我们还要感谢朝夕相伴的老朋友——KAZN AM1300 中文广播电台。

现在我们又迷上了另外一个中文广播电台叫"金华之声"。那个电台的节目真的非常的好听，那个叫李金平的老板是从台湾来的，他是一位非常热爱中国和中华民族文化的长者和智者。他本人就是一本活历史，听众问他什么问题他都能立刻回答出来，他每次主持节目都非常的精彩，他也很会讲故事，很吸引我们。我们还有更爱的就是听台湾大学的教授蒋勋讲的《红楼梦》。哇！他真的是把《红楼梦》都讲活了，分析的细微真的是到了淋漓尽致的地步。更好的是他把《红楼梦》与现在平日生活中的实例和常识都有机地穿插在了一起。在我们听的过程中无形地会学到很多意想不到的中国人性所特有的很多知识。我们真的很感谢"金华之声"广播电台，这也是一个崭新的电台。其实，学中文的另外一个窍门就是听中文的广播。

我们每天放学回家后，一个就自动地去弹钢琴，一个就先做中文作业。我们的中文作业是每天都要做的，我们不只是做完中文作业就算完了，我们自己还读其他的中文读物，成语故事，中文的小小说和中文报纸等。我们把中文的生字都记下来，然后，用妈妈说的筛沙子的方法记那些比较难记住的中文生字。我们每天至少要用一个小时学习中文。这一晃十年过去了，我们都在坚持学习中文。

我们从金桥中文学校毕业后，又去了圣裕华协中文学校，比金桥中文学校还要远，开车要 50 多分钟。在那里上中文课会给你学校高中的学分课，就是你在那里上课之后，他会给我们在高中拿课的学分，每年底都会把学分转到我们的学校里。我们在那儿学中文，学校教的是台湾的繁体字，对我们来说又是一个很大的挑战，我们也吃了很多的苦头。但是，我们都跟上了。真的是苦尽甜来，两年过后，我们也会看繁体字了。在美国有很多的报纸、杂志和电视字幕都是用的繁体，大部分的繁体字我们都可以读出来了。

还有，我们的李秀芬老师是台湾师范大学的教授，她特别好，知识非常丰富，教书很有经验。她还带领我们学习了中国古代历史，因为，我们要参加南加州的历史文化常识的大比赛。我们每个学生都非常地下工夫。很多次在星期天，我们还要去同学家一起会面，再由李老师帮助我们复习一共有 1000 多道需要背下来的历史题，我们基本都做到了。在有 40 多所中文学校参赛的比赛中，竞争是非常的激烈。我们班没有辜负李老师对我们的辅导和希望，最后是由我们班获得了团体组的冠军。

在圣裕华协中文学校里学习中文，非常有趣，每一个中国的节日都会有庆祝活动。尤其是春节，还有大餐和文艺表演，可热闹了。我们在圣裕华协中文学校读了两年，拿到了中文的高中毕业文凭。我们很高兴能在那里学习，并且接触到了繁体字。两年以后我们就没有再高的班可以继续上了。

在我们14岁的时候，我们又去了珊塔毛尼卡大学选修汉语课程。在那里我们开始非常喜欢中国的文学，我们的大学老师一个是从杭州来的吴小舟文学博士和从上海来的吴琦幸文学博士，这两位教授对我们的影响很大，使我们开始爱上了中国的文学作品。吴琦华教授会经常让我们在课堂上用中文写文章，下课时就必须要交给他。每一次他都给我们俩的卷子上写个很好的字样。全班的同学只有我们俩每一次都会得到很好的评语。

之后，我们就准备报考AP汉语考试，就是全美国每年一次的统考。由于我们多年认真地学习中文，所以，对于这样的考试我们也不怕。我们认为，无论学什么知识，都要非常的认真，当你在那门知识下足了功夫时，你的那门知识也会变得很丰富也很扎实。因此，也不会怕考试。值得高兴的是，在2010年我们的AP中文统考成绩双双都考到了满分。

在这里我们一定要对妈妈说一声，谢谢我们非常有智慧的伟大的母亲！没有您的坚持，哪里会有我们今天所获得的满分啊！哪里会有我们一口流利的中文啊！哪里会有我们可以听说读写的中文能力啊！

梅花荣获初中组中文作文比赛第二名（2009）　兰花荣获初中组中文作文比赛第三名（2009）

让爸爸丧魂落魄一回（2005）

有一天傍晚，妈妈刚刚进屋，就看到了爸爸的脸像是一张白纸一样的白。爸爸有气无力地告诉妈妈说，"今天，我做了一件大糗事，险些把两个女儿丢了！"

事情是这样的，每天早晨都是由妈妈送我们到附近的一个朋友家，之后，我们再坐他家的车一起去上学。这样我们就可以在早晨多睡上30多分钟。那天是星期一的早晨，妈妈要去法庭出席被挑选陪审团的义务。一大早7点钟，妈妈就一定要去法庭报到。所以，早上就由爸爸送我们去朋友家了，爸爸把我们送到了朋友家门口后，就立刻开车去上班了。我们一直都站在朋友家的外面等，好久没人出来，我们就开始敲门。可是，他们的管家并没有出来开门。我们继续地敲，又在大声地喊着朋友的名字，可还是没有人出来开门。我们觉得非常的失望和沮丧，心里在猜想他们家一定是没有人了。可爸爸的车已经开走了。所以，我们只好自己走回家了。

到家时，那楼下的大铁门挡住了我们的去路。我们也没有钥匙，只好费了九牛二虎的力气才爬上了大铁门并跳了进去。我们在前院来回地走了好几圈之后，觉得有点害怕。所以，我们又来到了后院，又一次地跳过了上着锁头的小木门。我们几乎花了一整天的时间在后院里，房门都是被锁上的。到了中午，我们俩都很饿也没有东西可以吃。我们还要上厕所，也没地方只好就在灌木丛中方便，可立刻有苍蝇飞来了，我们只好用手抠土再给它们都埋起来。我们是又饿、又渴、又累、又害怕，天气又是非常的炎热。我们花了整个下午的时间坐在橙子树上吃着橙子借以充饥止渴。

爸爸到了下午3点左右，开车到了校车站准备接我们放学回家。可是他等了一个多小时之后，也没见到我们出现，他非常的担心。因为，这是他第一次来接我们回家，他完全搞不清楚到底是发生了什么。他就打电话给学校，老师说，今天双胞胎都没有来上学。爸爸立刻就懵了，他试着打电话给任何他能想到的人去打听我们的下落，可是都没有人知道。他实在是找不到我们了就开始打紧急求救电话向911报案。他一边开车回家，还一边在跟911工作人员通着电话，工作人员不允许爸爸挂断电话要一直跟踪。在美国丢了孩子可是头等的大事。之后，爸爸告诉我们他当时脑子里完全是一片恐慌和空白，他觉得比世界末日的到来还要可怕。听他后面描述自己当时的心情、表现和状态，真可以用中国的一句成语来形容了，那就是：丧魂落魄。

当他到家后，打开第一道大铁门时，就听到了我们俩在后院的讲话声。他立即就冲到了后院，冲着我们就跑了过来，手里的电话也扔了。当他看到我们俩坐在地上，满脸都是汗水和泥土。他跑到了我们的面前，两腿一软就跪在了地上并紧紧地把我们俩搂在他的怀里，一句话也说不出来。爸爸那苍白的脸上流下了泪水，一副恐惧和茫然的样子。我们可以感受到他的心在不正常地急速地跳动着。过了好一阵子他才说出了一句话："对不起！宝贝儿，我真的很抱歉！"

节约能源是人类的美德（2006）

谁受到了阳光的表扬？我们的妈妈。

谁受到了植物的表扬？我们的爸爸。

谁让他们听到了阳光和植物对他们的表扬？我们姐妹俩，梅花和兰花。

地球养育了人类千万年，它的功劳多少厚厚的书也写不完。当无尽的索取和掠夺使美丽的地球很多地方百孔千疮的时候，终于有人站出来呼吁：珍惜我们的地球，保护人类和所有动物植物共同的家园。渐渐地，地球村里有越来越多的人懂得了保护环境、节约能源。可以说，我们一家四口人在这方面做得都相当好。

爸爸总是说：要做一名合格的地球村的好公民，就应该要为保护环境做点什么，比如多做对保护环境、保护地球资源有益的事，比如在生活中尽可能地节省能源。可能就是在这样的理念的支配下，我们家买了一辆特别的丰田牌的油、电两用的最新款式的小轿车。

关于我们家用车的问题，爸爸总是在说，为什么找不到一个具有良好性能的省油汽车呢。最后，他终于找到了普瑞斯这款车。普瑞斯是非常受大众欢迎的车型，当时，爸爸交了钱之后，却没有车可以提。这是从来没有发生过的事情，在美国的市场总是供大于求的，没货可真的是很少见的。爸爸只好在等待的名单上排队了。好车就好像是一块具有巨大吸引力的吸铁石一样在吸引着人们。幸运的是，没多久我们的车就到了。我们还记得以前，我们还告诉过爸爸千万不要买这种款式的丰田轿车，因为我们不喜欢车的长相，觉得这车开到我们学校去接我们时会让我们觉得很难堪。可当我们的车买来之后，看着这辆崭新的银色新车，我们开始喜欢它。很快我们把它称为"大姐——普瑞斯"。因为，在我们家门口的大道上就有三辆一模一样的普瑞斯车，常常会并排地停在一起，我们就称她们是姊妹车了。妈妈也很喜欢每天开着它，因为我们需要开很远的路去学钢琴和上芭蕾舞的课。这辆车不但真的非常省油，也为洛杉矶周围的环境减少了一些污染。何乐而不为呢？

还有，爸爸把我们家所有的抽水马桶都换成了澳大利亚最省水的抽水马桶了。

如果有人问：那又能省多少水？爸爸就会说：哪怕仅仅多省一加仑也是有功德的！爸爸认为省水比省钱还重要。他换了这些省水马桶花的钱，可以顶1—2年付水账单的钱了。爸爸的目的是真的要节省资源。爸爸还把我们家前后院大部分的植物都换成了加州特有的沙漠植物，目的也是为了节省灌溉用水，因为沙漠植物都耐旱，不用浇很多的水。爸爸说，要从自己做起，为这个地球村的环保做点自己能做到的事情才对。

我们的父母从我们刚生下来时，就买了一颗人造的9英尺高的大圣诞树，可以拆装的，到了圣诞节时，就由我们俩把它从储藏室搬出来，一个松枝一个松枝地将它们都安装好之后，就是一颗又高、又大、又美丽的圣诞树了，我们还会在上面挂上很多灯饰和装饰物。那颗人造的大圣诞树直到今天我们家还在用呢，它不但不坏而且也不旧，我们都很喜欢它。回头一看，16年过去了，我们为大环境节省了16颗真的大圣诞树。那些卖的圣诞树都是真的小松树，用了十几天就扔到了垃圾桶里。您说可惜不可惜，是浪费还是不浪费？如果大家都会用心想到了这些时，那这个地球村的大环境不就是有救了吗？

还有更值得一提的是，爸爸为了节省能源竟然把自己的宝马轿车锁进了车库里，只有周末用的时候，才开几次而已。他每天上下班要自己走20分钟后再坐地铁，这一坐就是五、六年了。他说，感觉良好，又能锻炼身体，又能为保护大环境做点贡献，何乐而不为，根本没有不做的道理嘛。每一个合格的公民要是都能从自己做起时，这个地球才真的能被保护好，不是吗？

妈妈她更是会省水、省电,她每次用洗衣机洗完衣服后不用烘干机。她总是说,洛杉矶有得天独厚的大太阳不用太可惜了。她从来都是在后院拉绳子自己晾衣服,充分地利用大自然。她还说,衣服经过太阳晒了之后,还会杀细菌呢,晒过的衣服穿在身上也会感觉很舒服。

看到父母是怎么做的,我们俩也都自然地养成了保护环境、节约能源的好习惯,比如,夜晚我们离开任何一个房间的时候,都会随手关灯。我们还因为要省电的事情给洛杉矶的市长写过信,呼吁要节约用电。还有我们在刷牙的时候,是不会将水龙头的水继续打开着,直到我们刷好了牙齿才会打开水龙头开始漱口的。我们也尽可能地少使用塑料制品。塑料袋对这个世界环境的污染和破坏是巨大的。科学家已经发现有多个巨大的塑料山峰堆积在四大洋中,这会严重影响海洋的生态平衡。如果我们还不停止,那塑料山峰会不断增多、增高。塑料袋是几百年都不会烂掉的,它是破坏大自然的最大杀手之一。

我们父母是用自己的行动来教育我们的,保护环境和节约能源要从自己先做起,无论是大的还是点滴的小事,只要是可以节约资源都要用心去做。

我们也希望能在这里呼吁更多的人觉醒起来,让我们一起为保护人类仅有的这么一个地球村,从自我开始做起吧!

探访印第安人的村落 (2006)

在春假后,我们四年级的学生登上了一辆旅游大巴士去科学园地露营,那是一次非常令人兴奋的旅行,一直令我们非常的难忘。

我们去了距离洛杉矶 400 里以外的一个最早到洛杉矶定居的印第安人的村落,我们在那里学习早年的洛杉矶的历史,并体会那时候人们的传统生活。

我们把双手插进了有稻草还有牛粪混在一起的泥巴中,并将它们均匀地搅拌在一起,我们按照古老传统的方式把这些泥巴做成泥砖块。能做成好的泥砖块还有一个很重要成分就是要放多些牛粪,牛粪会使那泥砖块变得更结实。当我们看着自己做好了的已经摆在模具里的土坯砖时,让我们为自己可以像古人一样会做这些泥砖块而感到很有成就感。早先的人会用这些泥砖块来盖房子和砌围墙。

我们还用一根绳子伸进到一个滚热的装满了牛脂肪的大桶里面，一次又一次的向里面沾着，最后，就变成了一根大蜡烛。我们还用那些五颜六色的毛线来编织成不同的有丰富多彩图案的编织物。

我们在那里还学会了怎样做玉米饼。在很久以前，西班牙的传教士曾走遍了这片广阔的土地，它们定居在加利福尼亚州并发明了这种不可或缺的主食——玉米饼。因此，我们也跟着学习他们的传统方式做玉米饼子。首先，我们来到了河边，将玉米放在一块岩石上，再用另外一块石头去将玉米粒砸碎，研磨成糊状，然后倒进平锅上，自己做玉米饼子。最后，我们就做出了一个香脆的玉米饼。这次旅行妈妈也和我们一起去了，她是来做义工的志愿者。她还教我们大家如何做饭，怎样做薄煎饼等。

我们住的小木屋很棒，木屋后面有一条湍急的河流，河边还有些巨大的石头。到了夜晚，我们可以听到大自然和野生动物发出的像是交响乐的美妙和弦，小溪哗哗的流水和树上的小鸟在唧唧喳喳地唱，那风吹树叶的沙沙声响，还有猫头鹰的低鸣，还有从远处传来的狼嚎的声音都交融在一起了。我们的小木屋是坐落在一片美丽的小森林之中。

学着先人在石头上将玉米砸成碎面做玉米饼吃

在科学营露营中最好玩的部分，就是我们乘船到大海洋中。当我们经过一处悬崖，黑色的鸬鹚和鹈鹕拍打着自己的翅膀，仿佛那是它们在向我们问

在露营时，我们住在森林的小木屋里

候一样，还有一大群好奇的海豚跟着我们的大船两边，它们好像是一个大家庭，有爸爸、妈妈和孩子们。它们可能是要一起去什么地方度假吧？它们紧紧地跟着我们的大船一同前行着。不时地有海豚跳出海面，它们还会从口里喷出水来，吸引着我们的注意力。开船的司机说，他开船已经超过20多年了，还从来没有见过这么多的海豚跟着他的船一起同行了这么长的时间。所以，我们也觉得很幸运，能遇到如此奇特的美妙经历。我们也总会想起这段美好的快乐时光。

国庆节给总统写信（2007）

7月4日是美国的国庆节，通常人们都会与朋友或亲人聚在一起或在家里的后院，或去海边，或在公园开始烤肉，不开车的人就喝啤酒吃烤肉。

我们全家一起看了一场电影就直奔三塔毛尼卡的海边去玩，之后，准备在海边的餐厅吃烤肉。我们在海边的水泥小路上溜旱冰，我们像是溜冰的小明星一样轻盈快活地穿梭在人群之间，我们穿的是中国带回来的旱冰鞋，很酷也很特别，是一排四个并在一起的一字大轮，里面装满了轴承，速度非常的快。美国的溜冰鞋大部分都是前后各有两个小轮的，速度很慢。我们俩飞驰在小路上，背着手，猫着腰，姿势很优美，灵巧地穿梭在行人之间，吸引了很多游人的赞叹目光。

那天的天气是格外好，晴空万里没有一丝的乌云，瓦蓝的天空和湛蓝的大海交融在一起。这样的好天气来到海边真的是一大享受。我们溜完冰之后，就光着脚在海边的水里嬉水，跑着跳着玩耍着。当我们要离开海滩去码头上散步时，日落的夕阳将西边的天空染成了七彩缤纷的迷人的色彩，好像是一幅美丽的名画。当我们向远处望去时，看到了在海滩上插着数不清的白色十字架，每个十字架都代表着在伊拉克战争中死亡的美国士兵。当我们看到这一幕的时候，之前的喜悦心情开始消失了，一种悲伤的情感笼罩了我们的心头。

我们决定要回家了。到家后，我们就立刻开始给小布什总统写信，呼吁他尽快地停止伊拉克战争，应该用和平方式解决伊拉克战争和世界上所发生的问题，并请总统让我们的士兵们尽快从伊拉克回到美国。

以下是我们写给总统信的部分内容：

亲爱的布什总统：

您好！希望您和您的家人一切都好。我们经常会在报纸和电视上看到您在为国家的大事忙碌着、也为全世界的大事在奔波着。今天，我们写信给您是想告诉您我们刚才所看到的和我们所想到的要跟您一起分享，并请求您尽快地停止伊拉克的战争。

今天是国庆节，我们全家兴高采烈地去三塔毛尼卡海滩玩。在夕阳西下时，我们走在海边看到了3000多个白色的十字架埋在沙滩上。我们充满着欢乐的心情立刻不见了。我们立刻联想起最近在《洛杉矶时报》上的两幅照片。其中的一张照片是，有一支士兵用过的步枪站立在那儿、上面顶着他用过的钢盔，步枪的前面还摆放着一双他穿过的军用高靿的翻毛皮鞋。旁边站着一个妇女，她双手蒙着脸在哭泣着；另一张的照片就是一辆马车上面拉着一具覆盖着美国国旗的棺材，正行驶在大马路上，路边有几个小男孩看见了载着士兵棺材的马车过来时，都立刻停止了玩耍，站直将右手放在左心房上向阵亡的士兵致敬的画面。再看到这3000多个十字架，再联想到最近的几张有关士兵阵亡开追悼会的照片时，我们的心好像开始在流泪了。您能想象到我们的士兵每天都正在遭受生命的摧残和威胁吗。我们今天写信给您，请求您尽快停止伊拉克战争，让我们的士兵早日回到美国来。

悼念心爱的弟弟（2007）

向英雄致敬（2007）

我们知道您攻打伊拉克的理由是说，因为那里有大规模的杀伤性武器。但您派去的军队和士兵并没有找到大规模杀伤性武器和化学武器，对吗？您又说，我们的士兵们必须留在那里要帮助伊拉克成立一个稳定的政府。但是，您要想真正的帮助伊拉克，是先要赢得伊拉克人民的拥护和他们的心，而不是总会发生炸弹误杀了无辜的妇女和儿童。没有找到您说的那里有大规模的杀伤性武器，就说明这次发动的战争是错误的。

错误应该被校正。您仍然有机会可以拯救数百名的无辜的生命，也许是数千名士兵的生命。否则他们的死是没有意义的。为什么这些可怜的士兵因为您的错误而送上性命呢？

不停止这场战争，也会使我们的国家经济持续地向下滑。时间到了我们应该采取行动使我们的军队回家了。否则，这场战争的持续会对我们国家是一个不断增长的灾难。

还有，日后如果在世界各国有什么冲突发生时，请您一定要通过联合国去处理，要有世界多国的支持时再行动，如果您做得对时，就会有很多的国家支持您。利用外交手段要比战争来得更重要。

谢谢您的时间和耐心读我们的信。我们希望您能理解来自美国的年轻公民要对您说的话。

诚挚的、达丽雅和莱丽克·彼得森

国庆节的夜晚，我们照例要在家里观看礼花。由于我们住的房子是在洛城高处的山坡上，所以，我们可以坐在家里看到来自四面八方很多不同城市的烟花在空中绽放着，让国庆节夜晚的天空变得五颜六色，那放不完的烟花、礼花，火树银花、五光十色，装点了整个的星空，整座的城市都披上了节日的盛装，一派喜气洋洋的节日气氛。可我们的心里还是放不下那些在伊拉克战场上的美国士兵们。

我们将下面的两张报纸画面和我们的信一起寄去了白宫，寄给了我们的小布什总统。可遗憾的是我们从来没有收到他和他的办公室的回信。不过，我们一点儿也不为此而后悔给他写了那封信。因为，他和他的办公室回不回信是他们的事，而表达我们对发动伊拉克战争的看法和观点，我们说出自己的希望，尽早结束这场战争，我们把它看作是自己义不容辞的责任和义务。

第五章　时光：成长的印记 (2007)

时光，日子，岁月。它们说的都是时间。而"时光"尤其让人敏感，它给人河流般急速流淌的感觉，迅疾而来，转瞬即逝。《论语·子罕》里记载："子在川上曰：逝者如斯夫！不舍昼夜。"说的是有一天孔子来到大河边，面对奔腾的水流他情不自禁地感慨道：消逝的时光啊，就像这一去不复返的流水！孔子不只是在慨叹时光易逝，更是在教导他的弟子们要爱惜光阴。爱惜光阴的最好方式，就是让生命的每一天都不虚度，在人生各个不同的阶段，确立不同的目标，并且为实现那个目标，勤奋学习、努力工作、积极进取。这样就会天天有进步，日日在成长。

成长是美丽的。就像一位中国作家曾经说过的那样：有一种美丽叫成熟，比成熟更美丽的是成长。

看树苗、草芽那些小植物的成长，是快乐的事情；看小猫、小狗那些小动物的成长，也是快乐的事情；看自己日新月异、天天成长，更是快乐的事情！

像小树一样"嗖"地一下长高了

9 月又到了我们要回学校上学的时间。不经意间，我们已成为这个学校最高年级的学生了。返校之后最明显的变化是那座盖了很久的二层大楼终于完工了，我们可以在这座新教学楼里度过五年级的学习生活。我们俩站在新楼的高处，向下观望，看着低年级的同学仍在那些旧的教学楼里出来进去的时候，就让我们有了一种莫名的感觉，那就是很酷。

我们上了五年级后，明显地感觉到我们头脑中的某些思维正在发生着改变。梅花在自己的日记中是这样写的：

"五年级开始了，我觉得自己好像是脱掉了一层皮有着一种焕然一新的感觉。上了五年级好像进入一个崭新的世界，我不再是只满足在同学之中有最好的成绩了，也不再有沾沾自喜的傲慢感觉了。我反而感觉到在学习上，正如中国古语所说的：书山有路勤为径，学海无涯苦作舟。想要真正地学习好就像去航海一样应该向更远和更深处去航行探险了。因为，往事还有曾经的幼稚和梦想都已经变成了过去。当我面对着眼前已经写满了的八大本日记时，让我觉得非常满足也很欣慰，是它填写了我们人生的一页又一页的空白。我还会继续在这里填上我新的梦想和新希望。我觉得这些日记就像是装满了金银财宝的百宝箱，里面珍藏着我丰富多彩的过去，从里面还会散发出金光闪闪的耀眼光芒。"

当我们走进新教室一切都让我们觉得很好奇。还有，在上五年级以前，我们好像是棋盘上的棋子，每一步都由老师来安排，就像棋子必须听从下棋大师的布局一样。五年级的头几个星期，我们还是一切都想听老师的，可慢慢地我们的自觉性开始增加了，让我们感觉到从四年级升到五年级有了一个很大的飞跃。怎么说呢，就好像一棵小树，突然"噌"地一下就长高了！

教我们数学和科学的老师是贝克小姐，她是一位非常漂亮的金发碧眼的妙龄女郎，一头秀发直垂腰间。上她的课觉得既生动又有趣，她告诉我们化学课很重要，她很有自信教我们学会所有的化学方程式的平衡。她还说，我们班的学生是她曾经教过的学习平衡化学式课程中最好的学生。在她的影响下，我们俩都对学习化学课信心十足并且都立志长大要当一名科学家。

拉蒙瑞克斯女士是教我们英语和历史的老师，她来自意大利，她有一头深褐色并且剪得很短的发型。讲课时，她总是会定定地看着每一个学生，她的那双锐利的眼睛好像是要把每一个学生的心都看透，她要确信每一个学生都在注意听她的课，并且都真的听明白了。每周考试一次，每月有一次总复习和大考试。她非常强调学后要经常复习的理念，而这一点也正好符合我妈妈的观点，妈妈从来都是鼓励我们要复习、预习加复习。妈妈还总会引用孔夫子的理论"温故而知新"。

老师总是安排我们写各种各样的作文，在感恩节到来之际，她还特别安排让我们写一篇十年的自传，其中的目的之一是用来感谢我们的父母，也可以算作是送给父母感恩节的礼物。大部分同学写的自传都是3—5页，而我们俩

五年级的英文作业是写一篇十年自传

分别都写出了七八十页。

　　10 月是个吉祥的月份，妈妈收到了邀请我们俩去参加圣盖博谷台湾作家协会举办的庆中秋和新书发布的晚会，因为作家协会听说我们在准备出新书，所以就请我们也来参加。同时，还有两家中文广播电台、中国的电视台和三家中文报纸都来到了晚会的现场。

　　妈妈带着我们两一路上不断嘱咐我们见人要有礼貌，向长辈自我介绍时要鞠躬行礼，我们还穿上漂亮的衣服。在会议期间，有一位女士拉我们到了一间挤满成年人的房间内。在那里妈妈正好在台上讲话，她在谈我们俩是如何开始早期教育的情况。接着我们也被拉上了讲台，我们先是给大家鞠躬，然后就是很无奈地面对着摄像机的镜头。

　　兰花很大方地手拿麦克风说道：“我们俩从小时候开始就很喜欢读书和写日记，我爸爸是一位从业 20 多年的资深新闻记者，我的爷爷和奶奶也都是报社的编辑和记者，爷爷还出版过他自己写的几本书。我想写作是我们彼得森家族的遗传吧？这也可能就是我们俩喜欢写作的原因吧？”听众们听到这里不断地鼓掌和赞叹。梅花接过麦克风就说：“你们谁有问题可以向我发问。”妈妈赶紧说：“快下去吧，你们还是小孩子，可别在这里出丑了。”下面的听众们都发出了友好的笑声，我们意会到采访到此结束了。有一个男孩叫亚瑟，他是我们中文学校的同班同学，当他看见我们俩下台时，便走过来很虔诚地对我们说："好羡慕你们啊！真的，你们很值得崇拜！"一边说还一边将双臂伸直一同举过头顶，然后再一边哈大腰将双臂放到小腿的位置表示他对我们俩的敬佩。

离开讲台后我们觉得很快乐，在台上面对镜头让我们觉得有些尴尬和拘束，甚至透不过气来，好像完全失去了自由，在听别人的摆布。之后，我们总是会记得那位白发苍苍的著名主持人张成勋说的话，他说："我真的很高兴也很惊讶在你们小小年纪就有意愿写书、出书，当你们的书出版后，我一定会先买一本来仔细阅读，并且也祝贺你们能早日成为名作家。"这些话常常萦绕在我们的脑海中。

回到学校后的11月，我们俩都决定竞选美好乐园小学的"学生会组织成员"。一般来说在上小学时是没有学生会组织的，但我们学校却是例外。梅花打算竞选学生会的副主席，她在自己的竞选海报里放上了一张在英国巨石阵的照片，还有一张是在参加钢琴比赛时获得奖牌的照片，而在海报最显眼的地方放的是在中国照的照片，真是很有气质，风度也十足。

兰花想竞选学生会的秘书长和财物长。竞选开始了，学生们都坐在柏油沥青地面的毯子上，讲台周围垂挂着红蓝白三色的彩旗。我们分别走上讲台，发表竞选演讲，一切都和大人们真的竞选活动一样。讲演中，梅花宣称，如她当选，她会取消一切自己私人的课外活动，专心致志地干好学生会的工作。她建议，学生义工团要做好校内的工作，还要处理好各种突发的事件等。兰花宣称自己是一位速记的高手，还是一位出色写作人才等。

这段是我，兰花在现场上的真实演讲稿：

"哈喽！大家好！我叫兰花·彼得森，我希望竞选学生会的秘书长或财物长的职务（要停一下，看看下面的同学和等听众的反应），我确信自己最

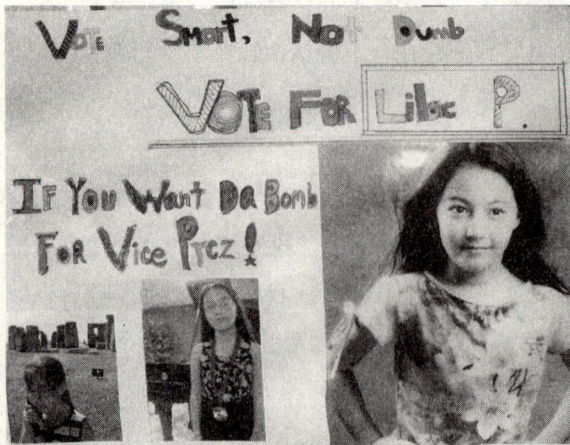

在五年级梅花竞选时为自己做的宣传牌（2007）

适合这项工作。（深呼吸并放松一下，让听众消化理解我刚说过的话）我能很好地胜任秘书长工作是因为我平时记笔记的速度非常快，字迹工整又清楚。我也希望能做管账职务，是因为我很细心，数学又好。同时，我很善于将所有的书本文件都会整理得非常有秩序"。

我说完之后，还有很多的学生参加这次竞选，并都先后上台演讲了。

结果出来了，与我竞选同样职务的另一位男生和我所得到的票数是一模一样。所以，学校决定我当选为学生会的秘书长，那位男同学担任学生会的财物长。原本这两个职务是一个人来负责的。

最后，我，梅花什么也没有被选上。可我并没有因为什么也没选上而心情不好，而是懂得了一个道理，那就是山外有山，楼外有楼，比自己好的学生多了去了。我能很轻松地面对没有选上的问题，这也是我上了五年级之后的一个很大的变化。

我们觉得四年级与五年级相比有了很大的不同，很重要的一个因素是，老师对我们的期望不一样了，对我们的教育方法也不一样了，他们"润物细无声"地悄悄地改变着土壤、湿度、温度……于是我们想，教育学生真是一个伟大的工作，好的老师真的很了不起。尤其是小学老师，她们更重要，每一个小孩子都充满了无限的潜力和幻想，等待着老师们去开发、挖掘、扶植。小学生们的幼小心灵非常的脆弱，需要老师们好好地呵护。到学生们都长大的那一天，他们会把老师曾经给过的温暖和教导牢牢地记在心里，而且在一生中都会从心底里真诚感谢亲爱的老师们！

钢琴老师改掉了我的坏习惯（2007—2009） 梅 花

"Your attitude, not your aptitude, will determine your altitude."

不是因为你的聪明才智，而是因为你的态度将会决定你所能到达的高度。

自从我们开始在洛杉矶的莫斯科音乐中心学钢琴之后，我们对古典音乐的欣赏能力和艺术情致以及学习钢琴的兴趣，都得到了迅速的提升。我，梅花在跟王立老师学习弹钢琴，兰花在跟一位俄国老师学习钢琴。一年之后，我们俩通过了连跳三级的加州标准钢琴考试，并获得了莫斯科音乐中心的优秀学生奖状，我们的大照片还被挂在了一进门的墙上。说实话，每次一进门就看到自己阳光灿烂的照片迎接着自己，心里那种感觉是美滋滋的，还带着几分的得意。

王立老师教学生钢琴不只是用心教，而且还是用命教。他对教学生钢琴有一种莫名的使命感，我很幸运在10岁的时候能跟他一起学钢琴。他教会我很多的钢琴技巧都是非常高难度的，而且是在很短的时间就能达到了。同时老师对我的期望也很高，当我连续弹错时，或者练琴的时间不够时，就会受到王老师非常严厉的批评和斥责。老实说，我也有些怕他，但是，我也很喜欢他教我钢琴。王老师教学生非常的认真，他真的是很辛苦，也很劳累。曾经，他还在教另外的学生上钢琴课时，就突然地昏倒了，秘书立即叫了救护车把他送到医院去抢救，他有高血压，心脏也不好。

我们每个周末都会从家里来这里上钢琴课，来回要开车两个多小时，爸爸妈妈都会一起陪着我们来上钢琴课。妈妈跟我一起上课，爸爸会跟兰花一起上课，他们还会把我们所上课的内容都录像下来。等我们回家每天再练琴时，有不明白的时候，还要再看录下来的那些上课的细节。

有一次，我来上课，课刚开始的时候，王老师突然对我说："我是很努力地在教你钢琴，但是你并没有每次都好好地练琴，你给了我很多的压力。我觉得教你也很累。"他手里拿着一个测量血压的表，继续说："如果在我教你上课的时候，我的血压超过了160的话，我就不会再教你钢琴了。"在课上到了一半的时候，我看到他的脸阴沉了下来，他盯看着那个血压计。之后，他就吃了药又喝了很多的水，并且有气无力地对我说："请你回家吧！"第二天，他的秘书打来电话对妈妈说，"梅花需要换老师了，因为王老师的身体原因他没有办法再继续教梅花了。"妈妈告诉我之后，我立刻意识到了王老师把我开除了。我的心很痛，但是，我没有哭。因为我知道王老师很喜欢我，也知道我是个好学生，我也非常喜欢他教的钢琴课。我当时真的很伤心，也真的很生自己的气，心里非常的后悔为什么就不能每天好好地练琴呢？真的不应该让王老师这样失望啊。

之后，我被分到跟另外一位从俄国来的女老师继续上钢琴课。每次上课我都会觉得很难过，不想抬头看那位老师，她讲的课我也不爱听。可能是每个老师的趣味、教学风格不一样吧，她跟王老师所上的钢琴课有很多的地方不同，而且，她还纠改了王老师曾经教给过我的有些弹法。我也不知道对还是不对，让我感觉到的就是跟她学钢琴很不舒服，我每次来上课也不说一句话，也不会笑，很勉强地拖着自己没有反应的身心，才能继续地维持着跟她上课。那段日子真的让我很难过。难过，让我有了反省。反省之后，又有了检讨。越是反省自己和检讨自己之后，我就越是想念王老师了。

又过了一个多月之后，我忽然得到了一个惊喜的消息，王老师改变了主意，通知我再回去跟他上课了。当我再看到他的时候，眼泪不听使唤地哗哗哗地流了下来，我觉得自己非常的委屈。王老师紧紧地拥抱着我，还不停地轻轻地拍着我的头，说了很多次的"对不起"。在那一刻我的心是颤抖的。但是，我还是非常高兴地能再回到他的身边，跟他继续上钢琴课。我擦干了眼泪并对王老师说了声，"谢谢您又让我回来了！"

之后，我就坐在了钢琴旁，准备开始上课了。因为，我真的很想念他，也一直都在期盼着能有一天再继续跟他上钢琴课。从那以后，我开始很认真地在改变自己，练琴比以前更勤奋和认真了。每当我不想练琴时，大脑里面就会

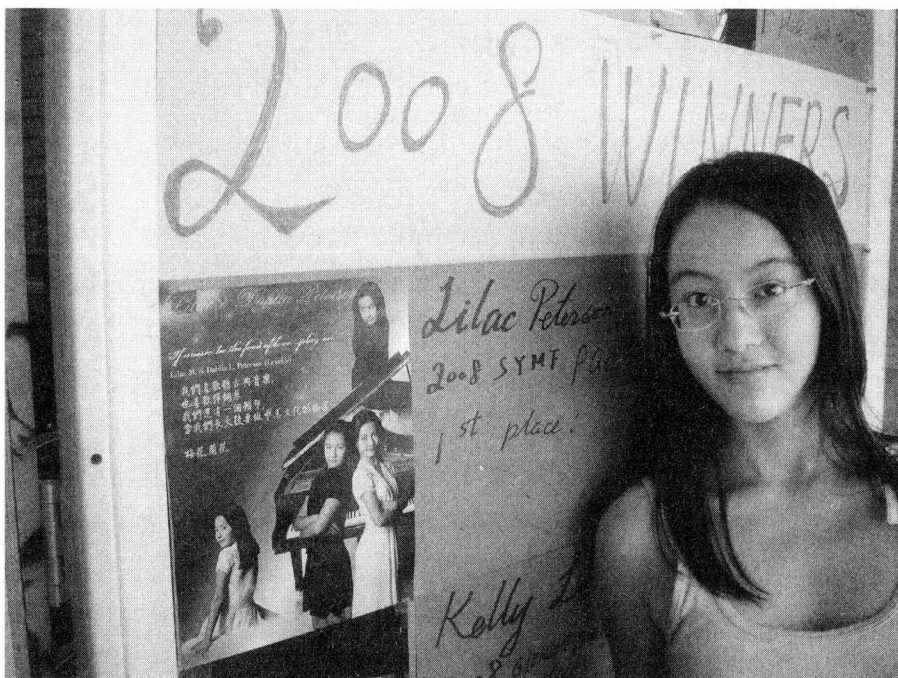

梅花获得第一名的好消息被贴在了莫斯科音乐中心的大门上（2008）

有另外一个声音在告诉我：你有可能再次被开除啊！

　　老实说，经过这次的风波，我从内心里还真的非常感谢王老师。直到现在也非常的感谢他！是他纠正了我做事不认真和拖拉的坏习惯。只要我想松懈下来的时候，就立刻会想起被开除的那一段痛苦的经历。从那以后，我再也不敢偷懒了。王老师让我弹完什么进度时，我就一定会按照他说的一切圆满地完成。我在弹钢琴上有了一个很大的飞跃，王老师也更加珍惜我是他的好学生，他教得更细心、用心了。最后，在2008年西南加州钢琴比赛上，我获得了肖邦曲目的第一名。大家都公认谁能在那个比赛上赢得了第一名，那实在不是一件容易的事情！

　　这个经历再一次从正反两方面丰富了我的经历，使我认识到，不是你聪明、你智商高，你就一定能把一门技艺学成功。更重要的是，你要用怎样的学习态度。当你把聪明顶在头上炫耀时，它压着你；当你把它当作助力时，它才会托举你。

高大的橡树和瘦小的猫咪（2007）

　　今年的感恩节我们决定要去串门了，爸爸带着我们全家开车50分钟的路程去他最好的朋友伯莱德家去吃感恩节的火鸡大餐。

　　我们一进到伯莱德·考克斯的家，那里的宾主都迎出来跟我们全家打招呼问好，他们都正在看电视连续剧的重播。在小餐桌上摆满了各式各样的好吃的小零食，有腊肉、有多种口味儿的奶酪、有几种不同的炸薯片和香脆的玉米片等，还有他们自己家做的番茄酱和可口的水果饮料、酒、夹馅的饼等，一大罐肉桂苹果酒，随时都可以饮用。

　　我们喜欢考克斯家的温馨氛围，房内的金色暖调使客厅里显得生气勃勃的，深褐色的铜挂盘悬挂在彩色砖墙上闪闪发光，水晶的吊灯看上去更是富贵。桌布和满桌的金色餐具和红宝石色的高脚杯配在一起时显得富丽堂皇的高雅。芭比是伯莱德的太太，她的嗜好是积攒各种各样的鸡。所以，她的房间的装饰到处都充满了鸡的图案。蜡烛、茶壶、陶瓷的雕塑等都是和鸡有关的图案，公鸡、母鸡、小鸡等等。

然而，他们家的后院更是芭比的艺术杰作。他们的后院很大，有一颗巨大的橡树，像一位英雄的哨兵屹立在庭院正中央，它的巨大的茂密的树冠比他们家的房子还要大，后面还种了一些苞米、西红柿、黄瓜、豆角、向日葵等。芭比一边摸着树干、一边仰头望着我们说，这棵大橡树是西米谷城市里最古老也是最高大的一棵具有标志性的百年老树了。百年的大橡树，的确不多见啊！每年的这个时候，树叶已开始飘落了，树干显得有

去考克斯家串门，看看那颗百年的高大橡树吧

些光秃，金色的、橘黄的树叶像是地毯一样铺满了整个后院。在橡树下面有个大大的鸟笼高达十几尺。笼内有许多羽毛鲜艳的美丽小鸟，有白色的长尾鹦鹉，有的鸟戴着黄色羽冠配着一身蓝色的羽毛，有的是戴着柠檬色的鸟冠有红色的身子。由于我们的到来，那些鸟也争先恐后地挤在大鸟笼子前来看望我们。那些鸟都有着锋利的爪子，它们紧紧抓住铁笼子，许多鸟看上去都非常可爱，并直瞪瞪地在看着我们，真不知道，她们在看我们的时候心里是在想着什么？我们不敢接近它们，因为芭比告诉我们，这些鸟儿会认生，有时会用利爪抓伤人的。

后院还有一个小池塘，池塘边还有一个微型的瀑布，瀑布的水花冒着泡泡欢快地坠入池塘里。那些带有橙色、黑色、白色斑点的大鲤鱼在池塘中自由自在地游着。考克斯的两只狗坐在池塘边，凝视池塘里的鱼，好像是若有所思似的。

这时，芭比摇响了清脆的铃铛，这意味着感恩节大餐正式开始了。我们都围坐在大桌子四周，在用餐前我们每一个人都要手拉着手，闭上眼睛，由芭比开始向神祈祷。她说，主啊！我们诚挚地谢谢您，是您给了我们如此丰盛的感恩大餐，我们愿意在您的保护下要更加爱您……

哇！满桌子的佳肴，让人看见了就想流口水。还有我妈妈带来的干煸四季豆，这道菜也是考克斯家感恩节大餐中必不可少的一道美味佳肴。

我们正在尽兴地享用着美味佳肴时，就听到桌子底下有隐隐约约的铃铛的响声。我们俩顺着声音就钻到了桌子底下，发现了一只很可爱的小猫咪。它站在桌子底下，那翠绿的大眼睛在盯着我们看，它优雅的尾巴来回地在摆动着。它有一身带着黑色斑点的豪华的皮毛，额头有个明显可见的"M"形图案。

我们把它从桌子底下抱了出来，芭比告诉我们，这个猫咪刚出生三个星期，在考克斯家才两周，我们见到小猫咪的第一眼时，就深深地喜欢上了它，它是一个埃及猫。芭比说，他们家已经有了一只大猫了，不想要这只小猫，可他儿子同学家的母猫生了4个小猫，就一定要拜托他们家也帮忙喂养1只。这时，我妈妈就对芭比说："如果您不想要的话，我们可以把它带走。"芭比说："那可太好了！我们家已经有1只大兔子、1条蛇、15只比翼鸟，还有1只猫和两条狗。真的不想再多养这只猫了。"

我们俩听后可乐坏了，这样我们就可以把小猫带走了。

但芭比的两个儿子威利和丹尼尔都表示坚决地反对。他们一起说，等小猫再长大一些或者在圣诞节以后再给你们吧。我们看着他们俩都紧紧地抱着小猫不想放手的样子，心里开始担心了。恐怕他们哥俩儿不让我们带走这宝贝的小猫，那可怎么办啊？我们再也没心思在他们家玩了。那哥俩儿一有机会，就轮流地抢着抱小猫并使劲地搂着那个小猫……

当爸爸宣布我们要回家了，我们俩的心都快要跳出来了，真的害怕那哥俩儿不让我们带走那三个星期大的小猫咪。

当爸爸开门要离开时，芭比手里拎着一个纸盒箱，里面装的正是那只小猫咪！我们赶紧一起从芭比的手里接了过来，连声地跟她说，谢谢芭比！谢谢您！

这时，伯莱德和他的两个儿子也都过来了，并很用力地又一次地紧紧地抱着那瘦小的猫咪，算是跟它告别吧。

土狼拜访（2007）

兰 花

那是一个星期六的下午。我们家那只一向文静、乖顺的埃及小猫，不知为什么变得惶恐不安起来。它先是急促地走来走去、跳上跳下的，然后又在大声地哀嚎着，尾巴变得比平时要粗一倍多，还浑身发抖地钻到桌子底下躲起来。躲在桌子底下好像还是不放心，还竖起耳朵在听，探头探脑地向外张望着。突然，它又从桌子底子蹿了出来，一跃到窗户的附近，小心翼翼、偷偷摸摸地向外观察。可能是观察的效果不佳，它一下子全身又站立起来，头摆来摆去地在寻找着合适的角度向窗外窥视。怎么了？发生了什么事？我也被它弄得好奇起来，也顺着它的视线往外看。这里、那里，看了好久才看到，在后院远处的栅栏上，爬满了常青藤的枝叶间，露出了两个长长的耳朵！

兰花和心爱的小猫

哦，小猫原来不是在庸人自扰，的确是外面有情况。

只见那两只耳朵动来动去的，终于移动得连脑袋一齐露出来——啊，是一只土狼！怪不得小猫这么慌恐！当土狼的脑袋完全呈现出来后，小猫再次迅速地钻回到有长长桌布遮掩的桌子底下，把自己藏进黑暗中。可它到底还是不放心，藏了一会儿之后，再次钻出来到窗户前去向外看，当看到土狼的影子后，又跑回桌子底下藏了起来。就这样，它一会儿跑出来，一会儿又躲进去，反反复复地折腾着自己。好可怜我的小猫，苦于它智商太低，它不知道自己是在屋子里面有门窗和我在保护着它。我也为难了起来，我也不敢出去撵走那条土狼，真不知道应该怎么安抚我的宝贝小猫，我能做的就是紧紧地抱着它。

星期天的早上，当我们起床后刚刚拉开窗帘时，竟然发现那条土狼已经在我们的院子里闲逛着呢。不时，它会钻进树丛中好一阵子；有时又会站在大树下望着在树枝顶端在玩耍的小松鼠们。它悠闲自在地从前院走到后院，简直成了我们的客人了。

可别以为它来了一次就不再来了。

有一天晚上10点多钟，我们从外面回来。我，兰花跑在了最前面，刚上到前院的楼梯一半时，我们忽然听到身旁的树丛中发出了"嚓嚓嚓"的不寻常的响声，我立刻站在那儿一动也不敢动。刹那间，一位不速之客"嗖"的一声，从我们的眼前窜了过去。原来正是那条土狼，转眼就不见了。可我已经瘫坐在了楼梯上并发出了恐怖的尖叫声。那种可怕的惊吓是我平生的第一次，我浑身发软，头皮发麻……

在我们家前院这守株待兔的土狼在等着我们的小猫出来

这只来过我们家不只一次的土狼，有一回居然又领着另一只土狼来了。它们若无其事、大摇大摆地在我们家的前后院徘徊着，无论早晚都会常常看到它，有时还躲在树丛中，有时还会猫在大树的后面，有时藏在隐蔽的角落里，有时还会站在长满了绿色常青藤的栅栏上。有时它们还会在我们家的翠绿的草坪上留下了许多的礼物（大便），让我们看了就很心烦。我们也很害怕它。到了深更半夜还常常会听到隔壁住在山坡下的邻居家养了很多的小动物，被那些土狼的光临吓得痛苦地嘶吼着。同时，还掺杂着土狼的嚎叫声，在寂静的夜空中回荡着，显得格外的阴森凄凉。也不知是这可怕的声音还是什么原因，那阵子我总是会做噩梦。

可又过了很久，我们发现小猫和土狼已经相安无事了。一个屋里，一个屋外，一个平平静静的懒洋洋地趴在客厅窗前的沙发靠背的顶部晒着太阳；一个安安稳稳的、苦费心思地坐在客厅外的草坪上定定地望着小猫在傻等着。它们四目相视，无言以对。很像是中国的成语故事"守株待兔"。

尽管土狼根本不征得我们一家人的同意，就一次次地前来拜访；尽管它的拜访刚开始把我们可爱的小猫吓成那样，一度让我也害怕得做噩梦；尽管它留在我们草坪上的"礼物"很不雅观又不恰当。可细想想，我们还是感到很欣然，因为，这说明我们附近的自然环境保护得很好，人们对野生动物也都很客气，

我们的小猫每天都高高在上地望着傻傻的土狼

所以它们才会大大方方到人们的居所来"拜访"。从另外一个角度看，能足不出户就在自己家的院子里经常看到土狼的人在这个世界上已经是为数不多了。

太阳是大家的，地球是大家的，这个"大家"不但包括各个国家各个民族的人，也包括所有界、门、纲、目、科、属、种的动物植物，没有它们，我们人类的生存状态会非常糟糕的。所有的生命都是大自然生生不息无可替代的因子。

在美利坚过中国年

两个星期前，妈妈就定好了，今年春节要带我们去她的好朋友家一起过年。从那时起，我们就开始兴奋了起来。

在美国我们还从来都没过过中国传统的年，这里没有环境也没有气氛，又不许放鞭炮，也不休息，也没有亲戚可以去串门。

可今年的初一正好是周末。在太阳快要下山时，我们的车已经开到了妈妈的朋友家。正在这时，穿着上面带有圆形喜字的深红色中国特有立领便装的男主人从屋里跑了出来，满脸笑容地张开了双臂在迎接着我们，其他的几位朋友也都到了。

一进门就有一股喷香的诱人味道飘进了我们的鼻子里，顿时，肚子就觉得很饿。

男主人叫大卫，他带着我们参观他的豪宅，先进了他的古董房。哇！像个小小的博物馆，摆满了整个房间。我们最爱的就是那个有两英尺高的由象牙雕刻的一尊老寿星，他有着尖尖光亮的秃头顶，留着长长的大白胡子直到胸前，手里拿着一串寿桃，还拄根拐棍，活灵活现地站在那里。爸爸最喜欢的是一个唐朝的木雕塑，有一英尺多高的女子带着粉红色的花环，那花朵一瓣瓣的好像是鲜花一样，她穿着五颜六色的裙袍，雕刻得很精细，栩栩如生。爸爸拿着相机对着她是左照又照、远照近照。还有很多的古色古香的玉器、陶器、青铜器等。我猜大卫一定是个古董收藏家吧？

爸、妈还继续地楼上楼下地跟着大卫在转着。我们俩就悄悄地溜到了他家的后院，那里长满了各类的果树，绿苹果，红金橘，淡黄色大葡萄柚子，发着橘红光的中国特有的大橘子，还有深绿色的柠檬树和加州的特产橙子树，那累累的硕果挂满了每一棵树。我们觉得好像进了果树园。这时，大卫的太太手里拿着几个塑料袋走过来说："孩子，喜欢哪个水果，就挑大个的摘，然后你们可以带回家。"这下我们可开心了，一蹦三高地就爬上了树，登上了墙头寻找着大个的水果，很快就装满了一大袋子。

大卫出来了，叫我们进去吃饭。我们很不情愿地从墙头和果树上跳了下来。

一进到饭厅，我们有些惊呆了。那桌子上摆满了菜，我悄悄地数了数是十八盘。我曾听妈妈说过，最隆重的请客就是十八道大菜。桌上还有茅台酒和香槟酒。哇！今天我可真的看到了什么是除夕夜的年饭了。女主人还在那煮饺子呢，边煮边说："里面还有包着红枣的啊，看谁能吃到，谁就会有好运到。"这饭一吃就是三四个小时，边吃边聊，边看春晚，不时地发出了哈哈的大笑声。

我们在远离中国的美利坚，吃着中国的美味佳肴，听着中国春晚的欢声笑语，过着中国的大年初一。这时，我们这两个既有美国血统，又有中国血统的混血姐妹，仿佛也不知道自己到底是美国人还是中国人了。在这喜庆的时刻，我们祝愿中国人民新年快乐！也祝愿美国人民在新的一年里健康、幸福！也祝全天下的人民阖家安康！和平！吉祥！

饭后娱乐的时间到了，大家都被叫去了音乐房。有人提议：先让我们俩弹钢琴，我们赶紧说，"不，不，不！"会觉得很不好意思。无奈，大卫和另外一位女士唱起了《十五的月亮》。大卫的太太给钢琴伴奏，歌声真的很美，大家都很尽兴地跟着拍手为他俩加油。然后是女主人自己边弹钢琴边独唱，那声音是甜美的，又高又细，是我从来都没有听过的好听的声音。大家都静悄悄地竖着耳朵听，很着迷。她唱的是《塞北的雪》。回家后的第二天，我妈妈是没完没了地在哼着这首歌，这一哼就是好几天。我们被大家的热情所感染了，梅花自己先主动地走到了钢琴前，向大家鞠了一躬。弹了一首贝多芬的第一交响乐曲，她的手指在琴键上灵巧地跳跃着，一弹就是 5 分多钟。有人说："哇！这是下的什么功夫？都不用五线谱啊！"梅花弹完后，那掌声是又响又长。接着，兰花也上去弹了一首肖邦的大革命的进行曲，也获得了同样的掌声。

之后，妈妈提议让我爸爸也唱一个。爸爸就很有礼貌地站了起来，坐到钢琴前自弹自唱了中国的国歌。爸爸的歌喉绝对是一流的。"起来！不愿做奴隶的人们！把我们的血肉筑成我们新的长城……"全场的人都惊呆了！也不知道是谁说的，"哇！这可是个大老美啊！"之后，在场的所有的人也都疯狂了起来。每一个人都拍着手、昂着头和爸爸一起高声地唱了起来。别提他们有多兴奋了，那沸腾高亢的歌声简直能把屋顶穿透……

由于我们还要赶去另外的地方，不得不离开了。大家都出来送我们了，可这时男主人大卫却撒腿就往回跑，还告诉我们等他一会儿……

我们刚刚上了车，他就跑了回来，用他那高级的丝绸衫兜着一些大橘子跑了回来，让我们带回去吃，我们说已经有了很多，可他还是坚持让妈妈拿着。妈妈笑着收下了，还顺手帮他在衣服上拍了又拍，拍掉了那些浮灰和尘土。在场的人又是一阵大笑……

我们的车开出去很远了，他们还在那向我们挥手呢，我和梅花也把头伸出车窗外，向他们不停地招手，直到我们的车拐弯了……

春游优胜美地国家公园（2007）

在春暖花开的季节，我们学校组织了一次4天的郊游，五年级的学生去优胜美地国家公园。我们以前跟父母一起去过，并住在优胜美地大瀑布附近的旅馆里。可这次不同，我们和同学们一起住在用帆布架起的帐篷里，这片帐篷地被称为"佳丽村"。所有的设备都很简陋，一个帐篷里有四个木板床分布四个角落里，帐篷的高和宽不超10英尺。住帐篷比住旅馆要更加接近大自然。到了晚上有时还会有熊和鹿来我们的帐篷外面转转，所以，老师要求我们不要留下任何食物在帐篷内或外。如果食物放在车里时，那熊还会砸坏了你的车呢。

在一个风和日丽的下午，我们全体来到了峡谷底部，漫步在优胜美地的大瀑布旁，玩到了黄昏的时候，在一道暗光中，我们看到了月亮从谷底冉冉升起了。我们还去过韦纳尔瀑布，我们很幸运地看到瀑布映出了彩虹。我们也曾去看过内华达瀑布，它的壮观宏伟令人赞叹。瀑布的美丽令我们目不暇接、屏息注视，越看越觉得奔腾倾泻的瀑布犹如千匹白马奔跑在山峦和谷底之间。那壮美的漩涡就像小精灵在山间曼舞，美景尽收眼里，瀑布声声空谷传响，好像一大群的狼一齐张着大嘴在号叫着，那声音传遍了山里山外。那从高山上飞奔而下的瀑布溅起的水花形成了朦胧的细雾，像喷雾器将雾水轻轻地喷在了每个同学的脸上，那种感觉好像是我们的脸颊被细雾轻轻地吻过一样很宜人。

第二天早上，我们在帐篷外发现了一只梅花鹿，金黄色皮毛上有白色的斑点，看上去它非常安静显得很高雅又可爱。它有一双又黑又明亮的大眼睛，一副很好奇的目光在仔细地打量着我们，好像要把我们这些不速之客看个明白。我真想知道，如果以后我们再跟它见面时，不知道它是否还会记得我们？

这次郊游中印象最深的还有我们去探险蜘蛛洞。这个洞可以在冬天当房子来使用，既安全又温暖还可以做藏身的用途。过去这是莫诺湖的印第安人经常来袭击本地印第安人的地方，人们届时避难藏身就经常使用这个洞。刚一进洞很宽敞，突然听到导游难以置信地警示，因为乱石成堆，大家要在乱石缝中进入通道。乍一看吓了我一大跳，只有小小的小孩才能钻进去啊？像我们这样壮的，有的男生长得像是士兵一样这可怎能通过呢？再仔细一看，在巨大石缝中你还可以再找到进洞的通道。我们侧着身子通过第一道裂缝，走下去约 10 英尺，领队的手电在下面闪耀着，告诉我们向下走是安全的。

我们一点一点地试着把双脚降低慢慢地找到着落，因为，我们被黑暗吞噬了。我们什么也看不见，只能是后面的同学拉着前面同学的手，最前面的同学拉着导游的手。就是这样一步步地往前挪动，有时还会向下爬，有时还会往上攀登，就是这样慢慢地在大石头缝隙中寻找可以通行的路。

我们终于走到了最狭窄的一段，导游说这里被称为"信用卡"路段，

我们正向高山上的大瀑布挺进

因为这里只有薄薄的一个缝隙，就好像是信用卡在刷卡机上划过的那么细小的缝隙。导游侧着身子，尽量将身体拉成细长型的才能通过这狭窄的通道。之后，我们一个跟着一个地挤过了细缝。那感觉好像被关闭幽禁在石缝之中，这在平日的生活中是极少可以遇到的封闭感觉，很难过也很可怕，谁要是被挤在中间时，那可就糟糕了，出也出不去，进又进不来。我们大部分的同学都顺利地通过了，可轮到了一个胖胖的男同学时，他真的被卡在了中间，我们从下面拽他的脚，有人在上面推他的头，他像猪一样地大声号叫着，让我们都大笑个不停，那笑声撞到了洞壁后又反回来，哈哈哈的大笑声回荡在整个的洞穴中，这种欢笑使我们放轻松了很多。胖男孩子也终于挤出了信用卡路段。我们也不知道是花了多少时间，最后，终于走到了尽头，一缕阳光射进了洞里。经过如此的黑暗之后，才更觉得阳光是多么的宝贵，我们每个学生出了洞口之后，都伸开双臂、张着大嘴，欢呼着迎接着渴望了很久的阳光。我们惊叹着优胜美地的印第安人是如何在不见阳光的情况下竟然能在洞内渡过整个冬天。尤其令我们赞叹不已的是他们是怎样找到了这个洞穴并把自己藏在里面严防坏人和动物的呢？真是聪明绝顶。

这是一次非常美好的郊外生活的体验，直到今天还让我们记忆犹新。

我们知道有很多从中国来的人都会到这座优胜美地国家公园来观光，他们肯定对这里已有所了解，因为这个公园是世界上最美丽的公园之一。可遗憾的是，公园所在地属于加州，但有很多加州的人还从来没有来这里游览过。

从写英文作业到最后出书（2006）

写自传出书这并不是我们的本意。在上五年级时，老师给我们留的指定作业是写一篇自传。别的同学都写三五页，可是由于我们从小就开始写日记，所以，当让我们写这篇自传时，一写就停不下来了。我们先看了自己以前所写过的日记，觉得有很多有趣的事情值得写出来，我们俩每个人都写了 70 到 80 页。我们写完了这么长的自传后，把老师给吓了一大跳，她仔细地阅读了。之后，老师表扬我们写得太好了。还要留着作为样本给以后五年级的学生看。于是，我们就想到了要把两个人的自传重新整理合并成为一本自传。

这本自传写完之后，我们先想到了要寄给克林顿总统。因为，在我们刚刚出生的时候，我们家就收到了克林顿总统夫妇的亲笔签名的贺卡，那卡上说："欢迎你们来到了这个新世界，由于你们的到来迎得了很多朋友们的庆祝。希望你们的一生健康快乐，也希望你们会有美好的未来。"我们一直都记在心里。现在我们长大了，要写信去感谢他们了，顺便我们就把这本写好了的自传也一起寄给了他们。过了一个多月，我们就收到了克林顿总统的回信。他说："非常感谢你们寄来的自传。给我印象极为深刻的是，你们努力向上的精神和令我感动不已的充满着活力的思索。年轻人是国家的未来。我鼓励你们充分地发挥你们的聪明才智，为将来能成为国家的栋梁之材而做好一切准备。同时也献上我最美好的祝愿，祝你们在未来成长的每一个阶段都取得辉煌的成绩。"我们俩收到这封信之后，读了好几遍，觉得很亲切也很感动。我们感到了有一股热情藏在了我们的心底里，就好像有一粒种子深深地埋在了自己的心田里。

那时，我们才 10 岁，我们的生活里已经充满了许许多多有趣的经历，也可能是我们同龄的孩子们在她们的成长过程中所没有的。于是，英文的自传被翻译成了中文之后，第一位看到的是北京外国语大学的前校长王福祥教授，他建议我们应该出书，要与世界上更多的孩子们一起分享我们在书中所写的自己是怎样在中美文化背景下成长的，是如何实行了早期教育的尝试和儿童智商的早期开发等。如我们从小就开始喜欢上了阅读，还有，我们在6岁起就开始了写日记以及早期写作的训练等，这些内容对很多家庭和家长都会有启发的，真的很值得推荐。所以，王福祥教授就在我们的第一本新书上为我们写下了前言。

从写英文作业到出版成中英双语的《十年花语》

那本书主要讲的是我们怎样开始从小就接受了一系列的早期教育。现在回忆起来，我们非常感谢父母为我们从小就打下了爱写日记和喜欢读书的良好习惯，也为我们在小小的年纪就能写自己出书打下了非常扎实的基础。也使我们养成了一生都受用的学习好习惯，我们现在非常喜欢写作和大量地阅读。

有些专家和学者经过调查研究得出的结论是：读书、读好书，对孩子们的身心健康发育成长都有绝对的好处，读好书更是至关重要。当一个人有爱读书的习惯，往往是从幼小的时候就开始培育和养成的。读书的好处不会立刻显现出来，它是润物细无声的，它的功效是潜滋暗长的。只有大量的多读好书时，才会对自己的写作更有帮助。正像是古人曾说过的，"读书破万卷，下笔如有神"。这是真理啊。

书里面还有我们在这10年的成长过程中所发生的很多有趣的故事。由于我们是出生在中美文化结合的家庭里，有着两种不同文化的认同和交融。我们吸收到的是中美文化中的精华，这两种不同的文化也丰富了我们平日的生活和经历。书里面还有访问中国的《十日游记》，我们的老师和同学都说，这些文章写得非常有文学色彩。

还有些人说我们俩好像是个写作的天才，其实不是。我们的体会首先是培养自己对写作的兴趣，兴趣是可以把这件事做成功的最好的原动力。剩下的就是要坚持不懈地多写、多修改、多练习。我们的笔友、中国著名的作家薛涛叔叔送给过我们一本他写的"中国孩子的好榜样《大文豪鲁迅》"。在那本书里，鲁迅曾经说过的一句话，好像最能表达出我们要说的。鲁迅先生说："哪里有天才，我只不过是把别人喝咖啡的时间都用在工作上了。"事实正是如此，这才是成功的奥秘。我们认为，你要想做好一件事情，就必须在那件事情上下比别人还要多的功夫，你才会比别人强。

还有，在美国的中国人常爱说的一句话就是"赢在起跑线上"。从小父母一定要多给自己的孩子一些时间和注意力，并且，帮助孩子找到他们的爱好。然后就鼓励孩子坚持下去，只要你不放弃就永远有机会能成功。坚持久了好成绩也就自然地出来了。

我们爱读薛涛的书

作者在洛杉矶的书原广场找到了自己的《十年花语》一书（2011）

我们的第一本书，中英文双语的《十年花语》是 10 岁时写完的，经过翻译整理在 2011 年 1 月由百花文艺出版社出版。在这里，我们很高兴地要对他们说，"非常感谢百花文艺出版社！是你们给了我们俩这个宝贵的成长机会，让我们在出书后，得到了来自各方的注意和赞赏，也使得我们得到了很多在公共场合锻炼的机会。还要说，谢谢高为编辑！是您的耐心和细心才会让我们的中英文双语书与读者们见面，也使我们的成长得到了一个很大的飞跃。在此，再一次的衷心感谢百花文艺出版社！"

光阴似箭，十年一晃就过去了。我们过得很快乐，也很忙碌而且收获多多。我们好像是乘坐着一辆单程的呼啸奔腾着的列车，经着风雨见着世面，去接受更多的挑战和迎接更美好的明天。

第六章　波澜起伏的青春期（2007—2009）

一片枫叶生长在树上的时候，无论是沙沙作响还是随风舞动，她都那么自在从容。可是，当她落到流淌的水上后，便时而被波浪打进水里，时而又被水流推出水面，沉也慌乱，浮也惊恐……青春期的我们，真切地体验到枫叶的那种感觉。

但一个人毕竟不是一片枫叶。所以，在经历短暂的随波逐流、颠簸起伏后，我们像水手一样学会了驾驭，驾驭情绪，驾驭自己……

被汹涌的波涛打湿了的水手衫，不是水手的耻辱；不能及时地校正航向、拨正船头、坚定地向既定目标继续航行，那才是水手的耻辱。

实验中学的魅力

当我们还在美好乐园小学的五年级时（美国的小学是上到五年级毕业），我们的父母就开始着急了，究竟可以去哪个高中呢？他们走访了很多个中学，其中最满意的是洛杉矶实验中学。可是很难进去，每年申请的学生与被录取的学生大概是几十分之一的比率，另外距离我们家也很远。如果我们俩都要上私立中学的话，一次要交两份的学费，父母又觉得费用太高。可是，父母又不太满意大部分公立中学的教学质量。最后，我们还是在申请中学的表格上，把实验中学放在了我们的第一志愿上。

在小学即将毕业的前三个月，也是我们的父母正在每天发愁的日子里，我们家收到了洛杉矶实验中学的入学通知书，打开一看还是我们俩都被双双录取的通知。我们觉得也真的很幸运，小学就进到了高智商的美好乐园小学；中学又一次得到了最理想的实验中学的录取，它是在大洛杉矶市的公立中学中最好的中学之一。这次一共有 2500 多名学生申请这所中学，只收了 200 名，你说我们能不乐吗？你看我们该有多幸运啊！我们俩是手拉着手在蹦着高的跳，爸爸和妈妈也乐得嘴都合不上了。爸爸高兴地说："这比中了乐透奖还高兴。"当天晚上，我们全家到了一家高级饭馆撮了一顿，表示可喜可庆。

我们中学的英文名字是 Los Angeles Center For Enriched Studies，缩字为 LACES。这是一所由政府特别资助的公立学校。在我们实验中学里有着彩虹般的文化和种族，有来自 60 多个不同的国家和说 40 多种不同的语言的学生，学校真像是一个大熔炉。我们的父母认为，只有这样的学校才是真正美国社会的一角。否则，很多的中学都是白人居多的学校，或是亚裔居多、或是墨西哥人居多、或是富人子弟居多、或者是穷人学生居多等的学校，在那些学校就读的学生多少会有些偏激，成长过程也不够全面，还可能使学生不能正确全面地认识社会。

我们学校的校徽是独角兽，意思是独一无二的。独角兽象征着永恒不变的纯洁、吉祥和坚定。独角兽是一种有灵性的只有在神话世界中才会出现的稀有动物。有一点像是中国的龙和凤，它会在天上自由自在地飞翔。它只会在重要的时刻才会出现在人间，它的出现会被人们看作是美好的象征和幸运的到来。

《美国新闻与世界报道》杂志在每年公布一次的美国中学排行榜前 100 名的中学里几乎每次都会有洛杉矶实验中学出现。实验中学有很多特点，是一个多民族相结合的大熔炉；学校很重视学习环境和学习质量；学校的规模不大也不小；每个年级只有 200 名学生，从初中（上 3 年）到高中（上 4 年）约有 1500 名学生。其他的公立中学通常规模都很大，有的是一个年级甚至就超过了 1000 名的学生；通常的中学是初中和高中一定是分开的。所以，实验中学的规模是小巧玲珑，特点也真的是独一无二。校园很大又非常漂亮。有室内的篮球场、排球场、游泳池、舞池；还有大食堂和大礼堂。室外还有 7 个网球场、铺满绿草坪的大足球场、篮球场等。

我们学校有最多的 AP 课程，是在洛杉矶所有的高中里数一数二的。最多时有 32 门 AP 课程，由于加州政府预算赤字，大量地削减了教育经费，目前我们还有 27 门。AP 课程就是大学的选修课。在多数的大学里是接受学生在高中所修过的 AP 课程的学分，但需要 AP 的考试成绩在 5 分或 4 分时才会承认。所以，到了大学就可以免修你已经学过的 AP 课。每年 5 月，在全国范围进行 AP 课程的统一考试。

由于先修了 AP 课程，到大学免修，这也是刺激好学生有更多的机会可以挑战自己并有往更高处拼的机会。多学 AP 课程有很多的好处：第一，是免费的学习；第二，大学招生办的老师会看到你是否具备应付挑战的能力和应付课程难度和压力的程度；第三，你在念大学的过程中还可以免修所学过的 AP 课，这样就可以提前毕业。既节省时间，又节省金钱，何乐而不为呢！

轻松的六年级（2007—2008）

刚入校门就面临考试，考试结果出来后，如果数学达到一定的分数线时，就可以跳级。兰花跳了一级；梅花连跳两级。其他科目也分别按考试成绩将新学生分到不同的班级里，高分数的学生就会进到荣誉班；分数稍低些的学生就进到了普通班。还好，我们俩在所有的科目都被分到了荣誉班。

实验中学最好的事情之一，就是老师都非常的优秀，大部分的老师都能教初中，也能教高中，还能教大学的课程。在美国你想教大学的课程除非你已经是那个科目的博士，否则就一定要有那科目教大学课程的证书或是许可，那也就是说一定要在那个科目上修满了课程。

六年级在一切都充满新鲜感的气氛中开始了。实验中学好像是在上大学的课一样，上完每一堂课都要换教室，去找另外的老师，我们非常满意所有教我们每一科的老师，觉得他们知识渊博，上他们的课对我们来说觉得很有吸引力，学起来也觉得很轻松。我们还有体育课、舞蹈课，有时候我们还有校园外的活动，六年级的学生一起去滑冰场滑冰，在那里吃比萨饼，还去郊外游等活动。当父母问到我们的考试成绩时，我们俩都会不眨眼地立刻回答说："全都是 A。"父母又问：你们感觉在学校怎么样？我们就会手一挥头也不回地说："小菜一碟"。我们这样说，一是的确感到快乐、得意，二也是为了显现我们学习的富有成效和轻松，让爸爸妈妈少为我们担心。六年级就在这熟悉新学校和新同学的过程中很快地过去了。

　　虽说，在学校的日子感觉都是很轻松的，但是，在家里我们却在加码学钢琴、学习音乐理论的课程。通过这一年的学习，我们在加州级别的钢琴考试中连跳三级，还取得了非常优异的成绩；同时，还参加了钢琴比赛，梅花在西南加州的一年一度的音乐节中，兰花在钢琴肖邦曲目的比赛中均荣获了第一名。同时，我们俩在学习芭蕾舞上也有了收获，第一次赢得了美国冠军赛Showstopper 的芭蕾双人舞蹈的金杯奖。兰花在南加州中文学校联合会举办的有 32 所中文学校参加的翻译比赛高级组中获得从英文翻译到中文的第三名大奖。同时，我们还增加了网球课，希望能在高中时，闯进高中的网球校队。还有，在这一年好莱坞出的新电影我们几乎都看过了。最好的事情是我们还乘豪华游轮到加勒比海游七国，这次旅行让我们大开眼界（我们会在游记传中向您慢慢道来）。

　　还有一件事情让我们觉得很有趣，有个男同学威廉，他和我们俩在一起上科学课。可他总是喜欢缠着梅花，他常会把一块熊状的软糖放在梅花身旁，然后就傻笑着跑开了。我们俩就会互相吃惊地转动着大眼睛还不理解地互相对看着，并不停地摇着头，真的觉得他奇怪到家了。

　　有一天，我们在上科学课看关于海底世界的电影，威廉就坐在梅花的旁边，他想用闻梅花头发的方式来吸引梅花对他的注意。我们姐俩又对了一下眼光之后，又轻轻地点了点头，便都心领神会了。乘威廉去取东西的时候，我们俩就悄悄地对换了位置。等威廉回来之后，他还不知道，就又过来摸"梅花"的头发。我，兰花回头瞪了他一眼并说，请不要搞错了，我是兰花。之后，我们又摆出一副很得意的 V 型手势。从那以后，威廉就再也不敢来纠缠梅花了。

　　要学好，玩好，运动好，琴要弹好，舞要跳好，样样都好，还真的不是那么容易。但是，那时候的我们比较单纯，也很听父母的话，我们就真的做到了。玩中学，学中乐，在奔向一个又一个目标的过程中，我们努力，我们奋进，苦是苦点，但乐在其中。有名有利，有得无失。在六年级的这一年中我们的确是过得扎扎实实、无忧无虑。

　　难道真的总会这样的艳阳高照、鸟飞鱼翔、顺风顺水吗？

躁动反叛的荷尔蒙（2008）

刚上七年级时，我们还清楚地记得有一次校长在大会上说：七、八、九年级的学生要小心，在这个阶段里总是会有很多的学生会向下滑，会摔大跟头，而且会比十年级的学生多二到三倍以上……校长很严肃地在告诫着我们，把"警示牌"一次又一次地竖了起来。起初，我们嘻嘻哈哈地全都不以为然，觉得校长是在吓唬我们。怎么会呢？我们好好的，怎么会摔成那样呢？

没过多久我们发现情况真的是如校长所说的一样，刚上了七年级两个星期，我们就觉得有些不对头。也不知哪来的风，也不知哪来的雨，那风把我们吹乱了，那雨把我们打湿了，而谁要是好心地想梳理我们蓬乱的头发、烘干我们潮湿的衣服，我们不但不领情，还会觉得对方是婆婆妈妈的多管闲事！我们总是想顶撞，老是想抗衡，很喜欢说"不"……

本来学习好是优点，这时在我们看来也不是优点了。我们会对父母说："我们不想再做书呆子了。我们已经长大了，我们要按自己的想法做我们想做和应该做的事了。"当我们做了不恰当的事受到父母劝阻时，我们不但不听，还会用外交辞令式的冰冷回敬道："请不要总干涉我们自己能料理的事情，好吗？"

我们在学校有了自己的"小团体"，开始在乎谁是我们的朋友，甚至在回家后也会为了朋友的事情两个人开始有争执了，也会用比较尖刻的语言刺激对方……梅花后来这样回忆：

想起那段时间真的觉得很痛苦，每天早晨不想再睁开眼睛，更不想去上学。到了学校，在下课或吃中饭的时候，真的不知道自己要站在哪里才对，才不会有麻烦。那时候的我，也可能是荷尔蒙在作怪，我有一个多月的时间根本就不会笑了。直到后来有一天发生的事情惊醒了我。

那天，兰花在家已经跟我说好了，让爸爸带我们俩去大商场里买衣服，兰花还说，100 多元钱我们俩一人花一半。这 100 多元钱是兰花用一年时间攒下来的，她在学校吃午饭时，志愿帮助食堂干清理桌子、倒垃圾、送饭等小零活儿，等别人都吃完饭时食堂会给她免费的午餐。虽说那一年兰花吃饭不用钱，可是，妈妈还是坚持要给兰花每天吃午饭的钱。妈妈说："这钱本来就是属于你的，你应该留着以后还可以自己用呢"。兰花拿着分好了的两份钱等着我跟她一起去买衣服。可我当时也不知道又是哪根筋不对了，明明心里一百个想跟他们一起去买衣服，可嘴上却非得说"不！"就那样，我心口不一地和自己较劲儿，也和兰花、爸爸他们在较劲儿。磨了差不多一个小时了，我还是不肯一同前往，爸爸和兰花真的走了。一看人家真的走了，我又像被抛弃了一样委屈、愤怒，于是在家里大哭起来……

妈妈好言好语地相劝着，她总是很有耐心，也很有魔力。最后，我答应跟妈妈一起开车再去追他们。等我们到了商场，手机不巧又没有电了，在这个超级大的商场里，上哪儿去找他们俩啊？妈妈就站在那里准备找合适的人借一下手机，等了很久终于和爸爸、兰花通上话时，他们已经买完衣服开车在回家的路上了。妈妈说，没办法了，该做的我们都做了。妈妈就带我去最好吃的酸奶店，给我买了一份最好吃的并加了很多辅料的大杯酸奶。之后，我坐上妈妈的车往家开，妈妈一声也不吭，眼睛直盯盯地看着前方。我觉得妈妈有些老了，她看上去很累的样子。我一边吃一边想，也一边在心里问自己，我现在到底是哪里出了问题？我这到底是在干什么呢？我看着妈妈，她只是在专心地开车，好像一点儿也没有生我的气，也没有烦我和埋怨我。越是这样，我就越会觉得自己所做的这一切都很荒谬，也觉得很对不起妈妈，我为什么会忽然变成了这副样子？为什么要这么乱来呢？

我挖了一大块酸奶递到妈妈嘴边，说妈妈您尝一下，可香了。妈妈张嘴吃了并笑着问我说："你感觉好一点了吗？"我不好意思地笑着说："对不起！妈妈。我也不知道最近我是怎么了。其实，我什么问题都没有，为什么我会变成这个样子呢？"妈妈说："可能是青春期的荷尔蒙在作怪吧？你要学会怎样才可以跟那发疯的荷尔蒙对着干，控制住自己，绝不能让荷尔蒙引起的情绪冲动，像是一匹脱了缰绳的野马拖得你遍体鳞伤的，好吗？你非常聪明，应该自己摸索出点规律来怎么对付这可怕的荷尔蒙带来的麻烦才对。你要认识自己的身体才行。还有，你放心，无论你是怎样，妈妈永远都会站在你这一边帮助你的。还有，你平时在学校里也不笑，也不讲话，那谁要跟你笑，跟你讲话呢？你再仔细地想一想到底以后在学校要怎么做，好吗？"

妈妈的一席话，让我觉得非常温暖，也让我醒悟了大半。我知道自己问题出在哪儿了，真的是身体里的荷尔蒙，它弄得我晕头转向，让我心烦意乱。

回家后，我上网查询有关荷尔蒙的知识，共有五种不同的荷尔蒙都会使人的情绪烦躁，如果自己能控制的话，就不必吃药了。我也知道凡是药都会对大脑和身体有很糟糕的副作用。

回到学校，我开始主动跟别人打招呼，也开始对别人笑了。奇怪的是别人也都开始对我笑了，跟我在一起的学生也越来越多。跟兰花吵架也越来越少，直到最后几乎没有了。

也可能因为我们是双胞胎，有时候，我们注意到了别人注意不到的事情。例如：人的情绪或能量是有波动周期的，时高时低；周期不定，有时候是三个月，有时候是五个月。在青春反叛期这段期间，有时莫名其妙就会心情不好，有时还会找个茬子就大哭一场；有时学习的热情就会松散下来一段时间，心情烦躁时就什么都不在乎了。就像照镜子一样，对于我们俩的所作所为，互相之间看得很清楚。我们明白了这个道理之后，当低潮的情绪来临时，我们就会互相提醒，也会小心地去面对，不会再找借口乱发泄了，也尽可能地让坏情绪和松散状态停留的时间短一些，自己告诉自己是荷尔蒙的问题，我们一定要战胜它。所以，我们慢慢地就不会再经常的烦躁了，当低潮来临时，也不会觉得那么的沮丧了。因为我们认识了那只不过就是荷尔蒙作怪而已。

我们觉得在这段青少年时期很多学生会有荷尔蒙的紊乱问题，可是绝大多数的学生是自己也完全不了解也不认识自己的身体处于什么状态。如果在这段期间没有清楚地意识到这一点，没有人能真正地了解你，也没有知心的好朋友可以跟你分享，那么要度过这段非凡的青春期就会变得很艰难。我们是深有感触的，那段成长的过程好像是扯着皮、撕着肉的痛，忧郁的、失望的、好的、不好的很多痛苦的事情都会伴随在你的左右。不过好在随着时间的飞逝一切也都终究会过去。

我们有个好朋友大卫，他平时是最乖的好孩子了，可是到了青春期时，他也无形中变了，完全是神不知鬼不觉地就开始了。什么大小事都与父母对着干，他是家里唯一的孩子，他是全学校里数一数二的好学生。举个最小的例子：每天他不在乎上学是否会迟到，他系一个鞋带要很久，爸爸在旁边等他都不耐烦了，说好几遍，还是没系上。爸爸实在是不耐烦了，就踹他两脚，这才算是出了家门。大卫的爸爸是个医生，后来才发觉到自己的儿子是到了青春期，男孩子火性大，也很容易热，有时全身会冒火。以后，大卫的爸爸一看到他情绪失控时，就带着他去爬山，或者去外面跑步，回来就好多了。大概过了一年多，大卫一切都恢复正常了。大卫现在已经在哈佛大学年念 2 年级了。

所以，我们在此也呼吁，有青春期的学生要更加理智，青春期学生的父母和老师们也请多多体谅和关怀自己的孩子或学生，他们真的是不得已，是荷尔蒙的威力让那段青春期懵懵懂懂的。请稍微多一点儿的耐心和多一点儿的帮助给他们，使他们能更顺利地度过青春反叛期，要相信一切不顺的事情都会很快就过去的。

你要第一个尊重的是谁？

经过了上个学期的动乱，我们俩都意识到了，学生在学校一定要学会尊重自己，才能会被其他的同学所尊重。但是，究竟要怎样做到尊重自己，就不像说的那么容易了。有时候，甚至还会变得糊涂。

我们还记得在上七年级的时候，一向都是爱学习的我们突然变了。我们神不知鬼不觉地进到了一个爱化妆的女生圈子里。之后，我们开始觉得自己学习好会被这些同学叫我们是书呆子。在学校里书呆子被认为是没有青春活力的人，书呆子是没有朋友的。所以，我们每天在学校都跟着几个女同学装酷，喜欢穿短裤，跟着那几个疯狂的女生摽得很紧，不再在乎努力学习了。有些很优秀的学生都会斜眼看着我们这群人。我们每天都在瞎胡混着，我们在混，时间它可不混。一晃一个学期就要结束了，到了期末结尾的时候，我们的各科成绩都有下降。这时，我们才大梦初醒。父母在批评我们，我们自己也意识到了，在学校作为一个学生要想真正地尊重自己的话，就首先要把书读好，要有真才实学，这样才能增强自己的信心，才能赢得其他同学的佩服；还有一定要对自己的举止言行和穿着打扮负责任；决不能因为自己的一些盲目的愚蠢行为而丢掉了自己的美好未来。

当我们在上八年级时，我们先是离开了那群女孩子。之后，我们开始转变了，不再扮靓、装酷、混日子了，我们的穿着也变得很得体起来，学习成绩又恢复到从前的全都是 A。这时，我们发现了那些斜眼看我们的同学，也都开始跟我们亲热地打起招呼了，最后还变成了好朋友。

通过这件事情，使我们明白了一个道理，那就是一个不尊重自己的人是不会得到别人尊重的。当你真的懂得怎样尊重自己时，在你周围的人也会对你有所尊重了。让自己的举止言谈、行为做派，恰当、得体、大方、有教养，真的很重要。

我们从荷尔蒙策动的反叛中走出来了，经历了这么多正反两方面的经历后，我们越来越强烈地意识到：第一个你必须尊重的人，其实就是你自己。无论老少，不分男女，我们每个人都有一个共同的情愫，那就是：希望能得到他人的尊重和尊敬。而要实现这一点，首先要学会自尊。自尊，才能自爱，才会珍惜和发扬光大自己身上的优点，不断地警惕和摈弃自己身上的不足，于是走向自强。起于自尊，有了自爱，有了自强；而一个具备了自尊、自爱、自强禀赋的人，必定越来越优秀。一个优秀的人，自然会受到他人的喜爱和尊敬。你对别人的尊重其实不仅是尊重了别人也同时尊重了自己，当自己真的懂得怎样尊重自己时，你周围的人也会对你肃然起敬的。

与同学之间，与父母之间，与所有的人之间都是一样的道理。一个不尊重自己的人，也绝不会得到别人的尊重，而一个得不到别人尊重的人，又怎么能学业有成，事业成功呢？

对快餐的感悟（2008）

我们小时候很爱吃快餐食品，爱吃肯德基的炸鸡，最爱吃的是麦当劳。我们每次去那儿，妈妈都会帮我们买一杯可乐，一包炸薯条，一个汉堡包，把这三样配在一起吃真的是非常的香！比在任何中餐馆里吃的大鱼大肉和海鲜大餐都香。每次去我们还可以得到免费的小玩具，我们很喜欢攒那些系列玩具。我们每两个月都要吃一次，不吃我们就很想，还会心里闹得慌。

可是，当我们上中学以后，有一次，我们在上健康课的时候，老师针对快餐食品的不健康给我们上了一堂很生动的课，还放了一盘录像带。一个好好的年轻帅哥，让他连续吃上一个月的汉堡包，他的体重就增加了50多磅。

还有，在一个杀牛的屠宰场里，好好的牛，被拉到了屠宰场被杀之后就立刻送进一个巨大的魔鬼工具箱里。顿时，那牛是血肉横飞。不到几分钟的时间从那巨大的魔具的背后，出来的是有一百多头牛的肉馅儿，肥的瘦的都混在了一起，整个的过程让我们觉得很恶心。同时，我也非常地心疼那些无辜的牛。

我们的老师还向我们介绍了，吃多了这类快餐会损害少年儿童的智力。有实验已经证明了，科学家用两组小老鼠做实验。让两组老鼠做一样的记忆游戏它们的反应都是一样。之后，一组给它们吃普通的饲料，另一组喂它们人吃的快餐食品。经过4个月后，明显的吃快餐食品的小老鼠增胖了。再做之前同样的记忆游戏时，吃快餐食品的这组小老鼠的记忆明显的不如以前，反应也非常的迟缓。科学家还经过了一系列的验血测试后，得出的结论是高脂肪的快餐会损害儿童正在发育的神经系统，并对大脑思维造成伤害。

老师还告诉我们吃多了那些快餐不只会导致肥胖还会造成性早熟。汉堡包、炸薯条和炸鸡等快餐可以引起人体内激素的变化，很容易让人吃了之后就上瘾，尤其是少年和儿童更容易上瘾，并且很容易一吃就会过量。在美国很多家长都意识到了快餐的危害并禁止孩子吃快餐喝可乐。

我们的老师说，所有的快餐店用的都是一种自然界所不存在的反式脂肪酸，这种反式脂肪酸会影响人类的内分泌系统，严重危害人的健康。快餐店还会用很多的人造脂肪，也称为氢化脂肪，它比真的自然饱和脂肪还要糟糕。我们称快餐店是"垃圾食品和能量的炸弹"，这绝对不是危言耸听的。

美国国会议员非常反对这种不健康的快餐，并提出要把这类的快餐从美国的校园赶出去。可是，当我们去中国时，看到了各地的快餐店都是排大队，更多的是孩子们在吃。

老师还告诉我们，科学家们已经用实验证明了快餐食品有很多的坏处：它具有的是人们最不需要的高脂肪、高热量、高蛋白、高盐分。同时，快餐食品还缺少人体最需要的矿物质、维生素和蔬菜纤维。当我们吃下一份儿快餐食品，它的总热量，已经超过人们一天所需要热量的3到5倍。人们经常吃快餐食品就一定会变胖，也很容易让你日后出现糖尿病、心脏病等。如果你经常吃快餐食品也一定会增加你日后得冠心病和高血压的风险，通常这种风险会隐藏20多年才会发病。当你发现自己得病时，就已经太晚了。所以，我们认为快餐食品是给人们带来高热量的杀手，也是制造大胖子的工厂！当你吃下了这些感觉很香的快餐食品后，好像是你享受到了眼前的快乐；其实，你是为自己埋下了一颗不定时的炸弹！

自从我们上完那堂课以后，四年过去了，我们再也没有吃过一次汉堡包和炸薯条；也没有再吃过炸鸡和其他的快餐了。这的确让我们感觉很心安。

校园不是伊甸园（2008）

我们还清楚地记得，在那段时期我们不知道是为什么，每天过得都很痛苦，也很累。有时候，我们俩也会意识到跟那些"朋友"在一起不太舒服。我们就试着去另外的一组学生的圈里去吃午饭，可是，我们俩刚拿出饭要坐下来吃的时候，圈里有个男生就对着我们俩大喊："把你们的屁股挪回到中国去吧！"起初，我们不理他，我们也不走。可他就站了起来，冲着我们俩一直大喊逼着我们必须要立刻离开这个圈子。

我们头一次被这样粗暴地对待。我们不知道自己做错了什么。也不知道怎么回应他，心里很难过，我们俩都哭了。我们长这么大头一回觉得这么委屈，我们俩也忘记了拿起自己的书包，就跑到了便所里不再出来了，哭了半堂课的时间。

当妈妈知道了这件事情后，非常的气愤就打电话给校长，那个男生正好在第二天又将一个男生的鼻子打出血了。校长命令他三天不可以上学；如果日后再有类似的任何一件事情发生的话，将会被学校立刻开除。还好，之后那个男生没有再来继续找我们的麻烦。以后，我们再也没有去过那个圈子里了。

还有一次，几个女生坐在一起，有一个学生把自己带的饼干分给在座的每一个同学，可分到我们的时候，她就会把那块饼干抓得稀碎，都变成了渣渣才放在我们的手里。我们真的是想不通她为什么要这样做？之后，有的同学告诉我们说，她非常嫉妒你们长得漂亮。可我们还是不明白她那样做又有能起到什么作用呢？为什么在青少年的时候，有些学生做事会这么的无理，对人会如此的粗鲁呢？

有时候，有的同学还会被其他的同学威胁：要把谁的鼻子打出血，或者是在谁的后背打上几拳头等；有时，前后没人时，有个同学要过一个小窄门时，就会有另外一个学生挡在那里不让过等等类似的烦心事情常常会在学校里发生。还有个男生被人家在夹克衫后面的帽子里放进去脏东西，可他自己一点儿不知道，还在操场里走来走去，于是便被看到的学生嘲笑……

所有这类恶劣行为，我们称为"霸陵现象"。就像洛杉矶在美国、美国在地球上一样，校园也是复杂社会的一部分，社会上一些坏的、恶的、丑的东西也会侵害到这里，无论校园里是多么美丽，多么平静，但它依然不会像是童话般的伊甸园。

老实说，我们学校还算是好的学校。我们在电视上和报纸上还看到了更严重的欺负人的事情发生过。一群女生一起来到了河边，就把其中的一个推进了河里，那个女生正好不会游泳，拼命地往岸上爬。可是，岸上的女生就用棍子和石头打她，最后，她被淹死了。其他的女生也都被法庭起诉了。

还有，一个欺负人的事情是有三个女生一起到了一处十层高的大楼顶端，其中的两个女生，给另外一个女生一条长长的围巾，告诉她，你披上这条围巾就可以飞，你从这顶上跳下去时也不会摔死的。那两个女生就逼着她必须跳下去。结果是一个死了，另外两个也进了监狱。

总之，欺负人或称为"霸陵"的现象在全世界的每个学校的黑暗角落里几乎都会发生。我们知道有很多的名人在青少年的时候也是会被他人欺负或被他人贬低的。

举三个例子说明：英国王妃剑桥公爵夫人凯特·米德尔顿，她就是威廉姆王子的太太。当她在私立高中时，男生给在校的女生评分，最高分是 10 分。可是只给凯特 2 分。凯特上的那个私立高中都是非常有钱人家的孩子，可是凯特的家并不是十分有钱的。也就是因为这样，她会被那些无聊的富人子弟所瞧不起。

还有，在美国当前最火最红的天后歌星嘎嘎小姐，她在高中时也是被其他的学生欺负和瞧不起；还有世界最著名的电影明星安吉丽娜·朱莉也是在上中学时，被别人欺负和被同学们冷落的学生。

所以，在这里我们要告诉曾被别人欺负过的同学不必气馁，不是因为你被别人欺负了，就认为自己做错了什么或是自己哪里不好了等，其实都不是。这只是人生中很短的一段时间。我们的忠告就是看淡就轻松了。还有尽可能地离那些喜欢欺负人的学生远远的，或者去寻求老师的帮助，还可以告诉父母去找学校报告等。不要只是自己忍耐，憋在心里，这样是很不健康的，一定要讲出来，要得到帮助才好。

同时，我们也意识到凡是喜欢欺负别人的那些学生，大部分都是低水准的学生，学习成绩不好的学生，他们心里没有成就感也没有安全感，就用欺负别人来平衡自己的内心。其实，这些欺负人的学生是最无聊的一种人，他们用欺负别人来取悦自己的做法是完全不能被接受的。我们也非常鄙视这种坏学生。

事实也证明了，这些喜欢欺负别人的学生，在长大后大部分都是没有出息的学生。同时，我们也想奉劝那些喜欢欺负别人的学生，千万不要再那样做人了，由于你们的粗鲁和无知的做法会使被欺负的学生的内心里产生极大的痛苦。请问你们自己到底得到了什么好处了呢？请你扪心自问！也请你们悬崖勒马！

去大熊湖赏雪（2008）

渐渐地我们的车开进了洁白如玉的天堂——大熊湖。

刚好在昨天的圣诞节时，这里下了一整天的鹅毛大雪。路的左边是高高的雪山，满山遍野的松树林和灌木林都覆盖上了一层厚厚的白雪被，那些老老少少的松树们也都披挂着洁白的雪衣，也围上了白雪围巾。有些树还戴着水晶般的冰耳环，在太阳光的照耀下闪着七色的彩虹般的光环。路的右边是大熊湖的村庄，那些有红有绿、有蓝有黄的小木屋的顶上也都盖上了一层一英尺多厚的白雪棉被，每个房檐上都挂着满满的长长短短的晶莹透亮的大冰瘤子和五颜六色的圣诞灯，两者间的搭配显得格外的迷人。还有那些英国式的建筑，尖尖的屋顶配有黑白相间的油漆也都藏在那一排排的松树林之间。那一条条的小路好像似一条条纯丝的白缎带，平滑地伸向了远方。哇！不用我再说您也会感到美了吧？是不是让您猜对了呢？我们来到了一个童话般的银色世界……

我们的车直接开到了山脚下，我们先在森林的小道上漫不经心地向上坡走去。我们看到了一对老夫妻，每人的手里牵着一条又高又壮的北极雪橇狗。它们都有一对瓦蓝瓦蓝的眼睛，长着雪白雪白的毛，看上去非常可爱。我们好想上去摸一摸它的耳朵，抱一抱它的头。可是它们的主人只对着我们微笑地说了一声：哈喽！就又径直地往前走了。

在大熊湖玩雪

　　我们带着玩雪的滑雪盘子，看到了合适的小坡、大坡或陡坡时，我和兰花就会去滑，有时很顺，有时很险，有时还会摔倒。每次我俩摔倒时，就在雪地上再打几个滚儿。我们满身满脸都沾满了雪。我们不用再堆大雪人了，我们自己就是两个活着的大雪人。我们还在说，如果动物来时我们俩就躺在雪地中一动不动地屏住呼吸，它们一定就不会注意我们了。

　　爸爸和妈妈都带着照相机，看到喜欢的景和物就拍下来，看到我们彼此有好玩的镜头也不放过。我们有说有笑地往上坡走着。我又看到有一家三口人。爸爸的背上有个背袋，里面有个穿戴得暖暖的小女孩；妈妈背上有个小筐，那里面装着一条穿着毛衣的小小的狗，是个日本种的小狗叫chihuahua，非常聪明可爱。看到我们时，它就冲着我们很兴奋地叫了三声，之后，就立刻地安静下来，好像是很有礼貌地在跟我们打招呼呢。

　　就这样我们边走边玩，边玩边看。不知不觉地已经走进了深山。这又是个陌生的奇妙世界，那厚厚的白雪覆盖了一切，完全是一片银装素裹的白色世界。我们深一脚浅一脚地向前摸索着。经常会看到雪地上会有一串串的不知名的动物脚印，伸向远方。我和兰花就开始猜，首先，我们排除了是熊，因为它们正在深山的树洞里冬眠呢。也不是狗，因为没有主人的脚印；也可能是野狗，也可能是狼，也可能是狐狸吧？真的猜不准。有时梅花的一只靴子就陷进了雪里；有时兰花的一条腿竟会被深处的雪地吞噬了；有时我们还会听到另外三个人的大喊大叫。很明显，他们也是和我们发生了一样的处境。越是这样，我们就越觉得兴奋和刺激。我们玩得可开心了。

饿了，我们就坐在铺着厚厚白雪的长凳上，拿出妈妈带来的午饭，我们吃着喝着，还互相举杯并向周围的一片银白的松树哥们儿问好并也祝它们圣诞快乐！同时，我们也谢谢它们，很有幸我们能坐在这里有你们的陪伴。

吃好后，我们开始向大熊湖畔挺进。这里完全又是另一番景象，除了一切都是银白色以外，那巨大的湖面结了一层薄薄的冰，在太阳光的反射下，银光闪闪，闪闪发光。那是真的在闪，也是真的在发光。我们面对此景感到的是心旷神怡，我们感觉自己好像要被这美丽的一切给融化了。不！不太可能，因为太冷了。这也可能就是陶醉了吧。

湖光山雪美极了！这大熊湖，三面都是由高山围起来的。我们沿着湖边，踏着积雪在玩耍着。有时捡起块石头向远处的湖里扔去，有时就会扎出几个洞来，那湖水就会咕咚咕咚地冒出泡来。距离也越扔越远，石头越捡越大；那冒水的洞口也越来越多、越来越大；咕咚咕咚冒个不停……

梅花在玩雪

湖边有很多的老枯树，还露出了四五英尺高的大树根。我们最喜欢爬树了。一见此状就往树上爬，很快就爬到了树上。我们斜躺在树杈上，掏出了心爱的小iPod，美滋滋地望着湖对面的滑雪场。将近傍晚时，那里已经是灯火辉煌，我们可以看到穿着五颜六色和色彩鲜艳的滑雪服的人们，在那悠闲自在地穿梭着。我们耳中的音乐，再加上眼前的美

大熊湖已经变成了冰湖

景，又一次地让我们陶醉了，感觉飘飘然了……

我，梅花从大树上下来的时候，不小心又摔了一跤。顺势我就仰面朝天地躺在雪地中，望着天空，躺了好久。我凝视着蓝天和白云，仿佛看到了天堂中的小天使们正在那无忧无虑地快乐地飞翔着。于是，我慢慢地闭上了眼睛，也在不知不觉中将自己的两只脚张开合上，同时也将两个臂膀上下地在雪地上移动着。恰是一副雪地天使的模样在雪地上飞翔，飞呀飞，飞在那银色的大熊湖上……

警察的突然袭击（2009）

有一天，我们正在上自然科学课，有两名看上去非常严肃的警察，一男一女，手里都牵着一条非常凶猛的德国大狼狗走进了我们的教室里。让我们觉得有点吓人！两名警察站在教室的前面开始说道，请大家都听清楚了，所有在座的学生将双手伸直放在桌子上，不许动。如果谁的身上和书包里有毒品，请立刻举手！现在你举手，就算你是初犯，不会被开除也不会被逮捕；可是，如果你现在还不说出来，等一会儿，被我们搜查出来的话，就立刻会戴上手铐被我们带走，同时，也会被学校开除。

哇！顿时这教室里是静悄悄的，即使是掉地上一根针也能听得到，每一个学生都好像停止了呼吸。但，没有人举手。警察又说话了，请大家站起来按顺序慢慢地走出教室。那两条大狼狗站在门口的两侧非常认真、目不转睛地盯着从它们的面前走过的每一个学生，并用鼻子闻着。所有的学生都出去之后，那两条大狼狗又在每一个同学的书桌附近不停地闻来闻去的，仔仔细细地搜寻了一圈。但，没发现任何毒品。可是，我们都看见过在我们教室里有几个男同学曾经吸过毒的。哇！他们那天可真是幸运啊！

最后，我们 10 年级有一个男生被警察带走了，还有 12 年级的 3 名学生也被带走了。

其实，警察的突然到来不是凭空的。有时候，我们在学校的卫生间也会闻到那种大麻的烟味很呛人；有的男生还会躲到大礼堂的阁楼里去吸大麻。

记得有一次在我们的校车上，有一位金发的高四的女生坐在校车的后面开始抽大麻，当司机闻到了那种气味的时候，二话不说打电话给校长了。当我们的校车刚刚停在停车场时，校长和校警都已经站在那里等着了。经过调查和询问之后，学校打电话让那个女生的妈妈到学校把她接走，她被停学了三天。校长说，如再发生一次的话就会被学校开除。

谈到毒品，我们的父母从小就告诉我们要离喜欢吸毒的学生远远的，再有就是从来不要好奇地去试一试，就连一次也不要有。爸爸总是会告诉我们吸毒之后的坏处，第一是很容易上瘾，上瘾后很难戒掉，长期吸毒会损伤大脑和身体健康，更严重时，会致你于死地。在全世界有好几个著名的大歌星都是因为吸毒过量导致他们死亡的，他们都是非常年轻就离开了爱他们的父母和歌迷们，真的很令人遗憾。我们从心底里向父母保证绝对不会跟吸毒的学生接触，我们对任何的毒品都不会感兴趣的。

世界纷纭复杂，诱惑无处不在。有些诱惑是近不得、试不得的，往往近一下、试一次，就被它们牢牢地套住了再也无法摆脱了。它们像魔鬼一样，会让人在陶醉中一步步地走向地狱……在成长的过程中，在很多时候，我们真的有必要虚心听取包括父母在内那些过来人的忠告，不要嫌他们唠叨。

渴望学习写作（2009/5）

我们从 6 岁开始就喜欢写日记，后来就爱上了写作。在实验中学上的英文课也觉得没有太多的挑战，我们想是否可以去大学里看看能不能尝试一下大学的写作课是什么样的？我们是不是也可以上？我们就跟妈妈说了，她听后可就当真了。

经过妈妈一番联系之后，回答是，可以。但是，首先要通过正式的大学入学考试，考英文和数学两科；第二，要中学的老师和校长推荐、填表、签字等；第三，要先学完大学的高级英语课之后，才允许选修大学的创作写作课程。

当时的实验中学校长是个韩国人，我们称她金博士（Dr. Kim），她听说我们要去大学拿课，笑得大嘴都咧到了耳朵上去了。她说，现在很少看到有这种对知识饥渴的学生了。她大笔一挥就帮我们填上了表，签好了字。我们第一关就正式地通过了。

然后是参加入学考试的第二关，只考英文和数学。感觉没有那么难，成绩出来后，我们都考过了 95 分以上，这样我们就合格入学，可以开始选课了。

回家之后准备第三关注册选课了，注册前我们非常认真地在大学的网站上搜寻着。教高级英语的共有 9 名教授，其中呼声最高的是威尔森教授。但读完学生们的评语后，发现她是出了名的严厉，每次上她课的学生几乎会有一半不能过关。我们俩面对这样的选择时，就去问爸爸、妈妈。爸爸说："一定就选她，我希望大学给你们的第一印象是最好的，也是最具有挑战性的，我可不希望你们在上大学课的时候睡着了。"可妈妈却说："既然你们已经知道了她那么严格而她的课又那么难，你们才刚上完七年级的课，万一不过关，不就没办法上创作写作课了吗？还是注册其他的教授吧。"我们俩听完之后，想来想去还是决定要选择威尔森教授。

到了要去报名拿课的那天，我们又傻眼了。大学选课时，要优先在校的大学生先选课。高中生想来学大学课的学生只能等到大学生都选好了之后，开学前的一个星期我们才能去报名拿课。等排到了我们的时候，回答是所有英文教授的课全都额满了。因为加州的政府预算赤字，很多公历的大学由政府资助的部分在暑假期间的经费全砍掉了。只留下两所大学，在今年的暑假开课。所以，很多其他大学的学生想暑假拿课的也都挤在这所大学里了。我们俩虽然考上了，可是报不上名也白搭了。有很多的学生一看报名结束了，转身就离开了。可妈妈就是不放弃，她也不走，连续问了好几个管事的，看是否还有什么方法可以拿到这个暑期的课。最后，有人给妈妈出主意，不妨再试一试跟具体上课的教授联系。于是，我们才开车回家了。

爸爸、妈妈都很支持我们暑假可以在这里学习。爸爸就写 Email 给威尔森教授和另外两个他认为很好的教授，请求他们如有空位时，要优先考虑补收他的两个很优秀的双胞胎女儿……

可能是爸爸写的信感动了他们，每个教授回信都说，我非常希望能帮到您和您的女儿，额满了实属没有办法了。但是，最后的一招儿你们也不妨试一试，等到开学的那天双胞胎可以来我们的教室门外等，如果有学生改变主意不来了，她们俩可以补缺。祝她们俩好运了！

闯进了大学校门（2009/6）

哎！妈妈从这里看到了曙光，开学的第一天，妈妈真的就带着我们早早地去威尔森教授的门口等着。门口外面还有十几个同学也都在那儿等着呢，可一个多小时过去了。连门缝都没有开过，这意思就是说，没有空缺。很多学生就离开了，我们还是不甘心走。最后，有个来晚了的学生要进这间教室，梅花就写了一张小条，请他转交给教授。梅花写的是："亲爱的威尔森教授您好：我是莱丽克·彼德森。我很渴望能上您的课，可是我没报上名。我明天早上还会来，在外面等，如您有空位时，请优先考虑我，好吗？我会非常地感谢您。"然后，我们就回家了。

第二天，我们去得更早了，老师还没到，我们就站在她的教室门口开始等候了。当她来时，我们热情地跟她问候，早晨好！之后，我，梅花就对她说："我是莱丽克·彼德森"。她好像很高兴看见了我，她非常和蔼可亲地伸出手来，跟我握手。说：认识你很高兴。我也很有礼貌地回答：认识您也是我的荣幸。她拍了拍我的肩膀说：你先进我的教室听课好了。我说："谢谢您，威尔森教授。可我还有个双胞胎的妹妹达丽雅，她也没有老师呢"。她转过身看见了达丽雅，说：哦！我的天那！这可怎么办那？她直摇头，并深深地喘了一口气说：那好吧，达丽雅也先进来听课，看一看再说吧。

我们俩进了教室各自在最后面找好了座位，很快学生都来了，开始上课了。老师很随和，有说有笑。我，梅花知道每个班只收 25 名学生，我就心里很不安地查着现在教室里有多少个学生，查了三遍包括我们俩在内正好是 25 个学生，我挺高兴的。第一堂课要结束的时候，威尔森教授说："现在，坐在教室里的同学，都会成为我们班里的正式学生。"我们俩都吃惊地把嘴张得大大的，点着头，用笑眯眯的眼睛对威尔森教授说：谢谢您！可就在威尔森教授宣布完这条好消息之后的两分钟，一位男学生急匆匆地走了进来，说："对不起！威尔森教授，高速公路上有车祸发生。所以，我来晚了。"

哇！我们就是这样有惊无险地挤进了大学的课堂。又过了几天，我们班里只剩下 22 名学生了。我们发现了看上去很和蔼可亲的威尔森教授的背后有着不可动摇的规矩。例如：如果你迟交作业一分钟，她就不收了；超过三次迟交作业，你就会被她淘汰了；有缺课三次的她也会把你开除；还有的学生认为这个教授的课太难了，也就自动退课了。除了我们俩是初二的学生，其他的学生都是大学一二年级的学生。也只有我们俩来这里上大学不用付一分钱。可那些大学生就一定要付每一科的学费。等我们真的上大学时，我们在这里学过的学分都会自动地转去我们所在的大学里，凡是学过的课就不必再学了。这样一来，我们已经积攒了大学的必修课学分，我们又省了钱、又省了时间，等到上大学时，还可以早毕业。

每天早上，我们俩都会很兴奋地渴望去大学上课，妈妈要开车一个多小时才能到，因为塞车又很厉害。听威尔森教授讲课非常有趣、又愉快，内容丰富，时间过得很快，还没听够呢，就下课了。可是，作业很多也很难。要读很多的大学教科书，还要写很多的文章，要上网查找大量的资料，都是议论的文章，挺难的，我们每天都上得很累。可我们没有抱怨，因为这是我们自己愿意做的。

我们的教授是一位 60 岁的女士。她看上去非常有魅力，很漂亮。有一双绿色的眼睛，长长厚厚的火焰般的红色头发，披在她的背上。她告诉我们，当她很年轻时，还当过模特，后来当过律师。她除了在杉塔毛尼卡大学教书，她还在旧金山的博克莱大学（全美国公立大学排行榜第一名）。她是这所大学里九个教高级英语的教授中，名望最高的一位。

又过了两周，我们和她熟悉了，当她知道我们的妈妈是中国人时，便立刻问我们是否看过《喜福会》（《The Joy Luck Club》）这本书。我们告诉她在小时候看过了书和电影，大概是在讲中国人移民美国之后的四对母女在三代之间的成长过程。可是再多的细节和印象已经淡薄了。教授听了之后，右手握着她的下巴，很认真地看着我们说："我希望你们要再读一遍。"

我们真的做了，这次读后感触很深。强烈地意识到了我们的妈妈是何等的用心良苦，也理解了妈妈平时批评我们多于表扬的渊源了，有些不满和误会也都解开了，原来中国人教育孩子的方式都是这样。我们还意识到了在美国的中国妈和美国妈是那么的不同！中国妈特爱批评，美国妈特爱表扬，从而也意识到了中国文化和美国文化之间的不同。

我们在大学课堂里度过了 13 岁的生日，放学后，我们又直奔迪斯尼乐园去疯狂地玩到了半夜。因为那天迪斯尼乐园会给住在洛杉矶过生日的人免费进场。我们可以省下将近 200 美元。我们觉得在大学念书的经历很有趣，大学生不会像初中生那样搞是非。他们非常成熟、善良，也很热情，让我们感觉很舒服。我们觉得每天要是都能在那儿上学不回初中了该有多好啊！

记得那年的暑假我们过得非常有意义，有忙有闲。我们还参加 SYMF 西南加州的钢琴比赛。我们俩的钢琴比赛四手连弹荣获了第三名。这也是我们头一次报双人弹的项目。梅花荣获了贝多芬钢琴协奏曲第二名。

参加完比赛，我们每天早晨去爬山，再去打网球。一个星期内看了两场流行的嘻哈（hip-hop）音乐会。看了暑假中所有新出版的电影。

最后，我们还去澳大利亚翱翔探险了半个多月，那里的奇观和壮美真的是让我们跌破了眼镜。希望你们可以在我们的澳大利亚游记中看到我们的感觉和感想。

高级英文课让我们俩很辛苦地给拼了下来之后，在上八年级时，（也就是中国的初二。美国小学是五年制，初中三年制，高中四年制）我们顺利地拿到了英文创作写作的课程。可是，我们要一周三天的晚上去大学里上夜校，放学要在晚上 9 点钟以后了。奇怪的是那个班级里大部分的人都是成年人，这样一来就显得我们格外的小了。大学的教授真的很棒，很多的课程都是引导和启发式的教法。当然每一堂课之后，都少不了的是大量的写作的作业。但是，我们真的很喜欢，学起来觉得很有趣一点不累。经过半年我们就把创作写作课程拿下来了，并且获得很好的成绩。

当我们把大学的英文和写作课都学完之后，再回头学习高中的英文课时就觉得非常的轻松。这时，爸爸就很自信地说："孩子，你们懂了吗？学习不是只为了拿到好成绩而已，更重要的是注重你到底学到了什么！不要只是为了达到目标而避重就轻，你们看看遇到一位好老师时，她还会给你们很多书本上学不到的东西，一个真正的好教授在潜移默化中都会给你无形的知识和力量，有时会让你一生都受用无穷。你们说对吗？"我们只好心服口服地直点头并回答说："有道理，真的是有道理。"

在 2009 年，我们第一次参加了全美国有 14 万中学生参加的文学艺术写作大赛，我们俩双双荣获到金钥匙奖；我们俩还被中国《沈阳晚报》聘为该报的海外小记者，直到今天，我们已经在晚报上发表了十几篇文章。梅花在初三英文课写的论文，还被老师选为了唯一的一篇优秀范文发给了我们全年级的学生做参考。时到如今，我们的作品，在美国、中国还有欧洲等地 30 多家媒体发表，如：《丹麦首都邮报》、《中国中学生报》、美国的《世界日报》、《中国日报》和《台湾时报》和《世界周刊》等等。

这次我们主动给自己加码并寻求新挑战的经历，给了我们自信和成就感，无形中让我们理想的翅膀展得更开，神思飞得更远……

在马克审判中做证人（2009）   梅　花

我在上初中三年级时，选修了一门课叫马克审判课程（Mock Trial）。在我们学校，从初中一年级到高中四年级的学生，凡是想要当律师的，或对法律有兴趣的同学都可以选修这门课。它是用模拟法院正式开庭的缩小版来培训这些学生，让他们预先就对这门专业有些具体的了解和尝试。每一年在加州有 36 个县的学校会涉及这门课程，非常的热门。经由每个城市的教育委员会组织，具体安排到所在城市的最高法院参加一年一次的分有初、高中两组的正式开庭比赛。我们把这种比赛叫做：马克审判比赛（Mock Trial Competition）。

　　早在 1980 年，加州宪法的权利基金会（CRF）制定了模拟审判程序，这个计划是为了帮助学生对加州的司法系统工作有一定的认知，并培养学生的分析能力、争辩的才能和沟通技巧，以便更好地了解自己应有的责任与义务，对参与社会的活动有更多的了解和兴趣。

　　我们学校负责马克审判比赛的是历史科系的主任，他非常有经验。他从法院拿到一份案件（全洛杉矶的学生都用同样的案例，然后参加比赛），分给我们初、高中两个团体。每个团体又分为，被告（被控告的一方）；另一方为原告（起诉方，也称检方）。然后，再分给学生们不同的角色来模拟。每个队分别要选出三名律师，一名是主要的律师，开庭时会坐在三位律师的中间位置，另外两名是辅助的律师。每队还有 4 名的见证人，还有双方共同选出自己在法庭上的记录员、记时员，还有带领证人宣誓的法警。当然还少不了有一个同学要扮演犯罪嫌疑人，他跟律师坐在一起，来模拟这个案子审理的全过程。

　　我是今年才开始选这门课的，一周上三次，我们的教练都是来自本校的学生家长，他们一定要有刑事诉讼的律师执照，来做义务的教练。每次上课，由教练讲解案情之后，我们就一起研究讨论，互相争辩。我呢，要不断地跟质询我的律师实践盘问，跟教练模拟检方律师对我的考问，反反复复地练习。利用课上和课外的时间来模拟整个的案例审理过程。案情是一桩杀人案。我的角色是见证人，身份是一名专家。作为一名好的证人，最主要的是要充分地熟悉案情，要与被告的律师多次地配合演练。在开庭时，不要给被告方的律师愚蠢的答案。证人对这桩案件的成败也起着重要的作用。当我们已正式开庭时，也欢迎所有参赛的学生家长到庭观摩。那天，我们学校和一所私立的天主教中学打擂台。在下午的 5 点钟分别来到了洛杉矶的最高法院，在 5 点 30 分正式开庭。由洛杉矶最高法院

梅花与大法官

的正式大法官开庭审理，
还有三名专精刑事讼案
的大律师，他们必须是
在洛杉矶的刑事法院做
出庭的律师并有执照的
律师，才能作为马克审
判比赛的评审员。为了
公平起见，还特意选出
一名白人女律师，一名
墨西哥的女律师，还有
一名是华裔的男律师。
由他们来裁定出庭学生
的具体表现和哪一个队

梅花在洛杉矶法院（2009）

的表现如何，用积分的形式来评定出两队谁输谁赢。如果你们的校队赢得了检方和被告方的比赛，就会进入第二局。

　　我的角色是证人，当我站在法官旁，举手宣誓保证我所说的一切都是真实的时候，我的心态放得很轻松自如。我坐在法官旁的证人席上，在回答问题时也很有把握感觉非常的自信。最难的是在检方的律师质询时，我回答问题很机警，常常提醒自己千万不要掉进检方律师所设的陷阱里。整个过程非常的惊险刺激又很有趣。当我从证人席走回到自己的座位时，我们学校的很多学生、教练和家长都向我投来赞许的目光，还有的人对我竖起了大拇指。

　　实践已经证明，30多年过去了，通过马克审判的比赛，涌现出许多优秀的小律师。那些对法律感兴趣的学生们，经过这门课程的选修后，再加上每年参加一次的开庭模拟比赛，日后他们就选定了人生的目标，走进了法学院。最终，很多的学生都成为了律师团队中的一员大将。

作为孩子的难处（2009）

　　老实说，我们在初中的表现让自己看了也不满意，也可以说是摔了一大跤。由于我们有写这本书的机会，让我们再一次回头清楚地看到了自己所走过的路程，也使我们更加明白了，作为大部分孩子的成长过程都是在高低起伏中度过的，一路上磕磕碰碰真的是很难免的，在这里我们也诚挚地希望，作为老师和父母们一定要有耐心地帮助这段青春反叛期的孩子们。老实说，做孩子的我们也很不容易。

我们还清楚地记得跟妈妈的一段对话。在我们青春反叛期时，真的有很多的事情都是乱来的，会做错，也会让自己感到很失望，也会使父母生气不解。在那段期间，我们会得到较多的批评，心里也总会是灰灰的。有时，妈妈还会非常生气总是说："为什么你们做事不用大脑想好后再做，争取做得好一点呢？"我们就回答说："如果我们事事都能做好的话，那我们不就是大人了吗。即使是大人，也不可能事事都做得好吧？更何况我们是孩子呢。正因为我们是小孩子，还不是所有的事情都懂，做不对的事情真的很难免，我们也需要有从错误中学习的机会，这样才能一点儿一点儿地长大不是吗？如果我们做的所有的事都是正确的话，那我们就不是小孩子了，对吗？"

哎，比较善解人意的妈妈笑了，她好像真的听懂了，好像也理解到了我们的难处。以后，她对我们就多了一点耐心，眉头也皱的次数少了，批评也减少了。

老实说，我们做错了事情自己也很沮丧。确实是有时候，我们也没有那么多的正确常识可以判断得清楚，另外很多事情就是一瞬间发生的，根本也没想到对还是错的事。希望做父母的应该多宽容自己的孩子，多鼓励，不要让孩子难堪，错了认识到了，下回争取做得好、做得对就可以了。

在我们周围有的学生因为父母的不理解，批评自己孩子的方法不当，结果孩子就长期不跟父母讲话了，无论好话还是教育的话，他们都听不进去了。还有的学生就从家里逃跑了，到了晚上也不回家，害得父母还要报警，把自己的孩子找回家来。在这段反叛期时，如果父母不多多地给自己孩子温暖，那孩子觉得在这个世界上没有人可以理解自己时，有的会出走，甚至还会加入黑帮集团等现象就发生了。有时，父母对自己的孩子越凶，就越会把自己的孩子给推出去，推得离父母越来越远了。其实，自己的孩子学坏了和父母是有很大的关系的。因为，学生都还是孩子，真的有时候会做出错误和糊涂的事情。这时，父母一定要很诚恳地讲道理和自己的孩子沟通才好，打和骂还会起到相反

绽放的梅兰

的效果。在美国打自己的孩子是犯法的，如果有人报警，警察就立刻会到，打人的父母会被捕，孩子也会被带走了，会交给陌生的社工照顾。我们认识的一个学生家里就出现了这种情况，学生就被警察带走了。一年之后，才又回到了自己的家。

　　总之，作为孩子的我们很希望看到的是父母对我们的微笑，我们的父母基本上做到了。我爸爸还经常地表扬我们，即使是我们做错了、失败了，他也会告诉我们：失败并不可怕，其实失败是给你们重新开始的最好机会，没关系，爬起来再试。我相信你们下次一定会做得更好！

第七章 春访东部六所一流大学 (2010)

小序：撩开美国一流大学的面纱

就像从小生活在美国的我们，对中国的很多事情不了解也非常好奇一样，中国的很多中学生朋友对美国的大学有很多事情也不了解，也非常好奇。

比如美国的大学，它们都是谁办的？它们与中国的大学有哪些不同？它们如何招生？它们平时的教学都采取哪些方式？它们怎样对学生进行测试？它们对优秀学生的衡量标准有哪些？它们还有哪样价值取向？等等。中国有一个被誉为"西部歌王"的著名音乐家王洛宾，他写过很多非常独特、优美的歌曲，其中有一首好听的民歌，叫《掀起你的盖头来》。现在，不妨就把美国的大学当成一个"新娘子"，让我们替你掀起她的神秘面纱……

1. 什么是常青藤大学？

在美国共有 3000 多所大学。在美国东部有八所非常高学术水准并且历史悠久的大学，它们的年龄大都比美国还要老。有些老楼房上已经爬满了深绿色的常青藤。最早他们是以体育结盟。至今，被人们称为常青藤高校联盟。其中有：哈佛、普林斯顿、耶鲁、布朗、哥伦比亚、康奈尔、达特茅斯和宾夕法尼亚大学。这些都是私立大学，他们资金丰厚、非常富有。他们有着非常严格的录取标准，要求学生的素质很高。学校的教学设备先进，教学严谨，教授水平都是一流的。因此，常青藤大学又被视为美国顶尖名校的代名词。

2. 什么样的学生符合以上这些大学的标准？

首先是在高中的学习总成绩优秀（GPA 要在 3.8 以上，还有 SAT 满分是 2400 分，这些大学需要的是 2200 分以上，（其中包括数学、英文和写作）要有特长、有领导才能、多参与社会活动、关心弱者等。学习成绩并不是这些学校录取学生时首先考虑的因素。学生是否具有独立思考和创作能力等，是否能适应大学的高压力和紧张的环境等才是他们录取学生时考量的重要因素。

3．美、中申请大学有哪些的不同？

我们多次去过中国，尤其是 2012 年我们去中国，在北京和沈阳分别跟那里的中学生开了座谈会，大家面对面互询问题，从中我们发现了中国和美国在申请大学上竟然有那么多的不同。

在选拔学生时，美国大学要参考几点：（1）四年高中的总成绩称：GPA。（2）全美国的统一高考，称 SAT 或 ACT（但学生可以考多次）。（3）参考大学申请表中的多个小型作文和问卷答题等；（4）社会活动和做义工以及参加实习活动的经验等；（5）其他才艺方面的天赋，如音乐、体育或有其他方面的创造才能。（6）是否具有领导才能，是否会从别人的需要中看到自己的责任等能力。

在美国，高中生申请大学是没有任何限制的，你喜欢申请多少所大学都可以，只不过一定要交报名费。但在中国，高考对许多学生而言，一辈子就这么一次，千军万马都走这一座独木桥，是一锤定终身的考法。这样会埋没了很多好学生，只是因为这一次的失误，就无法进入到自己理想的大学，并且失去他原有的最好动力和机会。当然，好消息是，目前中国的高考制度也在改革，正试图改变"一锤定终身"的现状，这需要时间去完成。另外，中国的升学制度只看重学习成绩，几乎没有其他的参考指数，这种教育制度不利于一代又一代学生的综合素质发展。在和中国中学生交流的过程中，有不少学生告诉我们，在"高考指挥棒"的作用下，他们不关心社会发生的任何事情，也不关心人与人之间的事情，多数人不去考虑社会责任，只管读书。在高中生即将迈入成年人的阶段里不培养和鼓励他们关心社会，这对自己的国家是缺少责任感的。在我们的周围就有这样的同学。例如：他学习是我们全校的前几名，看上去他一切都还好，但是，他不关心任何人，也没有同情心；他非常聪明，但是，他不希望任何同学占到他的好处。他好像是不食人间烟火的人。有一次，学校有活动，老师让他上台讲话，他都不敢上去，因为当他上台后，下面一定会是一片嘘声的。

说到这，让我们想到了纽约市的现任市长迈克·彭博，他在大学毕业后还没有找到工作、手里还没有钱时，就先捐款给学校 5 美元，表示他对学校的爱。最近，他又捐给学校 2 亿美元。他已经捐出数十亿美元了。美国有很多这种善心人士，富有了也不会忘记自己对这个社会的责任。这让我们很感动。人就是这样，感动就会心动，心动就会有行动。

我们所知道的美国的一流大学重视的是一个学生的全面发展，学习成绩不是一流大学录取学生的唯一的选择标准。更重视的是一个学生要有同情心、关心他人、关心集体、关心社会，尤其是关心弱者。还有，这个学生要有独立自主精神，要有个人的特质和魅力，这才是未来社会精英的选拔对象。

我们所看到的是在中国申请大学最重视的是考试成绩。我们俩常常和从中国来美国游学的老师们说起，中国的教育要从这里开始改革了。如果中国在高中时期还不要求学生重视关心社会议题，那些优秀的学生都只会读书而不关心自己的国家和整个社会的发展和前景，那么国家的未来会在哪里呢？

我们有个从中国来的好朋友大卫告诉我们说，他的好朋友在上海，参加了世界奥林匹克数学竞赛，结果名列前茅。很多美国一流大学招生办的老师都来找他谈话，对他很感兴趣，也希望能录取他。可是，当谈话结束后，没有一所大学答应录取他。原因是，问他很多额外的常识时，他都没有回答出来。例如：你喜欢哪一项体育活动吗？回答是：No。你对世界上哪一位音乐家比较感兴趣？为什么？回答是：No。你平时的爱好是什么？回答是：我没有什么爱好，我也没有时间。问：那你的数学这么好，将来你打算做什么呢？回答是：我想当科学家。哪一方面的科学家呢？回答还是不知道。David 伤心地说，这要是让我回答就好了。因为大卫 8 岁就已经来美国了，对于这些问题大部分美国学生回答都会说 Yes！我们也真的替大卫的朋友很惋惜。但是，这些问题是在平时就应该做到的，不是只为了应付回答问题才要做的。作为一个优秀的学生，一定要全面发展才好，这样的学生会有更强的生命力，平日的生活也会更丰富多彩。在美国有些人就会认为很多的中国学生是一群只会死记硬背的考试机器，呆板，无趣，读死书而已。不会寻梦，也没有追求，考试分数虽然总是很高，但创造力和研究能力却不是那么强。他们高高的考试分数，是以不去参加必要的课外活动和社会活动所争取来的时间一头扎到大量"考试辅导"书籍中换来的。

还有，我们在申请大学时，甚至有很多的高中学生在毕业之前，一定要做满学校要求的社区服务或做义工，有一定的时间要求，每个学校都会不一样。有的是需要 100 小时，有的是 200 小时，指在高中的四年期间。我们学校没有对学生的这项要求，但是，80%的学生都会自愿去做社区服务或是做义工，也会得到做义工的小时数。这样做对学生本身有很多的好处，他们会更了解自己生长的这个社会，也会看到和关心到这个社会中所需要照顾和需要帮助的弱者，要知道自己对这个社会也有一份责任，要有勇于参与社会活动并能了解到社会底层的民众需要什么等。越是多接触社会和实践就越能使自己变得早一点儿成熟，也会使自己较早地有机会找到自己未来应该做什么或早一点儿知道自己未来的发展方向，从而也能激发出自己更多的学习动力。总之，好处真的是多得不胜枚举。

在申请大学时，招生办的老师也会看一个学生的意愿和主动性等正面印象。我们觉得这一点对早期培养学生对社会有责任心是很重要的，也是很正面的。

我们还有三年才开始报考大学，可父母总是希望我们做事能赢在起跑线上。事事都愿意准备在前，从我们小时候就开始培养我们的超前意识。也好让我们能提早做好心理准备并能切身实地体会一下，究竟自己喜欢的是哪几所大学？那些大学的录取标准是什么？让我们自己拿到第一手的资料后心里有数，以便在日后的学习过程中更有方向和动力。

我们在去东部之前，已经参观过了西部的两所最著名的大学，就是斯坦福大学（私立）和伯克莱大学（公立）。虽然感觉很不错，可还是渴望去东部看一看那些传奇式的古老大学更过瘾。

我们俩都已经决定好了，希望在大学主修双专业：国际关系学和汉语专业。我们立志要做中美文化沟通的使者和桥梁。

在春暖花开的季节，我们飞到了美国的东部，开始去访问我们对其充满好奇心的六所美国著名的一流大学。

下了飞机后，我们全家便租了一辆红色的现代轿车，横穿美国的东部。

爱上了乔治敦大学

梅　花

第一站来到了首都华盛顿特区声誉最高的乔治敦大学（Georgetown University）。它坐落在波多马克河畔正与首都华盛顿隔河相望。校园内的楼房和设施大都是古色古香的老式建筑，是一座具有天主教色彩的历史悠久的大学，建校已有两百多年。当我们走进象征着乔治敦大学的达尔格伦查普尔大教堂时，居然发现在那里的每一个墙角和门缝中都流露出耐人寻味的历史古迹。本校的学生和校友可以在这座教堂里举办婚礼，但等待的名单已经排到了三年以后。

首先，我们来到事先约好了的会议室，招生办的负责人准时地开始向来此参观的学生和家长介绍这所大学的基本信息。乔治敦大学是美国最古老的大学之一，属于综合性的私立大学。由四所学士学院、外交事务学院、商科管理学院、英文及外文学院、护理学院和三所研究生院以及职业学院共同组成的。还开设了许多的专门科系，有国际关系学、经济学、生物化学、健康科学、商学、历史和古典研究等等，涉及的面非常之广。还有，乔治敦大学每年都会派出许多的学生出国留学，同时，也欢迎优秀的国外留学生到这里做交流学生。在这里学习的人有着得天独厚的条件，他们可以经常去白宫和国会大厦做听证，还可以免费去国会的图书馆借书和学习。

春访东部的乔治敦大学

这所大学最著名的专业是国际关系学，在美国排行榜上总是数一数二的，在全世界也享有盛名，是全世界对国际关系学感兴趣的学生们的最好选择之一。

乔治敦大学在 2010 年的全美国大学的排名榜上排名第 21位。本校的录取率是 17%，毕业率是 90%。本校在名人录中占有 3% 的名人。曾有 14 位美国的前总统在乔治敦大学的小广场上演讲过，其中有美国的第一任总统乔治.华盛顿，还有前总统克林顿，他是在这里取得了他的学士学位并也在小广场演讲过。

他终于说服了我们与他合影，留下了这珍贵的一刻

会议结束之后，由学生志愿者带着我们周游整座美丽的大校园。我们的导游是麦提小姐，她长得非常的甜美漂亮，一头浓密的长长金色卷发和蓝色的大眼睛，她很爱笑。很巧的是她也喜欢学习中文，她在高中时，就已经学过了四年的汉语。进了大学以后，仍在继续选学汉语。这对我来说感到很亲切。当我和她走在校园里时，让我感觉到的是这里的学习气氛非常的浓郁并且到处都是绿草茵茵，百花盛开，再与那些古老的建筑拼在一起时，整座的校园具有它独特的魅力，让我感到痴迷。草坪上到处可见的是学生坐在树荫下，有的还躺在草坪上在那里津津有味地读着书。看上去觉得非常的温馨，周围的学生都很友好地在跟我们的导游打着招呼。

麦提说，乔治敦大学国际关系学的硕士项目，在全美国排名第一。其后的有：约翰霍普金斯大学，哈佛大学和哥伦比亚大学。在校园内共有五个大图书馆供学生们享用，如果还有你找不到的资料时，随时都可以免费去附近的美国国会图书馆查询。暑假还可以很容易的在美国国会里找到实习生的工作。毕业后，也会有很多的学生直接进到白宫里工作。乔治敦大学可以说是美国外交家的政治摇篮。

她还告诉我们，校园里更有趣的是具有乔治敦大学象征的捷克（Jake 是一只可爱的牛头犬）就住在我们导游宿舍二楼的一个房间里，每天都会有人去看望它，帮它添些食料还带它出去走走或在操场上跑跑。有幸的是，在我们要离开校园时，却意外地看到了它在校园中心的大草坪上和两个学生在玩耍着。我们立刻就飞奔了过去，也跟他们一起尽兴地玩了好一阵子。之后，我们又去了校园的商店各买了一套打网球的背心和短裤留作永久的纪念。

当参观校园结束的那一刻，我已经不知不觉地爱上了这里。

温文尔雅的普林斯顿大学 梅 花

伴随着暖风细雨，我们走进了普林斯顿大学（Princeton University）。它位于美国东部新泽西州的一座非常安静的普林斯顿小城，坐落在费城和纽约之间。普林斯顿大学总是与哈佛大学相媲美、相较劲儿的一所私立大学，属于常青藤的名校之一，也是全世界大学排行榜中的前五名。是我们访问的六所大学中校园最漂亮、最古老、面积最大的一所大学。走在校园里时那种感觉就仿佛是走进了电影哈利波特的伦敦大学校园一样。环境非常幽雅，校园格外的宁静，小雨淅淅沥沥地下个不停，校园外的卡内基湖面上仍然漂浮着几艘小船，湖水环绕着普林斯顿大学。此刻，给我的感觉好像时间在这里停止了，不得不让我屏住了呼吸。校园内到处可见的是古老繁茂的深绿色的参天大树，树下藏着一座又一座非常古老而又庄严的 18 世纪的古式建筑和一排又一排整整齐齐的哥特式古典建筑的楼群，上面爬满了暗绿色的常青藤。这里到处都弥漫着神秘浪漫谜团的氛围，迷人的环境让我闻到了浓郁的历史气息。

普林斯顿大学建于 1746 年，在美国殖民时期就成立了。普林斯顿大学是一所研究类型的大学，校内共设有 34 个科系。分为本科部和研究生部，共有 4 个学院：新泽西学院、工程和应用科学院、建筑和城市设计学院、威尔逊公共国际事务关系学院。在这里的国际关系学专业有着非常独立的系统，在世界享有盛名。

　　一位叫麦克的四年级大学生作为我们游校园的向导，他看上去是一位很精明的标准读书人。他告诉我们这里的学习环境绝对是世界一流的。因为，他曾去过英国的剑桥大学、中国的北京大学和美国的哈佛大学等。校内的管理非常严谨，学生之间竞争也很激烈，这里承载着一派努力刻苦的好学风。在学业成绩上校方要求很严格，很少可以变通。学生们不可以在普林斯顿大学以外的大学上课，除非经过极个别的特殊许可（但是其他的大学都可以，哈佛大学也可以）。普林斯顿大学的校园内有 13 个大图书馆，藏书量超过 1300 万册，有些图书馆在期末考试期间 24 小时都在开放。在每个图书馆里凭窗远眺时，看到的都是古香古色的雄伟建筑和古老参天的苍松翠柏，风景格外的迷人。

　　麦克还告诉我们，普林斯顿大学是全世界最富有的大学之一，目前已经收到了来自校友会源源不断的捐款近一百亿美元。普林斯顿大学的师生比例为 1：6，学生 6000 多人。教师和教授加在一起也有 1000 多人。凡是超过 30 人的大课时，课后就会再分成 3—5 人的小组跟教授单独研讨。这样高的比例在全美国的大学里也是很少见到的。由于学生人数不多，教授们认识他教过的每个学生，所有学生的作业都是教授亲自查看，这里非常重视对学生的单独培养。在课堂上，学生和教授是平等的，学生反驳教授的观点是常见的，这也是学术进步的体现。可是在这里的中国学生们对教授的学术极为崇拜，很少与教授争论的行为令教授们很困惑。校园内有专门为教授用餐的饭厅，可在更多的情况下却成为了教授请学生吃饭的最好地方，同时他们还会一起探讨学术研究。这是普林斯顿大学的特有风格。

　　麦克还说，普林斯顿大学在录取学生的过程中非常挑剔，这在全美国最严格的录取条件中也

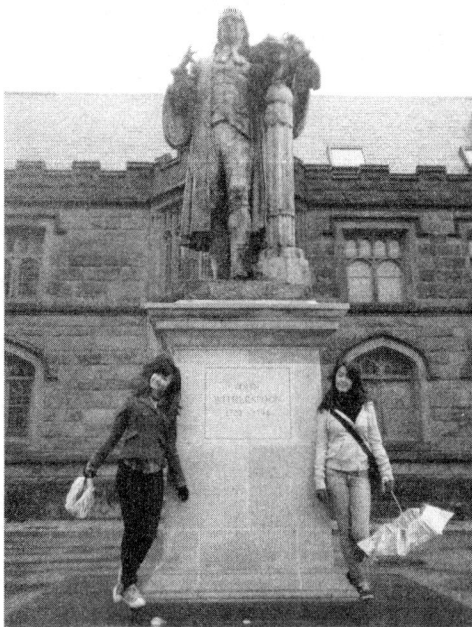

雨中访普林斯顿大学

是数一数二的。申请这所大学不仅要提供：高中的最好成绩单，还要看学生的综合能力和潜能、对各种课外活动的兴趣、特殊才能与天资、学生的理想和抱负等，都是录取的考察范围。校方评价一个学生优秀与否的指标有 4 项：头脑质量，其中包括智商、学习能力、创造力等等；品格质量，其中包括责任感、价值观、判断力等等；日后是否能为学校作出贡献的能力；还有对未来在本专业和社区中起到领导作用的潜力。接着麦克又说，在学校内他有一个好朋友，是从澳大利亚来的数学天才。他时常对麦克抱怨，说这里压力也太大了，让他觉得很难度过。

学校的校训是："以上帝的名义而繁荣"。普林斯顿与众多名人连在了一起，其中有伟大的科学家爱因斯坦就在这座安静的校园里走过了生命中最后 22 年的宝贵时光。华人科学家、诺贝尔物理学奖获得者杨振宁，也曾在这里研究高能物理。目前教授中有 7 位诺贝尔奖的得主，33 位诺贝尔奖得主都是在这里出生的，从这里还走出了两位总统和 44 位美国州长及奥巴马总统的夫人。

普林斯顿大学校园内的学生们看上去都很斯文而有礼貌，那种温文尔雅的校风给我一种很舒服的感觉并留下了极深刻的印象。但是，请切记这是一所极具挑战性的大学。

多元化的哥伦比亚大学
兰　花

我们穿过了纽约市中央公园的西北部，来到了繁华热闹的曼哈顿区。在滨河公园和莫宁锡德公园旁找到了哥伦比亚大学，它坐落在三大公园之间，如同是给哥伦比亚大学的校园镶上了一圈大自然的美丽花边。从哥伦比亚大学再穿过一条马路就是著名的哈得逊河。哇！不用我再说您就已经看到了哥伦比亚大学那得天独厚的如诗如画的地理环境了吧。

首先，我们来到了一个大礼堂，由于我们来得早，坐在第一排。不到 30 分钟，整个大礼堂座无虚席。当招生办的负责人开始向来宾详细地介绍哥伦比亚大学的从前和现在的状况时，我们发现还有很多站着的听众。

哥伦比亚大学（Columbia University）在全世界都享有很高的声望。于

1754 年建立，是美国最古老的大学之一，也是私立的常春藤联盟之一。由十三个研究生学院和四个本科学院所构成。哥伦比亚大学的医学院、法学院、商学院和新闻学院都在全美国名列前茅。还有它的教育研究生院也是全球顶级有名的。还有属于世界上最大的教育学和心理学方面的综合性研究生院，这里的师范学院也在美国教育研究生院中排名第一。最棒的专业还要属于工程技术专业，哥伦比亚大学的工程学院在美国是数一数二的，凡是能进入到这所工程学院的学生都会引以为豪。和我一起弹钢琴的好朋友卡拉今年就考进了工程学院。

　　在校内有 500 多个俱乐部和学生的组织，还有 30 多个哥伦比亚大学音乐团体，而且学校不仅开放戏剧、电影、爵士乐、舞蹈等俱乐部，还允许学生自由组织社团，只要人数超过 6 人就可以。这是哥伦比亚大学多元化的特征，其中最活跃的是无国界工程师俱乐部。哥伦比亚大学几乎有近一半的学生不是白人，这使哥伦比亚大学成为最多样化的常青藤盟校。如果你喜欢各种不同的意见，你想体验在美国大城市的环境和不夜城的都市，那么哥伦比亚大学可能最适合你。

梅兰花访哥伦比亚大学

哥伦比亚大学的招生比率是 10%，毕业率 95%。哥伦比亚大学的校风很重视体育活动和艺术的熏陶。哥伦比亚大学还非常重视对学生艺术方面的培养。这里的大学生可以免费去全美国的 32 家大博物馆，其中包括在世界上最著名的博物馆。哥伦比亚大学与曼哈顿音乐学院、朱莉娅音乐学院及巴纳德女子大学都有合作，学生们可以在这四所大学里任意选择自己喜欢的课程。

这里的应届毕业生在毕业前都会得到很好的机会去纽约市的各大著名公司去实习。如：高胜证券行、市长的办公室、华尔街经纪行、联合国等地方做实习生。

哥伦比亚大学的学生和在校的教授中一共有 87 人获得过诺贝尔奖，而奥巴马总统和其他的四位美国总统都是从哥伦比亚大学毕业的。在哥伦比亚大学的法学院还有两位美国最高法院的大法官。在纽约市还曾经有 14 位市长和纽约州曾经有 10 位州长都是从哥伦比亚大学毕业的学生。现在还有 9 位教授荣获了诺贝尔奖。

我们还特意查寻了一下，中国也有一些名人是在哥伦比亚大学毕业的，其中吴健雄是美籍华裔物理学家，被称为"中国的居里夫人"；还有著名文学家徐志摩、著名爱国诗人闻一多等；还有著名的中译英翻译家梁实秋；还有美籍华裔物理学家李政道是诺贝尔物理学奖获得者；还有中国著名的电视节目主持人杨澜也是从哥伦比亚毕业的博士等，此外这里还有很多中国的学生。

哥伦比亚大学也被称为是培养政治家和经济领袖的摇篮。

我们从哥伦比亚大学出来一穿过马路，便消失在了哈得逊的河边，在那里再一次遥望着哥伦比亚大学，心底里有着依依不舍的感觉，我真的很喜欢哥伦比亚大学周围的环境和那如此美丽的大校园。

与浪漫有约的——耶鲁大学

梅　花

不知为什么耶鲁大学（Yale University）非常令我感到亲切。校园古朴可亲，绝对可以与美国最漂亮的普林斯顿大学和哈佛大学相媲美。满校园的桃花、杏花盛开着，路边的垂柳悠闲地轻飘着。那些古式风格的建筑均有百年以上的历史。校园内的古典建筑和少许的现代建筑搭配得非常协调，使整个校园看上去显得浪漫又迷人。

　　我们首先来到了事先约好了的会议室，招生办的负责人丽贝卡为我们详细地介绍了耶鲁大学的概况。耶鲁大学坐落在美国康乃狄格州纽黑文市。耶鲁大学曾经在世界大学总排行榜中与英国的剑桥和牛津大学并列世界第二名。耶鲁是一所私立大学，属常青藤盟校，创建于1701年，是与哈佛和普林斯顿大学齐名的美国三大名校之一。

　　耶鲁大学以开放和自由的教育方式而闻名，耶鲁大学的教学重点是放在本科生学院上。有13所专业学院，其中有艺术学院、工程学院、法学院、医学院、文学院和音乐学院等等。耶鲁的研究生院有文学硕士、理科硕士、哲学硕士、哲学博士等学位。还有医学院可授医学博士学位。法学院有法学研究硕士和法学博士等学位。在耶鲁最著名的还要属法学院。自1989年以来连续三届的美国总统都是耶鲁大学的毕业生。其中有老布什总统和比尔·克林顿，还有现任国务卿希拉里·克林顿都是毕业于耶鲁法学院，还有小布什总统。在两年前中国国家主席胡锦涛也被耶鲁大学授予荣誉法学博士。

　　丽贝卡是招生办的负责人，她非常淳朴、和蔼可亲，对来宾的问题是有问必答。在回答问题的过程中非常诚恳，仔细地讲解每一个问题直到大家满意为止。这可能就是我对耶鲁感到可亲的开始吧。

　　我们要开始参观校园时，走到我们面前的是一位个子高高的小伙子，乍一看上去我真的不知道他是哪个国家的人。经过他的自我介绍才知道，他叫约翰尼，是耶鲁大学二年级的学生，从伦敦来，妈妈是香港人，爸爸是英国人。一路上约翰尼向我们介绍了许多有关耶鲁大学的有趣故事，他还

在耶鲁大学校园

说，耶鲁大学相比其他的大学是很有个性的。耶鲁的每一座建筑都包含着一些幽默的故事。其中有一座最大的图书馆，看上去很像巴黎圣母院的大教堂，又尖又高的大教堂的塔顶直插云霄，镶着一幅幅宗教画的七彩玻璃，在阳光的照耀下闪着彩虹般的光芒。如果你喜欢欧洲的古老和浪漫，请一定要来耶鲁大学。

一路上很多学生都在跟约翰尼亲切地打着招呼，有位漂亮的女生还跟他说，今晚一同吃晚餐好吗，约翰尼立刻回答说：不见不散。让我觉得耶鲁的学生很平易近人。约翰尼也很幽默，我们在参观校园的一路上，他的笑话连篇。他还告诉我们当他毕业后打算去中国工作。

耶鲁的学生看上去很悠闲也不高傲，但好像每个人的信心都是满满的。很多耶鲁的学生喜欢艺术。约翰尼特别喜欢唱歌，当他谈到自己在耶鲁的一个无伴奏的合唱队里非常快乐的趣事时，眉飞色舞，口若悬河。在耶鲁有 11 个无伴奏的合唱团，约翰尼的合唱团在美国大学中享有盛名，还在世界各地和全美国开演唱会，在两年期间他去了 11 个国家。演唱会获得的钱就会捐给在非洲的贫困孩子。

尊重学生的喜好是耶鲁大学教育的一大特色。崇尚艺术在耶鲁也很盛行，有 45% 以上的学生选修艺术专业。耶鲁大学有开设的 2000 多门课程供学生选择。这里的教育方针正在走向世界，本校的学生与国外的学生互相交流很频繁也很广泛，有 80% 的学生有机会在大学期间作为交换学生的身份出国留学。耶鲁和北京大学是友好学校。此外，还有耶鲁和伦敦，耶鲁和巴黎等等。耶鲁大学正在计划在新加坡开设一所新的耶鲁大学。

在短暂参观结束时，让我感觉到的是如此巨大的校园在约翰尼的介绍下，就好像是托在他手掌上的一颗珍珠。他并没有用华丽的词语吹捧这所大学，但给我的感觉却很难忘，同时，我也在默默地祈祷着希望有一天我能再一次地重回此地，来读大学或念硕士。在我离开耶鲁大学时，我真的好想对它说，请耐心地等着我，有一天，我愿意回来的。

自由甜蜜的布朗大学 兰 花

参观完布朗大学（Brown University）之后，我就立刻告诉父母我真的很喜欢布朗大学。

我们全家开车驶向了高高的山坡，在坡顶上停了下来，那座醒目的布朗大学就在眼前了。它位于美国东部，坐落在普罗维登斯的罗得岛镇的首府。它成立于 1764 年。在美国的高等教育中属于校风自由派并多样化的一流大学。它也是 8 所常青藤大学里第一个允许录取任何不同种族和不同宗教信仰学生的学校。曾有调查证明作为布朗大学的学生是美国大学生中最快乐的学生。布朗大学是一所世界著名的综合性的私立高等研究类型的学府，是常春藤盟校中最有性格、最会创新、最为开放、也最受学生欢迎的大学之一。在 2011 年的美国大学综合排名中名列第 15 名。

我们在招生办的会议室听取了由两位学生和一位招生办的负责人介绍布朗大学的概况。不论是在学术还是在非学术方面，布朗大学都特别强调的是崇

春访布朗大学

尚自由。学生还说，有一项历时 12 年的追踪和研究结果表明，布朗的学生对本校的教育都非常的满意。大部分校友相信在布朗的生涯给他们的未来做好了充分的准备，认为"布朗教纲"和布朗的学术自由和教育哲学非常杰出和成功。布朗教纲的精神是：在本校不会有人告诉你该上什么课？你应该怎样做？学生有充分的自由，你自己要主动考虑个人的兴趣和未来的方向。当真的是出于自己内心找到的喜欢和志向时，成功率就大大地提高了。这也就是我所喜欢这所大学的原因之一。

布朗教纲要求学生在毕业前完成 32 门课。成绩一定都要达到高于 C，成绩等级也没有放上加减号，不及格的成绩也不会在成绩单上显示，一个学期只需上四门课。布朗的学生没有必修课，只要是你喜欢的课都可以选修。而你所选择的课，是在两千多门课程中所挑选的。更多的布朗校友说，如果再有选择的话，一定要再回到布朗大学就读。而有 92% 的校友将鼓励自己的孩子争取去读布朗大学。布朗的学术自由和教育哲学在全世界闻名。

布朗大学设有数理学院、生物和医学院，还有工程学院和研究生院。这里的研究生课程都非常的具有特色，尤其是数学、古典文学、机械工程、外语、历史、经济、地质科学、计算机科学和心理学等等的学科排名都在美国大学排行榜中列前 20 名。学校的专业涉及领域很广，其中最好的是计算机科学、应用数学等。学校直接可以授予的学位有文学士，包括人文学科、社会科学、数学、工程学、自然科学和体育学等 80 个领域。理学士包括应用数学、生物学、生物化学、生物物理学、计算机科学、工程学、地理科学、物理学、纯粹数学等。布朗大学鼓励在校的学生取得双学位。这也就是我所喜欢这所大学的原因之二。

在录取学生时，本科生的录取率是 9% 左右，毕业率是 95%。有 96% 被录取的学生在所在高中里排名在前 10% 里面。但是本校的沃伦阿尔珀特医学院的录取率只有 2%，我们有一个朋友进了这所医学院，非常的棒。

我们的导游说，布朗的录取标准其实也不高：他们认为独立精神强、有特长的学生更受欢迎。学生是否具有独立精神和能否适应学校紧张和高压力才是他们招生考量的重要因素。老师的推荐信也很重要。学校不会考虑学生是否能负担得起学费，只要你符合招生的要求被录取后，如果你付不起学费的话，学校董事会将会提供全额奖学金给你。

布朗大学的校训是："我们信赖上帝。"这句格言已经被印在了一美元的钞票上。

我所喜欢这所大学的原因之三是，在这里学生之间非常友好，在学业上非常愿意互相帮助，互相分享各自的好主意。这里的学生喜欢和平，思想前卫。大家都互相期望着从这里出去的每一个学生都会成功，为学校争光。看到这里时，你不觉得这所大学很可亲可敬吗？我会。

领袖的摇篮——哈佛大学

兰　花

哈佛是世界大学排行榜中的第一名。参观哈佛是我期盼已久的梦想。很想亲眼看一看这所名牌大学究竟是如何的伟大？

今天的天气格外的好，太阳高高照，碧蓝蓝的晴空没有一丝的乌云。当爸爸在喊让我们停下时，我觉得很莫名其妙。哦！我们已经到了哈佛校园的大门口，抬头看了又看再普通不过了，这真的就是哈佛大学的正门吗？大门不宽也不大也不高，黑色的铁栏杆大门敞开着，没有挂上耀眼的哈佛大学的校牌，也没有进门登记处。进去校门后的左手边有二十几辆半新不旧的自行车静静地站在那里等待着主人的归来。

再往校园深处走所看到的是大面积的翠绿绿的、像是绒毯的嫩草地和绿树成荫的参天大树，还有藏在树中的一排又一排整整齐齐的三四层红砖瓦楼，看上去很

参观哈佛大学的博物馆

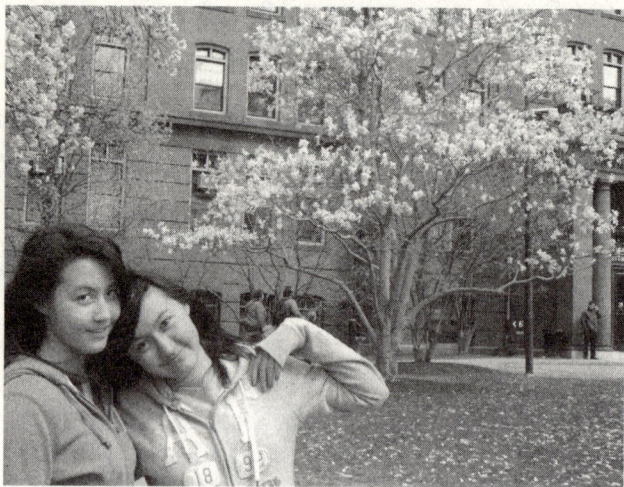

美丽的哈佛大学一角

高大壮实的样子。看到此景我并没有什么特别的感觉，只是觉得校园环境清静优美。可我爸爸却说："嗯！怎么我感觉好像是走进了外星球的世界。"听后让我觉得是一头的雾水？我问，为什么？他说，就是一种特别的美，好像空气中也藏着美，是一种难以形容的美。可想而知，不论是到此来访的英国女王，还是中国的总理，还是各国的总统，还是正在读着报纸的您，我猜当人们来到哈佛参观时，都会有各自不同的感受。这也就是所谓的见仁见智吧。

哈佛大学位于美国波士顿附近的剑桥城，建于 1636 年，是美国最古老的大学。美国是 1776 年 7 月 4 日建国。可见，美国的诞生要比哈佛建校还要晚上 140 年。哈佛大学是英国殖民者建立的，其中有很多人都是剑桥大学毕业的，所以，有些建筑是仿照剑桥模式盖起来的。哈佛大学所在的城市也就被命名为剑桥城。

哈佛大学是美国最早的私立大学之一，是以培养研究生和从事科学研究为主的综合性大学。哈佛大学常被人称为"哈佛帝国"。全校共设有 13 所学院。研究生院有 11 所，即文理学院、商业管理学院、教育学院、法学院、神学院、医学院等等。

哈佛法学院是世界上最好的法学院之一，和耶鲁的法学院齐名。曾经培养出奥巴马和肯尼迪等 7 位美国总统。

哈佛大学是全美大学中学费最昂贵的大学之一，就读的每个学生每年所有费用约 4 到 5 万美元。但是，哈佛大学已经正式宣布了，凡是来自家庭年收入低于 6 万美元以下的学生都可以免交四年的学费。

我们很幸运地还在哈佛大学的科学馆内和那里的大学生一起上了一堂有

关环境污染形成的课。在世界排名第一的哈佛大学校园，哈佛的每一位教授都是美国最顶尖的研究人员。亲耳聆听哈佛教授的讲课，真的是一种有趣的享受，老师非常有亲和力，有说有笑。一会儿是录像，一会儿是幻灯，一会儿是提问题；课堂是阶梯式的，都是沙发座椅，大约有20多个学生，每人的腿上都有一台苹果牌的手提电脑，有的一边听课，还一边在吃着东西，喝着饮料，学生随时都可以提出问题，课堂上是轻松愉快的。课后还与哈佛的学生们面对面的谈话，感触也挺深的，让我对未来的方向更加清晰。哈佛并不是神话，只是一个证明，理想实现的证明。只要肯努力，梦想一定成！

　　课后，我们还参观了整个的大校园，由导游陈马克同学陪同。他是一位在校的大四学生，很巧，他从澳门来，妈妈是上海人。陈马克先生看上去有些瘦小的身材，带着一幅宽边的黑眼镜，一举一动都带着十足的自信，一言一行都充满了知识的魅力。一路上他向我们介绍了许多有趣的事情。其中，在哈佛大学最受学生欢迎的是一门叫"幸福课"的选修课。是由塔尔宾·夏哈尔教授任课，他是从哈佛大学的哲学系和心理学系毕业的博士。此课非常现实，即生动活泼又深刻得发人深省。许多上过他的课的学生都说，他的课改变了自己的人生观，使自己看到了前面的路更清晰宽广了。教授总是给学生们一些课题，例如：你是否遵从你内心的热情；你是否学会了失败而敢于从失败中站起来；是否学会了表达内心的感激；生活中不要把你的家人、朋友、健康、教育等这一切都当成是理所当然的等等。上完他的课，学生竟然都会找回了真正的自己。这是目前哈佛最热门的课题。

　　我爸爸问马克：请问哈佛大学在录取新生的时候愿挑选什么类型的学生？马克便脱口而出：第一，真的是天才学生。通

与导游哈佛的 Mark 合影留念（2011）

常都会选出在学习成绩上一流棒的学生，不只是所有的考试都是 A 的学生，而且还要有在全国或全省学术比赛中前几名的，具有真才实学的天才学生。说到这，让我想到了我们的好朋友大卫，他就是在我们的《十年花语》一书中提到的那个和我们一起去湖边钓鱼的大卫。他在 2010 年考进了哈佛，而且是所有的常青藤大学都录取了他。他就是成绩全 A，而且，还是所在高中的科学俱乐部的主席，并且在加州数学竞赛中获过第一名，他可真的是德才兼备的一流好学生。第二，要全面优秀的学生。学习要好（并不一定全 A）但 GPA 一定要在 3.8 以上（GPA 就是高中四年的各科总成绩之和除以 4 年）。要有独特的才能，有个性，有创造力等，包括文艺、体育、或领导才能等，还需要有证明和老师的推荐信。第三，世界级的特殊人才。选全世界在各行各业的一流人才，在国际或全国的各类比赛中拿过一、二等奖的学生。例如：中国的马友友，还有来自中国的一位抖空竹的第一名的女生也都是哈佛的大学生。

哈佛的录取率是 9%，毕业率是 90% 以上。

马克还告诉我们，有一次，在他上大二的时候，周末他邀请了五位教授来他的宿舍聚会。他发下了请帖之后，心里开始忐忑不安，教授们是否会来给他捧场呢？结果，时间到了五位教授不约而同全都到齐，每人还带着些食品或饮料，他们一起在他的小房间共度了一个愉快的夜晚，谈天说地非常的愉快。这件事让他觉得很感动。他又补充说，教授们也常常请学生到他们的家去吃饭，同时也讨论些课题。学生和老师之间很融洽，有些老师是得过诺贝尔奖的老教授，可也是一样完全没有架子，和学生们打成一片，那种感觉很舒服。在哈佛，师生会把他们每一个人都称为是哈佛大家庭的一员，事实也是如此。

哈佛的学生在选课时，允许你在两周之内试课。你喜欢就继续学，不喜欢时，就离开。再继续去选，直到选到你喜欢的课和教授为止。当你选到了你真正喜欢的那门课时，可想而知你会用什么样的学习精神去挖掘它？是无穷的热情和最好的动力。所以每个学生都会选到自己最喜欢的课程。有时，一门课只有 5 个学生，但这门课也一定会照开不误。

哈佛大学是世界上最富有的大学，大部分的钱都是来自校友的捐赠。哈佛大学的图书馆是美国最老牌的图书馆，也是世界上最大的图书馆之一。哈佛大学一共有 70 多个图书馆，也是世界上藏书最丰富的大学图书馆。

马克还向我们介绍了在哈佛大学图书馆里有一些很有趣的警句。在这里我挑出几句跟大家一起分享："此刻在打盹的学生是在做梦；而此刻在学习的人却是在圆梦。当你觉得为时已晚的时候，却正是你开始起步的最早时候。今天你不走，明天就要跑。幸福可能不排名次，但成功却一定会排名次。你只有比别人更早、更勤奋地努力时，你才能真正地品尝到成功的滋味。没有谁是随随便便地就成功了，成功都是来自彻底的自我管理和坚强的毅力所在。学习虽说不是人生的全部，可你连学习都征服不了，请问，那你还能做什么呢？"像狗一样地学习，像绅士一样地玩。哈佛的理念就是要求你在紧张的学习和工作后，能够暂时地完全忘记它们，像投入工作那样投入玩耍，尽情地放松。的确，在你尽心休闲时，所得到的体力和精力的恢复会为你下一阶段的奋斗增添无穷的动力。所以，在前进的路上，你不仅要勤奋努力，更要学会放松。

在这些警句中渗透着勤奋、乐观和积极的人生态度；也启发着、激励了一代又一代的美国青年人，也使哈佛培养出了无数的优秀人才。所以，哈佛大学也堪称是政治家的摇篮。还有 30 多位著名诺贝尔奖获得者，所以，哈佛也堪称是世界科学家的研究圣地。微软的创始人、脸书（Face book）的创始人都是从哈佛出去的。"一个人是否具有创造力，这是一流人才和三流人才的分水

来此参观的学生绝不能拉下这一环（兰花）　　来此参观的学生绝不能拉下这一环（梅花）

岭。"开发学生的创造力，这是哈佛大学的建校之本。这些不平凡的伟人正在鼓励着美国人们的奋斗精神。中国也有很多的名人在这里学习过，有林语堂、梁实秋等，一个个响亮的名字都和这所世界最著名的大学息息相关。

马克还告诉我们，校园的广场里设有大学创始人约翰.哈佛的铜像，人们都在传说着，你摸一下约翰.哈佛的脚尖时，你就能够得到好运，功成名就；高中生摸一摸他的脚尖时，就会被哈佛大学录取啊！所以，很多前来参观的学生和家长都纷纷去摸摸他的铜鞋，那鞋尖被摸得又光又亮。我本来不信，但也不想错过任何机会，也在鞋尖上摸了又摸，还照了一张相作为见证，日后再见证是否灵验。当我们走到这里时，马克宣布导游结束了。我们觉得很惋惜的是还没有听够他那娓娓动听的故事呢。但他一定要赶去上课了，我们只好依依不舍地跟他在哈佛的雕像前一起合影留念。我和梅花一起再一次又去摸了又摸哈佛铜像那发着亮光的鞋尖，希望能得到吉祥好运！

深砖红色是哈佛大学的代表颜色，我和梅花每人买了一套深砖红色的网球服。作为永久的纪念。我们春访美国东部的六所一流大学的最后一站就这样结束了，文章写到此，笔也要回到笔筒里休息了，帷幕也渐渐地落下了。亲爱的读者们，期盼着你们能从中获益啊！

第八章　高中：人生的冲刺 (2010—2013)

对于我们来说，进入高中，好像没有什么大的改变。因为，我们还是在同样的学校，面对的都是一样的老师和学生。所以，从表面上看好像是没有什么太大差异。

稍有不同的是，从现在开始我们每一科的学习成绩都要被计算到申请大学的总分里了，也就是 GPA。如果一个学生，想进一所好大学，你会发现，再像以前那样用大量时间去玩耍和游戏，已经是不明智的了。

但，仍然还有些学生在玩耍，在冒险呢。其实，每个学生都想好，都想上好大学。但一到实际行动上就不像是想的那么简单了。有些学生已经有的那些坏习惯也不会立刻就能彻底地扭转过来。老实说，我们也在其中，面对这样的过程是对我们的一大挑战。

参加校网球队的困惑 (2010)

高中开学后，我们面临的另外一个挑战是加入网球队。凭我们的实力再经过选拔赛之后，我们顺利地进到了高中网球校队。在美国的高中里，大部分的学生（至少 50% 以上）都会参加学校的集体活动，例如：各种球队、乐队和俱乐部等活动。进了任何一个体育方面的校队后，每年都一定会参加学区和市里的统一比赛。每次比赛要去不同的场地，有时，要坐校车去很远地方参加比赛，这样一下午的课就不能上了。可是，没有任何老师会主动来给你补课，如果你有问题想去问你拉下课的那几科的老师时，老师会帮助你。如果你的考试成绩不好时，球队还会把你踢出去。所以，这些参加球队的学生就面临着极大

高中网球女队 LACES TENNIS TEAM 2012

的考验和挑战。很明显的是，如果一个学生又能出色地参加球队所有的活动，同时又能把学习成绩也搞好，那可想而知这个学生在面对压力和额外挑战的能力是令人刮目相看的。而能达到这样水准的学生也正是一流大学所寻找的一类学生。

我们在刚开始上高中时，可以说还是摔了一跤。高中的课业和初中完全不同，要花大量的时间在课程上，稍不小心，还没等你适应时，就已经开始摔跤了。更何况在那时候，我们除了每天要参加网球队的活动外，放学后，一周还要有三次去大学里拿汉语课的学分。我们面临的是几乎没有时间做作业了，更谈不上复习、预习了。时间是不等人的，一晃第一个学期就过去了。学习成绩平平，老实说，我们根本也不在乎，可能还是年龄小，也可能还不懂事，妈妈就说我们傻，不会算账。

我们有个好朋友叫丽莎，她也是我们网球队的单打主力，她参加了我们学校的三个球队。手球、踢足球还有网球队（每个球队的训练和比赛时间都不会在同一个时间）。而且，她在临毕业前的那两年成绩全都是 A，每年全国统考的大学预先课 AP 的考试成绩也都是 5 分。她在刚上高中时，也是摔了个大跟头。高中阶段是很特别的，每一阶段都不能马虎，如果你稍不留意，就会摔倒，摔倒后就再也补不回来了，因为你摔了，可在你周围的其他同学并没摔啊。还有 GPA 的总成绩是在计算着每一次的考试，它不会因为你摔倒了而停止啊！想追就要付出成倍的代价。丽莎就是在失利的情况下奋起直追的，她每天只睡 4 到 5 个小时的觉。她的抗压力和在劣势情况下迅速突破的能力被常春藤的布朗大学所欣赏，所以，她被那里录取了。

我们从她的经历中醒悟了。有时候，我们觉得很奇怪，明明知道父母说的话都对，可是我们就是不爱听，也听不进去。可是，好朋友的经历和好朋友的话对我们却是一点就通。渐渐地我们意识到了，也摸索出了一套学习的规律。说简单也很简单，想做好也不是很容易，但是，我们做到了。其实，学习要一丝不苟，每天学的所有科目必须按时做作业并且必须要全都懂，都弄明白了。每天都要按部就班的做完当天应该做完的事情。这样一来，什么时候突然出现考试都不怕了。即便是有时候缺一两堂课时，也很容易追上来了。另外，不会的或不懂的问题要立刻找老师或同学问明白，有问题就是不能攒，一积攒就会出现大漏洞，那漏洞还会变得越来越大，以至无法补上，结果必然会导致失败。还有，很多的作业都要尽可能地往前赶，千万不要往后拖。谁养成了往后拖的坏习惯时，前面等着你的也不会是成功，那你为什么一定要拖到最后一分钟呢。我妈妈总是说，"早做也是做，晚做也是做，那为什么就不能早做呢？早做又容易成功，何乐而不为呢？"现在我们都能理解妈妈说的是对的，可以前也没有好好听她的话。所以，就应了妈妈另外一句常说的话，"不听老人言，吃亏在眼前。"真的是如此啊！

我们还有一个激励自己的公式是：$1.1 \times 1.1 \times 1.1$（乘 10 次）$= ?$

那么 $0.9 \times 0.9 \times 0.9$（乘 10 次）$= ?$ ；$1 \times 1 \times 1$（乘 10 次）$= 1$

我们在高中阶段就是用这把尺子时刻在衡量自己的每一天。我们希望每一天都多努力那么一点点，日积月累就是 $1.1 \times 1.1 \times 1.1$ 乘 10 次的结果是 2.85。可是，每天只是应付所有的课程时，那就是 $1 \times 1 \times 1$ 乘以 10 次以后，还是等于 1。那就说明你没有进步，你没有进步好像是没什么，可其他的同学都在进步着，这无形中自己就是在退步了，你就已经被和你一起在竞争的学生给拉得很远了，可你却全然不知。如果，每天你再稍微地松散一点，那结果就是 $0.9 \times 0.9 \times 0.9$ 乘以 10 次就是 0.31。多么可怕的结果啊。你说要是每天松懈一点儿的话那能不输吗？数字是永远都不会说谎的。我们弄清楚了这个道理之后，每天睡觉前都会问自己，我今天是 0.9，还是 1？只要是这两个中的任何一个，我们就还会再多学习一会儿。我们清楚地知道自己目前所处的是一生中最重要的黄金时刻，每天我们都尽可能地调整好自己的情绪和休息时间，并不断地告诉自己我今天一定要做到 1.1 才可以。

我们直到上高二才真正地感觉到学习的重要性，并且也掌握了一套对自己适合的学习方法。预习、复习和凡是做错的作业要重新再做，还有凡事都往前赶。就这么简单。如果这些都做到了，学习的成绩想得到 B 都很难了。

其实，好大学录取学生没有什么太大的秘密，通常如果一个学生真正地努力，也做到了每天都是 1.1，那在你的大学录取申请表上都会显示无疑，每个学生基本都会找到自己理想的大学。

现在我们被训练得越是时间紧张，就越有紧迫感，就会在最少的时间里做出最高的效率。说到底就是看自己怎么要求自己，别人谁说都没有用，关键是要自己想通了，也真正地认真开始在做了。还有，接触一些优秀的朋友也非常的重要，好朋友会无形地带给你好的影响并带给你积极向上的动力。

青春的魅力之一，就是她笑迎各种各样的挑战，在迎接挑战的过程中，检验自己、证明自己、成长自己。

识别"朋友"（2010—2013）

当你遇到了好朋友的时候，让你的生活会感到很幸福，让你过的每一天都感到很充实，真的是受益无穷；当你遇到了坏朋友时，麻烦会不断，自己是怎么摔倒的，也完全不知道。在学校，有好朋友是非常重要的一件大事，由于你所接触的朋友的好坏会直接影响到你日后走向的好坏。尤其是在高中阶段，朋友的好坏太重要了。我们看到了很多例子，由于接触的朋友圈子不适合而走错了方向，可是当时间过去了的时候，一切后悔都已经太晚了。好像很多人没有注意到朋友的重要性，这正是古人所说"近朱者赤，近墨者黑"的道理。

由于在中学很多的学生都会有青少年反叛期的阶段，从生理的角度讲也是荷尔蒙的紊乱所造成的。他们都认为自己长大了，完全知道自己要的是什么，不再需要家长或老师再唠叨和管教自己了。其实，这个阶段的学生还没有真正全面了解自己的所作所为，错误往往就在这时发生了。

我们自己的例子已经在初中阶段讲过了，我们跟着乱七八糟的朋友，结果我们也是跌跌撞撞地碰了满头的大包。后来由于父母发现得早，给予及时的劝告和不断地叮咛，我们从所谓的朋友圈子中挣扎了出来。等再回头看时，我们吃惊地看到了一些不乐观的现象。

先说，我们俩在 8 到 9 年级期间有个非常好的朋友，我们常常会一起在学校吃中饭，周末有时也会一起去爬山，一起去看电影，一起去看音乐会，一起疯狂地讨论音乐话题，还一起畅想过未来的梦想。他还希望长大后，到非洲去为那里的人解决饮用水的问题等等。他是我们年级中一流的好学生。我们在一起有着一段非常美好的回忆。

可是，到了 10 年级，他去跟了另外一伙的男学生在一起，那时我们也不敢下结论说他们是不好的朋友。可是，他却完全变了。几乎不爱学习了，成绩 B 一大堆了，还有几个 C。最近，我们 AP 英文老师让写一篇课题论文，值200 分。至少要读五本书，还要上网搜寻更多的信息才能完成这篇大论文。真的是很难。但是，我们知道难题也怕有心人。他好像是也写了，可能他没写完还是怎样。到了要交论文时，他不交。老师很吃惊，并且希望他一定要交，没写完也不怕。可他就是不想交，老师没有办法，只好警告他，你的这科成绩有可能会不及格。他耸了耸肩并不在乎。我们俩都为他的这个举动感到吃惊和焦虑，还走过去劝他，一定要交上啊，可他还对着我们喊：请闭上你们的嘴。日后，当他心情好时，他也会跟我们在一起聊上几句。他说，他觉得自己没有任何希望了，全完了，曾经还陷入到极度的忧郁。我们告诉他，其实，真的不会全完了，一个人想要好，永远都不会晚的。但是，想转变一定要下决心尽早地开始。他的那群朋友里都不重视学习成绩，只重视玩，还重视音乐，他们还组成了一个乐队，所以，总是在一起吹拉弹唱的。但是，我们觉得他们好像是主次没有真正地分清楚。

还有，谈到男女朋友的话题。我们的观点是在中学的时候，最好不要让自己绞进男女朋友的关系中，用中国同龄人习惯的说法，就是不要"早恋"。

原因是真的影响学习，原本是好好的朋友关系，但变成了男女朋友的关系之后，好不了多久就会分手。结果就变得互相之间连话都不说了，就连普通的朋友都不如了。有了男女朋友的关系后，很多的事情便受到了限制，其实是根本不值得的。因为彼此间都还不成熟，分分合合的会很伤脑筋，分手后的打击绝对是痛苦的。事实上，如果在中学有异性的好朋友是最好的事情，甚至还很有可能会变成一生中都可以分享心情或心灵的好朋友。

我们也曾经有过这方面的经验，不合、挣扎、分手等，真的是觉得无聊。所以，"早恋"从开始就是应该杜绝的。如果是普通的好朋友，就会维持很久，还可以互相帮助，久了还可以做一生的好朋友。

记得我们出去钢琴比赛，有一位其他学校的男高中生，他就对我们俩之中的一个人说，他非常欣赏我，而且是今生他从来没有过的感觉等。我还真的相信了，也曾经不断地发着短信。妈妈发现后，严厉的警告过我，说你根本不了解他嘛，根本没有必要在这上面花那么多无聊的时间。可是我根本不听，十几天过去了，他开始要约我出去了。这时，我们学校和我们是同一年级的几个学生都认识他，他们分别告诉我，说他是一个非常花心的男生，在他所上的高中里是出了名的，喜欢跟很多女生都会乱投情的人。这时我才大梦初醒，我立刻停止了跟他的一切往来。从这件事中，又一次让我们俩都学到了，如果想了解一个人，你就要去花很多的时间，千万不要轻易地相信，这也是对自己的一种保护。现在想来，当时真的好危险，差点就陷进去了。

还有一个例子也发生在我们的身上，我们出去学习时，我们俩其中的一个悄悄地喜欢上了一个在一起学习的另外的一个男生，我们也不认识他，但是就是觉得很有好感，很喜欢他讲话的声音，那种喜欢便悄悄地进到了自己的心底里。结果可倒好，害得我是看不进书吃不下饭，每天想入非非。当时正面临着大考试，可想而知考试结果肯定不理想了。可是那个男生从头到尾根本也不知道有这么一回事儿。又过了一段时间，我对那个男生完全没有感觉了，而且会离他很远。现在再回头看时，你看一看这到底哪是哪啊？浪费了那么多宝贵的时间和精力，多冤枉啊！通过这件事，我们清醒了很多。已经有很多人付出代价证明那是错的了，那为什么还要把自己陷进去呢？这个时期的学生还真的不成熟，老实说，自己到底要什么？喜欢什么？自己也不真正的清楚，无论是情绪还是思想上根本都不稳定。所以，扯上男女朋友的关系是真的很不值得的一件事（Don't make the same mistake twice）。青春让人激情澎湃，这时难免走弯路、犯错误；一是最好不要走弯路、犯错误；二是，一旦走了弯路、犯了错误，也不要因此灰心丧气、一蹶不振，改正错误、重新迈向正确的道路就是了。只要努力，一切都不晚。

在音乐的旋律中成长（2010—2013）

我们觉得很幸运，在我们学校有一位非常杰出的音乐老师，他是莫纳博士。他对所有的音乐都非常的精通并且如痴如狂地有着一种使命感。他在上课时，非常喜欢跟他的学生一起讨论很多内容丰富且五花八门的话题，他很有耐心也非常珍惜跟学生们在一起的每一堂课。

我们刚上高一时，基本的课程全都排满了，没有办法再拿到莫纳博士的音乐课了。但是，我们又非常想跟他学习音乐理论，我们想在高一的时候，把大学的音乐理论课给考下来。于是，我们就去找莫纳博士商量，结果他同意我们拿到了他的自学课，那就是一天我们在学校要有七堂课。可我们拿到了他的第八堂课，仍然是算学分的。我们非常高兴他的决定，我们终于可以跟他一起学习音乐理论了。只是我们互相之间都很辛苦。我们俩只能在中午吃饭的时候带着我们自学的大学音乐理论书中所碰到的问题去问他，他就会很耐心地帮我们一一解答。可是，我们中午休息的时间很短，只有30分钟。莫纳博士和我们俩通常中午都没有办法吃饭了。

除了我们俩之外，还有一位10年级的学生叫亨利，他连一点音乐基础都没有，可他请求要进莫纳博士的音乐课，还想参加学校的交响乐队，他想拉小提琴，莫纳博士也答应了他。但是，大前提你一定要用3倍的时间并努力刻苦才行。所以，每当我们中午来找莫纳博士时，亨利也在那里自己练习拉小提琴，莫纳博士在回答我们问题的同时，还会不时地停下来告诉亨利，你哪里拉错了。

一晃一年就过去了，亨利在交响乐队中已经算是好样的学生了。我们俩的大学音乐理论课也都学完了并参加了全国的AP大学音乐理论的统一联考。考试要进行4个小时。先是大量的试卷问答考题，之后要按照考卷上的特定

在 2013 学校才艺表演上获音乐最佳奖时，与莫纳音乐博士在校园合影

要求创作出一条 1.5 分钟的新曲子；然后你要听一段音乐，自己再将那段音乐的谱子写出来；再给你一段一节里面包括 20 个不同音符的陌生的新曲子，你要立刻看着那段谱子，然后由录音机将你唱出的这段陌生的新曲子录下来，再由教授判分等。总之，这个考试是非常的高难。

经过这次考试，我们意识到了自己的喉咙其实也是一种乐器，需要经常的训练。平时我们不会唱歌也不爱唱歌。但经过了这次 AP 音乐理论的考试，磨炼了我们的意志，也纠正了我们的观念。其实学习一门知识不只是为了考试，也会帮助我们在平时的生活中积累很多不同方面的知识和经验。至少，在日后再有唱歌的活动时，我们不会再是滥竽充数了，而是会真正发自内心地唱出来了。自己作曲，自己唱歌，自己听音乐，真的会觉得生活是其乐无穷的。

在上高二时，我们继续跟莫纳博士拿到了自学的高级音乐创作课程，我们俩用了一年的时间写出并创作了钢琴四手连弹《异样的春天》的钢琴演奏曲，还在亚美音乐演艺基金会举办的第十届大赛中，荣获了创作特别大奖，并在颁奖典礼上为到场的观众们表演，受到了热烈的欢迎和赞赏。我们还在学校每年一次的春季音乐大会上表演了《异样的春天》的钢琴演奏曲，同样受到了老师和学生的一致好评；更让我们惊喜的是莫纳博士站在舞台上为我们俩的完美演出向我们鞠躬之后握着我们的手说道："真的是太美好了！我为你们俩感到骄傲和自豪！"我们还参加了2013年国际音乐创作比赛大奖，很荣幸我们又赢得了超级荣誉大奖。这也证明了我们的信念：有努力、有认真、有付出，就一定会有满意的大丰收！

在上高三时，我们还继续跟莫纳音乐博士业余学习音乐创作，我们一周大概有3—4次会利用中午吃饭的时间去看望他，如果我们有问题，他就会和我们一起讨论，每次都会得到非常满意的解释，我们跟莫纳博士学到了很多宝贵的知识。他总是对我们说，我教书30多年从来没有看过像你们俩这样渴望知识的学生，好像永远都喂不饱你们似的。

我们又用了一年的时间创作出了我们实验中学的校歌《母校在飞翔》，我们自己作词作曲。并且还创作出了23页的爵士乐队的合奏曲，在春季的一年一度的音乐会上演出。我们的爵士乐队有20多名学生集体演出，梅花为爵士乐队的总指挥，兰花为爵士乐队钢琴伴奏。还有学校合唱团的学生在表演我们创作的校歌。

自从我们拿到了自学音乐创作课之后，使我们意识到了只要在求知的道路上多有渴望，多有梦想，就一定会多有收获。值得一提的是，我们俩在学校

在颁奖宴会上演奏自己创作的钢琴双人曲《异样的春天》

2013 年的才艺表演大赛中，获得了全校最佳音乐人的大奖。

不知道是哪个达人曾经说过的，"一个人若不懂音乐，这辈子他就不知道什么是真正的幸福。"我们俩对此非常认同。也正是因为我们喜欢上了音乐，让我们觉得身边所有的事情都很美好。音乐像是一种语言，可以替我们述说心情；音乐像是一种记忆，可以和我们的心灵共鸣；音乐像是一面镜子，可以表达我们心情的写真。有很多人曾对我们说，你们俩看上去非常的阳光！我们想，这可能都要归功于我们喜欢音乐的功劳吧！音乐真的会让人感到幸福。我们走到哪儿都会听音乐，看书、写作业都会在听音乐，我们总是会沉浸在快乐的音乐海洋中，自得其乐，幸福满满。

我爱您，茵茵老师（2010）

梅 花

我发现，跟茵茵老师学钢琴久了的学生就会不知不觉地爱上了钢琴。

我还发现，她教钢琴已经有 30 多年了，可她还是那么年轻漂亮，充满着活力和向上进取的乐观精神。她的很多学生都已经成了钢琴这一行的巨子，有的是著名的专业钢琴演奏家；有的是钢琴专业的博士和硕士；有的是专职钢琴老师；还有很多学生上了大学也没放弃钢琴便选修了双专业，其中一项就是钢琴。

我还发现，只有她的学生上了高中以后，都考过了钢琴的十级，可还都愿意跟着她继续学钢琴。直到要去上大学了不得不离开洛杉矶时，才能停下来跟她说再见了。她的学生每一次出去比赛几乎都会获大奖，有些与她熟悉的钢琴老师就会很好奇地问她："您是用了什么样的高招儿把自己的学生训练得如此技艺高超啊？"她总是笑眯眯的毫不犹豫地回答说："我是把每一个学生都当成自己的孩子一样呵护着啊。"

事实真是如此。她对我们这些反叛期的青少年更是关怀有加。在我烦躁时、叛逆时、挣扎时、痛苦时，好像她有着一双透视般的双眼，又好像她有着专业的心理医生所应有的技巧。她总是能及时地发现我的问题所在并加以医治和抚平伤口。

有一次我坐在钢琴前，没弹对，经过她三次纠正还是弹不好时，她便开口问道："是朋友的事情让你心烦吗？"哇！她吓了我一大跳。我瞪大了眼睛，吃惊地问她："您怎么会知道呢？"

还有一次，我连续几次课都没有达到她的要求。她真的是非常气愤，可还是好言好语地相劝，可是不顶用；她接着忍不住地对我大声地批评和训斥，也不顶用。最后，她不讲话了，我也低着头。那段无声的寂静至少过了3分钟，我再回头悄悄地看看她时，她满脸

获得了美国钢琴协会的高中文凭并与茵茵老师合影（2012）

都淌满了泪珠儿。最后，她用颤抖的声音对我说："你有那么好的天赋，可都被你这种学习态度给浪费了。多可惜啊！"我看到此情此景，内心也开始发抖了，我被她的真诚深深地打动了。从那以后的好几堂课，我都再也没有让她皱过眉头。

当我跟茵茵老师学琴久了就觉得无论我在学琴和练琴的过程中有什么样的困难或是多大的问题，只要到了她的面前都会统统地迎刃而解。没有她不会弹的曲目，也没有她解决不了的难题。她在教我们每一首钢琴曲时，都会讲给我这首曲子的背景和故事。时常还会问我，这曲目是在表达什么含义，你是怎样认识的？你的感觉是什么？在我回答了这些问题之后，有不足的地方，她还会再耐心地补充得清清楚楚。是她让我真正地懂得了古典音乐的语言内涵。让我在弹每一首曲目时都能准确地抓住原意，弹的过程中也会使我浮想联翩，也

使我真正地了解到了古典音乐不只是音乐，里面还蕴藏着丰富的诗情画意。

茵茵她不仅是钢琴老师，还是一位具有专业水准的国际钢琴演奏家。她几乎每年都会出国演出，多数是去欧洲。每次出国她都会带上她的学生一起同往，在那里一同寻找伟大艺人的足迹，学习伟大音乐家的文化和历史。

茵茵她不仅是一位优秀的钢琴老师；还是一位杰出的具有爱心的人士；她还是 2010 年的帕萨迪纳市唯一的模范人物。每当世界各地有大自然灾难发生时，她都会组织我们和她教会的艺人举行义演。每次都会收到几万的美金，她统统都会捐给受灾的地区和国家。每年的感恩节和圣诞节她都会带着我们学生到老年院和护士之家去演出，用那一首首美妙的钢琴曲安慰和娱乐着那些年迈的老人和病人，给他们送去快乐，送去温暖。很多老人兴奋地会跟着琴声点着头，拍着手；还有的老人会跟着琴声跳起舞来……

现在轮到我要离开了，在初三时我就考过了钢琴十级，目的是想上高中时就将钢琴课停止，要全力以赴地集中精力攻克高中的成绩。可当我上了高中以后，妈妈说，钢琴课要停止了。这时，我惊奇地发现我是真的没有办法离开她了。找不出理由也张不开口，感觉就是很难过，一种难舍难分的痛。我告诉父母："如果现在你们停止我的钢琴课，就好像是砍断了我的十个手指一样的痛。"我这话说出之后，父母当时都傻眼了，他们俩四目相视，无言以对。聪明的父母不但没让我辞退钢琴课，而且还为我买了一架世界最棒的斯坦威大三角钢琴。哇！真的是让我跌破了眼镜的感动。

梅花在 2011 国际青少年音乐比赛上获钢琴比赛第一名

之后，我对钢琴更是如

痴如醉，那种感觉好像如鱼得水般的畅游在钢琴世界的海洋里。我坚信这优美动听的钢琴声将会伴随着我的一生。老实说，有钢琴的陪伴的确很美，那种感觉是非常幸福的。

我也没有辜负茵茵老师和父母对我的期望。两年后，我赢得了2011年国际青少年音乐节的钢琴大赛第一名。当我举起金杯时，心里还在想这个大奖杯里足足的有茵茵老师的一半。谢谢您，茵茵老师！

在2012年我们俩都参加了全美国钢琴演奏协会的统考，我们双双都得到合格证书，这是相当于在钢琴课目的高中专业毕业文凭。同时，我们还荣获了优秀成绩的奖杯。

好老师可以改变学生（2011）　　　　　　　　　兰　花

我的数学老师是一位看上去身材干瘦矮小，但浑身都长满了肌肉的中年黑人男子，每天早上我都会从校车上看见他。他戴着一副深褐色的墨镜，开着一辆红色的敞篷宝马轿车缓缓地停在了学校的停车场上。他看上去非常的酷，这就是——威尔森先生。

老实说，我是一个看到数学就头疼的学生，每当我在做数学作业时，只要做了四五道题之后，我的上下眼皮就开始打架了，我的身体和心灵也统统地都不听使唤了……

可是，当我跟威尔森先生连续学习了两年的数学课之后，那情形开始转变了。

威尔森先生是哈佛大学数学系毕业的，每当他站在黑板前面的时候，那一副严肃的面孔和一双炯炯有神的眼睛总是会抓住每一个学生的目光。

在课堂上他总是会鼓励学生，每当谁做对了一道很难的数学题时，他会叫你把名字自己写在黑板的左上角，那个位置是学生得到了额外加分的地方，你的名字会在那里保留一个星期。凡是来上他课的学生都会看得到。所以，谁的名字被放到了那个地方时，那是一件很光荣的事情。

每当课堂提问时，他的问题通常都是很难答出的。但如果你的回答是正确的，他就会很兴奋地像是在跳舞一样，开始身子向下半蹲，然后，将他的双臂伸直再绕两大圈之后，身体向上将双手指向黑板的左上角，眼睛里发出亮光。同时，他还会用一种非常兴奋的喜气洋洋的声音喊道："你被加分喽"！于是，他让你走到讲台上，将自己的名字写在黑板的左上角。这时，全班的同学都会为你喝彩！

还有，如果谁考试获得了 100 分时，他的名字也会被放进黑板的右上角并用四框圈起来。每个学生都会用非常羡慕的眼神向你投去祝贺的目光。

可是，当学生们做错题时，他就会紧锁眉头，可他的嘴还是大大地咧开着，并摇着头，嘴里还不停地说着，"糟糕的数学"！"糟糕的数学"！这时，学生们都会抓耳挠腮地继续苦思着，并都期盼着有谁能得到正确的答案时，才能让威尔森先生停止摇头，并且换取他那种特有的喜气洋洋的声音……

上威尔森先生的课总是会觉得既紧张又刺激，他教过的每个学生都会很喜欢他，因为他永远都是在鼓励所有的学生要学好数学。因为，他不让任何一个学生落在后面，他可以随时调整学生们之间的座位。总是将最好的学生搭配给数学较差的学生。之后，如果较差的学生成绩进步了，也达到 A 时，两个人同时都会再被加额外的分数。所以，较差的学生也很想尽快地追上来，于是他们一对就会非常卖力气地互相帮助着。很神奇的是两个人都会同时有很大的进步，也都会得到加分。之后，他还会继续调整座位，他还会让原来较差的那位学生再有机会教相对比他还差一点的学生，这样一来第一个差的学生就会变得非常有自信地教他的新伙伴，两个又很快地都会得到 A。所以，又可以同时再加分了……

我总是在想威尔森先生一定是研究过中国的孔老夫子的教学相长的理论，并且灵活地在应用着。同时，他还会给我们不断地洗脑。每次上他的数学课时，他都会让学生说一遍，"我喜欢数学"！他还会让你在数学的笔记本上再写一遍，"我喜欢数学"（I love math！）！

更奇妙的是，原来有很多学生不喜欢数学，经过上他的数学课之后，渐渐的也都爱上了数学。我自己就是一个最好的例子。我很幸运的是连续地上了他的两年数学课，渐渐地我那些讨厌数学的行为不见了，我每天回家第一件事情就是先做数学作业。在不知不觉中，我的数学成绩也提高了，我的名字也经常会出现在黑板的左上角，有时还会挤进右上角的 100 分的框框里。我开始为自己感到骄傲了。

他每天吃中午饭都是坐在教室里吃。所以，总是有很多的学生会来问他问题。每一次，他都会非常高兴地表扬问问题的学生，并且一边吃一边耐心地回答问题。他在学校里很低调，从来也不争也不抢，总是默默地帮助那些有问题的学生。不是他们班里的学生也会来问他问题，他都会非常高兴地帮助你详细地解释清楚。他教的每一班的数学成绩都是整个学年里分数最高的班。可是，他仍然很谦虚并且总是在默默地协助数学部的主任做很多配合的工作。

所以，在每年的全校学生投票选出的唯一最受学生欢迎的老师时，就是我们的威尔森先生。我真的从心底里敬仰他，感激他！我觉得他好像是一块金子无论在哪儿都会发光闪亮！

从虎妈看中美文化教育的不同（2011）

有个周末，我们跟中国的姥姥和姥爷通越洋电话时听说虎妈（名叫：Amy Chua，蔡美儿）的话题也正在中国谈得沸沸扬扬。前两周在美国更是掀起轩然大波。在美国的华人圈里，也是争论得非常激烈。有反对的也有赞成的，在讨论的过程中讨厌虎妈做法的人比较多。老实说，她不能代表在美国居住的华人就是这样教育子女的。另外，在2011年1月8日的华尔街日报上刊登了虎妈的文章后，美国的各大主流媒体也都在热烈地讨论着虎妈的十诫和做法。从虎妈事件我们看到了中美文化和教育方式是那么的不同。很多美国人反应非常强烈，各自都在发表不同的观点和意见，更有反对的偏激者，还给虎妈发去了死亡的威胁。虎妈在美国和欧洲也是炒得热火朝天。

我们俩是出生在中美文化结合的家庭里，受到的是两种不同文化的熏陶和教育并有着很深的中国根。

谈到了虎妈也让我们想到了自己的妈妈，我们常叫她是龙妈：我们称她龙妈并没有说她比虎妈更伟大的意思。之所以叫她龙妈，是因为我们也有一个中国的妈妈。中国的象征又是龙；还有，她和虎妈的很多做法也不同，更像龙那样的传奇。提到了龙和虎时，又让我们想起了一句中国的老话叫龙虎精神，如果将龙和虎的好经验总结在一起时，将会有更好的效果。

首先，我们要说清楚的是中国式和美国式的教育方法以及虎妈、羊妈和龙妈的做法没有谁是绝对的正确和错误之分，只是方法不同而已。若能互相借鉴，照一照镜子，取长补短时，那将会更有利于对孩子们的教育和成长。其实，虎妈也在改变中，她家刚刚开过一个庆祝小女儿生日的聚会，是由虎妈认可的请了7位好朋友来她家参加并过夜的派对。这在以前，是虎妈绝对不允许在她家发生的十大禁忌之一。您看！虎妈不是也在改变和进步中吗？

如果我们是接受西方羊妈妈式的教育方式时，我们会一直等到上学前班时才会开始识字。可相反的是，我们的龙妈在我们两岁开始学说话的同时，就举起了识字卡开始学认字了。让我们的爸爸非常吃惊，而且他很怀疑这是否可行。

如果我们是被西方母亲教育的话，我们可能是在上小学时才开始阅读。可是，我们的龙妈在我们上幼儿园之前就已经带领我们前往图书馆读了上千本的小书了。让我们的美国爸爸又一次地跌破了眼镜并惊叹不已。

如果我们是被西方的妈妈教育的话，我们是应该上小学二年级才可能开始写日记。可是我们的龙妈在我们5岁时就开始写日记了，而且是一天不拉地写到了2006年我们10岁的时候，我们就已经每个人都写了8大厚本。

如果我们认同的是西方教育，我们在小学五年级时的英文作业，老师要求所有的学生写出自己十年的自传。大部分的学生是3页或5页，可我们却写了七八十页。不仅如此，我们还写成了一本真的书叫《十年花语》，在全中国的各大书店和网站都有出售。我们的龙妈总是说："当你把眼前的每一件看似简单的小事都能很认真地做好时，最后你就一定会变成一个很不简单的人了。"

无论是东、西方的家长都很希望小孩子从小就开始学些各种各样的知识和技能。例如：弹钢琴、跳舞、跆拳道、游泳、滑冰、打球、画画等等，好像大家都开始站在同一起跑线上了。就拿弹钢琴为例吧，开始大家都觉得新奇有趣，可逐渐地越学越难了，越学越吃力了，很多孩子学到一半时想放弃了。西方的父母很尊重孩子的意见，孩子说要辞退，大多数西方母亲采取的态度是：哦，可怜的孩子，我们不能给你太大的压力，这的确是太辛苦了，不学就算了吧。但是，也有些西方的孩子是他们自己真的发自内心的喜欢弹钢琴，父母也是大力的支持，他们就坚持下来了，到比赛的时候他们的成绩都非常的优秀；可大多数东方的父母绝对不会听孩子的要求，只要是父母自己认准了的就一定会命令孩子非学到底不可。中国的妈妈大部分都会咬牙坚持下来。曾经有一位某常青藤大学招生办的负责人说过，有十级钢琴的头衔的大都是中国的高中生，这就好像是他们另外的一个名字一样，没有十级钢琴的反而会让招生的人觉得挺奇怪的了。由此可见一斑了。

事实上，成功的秘诀是：在学习最困难的时候，也正是这门知识到达了一定的高度和难度了。这时候，谁能撑得住，再继续地坚持并坚持到底，谁就是胜利者！

我们周围的美国学生家长很注重孩子的内心成长，他们认为孩子的自尊心是很脆弱的，需要时常的表扬鼓励和更多地呵护，少批评更是不能骂和打，给孩子的爱超过了一切。在我们周围好像每个孩子都得到了无限的温暖，父母也不会因为他们学习不够好而翻脸。另外，老师要求我们要有实际动手的能力，平时的学习方式也很灵活，绝不是死抠书本、死记硬背、只注重考试的分数而已。美国式的教育更重视的是实际动手的能力和面对困难可以解决问题的能力。

在小学期间，美国孩子的父母总是会抱怨学校和老师给孩子的家庭作业太多了，他们不希望小孩子被很多的作业限制住，希望有更多的空间让小孩子们自由地发展，让孩子们尽情发挥自己的想象力和创造力。可从中国来的父母却总是抱怨作业太少了，学校教得太简单了，孩子大部分的时间都是在玩、在混了。这些父母总是担心孩子们没有做足够多的作业、基础打不好，于是会额外地再给孩子找大量的家庭作业来补充。

美国的父母重视自己的孩子是否是发自内心愿意做什么，希望能找到自己内心爱好的方向，然后，就会大力地去支持。在美国无论你做什么工作都会被尊敬，很多学生都能找到自己的长处和喜好。在我们周围有许多中国父母，当他们自己认为这事是正确的，就会命令自己的孩子一定要去做，有些父母不需要经过孩子的同意就已经开始培养孩子了，这些孩子大多数都是在完成父母的理想而已。

我们看到了从虎妈的事件带给大家不同的启发，使更多的父母互相学到怎样才能更好地教育子女和世界的未来——下一代。中国人讲究的是"良药苦口利于病，忠言逆耳利于行"；而美国人是除了表扬还是表扬，还有更多的鼓励。虽然，两国的文化背景不同、教育方法不同，但是，目的都是一样的，就是希望自己的孩子能成长得好一点儿、再好一点儿、更好一点儿。

在国会议员办公室做实习生（2012）

我们利用 2012 年的部分暑假去国会议员赵美心的办公室做实习生，这是一个美国联邦政府的直系机构。赵美心国会议员是早年从香港来美国攻读心理学博士之后从政的。但是她不会讲中文。她一共有三个办公室，一个在首都华盛顿，一个在洛杉矶市，一个在俄尔摩提城市。每个办公室里有十来个工作人员，都是属于联邦政府的直系工作人员。

老实说，我们能进国会议员的办公室做实习生还真的很不容易，要经过考试和面试，并且要求的水准非常高。因为，当你进到她的办公室之后，你就已经是代表国会议员开始在工作了，你说的每一句话和你所做的每一件事都代表国会议员的角度和利益。进去后就要立刻接听电话、回答问题、处理文件、帮忙来访者解决问题等。每个办公室每天最多可以有 2 到 3 个实习生进来实习。我们是所有实习生里年龄最小的两个中学生。

我们觉得很幸运，因为有成百上千的大学生和应届高中生都还在排着长队等待着这个机会的降临呢，他们也都希望能在这里拿到最宝贵的第一手的实习经验。我们在猜，为什么我们可以这么快就拿到了这份实习生的机会，很可能是因为我们可以读、写、听、说流利的中文这个优势吧。我们还可以很专业地接听电话和回答问题。我们曾参加加州州长助选，给选民们打电话说服他们要支持布朗州长，请他们务必投他一票和催促选民们一定在选举日当天出来投票等，我们有这方面的经验。再加上我们来面谈之前，通过网络仔细地研究了赵美心国会议员的理念和目标等。所以，很顺利地让面谈的工作人员相信我们并对我们充满了信心，一定是令他们非常满意才让我们这么快就进去实习了。

第一天的实习，我（梅花）就被叫去当中文的翻译。原来是一对中国的老夫妇，他们完全不会讲英文。他们来这里是报告并希望帮忙解决他们面临的困境。去年这对老夫妇在报税时，被一个冒充会计师的坏人骗去了 24000 美金。而且，目前还欠国税局的钱并面临着罚款，如果不及时解决，罚款会不断地增加着。老夫妇希望国会议员的办公室能帮忙他们与国税局沟通，能在报税的时间上给予减缓。他们先后来了三次，带来了很多的中文版本的证明和信件等着我来翻译，我和办公室的负责人经过一系列的跟踪和联络并多次的跟国税

在国会议员赵美心办公室做实习生非常快乐（2012）

局打交道，最后，帮这对老夫妇解决了他们的问题，并取消了罚款。

哇！这对老夫妇非常高兴还特意又来一次说是要谢谢我，说没有我的翻译，事情也不能这么顺利地解决了。他们还对着我给我鞠躬，让我感动得热泪盈眶。送走了他们以后，我内心非常激动。原来因为我会中文还可以这样帮助他们。"知识就是力量"一点也不假啊！我下决心要更深入地学习中文。

总之，我们俩在那里实习了10天，是我们在学校十年也学不到的实际经验。那里是可以见到社会各个层面的问题和各类种族中所存在的问题，是想真正了解社会和学习实际工作经验的最好的实习地方。有的是在讲税收不合理；有的是讲遣返非法移民回国的问题；有的是讲削减教育经费是错误的；有的是讲赵美心国会议员支持同性恋让他们失望，等等。什么稀奇古怪的事情都有。虽说我们俩在所有的实习生里是最小的，但是，办公室的负责人却说，我们是属于做得最好的一类学生。我们刚开始只得到了半天的实习时间，可是他看我们做得很好时，就不断地给我们加时间，最后，加到了一天是8小时的实习。虽然我们工作一天觉得很累，但是，累的很值得。

在这段实习的过程中，让我们收获最大的就是我们学到了从别人的需要中看到了自己的责任。还有，我们一定要更加努力的学好中文，也更坚定了我

在国会议员办公室做实习生学习到很多宝贵的知识

们要做一个名副其实的中国通，日后可以帮助那些需要帮助的中国人；想办法做更多有关美国和中国之间的文化交流和沟通。同时，也更清楚和加深了我们未来的使命感，就是要围绕在中美两国之间。世界不会是以任何人为中心而旋转的，但是，我们希望这个世界是因为有了我们，而会在某个方面有所不同。我们的梦想是可以在东西方的文化之间架起一座坚实的沟通桥梁，使中美两国人民可以互相多多地了解彼此的文化不同，互尊互敬。不要总是以假想敌对的关系相处，给全世界其他国家做出个好的榜样，将和平的种子撒下去，撒到世界的每一个角落，播种在今天，丰收在未来。

　　我们之所以会到这里做实习生，是因为以后我们要学习国际关系学，很想多了解不同国家、不同种族之间的关系以及所面临的社会问题等，在这里实习可以接触到几乎全世界任何一个国家的移民。我们做得非常开心，同时也觉得去那里实习是再适合不过的好地方了。我们也期望着能有机会再去那里实习。

做梅花的双胞胎可真不容易（2012） 兰 花

2011 年 12 月 4 日，在美国华人商会所举办的第一届中国历史常识比赛颁奖大会上，主持人用非常惊喜的声音宣布：我们的第一名是以 110 分的总成绩获得了第一届的冠军。那个名字却是我双胞胎姐姐的名字。而且我却落到了第 12 名。我当时的心情是又为她骄傲而高兴，又为自己沮丧而难过。这是我有生以来第一次在心底里出现的非常复杂的矛盾感觉。

我们同时参加了有 1000 多名除了我们俩之外都是中国学生报名参加的这次历史常识比赛。我们都非常刻苦努力的复习了半年多，还经常请教远在中国曾是历史教授的姥爷给我们讲课、复习、考试等。经过三轮的淘汰赛之后，剩下了最后闪亮的 20 名，我们俩都挤了进去。

主持人刚刚宣布之后，由中国驻洛杉矶邱绍芳总领事为她颁奖。一瞬间，闪光灯齐明，新闻记者、录像师和观众们都跑到了前台，留下了这一历史的时刻。当梅花走下舞台时，立刻被包围得水泄不通。这时，一个身材魁梧的男子转过身来眯着眼睛盯着我问："你是她的双胞胎吗？""是的。"我有点不情愿地

参加才艺表演大赛

回答着。"啊，请问相距多远？"我低着头说，"一分钟"。"那你这次排名是第几啊？"我用非常迷惑的目光看着他说，"第12名。"他好像很不理解地对我说，"如果只差一分钟，那为什么比赛的名次差了那么远呢？"我听完后，立刻就转头离开了。我觉得心里很痛，他为什么还在我受伤的心灵里又捅上一刀呢？

可不巧的是我还是躲不了，我们俩被邀请在闭幕式上要演出的。我们跳的是傣族双人舞蹈，当我站在舞台上时，仿佛看到了所有的观众都在寻找着是谁没有得奖。不知道为什么，我觉得全身的热血都涌到了头上，我的眼睛也火辣辣地充满了泪花。当我面对观众时，我就告诉自己一定要对着观众甜蜜的笑，可我一转过去时就立刻会收敛笑容，强忍着不让泪水掉下来。

我大脑中很快地闪过我最早的记忆，打从我记事起，当我们俩在抢玩具时，妈妈总会对梅花说，你是姐姐，你应该让着妹妹。我还记得在我们三岁多的时候，妈妈总是会让我们比一比看谁做事快，看谁做得好。从起床开始，看谁穿衣服快，看谁先下楼去吃饭，谁就会坐在好看的高脚椅吃早餐，看谁先都吃完，谁就可以先去看我们当时最喜欢的儿童电视节目"天线宝宝"。

中国人很重视谁的年龄大还是谁的年龄小，大的就一定要做得更好，要

受邀在比赛闭幕式上表演舞蹈"月光下的凤尾竹"

让着小的。在无形中大我一分钟的梅花就处处事事都会抢在我的前面。我总是在想如果将来我有一对双胞胎的话，我永远都不会告诉他们谁是老大！

我还记得，慢慢的，只要妈妈说，看谁做得快时，我就会立刻说："不！妈妈，我不要比赛！请不要比赛！"说完我就跑了。

我们那娴熟优美的舞蹈演出结束后，梅花又一次地被一群群的媒体给淹没了。我也又一次的被人遗忘了。这时，看上去面容有些憔悴的一个女记者向我走了过来。问道，"你是她的双胞胎，请问当她赢得了第一名时，你的感觉如何？"这回我变得聪明了，我立刻耸了耸肩并摇了摇头没有讲话。记者离开后，我自己也离开了会场，走到外面停车场，在柳荫树下，独自一人思考着……

每当我陷入梅花的阴影时，我就会立刻想起妈妈总是告诉我要记住自己的长处，在小学 2 年级时，老师推荐我们去考高智商的测验，结果我的 IQ 分数是比她高。我目前的 GPA 成绩也比她高，我的中文写作和翻译也比她高，我还荣获过南加州英译中高级组翻译的第三名。当我想到这些时，心里的难过和不安就会逐渐地消失。

我还记得在第二次去中国时，我们参加了暑假的溜旱冰的学习班。那个班里有 23 名学生大部分都已经学过两年多，他们滑的技巧都非常的高。我们穿的是里面装满了轴承的一字轮鞋，这种鞋速度非常的快。我们刚学时，站起来就会摔倒。那新鞋穿在脚上又不舒服，两个小时的课下来，脚和脚脖子就会起大泡。一周七天每天两小时。我们俩一天也没有缺席过，那脚上的泡也从来没有停止过。我就觉得很奇怪，梅花她好像从来不知道自己的脚会疼似的。在上溜冰课时，到了老师让休息时，所有的学生都会坐一会儿，可梅花还是在自己练习着滑。我可知道自己的脚疼，别人休息我也坐下来揉着自己的脚，这样等一会儿再上课时才会更有力量。就是这样两个月一晃就过去了，当我们要回美国时，老师说要大家一起照相。照相时，老师在梅花的脖子上挂了一枚奖牌。还说，很不巧你们要走了，下个月我们这里有比赛。我知道你一定会赢到大奖的，所以，我先给你戴上吧。当我看到她的脖子上的金牌时，我又傻眼了。我心里还在想她怎么就会不知道自己的脚会疼呢？奇怪到家了。

我又想到了，有一次在学校上体育课，我们每个星期要有一次跑 1 英里的路线。梅花总是用的时间比我的短。那天，我自己下决心要狠拼一把，一定要赶上梅花。结果我超过了她 12 秒，当我跑到终点刚刚坐下的那一刻，在我的眼前好像整个世界变成了一片灰色还有无数的黑色斑点儿。

等我醒来的时候，我发现自己像是一个在妈妈肚子里的胎儿一样的形状，身子卷成了一个圈儿。我凝视着体育老师和在我周围的同学。

开始有人问我："你没事吧？"

我不假思索地说："我没事。为什么？"

其中一名学生说："你昏倒了！"

我非常不解地说："什么？"

就在那时，我注意到了体育老师站在稍微远一点儿的位置在给我妈妈打电话。学生们都好奇地盯着我的脸。他们不停地告诉我，"你的脸像是一张白纸。"

不知过了多久，我妈妈来了并直接带我去了医院的急诊室。经过一大堆的检验和验血后，医生宣布我有贫血，这段时间不能再做剧烈的运动。从此，我每天开始服用缺铁的补充剂，再也没参加一英里的长跑了。

自从我昏倒以后，好像是被摔醒了。我已经患有贫血，以后我不想再跟她飙劲了；我要走我自己的路；我要走出她的阴影；在 2012 年年初，梅花那年没有选到西班牙语课，我有。正好有加州西班牙语的艺术写作大赛，梅花没参加。头一次，我自己去参加一项活动。

我还记得那天早上，只有我自己悄悄地起床了，是爸爸要送我去比赛。在我临走之前，还是很舍不得的进到了她的房间，看着她熟睡的脸很美，好像是一个睡美人儿。她有一只胳膊还露在了外面，我拿起她的小手放在我的脸上贴了一会儿，又亲了一下就又帮她把手放进被子里，悄悄地离开了。

有趣的是当我晚上回来的时候，梅花说，她一天都在想念着我。她还告诉我，早晨她做了一个梦，说我在她梦中亲了她的手，我们还互相拥抱着，好像是我们之间要分离很久的梦。我心里暗笑着说，嘿！还真有默契呢，真挺神奇的。

西班牙写作大赛结束后，我荣获了加州的前七名大奖，是大洛杉矶唯一获奖的中学生，并获得西班牙总领事颁奖，还被邀请参加去西班牙首都马德里的全程 15 天免费夏令营大奖。可是，我也参加了中国的东方海外之桥的写作和历史问答的比赛并获得了一等奖，也获得了全程免费一周到上海的夏令营活动。在我自己有选择的情况下，我还是放弃了去西班牙，决定到中国并参加了中国的上海和云南两个国际夏令营的寻根之旅。

还有更神奇的是，我们俩是一组参加大洛杉矶高中学生的辩论演讲比赛，但是记分标准是记个人的点数。连续三轮比赛中，我们俩对另外的不同的两人一组的辩论之后，我自己居然获得了洛杉矶市的第三名。想到了这些之后，让我信心大增。老实说，我也真的从心底里很佩服梅花，她的个性非常要强，她的思维方法很独特。我们有个好朋友叫龚大鹏，他是北京大学毕业的，来美国攻读生物博士，他曾对我们说过，梅花是一位很少见的具有男人的非常理性的逻辑思维方式的姑娘。我怎么想都觉得梅花是一个很棒的姐姐！

阵阵的凉风吹在我的脸上，让我觉得格外的舒服，我不自觉地从柳树荫下走了出来，一大步就迈进了火辣辣的阳光下。其实，命运是掌握在自己手里，困难的是要看自己怎么思考，想淡也就轻松了，也就容易面对了。

我挺胸抬头地走进了比赛大厅，找到了梅花后，我们俩一起搭肩勾背搂在一起肩并肩地走出了大厅。顿时，我觉得心里暖呼呼的，看着梅花脸上灿烂的笑容和她手里捧着的那巨大的冠军金杯时，我觉得能做梅花的双胞胎真的是我一生中最大的荣幸和快乐。

两人世界的梦想

我们俩很像是长在一个豌豆荚里的两颗豆子。我们从小到大都没有分开过，平日生活里也是最好、最知心的好朋友。无论是在家还是在学校，一会儿的工夫看不见我们就会互相去找，在家里一个楼上一个楼下时，我们之间也会找对方，一会儿喊一声 Hello！你在做什么呢？做完了吗？在学校时，也总是走在一起。偶尔我们也会吵架。但很快就会和好，也会把吵架的事忘得干干净净的。

我们俩也常常会坐在一起读一本书；在一起共同地写出一篇文章；我们还会一起讨论学校和社会上的一些问题，还会一起坐下来写信给相关的人，我们曾经给辛巴克咖啡店的老板写信、给我们乘坐的渡轮船长写信、给中文学校的校长写信、给格瑞斯国家公园写信、给洛杉矶市长写信、给加州的州长

彼此愿为 一生中的最好朋友（2012）

两人世界

写信、给克林顿总统写信、给小布什总统写信、给奥巴马总统写信等等；我们还经常带着同一幅耳机听音乐；坐在同一架钢琴前四手连弹，还有坐在两架钢琴前弹同一首钢琴二重奏的曲子，并多次去参加各种的比赛，也曾多次荣获了很多的大奖，我们一起坐在钢琴前创作，填歌词谱新曲和创作钢琴演奏曲；我们总是会在一起跳双人的芭蕾舞和中国的民族舞；有时候，我们还会常常在同样的时间里说出一模一样的话来；我们俩也都很爱笑，有时候，还会莫名其妙地笑个不停……

我们创作的第一首钢琴四手连弹《春天的异样》的钢琴演奏曲，在我们学校的春季音乐会上登台表演；在 2012 年，我们还参加了亚美音乐演艺基金会举办的第十届音乐节的大比赛，我们还获得了钢琴创作的特别大奖，并在颁奖宴会上为来宾们表演；我们俩做什么都喜欢在一起。在学校别人看到我们都觉得我们俩很酷，两个人好像是被万能胶处理过了一样很难分开的。但是，我们也渴望有各自的朋友，可是外人谁也不想破坏我们之间的黏劲儿。这使我们在平日里，看上去我们好像是很耍单，但是，我们并不孤单（We are alone, but we are not lonely）。

老实说，我们还期望着上大学以后也能进同一所大学；我们幻想过要一起约会一对男性的双胞胎；我们还梦想过：如果可能的话，我们希望要同一天结婚；我们还期望在这个世界上，因为有我们的存在而会让世界的某个地方或某个事件而变得有所不同……

总之，我们有很多有趣的两人世界的好玩的梦想。我们爱做梦，我们也敢做梦，我们有做不完的梦。同时，也勇于行动。其实，有梦就有追求，有梦才会最美。人生的精彩不仅在于实现梦想的瞬间，而更在于坚持梦想和追求梦想成真的整个过程。

有钱难买早知道

现在无论是大学生还是高中生，大部分的学生都不知道自己将来到底要做什么才好。

我们周围的同学大部分也不清楚自己将来到底要做那一行，我们去了普林斯顿大学，带领我们参观的是大学四年级的学生。可是，他即将要毕业了完全不知道自己要做哪一行，他在大学里选修的第二外国语是中文。所以，他毕业后想先去台湾看一看，再加深自己的中文程度，然后，再念硕士。然后再看要做什么。

当我们去哈佛大学参观访问时，做我们导游的是一位华裔的香港学生，他也是大四的学生，毕业之后，也不知道到底要做什么，他在哈佛大学选修了7门外语课，没有主修专业。他说，毕业后先找份工作，干两年再说，估计还会再重新回到学校里念硕士和博士专业。

从以上的两个例子中我们可以看到两个趋势，一是：有钱难买早知道；二是：大学毕业后要去工作一段时间再去学更高的学历是趋势和发展方向。很多研究部门已经发表了有关方面的调查证明，有硕士和博士学位的学生，要有在学前的工作经验才更受到雇主的欢迎，才会更有实际价值。如果一个学生从大学一直不停地念到博士时，在找工作时并没有念过博士但曾经工作过的人会更受欢迎的。

其实，大部分的人一生只能很有限的成功地做出一件事。所以，当你越是早知道就越对你日后的成功会有更多的帮助。我们也觉得目前的世界教育还都有局限，应该再早一点儿就让学生开始分科选修自己喜欢的学科。千万不必墨守成规，有太多太多的学生深受其苦，还有很多非常聪明优秀的学生也是一样在受折磨。高中的数学、物理、化学和大学必修一门数学课等，真的是有这个必要吗？有多少人这辈子会用到在中学学到的数学、物理和化学的？如果可以在这方面得到改革时，一定会救了很多在单科优秀的学生们。

如果学生能比较早知道自己喜欢什么科目，就集中精力在那个科目上多多地下功夫，那你就是未来那个科目的最称职的专家或精英。

绿叶感谢阳光（2010—2013）

是阳光雨露、大地沃土，让小树茁壮成长，让鲜花美丽绽开。树的青枝绿叶不断地释放大量的氧气，鲜花让蜂蝶翩翩起舞，装点着美丽的风景。连树木、花草、植物都能有如此的感恩之心，懂得回报，更何况人呢？

我们很高兴可以用十年学会的钢琴、跳舞、中文等知识和技能，让它们在不同的时间和空间里一一派上了用场，给他人带去快乐和笑声，把学会的知识回馈给社会。

我们已经连续四年经常去老人院里做义工，尤其在四年中每逢到了年底，从感恩节、圣诞节、元旦我们都会去我们的爷爷曾经住过的护士之家为那些长期不能回家的老人和病人们弹钢琴、跳舞，为他们带去娱乐。让他们也能感到生活中的喜悦和快乐，尤其在节日期间里不要想家，也不会觉得孤单。可是，我们的爷爷却没有看到我们来这里跳舞和弹钢琴给他看的美好时刻，爷爷已经离开我们有十多年了。

我们在老人院表演时，很多的老人虽然只能躺在床上，或坐在轮椅上，但是，当他们看到我们的表演时，脸上还是会露出开心的笑容，有的老人还会跟着我们钢琴的节奏点着头，拍着手，抖着腿一起在互动着。我们知道他们很喜欢看我们的表演，所以，我们就会有一种非常的喜悦，那就是付出之后的满

圣诞节当天去护士之家为老人们娱乐（2012）

足感。

有时，我们还会去军人医院慰问那里的伤兵和老兵，也为他们表演弹钢琴，每次去弹至少要一个小时。我们很高兴地看到了那里的军人也很喜欢听我们的钢琴演奏，在我们弹钢琴的时候，还会有人跟着我们的琴声跳起舞来，还有很多的病人都晃来晃去地跟着琴声兴奋起来。当我们结束每一首曲子时，都会获得热烈的掌声，让我们觉得很有成就感。用我们学到的本领可以为他们表演，还会带给他们娱乐，觉得学会的本领很有价值。所以，只要是时间允许我们就会常去那些地方为他们表演。

我们在2011年的暑假还参加了为智障的孩子们举行的夏令营，帮助他们学习简单的音乐、弹琴、画画等。最后，夏令营结束时，那些智障的孩子每个人都能表演我们教会他们的一些节目，在他们的亲人和朋友的面前为大家表演。我们从那些智障孩子的身上看到了我们应该有的责任，我们不能把他们丢在一边不管，我们也不会忘记他们，社会也不能抛弃他们。

这个活动是一位在30多年前，从台湾来美国留学的爱心人士戴安娜欧组织的。她每一年都会把附近她所认识的有智障的孩子们，在暑假的时候都接到她的家里，约有十几个孩子。夏令营通常会在一周左右的时间。从早晨到晚上智障的孩子都会在她的家里吃、玩、学习。戴安娜会请有爱心的优秀青年志愿者来帮忙一起与这些孩子们玩在一起，教他们一些简单的音乐，有唱歌、弹琴、说歌谣、画画等活动。在结束时，孩子们还会有一个汇报演出。

当我们参加完这次义工活动之后，让我们觉得很感动。这里有很多的志愿者是从高一就开始来这里做义工了，每年来这里做一周的义工，已经在这里做过很多年了。现在他们都上大学了，可是到了暑假，他们有的是从东部的普林斯顿大学飞回来的学生；有的是从斯坦福大学飞回来的博士生；还有的是南加州学院的大学生；还有的是加州大学洛杉矶分校的大学生；他们都会再来参加这个夏令营，帮助智障的孩子们做义工。还有的是高中生，我们俩也很荣幸在这个暑假里能有机会被邀请来这里做义工。这些来做义工的学生，大部分都是会音乐或艺术的学生，他们不为了任何表扬或回报，只是单纯地为了奉献自己的时间和爱心给这个社会上所需要关爱的人群和弱者。我们真的很钦佩他们的为人和高尚的道德水准，真的是为我们起到了榜样的作用，我们要真的好好地向他们学习。

其实，这也是西方文明的一种体现。美国社会的主流也有很多这样的组织和团体在关心着社会上的弱者和世界上的穷人等，他们会做出很多无私、无偿的奉献。他们的心中都装满了人类的大爱、人权、平等、和平等理念的追求，他们的那种精神真的是非常的崇高。我们跟着周围做义工的这些学生在一起工作的这些天里，实实在在地让我们学到了奉献爱的精神是要自发的、自觉的。我们跟着他们一起做义工的每一天都过得非常充实，很愉快也很有价值。

我们俩每年还都会去参加帕萨迪纳市的元旦玫瑰花车大游行，为花车粘花的义工。通常我们都会在元旦的前一两天去，每次去一定会坐满 8 小时。虽然很累，但是，我们觉得很值得，因为那里需要大量的义工。我们看到了成千上万的鲜花来自世界各地进口到这里。由于我们来的时间比较接近元旦了，我们可以看到很多基本成型了的花车，每一辆车都会用数不清的鲜花粘在车的表面，需要非常多的人工。这一年一次的玫瑰花车大游行在元旦那一天。几乎全美国和全世界的人们都在期盼着观看元旦的花车大游行。我们也会在家里看电视，观看整个花车游行的经过，并且，一边看一边在打赌谁能赢不同的大奖等，每年的元旦由于有了玫瑰花车的大游行，让我们觉得新年的第一天过得非

中秋节前夕应邀去演出蒙古舞蹈（2012）

常有趣。

　　还有多家媒体曾邀请过我们，用我们学会的中文写文章，用我们可以说一口流利的中文，上电视和广播电台与大众互动和交流。有很多父母用我们做榜样来教育自己的孩子，希望在美国和海外的中国子女都能像我们一样，从小就开始学习中文，培养不但会说，还要会读书、会写文章的全面学中文的能力。能学好中文最重要的是学习中文时，要很认真，而且还要坚持到底，决不能半途中断。能学好中文，对中国人在海外的子弟来说真的是非常非常重要的。

　　我们俩还曾经为美洲华语中文教科书上的一篇庆祝母亲节活动的歌曲《敬上一杯》谱上了曲，并唱了这首歌，还把这首歌放在了美洲华语的网站上。还有我们写的小故事，也放到了他们的网上，作为学中文的学生可以课外阅读的参考材料。我们很高兴他们能采纳我们写的文章。

　　在每年的中国春节、中秋节、还有缅甸的泼水节、还有些媒体需要组织大型的庆祝活动等，常常会邀请我们去参加并会在大会上演出，弹钢琴和跳舞。我们几乎只要是有邀请，几乎都会答应，并与他们一起参加庆祝。这也是一种与不同文化最直接接触的最好机会。有时候哪里有颁奖大会要开庆祝会，来邀请我们去演出时，我们一定会到。当在别人需要我们时，我们付出后，别人会很高兴，我们自己也会觉得很快乐。事实上，人活在这个世界上，能多为需要你帮忙的人做些可以帮忙的事情时，真的会让自己有发自内心的愉悦，有着一种心灵深处的满足感。这就是西方人常说的：只有分享之后的快乐才是真正的快乐。

我们觉得很有趣的是有些人曾告诉过我们，每次我们俩一出场后，就会让观众觉得有一种很新奇的感觉，说我们好像是一道风景线，夺观众的眼球，很容易会给大家一种娱乐的功力。观众喜欢我们的笑容，喜欢我们的音乐才能。当我们听到这样的反馈和赞美后，让我们觉得非常的高兴，也觉得很光荣。

客串做翻译（2012—2013）

在 2012 年年底和 2013 年年初，我们学校接待了北京中学校长游学团和广州市天河区教师游学团。校长把我们俩从课堂里调了出来帮忙接待做翻译。接待北京校长团的那天，正好是我们在上物理总复习课，第二天有物理课的期末考试。但是，我们听到了是从中国北京来的老师，我们就非常的兴奋，也非常的高兴能做他们的翻译和导游参观我们的学校。后来，有些老师知道我们是耽误了重要的课程来陪伴他们时，他们还会觉得很内疚。老实说，我们俩并不以为然，还告诉他们请不必愧疚，只要你们能充分享受来我们学校参观的整个过程就好了。等我们的物理成绩出来时，再告诉你们，我猜你们就不会再觉得愧疚了。校长是很了解我们的，另外，期末考试也不是这一堂课的功夫就可以决定的。其实，考试是一时的，学会为人做事的能力才是一辈子的事。

后来，我们再跟那些校长通信时，有一位是王红雨主任，她还管我们叫'魅力宝贝'。让我们看到之后，觉得心里美滋滋的甜蜜。我们也非常感谢很多老师喜欢我们。王红雨主任还说，"希望你们日后到中国再次寻根，博大精深的中华文化和灿烂的五千年文明史不仅是中国人的骄傲，也是世界文化的财富，中国有更多的营养可供你这两个渴望知识、如饥似渴的'贪吃贪喝'的宝贝去吸吮。"这话正好说到了我们的心底里了，我们一定会去中国再深造的。

为从北京来的教育游学团做翻译和导游参观我们的学校（2012）

在通信的过程中，还有一位校长是北京 21 中学的郑校长，他为人非常的诚恳。我们也在保持通信，他人非常的慷慨，与我们分享他来美国两个月中的游学笔记，我们一一都读了，他写的非常有趣也很有意义。其中一篇是写他来我们学校参观的部分内容，我们也放在书里与大家一起分享，也可能您会从另外的角度看到我们和我们的学校以及美国的教育点滴。

中国的中学校长和教师，到美国来考察美国中学教育的情况，的确是很有意义的事，因为，美国的中学结构、教育理念、教学方法等许多方面，与中国有着非常大的差别，也可以说，有很多值得中国学习和借鉴的地方。而能为他们的参观访问做翻译，同样让我们感到是在做一件非常有意义的事，是让我们值得高兴和骄傲的一件事。

下面，我们把郑校长写的一篇关于来我们学校参观的部分内容也展示给读者，他文章的题目是：

《绽放在大洋两岸的两朵花》——

今天参观的学校英文名称叫 Los Angeles Center for Enriched Studies，翻译成中文为"洛杉矶实验中学"，是曾经在全美国中学排行榜中前100名的学校，享有政府的特别经费资助。

校长 Harold Boger 先生接待了我们，简要介绍了学校发展概况。听得出来，校长非常自豪的一点是学校的 AP 课程，设置的科目曾经最多时高达32门，是洛杉矶的所有中学里设置 AP 科目最多的学校之一。

说起 AP 课程，对于我们而言，是一个比较新鲜的教育名词。AP 的英文全名是 Advanced Placement，即在中学开设的大学课程。从9年级（高一）学生就可以申请选修了，只要你通过每年5月份全美范围内的统一 AP 课程考试（成绩在4分或5分），大学就会承认你的 AP 课程学分，允许你免修相关课程。高中生往往尽可能多地去选修 AP 课程，既可以为自己申请理想的大学增添筹码，还可以为自己在大学期间腾出更多时间去学习其他的课程，甚至还可以提前大学毕业节省时间和学费呢。

听完校长的介绍，我们决定去课堂听听几门 AP 课。没想到，不经意之中，我们认识了一对特别的孪生姐妹——姐姐叫梅花、妹妹叫兰花，16岁，11年级的学生，中美混血儿。爸爸是美国人，妈妈是中国沈阳人。因为姐妹俩会说一口流利的汉语，学校安排她们接待我们，客串翻译。

妹妹兰花负责陪同我们这个小组。或许是她拥有中国血统的缘故，小姑娘和我们没有一点距离感，主动地对我们介绍起自己来，言谈举止之中，透露出一种超出年龄的自信、阳光、成熟和大气。她告诉我们，她非常喜欢中文和中国文化，她的职业梦想就是将来要当美国驻华大使。

啊？这个梦想可不小啊！当听她说到这儿的时候，我们下意识地乐了……

在我跟兰花接触的过程中，她非常的健谈，思路敏捷，语速稳健，透着一种超越年龄的成熟。从她那儿，我又更多地了解了美国的基础教育。

在美国高中生毕业之前，有一个内容是必不可少的，就是要参与社会活动和社区服务或出去做实习生，按小时计，规定至少40小时。如果这个时间不够，即使 GPA 成绩都是5分，哈佛这样的大学也绝不录取你。美国人认为，如果没有公益心，没有综合能力发展，那你就是一个读死书的人，再高的学习成绩也没用。实际上，美国中学生在这方面的时间投入是远远超过规定的时间，有的学生在高中四年期间，做社区服务的时间甚至达到成百上千个小时。

谈到社区服务，兰花告诉我们，她经常到福利院给老人弹钢琴。我问她，这么做，是基于要毕业申请好大学的考虑吗？还是发自内心的意愿？兰花非常肯定地说："我是发自内心地愿意去做的，因为，当我付出后，那种分享也会给我自己带来快乐，作为我学会的本领能回馈社会，能派上用场，这才是学本领的用处和目的啊！"听到这儿，我暗暗地为眼前这个女孩所感动，也颇多感慨。想想我们中学生的"社区服务"，多半流于形式，为什么？原因是多方面的：一是没有考试，有考试就有人重视，可是善良的心，要用考试来驱动，又有什么意义呢？二是整个社会的公益发展水平又往往毫不留情地扑灭了我们那些幼稚但善良可贵的孩子们的热情。从教师到家长、到社会，真正认识到社会服务的意义又到什么程度？经常听说，我们的学生满怀热情到社区居委会找活儿干，被居委会大妈鼻子不是鼻子脸不是脸地轰出来了，下次学生还敢去吗？

教育有问题，但绝不仅仅是教育的问题。教育是社会中的一部分，社会进步，教育才能跟着前进。

再说到梅花、兰花这两朵漂亮的姐妹花，正像我所看到的洛杉矶实验中学的标志物叫"独角兽"一样。她们俩带着灵犀之物、透着纯洁，传递吉祥，坚毅而又灵动。她们真的是一对不凡的有抱负的好姑娘！

郑飞翔/教学校长/北京市第二十一中学/2012.11

在 2013 年年初，我们俩又接待了一组从中国广州来到我们学校参观访问的教师游学团。每当我们看到从中国来的人就会觉得非常亲切。所以，看到过我们的中国老师总会对我们说，为什么你们俩总是笑得很灿烂。因为，我们从心底里认为中国人是我们的 Countrymen 同胞（可不是 Countryman）。可能这就是为什么我们笑得很灿烂的原因了吧。

高中的乐趣（2010—2013）

高中再向上，就是大学，高中学得怎么样，直接关系到能不能上一所好大学，上一个什么样的大学。从这个意义上讲，说高中就是为拼搏上大学而设立的，也不为过。因此差不多大家都这样认为：上高中苦、上高中累、上高中很沉重……这样的认识在我们看来，不能说它错，也不能说它完全正确，起码它是不全面的，因为它把高中生活描绘得一点乐趣都没有，仿佛就是吃苦、受罪。然而，我们经历的高中生活并不是这样的，它有苦，更有甜，有累，更有无尽的丰富多彩和快乐喜悦。光是这么说，你可能没什么感觉，请允许我们像小时候摆弄心爱的玩具那样，一样一样地展示给你看一看吧——

我们学校一共有 69 个俱乐部：天文物理俱乐部、健身俱乐部、戏剧社、中国文化俱乐部、法国文化俱乐部、环境保护俱乐部、下棋俱乐部、舞蹈俱乐部、奶酪俱乐部、动画片俱乐部，等等。俱乐部通常是每个星期有一次，在吃中饭的时候坐在一起谈论自己俱乐部中的话题。每年我们学校还会有两次允许这些俱乐部出来办活动。一次是在最后一堂课时，学生都可以出来闲逛，这时，俱乐部就可以卖些小食物、饮料和游戏等为自己的俱乐部筹款。这一天学校里很热闹，卖东西的同学有的穿得花枝招展的，有的把自己打扮成小丑等。筹到的钱可以用来做集体活动时用，例如：中国文化俱乐部这次挣到了 400 美金，我们就每人定做一件球衣，上面印有中国俱乐部的字样。天文物理俱乐部用筹来的钱买自己需要的实验设备等。总之，每个俱乐部在这一天都使出浑身的解数要多多筹款，看谁能筹到最多的钱。

还有每年的情人节这一天，学校里也很热闹。在拿艺术课的学生会收费 5 美元，给你画出一幅 3 米长 2 尺宽的一幅画，上面会写上你要把这幅画送给谁的字样。

我们学校还有一个 60 多名学生的合唱团。每个圣诞节前，他们都会来到每个教室站成一个大圆圈后，为那个班级的老师和学生唱圣诞歌。有时候，他们还会出去表演，会收些费用，他们得到的钱都会交给学校使用。

我们学校还有一个非常棒的爵士乐队，每年爵士乐队都会为我们学校的师生表演两场新的节目。有时候，爵士乐队还会去不同的城市参加表演。

参加 2013 年的学校才艺表演大赛，我们在合奏西班牙吉卜赛的"热火舞曲"

　　每年我们学校还会有才艺表演和各种球类比赛及游泳比赛等。其中，还有老师队和应届的毕业生队打一场篮球比赛。让我们记忆很清晰的是，有一位要退休的老师，他还曾经参加过越战，还受了伤，他的腿有点瘸，个子也很矮，但人非常的善良，很幽默也很爱搞笑。那次的球赛也是他最后一次参加的比赛，因为他已经退休了。那天，他在球场上跑，几乎就像是在走一样的慢。比赛还剩最后 15 秒钟时，学生队领先 2 分。突然，那球落到了他的手里。他就停下来并没有拍球，他将球抱在怀里就跑，可是谁也不说他是犯规了。只剩下 2 秒钟了，他站在很远的位置，就用端火锅的姿势竟然把球投进了篮筐里，还得到了 3 分，结果是老师队赢了。全场起立为他欢呼，还有很多学生跑过去给他大大的拥抱，让他在我们学校的最后记忆里留下了难忘的美好一刻。

　　我们学校还会在不同的年级之间进行篮球、手球、足球等的比赛。有时候，低年级的同学还会打败高年级的同学。

　　每年我们学校还会有一天是允许学生穿睡衣来上学的，随便你穿睡衣不穿睡衣都可以。还是有很多的学生会穿很奇怪或很漂亮的睡衣来上学，通常都是低年级的学生会觉得很好玩也很兴奋。但我们俩从来也没有穿过睡衣来上

我们赢得了全校最佳音乐人的大奖，让我们觉得格外的惊喜。校长在为我们颁奖（2013）

学，我们自己觉得还是应该保守一点儿才好。

学校还有一天作为双胞胎日，就是说允许学生或好朋友两个人一对，可以穿一样的衣服，通常那天是一对好朋友的学生都会穿上一样的衣服和相似的衣服。可是，我们学校有好几对双胞胎，在那天却绝对不穿一样的衣服。

学校还有一天可以穿各种各样奇怪的衣服来上学，例如：海盗服装，侠客服装，西部牛仔服装，蜘蛛人的服装，小红帽的服装等等，随便你能想出来的奇装异服都可以穿来上学。最后，还会选出一男一女作为这一天穿得最酷、最受大家喜欢的赢者。

每年我们学校凡是选到了大学微积分课的学生，都会由学校的数学系主任带队，大约有 200 多名拿到了大学数学微积分 A 和 B 这两门课的学生。在每年 4 月份都会去集训营 3 天，通常是星期四晚上到那个集训营，就在那儿吃，在那儿住。住的地方像是个深山老林，没有任何通讯设备，电话不通，电脑网络也上不去。学生每天除了考数学，就是做数学题，除了考试就是做题。老师把学生都分成小组，有问题就先问同一个小组的学生，还不会就再问助教，还不会，再问老师。在这个集训营里，学校会请很多的数学老师来，还会请我们学校已经毕业了的喜欢数学的学生。一共会有 20 多名老师在那里辅导和帮助每个学生解决难题。星期天晚上就回到了洛杉矶，星期一照常上课。

回来后的两个星期就会参加全美国的大学微积分统一考试了。我们学校绝大部分的学生都会得到非常好的成绩。我（梅花）去年去过了这个集训营，我的 AP 这门大学微积分（A）就考到了 5 分。今年还会去，要迎接考大学微积分（B）的集训营。

每年我们学校都会制作一本学生年鉴。其中有一项活动很有趣，是在两届的毕业生中进行的，是初中毕业生和高中毕业生。在他们这两个年级中要经过全校感兴趣的学生投票选出，每个学生会得到一张投票的单子，上面列出很多的项目让学生们投票选出男女各一名：其中有最漂亮的眼睛，最美的笑容，平日里穿衣服最有特色的，发型最美的，头发颜色最漂亮的，最可能会回到我们的学校做老师的，谁是最神秘的学生，谁是最幽默的，谁能在日后会变得最成功的，谁的个性最好，在七年级和十二年级的学生里谁是有最大变化的，谁是最可能在未来得到诺贝尔奖的，谁是最有艺术才能的（包括：音乐、舞蹈、唱歌），谁是最多旷课的学生，谁是最不听话的学生，哪些学生是最好的一群朋友，等等。还有谁是最好的老师，谁是最受学生爱戴的老师，等等。最后，会把获得这些奖项的学生的照片都刊登在本年的学生年鉴里作为永久的纪念。

我们美好的 16 年一晃就过去了，我们用 16 颗闪闪发光的黑珍珠将那 16 年穿成一串耀眼的黑珍珠项链，代表着我们的每一天、每一年。每一颗绚烂的黑珍珠都凝结着我们每一阶段的成长过程，都蕴藏着特殊的丰富内涵，包括了学习、娱乐、旅行等，其中有苦有乐、有酸有甜，还有心醉。

总之，我们的心中充满着无限的感激和无限的向往，我们知道还有更高的险峰要去攀登、去探险、去勇往直前……

第九章　跨大洋两岸放风筝 (2008—2013)

在 2008 年的暑假，我们俩和妈妈一起去了洛杉矶市中国城的图书馆，我们坐在那里大半天儿在寻找我们各自喜欢看的中文书，每人挑了六七本。回家后，我们还在挑选看先读哪一本才好，翻来翻去我们被一本名叫《白鸟》的小小说给吸引住了。我们和妈妈挤在家门前的一条晃椅上用了将近一天的时间，一口气地读完了这本书。

读完这本书之后的两三天里，我们俩还是不能忘记《白鸟》书里的那些非常美妙的故事；我们不时地会讨论着书中的很多写法很特别；我们还很想知道作者写的这些故事都是真的还是假的？他书里有那么多可爱的白鸟、善良的小马鹿等，这都是从哪儿来的？为什么书里有些地方还会有多处的重复句子？是印错了还是故意的？我们总是觉得很好奇。于是我们俩就去告诉妈，我们很想给这个作者写一封信，有几个问题想问一问。妈妈听完后很高兴，立刻说，我去帮你们找地址。

风筝从此放起

2008 年 9 月 8 日，我们的第一封信先是用英文写的，然后，我们自己再翻译，妈妈也帮助我们再修改。之后，我们的第一封信就从洛杉矶寄出去了。

可这封信走得有些波折，过了一个月之后，那封信又原封没动地回来了。上面还被盖着一个红戳说"此地无此人"。我们有些恼火，但是不会放弃。再打电话给中国的老姨核查地址之后，又一次地寄了出去。

终于，又过了一个月我们收到了来自大洋彼岸的回信。是一个大信封里面还有一本新书，也是薛涛叔叔的作品《随蒲公英一起飞的女孩》。我们俩捧着新书和那个大信封高兴地直蹦，之后，我们坐下来开始读薛叔叔的第一封回信。

后来，薛叔叔对我们说，他在 20 多年的写作生涯中收到了无数封的学生来信。可我们的这封信还是他第一次收到从美国洛杉矶的来信。他说，他很好奇地打开信封，顿时被我们的信深深地打动了，原来美国的孩子也会喜爱我们中国的小说，这使他深感欣慰。他很快就给我们写来了回信。信中一一解答了我们所提出的问题。

从此，我们的信件就像是风筝一样在大洋两岸的上空开始飞翔了，这一飞就是四年多，来回的信件也有 300 多封。封封信都写得很精彩。薛叔叔的写作风格既新颖又独特；很简单，但又很有趣，为我们学习中文和了解中国文化增添了很多兴趣和宝贵的知识。

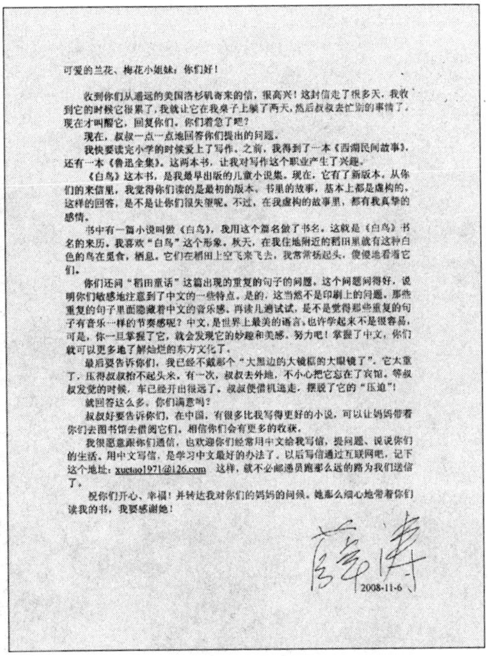

在我们的眼里对中国的印象是薛叔叔笔下那奥妙的神奇世界。而薛叔叔也对我们说，是我们为他打开了另外一扇了解美国孩子们学习成长的很多细节和过

亲爱的薛先生您好:

我们是 (Dahlia Lanhua Peterson and Lilac Meihua Peterson) 兰花和梅花，一对中美混血的 12 岁的小双胞胎，也是您的忠实读者，在美国的洛杉矶向您问好！还要向您表达感谢！

谢谢您的白鸟小说集，带我们走进了最初阅读中文小说的世界里，这一读就让我们深深的爱上了。

今年的暑假，我们有计划要多抽出些时间来读中文书籍，以便加强我们所学过的汉语知识和生字的记忆。在妈妈的协助下，我们去了中国城的图书馆，借了十几本中文读物。回到家里我们就开始换来看看，由于我们的中文程度还不够高，很多的书也读不下去。可是非常幸运的是当我们翻到白鸟这本书时就完全的不同了。首先就被这三分钟的小小说部分立刻地吸引住了。我们先找目录中对我俩都有吸引力的开始读，读完每一篇之后，都觉得自己非常有成就感。不会的字我们就去问妈妈，很快妈妈也爱上了书中的故事。于是，我们三人便挤在家门前的一条长长的 swing chair（可以来回荡的长椅子）上，非常快乐地欣赏这本妙趣横生的好书。它和任何我们以前所看过的书都不太一样。在读的过程中，我们不敢拉掉任何一个生字，否则内容就连接不上了。书中的每一句话都紧扣着我们的心思，每个故事都非常的引人入胜。虽然故事很短小精悍，可内容却是非常的丰富。每篇的结局都让我们俩跌破了眼镜。我们真的很喜欢您的写作风格、内容上也非常的新颖可亲，对我们俩来说真的有如打开了另一扇崭新的天窗。

书读完了，可在我们的心中却留下了很多问题，我们很想知道：您书中写的所有的故事都是真的吗？您怎么会有那么多说不完的各式各样的故事呢？还有读完了您的小说后，总觉得篇篇都写得那么巧，有着无巧不成书的美感。请问为什么您的书名叫白鸟呢？您是怎样爱上了写作的？……

我们还想知道："稻田"里的多处重复句是故意的对吗？我们相信不是印刷上的问题对吗？但是您为什么要在这里多用重复呢？我们还想知道：您是否还戴着那副大黑边的、大镜框的、大眼镜呢？我们要问、要问的话还有很多很多，今天就先问到这里吧。

总之，我们就是想谢谢您的"白鸟"小说集，是它打开了我们俩喜欢上了读中国小说的大门，所以我们在大洋的彼岸向您深深地鞠躬，以表达我们诚挚的感谢，也希望您能继续加油，写出更多的好书留给世人，感动世人，让中国的文化在世界的每一个角落里都能发挥优势，生辉发光。21 世纪的辉煌应该是在东方！

祝福您每一天都很开心快乐！

此致

兰花和梅花　敬上

2008 年 9 月 6 日/于美国洛杉矶

给薛涛的第一封信

可爱的兰花、梅花小姐妹：你们好！

收到你们从遥远的美国洛杉矶寄来的信，很高兴！这封信走了很多天，我收到它的时候它很累了，我就让它在我桌子上躺了两天，然后叔叔去忙别的事情了。现在才叫醒它，回复你们。你们着急了吧？

现在，叔叔一点一点地回答你们提出的问题。

我快要读完小学的时候爱上了写作。之前，我得到了一本《西湖民间故事》，还有一本《鲁迅全集》。这两本书，让我对写作这个职业产生了兴趣。

《白鸟》这本书，是我最早出版的儿童小说集。现在，它有了新版本。从你们的来信里，我觉得你们读的是最初的版本。书里的故事，基本上都是虚构的。这样的回答，是不是让你们很失望呢。不过，在我虚构的故事里，都有我真挚的感情。

书中有一篇小说叫做《白鸟》，我用这个篇名做了书名。这就是《白鸟》书名的来历。我喜欢"白鸟"这个形象。秋天，在我住地附近的稻田里就有这种白色的鸟在觅食，栖息。它们在稻田上空飞来飞去，我常常扬起头，傻傻地看着它们。

你们还问"稻田童话"这篇出现的重复的句子的问题。这个问题问得好，说明你们敏感地注意到了中文的一些特点。是的，这当然不是印刷上的问题。那些重复的句子里面隐藏着中文的音乐感。再读几遍试试，是不是觉得那些重复的句子有音乐一样的节奏感呢？中文，是世界上最美的语言，也许学起来不是很容易，可是，你一旦掌握了它，就会发现它的妙趣和美感。努力吧！掌握了中文，你们就可以更多地了解灿烂的东方文化了。

最后要告诉你们，我已经不戴那个"大黑边的大镜框的大眼镜了"。它太重了，压得叔叔抬不起头来。有一次，叔叔去外地，不小心把它忘在了宾馆。等叔叔发觉的时候，车已经开出很远了。叔叔便借机逃走，摆脱了它的"压迫"！

就回答这么多。你们满意吗？

叔叔好要告诉你们，在中国，有很多比我写得更好的小说，可以让妈妈带着你们去图书馆去借阅它们。相信你们会有更多的收获。

我很愿意跟你们通信，也欢迎你们经常用中文给我写信，提问题、说说你们的生活。用中文写信，是学习中文最好的办法了。以后写信通过互联网吧，记下这个地址：xuetao1971@126.com　这样，就不必邮递员跑那么远的路为我们送信了。

祝你们开心、幸福！并转达我对你们的妈妈的问候。她那么细心地带着你们读我的书，我要感谢她！

2008-11-6

薛涛给两姐妹的第一封回信

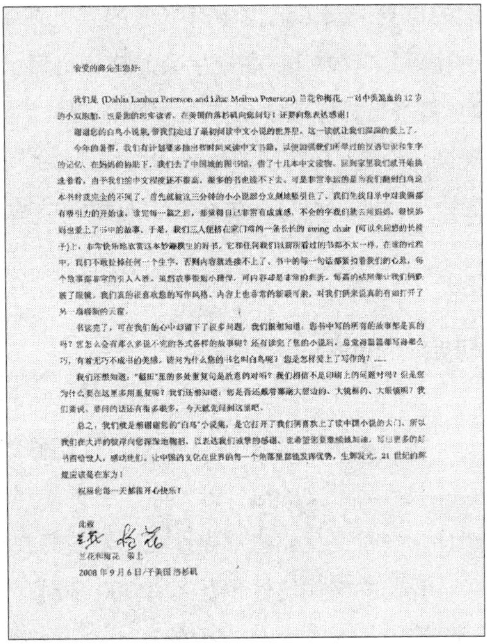

程的信息天窗。通信中有很多内容是在中国和美国的媒体中永远都看不到的小故事，例如：1）高中生会怎样告别自己的母校，都在搞些什么样的恶作剧；2）警察是怎样来学校搜查毒品的；3）学生之间的好和坏是怎样互动的；4）在美国还有些印第安人仍然过着像是原始人的生活，住在高山和悬崖峭壁上，过着没有水也没有电的生活等很有趣的话题。

初始（2008）

接下来的四年多的日子里，我们俩就会经常地坐在电脑前狂敲着键盘在给薛叔叔写中文的信，开始时，会很难也会很慢，可什么都架不住日久天长的磨炼。同时，我们也不停地在阅读着薛叔叔的一封封趣味横生的来信。四年多了，我们的来往信件也已经有 300 多封，有十几万字了，真的是封封信写得都很精彩。记录着我们有趣的初始；记录着我们的交往；记录着我们的友谊；记录着彼此文化的交流；也记录着彼此都在互相地成长着。这真的是一段让人难以相信的经历，而且在现今忙碌的大千世界中，已经不再有人会这么执著地可以这般地通信往来了。让我们自己也觉得很骄傲，可以这般地坚持与善良诚恳的薛叔叔通信如此长久，我们期盼着这种通信会继续下去，当我们上大学了也一定要继续通信。

在我们四年多的通信中林林总总地写出了很多丰富的内容，我们在此选出了几篇早期的通信跟您一起分享：

亲爱的薛涛叔叔您好：

读了您的来信后，非常的兴

谁是梅花？谁是兰花？

奋。我没着急，我每天都一直在耐心地等着您的回信。当真的收到信时，我就迫不及待地打开了。首先看到了您的新书《随蒲公英一起飞的女孩》，我们俩都很高兴。真的非常感谢您，也看到了您的一颗善良的心。

我对您的回信充满了好奇，您写的信好幽默呀，让我笑个不停。再一次谢谢您那么仔细地一一回答了我们的问题。我也等不及了还要再给您写回信，可以写下我的感想。我的键盘也等不及了，它让我现在就开始给您写回信。

我这一看，您已经写了那么多的书了。这是什么样的热情和使命感让您永远有写不完的书啊？怎么才能有那么多、那么多的故事可以写呢？我真的是很好奇。您可能是天生的天才的作家吧？另外鲁迅的文章我怎么也看不懂啊？您怎么小学毕业就能看全部他的书呢？我也真希望有一天能看明白鲁迅的书，能真的懂和真的能欣赏里面的内容那就好了！我有点着急了，什么时候我才能读中文的大厚书呢？

今天我写信给您感到了困难，花了大半天的时间。以前都是我写英文后妈妈帮我翻，很轻松，也愿意写。可现在她不让了，上来就写中文，很费力气。老实说，心里有很多的话想说，可又写不出来，写完后也有很多不通顺的地方，还是需要妈妈帮忙把句子疏通。妈妈说："万事开头难。"可这也太难了！没办法您看不懂英文，我就一定要练好写中文了。其实也是好事了。我早就应该写中文的文章，就是有点懒。

对了，您信中还有提到，中国有很多的好书可以看，老实说：从英文讲我们是青少年，对中文来说我们还只是个儿童。请您介绍一本好书的名字给我好吗？谢谢薛叔叔！

我写累了，键盘也被我敲疼了。下次再继续写好吗？我等不及了要钻进您的新书中，在那儿再继续地听您讲故事了。

祝您一切安好！

您忠实的小读者　梅花

11-27-2008

梅花，你好！

叔叔马虎了，当时没看到你邮件中还有附件。我也在失望呢，心想，那个梅花怎么不见出场呢？你看，我们彼此都是失望了。不过，晚来的东西也许是味道最好的。小时候过年，那些美味的东西常常是最晚才送到餐桌上来。

我提议我们欢呼一下，为彼此收到了"晚来的信"！

照片收到两次，看来是都收到了。你和兰花是越长越美丽了，就像你们的名字。

即使叔叔懂英文，也希望你和兰花用中文给我写信，因为这样能很好地练习中文。别怪叔叔为难你们，好吗？叔叔知道你们写来的信花费了很多力气，所以，叔叔是很认真地读着每一个字的。我女儿名字叫豆豆，她写英文也不容易，我鼓励她用英文给你俩写信。好吗？她的功课很多，我真希望她轻松些，可是为了将来有一个好的前程，她和很多孩子一样在刻苦地学习功课呢。

鲁迅的书，叔叔小时候只是有些印象，也是读不懂的。不过，那些印象对我的影响就很大。其实，书对人的影响，不仅仅是它的内容，它每天放在你的枕边，就会影响你。就好像它自己会说话，即使你睡着的时候，它能在你的耳边小声讲里面的故事给你听。给你推荐一本好书：《男生贾里》（秦文君著）。

叔叔写了一本《鲁迅》的传记，刚刚出版。过几天，寄给你和兰花。你俩先了解一下鲁迅的经历。鲁迅对叔叔的影响，除了他的作品，还有他的品格。不过请不要担心，叔叔的性格比鲁迅要温和得多呢。

我也说不清哪里来的灵感，积攒写来，这些年写了很多书。不过，对它们，我自己并不满意。我觉得我会写得更好的。叔叔每天都在准备或者写作新的作品。是什么力量让叔叔这么有热情呢？我想，是叔叔的性格吧。叔叔不希望自己确定的事情落空，总是努力完成它。还有，叔叔是太爱文学了。我想，你和兰花也是这样的性格吧。

有闲暇的时候，就写信来，长些短些，叔叔都喜欢。叔叔只要在家，就及时回复你们。跟你们通信，很愉快。叔叔也想经常听到你和兰花的好消息！

期待着你们来看我。

问候你的妈妈。我们是老乡啊。

薛叔叔
2008-11-30

亲爱的薛叔叔您好：

非常感谢您的回信和传过来的那三张马鹿的照片。也谢谢薛叔叔表扬我们写的文章很好，我们还要再加油的，尤其是写中文的文章还差得很远很远呢。

您传给我们的那些马鹿的照片很可爱，我们也上网查过了，马鹿的英语叫 red deer。在美国我们很少见到，但是知道马鹿浑身上下都是宝。就是马鹿可以生产出鹿茸的。嘿，好像林场养了很多头马鹿。我看到了 23 和 38 的号码在马鹿的耳朵上。好像那几头都是母的马鹿，为什么都没有看到它们长出大大的鹿角呢？是掉了吗？因为只有公的才长那大大的鹿角，是不是公的关在另外的马鹿圈里了呢？只是好奇而已。

豆豆去姥姥家玩，一定会很开心吧？她的姥姥一定会包饺子给她吃吧？还有炒很多的菜对吗？我还在猜想，您也一定会很快快乐乐地喝了一顿美酒是不是？串门对我们来说，永远是最兴奋和最快乐的事情。可是我们在美国都没有什么门可以串。

提到了林场，是不是就是牧场？我们在小学毕业前，大家一起乘旅游大客车开了 4 个多小时去卡拉明沟大牧场玩了一整天，可开心了。那里有一望

在牧场玩泡沫大战（2007）

经过了泡沫的洗礼（2007）

无边的绿色大草原和一条安安静静的小河在牧场的边缘横卧着，河里长着很多的芦苇草，感觉里面一定会是另一个神秘的世界。牧场里有很多的牛，马，羊群等。

可我们的心都没在那儿。首先是我们痛痛快快地大吃了一顿，有各式各样好吃的，牛排，热狗，汉堡包等，还有棉花糖和水果……然后，我们就穿上防护衣，戴上了拳击的大手套，进到用气吹起的打拳场里。在那里打拳让你站都站不稳，两个人打起拳来，就像是两个喝醉了酒的大汉。还没等对方打呢，自己就先倒下了，然后，还要以最快的速度爬起来，每一场是三分钟。那队排得可长了。还有游泳，跳水；还有拔河游戏；你还可以下河去踩脚踏船；还有那30英尺长，却又很陡的充气的大滑梯，还有各类好玩的游戏在等着你去玩儿。

但是，这次到牧场郊游中，我们最爱玩的还算是：喷泡沫游戏。（也不知道用中文怎么说才对。）有一个在牧场工作的人，他举着一个很大的像似大喇叭筒形状的筒朝向天空，很快就会从那里不断地喷出浓浓的白色泡沫。我们一共有90个同学站在一片空旷的草地上，不一会儿的工夫，几乎每一个人都钻进了这个泡沫的海洋。有些人去抢那高空中洒下来的雪白的泡沫；有的互相在往脸上摸着轻如雪花似的泡沫；有的学生还打起了泡沫仗来；还有的人在泡沫中捉起迷藏来；人平躺在地上时，就会完全不见了。每个学生都玩耍得非常开心，同学们都完全沉浸在那雪白的泡沫覆盖中无法停止。那兴奋的欢声笑语在整个的牧场中不时地回荡着……

哦，还有下个星期二是奥巴马新总统上任的宣誓就职仪式日。我有些等不及了，想听他的就任演讲。我们都很喜欢他。在那段时间，我们的学校会停止讲课，可以看电视的转播实况，我在想象那宣誓就职仪式一定会很庄严隆重。不知又会有多少的小孩子们，在他们幼小的心底里会有一个新的梦想了，那就是，有一天也要当美国的总统。

今天就先写到这里了。祝薛叔叔每一天都开心快乐！

兰花

1-13-2009

相见与想念（2010）

2010年的暑假，我们要去中国了。先是参加了中国汉办组织的孔子学院的夏令营，之后，我们又代表美国飞到上海去参加上海世博会的三场集体芭蕾舞的演出。回到沈阳后，我们就立刻前往营口去看望与我们通信两年多的笔友——金作家薛涛叔叔。

一见面，我们就给薛涛叔叔一个热情的拥抱。薛叔叔和他的太太、女儿一起带着我们先在营口附近玩了一天。又带我们去欣赏大自然和当地的历史古迹；还吃了很多当地的特产；还去了农家村饭店吃了正宗的农民大碗饭菜。然后，我们又去农村看到了一望无际的芦苇荡，我们好想钻进去，寻找一些野鹅蛋、野鸟蛋或是那些带有六色的野鸭蛋。我们在芦苇荡里没找到什么蛋，却在芦苇荡外面看到了浑身挂满泥浆的羊群。可爱的羊群冲着我们咩咩地叫着，让我们觉得很惊喜。薛叔叔还幽默地封我们当上了羊倌，并为我们了做了两条芦苇的鞭子，我们便疯狂地追着羊群漫山遍野地跑着、笑着，有着一段非常难忘的快乐时光。

分手时，薛叔叔还送给我们俩一本专门为我们制作的相册集。他收录了几年来与我们在网上通信时传去的照片，并在每张照片上都细致地配上文字说明。相册的封面写着"薛叔叔陪你们一起长大！"收到这份特殊的礼物，我们很感动。我们对他说："就连我们的父母都从来没有给我们这样一份用心编织的精美礼物。"

当我们在沈阳的辽宁大剧院演出一场集体的芭蕾舞时，薛叔叔又一次从营口特意来沈阳看我们的演出，当我们演出结束后，让我们得到了一个意外的惊喜，看到薛叔叔来看我们时，也让我们觉得很感动。

嘿，梅花、兰花：

205

现在你们一定还在睡觉吧？叔叔早就起床了，先是校订我的一部长篇小说，然后早餐。现在可以安静地给你们写信了。

终于见到你们了！虽然我们见面了，但，我们不能像写信那样深刻的交流，可是毕竟我们是面对面的交流了，感觉亲切极了。这次见面，我总觉得很匆忙，心里没能安静下来，这样会影响交流。你们说是不是？

营口这地方，也没有太好玩的地方。或许，平时我只有在家里，就是专心读书写作，不经常在营口休闲。也许有好地方我却不知道。不知道你俩玩得好吗？在河北的岛上，我奢望遇见牛。没遇见牛，还好，我们遇见一群很狼狈的羊……对了，我们没去看稻田，急匆匆的忘记了。确实我最喜欢秋天的稻田，秋天的时候我还会拍照片给你们。

昨天中午，看见你们吃饭很香，叔叔很欣慰！豆豆也证明，你俩很爱吃那些烤肉。这样，叔叔就特别高兴。叔叔不算一个细致的人，只要能看到你们高兴，叔叔也高兴！

豆豆还不会像一个主人那样接待客人。这次我才发现，她确实太小了，还不如你俩懂得一些事情。整天的功课，她也不善于跟人交流，再加上语言的障碍，她很着急。你们走后，她说，她会努力学习英语，并锻炼交流沟通的能力。

见到你俩，比通信时的印象更美好。你们那样喜欢动物，对身边微小的事物那样热衷，这是有善良美感的内心的人才能做到的。

希望你能看到这封信。不过，不必详细回复。回信要花费很长时间。现在，你们要好好的轻松的玩。回家以后再写长信。

一想到这次见面，也许还要四年才见。我就必须要再见到你俩，希望是你们在辽宁剧院演出的时候，叔叔会去看你们在舞台上的样子！

四年以后再见，你们就是大人了。叔叔希望你们一天天成长，却又不希望你们长大，就怕你们会忘记少年时代的叔叔……

叔叔写到这里，都落泪了。你们一定理解这份感情。

先不写了。

对了，昨晚叔叔梦见跟你们通电话。对方是兰花，还是梅花，我也不知道。说话的内容，叔叔不记得了。叔叔这两天，每天都梦见你们。叔叔是个爱做梦的人。

昨天你俩离开以后，我们走在小区了，豆豆跟我说，真舍不得你们，心里空了……

薛叔叔

2010-08-26

亲爱的薛叔叔您好！

我终于回到了洛杉矶。就像一只毛毛虫，从茧中爬了出来变成了一只花蝴蝶，开始了崭新的生活。那真的伊甸园就这样悄悄地消失了，可我清楚地知道我正在面临着四年非常紧张和重要的学习任务。再开学就上高中了，不能再开玩笑了。妈妈总是说一句话："你要赢在起跑点上。"

我们跟你们一家在一起的时光非常非常的快乐。我很喜欢去那些有神秘感和可以探险的地方，每当我去陌生的地方就觉得很兴奋、很刺激。特别是那片巨大的芦苇荡。虽然我们那天没有时间进去探索，但我幻想着，我们走在芦苇荡中，有一大家子野鸭和野鹅群跟在我们的后边，呱呱地叫。风把我们周围的芦苇刮得像疯狂的舞者。我还幻想着我们看到了许多鹅窝、鸭窝，里面装满了五颜六色的蛋。

回到河岸的路上，我一直幻想着可以看到牛。可是我们没有看到牛，可也没关系，因为跑来了一群满身沾满了干泥巴的黑乎乎的一群羊。我还清楚地记得您惊叹地说："哇，怎么烤全羊都跑了出来？"薛叔叔，您太幽默了！之后我们就去吃烧烤了，好吃极了。我最最爱吃的就是烤肉，因为别的鱼虾我不爱吃。但我还是品尝了两个虾耙子。说到这儿，顺便请您带我谢谢阿姨帮我扒虾耙子的皮，之后我吃的真香。

对了，我一定要告诉您。我们全家都喜欢您送给我们的惊喜礼物，包括姥姥、姥爷和老姨一家都喜欢。哇！您太用心了。从这儿我看到了薛叔叔的心很细。我也意识到了薛叔叔真的很疼爱我们，我们会很珍惜的。再一次谢谢薛叔叔为我们做的这一切！

P.S.（顺便）薛叔叔，对不起！我没有早点儿回信。因为、我一回来之后，第二天就立刻去学校报道跟网球队开始训练。还有我在倒时差，这时差很难调整，闹得我一宿一宿睡不着觉，弄得我整天都很困。打球回来后就开始弹钢琴。我落下了太多太多的钢琴老师留给我的暑假作业。这星期六我就要去看她了！我得赶紧赶上。这次去中国我们是大丰收，现在我就要坐下来用我们的语言一一都记载下来。我刚写完一篇《我想老姨》的信，也传给您一起分享，您也认识我的老姨。用我的键盘把暑假的大丰收一一地收割进我的电脑里来。

祝薛叔叔写作愉快！也希望您的书能尽快顺利地出版！

梅花

2010-09-02

我想老姨

我匆忙地登上了回洛杉矶的飞机，刚刚坐稳。突然，从座位后面冒出一个小女孩儿的叫声。我想姥爷！我想下去找姥爷！她执著地喊个不停，让我有些感动。我回头看了一眼，她竟是一个三四岁的小姑娘，长得很可爱，那一对黑黑的小眼睛却直盯盯地望着窗外。飞机很快就起飞了。我又听到了她拼命地哭喊，我不想飞走啊！我想下去找姥爷！这时的我心酸难忍，眼里滚烫，热泪在里面转来转去。我和小姑娘的感觉是一模一样。她的哭喊也是我心底里的呐喊，我也正在想我的姥爷、姥姥和所有在中国的亲人。可我最想的还是老姨。

我想念老姨那一对会说话的大眼睛，更想念老姨的脸上总是挂满了甜蜜的笑容。每当她叫我，嘿，宝贝儿，老姨的大宝贝儿！那声音亲热无比。至今我人已回美国，可那声音还时常在我耳边回响着。老姨她长得非常漂亮，她也很会美。她的个子高高的有着不胖不瘦的标准身材，可她的腰却很细，她穿的衣服都搭配得特别优雅大方，她具有迷人的美丽。

四年前，去中国我们就住在老姨家，这次又住在她家。老姨很疼爱我，和老姨在一起的时间多了就让我觉得很感动。自从我们来她家串门，老姨的周末就从来没有休息过。而且，还要起早贪黑。老姨开车带我们去了很多的旅游胜地。可我还清楚地记得去丹东鸭绿江参观中朝边境的那天。清晨五点钟出发，晚上11点钟到到。在半路上还遇上了狂风暴雨，路面上什么都看不见。可老姨为了赶时间硬是咬牙开到了目的地。其实，老姨早知道去丹东的路由于发洪水已经封上了，可她又选择了绕道320里的路线。是老姨的执著和热情感动了老天爷。我们要照相的时候雨就停了；我们要坐船看对岸的朝鲜时，雾就散了。这可真是绝顶的奇妙！

当我们到了鸭绿江边时，江面布满了浓云迷雾，我们全家都说不坐船了，什么都看不见。可老姨却坚持说，既然都来了就座吧。当我们上船后不久，真的就云消雾散了。我们清清楚楚地看到了对岸还保持着中国60年代时的萧条情景。

老姨还常说她最爱做我们一家的"三陪"（司机、导游、摄影）了。平日里，老姨还陪我们一起去游泳、看电影、逛街买衣服等。老姨还给我们买了数不清的零食和各种的饮料堆放在家里让我们吃喝；买了活的大螃蟹蒸给我们品尝；还请我们去大饭店吃丰盛的晚餐；还带我们去真正的韩国店吃烤肉……

回到美国后的这几天，不知是什么原因，我总是怕黑天，更怕的是睡觉。到了晚上我总是会拼命地把睡觉的时间往后拖。昨天晚上，很晚了我还在看一部电影，讲的是在赛车场里发生的故事。奇怪的是到了半夜，我却梦见了老姨坐在一辆火红色的赛车里，四周飘满了彩色的旗子和欢呼声。我试着跟老姨讲话，可她听不见。我急坏了，就拼着命地大喊：老姨！可能我用力过猛便坐了起来。这时，屋里是漆黑一片，我什么都看不到，我伸手到处摸摸却什么都没有。我便又大哭了一场。我真的好想念老姨！

梅花

梅花，你好：

一打开邮箱就有你的信！

现在我是跟一个高中生写信了，感觉很好。因为叔叔曾经做过高中的语文教师，所以，现在给你写信，好像把我带回了过去做教师的年代，是一种追忆的情绪，很美好。叔叔都细读了。文章跟"老大"的风格不一样。你的文章非常风趣、幽默、很活泼。兰花的文章则优雅、从容、很凝练。各有千秋啊！其实，从平时的写信，已经发觉你俩的性格不一样了。中国有句话："文如其人"。大意是说，文章的风格往往如同作者这个人的性格。你俩的"人"和"文"恰好印证了这句话。

你的这封信对我有很大的鼓舞、极大的激励。梅花希望叔叔的书成为世界上很多人都喜欢读的书，这只能是悄悄话、我们要私下说。其实，这也正是叔叔的野心。不过先低调啊，叔叔悄悄努力就是了。叔叔是个成年人了，不能去宣布一个空洞的理想，只能是暗自的努力，像老黄牛一样朝那个目标跋涉吧！我觉得叔叔是有可能的。你也帮叔叔向上帝祈祷吧。

梅花把我的话记下来，让我很感动啊。在你的信里重读那几句话，确实很像"名人名言"嘛。

这封信是激励了我，上次的信是逗得我憋不住大笑不止，梅花，你真的越来越幽默了。"当豆豆长大时，她也会写出好书来，因为她从小就受到了薛叔叔的写作熏陶，薛叔叔是有魔力的。另外'二手烟的威力很大啊！'"——这就是典型的梅花式的幽默吗？你现在的信，能写出幽默感了，这说明你驾驭汉语的能力在增强。也就是说，当一个人的语言有了个性，这就算成熟些了。对，每天都读中文，学语言就是靠坚持。还有，好文章确实不是文字游戏，文字是为你的内心服务。要先做到"心中有"，再做到"笔下有"。心中有，笔下有。心中无，笔下无。笔随心走……哦，像一个秘诀。也告诉你们一下吧。这是叔叔写文章的秘诀。也就是不写虚假的文章，先感动自己，再去感动读者。

从照片里看到了你们，我觉得你俩已经很善于照"合"影了，每一张就好像经过精心导演的，造型很考究。你爸爸已经把你俩训练成"演技派"的拍照高手了。对了，那张书法，最好用电熨斗熨一下，那样会更好看的。你俩可以试着操作一下。

说到对文学的新认识。我最近是回到了土地上，从前我好像背叛了土地。我现在重新回到东北的土地，写这片土地上的人和信仰。北京的杂志刚刚对我有个采访，发表在10月的刊物上。我发给你，你看看吧。那上面就是我最近的思考。

叔叔期待你的中国日记！要是很多，只翻译出一部分吧。虽然翻译一遍，对你们的汉语有好处，可是叔叔还是不忍心让你们挨累。我对豆豆就很宽容。我在家的时候，经常偷偷给她放假，让她偷偷玩一会儿。

叔叔也希望你偶尔偷偷玩一会儿。

对了，叔叔11月要去日本，短期的交流。日本外务省出资邀请的，上海的一家出版社组织的，只有8位作家前往。到时候叔叔给你们带礼物回来！

晚些给兰花写信……

薛涛
2010-10-19

薛叔叔啊！薛叔叔！

2010 年就是这样悄悄地、悄悄地降临了。时间就是这样永无休止地在飞驰着……

祝您和全家新年快乐！您的新年过得好吗？豆豆她放寒假了吗？

我们已经开始放寒假了，应该说是放冬假，因为洛杉矶这里一点儿也不会寒冷。说到不寒冷时，让我想起来，这也可能就是为什么美国一年一度的玫瑰花车大游行会在洛杉矶的帕萨迪纳市所举行的原因了吧。因为这里四季如春，阳光灿烂，加州还被称为是著名的黄金州呢。就是指加州不但是有黄金还有最多的大太阳。薛叔叔，您在电视上看过玫瑰花车大游行吗？今年我们俩也去了帕萨迪纳市玫瑰花车的准备大厅，我们去那里做义工，帮忙往花车上沾鲜花。我们从早晨9点钟，一直干到晚上5点钟。您看那大游行是不是真的好美啊！人们都穿着夏装，有鼓乐队、马队、千奇百怪的美丽花车和到处都是鲜花盛开、绿树茵茵的大道。如果我们没记错的话，洛杉矶的气候是全世界中数一数二的好。

今年的冬季很奇怪，通常洛杉矶的冬天很少下雨，可今年的冬季却大雨下个不停。我们放假三周，在圣诞节之前的那个星期连着下了四天的雨。

每天早晨当我们俩醒来时，都会急急忙忙地一起先拉开窗帘，看外面的空中总是撒满了雨珠，玻璃窗上也镶满了半颗半颗的雨滴，妈妈用来晾衣服的绳子上也均匀地挂满了一串串晶莹透亮的雨珍珠。我们好想把它剪下来戴在自己的脖子上，那将一定会是世界上最美丽的一串雨珍珠项链了。

雨一连下了四天，害得我们没办法出去玩，只好躲在家里看书。首先我们把最喜欢的《四季小猪》又从书架上请了下来。我们一起坐在面对落地窗的沙发上，怀里抱着我心爱的小花猫，一边听着那不同的时大时小的雨声打在屋顶的瓦片上、草地上和玻璃上；一边一起共读着《四季小猪》这本非常有趣的诗歌集。这个时间读上这本书会让我们觉得格外地有趣，有时我们还会讨论如果那些小猪和它的朋友们能在这样的雨中都出来会面和玩耍该有多浪漫啊！我们把《四季小猪》里的很多章节都看了好几遍，有些段落都可以背下来了。

在这雨天中，我们俩又看了一遍之后，感觉就更美了。好像是在听薛叔叔坐在我们面前绘声绘色地给我们讲故事一样，书看完了，故事也听完了。这时会让我们浮想联翩起来，并写下了我们读完您的《四季小猪》后，我们一起跟着您创作了一小段文字，现在写给您一起分享：

"在风景如画的村西头，有一棵枝叶繁茂的大柳树，垂柳弯弯搭到了小溪旁，溪水潺潺向南流淌。在长满了紫色、粉色、黄白色的篱笆花的栅栏外，有一大片翠翠绿绿的野草地，上面还开满了一球又一球的白色蒲公英。在那棵大柳树下，还铺着四季小猪那件红红的大斗篷。中间摆满了金红色的橘子和带有绿叶的鲜红大草莓，四周还摆了一圈大松子，一圈大核桃，一圈山里红，一圈大栗子，一圈的小胡萝卜。

"太阳公公在碧蓝的天空上，正笑眯眯地看着我们。绿色的鹦鹉坐在温暖如春的阳光下，梳理着美丽的羽毛；红喜鹊站在树枝头上，停止了歌唱；野兔兄弟也从萝卜地里跑了出来，安静地坐下了；獾子的一家三口也从小溪的西边爬了上来，手拉手地坐在了一起；七星瓢虫、蜻蜓和蚱蜢们也不知从哪听到的消息，也都一起飞来了；那贪婪的蝴蝶和气喘吁吁的蜜蜂也先后地飞了过来；小松鼠和穿着大褂的田鼠大妈也一起坐了下来；在草丛里的蛐蛐也停止了演唱；树杈上还蹲着一只白肚皮的小小鸟；田野中的蒲公英也都齐整整地站好了；头上的一排大雁也都不约而同地停落在了附近；小猪的邮递员也慢慢地走了进来；一直在胡说八道的狐狸也闭上了嘴；在旁边青草地啃青草的小山羊也不吃了；那栅栏上的喇叭花们也都伸出头来……

"这时我看到了两只小猪手牵着手地进了会场，今天也不知是谁召集了这个空前未有的故事会？哦！原来是薛叔叔要讲那些带有花草香味的好听故

雨后日出时的瞬间彩虹（2010-12-22）

事会就要开始了。"

薛叔叔，您看我们读完了您的《四季小猪》这本拟人的诗歌集之后，我们也想写个拟人的故事给您。我们知道，自己写得还不够好。但是，我们已经跟着您的后面开始了。希望我们以后会写得更好。

当雨下到第四天时，在傍晚的时候，我们一家正在有说有笑地吃着晚餐。突然，阳光洒满了整个房间，原来是太阳出来了。我们俩扔下刀叉就立刻往外冲，爸爸也连声地喊着：My God！My God！（我的天啊！）赶快往楼上跑。因为我们都知道雨中有太阳出来时一定会有彩虹出现。真的是被我们猜中了，而且还是双彩虹就挂在我们家门前那颗棕榈树的正当空。我和梅花都高兴地在细雨蒙蒙中的湿湿的草坪上跳着、转着、舞着，很高兴地迎接着、享受着太阳晒在大地上的那温暖的光芒。

这封信写了好久，新年前就应该写完，可是总是在拖拉。昨天我们收到了您的来信还有两篇访问日本的散文，我们已经开始读了，读得很慢，好像有一点难，但我们一定会很认真地读完。我们喜欢您传给我们的照片，薛叔叔好像是瘦了，也可能是穿的衣服多的原因，但是看上去更年轻了。谢谢您传给我们的照片和两篇文章！

现在开学了，我们又像机器一样开始转起来了。其实，我们度过了一个非常舒服和轻松愉快的冬假，除了读小说，做完很少的学校作业以外就都是在玩了。和朋友们一起去看了很多场电影；很多次去同学家串门，一起玩，还在那里吃晚饭；还跟朋友们一起学会了骑脚踏车。总之，真的是优哉游哉、快乐无比。

我们在这里祝薛叔叔新年新希望！新年有更新的好运！身体健康！天天开心！写出更好看的新书来！

兰花

2011-01-03

嘿，梅花、兰花：

很久不写信了。是不是把我忘了？你们都在忙什么呢？

先说说我最近在忙什么吧。

我先是去江苏常熟领取儿童文学十大金作家奖，然后在江南溜达了一会

薛叔叔在"华山 空中栈道"

儿。颁奖会在一个小学进行，很隆重，也很动人。我的获奖感言得到了大家的肯定。常熟的牡丹花开了，我却没有去看它们，自己去一个古镇走走。我不喜欢颜色绚烂的东西，喜欢色彩简单的事物。有趣的是，临走，把那个漂亮奖杯忘在宾馆了。只好麻烦常熟的朋友寄给我。因为是玻璃的，邮局不给寄。现在还在常熟想念它的主人呢。常熟的朋友就说我很超脱，把名誉看得太淡了，居然把奖杯忘在住处。

半夜回到沈阳，我睡了几个小时，就赶往铁岭市，我的家乡。好友开车陪我去一个平原，那里埋着奶奶、我去祭奠她。然后，开车进山。我的姥姥和大舅们埋在那里。我去祭奠他们。一整天都是哀伤的，连车外初春的风景也是哀伤的。在姑姑家吃饭的时候，心情好些，跟姑父喝酒了。回忆小时候的事情。距离200米的地方坐落着我小时候的房子，我只让车快速开过。那座房子已经很破落，我怕太伤心，没敢停留。我们一家搬过好几次家，在那个房子住的最长久，所以感情也最深。现在它又老有破落，我很难过。虽然现在住着别人，我还是觉得它是我的。

过几天，我还想去看看它。

从铁岭回来，第二天就随单位的18个人去陕西采风了。陕西我去过几次，很喜欢。当然还要去看兵马俑、华清池。还去了黄河壶口瀑布，这是我第二次去了。有一天我自己溜出去，让西安的一个朋友陪我在小巷子里走了半天。那都是我们熟悉的巷子。我们还去了延安，住在窑洞里。晚上，在窑洞门口我请大家喝我的普洱茶，很惬意。这次我爬华山了，很惊险。我和另外一个朋友通过了最惊险的空中栈道。证明叔叔是勇敢的，很少有人敢走这条道路。现在照片还没传过来，过几天发给你俩。现在你们去搜"华山空中栈道"，网上有很多照片。在栈道上走的时候，我就想，要是梅花和兰花在，她俩一定敢走这条道路……

　　回到沈阳，我就抓紧写另外一部长篇小说了。刚刚写了2万字，时间用在旅行上很多，我得把时间追回来啊！

　　发给你俩几张照片，过几天再发最惊险的给你们看！

薛涛

2011-04-26

　　亲爱的薛叔叔您好！

　　我是梅花，很惊喜地收到了您的来信，让我觉得非常的高兴，一口气就读了两遍。

　　薛叔叔啊，我们总也不会忘记您的。说到不忘记就又让我想起去您家串门的一幕幕好玩的情景了。好快乐呀！也好有趣啊！今年年初，老姨送给了我们一本有我们去中国照片的2011年日历，就摆在我们房间的书桌上，里面有很多去营口的好看照片，让我们常常都能想起薛叔叔和中国的亲人。

　　看过信后，知道薛叔叔又获得了一个大奖，让我很羡慕。祝贺薛叔叔！我也为薛叔叔感到很骄傲。薛叔叔，您又去了很多好玩的地方旅游和采风，真的是很幸运啊！您还看到了兵马俑，住进了延安的窑洞。真的是让我很羡慕。您说到回铁岭的事，我猜到了您是在说四月初的清明节对吗？我是在您给我们的小人书里看到的介绍中国的所有节日中发现的。您说到了那一天都是哀伤的，我就猜到了是清明节。薛叔叔，请您不要哀伤。您的亲人还在，他们都在另外的天国里，以后都会再相见的。您相信吗？反正我信。当您这样想时，就不会那么哀伤了，请您试一试。

　　薛叔叔，您又在写长篇小说了？哇！您怎么像是一头永远也挤不完奶的奶牛呢？（我妈妈说，这个形容的不太好吧？如果您认为不好时，请不要介意。我想不起来另外的形容句子了。）您能告诉我一点点，您这次是在写什么内容吗？我真的是很好奇！您有永远都写不完的故事，真的是很神奇。

　　我想告诉薛叔叔，在上个月，我每个星期六去参加准备AP汉语考试的学习班里学习三个小时。老师给我们出了一道题是：谈一谈你所熟悉的一位中国作家。听了之后，我很高兴。老师给四分钟的准备时间，然后，要对着录音机，讲出两分钟的回答。我立刻就开始打个草稿，四分钟后，老师第一个就叫到了我。

我很胸有成竹地说到："我所熟悉的一位中国著名的作家叫薛涛。他出生在中国北方的农村—铁岭。他的妈妈是位小学老师。从小他就喜欢读两本课外书，一本是民间故事，另外一本是鲁迅全集。也就是这两本启蒙的书，让他开始对文学着上了迷，也开始喜欢写作了。而且，从小他就有一个梦想，长大后，很想当一名作家。结果，当他长大之后，他真的成为了中国很有名气的大作家。去年暑假，我去中国了，还真的去他的家乡看见了他，并且还去他家串门了。他的作品就像是他的本人一样，非常的淳朴无华。他的每一篇文章都写得很细腻、吸引人，也很感动人。最近我阅读了他的新作品叫《四季小猪》。这本书是他专门送给他的女儿豆豆的。我还看过他的《随蒲公英一起飞的女孩》。这个故事非常的感动人。他的笔法看上去有些平凡，连像我在美国学中文的学生都能看得很明白。可是，一旦你开始看上他的书时，你就一定会放不下的。薛涛的写作笔法非常的奥妙，他总是会牵引着读者的心，让你仔细地思索故事的深处含义。渐渐地我就变成了他的忠实的小书迷了。薛涛就是我所知道的中国的著名作家之一。"

我说完这段故事后，同学们都给了我热烈的掌声，老师还表扬了我，并给了我满分。我心里觉得很美、也很甜。

祝薛叔叔正在写的新长篇小说会很顺利！

总也不会忘记薛叔叔的梅花

2011-05-02

嘿，梅花，兰花！

今天我们过父亲节，我却在单位呢。刚刚给父亲那边打了电话，问候他。可是我自己却还没有收到豆豆的电话。她跟往常一样，还要很晚才放学呢。大概她想不起来给我祝福了。因为回到家里，还要复习功课的。所以，你们是第一个给我祝福的孩子。我心里，真的把你当成了女儿那样的孩子。所以收到信，很感动！

你们的信，总是有感动我的故事或者细节。上次那个狮子与恩人拥抱的视频，我发给好几个我的朋友看，他们也很感动。还有那个双胞胎兄弟的死，真是诗意的结局。人类应该像他们那样唇齿相依，那是最理想的关系啊。

你们参加那么多考试，把我都考蒙了。你们别怕，人的一生就是考试的一生，想活着，就去考吧。让考试来的更猛烈些吧！

叔叔这半年很忙，也知道你们的学习越来越忙，所以写信少了一些。还是彼得先生见多识广，真正的朋友是一生的，怎么会轻易远去呢。就是彼此忙碌，或者在给对方留出时间啊。朋友，装在心里、不一定写在信的里面，不一定挂在嘴边。是吗？

叔叔刚刚完成了一部新书，这两天在回答记者写关于这本书的十个问题。回答完了，这个问答附录在书后，一起出版。这本书之后，我马上动笔写另一部。叔叔今年的灵感推不开了，我被灵感包围了。一个作家、被灵感包围，是很幸福的事情。所以、我要珍惜来之不易的幸福啊。

明天去阜新蒙古族自治县，那里有一个山村小学。叔叔和别的作家捐赠了很多书给他们。叔叔捐的非常多。去那里搞一个图书室的开放仪式。我将见到很多山村的孩子。

是的，你们长大了。看了你们"飞"的那组照片，就是去哈佛的那几张。你们又长大了，叔叔怎么不愿意你们长大呢。我也不愿意豆豆长大。有一天她睡着了，我偷偷看着她，发现她不像小时候那样的孩子气了，心里很惆怅。我最喜欢10岁以前的豆豆。你们长大了，就渐渐有了自己的生活，过去的一切，就会渐渐抛弃。希望我不是第一个啊！ （开玩笑的话）。

梅花，兰花，叔叔永远惦记你们！今天是父亲节，去给彼得一个拥抱吧。我希望是两个拥抱，另一个送给我！

薛叔叔

2011-06-19

薛叔叔，您让我们汇报一下近来我们都在做什么吧。

哇！时间过得真快啊！好像有好久没有给您写长信了。上次我们向您汇报到哪了？很多的事情好像都忘记了，我要看看电脑里照片簿子才能回想起来。我们写的春访东部的六所一流大学的文章被中国中学生报的大视点整版刊登出来了，沈阳晚报也刊登过了两次。今年年初时，我们俩有在鹰龙媒体集团举办的柔似蜜春节游园会上表演弹钢琴和跳中国的民族舞；还有在北美作家协会庆龙年的联欢会上表演了跳傣族舞蹈；还有我们俩参加了 2012 年加州写作比赛，我获得了银钥匙奖，兰花得到了第三等奖；我和兰花的学习成绩都有大幅度的提高，我目前的成绩都是 A。年初，我参加了大洛杉矶的钢琴比赛，被洛杉矶市医生交响乐团选中（Los Angeles Doctors Symphony），为他们乐队钢琴伴奏莫扎特第二十四章交响曲的第二段。我会传给您几张照片一起分享。

我再跟您汇报一下上个周五晚上，我们学校举办了一年一度的才艺表演大会（Talent Show）。虽说是每年一次，可是我们还是第一年参加，以前我们觉得参加这个活动没有意思。今年，爸爸妈妈都希望我们能参加，我们就报了名，再经过全校的选拔之后，我们被选中了。整场的演出是 20 个节目，我们的演出是第三个节目，我们俩一起跳了一个蒙古舞蹈《骑在马背上的女孩》，接着我们俩一起演奏了四手连弹意大利的钢琴舞曲。表演之后，受到了比较热烈的欢迎。但是，整场节目表演完之后，我们意识到了什么是美国中学生的音乐主流了。百分之九十以上的学生喜欢摇滚乐和流行音乐，舞蹈也是喜欢那些 Hip hop 的动感非常强的那种黑人的舞蹈。

演出结束后，当我们在开车回家的路上谈论起整场的演出时，我们多少有些失望，因为我们没有赶上流行。但是，我们意识到了如果明年我们还要参加时，知道什么是我们的方向了，我们可能会跳 Salsa 的双人舞蹈；再弹钢琴时，可能会弹那些非常流行的 Jazz/pop 乐曲了。还有，哇！我们自己中学的学生平时也没有很了解，通过这次才艺表演，才了解到了，他们对音乐追求的疯狂程度。在演出的过程中，他们身体的每一个细胞好像都通上了电，还有着不同的名字和内涵，每当碰触到对了的细胞时，他们就会立刻疯狂地跳了起来，手舞足蹈，跳得好美啊！你坐在他们身边时，不得不被他们热爱音乐的狂热而感动。音乐的确是生活中一个太美好的因素了，它会让你忘记一切的烦恼和忧虑。这也使我想起，每当我坐在钢琴前，当手指行走在那黑白相间的键盘上时，每按下一个键便从音符中听到了一个回响，像是和美妙的音乐在对话一样，它带着我漫游在一个神秘的音乐乐园中，我们跳的舞蹈也是用整个身体在回应那生气勃勃的音乐，好像全身心的每一个部位都与音乐交融着。总之，我是真的很喜欢音乐。

余言再叙了，我很愿意给您写信，更愿意读您的回信。正向是兰花以前

与薛叔叔和豆豆在营口（2010）

说过的，让我们一起放的风筝飞得更高更远吧

梅花和兰花

3-25-2012

还有很多更精彩的通信，待薛叔叔和我们有机会时，会整理后装订成册能早日与大家相见。

在这四年多的通信中，我们彼此不间断的通信，让我们感觉到的是好像在与薛叔叔一起放风筝，我们共同牵着一条隐形的线，那风筝越飞越高，越飞越远，我们越放越得意。那线，我们也要越牵越牢。让那风筝飘过江河湖海；越过崇山峻岭；飞跃珠穆朗玛峰；横跨太平洋……

第十章　一个学校俩老师

　　无论是美国还是中国的教育专家都认为：家庭的影响和父母的教育，对孩子的健康成长是起着至关重要的启蒙作用。家庭是儿童的第一所学校，父母是孩子的第一位老师。对此我们深有同感。我们的第一所学校就是我们可爱的家，我们姐妹两个最初的老师当然就是我们最可尊敬的爸爸妈妈。我们是享受这"一个学校俩老师"优待的两个幸运的学生。每个"家庭学校"都有自己的规则，及其性格和品质。而它的性格和品质，起初一定是由这个家庭的家长所决定的。

　　我们曾多次去过中国，在与中国的同龄人接触的过程中，他们和他们的父母总是会很好奇地问起，我们平日具体生活的某些细节，我们从小到大在家里是如何接受不同文化教育的、我们如何与父母相处沟通等话题。在此，我们就谈一谈在家中的二三事。

从餐桌文化说起中美文化的不同

　　中国人的姓名，是姓氏在前，名字在后。美国人的姓名正相反，是名字在前，姓氏在后。

　　由于我们是生长在中西方文化结合的家庭里，在某个方面让我们感觉到的是有点像是人们用餐的饭桌一样。中国人的饭桌大都是圆的，而美国的饭桌大都是方的。从中让我们看到的正好是这两种文化的真实写照，中国人处事圆滑；美国人办事直角。在我们从小到大接受的教育中也学习到了很多不同的圆弧和直角。

在去波罗的海的巨轮上（美国人的方桌子）（2007）

中国人的饭桌大都是圆的，分不出主次位置。但事实上，长辈人应该坐在哪里、晚辈人应该坐在哪里，客人应该坐在哪里，还是很有规矩的。这也正像中国的一句俗语：外圆内方，意思是外表通融、圆润，内里还是有原则。

美国人的饭桌大都是方的和长方的，棱角分明，哪是主座哪是次座一目了然，这也正像是美国人的为人处世，一是一，二就是二，习惯于把法律、原则、允许和禁止等，都写到明处，一定要严格遵守实施。可是在中国好像有很多的事情是有些模糊的。

从餐桌文化的特点，让在美国文化环境里长大的我们所感觉到的是，有些中国人似乎更在意个人的出身背景，做什么事好像都可以依靠父母和父母所拥有的关系。在美国也不是完全没有这种现象，但相对来说要少得多。真有什么事情发生的时候，法律是至高无上的。还有，美国人更看重自己的能力、个人的素质和真才实学。他们更看重个人有什么样的建树。美国的青少年最自豪的不是有当高官或赚大钱的父母，而是自己能不能做大事、成大业，他们不是为有显赫的家庭、父母而自豪，而是要让家庭和父母为自己的优秀而感到骄傲和自豪。在美国，家庭很富有的学生们在学校或在大众面前都很低调，他们绝不会炫耀自己父母有钱，因为，那钱是属于父母的而已。

以上我们所谈到的，是我们多次去中国所观察和感觉到的一些表面上的皮毛和我们的浅见，未必正确和全面。

具体说到我们家，我爸爸的祖先是从北欧来的移民，我妈妈是从中国来的移民，所以我们生长在中、美文化汇融的家庭里，我们很幸运的是生长在这两种不同理念和背景的环境下，可以得到两种文化的精华并取其长处，在切磋磨合的过程中，让我们从中受益良多。中国家庭教育孩子通常是家长先设定了一个高度，然后让孩子去努力攀登，争取能达到那个高度；但美国人教育孩子是看孩子自己究竟能拔到多高，父母是不会给孩子订出上限的，所以孩子可以有无限的空间自由发展。大部分的中国人喜欢把孩子的时间安排得满满的，尤其是到了假期，总会送自己的孩子去补习班和先修班；而美国人到了假期时，非常喜欢给孩子很多的空间，不论是暑假还是寒假都早早地就安排好了要出城或出国度大假去了。我们的感觉是当人们接近了大自然时，那是一种最舒服的感觉，你可以忘记一切，让大脑和身心都充分地放松了，其实那也就是在充电。我们认为只有给孩子更多的空间时，才能让孩子找到自己的爱好和特长。如果没有空间，就会扼杀孩子的想象力和创造力。我爸爸常说："其实想象力比知识还重要，创造力才是无价之宝。"

文化是一个大题目，它包罗万象。以我们现在的学识、能力，还真说不清楚更多，只能从一些具体的感受谈一点我们的看法，但愿它能以小见大，让你和我们共同受到些启发。

美国人过快乐，中国人过日子

常有人说，中国人是在过日子，美国人是在过快乐。从我们家来看正是这样，妈妈她的确是在过日子；爸爸他真的是在享受着每一天的快乐。所以，我们俩是又过到了舒服的日子，也享受到了无尽的快乐。

从我们身边的中国人和美国人中看两种文化的明显特点是：大部分的中国人不认识自己，只是喜欢看别人都在干什么呢？看谁又做了什么比我们还多了，我也别拉下了，而且，还要比他做得更好才行；可大部分的美国人是自己觉得怎么顺，怎么能快乐，就怎么做。绝对是玩自己的游戏而不管别人走的是什么路、看到的是什么花。即便是你看到了很多美丽的花，他没看到，他也不会在乎的。

我妈妈看到大部分中国的孩子都会弹钢琴，还好我们是经过试验阶段后决定开始弹钢琴的。那妈妈就是试过了，决定了就不能半途而废，那就是一定要坚持到底。可我爸爸绝不是因为看到别人家的小孩子都弹钢琴，他才让我们弹的。他最初让我们弹钢琴是因为他本身就非常地喜欢音乐，也喜欢弹钢琴。他还有过一个梦想，希望有一天能和我们姐妹俩一起组成一个乐队，甚至要能站在台上参加表演。我爸爸很会唱歌，从 20 多岁起他还加入一个小有名气的乐队，在里面做过主唱之一。所以，我们在弹钢琴的过程中就没有那么的枯燥，在起初学琴的过程中，好像是在跟爸爸在钢琴上一起玩一样，慢慢地我们就真的爱上了弹钢琴。当我们学成了钢琴后，哇！真的感觉很美，随时都可以坐在钢琴前，弹上一首优美的钢琴乐曲，也会让自己深深地沉浸在贝多芬或莫扎特等美妙的旋律中，一切的烦恼和压力都会在弹那段钢琴乐曲的过程中烟消云散了。真的是一种美好的享受。不知道是哪位达人曾经说过，一个人不懂音乐，他就没有尝过什么是真正的幸福。我们是真的非常认同这句话，音乐会给人无限美好的遐想。

爸爸的快乐音乐启迪了我们创作灵感

在我们从小到大的音乐爱好上，爸爸陪伴了我们很多，也给予了我们很多。我们从 6 岁起开始看郎朗的钢琴演奏，那是在洛杉矶的迪士尼音乐大厅举行，爸爸知道我们喜欢音乐，他就每年都买迪士尼音乐大厅的年票，每年还可以看很多场其他来自世界各地的最好的乐队演出。爸爸一口气就买了十年的迪斯尼音乐大厅的年票，我们一看就是 10 年从未间断过。这十年中我们最爱的就是全家一起去看郎朗的钢琴演奏会，并且每次都可以跟他讲话。

我们深深地感觉到了那些音乐会绝不是白看的，在我们幼小的心灵中，那些美妙的音乐就像是细胞、空气和氧气一样无声无息地与我们同在了。所以，我们才能自己创作出钢琴的四手连弹演奏曲《异样的春天》，还获得了2013年的国际钢琴音乐创作比赛中的超级荣誉大奖。之后，我们还为学校创作了校歌——自己作词作曲的《母校在飞翔》，还为学校的爵士乐队创作了23页的合奏曲。并且被我们学校的音乐博士莫纳老师授予梅花为爵士乐队的总指挥，兰花为爵士乐队钢琴伴奏的殊荣。这也让我们体会到了做任何事情都是：只要有播种就一定会有收获的。

我们一定会把上述的这些荣誉分一半给爸爸了。没有爸爸平日里对我们在音乐方面的细心栽培，也不会结出如此美丽的硕果来。爸爸总是在鼓励我们要对音乐有原创的精神，要敢于去试，不试就永远都不会知道。我们就在摸索中开始试着音乐创作的，虽说是花了大量的时间，我们也觉得很值得。在最初的摸索中，整个音乐创作的过程也的确是很漫长和很辛苦的一件事，用了一年的时间创作出一首曲子，那真是很漫长的路啊。但最后我们还是成功了，而成

我们全家和郎朗的爸爸在一起

和爸爸一起玩乐器（2011）

功后的喜悦是无法用言语所能表达的。好像在世界上想要做所有的事情都会面临有苦有甜一样，但要告诫自己的是：一定会有苦尽甘来的时候。美丽的旋律、动人的乐曲，永远是人生最美好的一部分。

还有值得一提的是我们在音乐创作的过程中体会到了，生命好像是在燃烧一样地很有激情和成就感，创作的整个过程是快乐的，也是幸福的。

因为有了妈妈从小就让我们坚持，打下了每天务必要练琴的好习惯，所以我们很会合理地安排时间，也不怕吃苦，打下了一个很好的学习和苦练的基础。因为有了爸爸给我们对音乐的兴趣的启发，无形地也带给了我们其他的音乐细胞。我们狂爱古典音乐、摇滚音乐、流行音乐，并且所有种类的音乐我们都喜欢。只要我们提出要去看从世界任何一个国家来的乐队或歌手开的演唱会时，爸爸都会非常高兴地答应并带我们去。爸爸的行动在不知不觉中给了我们在爱好音乐方面的鼎力支持，同时，也给了我们无形的力量。一晃十年过去了，由于爸爸快乐音乐对我们的影响，一定会让我们终生受益的。

我们一定要在此告诉您：爸爸，您给了我们一生都受用的快乐音乐的金钥匙，您没有办法想象我们会有多么的爱您！您深藏心中的博爱好像是一本妙趣横生的书，记录着您所付出的一切，让我们在未完的旅程中永远也读不尽。

爸爸的快乐旅游让我们成为插翅的天使

由于我们在写这本书，有机会让我们回头看清楚所走过来的路，也意识到了人生很多平时没有注意到的地方，那就是人生要有短期计划和长远的规划，近的和远的一定都要有，实施之后，就不会枉费所度过的日子。

我们很感谢爸爸为我们铺设的旅游计划，真是令我们不得不佩服爸爸他的伟大！他为我们的人生眼前的计划和将来那长远的规划是那么的细腻完美！当我们年纪还小时，父母就带着我们在洛杉矶周边的大自然中玩，上山下海玩个透。父母不会带我们出国去旅游，爸爸说，从小就带出国玩会很浪费，花了很多的钱，小孩子却什么也没记住。可是，一旦到了我们可以记事了，爸爸的

刚从绿色的大海里浮潜上来

我们在加勒比海

计划就从来没有间断过。从 2001 年去中国开始，每年的假期几乎都会出国旅行或在国内游。每去一个国家前，爸爸都一定先买一本关于那个国家最新版本的导游书。他总是先备好课，跟着那本书带着我们全家游四方。我们每到一个新的地方，一定会去那里最好玩的地方，上最高的山看最美的风景，寻找到最好的海域下海潜水或浮潜在海面看鱼；还会去世界知名的博物馆，在那里学习古今中外的世界历史；一定还会玩到具有当地特色的、最有新意的好玩的东西；还有，我们也一定会去那里最受当地人所欢迎的饭店用餐，通常都是既经济、又实惠、又具有当地特色的美味佳肴。

爸爸总是说：生命最美好的时刻是燃烧出来的。我们在跟父母旅游这十几个国家的过程中，每一次的旅行都会让我们有一种生命在燃烧的感觉。当我们面对着大自然或过去的历史记载时，那种感慨和赞叹是在学校和书本上永远都没有办法体会和学到的。

爸爸是一位很喜欢中国古老历史和文化的人，他赞美中国人民是非常有智慧又很勤劳的伟大的民族，他喜欢看中国的古董，更喜欢中国的京剧，每次当他看到电视台上出现了中国京剧时，他就会目不转睛地盯着荧幕，嘴里也跟着哼哼呀呀的，头也跟着不停地点头摇晃着，还不时地发出傻笑。直到现在我们俩也不理解为什么他会喜欢中国的京剧。就连我们都看不懂，真的是莫名其妙，他究竟在那欣赏的是什么？他还有一个愿望就是到北京著名的京剧院里，好好地从头到尾看一场真正的中国京剧。

爸爸的特点是：他非常尊敬他认识和见过的每一个人，他是一个并不喜欢多讲话的人，尤其是跟陌生的中国人，不会多言语的。爸爸非常知道感谢别人；爸爸是一位很念旧的人并有着很传统的保守思想，但是他的政治理念却是非常前卫。他有很多的生活观念和妈妈相近，这也就是为什么他们俩很和睦的原因吧。

当我们出去旅游回来写游记时，爸爸总是告诉我们要有真情实感时，就会写出好的文章。写出来的文章要细腻，不要追求华丽，先求深度，再求广度。爸爸在平日中，最爱读书看报，爱写作，他潜移默化的行动从小就开始影响到了我们，并已经深入到我们的骨子里面了。

爸爸，是您让我们在心中拥有了更广阔的天空；是您让我们站在了巨人的肩膀上看得更高、更远……

看到了爸爸心灵的平静

爸爸的做人原则是：一定要诚实，要忠厚诚恳。他不允许我们歧视任何一个人或社会上的弱者，不允许歧视任何的民族和不同宗教的人。说到这里，我们又想起来，有一次我们去亚利桑那州旅行，在麦当劳附近我们看到了一位很疲倦的中老年的黑人男子坐在马路边，看上去很饿的样子。爸爸就立刻把车开到可以在车窗口买汉堡的麦当劳店，买了一个非常好的大汉堡包。之后，车又开回了那个男子的附近停下了，爸爸走下车，拿着汉堡包的手背在了后面，走到那个男子的旁边，问他，您是否需要一个汉堡包？那个人连连点头说，是的。然后，爸爸就递给了他。他立刻站了起来，双手接过汉堡包并连连对爸爸说，谢谢您！上帝会保佑您的！爸爸笑着跟他摆了摆手并且说，不客气。就回到了车里。我们问他，您为什么不给他一点钱呢？爸爸说，我不太了解他，但我知道他好像是很饿。如果我给他钱的话，我担心他是否会用在去喝酒或吸毒的坏习惯上去。我知道他饿，就先解决他饿的问题就对了。哦！我们恍然大悟，还有这样一层的想法是我们从没想到过的。我们都给爸爸竖起大拇指说他做了一件好事。爸爸对我们挥了挥手说，让我们继续赶路。当我们回头再看那个男人时，他正在狼吞虎咽地吃着大汉堡，可眼睛仍然在看着我们的车。当爸爸在他的后视镜中看到了那个男人时，我们从爸爸的目光中看到了他心灵的平静。

在平日里我们和爸爸最喜欢看新电影：从小他就带着我们去电影院几乎看过每一部新出来的电影。爸爸还喜欢读新出的畅销书，爸爸还喜欢打游戏。但是，我们从来都不会打那些无聊的游戏，我们认为那种电子游戏是在悄悄地偷走了你的宝贵时间，可你还不知道呢。

有时爸爸好像是我们生命中的导航人，他总是会告诉我们现在要好好地多学本领，长大以后才能成为在大千世界中的一个对社会有用的人。他常说：当一个人老了的时候，再回首时，他能看到的是：这个世界因为有了他，而在某个方面会向好的方向变得有点不同了，这才是成功。爸爸还总说，一个人若没有梦想，那还谈什么梦想成真呢？其实，有梦的人才活得最美。只有追求美，最终才能得到美，不是吗？

好孩子的背后都有一位好妈妈

人们都说，好孩子的背后一定会有一位伟大的母亲。事实真的是如此。妈妈的那颗心，总是会让我们感动，妈妈的为人也会影响我们的一生。我妈妈看上去和全天下所有的母亲一样，朴实无华、风尘仆仆地生活在每一天的平凡日子里，扮演着一位非常称职的慈爱母亲，她为我们所做的一切都让我们感觉到了她那些细腻的爱都是透明的。妈妈她非常的刚强，没有她不能克服的困难，也没有她解决不了的难题；没有她不能理解的矛盾，也没有她做不出来的好吃味美的饭菜。妈妈她为人很诚恳也很宽容，妈妈还是一个非常要强的女人，她也很容易开窍。她曾经告诉我们，她一生最不喜欢做的事情，就是在家带孩子打理家务。可是，她为了我们最后还是这样做了。我们认为她做得非常好，也非常地称职，我们俩都会给妈妈双手的大拇指朝上。

我们还记得在我们6岁之前，妈妈都是在上班，她在一家律师楼工作了很多年，她也很喜欢那个工作的环境。后来妈妈告诉了我们，为什么她还是离

兰花、梅花和父母合影（2008）

开了那里的一个故事。

　　有一天，她在跟办公室里的一位父母来自越南的女生聊天，妈妈问她，如果生命允许你回到小时候，大约六七岁的年龄时，请问，你最希望你的父母为你做什么？那女生没有经过思考就立刻地回答说，我很希望妈妈在我小的时候能多给我一些时间。我妈妈问她，为什么呢？她好像很痛苦地回答说，现在我跟妈妈沟通的时候，只有两个字：Yes，（是），No，（不是）。妈妈又问她为什么呢？她就说，在她小的时候，爸爸妈妈从早忙到晚，每个人都打两份工，早晨她还没醒呢，爸妈已经走了，晚上她都睡着了，爸妈还没回来呢。时间就是那么的无情，一晃她就长大了，跟父母没有什么感情。她说，自己有一个干妈，从小陪伴了她很多，现在她反而跟干妈的关系非常好。跟自己的亲生妈妈好像无话可说。

　　妈妈听了这个女生说完后，好像是大梦初醒，立刻去找老板请辞。老板说，你至少要等我找到人才可以离开啊。妈妈说："好吧，最多两个星期。"之后，妈妈就真的不去上班了，一直在家照顾我们。我们知道刚开始她一定会很不习惯，可是她为了我们没有一声的怨言。值得她安慰的是，她把我们培养得还不错。我们深深地觉得妈妈有很多的地方是与其他妈妈不一样的，我们也觉得在自己的生命中最幸运的事情就是我们俩有一位很难得的好妈妈。我们还记得，在我们三四岁的时候，妈妈总是会问我们："妈妈好不?"我们就会立刻回答说："妈好，妈妈世界第一好!"直到今天我们还会这样笑着对妈妈说着……

妈妈做事很认真也很执著，一旦她认定了要做的事情很难有人再搬动她了。

妈妈为了我们好像完全都没有她自己了，她做的每一件事情几乎都是为了我们。一周七天她都是为我们忙着，一年365天也没有看到她休息过一天。可我们所看到的其他美国同学的父母可不是这样的。到了周末，父母都会很享受自己的时间和空间，去健身房、去打高尔夫球，去Party（聚会）等。可我妈妈几乎是没有过，要是去也一定会带着我们，或者全家一起去。

妈妈总是教育我们做任何事情时，要学会负起责任。有时，我们俩在一起做事，当出现差错时，有时我们就会互相推来推去地说，"不是我的错"。每次妈妈都会说，不要推脱是谁对谁错，谁对谁错都不重要了，结果是错的。如果在公司上班，几次做事结果都是错的话，就会被老板处罚或开除了。

妈妈的特点：她很会节省，最会的就是节省时间，其次是省钱、省水、省电，有的衣服破了她还会补上再穿，我们里面的衣服破了妈妈给我们缝上后，我们也还会再穿。我们的父母都非常的节俭也很会节约，但他们花在教育我们的经费上，从不吝啬。父母为了从小就培养我们的音乐爱好，真的是不惜重金。为我们连续十年买下了迪斯尼音乐大厅的音乐会年票。但是，父母从来不会把车停进音乐厅收费10美金的停车场里面，而是停在可以免费停车的地方，但我们要自己走上约10分钟的路程。

我们在平日里从来不化妆，不修饰，不讲吃，不讲穿戴，也不经常出去买衣服。从小我们就养成了不乱花钱，不铺张浪费的好习惯。如果我们想买什么衣服时，总是会先看一看是否是在促销减价中，如果不是我们就不会买了。每当这时，妈妈就会表扬我们真是懂事的好孩子。

在我们的心目中，妈妈她好像是我们的一片天地，在春天里，我们带着美好的梦幻开始一起辛勤地撒种；在夏天里，我们带着无限的期待努力地耕耘；在秋天里，我们带着无限的渴望准备收成；在冬天里，我们带着无限的喜悦养精蓄锐准备来年的继续……

做家务事的感悟

在平时的生活中，妈妈总是鼓励我们多做家务事，她的理论是多做家务事可以懂得如何分担和分享；会让我们更能体贴父母的辛苦；会知道在生活中要懂得感激；会更容易懂得通情达理；会在平日生活中更有眼力劲等。

妈妈还说，有两位哈佛大学的教授曾经用了17年的时间研究过这个课题，凡是从小在家里愿意帮助父母做家务事的学生毕业后，到了工作岗位上时，被解雇的比例远远少于在家不做家务事的学生。教授们总结出来的原因也很简单，做家务事的人，会更有团队配合的精神；做事时会考虑得更全面并有条不紊；也更会理解对方的要求；在平时的日常工作中，他们在心里和眼里总是能自觉地找到自己应该干的工作和相关的额外工作；在平时的生活中还不容易挑毛病。综上所述的人当然会很受周围的同事和老板的欢迎。所以，这也就是为什么从小在家做家务事的人不容易被解雇的最简单的原因了。

所以，妈妈从小就让我们自己吃完饭洗自己的碗，洗自己的衣服等，定期帮助妈妈一起打扫房间，有时，还会帮助父母整理前后院的杂草等。她要求我们要有自己担当和负起自己应该有的责任这种概念。其实人的一生，活的就是一个习惯，当一个孩子从小能养成好习惯时，他将会受用一辈子。老实说，我们很感谢妈妈用心让我们养成了爱做家务事的好习惯。

我们在学校也总是会看到别人需要帮助的时候，我们就立刻会跑过去帮忙。例如：看到同学或老师手里拿着很重的东西或多样的东西时，我们就会立刻过去问，我们愿意帮你拿一些好吗？还有，当我们看到学校的操场和大楼外面，在白天的时候还经常点着大灯的时候，我们就会去找负责管理行政的老师，请他要关掉这些大灯。那老师就会很高兴地接受我们的意见，第二天就再也看不到学校很多地方再有开大灯的事情发生了。

做家务事还会让我们学到了，无论是在家还是在外的集体中，会很愿意与别人一起分担共享，不论是好事还是辛苦的劳动都应该一起来做，才会让其他的人也感觉舒适，学会了分担才好。

妈妈在我们的平日生活里，她的眼光中虽有严厉，但更多的却是温暖和更深一层地爱护。

彼得森家有个天才厨师

我们家都认为妈妈很会做饭菜，可她自己却说，没有了，只是马马虎虎了。这也是大部分中国人的习惯，当被人家表扬时，总是会回答说，没有了，没什么了等。可是，如果是任何一个美国人，无论你表扬他什么方面的话，他都会立刻接受你的表扬，并立刻回答：是，谢谢你的夸奖！哇！彼此间的文化的确有很多细节上的差异。

我们家不买垃圾食物和不健康的零食和饮料。妈妈总会说，为什么要买那些食品呢？花着钱，还害自己。我们家平时吃饭也比较简单，妈妈很重视的是营养，每顿饭都在看是否够营养了，营养是否均衡了。她的标准是一定要有菜，她最爱的菜是西红柿、菠菜、紫菜等所有的蔬菜。她只买羊肉和鸡肉。我们每个星期吃一次肉、一次海鲜，其他都会是蔬菜和水果。我们已经很习惯了，多吃肉反而会让我们觉得很不舒服。

说到妈妈会做菜，其实是真的她会做，各种饭菜她都会做。而且，她非常地会发明创造，她最拿手的是做沙拉，更拿手的是配沙拉的酱汁。她只要我们说给她想吃什么样的口味时，她也不用试验，也不用品尝就用家里现有的材料，这放一点，那放一点，酱油、醋、香油和不同种类的沙拉酱一配就好吃得不得了。还有沙拉的材料也是，她可以任意地放进去有营养的各类材料。例如：沙拉菜、小西红柿、黄瓜、再有一点鸡肉丝，其他的是松子或樱桃干，还有奶酪丝，有时候还会加杂馄饨皮等，还有各种干果等混在一起吃，真的是很香又有营养。不仅如此，她煎炒烹炸样样都精通。妈妈是中国北方人，她的面食也是绝活，包子、饺子、花卷、烙饼也样样都会。我们和爸爸经常会表扬妈妈做的饭好吃。她就咧着嘴笑着说，这也是我的乐趣！

有一次，爸爸在餐桌上说，妈妈对做菜的创作真的就好像是贝多芬在创作音乐一样。虽然，贝多芬已经听不见自己所做出的曲子了，可还是那么的完美动听；妈妈创作的菜肴，即使不用试验也不用品尝，当她端给我们吃的时候，就喷香喷香的了。而且，都是在最好的餐厅也没人曾经做过的好吃味道，都是妈妈自己发明创造的。我们和爸爸都认为妈妈是做菜的天才，我们还称她为"彼得森家的天才厨师"。

我们家买东西的原则是：买我们所需要的，而绝对不买我们想要的。

父母对我们的要求是：在平日的生活中，对物质的要求越简单，才会觉得更幸福。

当一个人或一个家拥有越多的财富或物质时，等着你的便是更多的麻烦，甚至不是你来享受物质，而是，你要做物质的奴隶。仔细想过后，人生真的不必有那么多追求物质享受的欲望。

妈妈的科学体贴：我妈妈的观念是，只要我们累了、困了，看不进去书的时候，她就一定会让我们休息或睡觉，哪怕是 30 分钟也好。通常我们要少睡一点儿，可妈妈一定都会让我们多睡一会儿。妈妈的前提是休息好了，才能学得更好。妈妈总是说，不会休息的人，就不会好好地工作。

在我们班里有个韩国的女学生，她是我们的好朋友。她要考 SAT，（有点像是中国的大学联考）她每天都是起大早贪大黑地学，有时候只睡 3 到 4 个小时，（好像这是南韩学生拼考试的口号：睡上 3—4 小时，正正好）累得她晕头转向的。有一次在上数学课时，她趴在桌子上就睡着了，睡得呼呼的还打呼噜。我们的数学老师看着她就直摇头，后来把她叫醒了，请她去外面走一走，见见风，全班的同学都看着她在大笑。这样的事情不只一次发生过。可是，她很多的考试成绩都是 B。SAT 考完之后，她觉得自己考得不理想，还立即打电话要求取消了。我们在侧面看到了这些后，真的觉得她是在本末倒置。也真的证明了不会休息的人是没有办法把学习学好的。

分享的美丽

辽阔无边的旷野上，很多花朵开在一起，你把你的鲜红给我，我把我的金黄给你，蓝色映衬身边的洁白，洁白高兴她有碧绿的邻居……于是才有了繁花锦簇、万紫千红。一朵花或一种花再美，如果她只是一朵、一种，也无法达到上面说的那种美丽和壮观。

生生不息的大自然早就在无声地教导我们人类：分享是快乐幸福的，分享是美丽的，分享是双赢、多赢，分享之后大家都会有好心情……

我们认为每个人所掌握的知识，几乎都是在分享中所获得的。

在我们周围有很多学生的家长头疼的是孩子不喜欢与父母沟通，如果孩子能学会与父母多交流，彼此间能多在一起分享生活中的细节时，那将会是冰融雪化、流水潺潺、春暖花开了。

我们相信任何一个父母都希望让自己的孩子过得快乐，但很多的快乐都是要有前提的。还有，快乐也分很多种。其实，人活一辈子就是活的习惯，习惯了也就成为自然了（Habit is a second nature.）。我们的父母在我们很小的时候，就培养我们养成了一些好习惯，这让我们一生都受用。例如：遵守时间，自己说的话一定要做到，要讲信用，要有礼貌，见人要大方，做事要认真并一定要能坚持到底，要喜欢与人分享，其实分享得到的快乐是最宝贵的，也是最丰富的。

妈妈总是说，从小就让孩子快乐固然很好，那往后的人生能保证一直都快乐吗？其实，人一定要有真本领，如果能从小就认准一样或两样的特长，坚持住，学成。这就会比常人高出了一截子。其实，人和人之间有时就差那么一点点，可那一点点却是要下大功夫才能得来的。有种就有收，人生理应先苦后甜。妈妈总是说人要活在当下，当下就是要努力。

爸爸总是告诉我们，一个人活在世上，应该要求自己有对这个社会承担一定责任的胸怀，要学会融入到周围的社会中去，要多有互动，要有人人为我、我也为人人的想法，不要轻易把责任推给别人。一个人活一辈子只是想到自己眼前那一点点利益的人，只知道好好学习就是为了将来挣大钱，那钱挣得再多也没有太大的意义和乐趣。当人要离开这个世界时，其实什么也带不走的，不是吗？人活着，除了物质生活之外，更要追求心灵上的成长、内心世界的丰沛、精神上的品位和快乐。

爸爸经常说到分享。要分享，首先得自己拥有，比如分享知识，你本身要先有丰富的知识。分享的结果是双方都得到丰富，都获得比"独享"更多和更大的快乐。

周一到周五的每天，我们都是全家一起坐下来吃晚饭，还有周末的三餐，我们也都会坐在一起吃饭。在饭桌上，我们是一定要说英文的，每个人都会讲个没完没了的。分享一天在外的所见所闻等。爸爸讲他在报纸上、网上所看到的政治话题和其他我们所感兴趣的话题，妈妈会讲在中国的收音机里听到的很多消息，我们俩就会谈论在学校所发生的有趣的话题和在杂志上所看到的很多国内外的奇闻和科学见闻等。

我们从小就养成了习惯跟妈妈用中文沟通,从刚上小学开始的。当妈妈每天放学来接我们的时候,我们一进到妈妈的车里时,妈妈就立刻会说,特别报道开始,我们俩就会争着抢着要先说,今天学校里发生了什么有趣的、什么糟糕的、什么意外的事情等等。妈妈就像是听连续的故事一样,还会继续追问,昨天那件事情到底今天又怎么样了?我们觉得妈妈的心和妈妈的情统统都是和我们在一起的。

我们现在长大了,我们在坐到妈妈车里的第一句话,妈妈就会问我们今天过得好不好?快乐吗?有什么新闻吗?我们就会像连珠炮一样地向妈妈汇报。老实说,不说出来我们还会觉得憋得慌。记得我们在接受采访时,有人曾经问我们为什么大部分的青少年都不愿意跟父母沟通,而你们却很愿意。我们不假思索地立刻回答道,"那我妈妈愿意听嘛"。妈妈她是真的用心在听我们讲的每一句话,我们能感觉得到,而且妈妈还会反馈回来很多非常有智慧的建议等。老实说,我们觉得跟父母能良好的沟通时,有很多不明白或不理解的事情都会得到很满意的答案,真的是受益很多。我们也不能理解为什么很多青少年他们不愿意这样做呢?哦,我们听同学说过一个例子,那可能就是问题的所在。有些家长,当孩子讲给他们所有的事情时,碰到不好的内容或者是犯了错误时,他们就会发火或者是唠唠叨叨地批评个没完。这也可能就是有些孩子不愿意与父母沟通的原因吧?我们家总是会痛痛快快地聊起一天在学校林林总总的大小事情讲给父母听。通常也会得到父母的有益反馈。时间久了,我们就从这里学到了很多具体的生活经验和教导。我们深深地体会到孩子和父母沟通是有多么的重要,尤其我们青少年时期,很多的事情我们都希望独立,不要被管束。但是,也有太多的事情我们有拿捏不对的时候;有困扰和困惑的时候;当我们跟父母进行良好沟通时,就会少遭受很多的痛苦和不必要的损失。

现在,就让我们像举例子一样也与你一起分享一些生活中的点滴:

第一,我们自己写作的窍门是:简单(Simple)、清楚(Clear)、有趣(Interest)。

第二,一个学生的成功秘诀是:没有人会计划失败的,但是,失败的原因往往却是没有计划造成的。这是一个不争的事实。如果能养成好习惯,把老师留的作业或是在考试前的复习计划都要往前赶,就比较容易取胜。

第三，当有人问我们是怎么地成长为比较优秀的学生时，我们就会说，最好是要养成一个好的学习习惯。无论你学什么还是做什么，就是要做好每一件眼下的事情，当你每一件眼下事情都做好了的时候，最后的结果就一定是好的了。光做梦是没用的，一定要有实际行动。(Dreams don't work unless you do.)

第四，还有一个要在这里分享的是，谁想要做一个快乐的人，就必须要先学会感恩。

如果一个人不懂分享，也不懂感恩时，那每天的日子过得就会很平庸，有时还会觉得日子过得痛苦不堪。总会觉得在自己周围的人都应该为自己做些什么，如果没做到就会觉得所有的人都是在欠自己的。这样一来不但你自己过得不爽，还让你周围的人也不开心。你一定要自己问一问自己，为什么我会过得不愉快呢？如果你没有答案的话，是否应该从这里找一找原因了呢？

最近我们同学之间在流传着一个小故事：

有一位刚上初中的学生在家里做了一些家务事之后，就给父母开了一个账单，希望能付钱给他。账单上写道：

帮助爸爸割草6美元；收拾了自己房间4美元；倒垃圾1美元；得到了全A的成绩报告单需要奖励50美元。

他妈妈接过账单看完后，翻到背面，在上面写下了：我怀你9个月是免费；当你生病时，我为你熬夜，带你去医院看病是免费；10年在你身上所花费的时间，抚养你成长所付出的一切花销都是免费。

妈妈写完后，给了儿子，儿子看了很久很久。之后，双眼含着泪水望着妈妈说，我真的很爱您妈妈。说着拿起笔在账单上写下了很大的几个字："账已付清"。之后，开心地笑着递给了妈妈。

当这个儿子学会了感恩时，心态立刻就被放平了，那种快乐是发自内心的愉悦。这样在他周围的人也都会跟着他的快乐而快乐了起来。所以，学会感恩真的是很重要，对自己好，也对别人好。有百利而无一害，那为什么不做呢？

父母的"金玉良言"

我们写下的都是来自父母的感悟，来自他们经验的金玉良言。还有，他们所引用的名人名言。这些话语都是父母经常会对我们说的，尤其是妈妈的话时不时地就从她的口中蹦了出来。

爸爸常爱说的话：

父母不是要做孩子的主人，而是要做孩子的朋友。（我的父母做到了。）

作为一个学生，没有人会计划去失败，但失败的原因却正是因为你没有计划。

人生要大胆尝试，要多有梦。

要作一个优秀的学生，不只是一种行为，而应该成为一种习惯。

如果知识太容易时，就失去了趣味。

在学习上要多用头脑思考，千万不要像是机器人，一切都机械化了。

爸爸还总是告诉我们，对社会要多尽责任，个人要多服务社会。

记住：肯尼迪总统曾说过，不要问国家可以给你多少，问问自己可以为国家能做些什么。

(Ask not what your country can do for you; ask what you can do for your country.)

我们认为爸爸说的"优秀不是一个行为而是一个习惯"，这句话当我们仔细地琢磨，再深一点地体味后，我们认为这句话很深刻，它不只是字面、语义上的深刻，更是修养上的深刻。当一个人有意识地做出优秀的行为时，是好的；但是，当一个人不用自己或者他人提示，自然而然地就做得优秀，使优秀成为一种习惯了。那么，这个人的修养才是达到高境界了。我们正努力试着朝着这个方向走……

妈妈常爱说的话：

出了问题时，妈妈一定会立刻说：Face to and Fix it！（面对它并解决它！）

自己做事一定要想到别人的感觉。要常把你的脚放在别人的鞋里体会一下才好。

性格决定命运，但是性格可以改变。

我们的中国妈美国爸

　　想要成功，没有捷径。熟能生巧，巧能升华，华能成功。

　　不听老人言，吃亏在眼前。

　　零敲碎打，水滴石穿。例如：我们在学习中文和西班牙文时，所有的生字，我们都是在坐车时背下来的。还有历史常识比赛时，上千道的题都是我们零敲碎打背出来的。

　　有条件要上，没有条件创造条件也要上。（我们也不知道这是她发明的还是她跟谁学的。）

　　同样的错误不要发生两次。（Same mistake don`t do twice.）

眼睛是懒蛋，手才是好汉。同理：再长的路，一步步也能走完，再短的路，不迈开双脚也无法到达。

自信是成功的秘诀之一，自己要先看得起自己，别人才能看得起你。

世上无难事，只怕有心人。

三人行，必有吾师。

不听老人言，吃亏在眼前，这是我妈妈最爱说的一句话，也不知道是经过了多少次的证明之后，我们是真的开始相信她了。还曾一度开始迷信她了。哇！听父母的话是真的少吃了很多的亏。我们周围也有很多的学生都不喜欢听父母的话，他们说父母太爱唠叨了，尤其是妈妈最爱唠叨。即便是说得都对，这一唠叨也没用了，什么都没听进去，说的意义和作用也都不见了。

我们还记得很多时候，妈妈提前说我们的某些事情时，我们都不信，可是多次的事实已经证明了她说的还真的是都对。我们便开始信她了。这一信不要紧，还真的是让我们获益多多。

在初中时，我们交到了一群不适合的朋友，妈妈一开始就警告我们：请不要跟她们在一起多交往。可是，我们俩都没有听，一年过后，我们就发现了妈妈说的真的很对。那些朋友不爱学习，喜欢混日子，喜欢搞是非，只是专心在同学交往上的事宜很认真。一年之间，她们的学习成绩大部分都是大跌的，我们跟着她们混，结果也好不到哪去了。那可真的是血淋淋的教训。一年之中，也是像好学生一样起大早贪大黑地忙活着，可是，一年到头下来时，却是科科成绩都下降，您看这值得吗？自从我们开始认真地听妈妈的话之后，我们还真的是在直线般地在往回转，在往上升……

父爱无言尽在行动中，母爱细腻尽在不言中，在这个地球上没有任何人会像我们的父母那么爱着我们。在这风风雨雨的 16 年中，是我们伟大的父母带领着我们领略到了世界的精彩；是我们慈祥的父母告诉我们在成长中不要怕失败，跌倒了就再爬起来；是我们亲爱的父母为我们建立一个摧不垮的舒适的港湾，让我们如鱼得水；是我们勇敢的父母赋予了我们美好的生命、勇气和信念，让我们可以勇往直前往前冲！

第十一章　穿梭在中美文化之间（2009—2013）

　　初中刚刚毕业，我们好像就脱离了那还不成熟的少年时代，在不知不觉中就跨进了如火如荼的青年时期并开始投入到更多的社会活动中。记得在2009年的春假，我们去了伯克莱大学和斯坦福大学参观。带领我们参观大学的导游不约而同地总是在问我们，你自己到底真的喜欢什么？是什么可以伴随着你一生都不会厌烦的事情？还有什么是你的长处等很多的类似问题。经过这一问就问醒了我们，在回来的路上爸爸妈妈和我们俩讨论访问两所大学的感想时，我们都意识到了我们的特长是懂中文，喜欢中文，日后的工作也一定要与中文有关。老实说，我们从小就喜欢学习中文。所以，从访问两所大学回来之后，我们就立刻决定了，以后要做的任何工作最好都与中国的文化有关系。慢慢地我们就找到了未来的方向。

中国六十华诞我们也举杯同庆

　　2009年的10月1日，我们的时间晚七点整，全家喜气洋洋地坐在了超薄的56寸的彩色大电视机旁，开始观看"庆祝中华人民共和国成立六十周年的阅兵仪式"。你们在那边过节，我们也在这边祝贺。桌上摆满了好吃的，节目正式开始时，我们也起立，共同举杯祝贺：祝伟大的中国生日快乐！

　　从电视中，我们看到了中国的海陆空军真的很有气派，威风凛凛。从高空向下看时，那一列列的方块队是那么的庄严、那么的整齐，整齐得令人惊讶，也让我们赞叹不已。无论是从空中还是地面都向全世界的人民做了一个精彩的亮相。表现出了中国这个伟大民族的充分自信。

我们衷心地祝愿中国会更加的繁荣富强，也希望中国人民能为全世界的人类多做出贡献。

同时，我们也衷心地希望中美关系的发展会更友好，更融洽，更上一层楼！

有人问我们：你们是美国人，中国的国庆节和你们有什么关系？我们的回答是：首先，我们的妈妈就是中国人，我们的身上有中国人的血统。但这不是最重要的。最重要的是，中华民族是一个具有 5000 多年悠久历史的伟大民族，它在人类一步步从野蛮走向文明的漫长历史过程中，为全世界贡献了丰厚的精神财富。还有中国有 13 亿多的人口，中国强大了，富有了，那这个世界上就会有更多人的生活跟着会好起来了，这是一件很不容易做到的事情。中国经济好了，也会影响着全世界的经济。还有，中国对其他民族和其他国家给予友好的礼遇，是一个文明人应有的胸怀和气度。我们要从小让自己朝着胸襟博大的方向发展。

不只是在中国过生日、过节，我们在美国纽约的最高建筑物——帝国大厦的顶端，平时不常开的彩灯，今天，也为祝贺中国的国庆节而点亮了。那具有中国国旗象征的红、黄相间的彩灯要一直持续亮到 11 月份。美国也同时在祝贺中国的生日快乐。

我们从大洋彼岸的洛杉矶向全中国的人民表示衷心的祝贺！祝贺中华人民共和国的六十岁生日快乐！

加入电话银行帮州长助选（2010）

2010 年 10 月正面临着加州全面大选激烈竞争的关键时期，我们俩在下午常会请假半天去加州大学洛杉矶分校参加帮助布朗先生竞选加州州长的助选活动。老实说，我们很喜欢也很兴奋地愿意参加这项社会上的政治活动。每次，我们都会直接来到一个很大的会议室或大教室，有负责的大学生在门口帮忙做义工，我们首先会得到 5 页印满了电话号码的名单，上面有选民的姓名、性别、年龄、地址和电话。这些名单上的人绝大部分都是民主党的。我们用自己的手机开始按照名单上的电话号码一个接一个地打电话给选民，希望他们一定

我们在电话银行中帮助州长打电话催票助选（2010）

要支持布朗先生，在选举日的当天，一定要出来投票；如果那天不能出来投票的话，还可以提前两周把自己填好了的票寄出来。如果听到选民回答问题很有热情时，我们还会再追加一些新的话题，是否也愿意抽时间出来加入我们的打电话帮忙助选的志愿者活动行列等；有时候，与电话另一端的选民谈得很热烈的时候，我们还会问他们是否愿意帮忙为布朗州长的竞选团队捐款的话题等。这个过程被称为电话银行（Phone Bank）。

　　我们刚开始打电话时，也会觉得很紧张，因为对方完全是个陌生的人。有时，我们还会碰到电话的对方并不喜欢陌生人打到他的家里去，或者对方正在忙，或正在休息等。遇到这种情况时，我们也会觉得很尴尬，可我们并不会放弃，仍然会继续再打下一通电话。当电话打多了，我们也就自然变得很熟练了。遇到对方不合作的，我们也会说声，对不起！谢谢您！才会挂断电话。后来我们发现有很多的选民都愿意与我们讲话，有的人还会从我们的声音中听出来我们的年龄很小。当他们问过我们的年龄之后，竟然还说很佩服我们，认为我们只是高一的学生就愿意花上自己的学习时间跑出来帮助州长助选，真的是很了不起！他们还会鼓励我们，加油！并表示一定会出来投票，一定会选布朗做州长等。还有些与我们通话的对方会告诉我们，他们也会鼓励自己家的青年学生向我们学习，出来参加电话银行的助选活动。

10月17日那天，我们整整打了一下午的电话。到了晚上，我们还参加了克林顿总统为布朗州长助选造势的演讲大会。哇！那天的演讲活动是在加州大学洛杉矶分校的室外会场，有成千上万的大学生和老百姓到场来听克林顿的演讲。听完克林顿的演讲让我们觉得热血沸腾，克林顿真的是一位天才的演说家，无论是从他的语言魅力还是他的肢体语言，都非常有征服力。当克林顿演讲时，他会用非常简单的句子解释和表达出很多非常复杂的经济方面的话题。只有亲临现场时，才会真正地体会到他的演讲真的是含金量一流的，在他演讲过程中是完全没有什么稿子在手里或在屏幕上。他那铿锵有力的演讲让在场的人们情绪高昂，阵阵雷鸣般的掌声和欢呼声此起彼伏，人们高举着支持布朗州长的标语牌，那种激动人心的热闹场面是我们平生以来从未见过的，也让我们头一次感觉到了参加政治活动的激情和使命感。

值得高兴的是，最后选举的结果是布朗先生高票再次当选为加州州长。我们真的为他的勇敢行为而感到骄傲和自豪，大约在30年前，他已经做过加

参加克林顿为加州州长（左一）助选演讲（最后排右二是我妈妈）（2010）

州的州长了。他现在已经退休了。可是，当他看到加州的经济濒临于破产的边缘时，他竟毅然决然地又一次站了出来，期望用自己已有的丰富经验和能力力挽狂澜，拯救加州的经济。我们认为他真的很伟大！所以，我们觉得自己从学校请假出来帮他打电话参加他的助选活动是非常值得的，是非常有意义的。

在这之后，当奥巴马总统开始竞选连任总统时，我们和爸爸又多次地去参加电话银行的活动。一到周末，我们就会志愿报名加入到电话银行的队伍中，打电话给选民希望出来投票，希望能支持奥巴马连任。他也真的不负众望连任成功了，我们也真的好高兴。

音乐通向和平（2011—2013）

2011 年 10 月，我们受邀参加了帕萨迪纳市的第 13 届《音乐通向和平》大型音乐会的演出，我们俩的大照片还被刊登在帕萨迪纳时报的周末娱乐版上。我们参加的演出有一个节目是四手连弹钢琴意大利舞曲和牙买加舞曲；我

参加 Pasadena 市的第 13 届音乐通向和平的演出（2011）

们还一起跳了一支中国少数民族的傣族舞蹈——《月光下的凤尾竹》，梅花又演奏了一曲土耳其的钢琴爵士乐曲。我们的演出受到了在场观众的热烈欢迎，当我谢幕的时候，那热烈的掌声久久不能停息，让我们俩觉得非常的感动和荣幸。

在我们演出之后，在场观看的帕萨迪纳市议员克瑞斯候顿（Chris Holden）还前来跟我们握手，表示祝贺我们的演出成功。之后，我们还收到了市议员克瑞斯候顿的邀请，他决定要竞选加州州议员，并举行了一个私人的募款大会。邀请我们前来助阵，我们在他的募款宴会上为所有的来宾即兴钢琴表演，我们演奏了多首著名的古典钢琴名曲，有独奏，还有合奏，还有四手连弹等，为他的募款晚会增添了别具一格的色彩和活力，也受到了所有嘉宾的一致好评。值得一提的是克瑞斯候顿在那次选举中高票当选为加州州议员了。我们真的为他感到高兴，从此，他的政治生涯又向高处迈进了一大步。

在 2011 年，我们受美中文化协会的邀请参加了代表中国的百人腰鼓队，准备参加美国第 87 届好莱坞大道迎接圣诞的大游行。我们经过训练两个月后，就可以打出一手好的腰鼓了。在美国学什么都一定要快，都是要用自己业余的时间去学、去训练。当我们第一次看到打腰鼓时，是在电视上，觉得会打腰鼓是一件很酷的事情。当我们可以打腰鼓了的时候，无论天多么热，还是多么累，我们都不会觉得热和累，就是觉得很好玩，也很兴奋。在 11 月 25 日的好莱坞大道迎圣诞的大游行时，我们走了五英里的路，脚上也都起了大泡，可是，由于心情很兴奋，我们一点儿也不觉得累和脚疼。一路上都挤满了夹道欢迎的人群，人们不时地尖叫着，看着我们这群代表中国的红色腰鼓队伍走过来时，好像是红彤彤的一片，那美丽的腰鼓点儿，敲得咚咚咚的很振奋人心。夹道欢迎的人群都非常友好地欢迎着我们腰鼓队的到来。所以，我们打起鼓来也就更有劲了。参加这次活动让我们觉得非常地满足和高兴。

从 2011 年年底到现在，我们曾 6 次被洛杉矶的缅甸社团邀请去参加他们的大小庆祝活动，他们喜欢我们俩一起跳的中国的傣族舞蹈，还两次邀请我们在他们一年一度庆祝新年的泼水节上表演中国的少数民族舞蹈。

每次我们受邀去加州缅甸华侨联谊会和他们一起参加庆祝活动时，他们的会场都是非常地热闹，有吃有喝、有唱有跳、有发奖、有抽奖等，到场的所有客人都穿着缅甸传统的民族服装，男人还扎着腰带，女人穿的是非常鲜艳的五颜六色的裙装。

我们俩会在庆祝大会上跳中国的傣族舞蹈《月光下的凤尾竹》。在场的男女老少都很喜欢看，因为大部分的缅甸华侨是来自中国的傣族。他们很少能看到正宗的中国傣族的美丽舞蹈。我们学到的中国舞蹈是正宗的，我们的老师来自云南的大理，她也是少数民族，她叫王馨悦，是中央民族舞蹈学院的教授。她的舞姿真的是美得不得了。我们还跟她学了蒙古舞蹈和新疆舞蹈等。我们很喜欢跳中国的民族舞蹈，还可以从学习跳舞中学到那些少数民族的传统文化。每次我们演出结束后，都会有很多美丽的缅甸傣族姑娘来和我们合影留念。到了最后几次我们跳完舞之后，很多男女老少还有小小孩都喜欢来跟我们照相。每次当我们要离开时，他们都一定会给我们一个红包，他们还送给我们自己亲手绣花的套裙给我们，缅甸的报纸还刊出了介绍我们俩的故事，他们称我们是缅甸人的好朋友。让我们觉得受宠若惊。

音乐和舞蹈真的是一种可以跨越国界的语言，因为音乐和舞蹈不需要你懂得里面的内容。尤其是音乐，全世界的音乐旋律都是一样的，音符是一致的。音乐是其他任何事情都不能取代的一种不同种族和国家用来沟通和共同享受上帝所给予人类的最好的礼物。从音乐中人们所分享到的那种快乐的美感，以及音乐中的那些细腻的情感，会让我们有着一种很幸福的满足感。

向冠军冲刺（2011）

在2011年年初，我们从中文广播电台获知了这个消息：美国华人商会将在年底举办第一届南加州地区的中国历史文化常识比赛。我们听到之后，感到非常的兴奋，因为我们很喜欢中国文化和中国历史。但是，当我们获知参加比赛的有上千名中国学生时，而且有些是在中国出生的，还有很多是从中国来的中学生，这让我们觉得有点儿不安。但是，我们还是报上了名，开始非常认真地准备起来。

在第一轮的笔试淘汰赛中，我们俩都顺利地过关了。当我们参加第二轮的当面问答的淘汰赛时，我们也过关了。这时，有些认识我们的人开始为我们担心起来了，他们想我们是否真的能听懂主持人所快速讲出来的抢答问题？是否在抢答题时，能抢上答题的机会？有人还当面问我们，你们能行吗？

我们心里想，既然我们决定了要参加，我们就会坚持到底的，剩下来的就是我们要如何地拼了。我们把那些不利的条件变成了自己的动力，只有下比别人更大的工夫去准备，没有其他的选择了。我们用了大量的时间准备，可以说，准备得非常充足。比我们拿到的复习题的范围和难度要高出很多倍。我们还经常跟远在中国做历史教授的姥爷通越洋电话，请教他问题。有时，姥爷还会出考题当场就考问我们。当我们回答不上来的时候，姥爷就会耐心地给我们讲解。

在 2011 年 12 月 4 日，由美国华人商会所举办的第一届中国历史文化常识比赛的决赛开始了。有 800 多名政界和社会名流来参加，其中有多位国会议员、市长、市议员，还有商界的、各党派的人都到现场来观战。会场布置得也很庄严，整个的大银幕上写的是第一届中国历史常识比赛的中英文大字和有关的赞助单位等。共有 20 个抢答台，每个人还备有微型的麦克风。

经过初赛、复赛和淘汰赛之后，留下闪亮的最后 20 名开始登场了。梅花是 6 号台，兰花是 11 号台。先是每人一个必答题；之后，是大量的抢答题；其后，是每人必答的发挥题。所有的抢答题我们都会，我们在拼命地按铃，但是

中国历史常识比赛现场（2011-12-04）

很难抢到答题的机会。我（兰花）觉得更糟糕的是，问到我的发挥题时，却不是真正的历史常识考题，而是一分钟的发挥题：请解释什么是泼水节？我背了几乎是上千道的古代历史大题和小题。怎么却冒出来一个泼水节来，我支支吾吾地回答得不够完整。我（梅花）得到的发挥题是草船借箭，好家伙！我倒背如流地回答出来了，几乎得到的是满分。就是这样第一轮的淘汰赛，兰花出局了。只留下了最后的 9 名学生，开始拼最后的决赛。

决赛的时候，每人只回答一个发挥题。我（梅花）得到的一分钟的发挥题是：请解释张仲景。哇！又是正中我的枪口。我回答完后，又几乎获得了满分。其他的同学也都回答得非常好。最后，当主持人宣布冠军的时候，那名字竟然是梅花。主持人说完后，还说："且慢，在仔细核对一次，是不是我看错了？真的很难相信的是：第一名却是中美混血儿的——梅花！！！"

当我（梅花）走上领奖台时，也是觉得万分的惊喜，没想到自己可以战胜那些从中国来的高中生，我当时的感觉就好像自己是走在了云彩上一样……

我（梅花）获得了冠军真的是让在场的观众跌破了眼镜。兰花也进到了前 12 名，她本来应该还会得更高一些的分数，可是她得到了一个大大的偏题。虽然兰花也回答出了泼水节，但是，没有按照发挥大题来准备，所以就被淘汰出局了。我（梅花）真的很替兰花感到遗憾！我们一直都非常认真地努力学习和复习了大半年了，真的是很不容易啊。天天都在学，都在背。那些和我们一起比赛的中国学生都很厉害，反应非常的敏捷，中文程度都非常的棒。我们俩学习中国古代史有时候就像是学习外语一样，有些语言都是陌生的，单词很难记住。获得前 9 名的学生可以全程免费去中国的云南参加国际夏令营活动。兰花也获得了在云南夏令营中的免费。接着，兰花又参加了东方海外之桥夏令营的比赛，她获得了第一名并也获得了免费去上海的来回机票。还好，我们俩的结局都是皆大欢喜！

还有更大的欢喜是我们在 2011 年年底，双双都收到了总统奥巴马亲笔签字的优秀总统奖状。在 2011 年我们还多次被媒体访问过，我们接受了AM1300 著名节目主持人乌兰的采访，并与中国的山东广播电台越洋连线同一时刻播出了采访我们的两集节目；AM1300 的著名主持人丁珊小姐也对我们的家庭早期教育等话题进行了两个小时的实况采访；还有 AM1370 鹰龙媒体集团的著名主持人安刚在 2012 年 1 月 1 日龙年的第一期节目采访了我们。

我们的龙年贺词

在 2012 年龙年来临之际，我们还接受中国国际广播电台邀请，为他们录制了为迎接龙年，海外的华人要对中国家乡的人说几句祝福话的节目。下面是我们被录制的一段话，在这里跟您一起分享：

亲爱的各位听众，大家好！举头迎龙年，低头思故乡。我们是梅花和兰花，在大洋彼岸的美国洛杉矶向全世界龙的传人道声：过年好！祝大家吉祥如意！身体健康！

我是兰花：我们是一对中美混血儿的双胞胎，今年 15 岁，在洛杉矶的实验中学上高二。我是梅花：每次我们去 Santa Monica 海边看日落时，就会想到那火红的太阳从我们西边的太平洋消失不见了。我们便意识到那太阳是忙着跑到世界的东方去我们的姥姥家——中国了，到那去叫醒那里的人们。这时，我们就会很想念中国——我们的第二故乡。

我们虽然生在美国，长在美国，但是，我们很喜欢中国的历史和文化，我在 2011 年的中国历史文化常识比赛中，在有上千名的中国学生参加的比赛中，我获得了第一名。兰花曾在南加州举办的有 32 所中文学校参加的中译英的翻译比赛中获得了第三名。我们俩今年已经考过了大学的 AP 汉语课，我们双双都得到了 5 分。

我是兰花：我们喜欢中国文化不只是因为我们有一半中国人的血统，而是中国具有着世界最古老而又神秘的文化。我们很希望中国人民能把中国的古老文化焕发出新的青春，来影响全世界；中国还有世界最长和最古老的万里长城，我们还爬上过顶峰两次，希望那雄伟的长城能变成连接起更多的国家和不同文化的桥梁；中国还有世界上最大的天安门广场，和世界人口最多的黑头发、黑眼睛的龙的传人，我们希望在龙年里，中国人民要发扬龙、虎精神。生龙活虎往前冲！领导世界新潮流！

我是梅花：我们希望在龙年里中国人民要更团结，要互相多理解，互相多帮助，把更多的爱心分给世界上有需要的人们。有一种色彩叫阳光，有一份祝福叫快乐。把阳光和快乐带给他们。合：朋友们，祝大家新年好！龙年平安！风调雨顺！

写作生涯"更上一层楼"（2009—2013）

我们俩在 2009 年年初，经过多次的投稿之后，还被中国沈阳晚报吸收我们俩做贵报的海外小记者。4 年多了，我们也有十多篇的文章被刊登过了。在 2010 年我们去上海世博会参加了三场演出之后，我们的芭蕾舞团还被邀请来到了沈阳，在辽宁大剧院演出了一场非常美妙绝伦的芭蕾舞的盛宴。当天沈阳晚报还专门派来摄影记者和记者到现场观看并采访了我们。第二天的报纸就刊登出了"本报外籍小记者兰花、梅花来沈演出"，还有我们俩的大照片。我们看到了后，觉得有回到家一样的温暖感觉。

2012 年的暑假，当我们又一次回到沈阳时，我们特意抽出时间回到沈阳晚报的大本营去看望他们。沈阳晚报坐落在沈阳的市中心，那里安检和保安制度非常的严格，工作人员进去时，一定要用安全卡进入。客人要想进去，没有里面的工作人员出来接应时，你是没有办法进入的。我们很高兴再一次看到了上次为我们来照相的摄影记者孙海哥哥；也看到了经常与我们直接有联络的记者魏雯姐姐和编辑谢学芳阿姨，我们坐在一起聊了很久，话题也扯得很远，我们是有问必答没有忌讳，让他们听的是非常的满意。

我们很幸运的是正好在我们要离开的时候，还看到了沈

沈阳晚报整版报道 Twins（8-27-2012）

阳晚报的社长和总编，他们很高兴看到了海外的小记者利用暑假期间能回到大本营来看看。他们非常的热情，还告诉我们继续多多报道在洛杉矶的有关中国海外小留学生等方面的事宜和其他的话题……

在 2011 年，我们在辛亥革命 100 周年之际又被北美中国华文作家协会吸收为该协会的正式会员，我们便成为了北美作协年龄最小的少年作家。

在北美作协举办的庆祝 2012 龙年的聚会上，我们还被邀请跳了中国的少数民族舞蹈，获得了在场协会成员的热烈欢迎和好评。在 2012 年年底，我们还有两篇文章也被收入《洛城作家杂志》里并出版发行了。老实说，我们觉得自己非常的荣幸能被这个组织吸收为作家协会的成员。作家协会里有很多著名的大作家和来自世界各地的知名文人，这里的作家都是来自于中国、香港、台湾等世界各地的华文作家，他们都是备受华人所尊敬的长者和中年的作家。

每两年北美作协就会有一次新的选举，通常是用邮寄的方式选举。每年我们的作家协会也都会有很多的文化活动，少不了的是庆祝新年；欢迎中国作家协会代表团来洛杉矶文化交流；新书发布会；还办诗歌朗诵学习班；常常还有中国著名作家的演讲会和华文写作研讨会等活动。

最近，我们还收到了作协在周末的一个活动是去大熊湖一日游，正好有一位作协的会员家就住在大熊湖那里。以下是通知的部分内容：我们的会议将会在会员所拥有的一座"古堡"式建筑里举行。城堡（如图）坐落在大熊湖的山顶上，可以俯瞰整个大洛杉矶的美景。会员到达后，先是爬山，穿苍松翠柏，绕美丽山涧。之后，再绕湖边走一英里，过大熊湖畔，进古堡家园。然后，在古堡里召开新书发布会和畅谈海外创作等话题。之后，是观日落、赏

大熊湖开会、晚宴的地址

晚霞、望远景、吃晚餐、开晚会。还希望来
聚会的成员每人都能在作协的网站上留下感
言：观奇峰，看山景，会让你思如泉涌；望
日落，赏晚霞，定让你墨迹连连；情为之一
震；神为之一爽；胃为之大开。这将是一次
难忘的盛会，抹不掉的记忆，定让你流连忘
返……

　　我们能加入北美作家协会，总是让我
们觉得非常的荣幸。最近，在欢迎 2013 年
的中国作协代表团时，有的作家关心地问北
美作协的现任叶周会长，在海外的华文作协
将来的前途何在时，叶周会长还骄傲地回
答说，"看看我们已经有了梅花和兰花如此
年轻的新鲜血液进来了……"当叶周会长说

与北美作协的叶周会长合影（2013）

到这里时，让我们觉得心里很温馨，同时，也感觉到了我们肩上也有重任要
扛……

第一次思考校园里的贫富问题

　　周末，当我们坐下来要写这篇《中国中学生报》的约稿《直面校园贫富
差距》时，我们的大脑是一片空白，我们从小到大没有注意到身边贫富的问题。
在谈到贫富攀比的现象在我们学校的情况时，我们几乎没有注意过。无奈，我
们只好去请教爸爸。结果爸爸告诉我们，在他学生时代，同学们之间也不看重
这些方面的事情。你富有是你家的事，反而富有人家的孩子，大部分还会很低
调。如果某个人家穷也没有任何学生会因为你穷去笑话你，欺负你。反而，你
们家真的很穷，有时还会得到很多额外的照顾。

　　为了这次约稿，我们还采访了周围的同学，看是否有关于"贫富差距"和
"攀比"的现象，然而几经周折，回答无一例外是：没有注意到这个现象在周
围发生过。

　　最后，我们打电话给琳达，她是我们一起在中文学校学习时的好朋友，她的妈妈正在照顾几个从中国来的在洛杉矶上高中的学生。她的妈妈接过电话后，对我们说："哎呀，那几个从中国来的学生和他们的朋友之间攀比的才厉害呢！她们专门比衣服要穿哪家韩国的名牌；化妆品要用日本的哪家名牌；背包要背美国的哪家名牌；鞋要穿意大利的哪家名牌；车要开欧洲的哪家名牌……父母给他们的钱大部分都花在买名牌上了……"

　　如何看待贫富的问题？

　　在这个世界上任何一个角落里都会存在着贫富之分和贫富的差距。但是，在我们学校里同学之间你家贫或你家富没有人在乎。这并不是决定你命运的唯一出路，也绝不是富有会决定一切的。在美国的机会很多，我们觉得条条大路都会通到罗马。如果一个真正优秀的学生他们家很穷，那一流大学一定会给他全额的奖学金，请他来念他们的大学。但大前提是你一定要够突出的优秀。

　　谈到贫富时，在我们生活的周围还有一些另类的现象，举个例子说明：玛丽娅是我妈妈的好朋友，就住在我们家附近。她的先生是个很成功的影视明星，他们的两个小孩从小学到高中都是在洛杉矶最昂贵的一流私立学校读书。在美国很多的私立学校除了每年要交很高的学费以外，还有每年的募款会。她给我们讲过她的小孩子在私立学校不愉快的一段经历：校方会了解每个学生家庭的大概收入。所以，在捐钱时，如果谁太小气时，孩子就会在学校的某些方面被冷落。她说，"每年学校有颁奖大会，大部分获奖的学生都是那些捐款最高的家庭的孩子。而且，会有很多名目的奖项给他们。有一年，她们家捐款的数额明显的比较少，到了学生颁奖大会的那天，她的儿子一项奖都没有拿到，就看那些捐款多的家庭的孩子们，每个学生都被校长又是表扬又是颁大奖，有的还拿到了两三个大奖杯，受到很多的宠爱。他们的父母都非常的高兴，下次募款时，也就会捐更多的钱……"

　　你知道吗？后来我们才知道，玛丽娅的两个小孩上了大学以后，一个是上到大学一年级就不念回家了，另一个是上到大学二年级的时候也不念就回家了。现在一个在超级市场上货，另外一个在教小孩子游泳维生。

　　就是在这个星期媒体还报道了一则故事，有个私立高中在举行募款晚会，在募款的过程中，学校极力地讨好那些最富有的学生家长，让有些学生家长感觉非常不舒服。之后，其中有一位家长带着孩子愤然地离开了这所私立中学，而去寻找公立的高中了。

在我们的学校会有另外一个现象是，当学校要组织出城活动时，需要每个学生家长付费的。例如：我们学校要出城参观历史古迹或去外地郊游时，有些学生家长付不出这笔额外的费用。这时，我们学校的家长朋友互助会就会出面帮助。这个组织是所有我们学校的家长都可以参加的，目的是关心学校的经营状况和教学走向等，很有号召力，主要都是在网上沟通互动。有时，他们也开大会讨论很重要的议题。这个组织一年会有1—2次利用帮助学校义卖或募款等方式，筹集到一些资金帮助那些家庭比较困难的学生，让他们也有机会和大家一起出去活动。还有在美国，有很多时候会照顾穷人的孩子。我们上高中的学生，都会同时选修很多的大学课程。每年的5月，这些拿了大学课程的学生都要参加全美国统一的AP考试来验证。每一科的考试费用需要86美元。可是，当学生家里的收入不足到一定标准时，要拿出报税单的证明。考试部门就会允许那些低收入的学生只付5美元考一科。

总之，学生家里贫穷，在学校是不会被其他学生所笑话的。如果你家里越穷，你本人越优秀，而且学习成绩也非常好，还愿意参加很多社会的公益活动或学校的课外活动等。这些学生反而是让所有的学生和老师都羡慕的学生，也是美国一流大学的招生官所寻找的学生。

在贫富方面老师及家长是怎样教育的？

我们俩从小到大都是在公立的学校里念书，老师要求我们在学校的每一个学生都应该是平等的。我们很早就知道，而且在独立宣言里早就告诉我们了：人是生而平等的。所以，我们从小就受到了这样的教育。学生们之间也不会因为家贫或家富而被议论，老师也不会因为家贫还是家富而出现不平等对待学生。我们觉得这也是西方的一种社会文明的具体表现。

虽说，在学校没有谈论贫富攀比的现象，但贫富的现象在学校还是可以看得到的。举两个小例子：我们有个好朋友，他叫查理斯，和我们一样上高三。有一天，他跟我们聊天说，周末他和他的好朋友一起去海边玩了，到了要吃午饭时，朋友问他是否想吃新鲜的海鲜，他回答说，"那太好了"！结果查理斯的朋友就叫他们家里的管家开着直升机接上他们飞到了对岸的卡塔琳娜小岛去吃从海里刚刚打捞出来的新鲜海鲜大餐了。我们听完之后，就说："哇！酷！"只是到此为止，一听一过也没有什么了。

另外，也是在我们学校和我们是同年级的好朋友，叫米雪儿。她们家是从韩国来的移民。她曾告诉我们，她每天放学回家都一定要帮助妈妈照顾 3 岁的小弟弟。她们家的孩子很多，妈妈身体又不好，她还要帮助妈妈做晚饭。很多时候，她在临睡觉时还要拿着手电筒躲在被窝里把当天的作业做完。因为，她们家的住房很小，她和另外的三个人住在同一个房间里，半夜不能打开灯。我们听她讲完之后，觉得非常受感动。就是这样，她的学习成绩仍然是非常的好，而且，她每天都看上去很快乐。如果她不跟我们说，我们永远也不会知道原来她的生活是那么的艰苦。从此以后，我们真的很佩服她，而且也更尊敬她，我们认为她很了不起！她能在那么艰苦的环境里生活，学习成绩还特别好，心态也很健康，每天看到她时都是那么的阳光，笑呵呵的，非常天真无邪，也从来不会埋怨任何人，就知道自己努力，再努力！她告诉我们，她的理想是长大以后要当一名著名的肿瘤科医生，一定要找出癌症的原因……

我们俩真的很喜欢她，每天早上我们看到她时，都会给她一个大大的拥抱，我们支持她！她让我们了解到在这个世界上，一个学生能否成功不是要靠别人，不是要靠家里富有才能成功。不是富有会决定一切，也不是富有就会给你一切的。真正的成功和富有是要靠你自己！

云南夏令营的趣事（2012）

在 2012 年暑假，我们应中国中央电视台的邀请来到了北京接受采访。之后，我们的采访节目在中央电视台的国际频道 CCTV4 的《华人世界》节目里正式播出了，是用上、下两集讲述了有关我们的成长故事。如果你对我们接受采访时的表现感兴趣，请上网搜寻"[华人世界] 华人故事：绽放的梅花兰花"就可以看到我们的故事了。在那里展现的一切，远远要比我们在这里复述更直观、更丰富。

在 8 月 4 日，云南国际夏令营的寻根之旅举行了正式的开幕仪式。来自欧洲、北美洲、大洋洲和亚洲等 20 多个国家的 800 多名优秀的华人学生欢聚在昆明的度假村——世纪王朝大酒店和其他的宾馆。在开幕式上，有云南省的外办主任，还有云南省委书记等很多的领导人都到场祝贺并讲话，欢迎我们来到中国的寻根之旅。

之后，我们还有交接夏令营队旗的仪式，我（梅花）还被选为四名学生护旗手中的其中一名。之后，还有很多学生代表上台发言。他们大部分都在说，感谢中国侨办和云南侨办这么慷慨地对待我们这些学生，以及回到老家的心情很兴奋等。

之后，就由当地侨办派来的老师们将所有的学生一队队地带走了，直奔云南的名胜古迹和著名的景点去了。我们俩很荣幸地接受了中国新闻网李晓琳记者的采访。之后的报道文章，如果您感兴趣的话也可以上网去看"美国孪生华裔姐妹花的中国情结 愿作文化交流使者"。

我们的第一站是昆明动物园，看到了很多洛杉矶没有的动物。其中之一让我们记忆深刻的是，有几只刚出生两个月大的小狮子，付钱之后，可以进去抱抱它们。哇！能近距离地接触动物是我们俩的最爱，我们争先恐后地抢着抱那只小狮子。非常有趣的是，我们刚刚开始跟它玩，它还很好，可是没过两分钟，它就翻脸了，像小孩子一样打着滚儿要挣脱我们的束缚。

她从法国来，我从美国来。我们都有共同的梦想：愿做未来的驻中国大使（2012）

当我们在等车带我们从动物园出去时，我们碰到了一群从法国来的中学生。很奇妙的是也有两个女孩子是混血儿，妈妈是中国人，爸爸是法国人。姐姐的名字叫克伦，还有她的几个朋友和我们俩立刻就混得很熟了。我们随便地聊着天，克伦问我们长大了要做什么，我（梅花）立刻说："我的梦想是做美国驻中国的大使。"这时，克伦睁大了眼睛说："哇！我的梦想是将来要做法国驻中国的大使。"我们俩不谋而合地互相击掌确认，都说到让我们20年到30年之后，争取在中国再相见。在旁边的很多学生都大声地说，请留下这一珍贵的时刻，我们俩就大大方方地掐着腰、握着手，两个人都要做未来的驻中国大使。

当我们要离开夏令营的时候，老师让我们留下对这次夏令营的感言时，我们写下了：有梦最美。

好似温暖的大家庭

夏令营要结束了，当我们要离开美丽的云南时，我们也很想留下这次难忘的夏令营之旅的心得。我们自己用中文写下了：

这次我们从美国来到中国，首先前去看望了沈阳的姥姥和姥爷还有亲戚们。他们总是尽最大的可能让我们吃得最好，带我们去最好玩的地方。在我们探亲的这段时间里让我们感觉到的是无尽的关怀和温馨。当我们要离开他们的时候，总是会觉得很难过，是真的舍不得走。离开姥姥家之后，我们就飞到了云南，参加这里的国际夏令营。

在云南夏令营结束时，我们觉得好像是从姥姥的小家庭走进了一个国际的大家庭。同样的感觉是难舍难分。云南侨办把我们这些从世界各地来的每一个学生都当作是自己家里来的重要的客人，比我姥姥家对我们还要盛情。在这里，每顿饭吃得都好像是在过年；每次我们住的地方都比我们自己家出去旅游时住得还要好。云南侨办还带我们去云南最有名的风景名胜。云南太美了！真的是山美、水美、人更美！我们去了石林、大理和楚雄的世界恐龙公园等很多著名的名胜景点。

我们最喜欢的是神秘的大理，更爱那里的是清澈见底的洱海，大理的山峰总是会藏在层层的白云端里，让我们觉得那些山很迷人。我们还爱那在世界独一无二的石林公园。那里的每一根石柱都好像具有自己的特色和性格。我们觉得云南真的是太美了！除了水美、山美，人也真的更美。云南侨办为我们这次国际夏令营活动派来了最好的老师、司机和导游。他们对我们都非常的热心和有耐心，照顾我们非常周到。我们真的从心底里感谢他们！更感谢侨办！

整个的夏令营活动让我们真的非常感动。最难让我们相信的是所有的费用都是侨办帮助我们支付的。我们在美国长大，最先学到的理念就是在这个世界上从来没有白吃的午餐。可

在云南楚雄世界最大的恐龙发祥地公园

是中国人做到了，这具有 5000 多年悠久历史的中国人民是那么的热情和善良。在全世界没有任何一个国家会这样对待他们的海外亲人，只有中国会。我们也意识到了，这也就是中国传统文化的一部分，他们好客，他们把我们都当成了自己家的人。我们呢，也是来这里认祖寻根的。

通过这次活动，我们觉得好像是有一粒种子，深深地种在了我们的心田里，等待着日后的开花、结果、叶落归根……

叫真儿的陈会长（2012）

在云南夏令营还发生了另外一件难忘的事情，至今让我们都忘不了。

陈会长名叫陈金阶，约有 40 岁左右，个子高高的不胖也不瘦，长着四方大脸，黑黑的眉毛，大大的眼睛。他戴着一副金丝边的眼镜，梳着特有的齐齐的直立小平头，总是穿得笔挺。他说话时不紧不慢，但是让人觉得很坚定，并

总是面带笑容，看上去文质彬彬，又很威武帅气。他就是美国华人商会的会长，大家叫他较真儿的陈会长。

在 2012 年的暑假，我们跟随着美国华人商会举办的第一届中国文化历史常识比赛的优胜者团，由云南省侨办邀请前来参加 2012 年中国寻根之旅的国际夏令营。

由于我们自己早到了昆明两天，报到的那天我们和妈妈乘出租车从昆明的银座宾馆去集合地点——度假村的世纪王朝大酒店。当我们的出租车到达目的地时，我们在车上看见所有团队的人都到了，我们的美国华人商会的陈金阶会长也已经站在大门前等候着我们的到来。我们看到这一幕时有些着急了，同时也非常兴奋地跳下车拿出行李就朝着我们队伍的方向跑去了。很快我们就和大家一起上了去昆明野生动物园的旅游车。

当晚上我们回到宾馆时，一进房间的门就发现怎么手提电脑不见了。想了又想我们都想起来了，那电脑包被忘记在出租车前面乘客的座位上了。我们立刻跑去宾馆的柜台询问是否有人送来过黑色的电脑包？回答是没有。我们就又找负责我们的云南侨办的杨陈，她非常耐心地帮助我们打电话给出租车服务公司，可是他们一定要有三个条件中的任何一项，就是司机的执照号码，出租车车牌号码或收据？可我们都没有。接电话的人回答说，如果司机好心的话就会送到公司来，否则，我们也没有办法。

当时，我们全都傻眼了，站在那里一动不动。夏令营结束后的第三天我们在美国的学校就开学了，我们用了一个多月的时间才做完的所有暑假作业统统都在电脑里；里面还有我们多次出国的几千张照片；还有我们即将整理好的第二本和第三本要出版的新书；还有中央电视台访问我们的全部录像和资料；还有我们积累和搜寻的课内外的资料和活动记录等等。这电脑几乎是我们生命的一部分，里面有很多东西是用钱买不来的。包里还有我们所有旅行箱子的钥匙，还有我们的录像机、照相机、手机等所有的充电器等。当时，我们真的好想大哭一场。因为，我们实在是没有办法在三天之内可以完成那些暑假作业。交不上暑假作业，开学之后，我们就没有办法选新课；还有在这夏令营期间我们再也不能照相和录像了……

天那！这可怎么办呀？我们只好祈祷，希望我们的出租车司机是一个善良的好心人，特别是妈妈还多给了他 4 块钱。因为当时收费是 31 元，妈妈给他 35 元并说不用找了。我们除了期盼以外就只有等待。

过了一会儿，我们再去前台询问时，发现陈会长也在柜台前并正在与保安系统磋商要求调看宾馆的监控记录。当结果出来后，很不巧的是只发现了那辆出租车，但是看不清车牌照。办事认真的陈会长又立刻通知了警察局，很快就来了两名警察，写下了事情经过之后就离开了。我们都呆呆地坐在那大眼瞪小眼的束手无策。这时，陈会长走了过来拍拍我们的肩膀说："请放心，你们任何一个我请来的营员所发生的事请，也就是我自己的事情。我一定会尽我最大的能力帮助你们解决问题。"可是，其他知道我们丢了电脑经过的人却都说，能找回来的希望太渺茫了。

那天晚上，我们都没有睡好觉。好像是心空了一样，不知道回到美国后要怎么面对学校的老师；也不知道怎么跟爸爸交代他照的所有照片都已经不见了；也不知道妈妈要怎样才能跟出版社交差呀？

第二天早上，我们有气无力地爬了起来。首先，给出租车服务公司打电话询问是否有电脑包送来？回答是没有。我们刚走到大厅准备去吃早餐，陈会长的电话打来了，他在询问是否有新的进展等。到了下午 1 点钟左右我们又接到了陈会长的电话，说是出租车司机已经找到了，请再耐心地等一等。我们听后非常高兴，心里很踏实地知道有一位强人并很有智慧的陈会长正在不停地竭尽全力地在帮助着我们。

又过了 3 个多小时，陈会长的电话又打来了。他告诉我们："你们的电脑包已经在我手上了。"我们简直无法相信自己的耳朵，都发自内心地尖叫了起来，还蹦着高地跳个不停。这回我们的心是完全地踏实下来了。我们疯狂地开始玩了起来，也不需要再担心照相机和录像机就要没有电了。

到了晚上 9 点多钟，陈会长的车又停在了我们住的宾馆大门前。他带着灿烂的笑容背着我们非常熟悉的黑色的手提电脑包来了。我们的眼睛里充满了热泪，情不自禁地一起跑过去给陈会长一个大大的拥抱。之后，我们接过来这救命的电脑包，那颗心几乎都要从嘴里面跳出来了，很激动也很感激。几乎没有人会相信这电脑真的会这么快就找回来了！

原来早上，陈会长打电话给警察局，对方回答：电脑是你们自己丢的，也不是谁偷的，我们没办法帮这个忙。较真儿的陈会长放下电话就开车到了警察局，回答仍然如此。可他还是不放弃，继续往上寻求帮助。他整整在警察局待

不能相信的是较真儿的陈会长真的找回了我们的手提电脑

了一上午，最后得到的回答是愿意帮忙试一试。之后，警察局内部很快利用路上的监控器和 GPS 定位等技术，很快就找到了那台出租车；再继续与出租车公司联系又找到了司机。有详细记录着我们是从银座酒店 9:17 离开，并于 9:45 抵达世纪王朝大酒店。当警察打电话给司机时，他却说，完全没有看到什么电脑包。坐在一旁的陈会长在静静地跟踪着办案的每一步细节。警察局继续跟出租车公司联络，很幸运地又找到了在我们下车之后的第二位乘客。当警察打电话给那个乘客之后，立刻发现出租车司机有说谎的嫌疑。警察再一次打给了出租车司机并告诉他，我们既然能找到你，请相信我们也一定会找到真相。我们希望你能积极配合，否则，我们会采取下一步行动。司机停了好久之后才回答说，好吧，让我再找找看，我再打回来给你们。很快陈会长听到了警察在接听那位司机的电话。结果电脑是在他车里，但他在很远的地方需要 3 个多小时以后才会把电脑送到警察局。陈会长听到这里时，才起身离开了警察局。

当我们拿到了自己的电脑包后，对着电脑是亲了又亲，吻了又吻。再一次谢了又谢我们较真儿的陈会长。陈会长却说，你们一定要感谢昆明市的警察局，他们对海外华侨格外地关照了。我们也意识到了并且感觉心里暖呼呼的。

我们举起电脑包跟陈会长合影留下了这段难忘的记忆。当我们回到自己房间后的第一件事就是用这个宝贝的电脑写出了上述的故事。

与中国学生共建桥梁（2012）

在 2012 年暑假，我们应中国中央电视台的邀请并接受了采访，在采访过程中我们还与北京海淀外语实验学校的学生们有一个非常温馨的座谈会，大家在一起无拘无束地畅谈着，随意地提出自己所关心和好奇的问题，由我们来不加任何修饰地回答出来。在会议期间学生们还要求我们为他们表演个什么，正好讲台上有一架钢琴，我们索性就一起合奏了一曲四手连弹的牙买加的钢琴舞曲。之后，他们还为我们集体合唱了一首很棒的属于他们自己的校园歌曲，让我们觉得跟他们在一起的短暂时间里，有着一种非常和谐美妙的共处时光，也分享了彼此之间的问题。

会议结束了，可很多学生都不走，我们还是围在一起说个不停，还有一位女同学把我们俩给素描了下来，她的画功真的是让我们佩服。几分钟的时间一幅钢笔素描画就出来了，非常的逼真。我们与很多的同学互相交换着邮箱的地址，并一起合影留念。

当我们要离开的时候，很多的男生和女同学还在跟我们聊着许多他们听起来好奇的话题，很多学生也希望未来能到美国来念大学。在不知不觉中，他们就把我们送到了校园的大门口。从大礼堂到校门口至少要走 10 分钟，天也已经黑了，真的是让我们觉得非常的感动，他们每个人都很活泼，很有个性，很有理想，也都很向上。最后，我们不得不一一地握手，恋恋不舍地与他们挥手告别了……

这次旅行的最后一站，我们又到了妈妈的老家沈阳，我们在与姥姥和姥爷同乐的日子里，也接受了与沈阳重点中学第 27 中学的学生一起开心畅谈彼此之间的未来和互相所感兴趣的话题。之后，他们也是希望我们能为他们表演个节目，我们索性为他们跳了一个中国的少数民族的傣族舞蹈《月光下的凤尾竹》，也没有音乐，有人帮我们哼唱着，我们就真的跳完了整个的舞蹈给他们看。他们也有同学要独唱，还问我们喜欢的是什么歌曲，我们很高兴地对他们说，我们最爱的就是光良的《童话》。于是，他真的为我们唱了这首美丽动听的歌曲，唱到后来，我们俩也情不自禁地跟着他一起唱了起来，最后，大家都一起合唱了起来。那个座谈会给我们留下了难忘的印象。

我们还与辽宁文学院和辽宁青年杂志共同组织的写作获奖的学生们在一起畅谈写作的心得，互相交换作品阅读等，也让我们学到了很多崭新的知识。在与中国的学生们进行了多次的近距离的接触中，使我们了解到了很多中美文化在教育理念方面的不同。

最后，我们还去了沈阳附近的新民县的农村，到那里去教农村的学生们一起学习英语。与学生们一起用简单的英语对话。之后，在课堂上，我们还试着用英语问他们课文中的一些问题，很快他们就可以听懂了。我们为他们朗读英文课文，之后，还与他们一起朗读课文等，帮助他们在课文的句子中找到哪里应该是升调；哪里应该是降调；还有普通对话的技巧等。总之，在跟他们一起学习英语的那段时间里，也让我们自己学到了很多知识，农村的学生非常淳朴，说话也非常的直接，对我们非常的热情，有的学生还希望我们能去她的家里串门去等。

参加辽宁文学院和辽宁青年杂志共同举办的中美学生文化交流会（2012）

　　我们还用自己出第一本书所挣到的钱买了大量的图书，捐给了那里的每一个学生和他们的学校。我们到每一个班级打开我们的书，让他们随便地挑选自己喜欢的书，当每一个学生都拿到书之后，别提都有多高兴了。在下课的时候，很多学生就捧着书读个不停，还不时地发出咯咯咯的笑声。每个学生好像都很开心，他们把我们俩也当作是自己的亲人一样，很愿意亲近我们。到了我们要离开的时候，很多学生都拉着我们的手，非常不愿意让我们走……

　　这次回老家，我们还去了我们曾经在那里学会说中文的幼儿园。十年后我们又回到沈阳二经二幼儿园来看望我们以前的老师，可是她们都不在了。在我们头脑中的那个大大的幼儿园，好像是变小了。那里的老师说，幼儿园没有小，是你们俩长大了。这才让我们恍然大悟，真的是我们长大了的原因，那曾经坐过的小板凳和小书桌，再坐下去时，真的感觉是太小了。

　　我们也用自己出第一本书所挣到的钱买了很多最新的儿童图书，送给了幼儿园的老师，以表达我们对这里的谢意。是这里启蒙了我们俩开始会说中文；是这里让我们曾拥有过很多美好的童年记忆；是这里常常还会勾起我们内

2012 年去新民农村教英语并捐书给他们，同学们在挑选自己喜欢的书

心深处的回忆，是这里让我们将永远都不会忘记。

在全美教育高峰大会上被聘为实况记者

在 2013 年 2 月 21 日到 23 日，我们参加了美国学校管理者协会（AASA: American Association of School Administrators）举办的全美国高层教育领导人年度大会，会议在洛杉矶的会议中心大厦举行。大会新闻处要在全美国聘请七名学生做大会的实况记者，其中有四名是大学生和三名高中生。每个学生还会收到 100 美金的报酬，如果被选上，会有两天就不能去学校上学了。

首先，是要经过各个高中向大会新闻处推荐优秀的在校校报记者；之后，被选送的学生要自己送简历和已发表过的作品等；然后，在 Verginia 总部负责大会新闻部门的人经过阅读履历的筛选后，再选出可以参加面试的学生。我们俩经过了 30 分钟的 Verginia 总部负责人的亲自电话访谈后，当场与我们谈话的负责人就立刻告诉我们说："我很高兴地要告诉你们俩，你们双双都已经正式地被选中为这次大会的实况记者了。"接着他还说，"我很荣幸能找到你们俩，并与你们一起工作 3 天"。当时，我们真的觉得很意外，也觉得非常的惊喜。父母还决定要再帮我们买一台新的手提电脑，可以为在大会上做记者时使用。

我们做记者的每天要各自单独地去采访大会发言人，所有的发言人都是来自各个州教育界中的最高领导人。每天每个记者必须要写出两篇报道，每次的报道限两小时交稿，我们通常都会提前一个小时就交稿。交上去的稿子，也不会被打回来再次的修改。在会议的第二天，我（梅花）的文章就在头版头条出现了；我（兰花）的文章也在头版的二条出现了。

大会新闻处的负责人在我们最后要离开时，还对我们俩说："我真为公立学校能培养出你们这样的杰出高中学生而感到骄傲。你们的有些稿件比那几位大学生写得还快、还好。你们可不是百里挑一，而是千里挑一啊……"

当我们听他说完这句话之后，真的是非常高兴。他会这么样地认可我们的工作，这真的是极大的荣誉。可我们又转念再思考时，我们觉得自己写作的好成绩可不能都归功于公立学校的培养啊。我们很清楚的是，这也少不了我们自己的爱好和从很小就开始了写作方面的训练，以及自己的努力啊，还有我们

我们在 2013 年的全美国教育高峰会上被聘请为实况记者

父母花了很多的心血在细心地培养我们有关写作方面的才能。

人们都说，台上一分钟，台下十年功。这话可一点也不假啊！其实，有时候，人与人之间就差那么一点点，可那一点点都是要在平日中用心积累的。

我们最近被学校的校报选中为校报的总编（梅花）和校报特别版面的编辑（Special Feature Editor）（兰花）。这是我们进入到洛杉矶实验中学 5 年来的梦想，现在实现了。我们俩要非常努力地大干一场，我们要努力做到：因为有我们的存在，让今年的校报变得内容更加丰富多彩。

与中国作家代表团的盛宴（2013）

在春暖花开的季节，我们俩正忙于各自都选修的四门 AP 大学课程将在 5 月初有全美国的统一联考时，我们收到了北美作协的通知，在 4 月 6 日下午有欢迎中国作家协会代表团来洛杉矶访问的文学交流会、晚宴和联欢会。我们很兴奋地全家前往。

晚宴是在位于洛杉矶接近郊外的一处优美高雅的地方举行的，一进去好像是北京四合院里的一座大豪宅。这座房主是来自北京的北美作家协会副秘书长王维民阿姨的家，也就是她和上一届的作家协会的会长刘俊民姥姥两人介绍我们俩参加了这个非同一般的北美华文作家协会。作协接受作家入会的门槛是很高的，成为会员的作家，不仅每个人都有数量相当的文学作品发表和出版，而且很多人还在汉语文学的世界里有着广泛的影响。老实说，我们觉得自己非常的荣幸，在我们小小的年纪就能成为其中的会员。在作家协会里，会让我们有更多的机会接近中国的文化，和更多的向其他作家学习的机会。我们人虽然在美国，但就能有这么宝贵的良机可以与中国的文学家们在一起交流、沟通，还能共同分享欢乐的时光。这一切都让我们心里美美地感到荣耀和自豪。

主人家房子的后院就是一片幽深翠绿的高尔夫球场，四合院的正中央可不是像北京的四合院那样常有一棵老槐树，这里有的却是一个湛蓝闪光的大游泳池。四面的大房子中，有一面是大大的客厅，我们就在那里开始了晚宴。我们作家协会的叶周会长还专门请来了在大洛杉矶最有名的王大厨，到场献艺。王大厨做的那些美食都是一流的，有海鲜鲍鱼和鸡虾鱼肉，都是中国餐中最精美的，还有美国最高级的香槟酒及各类饮料。当每个人看着这么多的美食佳肴时，都一定会胃口大开了。我们围坐在一起边吃、边喝、边聊天。

很幸运的是我们坐在了从中国来的李掖萍教授的旁边，当同桌的作家开始问她些问题时，哇！她的回答如同是在正式的演讲或是像在大学的课堂里上课，那真是口若悬河，条理清晰，有问必答。那些答案好像是她早已经准备好了似的，她旁征博引，让我们听得是赞叹不已。在与来访作家的交流中，他们所谈的内容，他们的认识和见解，包括他们的表达方式，每每让我们有耳目一新、眼界大开的惊奇和喜悦，让我们学到了很多在书本上得不到的知识和启发。这也再一次坚定了我们的一个想法：日后一定要去中国的大学里进修"汉语言文学"，身临其境地去学习、体会、感悟博大精深的中国文化和中国文学。

参加晚会的，无论男女，不分宾客，大家都使用着共同的语言：汉语。这是世界上最伟大的语言之一，它的声音已经遍布世界各地、各个语系、各种肤

兰花在表演东北土话"大妞啊，你最近都在捣扯啥呢"的小品，大家听得都笑死了。

色的人都开始认为汉语是很重要的。正是通过汉语，在世界上有更多的人开始了解中国、喜欢中国、认可中国。

在这个美好的夜晚，在美国的洛杉矶，又是汉语把所有的人亲密地联系在一起，连我们纯粹"老美"的爸爸也受到了感染，他坐到钢琴前弹奏起《义勇军进行曲》，并用标准的汉语完整地唱出了那首《中华人民共和国国歌》，所有在场的中国作家为他献上了诚挚的、热烈的、经久不息的掌声。

中美两国汉语作家、艺术家的联欢晚会，当然少不了彼此才艺的展示，我们也在大家的盛情邀请下表演了舞蹈、钢琴演奏，我，兰花还为大家表演了一段中国小品的片断，"说说北方话"逗得全场掀起一波又一波的笑声和掌声。中国作家的才华不仅表现在文学创作上，他们的歌也唱得非常的好。轮到了薛卫民叔叔的时候，他说自己不会唱歌也不会跳舞，于是他当场即兴写出了这首"叩拜汉语"的诗篇，博得全场的热烈掌声。之后，大家还争抢着要留下复印件，有的作家还立即将薛卫民那首诗歌的原稿拍照下来。我们的爸爸也急匆匆地跟着凑热闹，知道一定是好东西，也抢着照下了一张。从爸爸拍下的诗歌原稿照片上，我们整理后，经过薛卫民叔叔的同意也附在这里跟您一起分享：

叩拜汉语

薛卫民

如果旭日的每一次升起都是出发
如果夕阳的每一次降临都是到达
所有的露珠，都不会再成为泪水
黄昏举起的炊烟下，一定是家
古老的汉语从未享受如此的溺爱
它的出发总是接着新的出发
海角的前面还是海角
天涯的前面还是天涯
波浪把波浪推向遥远……
于是它才会如此地
虚怀若谷、辽远旷达、胸怀博大！
我有一个期待——
当汉语路过我们的时候
它会说那是一群优秀的儿女
在那个"我们"里
有你、有我、有她……

（2013年4月6日写于洛杉矶王维民女士
为欢迎中国作家代表团举办的家庭晚宴上）

我们也有一个期待——正像中国作家薛卫民在他的诗中所写到的那样——
当汉语路过我们的时候
它会说那是一群优秀的儿女
在那个"我们"里
有你、也有我们俩、还有她……

放飞：我们的梦想

中国人性格中有点含蓄。在与大多数中国人沟通交流时，谈到自己的喜怒哀乐、所喜所恶时，特别是在谈到对自己的今后有什么打算和志向时，他们经常就"含蓄"起来了……我们非常理解，因为今后的打算、志向、梦想，毕竟是今后的事，一旦实现不了，会让自己变得很尴尬。

其实我们也或多或少地有那样的心理，也曾非常小心地把自己未来的理想、志向藏在内心深处。可是，在我们即将完成这本书时，我们发现自己已已经对大家讲了那么多了，细心的读者可能早就从中窥到了我们心中的珍藏，那就索性"解密"吧——在并不遥远的明天，我们希望成为大洋两岸的一座坚实的美丽桥梁，做美利坚合众国和中华人民共和国互通交流的光荣使者！

我们俩从小就很喜欢中国的文化，对中国的历史也很着迷，我们认为中国人民很勤劳也很伟大，这是欧洲和西方人还不能真正了解的。等我们长大以后，要立志做中美文化交流的使者和沟通的桥梁。我们正在朝着那个方向去走，我们已经决定上大学后，都会选学国际关系学和汉语双专业，毕业后要做一个出色的中美之间的外交官。

任何理想和志向的萌芽，都需要有相应的种子和土壤。就像是我们父母的中美结合而形成的一个家庭一样。我们这个中、美文化并融的家庭里是非常和睦、其乐融融的，我们成长的文化背景，我们全家人对中华民族悠久历史、灿烂文化的尊重和热爱，我们从小便受到的良好的汉语训练，父母在品德、知识、人格等多方面有意识地呕心沥血地培养教育着我们。这一切早早就在我们心中埋下了日后要有作为、对国家和人类要有所贡献的种子，并为这个种子的萌芽、生长提供了丰厚而又肥沃的土壤；国家和社会也为我们提供了适宜的阳光和雨露；再加上十几年来我们付出的心血和努力；都让我们有理由珍视自己日后做中美桥梁和交流使者的理想。

当然，我们深深地知道，这是一个远大的理想，伟大的志向。要实现它并不是容易的事情。然而，正像爸爸经常对我们说的那样"如果太容易就失去趣味"。正因为难，它才更具有挑战性，正因为更具挑战性，它才更能激起我们为之努力奋斗的激情和能量。

　　不是有了远大的目标就万事大吉了。通向远大目标的，一定是漫长的路，而且那路上还很可能布满荆棘与坎坷、充满艰难与险阻。在向那个远大目标前进的过程中，大概是少不了遇到很多意想不到的阻碍和挫折的，我们有充分的心理准备。做中美桥梁是一个长期的计划，是一个雄心勃勃的宏伟目标。

　　最近，我们俩非常高兴地获知，我们已经被美国媒体的"太平洋中国通"网站吸收为正式的记者。这个网站上的记者都是来自世界各地，都是在职业上和爱好上与中国文化有关的，每位记者都是中国通。我们俩又是"太平洋中国通"网站中唯一年龄最小的，还是上高中的学生记者。这让我们意识到了，我们的努力已经被越来越多的人看到，我们取得的成绩也被越来越多的人认可。比如我们汉语的读、写能力如果不达到一定的水准，他们是不会吸收我们为记者的。所有这样的承认、奖励、荣誉，都是对我们最好的肯定和鼓励，都会给我们添加动力。我们心中的那个远大的目标也会距离我们越来越近……我们积极进取，我们心系未来，就像中国作家薛卫民叔叔送给我们的诗中所写的那样——未来总是能听到我们的心跳，远方总是更吸引我们的眼睛。

愿做中美文化的使者

　　在我们的身体里流淌着中、美的共同血液；在我们的性格上也深深烙着中、美不同的文化印记；在我们的思想里已经继承了中、美文化的精华；在未来，我们愿意为中美文化之间架起一座坚实的桥梁；为两国人民做些实实在在的小事、大事、国家事……

我们在上海世博会参加了三场集体芭蕾舞演出（2010）

准备去跳芭蕾（2010）

在初中毕业典礼上（2010）

我们受邀在 2011 年国际青少年音乐节大赛的闭幕式上表演了钢琴四手连弹，梅花在这次大赛中荣获钢琴比赛的冠军

我们代表中国百人腰鼓队，参加了第87届好莱坞大道迎圣诞大游行（2011）

我们喜欢跳的蒙古舞——骑在马背上的女孩（2012）

在全美亚裔图书馆协会举办的年度颁奖大会上，邀请我们来跳中国的民族舞蹈，协会主席很幽默地在向来宾介绍我们（2012）

受邀在美国华人国际歌舞协会成立大会上演出（2012）

梅花为洛杉矶医生交响乐团钢琴伴奏，在与乐队指挥谢幕（2012）

在学校 2013 年的才艺表演大赛上，我们演奏的是西班牙"火焰舞曲"并荣获全校"最佳音乐人"的大奖

终于看到了玛雅金字塔，可玛雅人到底去哪了呢（2005）

追寻着英国巨石阵的神秘历史（2006）

在伦敦威斯敏斯特教堂（2006）

在丹麦的哥本哈根海港看到了我们童年时
梦想中的小美人鱼（2007）

在俄国的彼得大帝的夏宫，玩在金碧辉煌的阶梯瀑布喷泉群（2007）

玩在瑞典首都斯德哥尔摩（2007）

芬兰首都赫尔辛基的参议院广场（2007）

在挪威首都奥斯陆的维格兰公园看到了
世界最著名的"愤怒的小男孩"雕像（2007）

梅花在世界最棒的澳大利亚大堡礁潜水
（2009）

您看过这么绿的大海吗？当我们刚看到时，浑身好像有被融化了的感觉（2008）

玩在悉尼，那悉尼的歌剧院和海港大桥像是一对恋人永远的相伴着（2009）

在澳大利亚的乌鲁鲁看日出（2009）

在火热的戈壁滩大沙漠中居然还藏着世纪冰川（2012）

玩在戈壁滩大沙漠（2012）

我们横穿戈壁滩大沙漠已经五天了，在那里经常看到的是四面八方都可以看到地平线（2012）

我们准备骑马向远方的外蒙古大草原奔驰（2012）

　　愿做中美之间的文化的使者，为中美文化之间架起一座坚实的桥梁，为两国的人民做些实实在在的小事、大事、国家事……（2010）

第二部分

十国游记

开场白

当我们爱上了旅游时，这个世界变得就像是一本神秘的厚厚的大书，摆在了我们的面前，会让我们情不自禁地要一页一页地翻开，从古老的玛雅文化城翻到了举世闻名的万里长城；从靠近北极的世纪冰川的阿拉斯加翻到了靠近赤道的四季酷热的澳洲；从北欧五国翻到了南美的加勒比海；从中国翻到了俄国；从南半球翻到了北半球……

旅游就像下海寻珍珠，上山挖人参，充满了刺激和挑战。每到一个新的地方那里都有着不同的迷人风光，也会感受到异样的风情和异国他乡的情调。最重要的是我们全家人每一天、每一分、每一秒都会温馨地在一起，都会感觉很开心也很轻松。

2006 年，我们全家去英国旅游了 17 天，我们还清楚地记得，有一天的晚上，当我们全家走在伦敦大桥上赏月观景时，微风徐徐扑面而来，那心情是无比的惬意。我（梅花）奔跑在伦敦大桥上。之后，又跑到了妈妈的身边并拉住妈妈的手说："妈妈，我觉得我是世界上最幸福的人，也是最富有的人……"

我们还发现在伦敦的每一座古老的大教堂的犄角旮旯里都会渗透出那古老的文化气息……游完了英国时，我（兰花）说，在英国的十七天我们的车轮压过了半个英国，我们看到了古老辉煌的伦敦古城；看到了英国的美丽乡村；看到了藏着千年秘密的巨石阵；访问了世界第一大文豪莎士比亚的故乡；来到了世界最早的工业革命圣地曼彻斯特……

我们所到之处都留下了自己成长的足迹，并把一路上的所见所感都用手中的笔勾画出一幅幅美丽的画卷。我们走南闯北不仅磨炼了自己的意志，更是开阔了视野；也历练了我们的人生。正像是我姥爷经常说的：古人说，"行万里路，胜似读万卷书"。我们用自己的行动理解了，也证明了。

在这里，我们写出了十国游的精彩游记，希望能和您一起分享，也希望您能喜欢。

探寻古玛雅的文化之旅 (2005/3)

春游墨西哥

　　春假在向我们招手了，天气变得非常温暖舒适，春风刮起后，我们家前后院的花也都盛开了，空气中弥漫着各种花香的芬芳，我们闻到了春天的气息。

　　爸爸已经准备好了要带我们全家去墨西哥的加勒比海度假，让我们觉得非常的兴奋。能去墨西哥的加勒比海沿岸游这是许多美国游客的梦想。那里是以四季温暖宜人的阳光与浓郁的墨西哥风情和热情而闻名世界；那里也是美洲大陆上最悠久的文明古国发祥地。我们除了要去加勒比海一带，还要去坎昆、科苏梅尔、奇琴伊察、土伦姆等著名的历史名城游览观光，我们还要去古城玛雅文化遗址，并参观那座神秘的金字塔。

　　我们第一站到了坎昆，这里被称为蓝色的加勒比海。当我们面对着清澈见底的碧绿色的大海时，我们有片刻的时间好像是停止了呼吸，并有全身将要被融化了的感觉。这里空气很新鲜，我们整天都泡在大海里浮潜看鱼，那些五颜六色、千奇百怪、多彩多姿的热带鱼群在海水里自由自在地遨游着，还不时地穿梭在我们身边，畅游在那些活灵活现的彩色珊瑚中。那海里的世界真的是让我们看得眼花缭乱。

　　这儿的海滩也非常地迷人，我们坐在沙滩上，望着那蔚蓝的海面像是串起来的片片蓝宝石，在太阳光的反射下，闪着翡翠色耀眼的光芒。细细的白沙海岸绵延数十英里，岸边那排排林立的棕榈树环绕着海湾矗立着，在清风的吹拂下发出沙沙的声音，那巨大的棕榈树叶像是一把把的大伞为游人提供了最好的乘凉庇护。在炎热的天气中，游人躲在棕榈树荫底下，感觉特别宜人清凉。

我们穿着游泳衣冲进海浪中，银色的海浪泡沫立刻吞噬了我们的全身。海浪涌动着，我们像鳄鱼一样潜在水中，随着浪起浪落出没在沙滩上，时而又被海浪抛回到大海里，时而又被海浪推出在沙滩上。我们浑身上下都沾满了沙子，就是这样反反复复地追逐着浪花。很快我们的皮肤就被晒得黝黑透亮了。我们在这里嬉水整整玩了一天，在海边，在海里，在海浪之间。虽然天气很热，可那海水却是凉爽宜人的，我们痛痛快快地沐浴在海水和阳光之间。

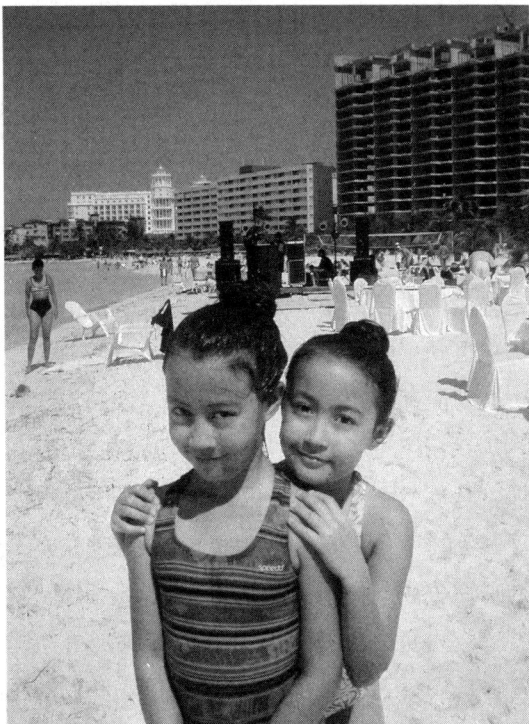

春游墨西哥的加勒比海

可最令我们着迷的还要算是骑海豚的经历。我们乘渡轮来到了苏梅尔岛的海豚公园。在那里我们有一段奇妙的经历，竟然过了一把海豚骑手的瘾。

我们跳入冰冷的海水中，海豚教练正在那儿等着我们的到来。教练一声哨响那叫"凯彼"的巨大海豚就立刻游到了我们的面前。我们拍打着海豚圆滚滚的银灰色后背，我们一边踩水，一边用手握住它的鳍。能这样做必须有很高的游泳技巧，才能将身体浮在水面上随意而为。我们有计划地开始先是亲吻海豚的额头，然后再亲亲海豚的嘴，它有一股咸腥的气味，就好像是在我们家附近的中国超市卖活海鲜的地方所闻到的味道是一样的腥。然后，我们用手拽住海豚的脚蹼爬到它的背上。如果"凯彼"想带上你游一圈时，它就会自动地将白肚皮朝天，我们俩都爬了上去，坐在了它的大肚皮上时，就好像是坐在一条小船上一样，我们用手抓住它的脚蹼感觉好像是抓住了一副把手。当我们坐稳了之后，海豚就立刻像是子弹出膛一样在海水中飞驰着。有时"凯彼"在滑行中溅起的浪花扑面而来让我们的眼睛都张不开了，我们只好掉转方向，那种感觉是既紧张又刺激又兴奋。在"凯彼"的身后留下一串串的漩涡和一道道的急流。我们坐在上面觉得"凯彼"的滑行速度就像是水上摩托艇一样飞快。这时，我们听到了尖叫声，回头一看原来是在隔壁的海水池中，有个女孩用自己的两条腿分别站在两只并驾齐驱的海豚头上，飞驰在水面上。突然，女孩失去了平衡就大头朝下地扎进了水中。这时，"凯彼"也把我们送到了终点，等我们下来之后，我们俩又一次地吻了吻它的额头和它的嘴之后，它就转身离去，还用脚蹼摆动了几下好像是对我们说，再见了！之后，"凯彼"又游向了我们父母所在的位置，又去娱乐他们了。这次骑海豚的经历真的是让我们觉得很过瘾。

我们还去了韦力拉国家公园，在那里玩得很愉快，但也遇到了一点小麻烦。有几个巨大的笼子里养着南美洲的长腿金丝猴，还有其他的黑色、褐色、黄白色的各类猴子。它们都非常调皮地在笼子里跳跃嬉戏着，我们还看到有的猴妈妈在给小猴子抓虱子，抓到了虱子后，就放进自己的嘴里吃了。

当我们正好在吃香蕉时，一个特大的金丝猴像是飞一样地荡到了笼子边，正好是我们所站着的地方，它吸引了我们的注意力。我们觉得它很可爱刚要伸手招呼它，可金丝猴那长长的大手臂已经抢走了我（兰花）手里的香蕉。当我们还来不及躲闪时，另外一只金丝猴也到了我们身边，它一边尖叫着，一边就伸出了长手臂，当我们还没有反应过来时，它的爪子已经钩到了梅花的真丝衬衫。梅花刚要跑，只听哧的一声，衣服的袖子被撕出一个大口子，她的香蕉也掉在了地上。我们觉得这些猴子很疯狂，有点儿可怕。我们把香蕉捡起来后，又扔进了笼子里，一群猴子飞快地聚在了一起，开始抢起那根香蕉，几个大爪子将那根香蕉搞得稀碎。当我们要离开时，它们还不停地尖叫着，好像是在嘲笑我们一样。我们对着笼子无奈地摇了摇头，并对它们挥挥手说："再见了，贪婪的猴子们！"

奇妙的水下世界

在旅游中还有更迷人的是我们参观了有地下淡水的钟乳石（stalactites）和石笋（stalagmites）的地下世界，当地的人们称这里是隐密的世界。

　　我们乘坐一辆敞篷的像是大拖拉机一样的越野车，穿越了无数的山坡和丛林后，来到了一处没有任何标志的平地，地上有一个能同时挤进去两个人的洞口，我们便一个接着一个顺着竹梯下到了洞底。最后，我们在一小块陆地上落了脚，黑乎乎地觉得很可怕，又很担心自己跌倒了。过了很久，我们的眼睛逐渐恢复了视力，在黑暗中也可以看到些东西了。这时，我们惊奇地发现，自己是站在了一块很小的土地上，周围都是水，那水很像是水晶一样清彻透明。从那一刻起，我们已经到了洞底，这可不是通向地狱的大门，我们忽然觉得这才是真正通向天堂的大门啊。而且这里美得无法形容，这完全是另外的一个美丽世界。我们猜只有上帝才配住在这里。

　　我们真的认为自己找到了从凡间到天堂的通道。我们看到了清澈透底的泉水……这是山水相连，水天相通的一个神奇门户。我们跟着导游进到了宁静的泉水湖里，那水面像是一面镜子反射出洞顶那丰富多彩的奇观美景，千奇百怪的黄白相间的钟乳石，错落有致地一排排地垂挂在洞顶，在镜面的水中倒映着。当我们带好了潜水镜开始看水底下的世界时，更是让我们惊呆了。那排排站立在水下的石笋真的是奇美壮观，水下又是另一个奇妙的世界。那些石笋绵延曲折地伸展着，就像起伏的山脊一样，却长在了水里。我们所看到的这一切，都是由千百万年的滴滴特有的那种石灰岩水，所雕刻积攒的效果。一滴滴的无助的小水滴不分昼夜地在滴淌着，在时光的作用

走进地下的神秘世界

下，鬼斧神工地把这个地下世界雕琢成这般千姿百态的纯纯的大自然的美丽奇观。

越游到里面，就越能发现这里的美。这里面完全是另外一个奇妙的地下世界。很像是一座天然的地下宫殿。里面有潺潺的流水，还有天然的隧道和回廊，还有光怪陆离的钟乳石在我们的头上，还有无数的从水里竖立着的千姿百态的石笋，洞内的一排一排镶在高高洞顶上的，以及从洞顶上垂下的许多大大小小的钟乳石，据说是经过上亿年才能形成今天的状态。墙壁上也缀满了很多稀奇古怪的图案。所有这一切都是白色的，让我们觉得有一种美轮美奂的神秘感，也让我们陷入到梦幻中。我们畅游在这绝美的地下和水上的宫殿中，不仅又让我们想起了那句名言："衡量一个人的生命，不是计算你曾呼吸过多少次；而是在于你呼吸之后，将会有多少次的赞叹。"（"Life is not measured by the number of breaths you take, but by the moments that take your breath away."）

这里就是我们呼吸后的又一次赞叹！

神秘的玛雅古城

在我们平日读书或在学习历史中，有涉及古玛雅文化时，都会让我们蒙上一层绝神秘的面纱，是什么原因在 800 多年前，这座繁荣昌盛具有灿烂文化的古玛雅，无论在天文地理还是在文化和建筑业等都很发达。可是，又不知是什么原因，这个非常发达和富有的古城竟然在这个世界中消失得无影无踪。直到人们在废墟中发现了被多少个世纪的沉积和风化落叶所深深掩埋了的整座古城后，在玛雅城内却没有发现任何一具尸骨。究竟在 800 年前这里发生了什么？均没有证据和科学的答案。有人狂言猜测：玛雅人可能是被外星人带走了……

我们就是带着这些谜团到墨西哥尤卡坦半岛来参观玛雅金字塔遗址。当我们站在雄伟的玛雅金字塔脚下时，真的被眼前的巨大建筑给震撼了，同时，也感觉到了自己是那么的渺小。

玛雅金字塔是一座正方形的由白色石灰砖建立起来的雄伟金字塔，我们所看到在塔顶楼上的人好像是蚂蚁那么大；我们还看到了正在往上攀登的游人几乎都是用四脚在往上爬，800多年前的建筑依然完好无缺，并每天都有成千上万的游人在此往返攀爬着。

我们还没等父母下令，就抢先开始往上攀爬了。刚爬了40多磴石阶就再也爬不动了，坐在那里喘粗气。那石阶是又高又陡很难爬。我们休息了好一会儿，爸妈才追上了我们。当他们坐下来休息时，我们又开始第二次向上挺进。哇，越到高处越难爬，我们还是咬着牙爬到了91磴的台阶。就立刻躺在地上伸伸腰和腿，我们俩望着瓦蓝的天空，想象着800年前这里将是何等的情景，我们俩还聊到了玛雅公主，玛雅修女院等话题……

准备攀登玛雅金字塔

我们再登上一磴石阶后，就到了最高处。这里是祭祀的庙宇，玛雅的金字塔不是陵墓而是用来祭祀的神庙。整座的金字塔坐落在热带雨林中，地下是一片碧绿的草地，当我们极目远望时，好像时空将我们带到了昔日这里的辉煌。我们仿佛看到了热闹嘈杂的太阳庙、月亮庙、蝴蝶宫、天文台等，那规模宏大、建筑精美、布局奥妙、鬼斧神工的古玛雅帝国的建筑和繁荣。我们也想到了这座建筑的神奇，它的设计数据都具有天文学上的意义。金字塔的四面都有91磴的石阶梯再加上最后一磴正好就是365磴也象征着一年的365天。金字塔上共有52块雕刻图案，也象征着玛雅日历中52年为一轮回年。玛雅人日历的最后一天算到了2012年的12月21日，还被有些崇拜玛雅文化的人当做了世界的末日。

我们站在玛雅金字塔的顶端也想到了玛雅人崇拜神的荒谬，他们会在球赛中，将败者的头祭祀。之前，我们还看到了一口绿色深井，那里也是玛雅人

在玛雅古城的勇士庙前的千柱群

为了给各自的神祭祀的地方，玛雅人认为牺牲孩子和美女会取悦神灵，把人扔进圣井会使玛雅的雨神扎克高兴。每月都要选出不同性别的人做牺牲，将他们扔进井里送给神灵，他们还会将大量的珠宝等投进井里祭神。

最让我们觉得神奇的是，玛雅人到底去哪里了？据科学家说，玛雅金字塔是宇宙的一个模型，也藏着宇宙间的很多秘密。还有人说能解开玛雅金字塔里面的谜，就能打开通往各种不同星际的通道，就会使人类不再局限于时间和空间之中了。好像这就是突然消失的玛雅人所带走的谜底了。

到了晚上我们又一次来到了玛雅最大的金字塔，在这里看了一部当地人制作的玛雅传奇的电影。我们坐在金字塔的下面，那五颜六色的灯光将这座庄严的金字塔照得通明，不时地转换着新的颜色，并伴随着美妙的音乐，让我们看的是眼花缭乱。之后，我们与玛雅金字塔一起看了一场露天的大荧幕电影。那昔日的古玛雅的辉煌重现在眼前，奇琴伊察市中心的雄伟建筑群等繁荣昌盛的街区，再配上了激情滚滚的立体音乐和彩色影片。真的是把我们带到了百年千载的历史瞬间，带到了玛雅鼎盛的辉煌时代。电影结束后，让我们觉得玛雅人真的非常聪明，他们的智慧真的可以跟现代人媲美。

一周的墨西哥之旅结束时，让我们领略到了墨西哥的独特风情和灿烂的文化，还有那难忘的美丽海滩，最具有征服力的是雄伟的玛雅金字塔，它是古代地球上最伟大的建筑之一，金字塔的建筑本身有很多方面还超越了现代的建筑。所以，它才会这样使科学家和建筑学家们着迷呢。

我们的车轮压过了半个英国 (2006)

古伦敦的辉煌

2006 年暑假，我们从洛杉矶乘英国航空公司的飞机直飞伦敦。我们从机场乘地铁来到了伦敦的市中心。给我们的第一印象是这里的色调有些暗淡，整座城市看上去古朴典雅。我们走在铺满了鹅卵石的街道上，望着大部分的建筑都是砖木结构的。伦敦在欧洲也是数一数二的大城市，已有两千多年的历史。英国所有的国王都住在伦敦，这就更加使伦敦的历史以及古迹变得更加辉煌，那些古老的大教堂和每一个街区的街头巷尾的缝隙似乎都藏着曾经是日不落帝国的过去辉煌。

我们在伦敦的大街小巷逛上了一阵子后，仿佛看见那满载千年历史的痕迹犹在；依稀可听到那古老的大教堂久经历史的重压而发出的呻吟；从建筑物的屋檐到顶梁柱上的雕刻图案上还清楚地可以看出当年这里是多么繁荣和辉煌。

古往今来，我们看到了街头巷角还有小商贩摆的蔬菜摊和新鲜水果摊；主要街道的街灯柱子上都高高地吊挂着大盆的吊兰和五颜六色盛开的鲜花；靠大街的建筑物的阳台和窗台上也都摆放着数不清的色彩鲜艳的大花盆，看上去很夺我们的眼球儿。正巧，我们还看到了园丁开着水车，用特殊的长筒水管在给街灯下的花卉一盆一盆地在浇水呢。这也使我们联想到了，花卉美丽的后面还有园丁的辛勤工作，更何况这载满辉煌历史的古伦敦的背后将有多少天才的设计师、建筑工程师、雕刻专家和手艺人、工匠和工人们的辛苦和劳累啊。

在伦敦的旅游既简单而又独特，很多伦敦人都坐地铁。在地铁站里，人们相互之间冷若冰霜，相互之间既不说话，也不互相关注，连个微笑也很难看到。大街上的人们也是非常的冷漠，完全不像美国人那般热情。在美国的公共场合中，即便是陌生人互相对面走过时，至少会迎来的是微笑，更多的是自然的互相打着招呼才擦肩而过的。

在伦敦，车辆都是靠左侧通行，司机坐的位置却在右侧，与美国的规则是正好相反的。我们每次乘地铁时，都会看到有人在急促地跑上跑下地追赶着一列列奔向四面八方的列车。那车厢的形状有点像医药胶囊，两头是椭圆的。当车门自动地关上后，就好像一条银红色的流线体疾驰在隧道里，红色的尾灯在隧道的黑暗中闪烁着。

特拉法尔加广场

我们顺道先来到了特拉法尔加（Trafalgar Square）广场，这是英国伦敦最著名的广场，在广场中央竖立着一根高约 56 米的圆形石柱，石柱上有一位 5 米多高的全身穿着盔甲的英国海军上将，英国人民的英雄纳尔逊铜像。广场成了人们的休闲俱乐部，广场有两座壮观的金色喷泉，游客和当地人常常到此光顾。喷泉的每一侧都有一个绿色可爱的美人鱼雕塑，女美人鱼有着银色的头发和金光闪闪的鱼鳞，同时还有一个威武强壮的男美人鱼，手握着一个三叉戟，仰望着天空，戟尖直指空中。喷泉的水喷得很高，水力很强，喷出的泉水，大珠小珠闪亮后又都落入喷泉池中，水花在太阳光的照耀下闪着七彩的光。喷泉不是金属做的，而是用金色、蓝色大理石建成的，配上池中水，美妙之极，简直就是一个水晶做成的艺术品。

广场上有成群结队的鸽子聚集在一起，悠闲地散步在广场的中央。它们完全不怕游人，有时候还会跟在我们的后面，挺胸抬头地像一群高傲的大公鸡，旁若无人。这更让我们觉得它们好像是我们身边的英国绅士，有一种别样的孤傲冷漠。后来，我们从鸽子们那琥珀色的小眼睛中发现了，原来它们是一大群乞丐，总是左顾右盼地等待着有好心的游人赏给它们一些好吃的。

我们又去了特拉法尔加广场北面的著名的英国国家美术馆，馆内陈列的大部分艺术珍品都是 14 世纪至 19 世纪欧洲各国不同派别的名画。由于我们赶时间只是草草看看。

　　广场东北角是伦敦著名的圣马丁大教堂，看上去气派非凡，它建于1726年，是英国留存到现在最古老的教堂之一，造型很别致，是一座尖塔式的大教堂，正面有一排排巨大雄伟的大理石圆柱，在大教堂的里外都有精雕细刻的艺术珍品。面对这座庄严肃穆的大教堂时，让我们联想到在18世纪的伦敦是多么的辉煌。模仿罗马的圣彼得大教堂，最令人印象深刻的就是1981年黛安娜与查尔斯的婚礼大典。

　　在伦敦的中国人在传统的中国春节时，也会到这里来舞龙舞狮庆新年；在伦敦的英国人如果想表达自己的不满时，也会来这里举行游行和示威；在伦敦的任何种族的人有什么喜事时，都可以在这里举办音乐会、唱歌跳舞等活动。这是一个非常受老百姓喜爱的人民的广场。

乘伦敦眼

　　在伦敦的六天里，我们有机会参观了伦敦眼，它坐落在泰晤士河畔。那天是一个晴空万里的好天气，这在伦敦是很难得的。爸爸特意安排我们去伦敦眼玩，泰晤士河沿岸的景色秀丽，让我们感觉神清气爽。望着那高耸入云的摩天轮却是一个如此巨大的庞然大物，它就是伦敦眼。在蓝天白云的衬托下更是格外的显眼，也为优美的泰晤士河畔增添了更浪漫的色彩。偶尔河面上有一对对优哉的白天鹅，还有戏水的鸳鸯从我们的面前游过。

　　伦敦眼是为了纪念千禧年所建造的。是一个摩天大转盘，高达135米，一共有32个封闭的玻璃大吊舱。那吊舱好像是一颗颗透明的胶囊，每个吊舱可以容纳25个人。伦敦眼也叫摩天轮，也是世界上最高的摩天轮。

　　正午时分，我们兴奋地在下面等着、望着，当吊舱停在我们的面前时，玻璃舱门自动地打开了，很幸运的是在整个的吊舱里，只有我们一家四口人。玻璃舱内有一个椭圆形长椅，和一圈很结实的银色扶手。摩天轮从泰晤士河畔缓缓地上升了，一边升一边转着，所以，每个人都可以看到伦敦上空360度的全貌。我们在吊舱里面完全感觉不到摩天轮是在上升、在旋转、在移动着。我们首先看到的是圣保罗大教堂那光秃秃的银色的巨大拱形屋顶，在太阳光的照

在伦敦眼上看到的英国国会大厦

射下形成了反光，银光四射、金光闪闪，融合在一起时出现的是刺眼的光芒。不知不觉中我们的吊舱升到了最高处，可以鸟瞰整个伦敦，宛如一盘棋子，一览无遗，尽收眼底。在泰晤士河的两岸矗立着雄伟庄严的英国议会大厦和它附属的钟楼，钟楼顶上有世界闻名的"大笨"。钟的重量有13.5吨，钟盘直径6.7米，钟摆还要重305公斤。大笨钟是伦敦市的标志，也是英国的象征。大笨钟从1859年就为伦敦市开始报时了，根据格林威治时间每隔一小时就敲响一次，至今将近一个半世纪过去了，它依然屹立在那里，见证着人间的沧桑。

每个吊舱内都有一个音响设备，随时也会听到解说。当我们到了最高处之后，我们可以俯瞰方圆25英里范围内的伦敦上空的壮丽景色。摩天轮是30分钟转一圈，不知不觉中我们的吊舱已经转到了地面，玻璃门又一次自动的无声地打开了。我们不得不出去了。

我们站在摩天巨轮的下面仰望这1500吨重的庞然大物时，不得不敬佩那位谁都看不见的伟大的设计师，他是多么地令世人敬佩啊！

我们的旅馆就在泰晤士河畔不远，到了傍晚时分，我们又一次来看望伦敦眼。它在夕阳西下那五彩斑斓的余晖映照下显得格外的迷人；到了夜晚整个摩天轮发出了耀眼的蓝色荧光，变成了一个巨大的蓝色光环悬挂在泰晤士河面的上空，我们望着泰晤士河面上那摩天轮的倒影时，让我们觉得有着一种奇想的梦幻。

参观大英博物馆

大英博物馆也叫大不列颠博物馆，是世界上最著名的博物馆，也是世界上最大的博物馆之一。大英博物馆已有 260 年的历史，里面珍藏的历史文物是世界上最多的，大约有 1300 多万件，大展室多达 100 多个。大英博物馆与美国的大都会博物馆和法国的卢浮宫可以称为世界最大的三个博物馆。

大英博物馆里分为 10 个分馆：古代和近代馆、埃及馆、希腊和罗马馆、日本馆、东方馆、西亚馆、民族馆、欧洲馆、硬币和纪念币馆、绘画艺术馆。一楼左侧为古希腊、罗马、埃及、西亚各展室，汇集了博物馆最珍贵的藏品，右侧则是大英图书馆的展室。

我们最喜欢的是埃及馆，它的入口两侧耸立着巨大的狮身人面像，当你经过它们面前时，好像它还在注视着你。馆内有很多古埃及的艺术珍品，居然还有完好无损的埃及国王的石棺材；还有专门装木乃伊的石棺，石棺的大小和形状是根据木乃伊量身定做的，自成一套。我们还看到了随着死者一起埋葬的很多的珍珠玛瑙；还有用金丝穿在一起的红宝石；还有很多叫不出名字的珠宝；还有很多大块的石雕，有人面兽身的怪物和各种古埃及当时人的雕像等。还有用象牙雕刻成的罐子，盖子上还雕塑着动物的图案。有的罐子里还装着木乃伊的心脏和一些内脏。当我们再仔细看那些木乃伊时，倒是让我们觉得有一点恐怖和吓人，真的很难想象这些木乃伊已经有 2000 多年的历史了，可仍然是完好无缺。真不知道用的是什么原理？我们的父母去过埃及，也去过了埃及的博物馆。爸爸说，在这里的展览绝不亚于在埃及博物馆里的展品。

当我们看到日本馆的时候就更惨了，我们的父母也去过东京的国家博物馆。爸爸说，这里展出的日本的历史真品比在东京的国家博物馆里看到的还要多。

我们在东方馆里看到了大面积的中国历史真品在这里展出,最引人注目的是精美的商周青铜器和20世纪初由斯坦因带往英国的大批敦煌文物。东方馆主要包括中国、印度、日本、韩国、波斯及南亚和东南亚等国家的艺术品。让我们想到的是在清朝时,八国联军侵略中国和鸦片战争时,英国从中国掠夺了大量的价值连城的古代历史文物。

从参观大英博物馆后,不难看到当年大英帝国的昔日和它过去"日不落帝国"的辉煌。

最后,我们去看了英国经典文学的原稿,有英国的"大宪章";我们还看到了莎士比亚原创的戏剧脚本。我们还看到了莫扎特、贝多芬等作曲家本人创作的谱子,还有一份是钢琴四手连弹的二重奏版本。我们还看到了伽利略和达.芬奇的手写稿等。

prime meridian 在格林威治天文台,这就是本初子午线,我的双脚跨在了东西半球。

当我们要离开博物馆时,又发现了一个新馆,我们就钻了进去。原来是模拟报社馆,我们觉得很好玩,就坐下来从头到尾地玩了一遍。我们自己可以假设是记者和编辑,电脑里都有现成的格式和题目,自己选好后,就开始在电脑里写出你自己要写的故事或报道文章,写完后,还可以按照自己的想法排版,还要放进去相关的照片,还有照相机都在电脑里,随便你怎么搞都可以。完全看你自己的想象力和创作力。我们俩在这儿花了很多的功夫,最后,印出了一份自己非常满意的报纸。那上面清清楚楚地写着办报人是我们的名字，编辑和记者也都是我们的名字。这份报纸完全是由我们自己一手设计的，我们又做记者又当编辑。当我们从博物馆走出时，手里还拿着自己出版和印刷出来的报纸，我们的心里有着一种非常满足的成就感。

我们还跟着父母去了伦敦的格林威治天文台（Royal Observatory Greenwich），1889 年第一届国际天文会议就是在这里召开的，在那个会议上还制定了本初子午线，就是地球仪上的零度经线，地理学上把通过英国伦敦格林威治天文台原址的这条线就叫做本初子午线，就是用这条线将地球分成了东西半球。

格林威治天文台坐落在一个小山坡上，四周都是翠绿的大草坪和低垂的杨柳树，随着清风不停地轻轻地摆着。在那一望无际的大草坪上，有很多孩子在玩耍，从山坡的顶部向下自然地往下滚着；有一对对的情侣坐在垂柳下吃喝畅谈着；还有几个年轻人在这里跑步；还有人在这里遛狗等，看上去恰似一幅大自然中的美丽图画。

白金汉宫

白金汉宫是英国女王在伦敦的办公地点和住宅。白金汉宫是从 18 世纪初的维多利亚女王时代开始一直都是英国王室用来接待外宾和自己家人的私人住所。白金汉宫是一座四层的、楼体略显得像是正方形的灰色大楼。宫里面有典礼厅、音乐厅、宴会厅和画廊等 600 多个厅室。大楼的后院还有辽阔的鲜花盛开的大花园，大楼前方面对的是一座大广场。广场中央还有胜利女神的金像屹立在高高的大理石台上，在强烈的阳光照射下那雕像金光闪闪的很耀眼。

我们上午来到了白金汉宫，想看这里的护卫队换岗

英国皇家军乐队走出了白金汉宫

仪式。两扇坚实的厚重的黑色大铁门关得紧紧的，铁门上镶着金边的王室的徽章镶嵌在两扇门的正中央，显得格外的庄严。整个白金汉宫都有黑色的铁栏杆包围着，里外都有皇家卫士持枪守卫着。大门的里面有富丽堂皇的阳台和绿色的花园和庭院。大门外有成千上万的游客，像我们一样也是前来这里观看护卫队换岗仪式。时间快要到 11 点半时，在距离我们很远的地方就可以听到白金汉宫的军乐队发出的喜气洋洋的吹吹打打的乐队声。他们在大街上一边走一边吹着各式各样的大号和小号，还有的在敲鼓。士兵们列着方块队迈着矫健的步伐向白金汉宫方向缓缓地走来了，有一位乐队指挥他很帅气地走在乐队的最前面，手里拿着一根有半人高的金色的指挥棒，不停地上上下下、威风凛凛地挥动着。乐队的成员们都带着高高的、毛茸茸的黑色大帽子，帽子上有一条金色的金属链子都卡在每个士兵的下巴上，有些士兵的眼睛都被高帽子挡住了。他们身穿有黑色领口和袖口的鲜红色制服；敲鼓的士兵穿的红制服上还有白色小块的亮片镶在衣服上，再配上金色的大纽扣和白色的皮腰带，穿的都是两边镶

在白金汉宫前的广场留影

有红色滚边的黑色裤子，并且都穿着一样款式的黑色高勒皮鞋。他们径直地走进了白金汉宫的大门里面。然后开始交接仪式，在军乐队的伴奏中，做出各种各样的列队表演，互相敬礼和玩弄枪械，还唱着歌，喊着口令等，一派古老传统的王室景象。让我们觉得这种护卫队换岗仪式很滑稽，在21世纪的今天好像是完全没有这种必要了，太格式化了，让我们觉得单调无聊。但从另外的角度看，可以证明英国人是传统型的保守，还可以证明他们民族的忠诚度。

引起我们注意的是白金汉宫大楼正中央的上方，飘扬着英国皇家的旗帜，这说明伊丽莎白二世女王现在正在宫内。如果没有皇家的旗帜在飘扬时，说明女王她今天不在家。虽然，我们看不见女王，但是，知道她真的就在那大楼里时，不知道为什么还觉得有点儿兴奋，好像是看见她了一样，有着很接近的距离感。

之后，我们迅速地离开了这有些混乱嘈杂的大广场，去寻找轻松和宁静。我们步行来到了摄政公园，园内是一片宽阔的翠绿色的大草坪，大片的玫瑰花正盛开着，花儿繁茂并有各种不同的颜色，浅紫、白色、淡蓝、深红、嫩黄等等，让我们都看花了眼。只要一迈进这座大公园时，就顿时感到了轻松和愉快。

我们顺着草木丛中的小道向公园深处走去，到了一片开阔地，原来那里有一个大湖，湖边依依垂柳随风飘来晃去的。这时，一只黑色的俄国天鹅从远处游向了我们，紧接着还有一对白天鹅，后面还跟着一群毛茸茸的小天鹅，排成V字形横穿过湖面。只有面对眼前的大自然时，才会觉得生活中的惬意。

去英国国会听论证

我们在来英国之前就听说了，人们可以随便进出英国的国会（当然进去要接受例行的检查是否带有易爆炸或有威胁的武器等）。即使国会议员正在辩论时，你也可以走进去，安静地坐在那里听。

我们决定去看一看英国国会，国会大厦位于伦敦的泰晤士河西岸。导游告诉我们，国会大厦是世界最大的歌德式建筑之一，占地3万平方公尺，大厦分为4层，该建筑包括约1,100个独立房间、100座楼梯和3英里长的走廊。在大厦的北端有高达96米高的大笨钟，每小时报时一次，钟声响起时在几里地以外的人都可以听到，时间绝对准时，英国BBC电视台也用大笨钟来报时。

国会大厦矗立在泰晤士河畔，气势雄伟，外貌典雅，也是伦敦著名的风景线。这座大厦在 1987 年就被列为世界文化遗产了。

我们走进国会大厅的走廊时，看到了许多英国绅士的雕像，当我们走过他们的身边时，好像觉得他们都在静静地看着我们，那些雕像真的很逼真，栩栩如生的样子好像随时可以下来演讲似的。

英国国会是由三个部分组成：国王，上议院和下议院。这三个部分也是相互分立的。我们先到了下议院，我们从装有防弹玻璃的阳台上，向下看那些装饰简朴的绿色房间。演讲台上讲话人的声音会从玻璃窗传过来，众议院争论的规则和上院参议院是一样的。此刻，演讲者正坐在高高的像国王坐的那种高大的镶着金边的豪华座椅上。过一会儿还会换另一位演讲者。在下面坐着的人都带着白色有大卷的假发，后面还有一个小辫子。房间里每边有五个长椅子，执政党的坐在左侧，反对党的坐在右侧，坐在第一排的却是文职人员。他们不知道在争论什么，讲个不停。通常情况下两边都会坐满了人。

上议院就在下议院的对面。室内的窗户上都镶有彩色并带有图案的玻璃，室内的桌椅看上去非常讲究和华丽。

最后，我们听明白了，原来他们是在讲伊拉克战争军费的预算问题。我们看见有些旁听的客人都要睡着了。我们也必须要离开了，否则，也会像那些旁听的客人了。

从英国国会出来之后，我们去参观威斯敏斯特教堂，这里也被称为英国的国教大教堂。威斯敏斯特大教堂不仅是宗教的胜地，而且也是英国王室的活动场所。从 11 世纪的国王威廉开始，除爱德华五世和爱德华八世外，其他英国国王都在这里加冕登基。王室的结婚和葬礼等仪式也会在这里举行。威斯敏斯特教堂有 20 多位英国的国王墓地，还有很多著名的政治家、科学家、军事家、文学家的墓地也都在这里。这里还有丘吉尔、牛顿、达尔文、狄更斯、布朗宁等很多世界著名人士的墓地。英国的无名英雄墓也设在这里。

英国皇室的重要正式场合几乎都在威斯敏斯特教堂（Westminster Abbey）举行，其中最重要的当然是英皇登基大典，从 1066 年迄今，除了两次例外，英国所有国王和女王都是在这里加冕的；死后也多半埋葬在此。

威斯敏斯特这座大教堂是我们学习世界历史的最好地方，那里忠实地记录了英国皇家的每一页兴衰起落的真实历史。

神秘的巨石阵

我爸爸从伦敦租车准备一直开到曼彻斯特，我们的车轮将会压过半个英国的面积。我们的第一站是巨石阵。我们的车无休止地行驶在车辆稀少的宽阔公路上，一路上我们驶过了小城，穿过了农村，越过了山，跨过了桥。最后，越过长满青草的大山丘之后，从几英里以外就隐隐约约地看到了我们的目的地。在一望无际的绿色大平原上，有拔地而起的半圆形石柱威严地屹立在大草原上，感觉是那么的孤苦伶仃，显得有些凄凉。我们一直在困惑着，这里曾经住过的古人们为什么选择了这个大平原来建造这样奇特的建筑？当我们凝视着远方那些巨大的石柱时，除了嗖嗖的风声，其他什么都没有。古人到底是从哪儿搬来这么多的巨石？为什么一定要在这里建筑起祭祀的地方？巨石阵永远充满着神秘。

巨石阵顾名思义：是巨石排列，它可能是古代的天文观测台，也是观察太阳和月亮的运行规律的地方；还有一种普通的说法是，英伦三岛的人在新石器时期建造它用于纪念、埋葬、祭祀死人用的。每一个石柱重达 25—30 吨，圈

探索巨石阵的神秘世界

成一个直径 110 英尺的圆圈，每个柱子顶上还压着一块 13 英尺宽、3 英尺厚的石头，加在一起有 16 英尺高。

难以想象，远古的人用铲子和凿子叮叮当当、一下一下就把这么大的巨石排成马蹄形圆圈。千年风化依然屹立不动，这似乎是超自然力量在巧夺天工，否则是难以想象的。也许是外星人在探索宇宙时，发现了我们的星球而建造了这个巨石阵，用以记录日期、年份、世纪。建筑家在石头表面上发现疑点，原始人怎能用凿子凿出这么巨大的巨石阵，也许是外星原始人所为吧。

离开巨石阵前，我们在阳光明媚的早晨，绕巨石阵转了一圈，参观过巨石阵，我们才感到世界真大。而我们正像中国寓言故事所讲的，是井中之蛙，只知道井中天。现在明白了，世界是千奇百怪、无所不有，爸爸在巨石阵内沉思许久，也许他的思路更加丰富多彩。

我们的车轮子压过了半个英国，一路上我们也参观了许多著名景点。当然，更不会忘掉世界闻名的巨石阵。当我们从远处望去时，半圆形的巨石阵耸立在广阔的翠绿色的大草原上。只有这座孤零零的、神奇奥妙的巨石阵屹立在那里。让我们觉得非常困惑不解，那些古代人是怎么选择了在这一眼望不到边的大草原上，建造了这座祭祀的地方。我们除了听到阵阵风声，无人会回答我们的问题。还有，古代人民是怎样搬来这些巨石块和建筑材料到这片神秘的草原上的呢？他们从哪移来这些巨石的呢？为什么选择这个位置？这一系列的秘密至今没人知道，那永久的神秘笼罩着巨石阵。有的历史学家研究结果说：几千年前，巨石阵始建时，周围是一片森林，普遍的看法是新石器时代不列颠岛的人民建造的巨石阵，是用于祭祀和埋葬或火化死人并举行仪式的地方。

当我们在这里看巨石阵时，发现有一半的巨石已经失踪了，是什么人有这么大的力量搬走了石头，而且搬去了哪里？好像世世代代的人们对巨石阵的谜都没有办法揭开。我们及所有参观的人即使离开巨石阵，对先人创造力的神秘感和对巨石阵留给人们的困惑将永远是个谜团了。

巨石阵的马路对面就是一个巨大的牧场，一望无际的大草原上，草质优良、质地松软，雪白的绵羊悠闲地徘徊在那里吃着满地的青草。当我们看到这般景象时，就好想做一会儿牧羊人，让所有的羊群都能听我们的指挥。于是我们俩小心翼翼地走到一只小羊羔面前，先是轻轻地抚摸她的柔软的头部，一只母羊带着两个小羊羔，在一个小土路上缓步走来了。风吹草低、星星点点，到

在巨石阵的路对面有成千上万的绵羊，我们发疯一样地追赶着它们，希望它们有更多的锻炼

处都是羊群。我们悄悄地走向羊群，越来越接近它们。当到了羊群中间时，我们就大叫了起来，像牧羊人一样驱赶着它们，我们不管鞋是否被弄脏了，也不管荆棘扎破了我们的皮肤，只顾追赶着羊群跑个不停。我们俩一边喊、一边赶、一边也跟着羊群在跑，羊群被我们这突如其来的惊扰吓住了，上百只的羊群纷纷拔蹄四处逃散。刹那间，不再有任何一只羊在吃草了。我们像老虎下山一样，向羊群猛扑而追。我们全速地追着羊群，就像长了翅膀一样，神速而有力。我们跑着、喊着，追着、全力以赴，直到跑得我们俩是筋疲力尽，喘不上气来为止。这时羊群又恢复了从前的祥和状态，无忧无虑地开始吃着青草的安静的场面。

当我们不得不要离开时，可以听到有的羊群发出了咩咩咩的叫声，好像是在说："再见了两位疯姑娘，谢谢你们，让我们这些懒惰贪吃的肥羊，也被迫地跟着你们运动了一回"。

如此这般，我们还是依依不舍地再一次向马路对面的千年伫立在那儿的巨石阵们挥手告别了。

罗马浴场

我们的车终于开进了巴斯城（Bath），这座城市的历史可以追溯到罗马时代。当罗马军队占领了巴斯城时，发现这里有世界上最好的天然温泉。之后，

千年前的罗马浴池

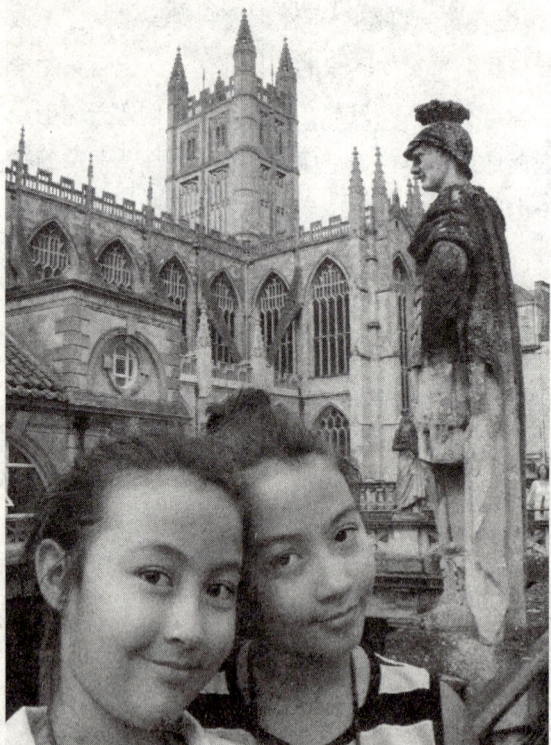

千年前的罗马浴池

罗马人就在这里盖起了一座非常豪华的罗马大浴场。直到今天那浴场依然静悄悄地矗立在那里并见证着历史的沧桑。

罗马浴场是一座非常雄伟壮观的气派豪华的高楼大厦，它的特殊之处就是完全是按照罗马风格建造的。之后，英国人又加上了一些英式的风格装潢。当我们走在浴场边缘时，池塘边有很多大理石的雕塑，那些肌肉强健、卷头发的罗马斗士们的雕像站在浴池的上方，好像那些斗士们在盯盯地注视着我们一样。因为长期不用，池中已经荒芜并长满了绿色的水藻。我们小心翼翼地把手放进水中，那水温不冷不热，让我们立刻感觉到的是很舒服。真的是不难想象能在里面泡上一阵子如此美妙的泉水浴时，那种感觉一定会让洗温泉的人舒服的灵魂出窍般地享受。那绿色的浴池里不时地还会从地下冒出温热的泉水泡泡。

在以前，浴场顾客通常是一周或两周来这里一次，人们去浴场真正的目的不是洗浴，而是舒服放松一下。流行的观念是男人洗冷水浴，而洗热温泉都是老弱妇女们的事。

我们来到引起我们极大兴趣的巴斯城，看到了这座特殊的建筑。每栋房子都像用积木堆积而成，屋顶是红色、绿色或黄色。屋顶上有着又细又短的小烟囱，每个屋顶烟囱的数目都不等，有的四个，有的六个，还有的是十二个，看上去觉得很稀奇。但是，我们也不知答案也没法解释那些烟囱的妙用，我们猜烟囱越多的房子里面可能就越大越暖吧？

我们参观巴斯城以来最具有地理图标的地方是罗马浴场，那里遍布着现代化的矿泉浴池和按摩室。在 1500 年前罗马人征服了这座城市，我们站在有雕刻着勇士和圣人的雕像的楼顶的阳台上向下窥望，温泉浴池到处都有。因此，从罗马人占领这个城市那天起，就把这座城市誉名为浴池（Bath）。

想到古时罗马士兵在罗马浴池放松洗浴的情景，我们禁不住又将自己的小手放进了浴池里浸泡着，感到水质滑腻，温热宜人，在邻室里还有冷水室，以供人们降温之用。想当年，罗马人设置冷热二水池，以求水温适度，这也算做一种发明吧。现在每个罗马浴池都有冷的泉水浴和热的泉水浴，任客人随其便。

回顾历史，罗马曾是世界上最强大的国家，征服了许多国家，其中也包括英格兰，所以罗马的风格至今还在英格兰遗存。但若干年后，英格兰便崛起了，一度成了在整个世界中的"日不落大帝国"。历史就是这样变化莫测，像是勇往直前的巨轮永不停息地在向前，向前！通过访问罗马浴场，更加看清楚了古今的历史证明了，没有什么人或国家是一成不变的。

去莎士比亚家串门

那天，我们起了一个大早，是为了赶去莎士比亚（威廉·莎士比亚：WilliamShakespeare）家串门。他的故乡是在斯特拉特福镇（Stratford），那是在英国南部的一个小古镇。一路上我们穿过了丘陵起伏的绿色原野，也领略了英国农村的美丽田园风光。我们想去莎士比亚故乡串门的愿望已经有很久了，那个他曾经住过的小镇非常令我们迷幻和向往，在我们的心底里，他的故乡一定会有着浓浓的神秘色彩。

去莎士比亚家串门

　　当我们到了他的故居后，那是一座看上去不大的两层小楼，房子的周围都是翠绿的一片，有面积宽大而整齐的大草坪，有很多在清风的吹拂下飘飘的垂柳，有各式各样盛开着的鲜花，后院还有各式各样的水果树，那里真的是很美。

　　我们先走进了客厅，却看到的是一张不大的双人床，床的四周还有帷幔垂挂着，床上还有几个绒布做的枕头，床的垫子看上去软软高高的很像是一块松软的巨大面包，很难想象人在这张床上睡觉会感觉舒服。原来这张床在文艺复兴时代，是一种奢华的装饰而已，也是一种富有的显示，这在当时，是最流行的款式。更令我们吃惊的是这张床的价值是整个房子的四分之一。

　　屋内每面墙都有装饰着特殊动物皮毛的壁毯，在那个时代，皮毛壁毯既是装饰又有保温的作用。当我们看到他家的厨房时，我们发现了一个有趣的现象。在那个时代由于没有抽烟机，人们就会经常地涂刷发黑了的墙壁，结果炉子附近的墙壁却是鼓出来的，这是由于多次刷浆而导致的。房子里面有饭厅和储藏室等。之后，我们又来到了二楼，看到了一个很小的房间，这就是莎士比亚所居住的房间，里面很简单，一个四方的小桌子和一把椅子，还有一张床。

在他的卧室里，我们看到了墙上还挂着一个椭圆形的镜子。当我们也站到了镜子前面时，我们仿佛看到了当年莎士比亚就站在这里，站在镜子前，捋着自己的小胡子，对着镜子在构思着"哈姆雷特"。在那朴实无华的写字桌上写出了那么多脍炙人口、万古流芳的戏剧。当我们站在他卧室的窗口向外眺望那美丽的大花园时，五彩缤纷的鲜花在争奇斗艳地开放着，充满了异国情调的优美风采，不由得又引起了我们的遐想。我们仿佛看到了莎士比亚他缓步走在花草丛中，在构思着"罗密欧和朱丽叶"的大作。

我们又信步来到了后院的花园，那里有一个喷泉，水珠欢快地在不停地跳跃着，一股浓郁的柠檬薄荷味扑面而来，留兰香气味使我们想起了要吃巧克力，甜脆的菠萝薄荷，闻起来像凤梨酥的香味。

在莎士比亚的农舍旁边有另外一个大房子，这座房子在斯特拉特福镇，当时算是第二大的房子。这也是莎士比亚在1597年买下的，莎士比亚死于1616年，那年他才52岁。

我们接着去参观了莎士比亚的长眠之地，那是在小镇里的一个古老教堂。来自世界各地到此参观的游人都一定会到这里参观，有很多的崇拜者还会献上鲜花摆放在他的牌位上。他的棺木就埋在这座教堂里。大教堂里所有的一切都是400多年前的遗物，我们俩坐在莎士比亚的棺木旁很久，并在思索着，这位全世界都敬仰的文学巨匠，他怎么会写出那么多美妙绝伦的剧本来。其实，莎士比亚的一生也很传奇，他曾做过剧作家、诗人和演员。他的父亲曾经做生意做到了破产，莎士比亚还没毕业就走上了独自谋生的道路，他当过肉店的学徒，也曾在乡村学校教过书，还干过其他很多种职业。这使莎

兰花在莎士比亚的墓地前

301

士比亚增长了许多丰富的社会经历，他也读过大量的书，增加了阅历。我们是坐在莎士比亚的墓前，可爸爸却是跪在了莎士比亚的棺木前，不知道他嘴里还在低声地说着什么。后来，他告诉我们，他在说，他是如何的敬仰和崇拜他。

我们还在莎士比亚故乡的剧院看了一场当年莎士比亚曾经在此也排演过的戏剧，这就是《朱利叶斯·恺撒》。演员们的表演都非常的精彩。

这又让我们想起了在伦敦时，我们去了当年莎士比亚也曾经在那排演过戏剧的环球剧场，在那里看了一场《安东尼和克娄巴特拉》的话剧。当时，我们买到了看莎士比亚的戏剧票，那是当年莎士比亚一直梦想的，就是也一定要让穷人也能买得起他排演的戏剧票，不能只让有钱的富人看他的戏剧。所以，我们买到的就是站票。还好，我们是站在最前面的第一排。站在那里看完了整场的戏剧，也体会到了在莎士比亚时代那些穷人看戏的感觉，因为离舞台很近，整场戏我们都看得很清楚。演员们的演技真的是非常的精湛。我们还在想，如果莎士比亚在天有知的话，他也一定会十分高兴和满意这些演员们的演技。我们看完这两场话剧时，那种感觉是震撼的。直到400多年后的今天也再没有人可以超过莎士比亚的戏剧了。

我们还记得，演出结束后，我们沿着泰晤士河岸漫步，看演出的感觉久久都挥之不去。穿过千年桥，看着波光闪闪的泰晤士河，斑斑点点的小船漂浮在河中，涟漪的建筑倒影尤显河景美丽迷人。大船上灯火辉煌、笑声朗朗，萤火虫上下翩翩起舞，简直是一片人间仙境。拱洞连拱洞、桥桥精巧玲珑。在泰晤士河观光，颇有世间奢华之旅的感觉。我们即便沉浸在这种仙境之中，可莎士比亚戏剧的魅力还是挥之不去。

最后，我们的车开到了曼彻斯特，我们要从这里乘飞机回到洛杉矶。曼彻斯特是世界上最古老的工业城，也是工业大革命的起源城市。在16天的英国旅行中，我们的车轮压过了大半个英国，从繁花的大都市经过了湖光山色的农村风光。一路上，我们到访了几乎所有的名胜古迹，参观大学和博物馆等。我们沉浸在乡村宜人的美丽风光中；我们漫步在幽静的到处都是牛群和羊群的翠绿牧场等。这种旅途度假使我们心旷神怡，让我们流连忘返。我们看到了英国的历史沿革，感觉到了这日不落帝国千年前的辉煌；也看到了生机勃勃的新建筑和经济的发展。我们充分地领略到了英国的魅力所在。祝福您早早地康复！

漫游波罗的海五国（2007）

在 2007 年的暑假，我们从洛杉矶乘飞机先到了加拿大的温哥华，再从那里转机飞到了丹麦的首都哥本哈根，准备在那里乘坐王妃号海上豪华游轮去波罗的海游七国，但是，我们只写了五国的游记。

我们前后住在丹麦 5 天，对哥本哈根这个城市有着浓厚的兴趣。

幸福自信的丹麦人

当我们穿过丹麦首都哥本哈根机场之后，立刻感觉到了典型北欧人的特质，有很多身材高大长着蓝眼睛和绿眼睛的男士；还有很多白金长发和金发碧眼的苗条美丽的女士，均有着优雅的气质和不俗的穿戴，与我们纷纷擦肩而过，不知不觉中会让我们多回头看上几眼。他们一边走一边快速地讲着我们听不懂的丹麦话。这与我们的黑眼睛和古铜色的长发有着很鲜明的对比。

出了机场，我们就去乘公共汽车，路上经过梯沃利奇花园。一下公共汽车，我们好像是走在了迷宫似的街道上，漫无边际地游荡着，我们真的迷路了。问过了一对晨跑的情侣后，才转过向来。

终于找到了我们下榻的凯波因旅馆，这家旅馆连锁店在哥本哈根算是比较便宜的，但以我们旅游者的标准看可一点儿也不便宜。哥本哈根是世界十大旅游消费最高的城市之一。我们的房间小得都很别扭，一个下铺，一个阁楼床，从窗口看出去时，附近都是些很古朴的老建筑。

到了晚上，我们跳进了淋浴池，旋钮按到最大挡，头上的喷头却只出细小的水花。我们明白了丹麦是个热爱环保的国家，他们特别注意节约能源和资

丹麦首都哥本哈根机场

源。我们很无奈，只好也跟着入乡随俗节约用水吧。房间的灯光也是很暗淡。在这种情况下，我们想起了在北京和上海还有美国的一些大旅馆，用水的流量至少要比这里大到 8 倍以上；用电也是大出 5 倍以上。这是我们从来没有意识到的丹麦人会这么节约能源。

第二天清晨，天空中飘着层层的乌云，空气中带着芳香，阵阵的海风吹拂着我们的脸颊，我们的裙子也随风飘舞着。我们注意到，在丹麦骑自行车的人多得让我们难以置信。有个妇女骑着自行车，车筐里还坐着个孩子；男人穿着西装打着领带，可是穿着便鞋也骑着脚踏车，沿着蓝色自行车道快速地从我们面前掠过。在交通灯附近，有一个妇女穿着像邮差式的制服，在向过往骑自行车的人打着招呼"早上好！"给骑车的人免费送报，她还会冒险地进入等候的汽车车道上向打开车窗的人散发报纸。送报的女士面带温暖的笑容和每一个司机都很友好地打着招呼，如同是早晨的一杯热腾腾的咖啡非常暖人心。可在洛杉矶，那些在十字路口上徘徊的人往往是无家可归的要钱的人，他们的脸上有着长期太阳暴晒的痕迹，手拿的纸壳板上用明显的大黑字写出求援的话语。

在丹麦，人们朴素的亲密关系往往从脸上的微笑可以看出来。这一切提醒了我们，丹麦享有世界上最幸福的国家福利。在丹麦我们只看到了几个无家可归的人。即便是如此贫穷，脸上也看不出寒酸和沮丧的样子。如果不是坐在人行道旁，面前有塑料袋和装硬币的碗的话，我们不会认为他们是无家可归的人。

散步中，经过几个巨大的雕像。其中一个是雕有九匹奔驰欲征的战马，蹄下有宗教意义的饰球。雕像的寓意是基督对世界的统治。经过几百年来海风的吹袭那铜像已经起了化学反应变成了充满淡绿色的铜锈雕像。

我们走啊走，终于找到了我们所敬仰的安徒生先生的铜像。他戴着一顶青铜大礼帽，仰望着瓦蓝的天空，正在沉思着。安徒生是世界著名的诗人，也是著名的童话作家，他的童话像是涓涓的流水在我们幼小的心灵里开始流淌着，我们从小就开始读他的书念他的诗歌。他的故事总是会让我们细细地品味不够，他的创意读起来总是让我们觉得很温馨；总是会有一种很美的享受；有时候，还会有一种很凄美的感觉。哥本哈根是因为有了安徒生而使人感觉到处都像是一个童话；反之，也正是因为根本哈根到处都充满了童话的元素而造就了安徒生。他的故事让我们充满了无限的幻想。像《拇指姑娘》，《丑小鸭》，《卖火柴的小女孩》和《小美人鱼》的故事等等，将会伴随着我们的一生。

我所知道的小美人鱼

为了感悟我们最喜欢的童话故事，我们特意前去根本哈根的码头看望小美人鱼。

她，是一尊人身鱼尾的美少女，安安静静、无遮拦地坐在靠海边的一块高高的大礁石上。看上去非常的甜美可爱，她披着一头长长的秀发，那一双深邃的目光，深情地望着碧蓝的大海，看着潮起潮落、目送着日出日归。她不惧风吹雨淋和烈日的暴晒，她不辞辛苦也不动声色地安坐在那里近一个世纪了，欢迎着来自世界各地无计其数的游人来此观光，同时她也见证着世界的沧桑。之所以小美人鱼在世界享誉盛名，是因为美人鱼的故事在欧洲古老的民间已经流传了几个世纪。再经由世界著名作家安徒生赋予了小美人鱼舍己为人的新生命后，让世人都为之喜爱。我们相信来此观光的每一个人对她都有着不同版本的故事和幻想；但人们都有着共同的欣赏，就是小美人鱼那纯纯的真善美和无私的高尚。她好像在祈求幸福的形象让前来观赏她的每一个人都为之感动。

我们所熟悉的小美人鱼的故事是：在很久很久以前，这小美人鱼是海底龙王最小、最疼爱的女儿，她一直住在深海的龙宫里。有一天，她独自漂浮到海面来，正好看到海上有一艘高大的船，上面有一个非常英俊的王子在举行他的

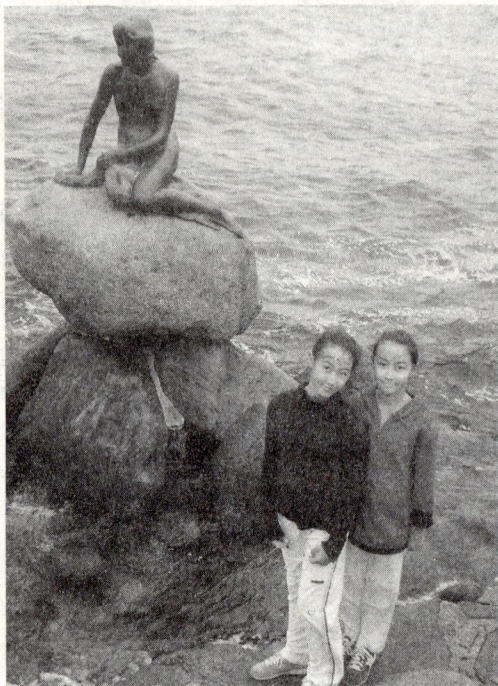

在哥本哈根海港看到了儿时梦想中的小美人鱼

生日派对。她被王子的潇洒帅气所打动了，她痴迷地看着王子。可正在这时，海上掀起了巨大的狂风巨澜将那条大船打进了大海。小美人鱼用尽了平生的最大气力，将王子救出海面。她希望能与王子一起生活。于是，她将王子放在了沙滩上。为了追求自己的爱情和幸福，可以获得一个人类的身躯和灵魂，她立即潜回大海去请求巫婆给她两条腿，巫婆的条件是，你必须要用你的喉咙来换取，小美人鱼就答应了。可最后王子还是背叛了她。小美人鱼的姐姐们告诉她，如果你将王子杀死后用他的鲜血涂在你的腿上后，你就会变回你的鱼尾，游回大海。可小美人鱼并没有这样做，为了王子的幸福而选择了投进已不再属于她的大海里消失了。

在 1913 年根据安徒生的小说"小美人鱼的故事"设立了这座铜制的雕像，直到今天小美人鱼如同是丹麦的象征。但也曾几次遭遇过摧残。当地的丹麦人告诉我们，她曾两次被人把头砍了下来，还有一次被人将一只手臂砍断，还有一次小美人鱼所坐着的那块大礁石被人炸坏了，整座的雕像都掉进了海里。几经破坏又几经修复，她依然神情宁静、无怨无悔地安坐在那里。她是丹麦人的骄傲。

当我们知道这些后，再仔细地看小美人鱼时，就会让我们浮想联翩，雕像也变得栩栩如生地活在了我们的眼前。

我们猜，她富有灵魂。她守卫在丹麦国家的入口处，在保佑着水手和渔民的安全。

我们猜，她也有母语。她用自己的语言在向上苍祈祷着，让这个世界没有战争、也没有饥荒，让所有的孩子都能有个幸福快乐的童年。

我们猜，她也会感动。在一年 365 天里总是会有从世界各地来的男女老少前来看望她，人们都非常地爱戴她。我们相信小美人鱼的真善美的形象也一定会深植在前来看望她的每一位游客的心中。

造访世界著名的嬉皮社区

什么是嬉皮？用我们自己的观点看，嬉皮就是一些人从表面上看好像是有些松散，多数喜欢留着长长的头发，不讲究穿着打扮的人，嬉皮的标志思想是希望用和平与爱（Peace and Love）来改变和拯救这个世界。他们喜欢无拘无束，不要受到任何人的限制和控制。他们多数是在逃避现实，并喜欢吸毒。

我们从哥本哈根市中心穿过了一座大桥之后，就来到了克里斯蒂嬉皮社区。我们首先看到的是一个大型的涂着各种颜色的装饰的大棚子。其中有一棵大树上面结满了外国的水果，硕大的树枝像天使的翅膀环绕着树干，摇曳起来闪闪发光，好似天使在吮吸花蜜，精灵在蓝色的湖水中推波助澜；微波荡漾，好像从远处的丰腴谷色流向了我们的脚旁。哇！很神奇的构思。

我们沿着小巷散步，遇见一个像是叫花子似的男人。他一头凌乱的长头，披到肩上，穿着一件破烂不堪的衬衣，牛仔裤旧得发光呈亮，骑着一个锈迹斑斑的破自行车，车上装着一个怪里怪气的编织袋。

我们又看到另一幅大壁画，画的是三位穿警服的小猪，脸上有着邪恶的笑容，露出狼一样凶恶的牙齿。当他们挥舞着警棍和辣椒喷雾器时，眼睛里闪烁着凶狠的目光。生活在这里的艺术家怎么这么有创意和才华啊！他们的艺术如此奇思妙想，不拘一格，浪漫而现实。我们不禁要问，是什么神秘而精髓的思维充满了他们的大脑？他们综合了各种画风，特别是戒毒的画在整个小区里到处都是。还有一幅画，画的是一个瘦长的黑人脸，眼里冒着红血丝，正在吸食大麻，表现出吞云吐雾、胡思乱想的画面。旁边的道白上写着："哥们，别吸了！"

在克里斯蒂的心脏地位，许多图上画有"不准照相"并画着一个小黑照相机，外画一个小圆圈，一条红线斜涂在相机上。因为大部分的旅游者到这里都是来照相，引起当地嬉皮人士艺术家们的反感，他们认为游客不是来欣赏艺术的，而像是到了动物园一样，是来这里欣赏动物的。

我们看见了三名男子坐在铺有鹅卵石的街道上，都在吸大麻，还点燃了旧轮胎在烤火。旁边有一个破旧的小房子，里面有毒品和香烟，乳白色的小管放在玻璃罐附近，还有一些黑色和其他颜色的小管，烟管中冒出了刺鼻的烟雾。我们非常困惑，他们为什么不住在对面的政府已经提供给他们的公寓里，而像流浪汉一样烤着旧轮胎火来取暖，选择这样艰难的方式来生存呢，难道他们真的认为这里更舒服吗？我们是百思不得其解。

我们偶然中发现了一个咖啡厅。广告画上说：自 2004 年以来，超过 6000 名武警曾在此地巡逻过。欢迎到月亮咖啡馆，这是世界上最安全的咖啡馆。爸爸说，这是个笑话。是对巡警查毒品的武警禁毒运动的讽刺和抗议。

一个旧衣柜型的房子堆满了已褪了色的旧衣服，小海报写道："如果需要，就拿去吧！"这是个慈善商店，在美国见不到这样的商店。

泥泞的土路把我们引到了一个弓形的木牌处，上面写道："您现在已进入欧盟。"我们看到的前面轿车和卡车也已在欧盟内，我们转过身去，最后再看一看，一个牌子上用金色浮雕字母写道："克里斯蒂。"我们抓住最后一刻，饱览了那蹒跚破旧的房屋，铺满长卵石的路。可爱的标志牌可以算做是小镇的唯一奢侈品。哥本哈根坚忍不拔的品格在克里斯蒂社区内表现得清清楚楚。

但哥本哈根迷人和愉快的一面应该是在"蒂沃利"花园里显得格外的突出。宝塔门口，用灯笼和盆景装饰得很漂亮，优雅的舞龙张牙舞爪着。公园内，到处都有艺术陶瓷的奶牛在整个公园里矗立着。我们记得很清楚，不久以前爸爸给我们每人买了一个毛茸茸的玩具牛作为生日礼物，就正是这种牛，可尺寸就像是我们的手掌那么大少。纯天蓝色的还有金黄的向日葵花和郁金香花缠着牛的蹄子到牛的身体。当年的玩具牛太小，今日看到的雕像牛都和真的牛尺寸一样大，看到这些牛会使你觉得特别愉快，非常有美的感觉。这种牛也有的矗立在哥本哈根的郊外，牛雕像都大同小异，都设计得非常华丽，可艺术家的风格却各有千秋。

在这美丽的景物旁，有个天然池塘，天鹅和鲤鱼已嬉戏在池塘之中。我们振作起精神来，决定坐第一班的过山车。当过山车向下冲的时候，那离心力让我们觉得要昏倒了。之后又掉转方向使我们的头倒挂在地上的方向，就是这样横冲直撞经历了自由落体的兴奋滋味。因为我们喜欢坐过山车的感觉，所以，又坐了第二次过山车。

我们从蒂沃利公园到了街对面的嘉士伯博物馆，它像个盛大的微型宫殿。海风氧化后变成了绿色的大狮子矗立在大门口的两端，鬃毛后掠，牙齿裸露，与街上的寒冷一起共御馆门。

我们进入博物馆，郁郁葱葱的棕榈园有一个小喷泉，在水波荡漾的水池中有一个雪白的正在哺乳的妇女雕像，有十几个嗷嗷待哺的婴儿正渴望吃奶而包围着她。

与院子毗邻的是埃及部分，我们向下望去是奥那毕斯和奥西拉斯两个神的大理石雕像。黑暗中，大猫躬着腰站在象型文字图案下，鹰爪抓挠声使房间里充满了恐怖，牛的呼噜声，蛇信吐焰，蛇行闪动，一切都犹如真实的动物。在罗马馆内，我们被一个英勇的女战士雕像震撼了。她眼睛盯着胳膊上的伤口，眼睛里闪着临死前的目光，滴滴鲜血流在了身上，就像蜡烛的蜡泪流在蜡台上。

在隔壁房间里，雕像中的贝多芬目视前方，嘴角上现出刚毅的线条。在他旁边的是5岁的莫扎特正在努力地拉着小提琴。隔壁展览厅是恋人们的雕像，在"爱"、"永恒的春天"雕像中男人搂着女人在甜蜜中昏昏欲睡。但这种温馨感觉马上就被一个奴隶雕像打碎了。一个男人跪在地上，他的脸上现出极端痛苦的表情，他的双手被铁链反锁着，看到那奴隶形象，什么爱呀，早跑到九霄云外去了。

为了对绘画的情感和风格变化的影响有所了解，我们参观了印象派画家梵高、克劳德、莫奈、高更的绘画展品。一幅"天和地"吸引了我们的眼球，一眼就看出是梵高的作品。浑厚的天地之间谷物和青草浑然一体从山上向下无限地向远处延伸着。大手笔描绘了多层次的树木和丛林及深邃莫测的树影。天空中的浮云保护着小村庄免受太阳酷热的焦烤，云下的阴影也随着云朵的移动而变换着。

梵高的画比照片还要真实好看，画布中的画给人一种梦幻般的奇想。他的风景画好像有一种天使在窥看大自然的感觉。哥本哈根也像是一幅繁花似锦的画卷，不仅风景秀丽迷人，那里的人民也让我们感觉非常文明并乐观向上，人们都很有礼貌也很善良。如果梵高还活在世上，一定会画出一幅哥本哈根的人和景物的美丽画面……

"在丹麦你不必常常祈祷，因为我们深信彼此。"

"Denmark is a land where we don't pray very much, but that is ok, because we believe in each other."

这是我们在上海世博会的丹麦馆所看到的，给我们的感觉丹麦人真的是如此，他们非常的自信。

挪威——访祖先故居奥斯陆

当我们的游轮停靠在挪威的首都——奥斯陆的港口时，天是阴森森的，天空中的浓浓乌云好像是在翻滚着。奥斯陆以倾盆大雨的洗礼方式在迎接着我们的到来。

奥斯陆是一座世界著名的古老名城，建于约一千年前，坐落在挪威的南部靠着北海的沿岸，拥有 60 万人口。奥斯陆给我们的第一印象是在雨中看到的都是翠绿的一片，再加上非常古朴典雅的建筑，有一种别致的美感。奥斯陆是挪威的首都，是古老文化与现代文明发展为一体的完美结合的典范。我们看到了很多用青铜和古砖瓦盖起的建筑物和宏伟的大教堂。那高耸的青铜塔经过了千年的海风氧化之后都变成了淡绿色。看到眼前现代化的高楼大厦和那些纯玻璃的高楼大厦，与那些古老的砖瓦建筑形成了一个鲜明的对比。再细看眼前的千年古城时，不禁让我们联想到了它过去的辉煌，也想起了我们父亲的父辈祖先就是来自这里——奥斯陆。

雨中的维格兰雕塑公园

我们在奥斯陆市中心闲逛着，在著名的诺贝尔颁奖大楼和博物馆前，登上了一辆很古老的有轨电车，车上面还有两条大辫子链接着空中的双排电线。这种电车在洛杉矶是早已经被淘汰了的交通工具。我们乘车来到了凡是到奥斯陆的游客都一定会去观看的著名景点——维格兰公园。

维格兰公园里主要展示着挪威的雕塑家古斯塔夫·维格兰用他毕生的经

历，花费二十多年的宝贵时间在此精雕细刻出 212 件举世闻名的永垂不朽的惊世雕塑大作。直到他 1943 年去世为止，维格兰先生用花岗岩和青铜做材料雕刻出栩栩如生的千奇百怪的裸体人物形象。

通过公园的铁门，一进公园，就看到雕塑家维格兰的雕像站在坚实的石座上，两只手还握着他的雕塑工具，站在那沉思的严肃表情凝集在他的脸上。在明媚的阳光照耀下，在鲜艳的罂粟花的簇拥下，他的形象庄严而亮丽。

我们进入维格兰公园后，立刻被周围的雕塑所震撼了，使我们惊异万分地瞪大了眼睛。这里是一片郁郁葱葱的崭新的世界，凝聚了永恒的自然美。那些杰出的艺术作品都展示在公园林荫大道的两旁，约有半英里路那么长。在维格兰先生雕像的背后，是一座石桥，在桥的两边有 58 座对称的青铜雕像。正中央有喷泉，在大圆台阶上面还有一个生死柱。

58 座青铜雕像大多数是塑造了青年男女和儿童。有满身肌肉的雄风男士；还有非常性感的苗条淑女和活泼可爱的天真孩子所组成的雕像群。一尊尊大理石雕成的裸体的巨大雕像也分成两排向公园的深处延伸着，随地势高低而坐落在大道两旁的平台之上。由于下雨，我们湿漉漉的手一直在触摸着每一座雕像，尽管雕像对于我们的热心无动于衷，而我们却情有独衷地想看个清楚，了解明白每一尊雕像的故事。透过女雕像的发型和她们脸上流露出的惆怅的表情中，似乎这艺术也凝聚了在世界上很多妇女的悲伤；我们也试图猜出恋人们的热烈而复杂的情思，从他们的眼睛和面部表情里流露出对未来幸福的憧憬和向往，因为爱而陷入深深的苦思冥想之中。我们还看到了另外一个寓意深刻的场景雕像，在一个青铜圈内，一对夫妻被锁在圈内，丈夫和妻子在一起挣扎着的痛苦表情。

在整个公园里，我们好不容易找到了那尊最可爱的雕像——"愤怒的小男孩"。这是雕塑家根据 1901 年，维格兰画的伦敦一个小男孩的草图而雕塑出来的。整个构思就非常的幽默，是一个三四岁的小男孩子光着身子，一副非常可爱的愤怒的表情，他将自己握得紧紧的右边的小拳头高高地举过了头顶，一只脚踩在地上，另一只小腿抬了起来，准备用力地往下跺的可爱的形象，他那天使般的小脸由于愤怒和用力过猛都挤在一起而变形了，头上的青筋暴起。这尊雕像吸引了无数游客的注意。那小男孩的另外一只在下面的小手已经被游客们摸来摸去变得锃亮锃亮的。这是一尊人见人爱的极品，游人站在那里都会会心

在挪威首都维格兰雕像公园，模仿石雕像

地一笑。这个愤怒小男孩的塑像如此著名，以至于众多电影都以他为镜头，而传遍了全世界。正因为如此，有些心术不正的坏人就来糟蹋他。有人给他的身上涂红漆；还有一次，竟有人从公园里把他偷走了。

维格兰把最好的作品放在了最后，这是他用了二十多年的艰苦工作所积累出的更丰富的经验制作的。这部作品叫做"巨石柱"，也叫"生死柱"。在挪威这片冻土之上创造出举世无双的雕塑精品，这就是雕像公园的最大魅力所在。

从公园门口向里面望去时，一目了然地从维格兰公园很远的地方就可以看到有一个圆形的小广场，正中央有一个圆形雕塑的大柱子，这也是公园的核心雕塑。是由维格兰和三位石匠辛勤地雕刻了 13 年所雕制成的。石柱高达 17 米，周围上下刻满了 121 个裸体男女浮雕。每一个人都想往上爬的动作。这写照了一个社会的真实现象，人们在生活中苦苦地挣扎的场面。让人看了就心酸的悲惨的情景，有在最底下的人被踩得已经变了形状；里面还有小小的婴儿，强壮的青年，披头散发的女人和干瘦如柴的老人等。这根"生死柱"描绘了世人不满于人间生活而向"天堂"攀登时，相互争夺的情景。看到爬在最高处的人时，他们的脸上显示出来的是疲倦，但又非常兴奋的表情，因为他们终于爬到了顶部。这部精美的作品表现出了人类在生活中的百态。

走到了公园的尽头，在"生死柱"的后面是维格兰的最终作品，称为"生命轮"。四个大人和三个小孩手脚相连拧在了一起，成为一个由青铜制作的巨大圆圈。代表着奥斯陆的第一个字母O，也象征着人类生生不息和人类互相紧密地相依相靠连在一起，可互相之间又想拼命地想摆脱彼此。维格兰先生想告诉人们这些挣扎都是无济于事，因为没有谁可以挣脱这幅既定好了的"生命轮"。

在公园里的每一幅杰作都是维格兰先生自己设计的，都是经过他的双手所雕刻出来的。维格兰先生 1869 年生于挪威的农民家庭里，他是一位雕塑的天才。在他 25 岁时，就举办个人雕塑展览。在 1907 年，他就创作了这个公园的喷泉雕塑；在 1924 年，奥斯陆政府在公园给他修建了一个小塔楼作为他的住处和工作室，又划出这片占地 50 多公顷的繁花绿茵，垂柳小溪的大公园给他，请他在这里设计和雕塑作品，所有的作品都将会永久地展示在这里。维格兰从此开始在这里一干就是二十多年，创造了现在雕塑园这些举世无双的人生旅途之作。1943 年维格兰先生死后，他的骨灰仍旧安放在这公园的塔楼里，也就是现在公园里的维格兰博物馆。

这么众多的杰出艺术雕塑精品面向全世界来到这里参观的游人们，展现出维格兰先生举世闻名的天赋和他那些辉煌的艺术极品，让来到这里观光的游人各个都赞叹不已，让我们感觉到的也是除了震撼还有感叹，真的就是震撼之余的视觉上的盛宴。

在奥斯陆的所见所闻

离开维格兰公园之后，那些雕像的艺术之美和包含的深刻含义已经深深地记在我们的脑海里了。我们乘电车在市内著名景点兜着风，最后到了国家美术馆。我们好像是走进了一个艺术世界，活灵活现的画中人物好像就要走出画框；与我们直接互动的帆布画中那些忧郁的神秘人物栩栩如生，像是水一样流动不息的人群各展千姿百态。有一幅别有特色的画是月光照耀下的一个特别的角度，有一个男人的脸画得很像是一个幽灵，特别有趣。

我们来这里重点想看的是爱德华·蒙克的"呐喊"画作。"呐喊"画作也像是那个"愤怒的小男孩"一样，是一个经久不衰的主题。但这也是盗贼们垂涎三尺、千方百计想把这幅画要偷走的原因。我们在参观时，导播说，1994年在光天化日之下，在众目睽睽和保安都在场的情况下。胆大包天的盗贼，就把爱德华·蒙克的四个版本的画作偷出了美术馆并坐车扬长而去。这件事引起了挪威全国的舆论哗然，另一画作于 2004 年也是在这个博物馆被盗的，可幸运的是最终都被追回来了。

我们曾在书中或杂志中都读过对这幅画的描写，可当我们真的亲眼看到的时候，还是觉得书上写的与眼前所看到的不尽相同。我们所看到的爱德华·蒙克的油彩画充满了情感的神韵，在画中的那个男人有一副苍白没有血色的灰灰的脸，机警的小眼睛中充满了极度恐慌，他惊恐地张大了嘴并用他那夸张的纤细而无力的双手去捂住了他的头部和两个耳朵。那副样子是极其滑稽可笑的。他站在木桥上，好像被远处的两个黑影在追杀，我们看到这幅画时，都会替他在害怕。背景还有落日的夕阳红，好像火舌一样要吞噬了他。

在美国，当小布什总统再次当选后，美国到处都张贴着这幅画，我们家也买了一幅放在冰箱上，是带有磁铁的小画，画下面写着："又是小布什?"。可见当时很多的美国人对小布什再次当选的恐怖心理了。

走出美术馆，回到了现实世界。沿着奥斯陆主要大街——卡尔约翰大门观光（在挪威"大门"的意思就是街道的意思）。街道非常繁华，人群摩肩接踵。晚餐的时间到了，华灯异彩，街上显得更热闹起来。这时，开始播放游行的音乐。我们很好奇地挤进观光的人群里，看到了古色古香的大甲虫车，游行开始了。当车队开过我们身边时，就会按喇叭表示司机们都兴高采烈地享受着美好的时刻。原来是他们一年一度的老爷车游行开始了。对于我们来说，实在是难得的机会，我们目不转睛、兴趣盎然地看了很久。

游行结束后，嬉皮士剧团走上街头开始了跳舞。打着倡导同性恋和世界和平的旗号在表演。一个穿着五颜六色、T 恤衫上写着"免费的拥抱"的男子，走过来分别给我们俩一个大大地拥抱，我们也欣然地接受了他的热情的拥抱。我们再往前走又看到了，在一家银行的附近有美国印第安人的部落音乐也在街头上演奏着，他们头上戴着巨大的白色的羽毛扇形的装饰，吹着自己做的木制

挪威首都奥斯陆诺贝尔博物馆

的乐器。那吹出来的声音非常美妙欢快，像是手风琴又像是黑管乐器综合之后出来的动听的声音，有很多的游客围在那里久久都不愿离去。

落日的余晖驱散了雨积云。金色的阳光照耀着诺贝尔和平博物馆的大楼。而我们也沐浴在灿烂的阳光之中，因为诺贝尔奖金是在瑞典选定的，但诺贝尔和平博物馆却坐落在奥斯陆。诺贝尔奖是按瑞典天才的化学家阿尔弗雷德·诺贝尔的心愿设立的，诺贝尔发明了炸药，他是个和平主义者，尽管他发现的炸药是威力无比的武器，但他却把毕生赚的钱用于和平事业。他设立了五个诺贝尔奖项，奖给有极其巨大贡献的人。有化学、医学、文学、物理、和平五个奖项。每个获奖者会获得一枚奖章和一大笔可观的奖金。

我们走进了泛着昏暗灯光的诺贝尔博物馆，在这里每个曾经获得过诺贝尔奖的人都会有一个成就牌和本人介绍在那里，还有一个可以开关的荧光灯在一旁。和平奖名单中有甘地、马丁路德金、罗斯福等，还有基辛格，他用了多年的辛苦和努力最后促成了结束越南战争，他也在和平奖的成就牌当中。文学奖桂冠获得者有约翰·斯坦贝克、福克纳、托马斯曼（德国）和海明威等。

追溯挪威历史，千百年来，挪威一直在发展进步着。1000年前北欧海盗沿着海岸抢掠城市，残害人民。如果你真正感受了现在挪威人的聪明才智、善良热心的品质的话，很难想象，他们的一些祖先曾是海盗。几千年以前，挪威人通过格兰，穿过大西洋，在北美洲登陆，比哥伦布至少早几百年。

浓郁的中世纪色彩和别具一格的北欧风光，市内没有林立的摩天大楼，街道两旁大多是六七层的楼房，建筑物周围是整齐的草坪和各色的花卉，在金色的阳光照耀下，绚丽多彩。

有些人认为挪威人是很严肃的一群人。著名的挪威作曲家，爱德华·格里格曾创作了一曲叫"山王的殿堂"，描写一群人在山上跳舞并恶作剧的故事，感情丰富，风格幽默，非常有名。

在美国，有人说挪威人通常都是很冷漠不善于表达的人，其中，有个笑话可以说明这个问题：有一个挪威的农民，他非常爱他的太太，夫妻生活了一辈子。有一天，他好不容易才说出了"老婆，我真的爱你"。

挪威的文化对于我们家庭而言是很重要的。因为没有挪威人，就没有我们家庭。我们的曾祖父、曾祖母于 1800 年从挪威来到了美国，比美国的自由女神还早到了美国。他们定居在明尼苏达州。那儿有许多挪威人。他们定居地的寒冷与故乡挪威几乎是一样的。

在奥斯陆，我们看到的挪威人都是热心、聪明、坦诚的人。我们家祖先的故乡之地的人和物都给我们留下了永恒的美好的印象。我们也非常热爱我们祖先曾生活过的这片土地——伟大的挪威！

芬兰——清净的赫尔辛基

在美国，大多数的人认为斯堪的纳维亚半岛多指的是挪威和瑞典，很少会想到芬兰。不像是西欧或东欧的定义会那么明显。在美国甚至会用一个特别的名词来形容芬兰叫做"芬兰化"或"芬兰主义"。因为有比较多的瑞典人和挪威人会移民到美国，但很少听到有芬兰人会移民到美国。在芬兰除了有很少的瑞典人之外，几乎也没有其他的外来移民。还有，芬兰的语言也与瑞典和挪威的语言有很大的不同。芬兰曾经遭受过俄罗斯的统治几百年，直到 1917 年，芬兰人宣布独立。芬兰既不是斯拉夫也不属于斯堪的纳维亚，他们完全保留自己的独立和拥有自己的文化。所以，才出现了"芬兰主义"。

芬兰的首都是赫尔辛基，也是在世界上最北边的首都，被人们称为是"北欧白都"。它占地超过 750 平方公里，包括 315 个小岛。它是一座仅有 450 年历史的年轻城市，有人口 56 万。只距离圣彼得堡不到 200 海里。我们在游轮上就可以看到赫尔辛基三面被波罗的海环抱着，后面是大山，岛屿星罗棋布地散落在大海上。赫尔辛基是被森林包围着，大海又包围着森林。所以，这是一个由大海所包围的城市。很多人也会称赫尔辛基是"波罗的海的女儿"。

当我们要去芬兰时，首先让我们想到的是在我们还很小的时候对那里有过幻想。我们知道芬兰距离北极很近，到了圣诞季节时，那里一定是一片白雪皑皑的，穿着一身大红袍的圣诞老人会从那里开始出发乘着麋鹿雪橇带着圣诞礼物在地球的上空飞驰着，去世界各地为小朋友们送上圣诞礼物；我们还会想到的是，那里有很多湖泊和森林，那里还会有北极光。我爸爸说："对于赫尔辛基，常听到的就是有什么国际会议在那里召开，除此之外想不起什么更多的了，那里好像是一块很安静的乐土。"

我们的波罗的海之旅的第三站就是芬兰的赫尔辛基。上岸后的第一印象是这里很干净又挺安静的。

城市内的建筑有古老的俄国式建筑，大都是用红砖瓦砌成的，还有欧洲式的现代建筑，大都是用浅色花岗岩石盖的。由于我们是在夏季来到这里，到处都是一片绿色和盛开着的鲜花，再加上这里三面临海。蓝天、白云、碧海那种与大自然有一种美妙的和谐，让我们感觉非常轻松宜人。

在港口的最东端，我们先爬上了山坡去看当地最著名的乌斯别斯基大教堂。那是一座古朴典雅的带有洋葱头式塔尖的俄国式建筑，在一片翠绿的草木中矗立在小山的顶上。大教堂是用古色古香的深红色砖砌成的，并有十三个青铜制的屋顶，由于海风的氧化已经变成了淡绿色，十三个屋顶上面都有一个圆形的金顶，在金顶之上又都有一副十字架在最高处。所以，从远处看这座大教堂时，就好像是座高高的尖塔一样并带有着浓郁的莫斯科式的建筑风格。大教堂里面是金碧辉煌，到处都摆放着古老的传统装饰和镀金的圣坛。还有巨大的古式风琴，为教徒唱圣歌时配备的。教堂前面的正中央有落难基督的画像和他的 12 位门徒的壁画，整座教堂内的每一幅绘画都是由俄国画家画的。教堂里的巨大的拱顶都是由木头制成并都经过了精雕细刻，教堂里的大石柱子也都是用美丽的花岗岩做的。教堂里还埋葬着一位芬兰的民族英雄，他率领过芬兰的大军打败了俄国的入侵者。我们又来到了赫尔辛基的参议院广场，广场占地约七千平方米，地面上铺满了灰红相间的花岗岩的古老石块。广场中央有一座亚历山大二世的青铜雕像，他站在高高的暗红色大理石上。让每一位来看雕像的人都不得不举头仰望着他。广场附近还有内阁大楼和赫尔辛基大学，在往远一点儿就是总统府，最高法院和市政厅。

我们又去看了总统府，这个建筑也是早年沙俄统治芬兰时的沙皇政府的行宫。它的外观仍然保持着原来的样子，看上去很坚固没有什么奢华。芬兰独立后，前几任的芬兰总统住过这里。现在的芬兰总统已经不在这里居住了。这里只是用来接待国外友人的会议和办宴会时才用的地方了。

在赫尔辛基最有名的建筑物要算是在参议院广场上的赫尔辛基大教堂。一眼望去，一排排像是希腊雅典神庙前的廊柱支撑着大教堂前面的四面前廊。大教堂的屋顶有五个带淡绿色半圆形，正中间有一个高高大大的像是钟楼似的半圆的屋顶，在其周围是四个小半圆顶的钟楼屋顶，还有十二个门徒的镀锌雕像也站在屋顶的四周。那清一色白的大教堂，矗立在近百级的石阶梯之上，至少高出海平面有 80 多米。白色的建筑配有淡绿色圆形屋顶，看上去很雄伟，让我们感觉到的是震撼。同时，这大教堂也成为赫尔辛基的最高象征标志物了。无论你走在市区的哪一个角落时，你四处张望一下就可以看到它了。

芬兰大教堂（Cathedral）

教堂里面有马丁·路德等主要宗教人物和芬兰的改革派主教的雕像，还有一些精美的壁画和雕塑，此外，再没有其他的华丽装饰和摆设。教堂里还有个超大款式的银色的音响设备看上去很讲究。当我们进去后，正好在播放宗教的美妙悦耳的音乐，会让我们仿佛感觉到有天使在这里飞翔，有小鸟在此歌唱。在我们要离开时，大教堂的钟声也响了，是一种浑厚悠扬的悦耳声音，让我们有一种肃然起敬的感觉。

赫尔辛基大学也在这个广场□□，我们去看了大学的图书馆，这是我们所见过的最漂亮的大学图书馆之一。当你刚刚进入时，就会被那有三四层楼高的并有敞开着的天窗的环境所深深地吸引住了，厅的四壁以及大部分的屋顶都是被整个一幅连体的 18 世纪的欧洲壁画所装饰着。有天使在天上飞的感觉。大学图书馆的管理人员非常客气地招呼着每个需要他们帮忙或问问题的人，无论你是芬兰人还是游客都会被照顾得很好，他们很乐于帮助需要帮忙的人。

在港口附近有一个很热闹的户外市场，我们一家四口在那里闲逛着。看到的东西很好时，一问价钱却是非常的贵。所以，我们只好是光看不买了。

在路上，我们看到了丰田的普锐斯混合电动车，但大部分已被改造成出租车。对于我们来说，这真是太酷了，因为我们家在两年前也买了一台普锐斯省油的小轿车。可在美国那时还没有看到有这种省油的出租车。可到了今天，在美国各地也到处可见这种省油的出租车了。

在我们上船之前，又一次回到了赫尔辛基的参议院广场，正好看到了两个芬兰小士兵，我们邀请他们跟我们一起合影作为我们到此一游的纪念。

迷人的瑞典岛链

我们的游轮在波罗的海的斯堪的纳维亚进入列岛之国，开始了我们的瑞典之旅。还没有踏上瑞典本土，就看到了那由松树环绕着的古朴的海滨别墅，让我们开始对瑞典有些着迷了。瑞典共有 25000 个群岛散落在那一望无际的深邃的海洋上，像是无数颗绿色的宝石镶嵌在蔚蓝的大海上并形成了一串串的岛链，有人称瑞典是世界上的"北方威尼斯"。

我们上岸的地方是瑞典的首都斯德哥尔摩（Stockholm），是瑞典的第一大城市，是由 14 个小岛屿组成的。当我们的游轮靠近港口时，看到了那些小岛屿好像是一颗颗晶莹的绿色翡翠镶嵌在湖与海之间。

我们站在甲板上，徐徐海风扑面而来，我们的眼前飞舞着被风吹乱了的长发，有一种格外清新的感觉。游轮掀起的海水波浪涟漪，一波波地拍打着海岸。我们非常羡慕能有避暑的房屋在这些岛屿上，这些拥有房子的人一定会感觉到这里就是自己幸福的港湾。我们还在讨论着，如果能在 25000 个小岛上有一个属于我们自己的房子那该有多好啊。在夏天炎热的时候，坐在度假屋的门廊前，喝着可口的冰咖啡，望着几英里外那铺满了鹅卵石的海滩；屋后面的常青森林里有百种小鸟在叽叽喳喳地叫着，鸟语蝉鸣，这一直是我们美好的憧憬。如果感到寂寞时，就坐轮船或渡轮去任何想去的岛屿旅行。例如，附近的哥林达岛和弗舍岛，这里岛屿虽然众多，但只有很少一部分有人居住。不管这里自然风光有多么美好，如果让我们在岛上长住的话，也一定会厌倦的。我们还是会向往喧嚣的大都市，特别是我们的家，那里有着金色的阳光和明媚的加州所特有的大太阳。后来我们才知道，如果真的想要来这些岛屿度假的话，可以去斯德哥尔摩的中央火车站，那里有咨询台，可以在那里预订任何你喜欢的岛屿度假屋。如果我们再能到瑞典的话，下一个梦想就一定会事先预定一个美丽岛上的度假屋了。

一阵汽笛长鸣，把我们从想入非非中拽了回来。我们上岸了，来到了瑞典的首都斯德哥尔摩。这里一个个岛屿像项链般连在一起，穿梭在海水、河水和湖水之间。我们发现过了桥之后，就走在格姆拉斯的著名大道上了。在800年前，正是在这里建立了斯德哥尔摩城，并成立了君主立宪制的王国。直到现在这里仍然保留着中世纪的古典风格。

这座古城给我们的第一印象是高矗的狭窄建筑好像都紧紧地拥抱在一起，仍然保持着远古时期的白鹅卵石的大道。给我们的感觉是，城市很拥挤，屋前房后都没有很好地绿化。许多的窗户都离得很近，有的胡同只有一米宽左右，两个房子之间的距离很小。

我们去参观瑞典的皇宫，从外观看去显得非常雄伟壮观。导游告诉我们，皇宫里有超过一千个房间。原来的皇宫1697年曾被烧掉了，现在的皇宫是1760年又重建的。皇宫有四个门，南边用于普通人，北面用于皇族，东边用于皇后，西面用于国王。皇宫的大教堂前面有灰色的大理石圆柱，柱上雕刻着某种植物并配有金叶。天棚上装饰着古老的传奇油画，画下挂着华丽的水晶吊灯。宫内到处都是闪闪发光的金银饰品。从天棚的四周镶着一排排的金花配玉叶，所有的门窗、家具、从地板到墙壁的织锦和挂毯全都有黄金的装饰，宫中的柱子底部也都是用黄金装饰着。看到这儿的时候，我们还开玩笑地说，这已经不是宫殿了，应该算是金殿才正确。我们还在猜想住在这里的人会感到舒适和方便吗？在这偌大的宫殿里，每个房间停留几分钟，也只能是走马看花，看

个表面而已。但是，这里的金碧
辉煌却给我们留下了很深的印象。

斯德哥尔摩也是阿尔弗雷
德·诺贝尔的故乡。从 1901 年开
始，每年 12 月 10 日诺贝尔逝世
纪念日，会在斯德哥尔摩的音乐
大厅举行隆重悼念仪式。每年获
得诺贝尔奖的人都会来到斯德哥
尔摩由瑞典国王亲自给诺贝尔获
奖者颁奖，还会在市政大厅举行
丰盛的晚宴招待所有的获奖者。

诺贝尔 18 岁时就去了美国，
学习了四年的化学课程之后，又
回到了瑞典，便投身于研究炸药
制造。自从 1901 年，刚开始是授
予许多杰出的人在物理、化学、

玩在瑞典首都斯德哥尔摩

医学、文学和对推动世界和平有贡献的人这五项的诺贝尔奖。以后，又继续有
所增加。

当我们要离开皇宫时，碰巧赶上了皇家卫队换岗。我们很幸运可以看一
看在美国是绝对看不到的一景。卫队经过格姆拉斯坦大道进入皇宫准备换岗
了。卫队中的每一个士兵头上戴着头盔，头盔的正中央有一个半尺长的像是一
把锋利尖刀一样的盔顶，上面还镶着红穗。每个士兵都穿着白裤子蓝色军服，
扛着一把长枪。他们迈着正步，缓慢地进入皇宫前的广场进行列队表演。身穿
全白色的军乐队跟在其后，吹吹打打地也跟进了广场。他们喊着口号，举枪、
放枪，转来转去的，让我们觉得这种表演看上去很滑稽，好像是只有在外星才
能发生似的，有时会让我们禁不住格格直笑。这种扭来扭去逗人乐的年轻人的
动作是几百年以来的传统规矩。更使人感到有趣的是士兵们脸上那种庄重、严
肃、目不转睛地朝着正前方的奇怪表情。整个表演持续了半个小时，随着他们
的列队表演，旁边还有吹吹打打的军乐队伴奏。整个换岗表演让我们联想到
800 年前，这里真的住着国王。那将会是一番什么样的景象。可是都过去了这

么久远了，为什么还要保留着这种保守的传统仪式呢？国王也不会在乎这些无聊的仪式不是吗？到底会有什么意义呢？真的是令我们百思不得其解。

我们还参观了瑞达赫尔姆教堂。这是 14 世纪以来瑞典王室在这里生活的地方，等他们死后，也会被埋在这里。大理石雕刻的墓碑看上去很有特色。这一切很像我们在伦敦参观过的威斯敏斯特教堂。其中有一位瑞典国王还曾经入侵过俄国。他从 1618 年发动了侵略俄国的战争，到 1648 年战争结束，历时 30 年，因为是欧洲历史上最长的战争而闻名。

当我们穿过海边时，又一次地望着美丽的波罗的海，那里有人在冲浪，还有人在驾帆船，还有人在乘热气球，还有人在小船上钓鱼等。蓝天上飘着五彩缤纷的热气球，海面上有白帆点点，沙滩上，有两对情侣牵着手在蹚着海水，海岸上坐着几个带着黑色墨镜的游人喝着啤酒悠闲地在聊天……哇！这是一幅什么样的美景映入了我们的眼帘。顿时，让我们觉得这里的空气中都充满了浪漫，让我们看得如痴如醉，真的不想离开了。

从格姆拉斯坦到了尤尔格丹岛，尤尔格丹瑞典语是"皇家游戏公园"的意思。现在已变成了公众休闲的大公园了，是当地斯德哥尔摩市民和游客最喜欢的公园。哥委娜隆德是个娱乐公园，与斯德哥尔摩的梯沃利公园很相似，这里有个童话屋，是根据《长袜子皮皮的故事》所建造的。《长袜子皮皮》是由瑞典女作家阿斯特丽德·林格伦所写的一部童话故事。因作者自己有一个生病的 7 岁女儿，作者每天为女儿讲述了自己编织的故事题材。系列故事中的主人公是皮皮，她是一个有红头发的力大无穷、很喜欢开玩笑和冒险的小女孩，她平时有喜欢穿一只黑袜子和一只棕色袜子的奇怪嗜好，整个的故事是在讲她的很多探险故事。我们很小的时候就读过这本故事书，至今还是很喜欢皮皮。罗森达尔咖啡馆的花园很可爱，在那里可以摘你喜欢的鲜花。

我们继续在这附近闲逛着，我们发现在斯德哥尔摩到处都有不同国家的美食餐厅；我们还看到了在一家教中国功夫的店里，都是一些金发碧眼的年轻女郎在那里学中国的功夫，有的还在做气功。

在尤尔格丹岛上最难忘的是我们去博物馆看到了那条"瓦萨"号大帆船。这是条大型木制海船，是一位瑞典国王自己设计建造的，目的是对邻国产生威胁作用，让他们看到瑞典舰船强大而生畏。船尾雕刻的是怒吼的雄狮，看了就让人不寒而栗。船在海水中已经泡了 350 年。1960 年才打捞上岸，重又仿制，装饰一新，再次在这里展出。95%的木料仍然是从原来的旧船上取下来的。船展屋是巨大的，但灯光却过于昏暗，据说暗光有利于保护木船的寿命。展品还包括一些遇难水手的头骨。看到这里让我们幻想着，当年船沉的时候是如何地凄惨，很多人都张着大嘴想要再多呼吸一会儿水上的空气。我们登上甲板站在炮台上，站在水手开炮的位置弓着身子在假装对来侵犯的波兰军开炮。

我们离开斯德哥尔摩，再次路过斯哥革登岛，但群岛不再平静。天空变暗，阵风暴雨使我们不能平衡，在甲板上摇摇晃晃。海浪打在船侧，浪花溅在甲板上，我们只好撤到船舱内。我们觉得船像木偶玩具，只能任海浪摆布。我们的美好感觉荡然无存，只祈祷别遇上"瓦萨"号船的噩运。

当我们一觉醒来时，外面的大海已经是风平浪静了。我们离开了迷人的瑞典，留在我们记忆中的是斯德哥尔摩城市的古朴、典雅和文明，还有那皇宫的奢华、壮丽和雄伟，以及岛上的简朴、和谐和宁静，这一切互不相同，但组成了瑞典的古老和现代化文明相交织的一幅美丽的画卷，给我们留下的是永恒的美好印象。

载满历史的圣彼得堡

我们还没有到圣彼得堡之前就已经事先学习了有关这座名城的一些历史背景。

圣彼得堡曾经是俄国的首都，是一座伟大的英雄城市，那里有勇敢坚强的人民。在第二次世界大战中，德国曾多次发疯一样地攻打圣彼得堡城，可是，他们从来没有被征服过。无论德国怎么打，打了多少次，都是无济于事的。所以说，圣彼得堡是历史的丰碑。我们带着崇敬的心情准备下船去参观这座英雄的城市。

我们下船后被告知，所有迈上圣彼得堡领土的旅客们必须要按照官方的旅游指南路线去参观游览，或者是跟着一个团队雇一个导游；或者，自己雇私人导游。这让我们全家觉得很别扭，为什么要受到限制呢？我们所去过的任何国家都没有这类的规矩，美国更没有了。我们也只好找到了导游跟着她前进了。到了市中心，那高大威严的教堂和雄伟壮丽的宫殿，让我们目不暇接。圣彼得堡是欧洲列强争霸时代的一个典型代表。我们的父母到过欧洲的许多国家，他们告诉我们说，俄罗斯人民很聪明也很优秀，这里的建筑绝对可以和欧洲任何的旅游景点相媲美的。

第一站，我们来到了让人肃然起敬的滴血大教堂。拱形的教堂看上去像古怪、不协调的乌斯拉夫式大蛋糕，教堂的窗户是淡红色的，教堂的圆顶看上去很特别。我们伸长了脖子向拱形圆顶望去，那闪闪发光的金顶很耀眼，晃得我们眼睛都睁不开了。教堂圆顶上涂着深蓝色、白色和淡绿色，特别扎眼。处在中间的两个拱顶更有特色，左边的拱顶是天蓝色、绿色和白色并形成了锥形对角线，在拱顶表面上尤其吸引人的注意。我们曾经听说过，东正教的神像，以不同颜色作为象征，金黄色代表光明神，绿色代表圣灵和生命，蓝色代表耶稣的母亲——圣母玛丽亚。

滴血教堂是在沙皇亚历山大二世 1881 年遇害现场盖起来的。当时，一个无政府主义者，向他的坐车投掷炸弹而杀害了沙皇。在这遇害的地方建起了一座钟楼，还有很多雕塑装饰着整个的广场，显得这附近的环境庄严肃穆。

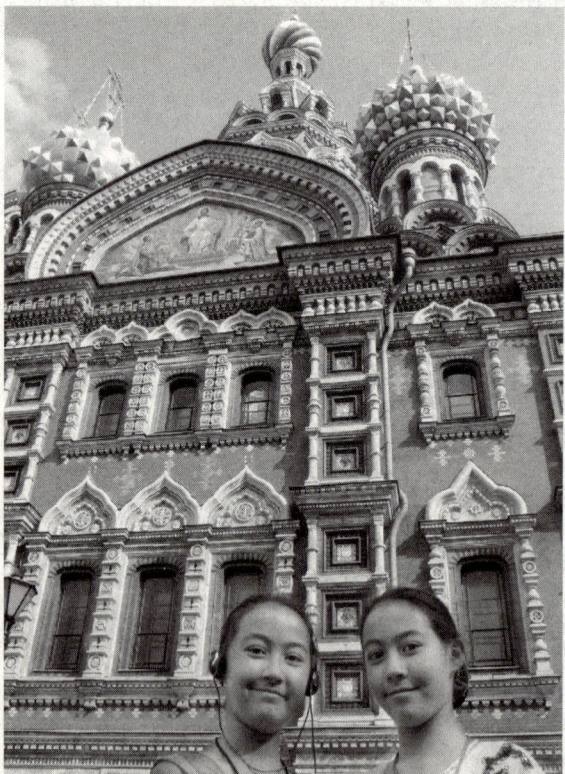

参观圣彼得堡的滴血大教堂

我们又去岛上参观圣彼得堡的要塞。这是彼得大帝建立的，其目的是保护这里不要遭到瑞典人的攻击。1703 年 5 月 27 日建造的这座要塞，而恰巧这一天正是圣彼得堡的生日。在这座要塞上曾经关押过很多著名人士，其中有：阿期妥耶夫斯基，高尔基，还有列宁的哥哥——亚历山大等等。

在这座岛上有彼得保罗大教堂，沙皇和皇后死后都被埋葬在这里，过去这里也是沙皇的皇家教堂。教堂里面的装饰是金碧辉煌，银光闪闪的水晶大吊灯，高耸的拱顶镶嵌着金色的祭坛装饰物，到处可见的是金黄色的大理石圆柱。这一切寓意着俄罗斯圣徒的高傲风采。大教堂外面的最高处是一个镀了金的高高的尖塔，塔尖上还矗立着一座宏伟的金色天使，手持十字架。这个风向标似的天使是圣彼得堡最有代表性的标志物之一，有 404 英尺高，是整个城市的最高点。

彼得大帝，是人们对沙皇彼得一世的尊称。彼得大帝被俄国人称为著名的统帅，是俄国最杰出的沙皇。他实行改革并制定要像西方化那样发展的政策，使俄国变成一个当时世界的强国。彼得大帝是一位站在时代前列的先锋。他在俄国的历史上算是一位伟大的英雄。

我们还看到了妈妈最喜欢的景点，那就是阿芙乐尔号巡洋舰。妈妈说，许多中国人都知道这巡洋舰伟大的历史。1917 年俄国的十月革命正是阿芙乐尔号巡洋舰打响了第一声炮响，意味着炮打冬宫的正式开始，很快就由苏维埃的士兵和工人们占领了冬宫。最后，由列宁和斯大林为首的布尔什维克党取得了革命的胜利并从此掌握了苏维埃的政权。

我们又去参观了冬宫。冬宫最早是俄罗斯沙皇的宫殿，后来变成了博物馆。陈列着几千幅著名的欧洲名画，还有各种色彩缤纷的壁画，让整座宫殿显得格外的气派和富丽堂皇。那里面摆设着无数的无价的艺术珍宝。导游告诉我们，博物馆至少有 270 万件艺术真品，如果在每件艺术品前停留一分钟，要花 11 年才能看完全馆的艺术精品。冬宫本身也是一座杰出的艺术精品。

冬宫也入围世界的五大顶级博物馆之列。这座雄伟的建筑是一座三层高的楼房，但占地达 9 万平方米。从外观看上去好像是一座长长的涂有淡绿色的巨大建筑物，并配有白色的大理石柱和白色的窗户，每扇窗户的上方被漆成了金色，整体看上去显得很庄重。冬宫的四面都有不同的特色。面向广场的一面，有三道呈拱形的大铁门，在宫殿的入口处还有阿特拉斯巨神雕像，看上去显得雄伟庄严。冬宫正面所面向的是波光粼粼的涅瓦河。

宫殿里有各种颜色的大理石柱，每一个角落都被装饰得高雅华丽；深邃的长廊到处都悬挂着巨大的吊灯，有古式样的青铜吊灯，有镶金的蜡烛吊灯，还有银光闪闪的水晶吊灯；精美的屋顶镶满了欧式的壁画，千姿百态、精工细雕

圣彼得堡——冬宫，从外面看不起眼，里面是大气、磅礴、金碧辉煌。

的雕像到处可见；四壁都是用镀金镶嵌着。走在宫殿里的感觉是美轮美奂的，整体看上去是一种金碧辉煌和富丽堂皇的非凡气派，在全世界也是屈指可数的最华丽的大宫殿了。让我们感觉到的是早年的俄罗斯有着一种一流强国的气魄和风范。

最后，我们到了彼得夏宫，也被称为彼得宫。夏宫坐落在距圣彼得堡市中心以外30公里的波罗的海芬兰湾附近的森林中，那里有上花园、下花园、亚历山大花园和大宫殿等。是18世纪由沙皇彼得一世兴建的，占地面积大约800公顷。夏宫里面的豪华程度与冬宫差不多，也是非常富丽堂皇。我们猜，这里是早年俄国每一位沙皇都会在夏天来这里避暑的地方，所以叫夏宫。

夏宫最让我们印象深刻的是彼得喷泉。水中那一尊尊的金色雕像在水雾和阳光的映照下显得格外美丽壮观，水池的正中央就是那位力大无比的武士在与雄狮搏斗的雕像，看上去很壮观，那从雄狮口中喷出的气势磅礴的白色水柱高达20多米，落下的水流形成了细小的水滴悬挂在半空中的瞬间被清风一吹便形成了多姿的水晶薄雾。在喷泉悦耳的哗哗流淌声中，让我们感觉好像是大珠小珠落玉盘一样，再经过阳光的折射，周围不时会出现七彩灿烂的彩虹。喷泉中的雕像也个个栩栩如生，展示了人类美学的丰富内涵。我们又到了夏宫的最上面，从上往下再看时，那纵观全景的感觉是非常令人震撼的。

在这大瀑布的喷泉群中，有37座金色雕像，29座建在水里，还有50个小的雕像，共有 64 个喷泉口。我们贪婪地仔细欣赏着每一座的雕像，尽量找出他们不同的美。一个接一个的雕像在不停地吸引我们前去欣赏，不知不觉中我们来到了笑话喷泉。人行道两侧的地上有几排手指大小的喷泉水管，如果行人正常地走过这里时，那些水管里忽然就会像是淋浴头一样喷出水来，凡是走过那里的人都免不了被浇湿，尽管我们希望别喷到我们身上，可最终还是满身满脸都是水，衣服也都湿了。我们俩光着脚丫，怕把自己的鞋给弄湿了，在我们周围的人也都又蹦又跳的，将地上的泥水都喷到了我们的身上，害得我们俩的身上都快要成泥汤了。

喷泉是彼得大帝时代创建的，目的是让参观者嬉戏取闹，自娱其乐。除了笑话喷泉，这里还有伞状喷泉。伞状喷泉外表是深绿色的大伞，内藏暗泉。我们坐在伞下的长凳上，目的是想缓解一下路上的劳累。谁知触动了暗泉开关，一下子喷水自下而上喷涌而出，让我们来不及躲开，结果又是一阵子的被水冲过。我们明白了，原来这是当年彼得大帝的奇思妙想，用这种办法来戏弄人。看来彼得大帝不仅善于治国，也会娱乐生活。

到了要告别的时候，我们还真的不想离开了，这里真的很美，也很好玩。等自己长大以后再来吧！

玩在加勒比海 (2008)

游天堂般的特克斯刻口海岛

我们是好游世界的小旅行家，在 2008 年的春假，我们全家乘美国航空公司的客机抵达了加勒比海上的这块英国属地——特克斯刻口海岛。可它距离英国却非常的遥远。这些散落在大西洋上的岛屿，仅仅距离美国佛罗里达州的迈阿密才有两个小时的飞行距离，它与古巴和海地隔海相邻。这次旅行是我们从来都没有想象过的那么美丽和美好。

飞机降落时，天已经黑了。但我们还是贪婪地在窗口张望着，渴望能看到在夜幕下的特克斯刻口海岛是如何的美。可是，看到的是漆黑的大海，漆黑的天空和看不清的海岛。很快飞机在剧烈的颠簸中着陆了。我们踏着晃动的临时舷梯下了飞机并踏上了英国的领土。我们顺着一条米黄色的线走到了终端，进到了这飞机场唯一有灯光照射的小房子，这就是他们的海关。我们感到这里人非常随和并很好客，他们皮肤的颜色很美丽，是加勒比海人所特有的黝黑发亮的巧克力颜色。每人都讲一口流利的英式英语，这里悬挂的是英国国旗，但是我们被告知这里的流通货币是使用美元。

一位黑人司机很礼貌地对我们说："本车去的是舒适套房，上车吧，哥们!"我们跟着他上了路。这里是左侧通行，整个岛屿的路面上没有设置红绿的交通灯。这也是我们去了很多国家后，唯一看到的在路上没有交通信号的地方。我们住在特克斯刻口中的最大海岛——波罗丹细雅类岛上，这岛只有十四海里的面积。异地鲜花的芳香充满在空气中，温馨的轻风徐徐地拂面而来，那种感觉非常非常的舒服。

我们住的旅馆布置得很豪华，但饮用水却有一股硫磺的怪味。我们来之前，已经从旅游指南书中获知，这里是无法保证安全饮用水的。因为，这里的民用水完全都是由海水经过加工氯化后的淡水。可想而知这里的用水也是极其珍贵的了。沐浴时，也只能得到的是涓涓细水，有点像是喷雾一样。

第二天早晨，我们醒来后的第一个感觉就是这里花卉的香气袭人。我们下楼后，穿着制服的男女服务员彬彬有礼地向远道而来的客人们问好，并热情地询问我们是否有任何事情需要他们帮忙等等。我们不需要任何的帮忙，爸爸早已经准备好了，我们是要直接上路去拜访大海了……

我们穿过一条狭窄的长长的小路后，眼前竟然出现了好像是通往天堂的大门。请问，您看过绿色的大海吗？我们面前就出现了在加勒比所特有的绿海。这里真的是风景如画，那绿海一望无际，一眼就会看到底似的。在海面上，有着五颜六色的扬帆船；在半空中，漂着几个被风吹得鼓鼓的七彩缤纷的航行伞，伞下的航行员悠闲自得地漂在翠绿的海洋和蔚蓝的天空之间；在海边有两对情侣拉着手，蹚着海水在漫步；在海滩上有几个孩子在一起将那些湿沙子堆砌成了一座城堡；父母们在躺椅上读书……

看到此情此景时，我们的全身好像是被融化了。这幅美如天堂般的油彩画，是我在任何曾经去过的博物馆里都从未见过的这般美丽。这碧绿的大海，这粉白的沙滩，这里的天，这里的地，到处都散发着浪漫的气息，让我们流连忘返。我们站在那里好久好久真的不想离开。

这里有着很原始的海岸线，海边都是由细沙和本地所独有的矮小的叫不出名字的绿色植物覆盖着。岛上没有高山峡谷，整座十四海里的大岛是与海平面相吻合着的。我们从来没有见过如此悦人的海滩，晴空万里没有一丝的乌云，像个深蓝耀眼的巨大天棚罩在了绿色的大海上。那个炽热刺眼的火辣辣的太阳所发出的白色强光，好像能把人烤焦、烧起泡似的。这是我们有生以来从未见过的大太阳。也可能是由于这里距离赤道太近的原因吧。

这里的海滩不像是我们所住的杉塔毛尼卡海边和拉姑娜海边那样有着较粗沙粒的灰乎乎的沙滩；而是又细又软，又粉又白的细细沙滩。当我们光着脚在海边散步时，那粉粉的细沙在我们的脚趾丫之间挤上来，又流躺了下去……

那大海是碧绿色再加上纯玉般的翠绿色；海水是又苦又涩又咸；不像是拉古娜的大海只有深深的蓝色，海水也只是淡淡的咸。

玩在海浪之间

我们闲逛在坐落于海滨的七星级豪华大宾馆的美丽大厅和前后院的大花园里；我们漂浮在许多不同的海湾里，在海面上浮潜看鱼；我们在海边追着浪花，在大海里无休止地嬉水玩耍着；我们坐在海滩上望着那海面上的豪华游艇飞速地驶过；看着那快艇向离弦的箭，飞闪而过……

到了中午，我们选在美景如画的海边餐厅用餐。我们坐在一棵高大的棕榈树下吃着刚刚从海里捞上来的新鲜海螺。这也是当地最著名的特产，海螺藏在粉红色的巨大的贝壳里。这种海螺本是这里的盛产，可现在却成了濒危的海产物。这种海螺味道真的是鲜美，刚吃一口就让我们胃口大开。

饭后，我们又继续在海边闲逛着。我们还好奇地尝了一口海水，哇！非常苦涩而又咸。我们光着脚在海边散步，看到了刚刚开业的"享受时光"的七星级大酒店，正中央是一个蓝色调的喷泉池，看上去高雅别致；入口的两旁有一排排高大的棕榈树，葡萄架子和五颜六色相互争艳的鲜花。我们在设想，如果这大宾馆要是住满了客人的话，这小岛也不会像是现在这么安静了，也可能会变成第二个夏威夷了。

因为这里接近赤道，火热的太阳，喷出道道无形的火焰，在我们的背上烧烤着，感觉是火辣辣的滋味，好像是用粗砂子搓了后背一样的难受。我们有生以来没遇见过这般炽热的大太阳，尤其在经过海水的折射后那太阳光更是加倍地烤人了。

突然，我们看到一个男人和他的儿子刚刚从海里捞上来一个红色的东西，在儿子的手里。我们赶快跑过去看，原来是一个巨大的"橘红色的海星"！我们俩都很兴奋，还请求那个男孩也让我们拿在手里一会儿吧。当我们俩一起捧着那个五星鱼时，我们看到了它还有两排尖尖的小牙齿，有点像是小版本的海豚牙齿；它的五角星就是它们的五条腿。海星在我们的手里一动不动，好像是个死的一样。当我们把海星还给男孩子时，他就把它放在沙滩上，那海星用那五条腿快速地跑回了大海里。哇，太有趣的一幕了！

我们缓步来到了"金沙"旅馆，进入餐厅。这里是海明威海滩，餐厅内很典雅。我们还是选在室外吃比较好。桌子排列在海边，每个桌子上方有个大大的彩色帆布伞，为了遮光挡雨吧。在海滩的木制楼梯上的告示板上写道："当谁要是看到了那位名叫乔乔的海豚在此路过时，请摇铃！谢谢！"乔乔是一条大海豚，它与海豚群分开了，自己独居在这附近。它已经在这段海域中生活了二十多年了。常来这里浮潜和潜水的游客都非常熟悉乔乔，它对游客非常的友好。它会在珊瑚礁旁跟游客们藏猫猫；还会陪潜水客人们一起游玩；有时候它还会在海水里翻滚做戏给游人们看；它还会对客人点头表示欢迎和再见。现在特克斯刻口海岛的政府已经将乔乔列为国宝，并给它建立一个独立的家。我们知道了这些信息之后，就非常渴望有

牌子上写着：当你看到海豚乔乔时，请摇铃。

机会可以看到乔乔。可直到我们用餐结束后,乔乔还是没有出现。让我们多少觉得有些遗憾。

从海边向下走,我们看到了白色浮标,这表明从这里开始属于浮潜区。我们穿上还带有盐味的浮潜装备后,就一头扎进水里。进到海水里的感觉真舒服,我们最先看到的是有一大群闪闪发光的一英寸长的小小银鱼组成了一个大大的银色鱼团,鱼群在转着圈地游着,既轻快又敏捷好像是群体的芭蕾舞团在表演。我们像鲨鱼追猎物一样疯狂地跟着它们,并想方设法地想把这鱼团给撞开冲散。可转眼间,它们就又合成一个大鱼团,它们那种群体的凝聚力像磁铁一样,牢不可分。突然,那大圈慢慢地就变成了一个锥形的小圈,那锥底已经延伸到了大海的深处。当我们看到了这一幕的时候真的是觉得我们很幸运,这可真是千金难买到的一幕奇观。这海里的世界竟然是如此的奇妙多变,让我们有着一种跌破了眼镜的感觉和惊喜。

不知不觉中追逐小鱼群消耗了我们很多的能量,我们不得不掉头转向西边去看珀特珊瑚礁,这里是珊瑚礁的花园之家,是另一处著名的大型珊瑚礁群的浮潜场。一个大牌子上写着醒目的大字:"警告:火珊瑚危险!"我们立刻紧张起来。火珊瑚是绿色珊瑚礁上面有钢刺般坚硬毛刺的珊瑚,如果不小心皮肤碰上了就会被蜇到,顿时皮肤就会红肿一片,让你疼痛难忍。我们知道了这些,就小心翼翼地从祖母绿般的水域中机智地游出来,安全无恙,非常得意。这时,我们看到了橙色和蓝色相间的荧光鱼像霓虹灯一样一闪一闪发着亮光,还有浅褐色的扁平的片鱼也游在我们的身旁;我们还看到了一群两英寸长的黄色和蓝黑色斑马条纹的蝴蝶鱼试图要接近我们的手指,好像是在向我们要些吃的东西,我们也偶尔也用手指去触摸它们,可它们一闪就立即消失在碧波荡漾的绿色大海里,我们再也找不到它们了。

这时,我们游到了橙色浮标线附近,过线就又是火珊瑚区。我们的第六感觉告诉自己这里有点危险。我们都有一点害怕了,我们的周围没有一个人影,如果我们再越过沾满海藻的浮标绳的话,也有可能会碰到蓝色和紫色的放电鱼或被火珊瑚给蜇到了。于是,我们加速地往回游,看着海水下面那一片片的黑乎乎像是黑森林般的珊瑚礁时,我们意识到了:这是禁止游客来的浮潜水域了。真的很危险!我们飞快地向海岸游去……

喜游小海岛

第二天，我们去另外的小岛看蜥蜴。我们坐在车上时，注意到了车中的收音机里播放的都是美国现在最流行的歌曲，并且每一首歌我们都会唱。当我们到达时，岛上的导游已经站在那里欢迎着我们一组人的到来。导游身材高大，一头金色的长长卷发披在肩上，他体格强壮，肌肉发达，有核桃色的皮肤，笑的时候，露出一口洁白整齐的牙齿。看上去他不是当地的本岛人，本地人的皮肤比他还要黝黑。

面包车拉着我们穿过崎岖的山路，路过了低矮的灌木丛，我们的车开在特克斯刻口海岛的主干道上，但我们看到这条主干道的公路还没有美国普通的小马路宽。很快我们的车就到达了海边。

我们穿上海蓝色的脚蹼，登上了有银白两色相间条纹的游艇并向远处的小岛飞驰着，那碧绿的海水清澈透底。我们看到岸上有一片很美丽的红树林，海面上还漂浮着几条独木舟，还有摩托艇从我们的船边驶过，后面飞溅的浪花像一条透明晶莹的玉带，在炽白的太阳光的照射下闪着银光。红树林渐渐地远去了直到消失，快艇载着我们到了那个小岛。这小岛上没有人烟，也无人居住。上面有一种这里特有的动物叫蜥蜴，是受到当地政府保护的动物，也是蜥蜴的栖息地。

上了陆地后，这片土地上长满了暗绿色的低矮的灌木丛。我们先看到了一群浑身长满了绿色的鳞片，都有小小眼睛的蜥蜴，跑过来又跳过去的也不怕人；还有一些蜥蜴坐在灌木丛的林荫下乘凉，我们俩数了一下共有六个

看看这海水是清澈见底的

蜥蜴都挤在了一起。这些蜥蜴是本地稀有动物，在世界其他的地方很难看见。其中有些长着一种很奇怪的白色，它们长得肥胖，每个蜥蜴都有一副大大的双下巴。还有另外一种长得比较瘦是深绿色的皮，长长的尾巴。我们很快了解到，只有本地特克斯刻口群岛才有这种爬行动物。它们被叫做"鳞蜥"，它们特别喜欢聚在岩石上晒太阳。我们沿着由木板架起的一条小路，曲曲弯弯地走着，同时也可以看见路两旁的蜥蜴坐在岩石上一动不动地让中午的阳光暴晒着。它们大部分身长有 4.5 英寸左右，有的背上还长着尖尖的刺。它们常常会堆在一起，有时从远处望去好像是一个绿色的小山丘一样。当地的人认为，它们是古老恐龙的奇怪变种。岛上还有许多奇怪的植物，如野生的苹果树、番石榴、海葡萄、鼠尾草等，还有很多叫不出名字的植物。

导游把我们带出这个岛后，我们的船在另外一处浮潜看鱼，到有珊瑚礁群的地方停下了。我们都跳进了大海里浮潜看鱼。我们看到了像手指状的珊瑚虫随着海水的波动也在随波飘动着，好像在跟我们打招呼。有很多柔软细长的紫色和绿色海藻漂在了珊瑚礁上，有点像是美人鱼的秀发。强壮的海藻根子牢牢地缠在巨大的岩石上。很快我们意识到了，我们是这批潜游客中总是会游出离开船最远的人。但无人担心我们，因为他们知道我们是经验丰富的潜游者。我们继续在碧绿的大海中畅游着，我们又一次看到了成群结队的黄蓝相间的荧光小鱼，有点像夜总会的霓虹灯一样闪着晶莹的亮光，在我们的身旁游来游去的好像是在跟我们做伴儿一样。我们还看到一群可爱的身体蓝色带有紫色斑点的鱼，在海水里穿梭着，所到之处好像是一道彩虹。我们玩得兴致正浓时，听到了刺耳的汽笛声，回到船上的时间到了。我们立刻向回游，游到船边时，导游用他那长满了老茧的大手，一把就将我们拽到船上。导游将每一位游客都帮忙拉到了船上，我们站在甲板上，望着绿色的大海觉得它很迷人。

过了很久，我们的船又停在了又一处海边，导游说那里有"沙钱"。每当海浪退潮后，沙中会留下一种有星型图案的白色扁平圆圆的贝壳，人们管它叫"沙钱"，非常有收藏价值。导游用手指着海岸那边的沙滩说"那里可以找到沙钱，祝你们好运了！"我们俩非常渴望能找到一个也好。我们在沙土里翻来翻去的没找到，我们就再深挖，一处又一处地再挖，还是没有发现。可发现了很多奇怪的贝壳，我们也都装在了自己的兜里。我们很想成为第一个可以找到"沙钱"的游客。

梅花写道：我的眼睛一直盯着，只要是不寻常的贝壳就会捡起来，然后将沙子剥掉。这时，突然眼睛一亮，终于发现了一个圆形褐色的贝壳。真是踏破铁鞋无觅处，寻来全不费工夫。"沙钱贝壳"被我找到了。让我不太满意的是一个贝贝的幼贝壳，只有一个25分钱的美国钱那么大（像是中国1元钱的硬币那么大），是米黄色，这倒是真的"沙钱"。它具有沙钱所有的标志，贝壳中间好像是朵小花，周围有星状图形包围着，背后有美丽的波浪线。一路上，我小心翼翼地把它放在手掌中，仔细欣赏着，爱不释手。我还找到好多种有趣的贝壳。

就在汽笛长鸣准备开船的时候，当我们爬上了舷梯，回头一望正好看见有五六个巨型皇后海螺，在下面深水处。我们请求船长要下去把它们抓上来，善良的船长说，没有问题，我们等着你们俩。我俩翻身就又跳入海里，在碧绿的海水中上演了一场抓海螺的大战，几个反转追踪我们俩一人抓到了一个大海螺，凯旋而归。当我们再一次回到船上手里都拿着一个大大的皇后海螺时，很多人都用羡慕的眼光看着我们手里的大海螺。

突然，我们的导游，脱掉了他的衬衫，说要去捞"沙钱"，因为除了我们俩，还没有人捡到过"沙钱"。他一个后空翻，钻入海水中，看到了他的呼吸管冒着水泡。几分钟后，他浮出水面，拿了一堆"沙钱"，还有黄色和棕色的海星。"沙钱"就是一块半个手掌大的圆圆的、薄薄的一种很特别的贝壳，上面好像还有看不明白的图案，很像是美国的一美元的硬币。所以，人们又叫它是"沙美元"（Sand Dollar）。

海边骑马记

兰　花

那天是"杉彼垂日"这是一个爱尔兰的传统节日。在这一天里，每个人都要穿上绿色的衣服或戴上绿色的帽子，有很多的派对（party）在举行着。我们和那些游人一样，也是轻轻松松地逛在大街上。很多人的手里都拿着啤酒瓶子在吃在喝，在大声地说笑着，一派喜气洋洋的节日景象。无论你走到哪里都会听到放的是爱尔兰的音乐，人们都是尽情地在唱着、跳着、狂欢着……

可我记得最清楚的还是，那天我们去海边骑马了。

我们乘的吉普车将我们带到了乡间的小路上，当经过一个地方，看到路边有块脱了皮的木头牌子上写着："波罗马厩"时，我们就在此停了下来，并走进一处宽敞的马场。

一位从英国来的中年女子，长着红扑扑的脸蛋和一副松弛的双下巴，性格很直率。她站在那儿，等待着我们一组人的到来。这里大约有十五匹油光水滑、毛发光亮的高头大马。还有几匹威风凛凛的公马，它们在不断地发出兴奋的嘶叫声，时而还将两蹄腾空并试着要靠近我们。原本安静的黑母鸡们看到我要接近它们的时候，也都咯咯地叫着站了起来，从院子中间跑了过去，还惊动了几匹老母马和正躺在院子里懒洋洋地晒着太阳的两只老狗。一只骨瘦如柴的黑猫，走到我的身边，在我的腿边磨来蹭去的，那纤细的躯体晃来摆去，还不时地发出呼噜噜的声音。看到这一幕时，使我的脑海中浮现出了一丝忧伤，让我思念起在洛杉矶家里的小猫咪了。

这里感觉很温馨。经过了短短地介绍怎样骑马，其中很重要的是，马与马之间要有一臂之隔（因为太近时，它们会互相撕咬）。那英国女士和另外的两名助手，开始给我们分马了。

当轮到我时，那位英国女士看了我一眼后，就立刻用手指打了一个响，"嗯！初骑者……好！就给'拉皮兜'，下一位！"其中的一位助手牵过来了一匹非常帅的公马，有着均匀的身材，长着一身油光光的黑巧克力色的亮毛，它的鼻梁上长着一条雪白的毛。

"拉皮兜，拉皮兜……"我小声地念叨着，同时又伸出手去摸了摸它的鼻子。"拉皮兜"将它的左眼向下，盯盯地看着我。这时我将右腿用力地跨过了它的背，就稳稳地骑在了上面。遵循那位英国女士的指示，我轻轻地用两腿夹了一下它，"拉皮兜"就轻轻地吐了一口气，它将身体换了一下重心，便径直地向前方走去。当我又轻轻地拉了一下右边的缰绳时，"拉皮兜"的头将会慢慢地转向了右边。偶尔它还会将头低下并停止向前走，但很快又会抬起来，继续地向前走了。我巧妙地在院子里溜着马，当它太接近另一匹马时，我不得不轻轻地拉紧缰绳。

我们开始上路了，"拉皮兜"是曾被驯服过的，所以我便很容易地就跟在了头马的后面。当路上有汽车开过时，我们就会闪到路边。一路上那位英国女士兴高采烈地骑着马跑前跑后的，还讲着各种各样很好笑的笑话，她还不时地发出一阵阵粗俗的大笑声，"哈哈…哈哈…哈哈哈哈……"

我们拐进了满是沙子、小石子和岩石的羊肠小道上，路两边长满了小小的棕榈树和其他的小树林。突然，那小路终止了。长湾海边到啦。哇！实在是太令人心旷神怡了！听着海浪轻轻地啪打着岸边的粉色沙滩，同时我还闻到了充满在空气中的那腥腥、咸咸的大海的味道。太阳光照在海面上，好似一匹带有蓝宝石色彩的刺绣锦缎，上面还镶满了钻石和水晶。

我兴奋地将上身一跃、用腿夹了"拉皮兜"一下，它即刻就开始飞跑了起来，好像是和我一样的兴奋，便竟直地奔向了大海……。"英雄"（是我双胞胎姐姐骑的马）也紧跟在我的后面。哇！这并不是我所期望的，"拉皮兜"向海水里跑去，它踩在那些发黑的碎贝壳上，小心翼翼地跑着，海水已经淹过了它的大腿。突然它两蹄腾空坐了下去，吓得我从心肺里发出了我所能发出的最大的尖叫声，我的下半身也都湿了，我死死地抓住它的缰绳，我哭喊着："救命啊！救命！"我开始从它的背上向下滑啦，这时我想起了那位英国女士告诉我的窍门儿。我死死地勒紧它的缰绳，不让它再继续地向上跳，它的上半身在空中顿了一下，即刻就停了下来。

"拉皮兜"已经意识到了，它所做的这一切是不能被接受的，又好像是被谁用皮鞭抽了一下，便立刻飞快地闪出了水面，跑回到了岸边，又和我姐姐的马相伴跑在了一起。在那之后，我们总是一个接着一个地走在海边上。经过了一幢幢豪华的七星级宾馆，我们望着银光闪闪的深邃的海洋，那细小的波浪不时地向我们袭来。

又过了一阵子，那位英国女士带着无奈又不情愿的声音宣布，我们要在这打道回府了。我真的感到有些失望，我跟着她们的后面穿过了一片片茂密的丛林。我姐姐的"英雄"马也紧跟在我的后面。可这快乐并没有完全消失。"拉皮兜"制造出一个非常奇怪的声音，打破了这段的寂静。突然，我意识到了，哇！"拉皮兜"它真的做了吗？是真的吗？真的！是真的，它刚刚放了一个臭屁！那臭的味道，让我无法忍受。若想让我装出什么也没发生，保持沉默，那简直是不可能的！我实在是憋不住了，便和我的姐姐一起大笑了起来，并笑个不停……

我们在公路上排成了一队，经过了短暂的时间我们顺道，抄近路又一次地回到了海边。在那里又一次尽情地享受到了那海边的美丽。我们都挤在一起，围成了一个圈。我竟然忘记了马与马之间要有一臂之隔的那条规则。"拉皮兜"开始从胸腔里发出呼噜噜的声音，然后，竟张开它的大嘴，用有劲的牙齿一口咬住了旁边那匹"英雄"马的屁股蛋上，并发出了啪啪的响声。我很惊讶，并非常严肃地告诉它：NO，不可以，"拉皮兜"。它便转过头来，我很肯定地看到了它在向我挑逗地眨了眨它的左眼睛。

很快，我们回到了马场，下马后活动了一下筋骨，才发现我的全身都觉得酸痛。当我在用手轻轻地揉搓那些酸痛的部位时，嘴里还发出哎呀的声音。与我们一起骑马的其他同行的人也都做着相同的动作。

英国女士从她的办公室里兴高采烈地迈着大步走了出来，嘴里还吹着口哨，她的手里还拿着一大袋子马吃的饼干。这时，我竟忘记了自己僵硬的双腿，一瘸一拐地跑到了她的面前，我又开始兴奋了起来。她倒出了几块带糖的饼干在我的手里，并告诉我说："请记住，当你喂马时，一定要将手伸得直直的，好吗？"她操着一口浓厚的纯英国式的口音。

当我闻到了这香喷喷的饼干味时，也觉得很饿。我的肚子还咕噜噜地叫了几声，我真的也好想吃那些饼干。我并不理会我那酸痛的双腿，一拐一拐地走到"拉皮兜"那儿，它已经被拴在了马棚里。它看见我来了，先是跳了一下，然后探着头看着我手里的饼干，馋得它又舔了一舔自己的嘴唇，然后就裂开了大嘴，我伸出了绷得直直的就像一把尺子一样直的右手，喂了它那块饼干。当它将那块饼干叼走时，竟然顺着它的嘴角流出了黏糊糊的口水，一直流到了我的手掌上，让我觉得非常的恶心。那块饼干在它的嘴里片刻就不见了。之后，就又立刻伸出脖子想再要一块，它真的很贪吃。

当我喂它第三块饼干时，我不想让它很难叼进嘴里，就将手轻轻地弯了些并很靠近它的嘴。我想它一定是得到了它想要吃的饼干了，忽然，当我要把手抽回来时，却发现我的手还在它那黏黏糊糊的嘴里。令我更惊讶的是，它前排的牙齿紧紧地咬住了我的手指，我的手就像是被关进了它的铁牢笼里一样。同时"拉皮兜"也感到很沮丧，"我的饼干跑哪里去了？"还不停地发出哼哼哼…很不满意的声音。我用另外的一只手敲打着它的头。可是，无济于事，我的手疼得像似被冻僵了一样。紧接着那痛就像是一个被烧红了的铁箭头扎进了我的身体里一样。我在默默地挣扎着，又过了一会我再也挺不住了。

我便大声地喊了出来："请救救我啊！这马咬住了我的手！救命呀！"好像

没谁听见我的喊声，所以我就更大声地嘶吼着。这时，其中的一位助手跑了过来，很焦急地皱着眉头站在我的身旁。她竟然掰开了它的大嘴，然后将我的手拽了出来。我俩盯盯地看着那受了伤的手，当我看到在我右手指第一排关节处，有着那火热的红红的咬痕时，我第一句话说的就是：我再也不能弹钢琴啦，这让我觉得很难过。可助手却对我说：不用急，你的咬伤并不严重，我确定不到五天，咬痕就会消失了。说完助手就离开了。

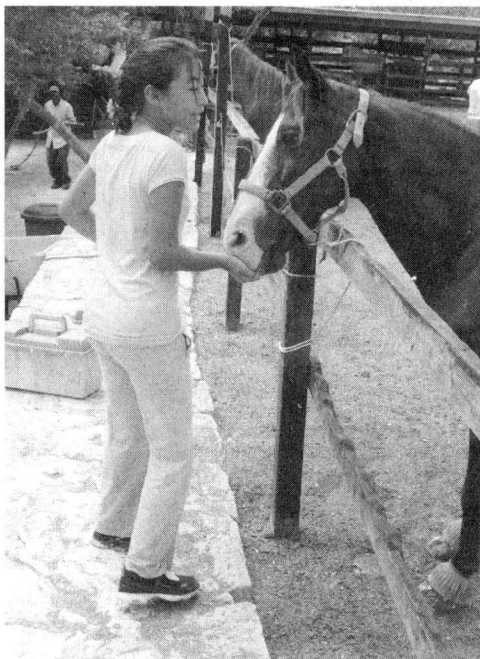

兰花的手被马咬住了

我的右手疼得还在颤抖着，我只好用左手在"拉皮兜"的头上轻轻地拍了拍，又将我的脸贴在了它的脸上。它看上去有些内疚的样子，还低下了头。它并没有直接地看着我那含着泪的双眼，我用力地眨了眨眼睛，没有让泪水流出来。紧接着我又对它说："再见吧，'拉皮兜'我还是很爱你！"

一周的加勒比海游就在这难舍难离中结束了，直到今天还是让我们流连忘返呢。

探险澳大利亚之旅 （2009）

悉尼的印象

我们站在皇家公园的海边，面对悉尼港口极目远望。从一个四边镶有松树枝的框架里看到了悉尼整个城中心的缩影，左侧是悉尼市那数不清的摩天大楼群，在明媚阳光的映照下，在湛蓝的海水衬托中呈现出了波光粼粼、银光闪闪；右边在悉尼港的海面上，从天而降的悉尼大桥横跨南北两岸，于海平面上脱颖而出、好像一朵盛开着的巨大白荷花的悉尼歌剧院交相辉映着。

悉尼市中心的规模非常的宏伟壮观，看上去很现代化也很干净。老实说，她比洛杉矶的市中心可要大得多。那错落有致的庞大楼群比比皆是地伸进了云端。景致比洛杉矶的市中心还要美，在夕阳的映照下金光灿烂。如果说上海是东方的璀璨明珠，悉尼也绝对可以堪称是在南方的另一颗耀眼夺目的金珠了。

一阵清风吹了过来，将松树枝吹得摇来摆去，那悉尼城中心的倒影也开始在水中涟漪晃动着。我们便径直地走进了皇家植物园，立刻感觉到的是轻松惬意。在一座喜迎宝塔旁有一条小溪，那潺潺的流水声让我觉得很恬静。当我们走到红竹林时，从里面传出了优美的鸟鸣声，我们真的好想知道它们在唱什么？大自然总是那么的奇美奥妙。我们走在一大片红、黄相间的瑞士甜菜地时，那成群结队的蜜蜂嗡嗡地正忙着采蜜；几只灰色的小兔子却长着白屁股，在菜地里窜来跳去的；色彩艳丽的鹦鹉们，有的在互相聊天，有的在柑橘树上酣睡；那成群结队的蓝色花蝴蝶在棕榈树和果树林之间悠闲地飞来飘去……

有几位老人坐在海边的长凳上，公园的石桌旁，还有的坐在了草地上；他们聊着天，下着棋，吃着野餐；偶尔还会看到有些中年人牵着狗，在一排排大

看到了悉尼的缩影

树的林荫下和开满了鲜花的小路上慢跑着；小孩子们在公园里，在港湾内，追来跑去地玩着游戏，一串串悦耳的笑声涌进了我的心底。在这繁华热闹的悉尼市中心居然还藏有一块如此温馨的世外桃源。我很喜欢在这里漫步的感觉，令我心旷神怡。

可我们再走进悉尼城中心的主要街区时，就觉得完全不同了。这里像洛杉矶一样，可以看到全世界不同国家的人。大部分的人都走得很快，有的人在不停地打着电话；有的人在小跑着，还有的人在飞奔，原来他们是在追赶着不同班次的地铁。我的第一感觉就是悉尼的城中心是在快节奏的忙碌中旋转着。

我们又沿着秀丽的悉尼港湾游览着，那迷人的风光尽收眼底，别有一番情趣。在这里我很少看到像斯德哥尔摩和哥本哈根那样的古式建筑，也闻不到那古老文化的气息；也较少看到像在伦敦或华沙看到的那种巍峨壮观的大教堂和雄伟壮丽的大宫殿。哦！原来悉尼还是位很年轻的美少女，她充满了个性、生机勃勃、活泼可爱。当明媚温柔的阳光照在她的秀发上时，那每一丝、每一缕都染上了不同的色彩。

当我走到近处再看悉尼歌剧院时，它好像是几个巨大的白贝壳、又好像是几片张开的船帆，连同悉尼海港大桥双双地屹立在悉尼海湾的海浪之间，人们称悉尼歌剧院是悉尼的灵魂。我们相信无论是谁来到这里，都会为这壮丽的艺术精品所感动、所震撼。也正是因为有了它们才为这里带来无限的骄傲和欢乐。

我们全家也在这里看了一场世界著名的意大利歌剧《爱意达》，故事的情节非常令我们感动。再加上我们是坐在期盼很久了的悉尼歌剧院里，那是一种令我们非常满足和享受的感觉。

悉尼是一座充满着魅力又气候绝佳的滨海大都市。导游告诉我们有三分之一的悉尼人都是出生在国外，从这一点就不难看出悉尼城的巨大魅力了。

我们登上了悉尼塔顶端的透明观景台，它有 300 多米高。这是南澳洲最高的建筑物，可以看到整个悉尼 360 度的全景。依山傍水，那碧绿的海洋包围了一半的悉尼。从塔上看到了 2004 年在这里举办过轰轰烈烈奥林匹克运动会的运动场，可现在它却静悄悄地安睡在那里。海港旁有世界闻名的悉尼水族馆，我们上午刚去过了，里面有一万多种海洋生物。可我们最喜欢的是鲨鱼馆，当我们走在那两个巨大的透明玻璃隧道时，就好像走进了深邃的海洋。我们还可以看到悉尼的动物园，当然最精彩的要算是澳洲特产的袋鼠和无尾熊了。在那里，我们可以和袋鼠群混在一起跑跑跳跳，还可以亲手喂它们吃草和饲料，有时还可以抱抱它们。可那懒惰的无尾熊好像永远都在睡梦中醒不过来的样子。后来我们才知道为什么是这样子。因为，无尾熊总是喜欢爬的那类树上有一种元素，会让人或动物产生安眠的效用。

到了悉尼，你一定要去著名的帮迪海滩，它在全世界享有盛誉，也是冲浪者的天堂。淡绿的海水，迷人的沙滩，一群群的大男孩带着五颜六色的冲浪板，在海上与浪花之间追逐着。这海边有点像是冰淇淋店，有着各种各样的口味。人们一年四季都可以在海上游泳、冲浪、驾帆船、驶摩托艇和钓鱼。让我们充分地享受着这里的碧水、海浪、沙滩、阳光……

在夕阳西下之时，淡淡的薄雾为悉尼港蒙上了一层薄纱，我们登上了豪华渡轮，畅游在美丽的悉尼海湾。远远望去，彩灯通明、像一条七彩长虹的悉尼大桥，巍然屹立在海的中央，那傍晚的悉尼歌剧院更是显得奇美壮观。这两者好像是在彼此地相望着，有点像是一对情人永远地相伴着。那蓝蓝的天和白白的云再加上碧绿的海，在灿烂的晚霞映照下，显得格外地迷人。顷刻间，那天、那海都交融在了一起，变成了喷火般的鲜红再配上那千丝万缕的金边，红彤彤、金灿灿的天与海包围着我们。此情此景令我们痴迷，让我们陶醉，使我们的心灵统统地融化了。我们的魂（soul）似乎也留在了悉尼港湾，飘游在这奇幻的仙境中……

喜游伊甸园——凯恩斯

我们从繁华的大都市悉尼飞往澳大利亚的伊甸园——凯恩斯，这是全世界最有名的潜水和漂浮看鱼、看海底的最好的地方。导游告诉我们，凯恩斯是去大堡礁的第一站，大堡礁有迷人的珊瑚群，绵延1千多公里，还有2万多个独立的礁群，这里的热带鱼的品种最多，在全世界属第一。

下飞机后到了凯恩斯，立刻感觉到这里的气候和周围美丽的风景很像在夏威夷。沿着低矮的山丘周围长着坚韧挺拔的褐色高草和高大的棕榈树，公路沿着蜿蜒的山冈穿过了一片片收割后的甘蔗地。令人难以置信的是冬天的凯恩斯却是繁花茂盛，百花争艳。这里有占地90万英亩的热带雨林式的辽阔森林。

我们的吉普车疾驶在宽阔的土路上，直奔哈特利鳄鱼饲养基地。这是自然栖息地，为了保护游人，外围用铁丝网圈着。奇怪的是透过围栏我们没有看到鳄鱼，原来在茂密的芦苇和灌木丛的包围中，下面还覆盖着一个小湖泊，这才是鳄鱼真正的栖息地。外面的牌匾写着，有一条名叫保罗的明星鳄鱼，重200多磅，它曾经咬死过6头在晚上到湖边来喝水的不幸奶牛。

突然，我们看到了水下的保罗，我们的手下意识地紧紧抓住了铁丝网并情不自禁地尖叫了起来。保罗的庞大身体露出水面六七英尺，它身上的银色盔甲在阳光的照射下闪闪发光。它口中有30多颗像白色匕首一样的牙齿，错落交叉着，它样子好像是在睡觉，半闭着眼睛还咧着大嘴，好像在嘲笑着我们。它的眼睛会时常张开，它那短粗的前小腿有时还会抽搐着，但整个的下身还都埋在沙土里。这么近距离地观看鳄鱼的感觉好恐怖。由于非常地好奇，尽管在鳄鱼沉睡时，我们还是会很害怕，但还是很想再多看一看它。

这里有很多的鳄鱼，有大有小，那些鳄鱼都栖息在桉树下，或木桥下。有些鳄鱼醒了，无神的黄色眼睛冷冷地直视着地面，那条肌肉发达的尾巴一摆就钻进了褐色的水中。在很多的鳄鱼窝里，还有些小鳄鱼，有时它们会成群结队地游向最老的那条大鳄鱼的身边跟它做伴。鳄鱼在水底下潜游着，突然看到鳄鱼之间有激烈的动作，将湖水搅得水花四溅。几条鳄鱼正用锋利的牙齿在互相地打斗着，为的是在争夺食物。原来，有一条鳄鱼的嘴里叼着一条受了伤的大鱼飞速地逃之夭夭了。

当天下午我们又坐船观赏整个鳄鱼栖息地，导游是一位膀大腰圆的金发男子。他一眼就能认出来并指给我们看，那是一条公性的鳄鱼王，我们看到它已把其他的鳄鱼都吓跑了，只是它自己孤身独行。导游在我们的船边挂上一大块的生鸡肉，鸡块随着船行晃来晃去的。这时，鳄鱼王发现了鸡块立即做出了反应，咔嚓一声钻出了水面，张着血盆大口，嘴里的粉红色嫩肉被我们看得清清楚楚。它纵身一跳，嚓的一声就将那大块鸡肉吞进了嘴里，嘴巴一合就咽进了肚子里。我们很幸运地看见了这罕见的一幕。之后，鳄鱼王就悄悄地溜走了。

有时，导游光着脚露出大腿就站到了水里面，用一根长木棍去捅那些看上去很不愿意动弹的懒鳄鱼，导游逗着鳄鱼玩目的是让我们游客有多一点儿的乐趣和欣赏。有一次我们的船接近湖边时，导游自己上岸手里拿着一根一米长的木棍，上面挂着一大块鸡肉走在湖边上，立刻就有鳄鱼跟上了他。导游拎着

兰花和爸爸出海划游艇归来

鸡肉跑来跑去，鳄鱼就跟着他转，过了好一阵子，鳄鱼烦了，再也不想动了。导游就走到它的面前将肉吊到了它的头顶上，突然鳄鱼纵身一跳想吃那大块的鸡肉。可导游不小心在紧急倒退的时候却坐在了地上，全船的人都发出了惊恐的尖叫。这时，鳄鱼趁机将那大块鸡肉吞进了嘴里就立刻消失在水里了。看到这里是让我们毛骨悚然，导游他太勇敢、太疯狂了吧！

第二天，我们乘坐一艘白色的美丽小艇，缓缓地驶出码头。之后，小艇就飞驰在大海之中，小艇的后面泛起了一道道的水波，像是一条白色的长龙在飞舞，并溅起了无数的白色浪花。我们来到15海里以外的绿岛。这里非常安静，几乎没有人烟。到处都是硕大的棕榈树，树叶在海风的吹拂下摇来摆去的，好像是在欢迎着我们的到来。

绿岛矗立在环形白色沙滩中，像是一块祖母绿宝石般的颜色。我们在丛林中蜿蜒的小路上斩棘前行，椰子树叶沙沙声在耳边作响，我们感觉到了温馨的海洋气息。

我们穿戴好了漂浮的装备并带上了脚蹼，就跳进了凉凉的海水里。下水的第一感觉无论是温度还是景观，感觉都非常舒服。我们漂浮在海面上，看海水里五颜六色的大、小鱼群在珊瑚礁周围轻松自在地游来游去。有些是有尖鳍的蓝色鱼，还有黄色、丰腴、活泼的珊瑚虫，在柔缓的海波中蠕动。更远些，贝壳、海星、海葵、银莲花，组成了美丽迷人的海下世界。阳光自上射进海中，使水下更加明亮光彩，我们深吸一口气，向前游去，用手指触摸着能碰到的水下神秘世界的那些小精灵们，感到非常的迷人和温馨。这里真的是太美了！

梅花准备下海浮潜

我们坐上大巴，又一次经过了鳄鱼探险地，沿着像蛇一样弯弯曲曲的道路向库兰达热带森林国家公园方向驶去。回头远眺凯恩斯城，那里如同一片绿色的织锦，海滩和整个城市都沐浴在夕阳红的余晖中。

高空缆车带着我们慢慢地升到空中，穿过下面那些茂密的森林和原野，茫茫的树梢在我们的脚下飞过，在上千英尺的高空中我们隔空掠过，缆车逐渐放缓之后，降落在圆形缆车站内。我们走出缆车，周围就是美丽的库兰达森林公园。我们仰视林中的藤蔓和数不清的各类树木，一束束柔和的阳光照进森林里，那种惬意的光和神秘的树荫使我们的感觉非常温馨。长满青苔的蕨类植物和像棕榈树的硕大树叶都交织在一起了。有红色、绿色的热带雨林的大树叶向地面低垂着，晶莹的水珠在叶子上闪着银光，不时还在滚动着，这里细微美景到处可见，美不胜收。像白桦树一样修长挺拔的树木与许多数不清的青藤都攀结在一起，一同向上伸展着。有些树木，植物已经生长了几千甚至上万年了，有些生物与库兰达森林是有生俱来的。

之后，我们步行到了公园的最高处，并沿着河岸前行。最后，我们乘坐火车参观更多的热带雨林森林的风景区。一路上看到了层叠在一起的高山峰峦都被茂密的绿色森林覆盖着，银色的瀑布到处可见。铁路的两边开满了各式各样的鲜花。列车的装饰是 19 世纪的风格，火车的尾部还有一位守车的人，车厢里到处都挂着 18 世纪的油画，配有毛茸茸的座椅。列车向下坡行驶，打开的窗户疾风呼啸，好像是在坐过山车的感觉。有时火车在向左边转时，整列的火车变成了一个 U 字形，这时，坐在窗口的游客们都会互相挥着手，有的还摆出 V 字形的快乐手势在互相微笑着，车内车外都洋溢着一片温馨气氛。有时火车也会爬上高山，穿过隧道，驶过独木桥，穿梭在悬崖峭壁的边缘。火车所经过的两旁的灌木丛和高大树木的绿叶，在风中起舞，似乎想拍拍我们的列车，可列车却不理不睬，依然向前奔驰，那美景纷纷地向后掠过。最后，我们开到了一座高山旁，在这看到了著名的巴伦瀑布。哇！瀑布气势磅礴，犹如野马狂奔，飞流直下，平添一副银河落九天的美景。

我们在美丽的凯恩斯玩了五天，可还是没有玩够，那里真的很美，也很原始，美得真像是伊甸园。

奇幻中的大堡礁

今天我们要乘船到大堡礁去潜水。上了船就觉得一阵阵夹杂着海味的芬芳空气扑面而来，预感要潜水的喜悦激动着我们的心扉。船上已经坐着许多青少年了，看上去他们都比我们的年纪要大一些。大家都挤在上层的甲板上晒太阳，我们还带了毛巾。在柔和的阳光照耀下，凉爽的海风拂面，缓慢行驶的船左右摇动着。我们在温暖中感觉到好像有些要昏昏入睡了。有些人在欣赏船下的清澈海水，有些人不适应船的颠簸而在左右摇摆着，我们几次走进卫生间都听到有人嗷嗷地呕吐着。我们也感到有点晕了，还好，我们要感谢父母，我们很幸运不是那种容易晕船的人。

船逐渐减速，最后停在了大海的深处。在此之前我们已经接受了速成潜水的课程，听起来很有用，但潜水也的确存在着很高的风险。片刻之后，摄影师给梅花拍了照片，她坐在"大洋精神"的 3 号后甲板上，下面是她的潜水回忆：

我的腰部缠着一个很重的大铅块。我不停地在海水里摇摆着我的脚蹼。并已经开始用氧气瓶呼吸了，黑色的橡胶筒咬在我的嘴里使我能呼到氧气瓶中的氧气。当我呼吸时会发出呼噜呼噜的奇怪声音。我透过玻璃面具向海面望去，让自己尽可能地减轻由于在甲板上的晃动使我有点晕船的恶心感觉。最后，教练下令："下潜"，我立即跳入海水中，这是摆脱甲板摇动之苦的最好办法。

我惊喜地发现，原来潜入水下其实是对我的身体的一个极度挑战，教练拉着我的手，脚蹼在飘浮地摆动着，向下潜游，一英尺，二英尺，越往下潜，越感到有小气泡在挤压我的耳膜，越深就压力越大。开始是一个耳朵痛，深到了一定程度时，又传到另一个耳朵痛。最后两个耳朵都非常地痛，整个下潜 30 分钟内一直伴随有耳膜的压痛。

我们下潜 5 分钟后，没有发现有很多的珊瑚礁，但我突然发现一条毛利人称呼的"隆头鱼"。它有深蓝绿色的身体，还有一个大大的头，蓝色的嘴，黄色的鳍，由于人类经常光顾这个礁区，这种鱼对人类很熟悉，对潜水者和潜水衣很感兴趣。教练和我接近了珊瑚礁，透过乳白色的水看清了珊瑚礁的全

这条有灵性的大鱼跟着我们好久了

貌。鱼儿在我们的周围游动，鱼儿身上的条纹、斑点、颜色看得都很清楚。这是我有生以来看到的最美丽的鱼。有一种鱼，体色是橘黄和橙黄色交错，白色和蓝色条纹交错，橘黄色和蓝色组成条纹鳍，背鳍有黑色带浅绿色的斑点，菠萝黄色的尾巴；还有一种鱼，身体是黄色，眼睛是金黄色，身上还有黑白色的条纹；还有一种蓝色小鱼，飞快穿梭游动，好像子弹在飞射；还有一种半透明的白色鱼，有着橘黄的条纹。

大堡礁这里有很多的蝴蝶鱼，鱼的基本颜色是柠檬色，还有蝴蝶黄、香蕉黄，都有纤细尖锐的鳍，上面有斑点或斑块，黑色、褐色、白色的条纹或条块不尽相同。流线型的鱼体有平行的白色，渐变褐黄色的条纹，从鱼头延伸至鱼尾。

最后我发现，我们下潜到了沙土层，双膝触底的瞬间，撞得沙和水四溅。刚开始我还以为撞到了一个珊瑚礁上，再近些仔细看，原来是一个巨蚌，几乎像一块巨石一样大。外面是紫色，蚌内是靛蓝色嫩肉，鲜艳的颜色中布满了白色和黑色的小孔。外壳上缠满了暗紫色的海藻。我逗弄它一下，它就会将蚌壳关上，好像是个害羞的家伙。

教练和我像美人鱼一样轻盈地在海底漫游着，尽情地享受着海底的神奇和奥妙。我心里还在想，哇！我终于可以在大堡礁的海底潜水了，我梦想了很久的愿望终于实现了。海底世界是五花八门的，那颜色更是千奇百怪的。这里的珊瑚礁是又大又多。那数不清的热带鱼群对我们没有一点儿反感的意思，还在我们的身边不时地穿过来又穿过去，好像还在盯盯地看着我们这对外星来的不速之客。

教练指一指她的表，到了时间要上去了。我们开始上潜，我直立着身体，用脚蹼不停地摆着，身旁碧绿的海水像层层的面纱被我们抛在下面。我爬上了甲板后，可脑海里仍然闪烁着刚才所看到的眼花缭乱的海底世界。我告诉自己这太值了！这也是我一生中最难忘的经历之一。

我们还去坐了一次潜水艇，我们一家四口沿着狭窄的楼梯进入了潜水艇，一排窄小的窗户，窗户下有一排长椅。舱内有一股呕吐物的难闻气味，显然，有人晕船后在这里呕吐过。我们第一次感受到下潜的滋味。螺旋桨搅动海水发出嗡嗡的声音。突然，眼前出现了成千上万的五颜六色的美丽珊瑚礁，还有蜘蛛网状的珊瑚虫也在水中摆动着，好像是在对我们打招呼。大蝴蝶鱼在淡蓝色水中翩翩起舞，我们还惊喜地看到这里有很多的巨蚌在游动中现出了明亮的深蓝色、青绿色、红色和紫色。我们走出了潜艇，参观了海底隧道。其中有一段玻璃通道，从中可以观看水中世界。我们看到毛利蚌成群结队地聚集在沙底，我们又一次惊喜地看见毛利隆头鱼正向一个女士游去。那女士坐在像球形的黄色水上摩托艇里，脚放在踏板上，头上戴着透明塑料护盔，轻松得意地在水上任意地航行着，那毛利隆鱼就在后面紧紧地追……

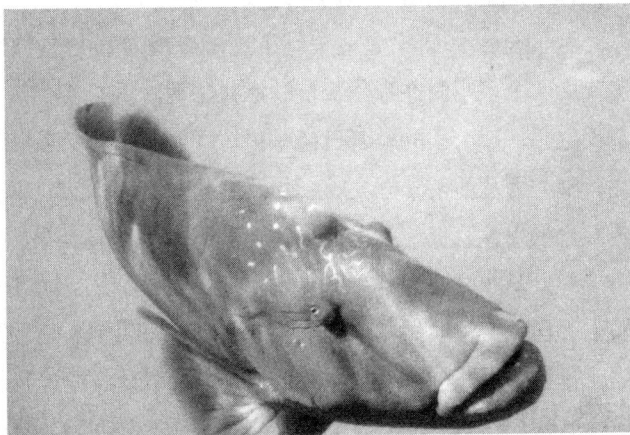
这就是那条大鱼

我们在大堡礁做了三次浮潜的冒险之旅，每次都不尽相同。水下每时每刻都能看到不同种类的鱼和海里的生物。这次的浮潜和夏威夷的浮潜之旅是我们终生都难忘的浮潜之旅。

我们知道这美丽的大堡礁每年都在急剧地缩小着。有科学家发表论文说，如果继续目前这种状态的环境污染，大堡礁将会在 25 年之中消失掉。我们真的好想大声地疾呼，请每个人都能爱护大自然保护大自然吧！不要让这块属于人类的宝地被环境污染给吞噬了。我们已经很认真地从自己开始在做了，节约能源省水、省电、省汽油、少用或不用塑料袋等。

畅游澳大利亚的梦境内陆

我们从凯恩斯的热带天堂飞到了澳大利亚的内陆沙漠。我们是专程来看爱尔斯岩，它位于澳洲大陆中部的沙漠地区，这一整块巨大岩石的总长就有 9 公里。它孤零零地有些传奇地坐在那荒凉的一眼望不到边的红土荒漠之中。它被人们称为是澳洲的红色心脏，还有人管它叫地球的肚脐眼儿。它是世界上最大的独体红岩石，用这里原住民的语言称它为"乌鲁鲁"（Uluru），意思是"见面集会的地方"。当地的土著居民把乌鲁鲁看做是圣灵的象征。西方人称它为"艾尔斯斯岩"。人们传说这是数亿年前从太空上坠落下来的流星石，有三分之二埋在了地下，乌鲁鲁是露在地面上的三分之一。

我们全家兴高采烈地来到了这里，绕着乌鲁鲁整整地走完了一大圈，用了我们 4 个多小时在那里周旋。刚进去时，我们穿的鞋都是白色的，可走完了全程之后，每个人的鞋都已经被染成了红色。那天我们去看乌鲁鲁，天气特别好，晴空万里没有一丝的乌云，天空是瓦蓝瓦蓝的，乌鲁鲁又是血红血红的。游人也很少，我们一家在清风的伴随下游完了乌鲁鲁。

离开乌鲁鲁，我们继续开着红色的轿车前往卡塔丘塔（Kata Tjuta），当地的土著居民把它叫做"很多的头"，相互间的距离大约有 50 公里。卡塔丘塔岩石山是由 36 块连在一起的圆顶红色岩石所组成的，我们从南到北地横穿卡塔丘塔。我们在岩石峡谷之间步行走了很久，下午太阳开始发威了，晒在我们身上火辣辣的。我们沿着曲折的小路穿过沙漠和巨石林立的群山，有时候，还要跨过几座山丘，有时还要登上红石的悬崖，有时还要爬山探险。红色的尘土和细沙不时地灌进了我们的鞋里，让我们累得筋疲力尽，无精打采地低着头往前走。远处巨大的红石山，看起来像巨大的大馒头，正等着巨人们来吃。我们觉得很幸运的是我们冬天来澳大利亚旅游，

我们在卡塔丘塔的岩石上看日落（2009）

若是夏天来这里的话，岂不是等着被晒死了吗？我们相信这个大沙漠在夏天一定会把人烤焦的。

我们走着走着还迷路了，我们只好继续地往前走，走在那数不清的山谷和陡峭的岩石中。有时，我们四个人会一起猜，看哪座岩石山长得像是什么动物，可结果是每个人说出的都是不同的。

最后，我们走出了卡塔丘塔的岩石山，并决定在这里看日落。很多的游人都已经事先等在这里了，游人们都围成了一个圈在那坐着，喝着啤酒，吃着香肠和点心，大家都非常悠闲自在地享受着大自然的奇美和壮观。坐在这片神奇的红土沙漠中感觉非常的惬意和美妙。当太阳下山时，所有的岩石和沙土都变成了鲜红的色彩。由于落日的余晖将整个天空都染成了喷血般的红色。这时的卡塔丘塔开始变成了深红色，再过一会儿又变成了橘黄色的，最后，变成了通红通红的大红色。那真是从来都没有见过的落日美景，让我们觉得大自然实在是奥妙无穷令人惊叹和震撼！

热闹的人群在夕阳西下的晚霞中纷纷与卡塔丘塔挥手告别了，卡塔丘塔也已经换上了深灰色的大睡袍正准备去睡觉了。我们也是恋恋不舍、一步一回头地看着它，最后，跟它说了晚安，我们才跳进了红色的轿车再跟它说，拜拜……

在乌鲁鲁看日出

第二天早上 4 点多钟，我们的红色轿车就像是子弹飞出了膛，在黑暗中飞驰着，车的高灯照在那蜿蜒冷清的大道上。我们要去乌鲁鲁看日出。

在漆黑的夜里，我们的车好像是一个张着大嘴的怪兽，迅速地吞噬着前方铺满石子的道路，距离乌鲁鲁岩石山越来越近了。这时，我仿佛感觉到了乌鲁鲁的心房在有节奏地慢慢地跳动着，这颗具有 9 公里长的红色心脏已经在这里从容地跳动了五亿年。这里还藏着当地的土著居民祖先们的灵魂。

我们从车窗向外四下地望着，那一马平川的大沙漠上只有孤单单的乌鲁鲁横卧在那，好像这空旷的世界里只有乌鲁鲁和我们一家四口而已。乌鲁鲁正在那熟睡着，还打着呼噜。它的身上严严实实地披盖着一件巨大的深灰色的睡袍。望着乌鲁鲁，我们在遐想着，同时也享受着黎明前的寂静。

当我们的轿车开到了它的身旁时，那轻微的汽车引擎的噪音好像忽然把它惊醒了。这时，我们看到了乌鲁鲁好像在跟我们的轿车赛跑着。它总是跟我们保持一定的距离，几乎是齐头并进的样子。当爸爸在查看路标，车速放缓时，乌鲁鲁也立即地放慢了脚步，好像是在等着我们似的。当爸爸再次开始加速时，乌鲁鲁也毫不犹豫地往前冲着，它总是和我们保持着一定的距离。这时，爸爸看了看手表摇了摇头说："再晚我们就看不到日出了。"于是爸爸猛力地加大了油门，那轿车以惊人的速度飞驰着。我们偷看了一下车上的速度表已经达到了每小时 100 英里。爸爸还在继续地加速着，沙漠上的参照物纷纷地一晃就消失了。好像乌鲁鲁也落在了我们的后面，好像它还伸出了舌头在嘲笑着我们，它有着一副无可奈何的又不认输的模样。

突然，爸爸来了一个急转弯，便开进了停车场。这时，我们再看乌鲁鲁，它却遥遥地领先跑在了我们的前面并稳稳地坐在那一动不动。它张着大嘴，伸出了大舌头还不断地将它的舌头左右地摆来摆去的，好像是在气我们似地说：看看吧，到底是谁跑得快？我们也只好无奈地摇了摇头。

地平线上开始掠过一丝紫红色的曙光，而我们转身面对乌鲁鲁时，看到了喷薄欲出的金色太阳的霞光万丈。天上的祥云在四处飘散，美妙的日出就这样冉冉地升起了。地平线上第一道黎明曙光照亮了乌鲁鲁，一轮金色的朝阳喷

在乌鲁鲁看日出（2009）

薄欲出，晨雾也纷纷散去，乌鲁鲁也披上了淡红色的盛装，它新的一天就这样开始了。

　　说是看日出，奇怪的是所有来看日出的人却没有一个人是面向太阳的，所有人的注意力和照相机、录像机都对准了乌鲁鲁。太阳在冉冉升起的时候，那千变万化的太阳光为乌鲁鲁换上了一套又一套的色彩鲜艳的大礼服。从乳白色又换到了淡粉色，从奶油橙色又换到了粉红色，好像是有人在按着色彩的开关一样，乌鲁鲁的盛装是一套接着一套在变化着。只听到所有人的相机都在咔嚓咔嚓地响个不停，乌鲁鲁是在瞬息万变之中，为乌鲁鲁留下了永恒的美的记录。

　　最后，我们又一次从飞机的舷窗向下鸟瞰着乌鲁鲁。我们将脸紧紧地贴在飞机的窗户上，想尽可能地再多看一看乌鲁鲁。可它越来越小，直到完全消失。但它的庄严、美丽、千变万化的形象，已经永久地留在我们的美好记忆中了。乌鲁鲁的内心藏着很多的不解之谜和永恒的秘密，它不仅是土著人的圣灵，也是一位大自然中的巨人，它有太多的秘密有待人类去挖掘开采。

　　15 天的澳大利亚的神秘探险之旅在极度的兴奋之中就这样地结束了。

去中国寻孔子 (2010)

在 2010 年的暑假，我们很幸运地参加了洛杉矶孔子学院举办的"汉语桥"去中国参观学习的夏令营活动。我们都知道在美丽而又神秘的古老中国，曾有一位杰出的教育家是孔夫子。时隔 2500 多年至今，孔老夫子的教育理念仍在东西方盛行，并有着席卷全球的态势。自从 2004 年初，中国"汉办"在国外开始创办了第一家的孔子学院，到现在已在全世界的 160 多个国家和地区创办了 230 多所孔子学院，仅在美国就有 60 多家。孔子学院如雨后春笋般地在全球遍地生根开花了。让我们觉得很特别的是我们也乘上了这班列车，跟着孔子学院去了中国。我们自己买从美国到中国的飞机票，之后，在中国的一切费用都是由"汉办"负责。在这 15 天的夏令营活动中，让我们学到了很多的中国传统的文化，更让我们感觉到的是受宠若惊和感动。

我们跟来自美国的阿拉斯加州、北卡罗来纳州和得克萨斯州的学生们一起参观了北京具有标志性的景点紫禁城、颐和园、鸟巢、水立方等。我们看到了如此辉煌壮丽的北京城，有着古和今并列在一起的传奇美。北京绝对可以跟世界上任何国家的著名大城市相媲美。

到了北京后的第二天，我们在天安门广场集会，来自世界各地 60 多个国家的外国学生们都穿着"汉办"发的带领的白色背心，上面印有"汉语桥"的字样。看着那密密麻麻的被中国汉办请来做客的学生几乎站满了整个天安门广场，看到那种场面时，让我们觉得很震撼。"汉办"的领导人做了一个简短的欢迎致辞，接待我们的老师还发给我们一些零用钱，让我们可以买一些可口的食物，还给了我们每人一张电话卡，让我们打电话回家向父母报平安和汇报每天的日程。我们每天吃的都好像是过年时才可以吃到的丰盛大餐，每一餐桌上都有很多不同的十个大菜。我们住在豪华的五星级宾馆里，出入都是崭新的旅游大客车接送我们去看那些在世界上有很多的人都渴望能到此一游的著名景点。

这整个的过程，让我们觉得好像是受到了外国贵宾一样的高级款待。"汉办"的每一位老师对待我们都非常地热情，让我们深深地感受到了像是回到家一样的温暖舒适，也感受到了中国人民的可亲和善良，还有好客。在全世界没有任何一个国家会这样做，只有伟大的中国。

可还有一件小插曲让我们不能忘记。在游览万里长城时，当我们才登到一大半的时候，和我们一起从美国来的老师告诉我们："你们还有 30 分钟的时间可以爬长城，一定要准时在下面集合，我们还要赶去飞机场。"说完，她自己就先下去了。我们俩和另外的三个男生都认为：不登到长城顶，就不能算是游过长城。于是我们五个人就拼着命地继续往上爬，一直爬上了那段的最顶峰。不知道为什么我们总是为自己有一半中国人的血统而感到很骄傲。中国有着五千多年的古老悠久的历史，望着万里长城时，让我们联想到了伟大的万里长城是整个人类的骄傲，也更加证明了长城是中国人民聪明智慧和辛苦血汗的结晶。这是我们第二次来到了万里长城，当我们站在高处望着那蜿蜒曲折的长城时，就好像是一条巨龙卧在那崇山峻岭之上，真的是很雄伟壮观，这是中国人民的勇敢和勤劳的证明。我们最近学习过了大学的世界历史和中国古代史的部分，更加使我们看到了中国人民非常聪明有智慧，勇敢又勤劳，肯于吃大苦耐大劳。谁不承认也不行。

由于我们都没戴表，但我们知道等一下还要赶去飞机场。我们都意识到了可能时间已经过头了。我们就不顾一切地撒腿往下跑，由于坡度很陡，我们随时都有摔倒的可能，可一路上一下也不敢停，我们的大脑空空。旁边的游客都用惊奇的目光看着我们五个人像是发疯一样地往下赶。到了山下，我们的髋骨好像是散了架子，浑身在发抖。可是，当我们看到老师那一副可怕的严肃面孔时，吓得我们早都忘记了这些痛苦。她大发雷霆地训斥了我们一顿，还说，一定要送电子邮件给我们在美国的父母报告我们的迟到。还说，如再有一次这样的违规，就立刻会被送回美国。我们听后，被吓得是魂飞魄散，不敢出声。

接着，我们乘飞机去吉林一中，当我们刚刚走出长春机场时，就看见了一大群的吉林市第一高中的学生站成了长长的两排举着红色的标语牌，上面写着"欢迎来自美国的学生"。他们的手里还都举着小红旗不停地挥舞着欢迎我

跟孔子学院去吉林一中学习两个星期的中国文化（2010）

们的到来，让我们觉得好像是回到了家一样，感觉很温暖。

我们在吉林市第一高中学习了十天。首先，我们在大礼堂聆听校长的欢迎致辞。

校园很大，也非常的干净，至少比我们学校的校园还要大两倍，很像是一座大学城。有一片翠绿色的大草坪，在草坪四周还有很多的雕像，还有一座人工湖在校园的右侧。整体看上去非常的美丽优雅，比美国的有些大学校园还要美。

每天由端庄漂亮的王老师给我们上课。她按照"汉办"给我们的课本教我们怎样发音，说简单的常用话。"汉办"给了我们一个布背包，里面装满了有中国历史、地理和语文的书，都是中英文双语的教材。还有一幅可挂在一面墙上的中国地图，还有一本含有 800 字的基本中国字典。我们还学习了几首中国古词，还进行简单的对话练习，学习世界主要国家的名字及中国食品的名称等等。由于我们俩可以讲中国话，所以王老师就让我们做她的助手，当其他的同学有问题时，我们就成了大家的翻译，这使我们觉得自己很有价值。每堂课结束时，王老师总会教我们唱些中国的流行歌曲，学生们总会和她一起动情地、用心地唱着。

学校还组织我们中、美两方的学生进行体育活动和比赛。那美丽的校园内有个巨大球场，可以容纳上千名观众的看台，宽敞的跑道上可以让十人一起并跑。尽管我们在篮球比赛时，美国队赢了。但在网球和乒乓球上我们却输得很惨，根本不是他们的对手。经过这场比赛之后，好像让我们两个国家的学生之间的距离更接近了。

在上汉语课时，我们还有些很有趣的课，像学习中国的书法。每个学生都拿着大毛笔蘸着黑黑的墨汁学着写中国的象征字"龙"和"飞"等字，是写繁体字。我们还用毛笔画彩色的画，让我们觉得非常地特别和有趣。回到美国后，我们俩把写好的字和画都镶在了镜框里并挂在了自己的房间里。更有趣的是我们自己和面、包饺子。我们自己擀面皮、自己剁馅、自己包饺子。每个同学都一边包饺子，一边有说有笑，有时还将白白的面粉抹在其他人的脸上，饺子包完了，就自己煮饺子，也不知道是没包好，还是没煮好，很多饺子都变成了皮。但是，我们吃着自己包的饺子时，不管吃到的是露馅的还是没露馅的都觉得很香很香。我们一边吃，一边笑，每个学生的脸上都被抹上了白白的面粉，有的好像是鬼，有的好像是个白眼狼，有的又好像是唱京剧的大花脸……只能看到的是每个同学的两只大眼睛眨来眨去的，大家互相对看着都止不住地哈哈哈地大笑个不停……

尽管规定晚上 9 点钟熄灯，可我们还是会多玩上一阵子。有时，我们去拱廊闹区看一看，还会去他们的摇滚音乐厅和当地的年轻人一起听着西方的音乐。他们还不时会发出尖叫声。大街上很多地方是烟雾缭绕，有很多的人都在吸烟，再加上许多的烤羊肉串儿的摊子。有些中年男人由于天气太热，他们很喜欢将自己的衣服掀起来，将滚瓜溜圆的大肚子露出来乘凉。我们还在一个大型的卡拉 OK 歌厅里，看到人们在唱着 Lady GaGa 和一些美国最流行的歌曲，显得非常的热闹和酷。

有一天晚上，我们去看夜市。许多的烤架上香气四溢，人们汗流浃背地在那烤鱿鱼和猪肉串儿、羊肉串儿、牛肉串儿。可在市场的另一个角落里，正在做狗的买卖，那些可爱的大狗和小狗站成一排等着被卖出去。我们的心里很难过，并很着急地大声地喊着："赶快逃跑吧！再过一会儿你们就要没命了！"很无奈，它们谁也听不懂啊……

在最后的汉语课中，我们学会了用中文演唱有告别意味的歌："你从哪里来，我的朋友，好像一只蝴蝶飞进我的窗口。我不知道你会停留多久。因为我们会分别得太久太久…太久"。

15天一晃就过去了，到了我们要分别的日子了。美国的学生都坐上了大巴士准备去长春机场了，我们俩仍然在旅馆的门口忙着与中国的同学和好朋友们交换着电话号码和电子邮件的地址。当车真的启动时，我们俩望着挥手告别的人群时，心里便立刻地开始难过了起来，感觉是那样的难舍难分。我们的鼻子发酸，眼泪就不停地流了下来。

我们觉得"汉办"的"汉语桥"的夏令营活动办得非常好，也很成功。"汉办"用爱感染了我们的心灵，接待我们的人都是那么的真诚和热情，让我们深深地体会到了温暖和爱。我们想："汉办"的目标是让世界充满着爱，让孔子的精神走遍全世界。"汉办"做的这一切好像是，他们将一粒粒的沙放进了蚌壳里，经过数年之后，期望着它们会变成一颗颗洁白无瑕的美丽珍珠。

回到美国后，我们还是一直在想念中国和那里的朋友们。

七彩世博，舞动中华 (2010/8)

　　我们完成了"汉语桥"的夏令营活动后，又飞到上海与洛杉矶的张力芭蕾舞蹈社的学生们一起在上海芭蕾舞蹈学校集训了一周。同时，我们也在上海参观游览了很多的著名景点，还去夜游黄浦江等。让我们看到了大上海市的美丽，我们觉得上海好像是美国的纽约一样热闹繁华，而且比纽约的城市面貌看上去更清新，上海绝对是属于世界的第一流的伟大城市，它可以跟世界上任何一座伟大的城市相媲美。

　　张力芭蕾舞蹈社是代表美国受到上海世博会的邀请来参加世博会期间的娱乐演出的，我们在世博会的演出大厅和室外的演出场地共表演了三场集体芭蕾舞。让我们多年辛苦学到的芭蕾舞蹈知识终于派上了大用场。我们的演出团在上海世博会中受到了观众们的热烈欢迎和好评，也为上海世博会增加了几分绚丽的光彩。我们也觉得非常荣幸能参加这次有意义的中美文化互动的交流活动。

　　演出结束后，我们便可以自由参观上海世博会的游览活动。我们跟着父母一起在那巨大的世博会场闲逛着。哇！每天世博会里都是人山人海，有超过50万人次的到访。我们敢打赌，那种人气鼎盛的热闹景象一定是以前办过的40届世博会上都从来没有发生过的。这也是中国的另外一个优势，就是人多啊！人多当然也就力量大了！

　　我们跟着父母一起参观了中国馆，一进馆内，那副可以移动的超大型的清明上河图便吸引住我们的目光。我们在中文学校的历史课里曾经细细地学过这段清明上河图的历史知识。所以，我们看起来就会津津有味。清明上河图大致分成左、右两部分，右边主要描述乡间在讲一些农民、牧羊人等；从一条乡间小路直通市镇的中心，画的左侧描绘的是城市生活，有商店、办公室、有货

在上海世博会又一次看到了可爱的小美人鱼（2010）

物摆在船上等，还有一条商业街，各式各样的行业的人都在里面。有医生、变戏法的、演员、乞丐、和尚、算命的仙人、老师、木匠、石匠、铁匠等等人物，应有尽有。真的是太神奇的一幅画卷，那就是一卷北宋时期的活历史。

中国馆里还有很多国宝级的珍宝和古董都在那里展出，让我们大饱了眼福。我们还去了美国馆、西班牙馆等。我们最后又去了丹麦馆，在那里又一次看到了我们所熟悉的小美人鱼。

从上海世博会让我们更清楚地看到了，大上海还有无限的潜力和中国经济的腾飞，让全世界的发达国家不得不刮目相看中国并都纷纷地驶进中国。也不难想象的是正在兴起的中国将会引领新潮流。

神游外蒙古 (2012)

横穿戈壁滩历险记

暑假，我们一家四口非常兴奋地从北京飞到了乌兰巴托，进到机场后，最显眼的就是挂在整面墙壁上的成吉思汗和忽必烈等四位古代伟人的巨幅画像。

在开去市中心的路上，我们看到的是这个国家的基础设施很差，无论是道路两旁的建筑还是路面感觉还有很大的空间需要再建设。到了市中心时，我们还看到了很多正在兴建中的高楼才盖了一半就好像是已经停工了的状态，没有工人在继续施工的任何迹象。到了乌兰巴托的市中心广场附近时，所看到的就完全不一样了，看上去非常的豪华也很拥挤，高楼大厦比比皆是。市中心的成吉思汗广场附近有很多俄国式的古建筑，广场正中央是成吉思汗的巨大石雕像，看上去很有气魄。

我们来到外蒙古的第一个目的就是要横穿戈壁滩的大沙漠。所以，我们并没有在乌兰巴托久留。我们家通过当地的旅游公司雇了一个司机和导游后，我们就跳上了他们的丰田四轮驱动的越野车，便径直地向戈壁滩大沙漠方向飞奔了。当我们的车开在那四下望去都可以看到地平线的戈壁滩大沙漠时，那里是完全没有路可言。我们准备要用 5 天的时间，从南到北横穿蒙古和戈壁滩的大沙漠。一路上，我们看到了几段不同的大沙漠地段，有的是长满了蒿草、肥沃的青草地；有的是松软的沙土地；有的是带有碎岩石的坚硬得几乎是不长草的戈壁滩砂石地等。在戈壁滩大沙漠上，那里几乎是没有人烟，更是没有道路。有时，车开了三四个小时也看不到一辆车过来，人就更看不到了。而在有

玩在外蒙古的戈壁滩大沙漠

肥沃草地的地段则可以看到数不尽的牛群和羊群。

当我们的车开在那些有着坚硬小块岩石的大沙漠之中，我们发现好像是这里昨夜下过了一场大雨，地上星罗棋布地布满了水坑。我们的司机自我介绍说，他曾经在蒙古军队服役过 20 多年，就是专门开车的，也常常会开车在这一带跑。可他话音刚落，我们车的右后轮正好就掉进了泥坑里，无论他怎样换着不同的手排挡并试图用各种技巧都没有办法将右后方的车轮弄出来。我们也都跳下了车，问是否可以帮忙推？回答是，不必。很幸运的是过了 30 多分钟，对面的方向有三辆越野车开了过来，其中的一辆停了下来，双方的司机相见后握了手后又拥抱。之后，开始帮忙拖车。很快 5 分钟之内就把车从泥潭中拽了上来。可不巧的是车开了十分钟后，就又抛锚了。司机和导游下来修车，我们就站在烈日下暴晒，四面八方我们看不到任何东西可以躲避那炎炎的烈日。还好，三个多小时过后，我们又安全地上路了。

一路上我们每天晚上都住在不同色彩的蒙古包里，有的是新的，有的是旧的。总起来说，还算是舒服。在戈壁滩的大沙漠中，我们还去了一个当地人的蒙古包里串门做客，主人非常的热情，立刻端出了发酵的马奶给我们喝，我们谁都不敢喝，因为那味道让我们没有办法喝下去。接着主人又拿出了自己家刚刚做好的羊奶酪和马奶酪，切成了各式各样的小块，让我们吃，我们捡最小块的品尝了一下，味道还真的不错。这时，男主人又拿出了一个小瓶子，纸包纸裹的打开后，就让我们用鼻子来闻。当他捧到我们鼻子前时，一不小心我们就吸进了鼻子里。哇！好像是烟，又好像是药，真不知道那是什么鬼东西呛得我们俩咳嗽不停，当时，我们连话都说不出来了。

过了一会儿，主人的女儿回来了，她还带着我们去蒙古包前面的空地处，那里拴着好几头大马，女儿就开始在挤马奶给我们看，她还问我们是否也要试一试，我们想了想还是说了"No"，我们不愿意因为我们的笨手笨脚而给母马弄得不舒服或是弄疼了。

一路开在这炎热的大沙漠中，当我们到了鹰山谷时，我们在小小的集市上还真的看到了几个商人摆着巨大的活生生的老鹰在那里，谁想要把老鹰一只手举过头顶，就要付5美金。我们觉得非常的好奇，爸爸付了10美金后，我们俩分别都试了试用一只胳膊将有10斤重的老鹰举过了头顶。

在大沙漠行进中，我们还去山间之中看到了仅存的几块蓝色世纪冰川；还看到了像是沙哈拉大沙漠的一望无际的沙丘；我们还很艰难地爬到了500多米高的沙丘顶端，在那里坐上了好一阵子，看到另外一面一望无际的大沙丘时，让我们联想到的是非洲的沙哈拉大沙漠。之后，我们就像是打滑梯一样向下滑。当我们往下滑时，可以听到耳边的风声，当地的人称这里是会'唱歌'的沙丘，就是因为当你从高高的沙丘向下滑时，那角度近乎垂直的沙丘，你好像没有其他的选择，你必须要像是打滑梯一样，坐下来往下冲，这时，我们的耳边就会响起一种奇妙的声音，像是飞机的螺旋桨发出的声音，又像是巫婆在低低地怒吼声；我们还在"Hustai"蒙古的国家公园那一望无际的大草原上骑马；在大沙漠中骑骆驼；在高低起伏的山脉中寻找当地的野马；在火红色的悬崖处

准备好了要向戈壁滩的大沙丘挺进

看日落，这里的悬崖当太阳落山时，整座的悬崖就会被染成了一种喷火式的火红的颜色，非常美丽壮观；我们还绕道进去戈壁滩沙漠中的山区，在那里藏着绝美的风景和碧绿的山水，有奇山怪树和小溪流水；我们在崇山峻岭中穿梭着，还在高高的悬崖处看到了一种这里特有的黑山羊（Black Ibex）在悬崖之间上下地窜来跳去的，让我们这些山下的人都很为那些黑山羊着急，真的很担心它们失足会掉进万丈的深渊里……

在乌兰巴托看蒙古的"奥运会"

尽管戈壁滩在世界上是那么的著名，当我们到了戈壁滩的 Dalangazad 机场时，却让我们感到这飞机场小得非常可怜。只有一个大房间大概能坐几十个人的位子，那里只有一台机场扫描仪，扫描之后，就到了室外的机场。飞机也不大，我们从这里要飞去乌兰巴托。我们猜一定是很少有人到这边来的原因吧？当我们回到乌兰巴托时，我们又一次路过了机场到市中心那段路。那道路两旁有很多挤在一起的房子，有点像是窝棚。导游告诉我们在乌兰巴托有一百多万居民生活在这里，他们是由 24 个不同的部落所组成的，每个部落都有自己的颜色，所以在那些窝棚的顶部都是各种不同颜色所标志着，自己是哪个民族的人就会住在那个民族所特有的颜色的房子里。

我们来到外蒙古的第二个目的就是参加他们一年一度的那达慕节日，有人也管它叫蒙古的奥林匹克运动会。在那达慕节日这一天，好像是蒙古人在过年一样，几乎所有的人都会穿上具有民族特色的蒙古传统服装，男人女人都会穿上色彩鲜艳的大长袍子，还会戴着各式各样古怪的帽子。

我们的导游给我们解释什么是那达慕，蒙语是"娱乐"或"游戏"的意思。它在蒙古人民生活中占有很重要的地位，那达慕节日是顺应当地蒙古人的生活需要而产生的。那达慕大会已经有着很悠久的历史了。过去在那达慕大会期间要进行大规模祭祀活动，还有喇嘛们要烧香，还会点灯，念经诵佛，人们祈求上帝和神灵保佑，在一年当中消灾祛难。现在，那达慕大会的内容没有那些迷信的做法了。大会的主要内容就是摔跤、射箭、赛马，还有马竞走、骑马的技巧表演等花样比赛。

在开幕式现场，我们还坐在了第一排。当开幕仪式拉开序幕时，让我们感觉到的是非常的豪华和壮观，好像眼前所看到的是 18 世纪的辉煌场面。首先有蒙古的军人都骑着高头大马，列队进场。他们的手里都举着一个高高的、金饰金鳞的，像是中国古代皇帝登基时所用的那种西洋伞，每个士兵都仰着头，目不转睛地看着同一个方向，每一个士兵都好像是一尊雕像，看上去非常的庄严。他们绕场一周之后，有成千上万的身穿各种颜色丝绸大袍的人都开始入场了。当人们都站好时，身穿成吉思汗式样服装的总统由护卫陪同进场并上台发表祝贺词，祝福人民那达慕节日愉快……

之后，比赛正式开始了。一群群膀大腰圆的男子在不同的场地开始了摔跤，每个摔跤的运动员都只是穿着五颜六色绣着花的三角裤衩。赢者就立刻会跳着鹰舞，单腿起跳，两臂上下飞扬，看上去好像是一只巨大的老鹰一样。还有另外的场地在射箭，有男有女，有老又少，都穿着色彩鲜艳的大袍。

接近中午时分，我们又开车去 40 英里以外的郊区看赛马，很巧的是在路上我们还碰到了浩浩荡荡的总统车队，他们也赶去郊外看赛马的结果。

我们所看到的最后这批骑马队伍是由 100 多名 5 岁到 7 岁的男孩子组成，

他们要跑完25公里的骑马比赛。在一望无际的大草原上，挤满了前来观看赛马终点站的人群。当还有20分钟左右的时间人们都开始拥挤到赛马经过的线外排队站好，耐心地等待已经跑完了25公里的选手们。

终于，第一个5岁的选手先到达了终点，第二名距离他还有50多米的距离。紧接着就是一个接着一个地向终点站做最后的冲刺。忽然，一个小男孩子从马上摔了下来，他很机灵立刻就从地上爬了起来，可是他的那匹马躺在地上之后，就再也没有站起来了。很快就有一辆白色的小轿车开了过来，我们猜那一定是兽医的车。那兽医下车后，先是对着那匹马的屁股踢了几脚，马丝毫没有动。兽医又蹲了下来，摸了摸马的鼻子。很快就站了起来，宣布这匹马已经死了。那个小男孩立刻跪在了地上，抱着他的马头就大声地哭了起来。导游告诉我们每一年在赛马过程中，都会发生这种现象。是由于有些骑手没有给马足够的时间训练。突然让马剧烈地、飞快地跑上50里，有些马会受不了，死于心脏猝死。

这是一个令人难忘的，也令我们很震惊的比赛过程。突然间，在大草原上那成千上万的人都开始准备离开赛马场地时，浩浩荡荡的人群足足绵延了一英里之遥。

到了夜晚，整座乌兰巴托的城市都淹没在爆竹巨响中，天空中绽放着五彩缤纷的各式各样的礼花，在黑夜的星空里闪烁绽放着……

十国游记写完了，让我们觉得自己好像是变成了一对天使，又好像是一对精灵，是大自然为我们插上了翅膀，让我们可以翱翔。我们看到了玛雅城的粗犷和狂野；还有古伦敦的辉煌；丹麦人的幸福；迷人的瑞典；我们祖先的故居挪威；还有清净的芬兰；金色的圣彼得堡；天堂般的特克斯刻口；南半球之珠的澳大利亚；古老东方的中国；我们横穿戈壁滩大沙漠直到乌兰巴托的那达慕节……

同时，我们觉得这个世界变得也越来越小了，完全变成一个地球村了。我们在此也要呼吁：作为我们这些同一个地球村的每个公民们，一定要尽到自己的责任，要保护好我们这个唯一的地球村之家。保护好周围的自然环境，爱护身边的大自然，多节约大自然的资源。

附　录

第一封：与洛杉矶市长的通信

2007 年 3 月 13 日

安东尼奥·维拉莱戈萨市长

200 号北春街

洛杉矶，加利福尼亚州 90012

尊敬的维拉莱戈萨市长：

我们是达丽雅和莱丽克·彼得森，在美好乐园小学上五年级。我们经常会在洛杉矶时报上看到您在关心对学生的教育问题和对有关公立学校教育经费的议题发表演讲；您还关心如何改善我们所面临的高速公路拥挤的问题；还有您也非常关注并号召人们节约能源等问题。

今天，我们去信给您是因为有一件事情让我们有些困惑，请允许我们向您提出疑问。

在上个周末的晚上，我们全家去沃尔特·迪斯尼音乐厅看洛杉矶爱乐乐团的演出。当我们步行路过一座 15 层的高楼大厦时，看到每个窗户里都有着特别明亮的大灯光，使整座大楼通明，很扎眼。我们还对爸爸、妈妈说，"哇！这是什么大宾馆啊？怎么他们的生意这么好，整座大楼客人全满。"爸爸哈哈大笑回答说，"你们俩太好笑了，大宾馆，什么大宾馆啊？那是 DWP 总部，洛杉矶水电总局的约翰·费拉罗大厦。"

我们不解地问，为什么这么晚了，又是周末，大楼里的灯还都亮着呢？是水电局应该更带头节约用电才对吗？这好像不太对吧？我们真的是百思不解。如果大多数的员工都不在办公室，那到了夜晚为什么要打开所有的电灯呢？您可以想象得到吗？那将会浪费多少的电和发电的能源啊！请问这些电费是由谁来支付呢？

在我们不解中，想到了要问问您，因为您也号召洛杉矶市的市民要节约能源。是否这里有什么原因要开灯，也许我们没有这样的常识。如果你能向我们解释这样做的原因，我们将不胜感激。如果没有任何理由夜晚一定要开灯时，我们也希望您能尽快解决这个问题好吗？谢谢您！市长。

诚挚的，达丽雅·兰花和莱丽克·梅花·彼得森

ANTONIO R. VILLARAIGOSA
MAYOR

3 月 30 日 2007 年

亲爱的达丽雅和莱丽克·彼得森小姐：

谢谢你们这封关心节约用电的来信！我感谢你们提出有关洛杉矶的水电总局的约翰·费拉罗大厦夜晚灯火通明一事。同时，我也很高兴地意识到：你们不仅关注环境问题，而且，你们还意识到了要把这件事情讲出来的重要性。

当天晚上你们看完音乐会，在回来的路上所看到的大厦的灯都在亮着那是有原因的。在正常的八小时工作中，灯会自动根据已设定好了的开关程序，在下班后也会有固定的系统在控制灯的开关。但是，在某些情况下需要保持明亮。还有，有些部门的工作是一天24小时的工作，这样才可以确保电和水在整个城市的正常供应。此外，还有安全标准的要求在紧急情况下必须保留一些照明。最后，还有清洁卫生的工人和维修工作人员都会在下班后仍然在继续地工作着。

在 2001 年这座大厦的电力系统曾进行了改进。改进后，更加节约了照明的能源。这座大厦的照明效率刚刚在本月初经三方已核查过，照明系统的节能效率很高，比规定的节能标准还好。水电局会定期检查自身的节能效率，并确

定用最有效的方法来节省能源，以及可以省更多的钱。

如果你们还有任何进一步的相关问题时，请与洛杉矶水电部的周欧文先生联系，电话是：

(213) 367-3021。

再次感谢你们对此事的提出和关心！

诚挚的，安东尼奥·维拉莱戈萨市长

200 NORTH SPRING STREET · LOS ANGELES, CALIFORNIA 90012
PHONE: (213) 978-0600 · FAX: (213) 978-0750
EMAIL: MAYOR@LACITY.ORG

ANTONIO R. VILLARAIGOSA
MAYOR

March 30, 2007

Ms. Dahlia Peterson
Ms. Lilac Peterson

Dear Ms. Peterson and Ms. Peterson:

Thank you for your thoughtful letter. I appreciate your interest in the reason for the lights at the Los Angeles Department of Water and Power's John Ferraro Building (JFB) remaining lit after hours. I am pleased to know that you are not only concerned about the environment, but also realize the importance of voicing your concerns.

There are reasons why the lights remained on after normal working hours the evening of the concert. Although the lights are programmed to turn on and off during normal business hours, there are times when they need to remain lit. For example, some groups operate on a 24-hour schedule to ensure that the power and water remain on in the City. Additionally, safety standards require that some lighting remain on in case of emergencies. Finally, the janitorial and maintenance staffs work after normal business hours.

The building's lighting fixtures were improved in 2001 to be more energy-saving. The JFB's lighting efficiency was just reviewed by a third party this month, and the lighting well exceeded current energy savings requirements. The Department of Water and Power keeps striving for excellence, and regularly reviews its practices to identify ways to save more money.

If you have any further questions, please contact Mr. Irving Chou, at (213) 367-3021, at the Los Angeles Department of Water and Power. Thank you again for your interest and concern.

Very truly yours,

ANTONIO R. VILLARAIGOSA
Mayor

ARV:kw

200 NORTH SPRING STREET · LOS ANGELES, CALIFORNIA 90012
PHONE: (213) 978-0600 · FAX: (213) 978-0750
EMAIL: MAYOR@LACITY.ORG

369

第二封：与加州州长的通信

州长杰里·布朗

州议会大厦

萨克拉门托，加利福尼亚州 95814

亲爱的布朗州长：

您好！我们是达丽雅和莱丽克·彼得森，是一对孪生姐妹。目前，就读于洛杉矶实验中学上高三。在 2010 年的大选中，我们是坚决拥护您做州长的。而且，我们还去加州大学洛杉矶分校参加电话银行活动，帮助您助选并打电话给选民催票等等。同时，我们还参加了克林顿总统和安东尼奥·维拉莱戈萨洛杉矶市长为您助选的演讲大会。直到今天，我们还清楚地记得他们那铿锵有力的演讲和那激动人心的助选场面。

布朗州长，我们知道您这次当选是在时隔 30 年后，您又再次当选了加州州长，我们也深知您很勇敢，您在加州面临着濒临经济崩溃边缘时，又一次地为拯救加州的经济挺身站出来。我们很相信您有足够的经验可以帮助加州渡过难关。我们也看到了您上任后，已经大刀阔斧地做了很多有魄力的改进工作，并受到广大选民们的支持，这是加州人民有目共睹的。但，最近您提议要在教育、医疗卫生和福利等方面削减 83 亿赤字预算。

但是，我们期望您不要再大幅度地削减加州的教育经费了，教育是百年树人的长远大计，您可能看不到学校所面临的一系列困难，我们今天想提出来供您参考和关注。

我们学校（LACES）被视为洛杉矶学区中"皇冠上的明珠"，正遭受着大幅削减教育经费之苦。我们学校已经有 6 名老师被裁减了；九门 AP（大学课程）课已经停止了；每班 30 名学生增至 45 名；学生由于选不到课，都变成了去做老师的助手，在那瞎混；还有原来由政府提供资金购买学校正常的日常用品，也需要学生家长来捐助；我们学校的清洁工也减少了，学校常常会出现脏乱现象等。最头疼的是，我们都拿不到想要拿的课程了。我们还看到了在社区大学的很多朋友应该是两年就毕业。可是，因为拿不到应该选修的课程，足足让很多学生念了三年还有的四年都没有毕业。这一切都是因为政府削减资金所造成的。

　　我们必须认识到，教育是一个国家的长远大计。削减教育的负面影响必将深刻地影响未来。削减教育的负面影响暂时是看不到的，以长远来看，损失会巨大，目前美国的中学生参加国际比赛的名次已经排到了第34位。奥巴马总统也大声地疾呼，美国教育再不醒悟奋起直追，就会落在中国和印度的后面了。请再不要削减教育经费了。

　　州长先生，您再想一想，如果一个家发生了资金短缺，父母是否会在子女的教育经费上大砍吗？

真诚的、达丽雅和莱丽克·彼得森

OFFICE OF THE GOVERNOR

2012 年 12 月 27 日

达丽雅和莱丽克小姐

美国加利福尼亚州洛杉矶

亲爱的达丽雅和莱丽克：

　　谢谢你们对削减教育预算的相关问题给布朗州长的来信。杰里很关心和重视加州青少年的意见，他非常感谢你们对此事有兴趣。

　　杰里州长清楚地认识到，你们青年人就是加州的未来。所以，他非常重视加州的教育发展。自从 1969 年，他当选为洛杉矶社区学院教育委员会的董事后，州长专心为提高加州学校的教育质量，竭尽全力确保教师可以得到必要的培训和资源，使学生可以接受到最高质量的教育。

　　在州长和州政府再制定计划时，将会把你们的建议记在心上。

　　能与政府领导人沟通这是作为美国人的最重要的部分之一，令人欣慰的是你们这么小的年龄就学到了这一点。我们建议你们与当地的加州议员和参议员取得联系，你们可以去加州政府的官方网站 leginfo.ca.gov，在那里会找到与他们联络的方式。

再次感谢分享你们的想法！

我们仅代表州长再一次向你们表示致谢！祝福你们学习成绩优异，希望你们在新的学年里更加美好。

制宪事务

州长杰里·布朗的办公室

GOVERNOR EDMUND G. BROWN JR. SACRAMENTO, CALIFORNIA 95814 (916) 445-2841

OFFICE OF THE GOVERNOR

December 27, 2012

Ms. Dahlia and Lilac Peterson

Dear Dahlia and Lilac,

Thank you for writing to Governor Brown and sharing your concerns regarding budget cuts in education. Jerry values the opinions of California's youth and he appreciates your interest in improving our state's educational system.

Jerry recognizes that an investment in your future is an investment in California's future. The Governor has been studying education, focusing on improving our state's schools since he was elected to the Los Angeles Community College District Board of Trustees in 1969. He has worked tirelessly to ensure your teachers have the training and resources necessary to provide you with instruction of the highest quality. As his administration presses forward, the Governor will keep your thoughts and suggestions in mind.

Engaging with government leaders is one of the most important parts of being an American, and it's encouraging to see that you've learned this lesson at a young age. By contacting your elected officials and communicating your ideas, you can contribute to the innovation for which our great state is known. We recommend that you also express your beliefs to your Assembly Member and State Senator. You can find their contact information by visiting the Official California Legislative Information website at leginfo.ca.gov.

Again, thank you for sharing your ideas. On behalf of the Governor, we wish you luck with your academic studies and we hope you have a great school year.

Sincerely,

Constituent Affairs
Office of Governor Jerry Brown

GOVERNOR EDMUND G. BROWN JR. • SACRAMENTO, CALIFORNIA 95814 • (916) 445-2841

第三封：给奥巴马总统的信

亲爱的奥巴马总统：

我是达丽雅·彼得森，在洛杉矶实验中学上高三。平日我热衷于国际事务，对美国的外交关系很感兴趣，我从个人的视觉对美国和古巴的关系问题以及改善的方法提出一点我的意见，并写了这篇论文仅供总统您参考。也希望您能在百忙中过目并给予回复，我将会感到很荣幸。

总统先生，当您去南美洲参加第六届美洲国家首脑会议之后，是否对古巴的政策会有些新的想法？多少年过去了，古巴在变，世界在变，可我们对古巴的政策还是没有变。为庆祝耶稣受难日古巴第一次放了假。教皇十六世于三月末访问了古巴，这是一次很重要的外交高层的官方访问，教皇开创了务实的新篇章，古巴的确在改变中。我们应该抓住契机，进一步要打开古巴的大门。

我们对古巴的外交政策，似乎是仍然停留在20世纪80代，好像是柏林墙仍然矗立的冷战时期。在这个共产主义的境界里，政府的镇压还是存在的。但商业已经开始运转了，宗教信仰的自由也开始解冻了。这是一个很好的机会，进一步地鼓励古巴现任总统，劳尔·卡斯特罗充满信心地继续进行改革。当然，我们的政策要在体现美国的价值观的前提下，与古巴建立互信的关系。

如果我是一位美国外交官的话，我会严格地遵循国家的政策，而不是超越政策。我们的工作就是寻求一种解决办法，让古巴政府同意接受并使古巴不再违反已经商定的基本原则。用渐进的方法使古巴逐渐改变。

虽然我可能不赞同继续对古巴实行经济制裁和目前在旅游方面的限制。即便是现在，我们也应该多采取一些积极的措施。例如：我们要多增加些公共事物和扩大现有的媒体在古巴，并加强培训相关的人员，多举行客座演讲等活动。我们的出版商也应加强与古巴图书市场的联系，重新开辟新渠道，创造条件，寻找潜在的读者和观众。我们应该多安排教育访问活动，我们有些商学院也应该招收古巴来的研究生，为日后古巴的市场经济发展的需要而培养这方面的管理人才。

古巴在变，尽管还没有达到我们所期望的程度，但他们确实是在变化中。为此，美国对古巴的政策也必须要跟上形势，做出广泛深入的调整。20世纪

80年代，菲德尔·卡斯特罗向尼加拉瓜的桑地诺政府提出建议，要建立多元化经济。到了20世纪90年代，古巴已经背离了马列主义，走向了何塞·马蒂的民族主义。对宗教已经开放了，致使选举中提升了天主教徒的政治地位。美国和古巴的矛盾归根结底是沿袭了冷战时期的意识形态。我们应该对古巴的政策要有一个符合现实的政策，不要像1961年猪弯事件一样试图用武力推翻古巴政权。也不要像中央情报局那样去资助暗杀卡斯特罗的行动。只要古巴政权停止了像是20世纪80年代那种反对美国的活动，我们就应该与古巴实行关系正常化。当然，这种正常化必须要坚持美国的核心价值观要坚持选举自由，新闻自由，解除对互联网的封闭等言论自由。我们应该像教皇那样用实际行动加强与古巴的沟通。

尽管古巴人权方面令人遗憾，但不能只用禁运作为解决人权问题的唯一手段。我们应该解除贸易禁运和限制旅游的政策。在劳尔·卡斯特罗有限的改革政策允许下，古巴新一代的商人和业主们是非常有兴趣要从美国进口商品的。结束制裁对美国和古巴双方经济发展都有好处。古巴也将会步入新潮流之中，两国之间的旅游业也必然会繁荣起来。

随着古巴改革的进展，劳尔·卡斯特罗必然会从长远和现实考虑到许多问题，古巴会在旅游、娱乐、爵士乐、雪茄等方面与美国进行贸易。解除制裁也将会创造美国的就业机会。旅游限制的冲击力应该是巨大的。20世纪70年代，数十万古巴流亡者离开了古巴，美国人20世纪70年代到古巴岛访问，都给经济带来相互的刺激和发展，这种互动使外界人看到了真实的古巴。两国人民在互动中会增加共识，开始审视彼此的价值观。我们要接受古巴作为一个民族主义的独立近邻。我们应该互相友好往来，和平共处，对彼此双方都会有利，而古巴人民也会得到生活改善和更多的实惠。这样做之后，我们将会看到一个新兴繁荣的加勒比海区域，我相信这也是美国外交政策的目标，也将会是美国与古巴友好关系开始的历史新开端。

谢谢您总统先生在百忙中审阅我的信件，以上是我的一点浅见，请予指教为盼。谢谢您！

此致

达丽雅·兰花·彼得森

THE WHITE HOUSE
WASHINGTON

2012 年 11 月 7 日

达丽雅·彼德森小姐

洛杉矶，加州

亲爱的达丽雅：

感谢您关心美国对古巴的相关政策，听到了您的意见甚表欣慰。

　　促进古巴民主和人权的改善是美国的国策，也是我们对古巴政策的关键所在。我们的外交政策是要减少古巴人民对卡斯特罗政权的顺从性，促进美裔古巴人和他们居住在古巴的亲属相互联系，鼓励古巴发生积极性的变化。我的政府已采取相应措施，使他们相互探访。这也是我们的政府放宽了探访和汇款限制的理由。

　　去古巴访问的古巴美裔游客都是我们国家最好的促进古巴的民主和自由发展的友好使者。为了增加互动、加强信息的沟通，直接面向古巴人民，我已授权开放电信，以利于美国和古巴的联系，并允许出口捐赠个人通信设备。我们也允许捐赠人道主义物品，也可以扩大捐赠者和受赠者之间的符合规定的联系。

　　我相信，这些措施有利于两国人民帮助古巴实现自己的愿望，创造自由国家的美好未来。

想了解更多的政策问题请参阅网站：www.white.nouse.gov

再一次谢谢你的来信！

真诚的，奥巴马·巴拉克

THE WHITE HOUSE
WASHINGTON

November 7, 2012

Ms. Dahlia Peterson

Dear Dahlia:

Thank you for sharing your perspective on American foreign policy towards Cuba. I appreciate hearing from you.

The promotion of democracy and human rights in Cuba is in our national interest and is a key component of our Nation's foreign policy. Measures that decrease dependency of the Cuban people on the Castro regime and promote contacts between Cuban Americans and their relatives in Cuba are means to encourage positive change in Cuba.

My Administration has taken steps to reach out to the Cuban people. Cuban Americans should be able to visit and assist loved ones in Cuba, and that is why I have eased restrictions on family visits and remittances. Cuban-American visitors are our country's best ambassadors for promoting freedom in Cuba.

To increase interaction and the flow of information directly to the Cuban people, I have authorized opening telecommunications links between Cuba and the United States and allowing for the export of donated personal communications devices. We have also helped the Cuban people by expanding the list of humanitarian items that Americans can send to Cuba, as well as expanding the scope of eligible gift parcel donors and donees.

I believe these initiatives benefit our Nation and help support the Cuban people's desire to determine freely their country's future. For more information on this and other important policy issues, I encourage you to visit www.WhiteHouse.gov/Issues/Foreign-Policy.

Again, thank you for writing.

Sincerely,

美国世界周刊第 1462 期 2012 年 3 月 25 日封面故事：
《我的中国妈、美国爸》

　　我们是一对中美混血双胞胎，今年 15 岁，在洛杉矶实验中学读十年级。我们生长在美中文化结合的家庭里，我们想写一篇"中国妈、美国爸"的文章有好久了。

不同的角度

　　那还是在我们上七年级的时候，由于我们从小就喜欢写作，所以很想利用那个暑假去大学选修创作写作课。可大学要求我们必须要先修完大学中的最高英语课，才允许选修写作课。我们经过考试合格后，就准备注册高级的英文课了。注册前我们非常认真地在大学的网站上搜寻着，教高级英语的有 9 位教授，其中呼声最高的是威尔森教授。但读完学生们的评语后，发现她是出了名的严厉，每次上她课的学生几乎会有一半不能过关。我们俩面对这样的选择时，就去问爸爸、妈妈。爸爸说："一定选她，我希望大学给你们的第一印象是最好的，也是最具有挑战性的，我可不希望你们在上大学课的时候睡着了。"可妈妈却说："既然你们已经知道了她那么严格，而她的课又那么难，你们才刚上完七年级，万一不过关，不就没办法上写作课了吗？还是注册其他的教授吧。"我们听完之后，想来想去，还是选择了威尔森教授。

一个星期过后，我们发现了看上去很和蔼的威尔森教授，背后有着不可动摇的规矩。例如：如果你迟交作业一分钟，她就不收了，超过三次迟交作业，你就被淘汰了。又过了两周，我们和她熟悉了，当她知道我们的妈妈是中国人时，便立刻问我们是否看过"喜福会"（The JoyLuck Club）这本书。我们告诉她在小时候看过了书和电影，大概是在讲中国人移民美国之后的四对母女在三代之间的成长过程。可是再多的细节和印象已经淡薄了。教授听了之后，右手托着下巴，很认真地看着我们说："我希望你们要再读一遍。"

我们真的做了，这次读后感触很深。强烈地意识到了妈妈是何等的用心良苦，也理解了妈妈平时批评我们多于表扬的渊源了，有些不满和误会也都解开了，原来中国人教育孩子的方式都是这样。我们还意识到在美国的中国妈和美国妈是那么的不同！中国妈特爱批评，美国妈特爱表扬，从而也意识到了中国和美国文化的不同。

还好，高级英文课让我们俩很辛苦地给拼了下来。之后，在八年级的暑假也很顺利地念完了创作写作课。把这两个科目念完之后，再回头学习高中的英文课时就觉得非常的轻松。这时，爸爸就很自信地说，"学习不是只为了拿到好成绩，而是注重你到底学到了什么！不要只是为了达到目标而避重就轻，你们看看遇到一位好老师时，她还会给你们很多书本上学不到的东西，一个真正的好教授在潜移默化中都会给你无形的知识和力量，有时会让你一生都受用无穷。你们说对吗？"

面对早期教育

妈妈在我们两岁刚刚会说话时，就举起了识字卡教我们认字了。日后，我们才知道当时爸爸是不同意的，他觉得妈妈在开玩笑。爸爸说，大部分的美国人不习惯在 5 岁前就开始让孩子学习或阅读。就是上了幼儿园，也还是觉得太早开始学习英文字母，认为这样做会让孩子们很辛苦。爸爸总是认为妈妈的这种做法是不可能的。可执著的妈妈坚持着，很快我们就认识了很多的字，三岁就开始读儿童书了，这一读就停不下来。到了 7 岁时，儿童区的书几乎都读完了，又开始找那些初级的世界名著来读了。

我们 5 岁的某一天，妈妈跟姥爷通越洋电话，姥爷建议说，"双胞胎已经读了那么多书了，应该开始写日记了。"妈妈说，好吧，就等她们俩过完 6 岁生日就开始。可是姥爷坚持地说，为什么要等呢？想到了就做嘛。妈妈没办法了，拿着电话走到了楼下问我们："姥爷建议你们开始写日记，你们要写吗？"我们俩同时喊道："耶…！我们要写。"妈妈顺手找到了两本已经用过几页的大笔记本给了我们。

我（兰花），还记得坐下来，写上了第一篇的日记是：今天我很高兴，但是，我还想要一块糖。就是这样我们开始写日记。起初，爸爸又是认为妈妈在唱高调，他又说这是不可能的。

可是过了 6 个月，爸爸就成了爱读我们日记的 Funs 了，而且总是会在我们的日记本上修修改改，总是赞扬我们写得好，有时还会画出一条条的红线说这个句子用得好，那个句子像是名人名言等等。越是这样，我们就越爱写。结果，到 10 岁时我们俩每个人都写了八大本。最后，在我们上五年级时，英语老师让我们写一篇十年的自传。我们一写就是百八十页，而且最后由中国百花文艺出版社出版了这本中英文双语的《十年花语》。

以前，我们所做的这些，爸爸总是不相信会成功。但是，现在他可佩服我们三个女人了。他还说："你们在我这里已经得到了满满的信誉。我给你们竖起大拇指了！"

周末学中文的冲突

记得我们在五岁时，开始每周六去中文学校。一年下来之后，爸爸对妈妈说，"孩子这么小，周末是给她们放松和出去玩的时间。可是这一年来她们很累，中文学校又那么远，孩子还要起大早。你会中文，就在家教她们俩嘛。"然后又转过头来问我们俩这个方法好不好？我们当然蹦着高地说："好！"妈妈只好不坚持了。

于是，周六我们就不去中文学校，妈妈很努力地准备好了中文书，也备了课，开始教我们。但每次教课都会被其他的事情干扰。大部分的时候是我们挤不出时间给她教中文，我们总是有很多其他的事情要做，例如：弹钢琴、爬山、跳芭蕾舞，有时还去滑冰、画画、看电影等等。时间像是流水，一年一晃就过去了，我们只学了几十个字。这时，妈妈火大了，跟爸爸说："再不能这样下去了……"妈妈也不再讲民主，每个周六就又自动地带着我们去中文学校了，这一学就是八年，没有停止。

老实说，今天我们很感谢妈妈的坚持，没有她的执著，我们是没有办法说得一口流利的中文，又会翻译、又会写文章了。去年我们双双考过了 AP 中文，并且都得到了 5 分。我们学了中文之后，还不断地在应用。我们跟中国著名的儿童作家薛涛先生通信已经有三年了，通信也有三百多封了，每一封信都写得很精彩。我们当中国沈阳晚报的海外小记者也有三年多了，有十几篇的文章发表了。

如果听爸爸的话周末最好放松玩一玩，我们也不会有如此的成绩了。这真是应了一句中国的老话，"种瓜得瓜，种豆得豆，不种不得"啊！

音乐是人生享受还是为申请大学

中国孩子大部分都学一、两种乐器，而且学得都非常好。可到了高中考过了十级之后就不再学了，集中精力在 GPA 上了。我们在 8 年级的时候就考过了钢琴十级，妈妈的意见是上高中就省下时间把成绩搞得高一点。妈妈说让我们停止学钢琴之后，我们很难过，一个星期都笑不起来了。最后，我们只跟妈妈说了一句话，"你现在让我们停止学钢琴，就好像砍断了我们的十个手指头，很痛！"妈妈听了之后，摇了摇头，无言以对。爸爸听了之后，嘴角上扬，便悄悄地决定要给我们买一台 Steinway 的三角钢琴。哇！这是多么不同的反应啊！最后，爸爸说服了妈妈，孩子有兴趣就让她们继续学吧，这是很难得的，她们的琴已经达到了很高的水准，现在又总是有俩人联弹的曲目……

于是他们就真的买了一台 Steinway 的三角钢琴。之后，我们就更有信心和动力要弹好钢琴，钢琴已经成为我们生命中的一部分了。不知道是哪个达人说过的，"一个人若不懂音乐，这辈子他就不知道什么是真正的幸福。"我们对此有很深的体会。音乐如此的美好，到底是用它来享受一生还是只用它来填写申请表是很值得发人深省的！

是真金在哪儿都会发光

　　妈妈非常注重的是学习成绩而爸爸更重视的是能力和社会活动、课外活动等。妈妈认为，参加很多的活动是为了填写大学的申请表，其次才是锻炼自己。可爸爸认为所做的任何活动都是培养自己的能力和个性，锻炼自己的意志，其次才是为了升学考虑。爸爸总是说，"要关心社会，关心弱者，要从那里看到自己应该有的责任，长大之后才能成为一个合格的地球村的公民。"事实上，一流大学的招生人也是这样看的。

　　举例说明：我们认识一对中国家庭的姐妹，在有 800 人的应届高中毕业生里，两人的 GPA 并列第二名。钢琴都考过了十级，网球打得是一级的棒，不知是什么原因都没有加入学校的网球队。两个人一心想进一流大学，日后当医生。可是，报了七所美国的东部的一流大学，没有一所录取她们，有几所是放在了候补名单中。最后，她们双双被柏克莱大学录取了。其实，伯克莱大学是万万千千美国高中生的梦想大学。可是，她们却认为自己的梦想破灭了，到了柏克莱大学之后，变得很消极，也不想学医了。什么课业简单就选什么学，好像是在混分数一样。从这儿不难看出为什么一流大学的招生办不录取她们了。一个人如果只想到的是自己时，当遇到失败时，就很难再爬起来。真的是块金子，放在哪儿都应该发光，不是吗？

贬低自己的孩子

　　我们发现中国的妈妈大都喜欢批评，还解释说，批评是为你好，是给你成长过程中的礼物，是让你变得更坚强。妈妈的批评方法是又直接又狠，有时是用一刀捅到底的方法，让我们觉得非常的不舒服，但还是必须要面对。

其实作为父母应该多理解我们是生长在西方的美国孩子，而不是在东方的中国。那套方法让我们很难接受。例如，在我们的同学中有个 ABC 的女孩，她非常聪明可爱，长得像个中国的娃娃，每一科的成绩都是 A，钢琴弹得也是一级的棒。可是有一次，我们一起参加完钢琴比赛，我们赢了，她没有。她的妈妈就当着我们的面说，"你看她长得那么丑，还那么的笨！气死人了！"我们听后嘴张得大大的，我们的下巴都快要掉下来了。她的妈妈怎么可以这样在大家面前骂她呢？可是她却笑了笑，就拉着妈妈的手走开了。我们看到了她的无奈和已经习惯了。我们翻译给爸爸听，他说，"这也太糟糕了吧！这纯是语言虐待和侮辱啊！"可我妈妈却说，"这没有什么了，她妈妈只是说说气话而已。"哇！真是迥然不同啊！

中国人很愿意互相比较，尤其是孩子之间的比较。我们在学网球时认识了一位教练，他的父亲是中国人，母亲是瑞典人，他出生在美国，不会讲中文。当我们跟他很熟了之后，他对我们说出了他会说的唯一的一句中国话就是："你是一个饭桶"。我们问他为什么你要说这句话，不好听的？他说，在他小的时候，他不喜欢念书只喜欢打网球，可他的弟弟非常愿意读书。他爸爸就每天用这句话骂他，结果他的弟弟现在是一名著名的脑科专家，他是一位很出色的网球教练。可他的爸爸一生都耿耿于怀，说他不务正业，是个只会吃饭的饭桶。

中国的父母都期望自己的孩子好，再好，更好。中国人之间也很容易互相比较自己的孩子和别人家的孩子，总是看人家的孩子如何如何？他们这样做根本没有想到会给自己的孩子带来很多无形的压力和伤害。还有很多父母因为没有实现自己的理想，就把希望寄托在了孩子身上。有时父母的要求并不是孩子的梦想，这也会让孩子们很难过！

中国文化和美国文化很不一样，都有自己的长处。我们很幸运生长在中美文化结合的家庭，在两者之间吸取精华。我们喜欢学习中文，更喜欢学习英文。我们要学习更多的知识和本领，长大以后愿意做中美文化沟通的桥梁和使者。

15 岁梅、兰姊妹花出书（12/09/2012） 记者陈慈晖洛杉矶报道

在出版市场中，"自传"类书籍多半都是有相当年纪、历练的知名人士，回忆个人成长、成功的心路历程。但近日洛杉矶华人书店却上市一本颇为特别的中英文对照自传书《十年花语》，由一对年仅 15 岁的中美混血孪生姊妹连手撰写，自述她们十岁前的成长趣事与游历。

《十年花语》的作者为梅花及兰花，这本书是她们的处女作。今年初由中国大陆百花文艺出版社出版，近期华裔书商才引进洛杉矶。

梅花与兰花住在好莱坞，目前就读洛杉矶市实验中学十年级，同时还在大学选修课程，已修完了大一英文课、创作写作课、中国汉语课。

两姊妹虽兼具美国及中国血统，但似乎较偏爱中国，从小酷爱中国文化，能说一口流利的中文，立志长大后要做中美文化交流的桥梁。

两人从六岁起开始写日记，从此爱上写作。两姊妹写的丹麦港口小美人鱼雕像观赏心得，曾获洛杉矶、中国及丹麦等地 20 多家报纸、杂志转载，并在 2008 年与 14 万中学生一起角逐全美"国家艺术文学写作的金钥匙奖"，双双赢得"金钥匙"。

除中、英文写作文采俱佳，梅花与兰花也弹得一手好钢琴，八年级时均已考过钢琴十级，并曾连续三年在长堤举行的 Southwestern Youth Music Festival 比赛中，先后赢得肖邦曲目第一名、贝多芬曲目第二名及四手联奏第一名。

同时，自幼学芭蕾舞的梅花与兰花，入选上海世博会演出者，去年 8 月

间在世博会演出三四场芭蕾。

这对才貌出众的双胞胎姊妹，不仅文采、才艺旗鼓相当，两人更一起经历多彩多姿的比赛、演出及游历，这些精彩的经历都是她们新书创作的素材及养分。

梅花与兰花虽是文艺界的初生之犊，但精彩的中英文写作功力颇受好评。

北京外语大学老校长王福祥赠写前言，中国鲁迅文学院教授、首席批评家何镇邦写序，辽宁文学院专业作家、多次荣获中国文学金奖的薛涛推介，世界著名钢琴王子郎朗写推荐信，美国前总统克林顿阅读书稿后也写信赞扬。

《回声》中美文化联姻的结晶　　　　（新泽西州　林花）

读周刊 1462 期的《我的中国妈、美国爸》，非常感动，也颇发人深思。两个可爱的女孩现身说法，将亲身体验到的（生长在中美文化结合的家庭，在两者之间吸取精华），培养她们成才的故事如实道来，让我们清楚地看到，她们这两朵金花就是中美文化联姻的结晶。梅花说得好：中国文化和美国文化很不一样，都有自己的长处，如何在两者之间吸取精华，彼此取长补短，非常重要。

两朵金花的妈妈对孩子的教育像虎妈一样，自幼重视智育，极其严格，孩子才两岁就教认字，尽管爸爸不同意，仍坚持到底。结果两个孩子都能说一口流利的中国话，既能翻译又会作文，爸爸高兴得口服心服。爸爸尊重孩子的需要和意见，处处讲民主，而妈妈却独断独行，要孩子唯命是从。两朵金花八年级时考过了钢琴十级，妈妈要求她们将精力集中在 GPA 上而停止学琴，尽管她们极度伤心也不让步，爸爸却偷偷地为她们买了一台三角钢琴，最后终于说服妈妈让她们继续学习钢琴。

在七年级选修大学高级英语课时，到底是选择极其严厉的教授还是要求一般的教授？妈妈求稳要女儿挑选后者，她注重学习成绩，而爸爸却坚决要她们选择前者，这样才最具挑战性，他重视的是能力，结果女儿们都拼下来了。爸爸尊重孩子的独立性，反对过多地干预她们的自由发展，遇事特别爱鼓励、表扬，而妈妈却以自己为权威，总想控制孩子的成长，动辄批评让孩子很不舒服。以致对某中国妈在女儿钢琴比赛失败时竟然当着同学的面骂出脏话，爸爸认为这是虐待和侮辱，而妈妈却说这只是说说气话而已。

两朵金花的爸妈对待她们的教育方式确实有很大不同，她们希望父母应该多理解她们（是生长在西方的美国孩子，而不是在东方的中国孩子），这是十分合理的，应当受到父母们的尊重。可贵的是，两朵金花都非常体谅父母为她们的付出，不但能面对妈妈又直接又狠的批评，而且理解她之所以批评的缘由（是何等的用心良苦），因而不满和误会也就完全消除了。但愿这两朵学习优秀的金花，长大后真能如她们所说（做中美文化沟通的桥梁和使者），笔者谨在此衷心的祝福！

《回声》 梅、兰何以芬芳？ （08/04/2012）　（纽约　王文英）

15岁、十年级中美混血双胞胎兰花、梅花应列入天才生行列。她们上七八年级时，利用暑假，挑选严师，修完创作写作课和高级英文课。5岁起写日记。现在，大陆百花文艺出版社出版她们中英文双语的"十年花语"。双语如此呱呱叫，有谁不承认其出类拔萃？— 1462期世界周刊发文《我的中国妈、美国爸》，介绍了这双姊妹颇具特色的成长历程。

这篇少年姊妹的合写稿件摆在我的面前，文笔畅达如行云流水，叙事细腻而不见雕琢，没有平时不懈的磨炼，难有如此功夫。我愿用作家老舍的话作批语："年纪不大，笔底下可高！"

中国妈和美国爸的嫁接，是否有优生学的因子，不敢妄言；但文中实例告诉我们，中西教育思想的嫁接，截长补短，取其各自优势为我所用，是十分必要和有益的。乍看起来，这位中国妈教两岁孩子认汉字，逼她们说汉语，不乏"虎"气，但在她决意让孩子弃学钢琴以腾出时间学习其他课业时，受到丈夫的阻止和劝喻。她虚怀若谷，让孩子继续坐在钢琴前，丰富学习生活。比起虎妈的执拗来，显然高出一筹。

作为中国妈，她抓住了美国发明家爱迪生的话，成功在于99%的汗水加1%的灵性。作为美国爸，他把握了中华至圣先师孔子在《礼记·学记》中说的话，要引导孩子主动去学，而不要像拉牲口那样，牵着鼻子硬拽；可给以严格的要求和激励，切不可摧残其天真本性。（即"道而弗牵，强而弗抑"。）美国爸和中国妈依靠这种奇异的嫁接法，不断琢磨孩子特点，摒除囿见，及时调整，高瞻远瞩，光荣终将走进这个家庭。

《亲子话题》 成功人生 汉语添筹码（27/05/2012） 陈金茂

多掌握一门语言，就等于为自己的人生打开一扇新窗口。

跟我同租一个公寓的安奇（化名）是七年级学生，课余时间总抱着砖头厚的英文小说"啃"着，让我这个不识"豆芽菜"（英文）为何物的老头好生羡慕。可在美国出生的安奇汉语却很差，虽然小时候也上过一段中文学校，由于思想不重视，平时疏于复习，所学到的一些汉字差不多也全还给老师了。

那天，我看了《世界周刊》梅花、兰花·彼得森的"我的中国妈、美国爸"后，觉得梅花、兰花的成功经验值得安奇学习借鉴，便将这篇文章推荐给他。出乎意料的是，转瞬他又将刊物还给了我。我惊讶地问道："这么快就读完了？"他摇摇头，红着脸，嗫嚅道："有好多字……，不……不认识……"

我一阵唏嘘之后，只好把梅花、兰花的事迹给他做了详细的介绍。我说，梅花、兰花两岁刚会说话时，她们的中国妈就用识字卡教她们识字，三岁能读儿童书，七岁把儿童区的书几乎都读完了，开始读初级的世界名著；她们六岁开始写日记，从此一发而不可收，到10岁每人都写了八大本；上五年级，老师要求写一篇十年的自传，她们一写就是百八十页，这个自传后来以"十年花语"为题，由中国百花文艺出版社主动出版。她们还说得一口流利的中文，既会翻译，又会写作，跟中国著名儿童作家长期保持通信，并担任中国《沈阳晚报》海外小记者，发表了十几篇文章……

"咳，我的介绍再详细，也不如直接阅读原文来得痛快！"我指着这篇文章，继续对安奇说道，"你知道吗，这篇文章畅达如行云流水，朴实却不乏韵味，足见其姐妹俩汉语功力深厚。读这样的美文，本身就是一种精神享受。遗憾的是，你却是无福消受了！"

安奇听了我这一番话，低着头，悻悻地离开了。

其实像安奇这样的例子并非少数。在一些新移民的孩子中，他们在出国前多多少少都学过一些汉语。由于他们的父母平时饱受"不懂英语"之苦，便将这种痛苦化作了对他们的殷切期盼，片面强调"在美国只要能学好英语就行了"，从而忽视了汉语的巩固与学习。

不久前，我读了加拿大人 Steve Kaufmann 写的一篇有关学习语言的文章。

Steve Kaufmann 堪称语言天才，能流利地说十多种语言，包括汉语、日语、西班牙语、意大利语、俄语等，甚至在他 55 岁之后还学会了四门外语。他在这篇文章中特地提到了汉语的学习，他说："汉语普通话的使用者有十多亿，而且日语、韩语、越南语中有 60% 的词汇都来源于汉语，掌握了汉语，学习这些语言会容易许多，这是我的亲身体验。中国文化——包括艺术、哲学、技术、饮食、医药以及表演艺术等——几千年来不断影响着世界，如今中国经济又日益强大，所以汉语应该是值得学习的。"

兰花、梅花·彼德森的成功经历，也从另一方面印证了 Steve Kaufmann 所言不虚。一门语言，就是又一个崭新的世界；多掌握一门语言，就等于为自己的人生打开一扇新窗口，多了一种成功的"话语权"。兰花、梅花·彼德森之所以年纪轻轻就取得这么出色的成绩，毫无疑问，汉语的掌握与娴熟运用，为她们的成功增添了筹码。

正当我为安奇无法领略兰梅姐妹美文而扼腕时，得知《世界周刊》第 1464 期应读者之需，刊出了"我的中国妈、美国爸"的英文译稿，立即喜出望外地将它推荐给了安奇。

几天后，安奇拿着那本周刊来找我。他告诉我，这篇文章给了他很大的震撼，也给了他很大启发，从现在开始希望我能为他补习中文。"好哇！"我欣然答应，"不过这世上没有免费的午餐，你也要教我英文。""没问题，一言为定！"他伸出手来跟我"击掌"为号。